ANJA GREVENER

Träume aus Asche und Eisen

RÄUBERISCHE REVOLTE 1845. Die mittellosen Einwohner einer kleinen Stadt sind einem gnadenlosen Hungerwinter ausgesetzt. Auf die Hilfe der preußischen Obrigkeit warten sie jedoch vergebens. Das schürt die Wut in den schäbigen Hütten. Als die fleißige, aber verarmte Hausangestellte Johanna Mohr ihr jüngstes Kind verliert, kann sie ihr Schicksal nicht länger tatenlos hinnehmen: Sie wird zum weiblichen Robin Hood des entstehenden Ruhrpotts. Gemeinsam mit ihrem Mann gründet sie eine Räuberbande und bestiehlt die Reichen, darunter ihren ehemaligen Arbeitgeber, um den Ärmsten zu helfen. Johanna erntet Ruhm und Dankbarkeit. Doch ihr Mut hat seinen Preis, denn die Mächtigen lassen sich nicht von einer Frau vorführen, schon gar nicht im gärenden Klima des Vormärz. Arroganz und zwielichtige Gestalten drohen ihre Familie zu zerbrechen …

Anja Grevener lebt mit ihrer zwei- und vierbeinigen Familie zwischen Sauerland und Ruhrgebiet und arbeitet als Redakteurin, Lektorin und Dozentin. Seit ihrer Kindheit ist sie fasziniert von der Buntheit der Geschichte und versucht, diese in Romanen und Kurzgeschichten lebendig werden zu lassen.

ANJA GREVENER

Träume aus Asche und Eisen

Rebellin des Ruhrpotts

GMEINER

Bei Fragen zur Produktsicherheit gemäß der Verordnung über die allgemeine Produktsicherheit (GPSR) wenden Sie sich bitte an den Verlag.

FSC
www.fsc.org
MIX
Papier | Fördert gute Waldnutzung
FSC® C014496

Besuchen Sie uns im Internet:
www.gmeiner-verlag.de

Im Ehnried 5, 88605 Meßkirch
Telefon 07575/2095-0
info@gmeiner-verlag.de

1. Auflage 2025

Lektorat: Valeria Marino
Satz: Mirjam Hecht
Umschlaggestaltung: U.O.R.G. Lutz Eberle, Stuttgart
unter Verwendung der Bilder von: © ana / stock.adobe.com; Rainer Halama, CC BY-SA 3.0 <https://creativecommons.org/licenses/by-sa/3.0>, via Wikimedia Commons; https://commons.wikimedia.org/wiki/File:Eisenheim5875cropped2.jpg; Adolphe Maugendre, Public domain, via Wikimedia Commons; https://commons.wikimedia.org/wiki/File:Zinkwerke_M%C3%BClheim_(Ruhr).jpg
Druck: GGP Media GmbH, Pößneck
Printed in Germany
ISBN 978-3-8392-0829-8

Für meinen Cowboy und meine Räubertochter

Hilf mir!

Zwar zeigte sich der Himmel am östlichen Horizont, an dem sich die ersten sanften Berge hinzogen, bleigrau, der Regenguss war jedoch flussaufwärts weitergezogen und überließ es der zögerlichen, frühsommerlichen Sonne, die Perlen an den Grashalmen zum Strahlen zu bringen. Diese schmückten die Wiese ebenso festlich wie die besten Kleider die Menschen, die tadellosen Uniformen und polierten Stiefel die Offiziere und die Sonntagsschürzen über den weiten Röcken und die fein über den Schläfen gekringelten Locken die Frauen.

Am Arm ihrer Mutter staunte Hanne über das Festzelt, aus dem trotz des vorherigen Regens und der dadurch abgekühlten Mailuft weiter Musik schepperte. Unbewusst strich sie sich über die streng geflochtenen braunen Haare, die sich in ihrem Nacken zu einem Dutt vereinten und nur durch die glänzenden Schläfenlöckchen etwas von ihrem unbändigen Charakter preisgaben. Ihre Mutter hatte eine Stunde gebraucht, um Hanne einigermaßen präsentabel aussehen zu lassen, war sichtlich stolz auf die wohlgeratene Tochter, auf die sie sich beim Gehen stützen konnte. Viele der Männer zogen ihre Zylinder vor Hanne und erkannten scheinbar zum ersten Mal, dass ein weiteres Mädchen zu einer Frau herangereift war. Die Blicke legten sich wie kostbare Seide auf ihre Brust, auch wenn sich Hanne nicht als Frau fühlte. Sie war sich trotzdem sicher, dass sie heute mit den Wasserperlen um die Wette glitzerte.

In diesem Moment fiel ihr der Mann auf, der schwankend wie ein Seemann bei Windstärke zehn über die Wiese torkelte.

Im Zickzackkurs steuerte er auf sie zu und fokussierte seine Füße, damit sie sich nicht vollends seiner Kontrolle entzogen. Kurz bevor er in sie hineinlief, räusperte sich Hannes Mutter lautstark, um ihn auf Kurs zu bringen.

»Guten Tag, Herr Pötichen!«

Der Angesprochene richtete den Blick der blutunterlaufenen Augen nach oben und befahl seinen Füßen den Stopp. Als er sah, dass er zwei Frauen vor sich hatte, erinnerte sich sein Rücken an einen letzten Rest der Manieren, die er vor einer Stunde auswendig hatte hersagen können. Mühsam schwang er aus der Hüfte in eine Verbeugung. Sein biergeschwängerter Kopf kam mit der Bewegung nach unten nicht zurecht und hebelte ihn aus dem Gleichgewicht. Mit rudernden Armen und einem feuchten Klatschen landete er auf der matschigen Wiese.

Amüsiert kiekste Hanne auf und fing sich umgehend einen Knuff in die Seite ein. Ihre Mutter warf ihr einen vernichtenden Blick zu, löste sich vom Arm ihrer Tochter und hielt dem Mann zu ihren Füßen die Hand hin. Hanne bemerkte, dass sie zitterte. Ihre Mutter würde niemals die Kraft aufbringen, einen Mann auf die Füße zu ziehen. Einmischen durfte sie sich dennoch niemals in den Willen der Mutter.

»Geht es Ihnen gut, Herr Gendarm?« Die Hand blieb ausgestreckt.

»Ich hatte wohl ein Bier zu viel, Frau Evers. Das passiert mir sonst nie«, lallte er und rieb sich die rotgeäderte Nase.

Mit großer Geste lehnte er die weibliche Hilfestellung ab und kämpfte sich auf die Füße. Den Versuch einer weiteren Verbeugung unterließ er, nickte den Frauen knapp zu, rückte sich die Kappe zurecht und klopfte den grünen Uniformrock ab.

»Ich muss zum Dienst, wünsche den Damen ein vergnügliches Fest.« Gendarm Pötichen tippte sich an seine schwarze Dienstmütze, die schief auf dem pomadisierten Scheitel saß.

Hannes Mutter nickte ihm zu, als er davonwankte. Nicht ohne Sorge verfolgte sie den weiteren Weg des Gesetzeshüters von der Festwiese.

»Und der will zum Dienst ... Er sollte besser seinen Rausch ausschlafen. In dem Zustand fängt er gewiss keinen Übeltäter.« Ihre Mutter schüttelte den Kopf und blickte Hanne in die Augen. »Hör auf zu grinsen, Hanne! Wir können froh sein, dass es in dieser Gegend keine Schwerverbrecher gibt – der Feuereifer, einer Sache auf den Grund zu gehen, wird beim Herrn Gendarm Pötichen lediglich mit einem Bier- oder Schnapsglas in der Hand geweckt. Gnade uns Gott, wenn jemand ein echtes Verbrechen begehen sollte! Das Opfer würde bis zum Jüngsten Tag auf Aufklärung und Wiedergutmachung hoffen müssen.«

»Ach, Mutter. Herr Pötichen ist eben ein fröhlicher Zecher! Und heute ist Schützenfest. Da darf auch ein Staatsdiener über die Stränge schlagen.«

Ihre Mutter seufzte. »Jaja, unser Pöttchen ... Bei dem Namen muss er ja gefüllte Becher lieben! ... Aber nun muss ich dringend deine Schwester suchen. Sie ist seit Stunden mit ihrem Kavalier auf dem Fest. Genug Spaß für heute, sie hat schließlich Pflichten im Haus zu erledigen. Jetzt bist du dran, dich zu amüsieren. Lauf schon, ich suche deine Schwester – und deinen Vater, und zerre beide an ihren Ohren Richtung Heimat. Der Hof arbeitet leider nicht ohne uns.« Sie lächelte und tätschelte ihrer Tochter die Wange. »Mach mir keine Schande, du bist ein anständiges Mädchen – und viel zu hübsch für diese verrußten Nagelschmiede und Bergmänner.«

Hanne erwiderte ihr Lächeln. »Ich weiß, was sich gehört. Immerhin hat mir die Staatsmacht ein leuchtendes Vorbild hinterlassen. Au!« Ein weiterer Knuff ihrer Mutter. Hanne lachte und gab ihr einen flüchtigen Kuss, sie hatte es eilig –

am Schießstand würde gleich das große Böllern losgehen. Das Ausschießen des Königs wollte sie nicht verpassen.

An der Seite seiner Begleitung stand Dolf am Schießstand und begrüßte Freunde, die er seit dem Beginn seines Militärdienstes nicht mehr gesehen hatte. Wie eine Trophäe hielt er die Hand des Mädchens neben sich, was ihm weitere Blicke einbrachte. Dolf genoss die Ehrerbietung, in deren Zentrum er sich befand. Die Rückkehr nach Hause und zu seinen alten Erfolgen beim Schießen waren Balsam für seine Seele – nach all den Jahren, in denen er Preußen als einfacher Soldat gedient hatte. Im gewaltigen Mechanismus des preußischen Staates war er ein winziges Rädchen gewesen, Kanonenfutter, sollte Napoleon sich einmal mehr anschicken, die Grenzen der eigenen Herrschaft in Richtung Preußen auszudehnen. Das war jetzt zunächst ausgestanden. Auf dieser Wiese war Dolf ein König, zumindest ein freier und angesehener Mann, der tun und lassen konnte, was ihm beliebte.

»Komm, Dolf! Du warst früher ein Held an der Donnerbüchse – das wirst du beim Militär nicht etwa verlernt haben?«, rief der Brudermeister lachend und mit geröteten Wangen, strubbelte ihm durch die dunklen und ungebändigten Haare und bedeutete mit einem Rucken seines Kopfes, dass man Dolf eine der Waffen übergeben sollte. Gewaltige Kaliber, die den Schützenadler in seinem Kasten zum Zerbersten bringen konnten. Einer der Schützenbrüder drückte ihm eine solche in die Hand.

»Hier, du langer Kerl! Bei uns gibt es allerdings keine Franzosen, sondern gewöhnliche Pappkameraden.«

Die Menge quittierte diesen Scherz mit bierseligem Gelächter. Dolf ließ sich nicht aus der Ruhe bringen und überprüfte den Lauf der Waffe, strich fast zärtlich mit seinen Fingern darüber. Er schien gerade gezogen zu sein. Von hinten legte sich eine zierliche Hand auf seine Schulter und braune Locken kitzelten seine Wange.

»Zeig's ihnen, Adolph.«

Er liebte es, wie Elsabenas Zunge mit dem L spielte und sie das klingende F am Ende seines Namens in die Länge hauchte, sodass ihn ein wohliger Schauer durchströmte. Über die Schulter hinweg zwinkerte er ihr zu.

»Willst du etwa, dass ich Schützenkönig werde?«

»Wäre ja nicht das erste Mal.« Sie lächelte. »Ich wollte schon immer eine Königin sein. Ich wäre die Deine …«

Ein Kribbeln breitete sich in seinem Körper aus. »Für dich.«

Dolf legte an und visierte den hölzernen Adler an. Sein Blick wanderte am öligen Metall des Laufs entlang und richtete sich auf das Ziel im Kasten über dem Boden. Er presste sich das Holz des Kolbens in die Schulter, sein rechter Zeigefinger bewegte sich von der Seite der Donnerbusse, wo er locker aufgelegen hatte, in Richtung Abzug. Er atmete einmal tief aus, sein Finger krümmte sich, wie er es Hunderte Male auf dem Übungsplatz der Kaserne getan hatte. Dort war es um nichts gegangen, aber hier, auf dem Schützenplatz, konnte er ein Held sein, ein König sogar! Ein Treffer konnte ihm mehr schenken, als ein gewöhnlicher Mann von seinem Leben erwarten konnte. Respekt, Anerkennung, Freude. Die Welt für ein vergnügliches Wochenende um sich kreisen zu sehen. Oder als Zugabe eine höchst zufriedenstellende Viertelstunde in den Armen Elsabenas. Vor ihm explodierte die durch sanften Fingerdruck entfesselte Gewalt des Schwarzpulvers in einer Fontäne aus Funken, als das Pulver auf der Pfanne zündete und sich in beißenden Rauch verwandelte.

Dolf kniff die Augen zusammen und spürte den Schlag, der die Kugel aus dem Rohr schleuderte, bis auf sein Schultergelenk prallen, roch den Gestank, der sich um ihn niederlegte.

Er lächelte, während der Donner seine Trommelfelle vibrieren ließ, er war sich sicher, getroffen zu haben.

Keinen Moment später zersplitterte das gekrönte Haupt des Schützenadlers in einer Kaskade aus bunten Holznadeln. Der Körper brach durch die Wucht von der Haltestange und krachte auf den Boden unter dem Kasten. Jubel brandete auf und ließ seine Ohren stärker klingeln. Halb taub vom Donnerschlag und halb blind von den ätzenden Pulverschwaden riss Dolf die Arme in die Höhe und stieß einen Freudenschrei aus, der sofort von einem Paar weicher Lippen erstickt wurde. Elsabenas Arme schlangen sich um seinen Nacken und zogen ihn in ihren Kuss. Seine Schützenbrüder grölten. Dolf legte die rauchende Donnerbusse ab und grub seine Finger in Elsabenas Taille. Er hatte sich auf weiche Rundungen gefreut, ertastete lediglich knochige Härte, die nicht bloß vom Korsett stammen konnte. Unbewusst zuckte er mit den Schultern. Besser der magere Spatz in den Armen als das üppige Täubchen im Kopf, dachte er.

Starke Arme entzogen ihn Elsabenas Küssen und hoben ihn auf Schultern. Von oben herab sah er ihr Schmollen, lachte aber aus vollem Hals, ließ sich herumtragen und genoss die Hochrufe, die ihm allein galten. Ein Schuss, ein Treffer. Dieses Schützenfest hatte sich bereits ausgezahlt.

Kopfschüttelnd beobachtete Hanne das Treiben unter der Vogelstange. So ausgelassen und offen kannte sie ihre Schwester zu Hause nicht. Meist war Elsabena ein miesepetriges Biest, das seine Laune an seiner Schwester kühlte und ihre Eltern gegeneinander aufbrachte. Jetzt hatte sie ohne eigenes Wissen eine winzige Trumpfkarte in Hannes Hand gespielt. Wenn ihre Mutter sie beim öffentlichen Poussieren mit einem Soldaten erwischt hätte, hätte Elsabena eine Woche lang nicht auf ihrem Hintern sitzen können. Doch Hanne hatte nicht vor, ihre Mutter darüber zu informieren. Das Druckmittel würde in wenigen Stunden keines mehr sein, dafür gab es zu viele Zeugen des Benehmens ihrer Schwester, sodass es ihre Mutter spätestens in ein paar Stunden ohnehin erfahren würde. Jeder kannte hier jeden.

Mit stolz geschwellter Brust tippelte ihre Schwester hinter dem Zug her, der ihren Galan ins Festzelt trug. Musik erscholl und Jubelrufe empfingen den frisch gebackenen Schützenkönig von Schwerte. Kein großes Königreich, aber ein fröhliches. Hanne schlüpfte ebenfalls ins Zelt, um mitzuerleben, ob Elsabena Königin werden würde. Sie kannte den neuen Verehrer ihrer Schwester nicht gut, hatte flüchtig mitbekommen, wie er sie mit ein paar Blumen abgeholt hatte, deren Stängel zerfasert gewesen waren. Er hatte kein Geld investieren wollen oder können und hatte sie mit beherztem Griff aus einem Beet der Nachbarschaft gerissen. Seit Tagen war Elsabena dennoch wie auf Wolken durch das Haus geschwebt und hatte die Arbeit an Hanne weitergereicht, um sich nicht die Fingernägel schmutzig zu machen oder sie abzubrechen. Allein dafür hasste Hanne sie.

Die mitreißende Melodie des Königswalzers erscholl und beförderte sie zurück in die Gegenwart. Der Schützenkönig streckte ihrer Schwester die Hand hin und geziert ergriff Elsabena sie, ließ sich als Erste der Damen auf dem Tanzboden herumwirbeln. Dieser Dolf – das war der Name des dunkelhaarigen Soldaten, das hatte sie mitbekommen, da Elsabena ständig seinen Namen summte – lächelte breiter als ihre Schwester. Hanne musste zugeben, dass ihm das gar nicht schlecht stand. Einmal mehr hatte Elsabena in ihrem Leben mehr Glück als Verstand, dass sich ein so glänzendes Schmuckstück an ihre knochige Brust presste.

Nach und nach wagten andere Männer einen Vorstoß und forderten Damen zum Tanz auf. Hanne hatte genug vom Glück ihrer Schwester, traute sich weder die Tanzschritte noch das Aushalten der Nähe eines betrunkenen Mannes zu und stahl sich in Richtung der Zeltplane. Dieses Getue fand sie albern: Frauen, die sich wie willenlose Püppchen in die Arme der Männer legten, die ihrerseits taten, als seien sie die Helden der Nibelungensage persönlich. Sie kam nicht weit, denn eine behandschuhte Hand schob sich in ihr Blickfeld und hielt sie auf. Vor ihr stand ein Mann wie der König der Burgunder aus eben dieser Sage, zumindest war er der König ihrer kleinen Welt. Ihr Lohngeber – Anwalt, Investor und Besitzer des Adelssitzes, auf dem sie jeden Tag seiner Frau zur Hand ging. Ein Schnösel, der selbst beim Schützenfest in seinem teuersten Zwirn steif wirkte wie eine alte Eiche.

»Darf ich bitten, Fräulein Johanna?«

Hanne zwang sich zu einem Lächeln. »Es tut mir leid, Herr Thalberg. Ich kann nicht tanzen und würde auf Ihren feinen Lederschuhen herumtrampeln«, wich sie ihm aus und wollte ihrem Arbeitgeber die Hand entziehen. Als wäre der Handschuh aus Eisen, hielt er sie fest.

»Machen Sie einem gestandenen Mann die Freude, Fräulein Johanna. Meine Frau liegt zu Bett, da ihr nicht wohl war, und hat mich ohne Begleitung in diese Veranstaltung entlassen. Ich weiß, es ist sicher keine Freude für einen Bediensteten, in seiner spärlichen freien Zeit seinem Arbeitgeber zu begegnen, aber ich bitte Sie, tanzen Sie mit mir. Ich werde mich für die Rettung aus der Einsamkeit erkenntlich zeigen.«

Aus der Nähe fiel ihr auf, wie kalt seine Augen in ihrem hellgrauen Ton waren. Selbst bei diesen freundlichen Worten stockte ihr Herz unter ihrem Winter. Heute lag nichts Stechendes in ihnen wie sonst, wenn er sein Personal schimpfte und auf es herabsah. Dennoch lag etwas anderes in diesem Spiegel aus Quecksilber, das ihr Unbehagen bereitete. Was sollte sie tun? Wies sie ihn ab, würde sie es bei der Arbeit zu spüren bekommen. Kleine Lichter wie sie waren der Gutsherrenmentalität dieser Neuadligen zu jeder Stunde untertan. Sie nickte mit einem schmerzenden Pochen in der Brust. Ein Lächeln kam ihr nicht mehr über die Lippen.

Als hätte er die größere Beute als der Schützenkönig erlegt, führte Carl Thalberg sie auf den Tanzboden. Die anderen wichen ihm aus und bildeten eine Gasse, damit sich der Mann mit Geld ungehindert vergnügen konnte. Mochten sie auch sturzbetrunken sein, sie wussten genau, was der Zorn der Reichen anrichten konnte. Hanne schluckte, fühlte die Blicke der Nachbarn auf ihrem Körper sieden. In allen Augen stand die Frage, wie sie sich derart benehmen konnte. Am Arm ihres Herrn zum Tanz zu schreiten wie eine hohe Dame! Fast ein Skandal – hätten sie nicht alle die Launen Thalbergs gekannt. Hanne machte sich klein und betrachtete die groben Dielen des Zeltbodens. Jetzt hatte sie das Problem ihrer Schwester geerbt, ihrer Mutter eine unangemessene Situation erklären zu dürfen.

»Lächeln Sie für mich, Johanna«, forderte seine Stimme sie auf, die einen scharfen Unterton hatte, der sie an das raue, zischelnde Rascheln von Banknoten in gierigen Händen erinnerte.

»Herr Thalberg, ich fühle mich nicht wohl dabei. Dieser Tanz könnte Gerede bringen.«

Er lachte, entblößte seine gepflegten Zähne unter der Haut, die wie ein Theatervorhang in Falten zur Seite gezogen wurde.

»Jeder weiß, dass ich glücklich verheiratet bin, Johanna. Sie arbeiten lediglich für mich. Was würde ein alter Kauz wie ich mit einem jungen Reh wie Ihnen anfangen wollen?«

Das Quecksilber seiner Augen strahlte auf, zog sie in einen Strudel, der sie schwindelig machte. Seine Finger strichen ihr über den Rücken und sie schauderte.

»Werden die Leute nicht trotzdem reden? Ich würde lieber aufhören, Herr Thalberg«, unternahm sie einen letzten

Versuch, aus der Situation zu entkommen, aber ihr Herr zog sie näher an sich heran. Penetranter Biergeruch stieg ihr in die Nase, als sich sein Mund an ihre Schläfe presste und sich ihrem Ohr näherte.

»Brauchen Sie Ihre Stelle etwa nicht mehr? Es gibt einige vielversprechende Kandidatinnen, die bei meiner Frau vorstellig geworden sind.«

Hanne unterdrückte ein Würgen und beschloss, den sauren Atem, die Hand auf ihrem Rücken und sein Gesicht, in dem sie jede Zornesfalte aus der Nähe betrachten konnte, für diesen einen Tanz zu erdulden. Thalberg hatte recht: Würde sie ihm vor allen Anwesenden eine Szene machen, würde es noch mehr Gerede geben und ihre Anstellung wäre dahin. Sie brauchte ihren Lohn für ihre Familie. Die paar Minuten in seinen Armen würde sie überleben, und ihr Ruf würde keinen dauerhaften Schaden nehmen.

Ein letztes Mal wurde Hanne von Carl Thalberg herumgewirbelt, bevor dieser zum Stehen kam.

»War das nicht erbaulich, Fräulein Johanna?« Er tupfte sich die Stirn mit einem bestickten Taschentuch ab. »Ich spendiere Ihnen eine Kleinigkeit. Heute bin ich nicht Ihr Herr, sondern ein freundlicher Schütze.« Galant bot er ihr seinen Arm. Um weiterhin kein Gerede zu schüren, hakte sie sich unter, und er führte sie vom Tanzboden.

Selbst draußen machte Thalberg keine Anstalten, Hanne aus ihrer Dienstpflicht zu entlassen. Stattdessen ging er mit ihr zu einem kleineren Zelt, an dem eine Frau kleine Knabbereien, Zuckerstangen und Bonbons verkaufte. Ohne zu fragen, steckte Thalberg der Verkäuferin eine Münze zu und reichte Hanne eine der süßen Stangen.

»Kosten Sie, Johanna. So etwas Gutes haben Sie noch nie gegessen.« Er lächelte sie an, führte sie weiter herum wie eine preisgekrönte Stute, die in seinen Stall gehörte.

Hanne traute sich kaum zu atmen. Dachte Thalberg wirklich, dass ihre Eltern ihr nie Kandis gekauft hatten? Dass sie arm wie Kirchenmäuse waren, weil sie nicht auf einem ehemaligen Adelssitz lebten? Natürlich musste sie zugeben, dass es nicht jedes Jahr auf dem Schützenfest oder einem Jahrmarkt eine Leckerei gegeben hatte, aber ab und an hatten sich ihre Eltern hinreißen lassen, ihren Kindern diese klebrige Freude zu machen. Und nun klebte sie dank dieser knallroten Süßigkeit am Arm eines alten Mannes, der zudem ihr Arbeitgeber war. Vorsichtig knabberte sie daran. Die Süße war fast widerlich und die Zuckermasse kaum zu knacken, ohne sich die Zähne zu ruinieren.

»Seht sie euch an, ihr Mund ist röter als ihre Wangen«, strahlte Thalberg sie an. Der Stoff seiner Handschuhe glitt über ihre Haut abwärts bis zu ihrer Halsbeuge, wo seine Hand kurz verharrte, bevor er sie weiter zog.

Hanne hatte kaum bemerkt, dass er sie an den Rand der Festwiese gelotst hatte, wo der Wald mit einem Saum aus wuchernden Büschen begann. Er nahm sie von seiner Seite und drückte sie zurück, tiefer in die Büsche hinein, vollkommen abgeschirmt von dem Fest. Äste stachen ihr in den Rücken. Seine Rechte hob sich und seine Finger fuhren ihr über den Mund, der Handschuh färbte sich rot und blieb kleben.

»Hmm, damit bekommen wir dich nicht sauber und hergerichtet, dass du unter Leute gehen kannst, Kind«, säuselte er und zog sie mit einem Ruck an sich.

Wie gelähmt ließ Hanne ihn gewähren, erstarrte zu einem Eisblock, der ihre Gedanken einschloss. Sie wusste nicht, wie sie ihren Herrn abschütteln sollte, ohne die dringend benötigte Stelle zu verlieren – und diese Abhängigkeit und Hilflosigkeit kannte Thalberg.

War sie nicht eben im Festzelt gewesen? Wie kam sie hierher? Was sollte sie tun?

Die Finger ihres Herrn wurden gieriger, gruben sich in ihr Haar, zerzausten die Frisur, auf die sie so stolz gewesen war, und strichen abwärts. Kurz vor dem Ansatz ihrer Brüste hielt er inne, doch seine Blicke bohrten sich in Hannes Augen.

»Ich weiß, dass du mich machen lassen wirst, Johanna. Niemand wird davon erfahren. Ich sehe dich jeden Tag durch mein Heim wandeln und wünsche mir nichts sehnlicher, als dich einmal ganz für mich zu haben. Du bist hübsch, aber was nützt dir das, wenn ich dir deine Stelle kündige? Wer wird dich nehmen, wenn ich überall herumerzähle, dass du eine diebische Elster bist und ich dich nicht mehr in meinem Haus wollte? Du wärst ruiniert ... Du weißt, was das bedeutet, nicht wahr?«

Das Eis in ihr erlaubte ihr nur zu nicken.

»Gutes Kind.«

Thalbergs Hände tasteten über den Saum ihres Korsetts, zwängten sich unter den Stoff und streiften ihre weiche Haut. Sein Körper, ähnlich dem einer Spinne mit aufgedunsenem, fettem Leib, aber dürren Gliedmaßen, presste sich gegen ihren, trieb sie tiefer zwischen die Zweige. Hanne schloss ihre Augen und betete, dass es schnell vorbei sein würde. Ihre Kraft schwand und die angebissene Süßigkeit fiel ins Gras. Wie gerne hätte sie geschrien, aber die Angst hatte ihre Stimmbänder eingefroren und wehren durfte sie sich ohnehin nicht.

»Hier bist du.«

Die sanfte Stimme entzündete sofort ein Licht der Hoffnung in ihrem Herzen. Es war tatsächlich jemand gekommen! Hanne riss ihre Augen auf und sah, wie Thalberg einen Schritt zurücktrat und von ihr abließ. Ihm gegenüber hatte sich ein Mann mit breiten Schultern aufgebaut, im Gegenlicht war er jedoch kaum zu erkennen.

»Deine Schwester sucht dich. Du solltest mit mir kommen, ich bringe dich zu ihr.«

»Wer bist du, Bursche, dass du es wagst, uns zu stören?«,

keifte Thalberg, sichtlich bemüht, seine Körpergröße der seines Widersachers anzugleichen. Wie eine Fessel umschlossen seine Spinnenfinger Hannes Handgelenk.

»Hier bin *ich* der König, du Hanswurst! Sieh zu, dass du in dein Schlösschen verschwindest, damit ich niemandem erzählen muss, dass du kleine Mädchen belästigst.«

In Hanne kochte leise Wut auf, weil der Kerl, dieser Dolf, sie als kleines Mädchen bezeichnet hatte. Dennoch war sie froh, dass er sich nicht von der allseits bekannten Macht ihres Peinigers verscheuchen ließ.

»Herr von und zu Thalberg, ich glaube, deine Frau wäre entzückt über die Nachricht, dass eine andere die ehelichen Pflichten gegenüber dir Ziegenbock übernehmen soll. Oder was meinst du?« Ohne jeglichen Respekt, ohne die übliche Ehrerbietung redete Hannes Retter mit dem mächtigen Industriellen.

Das kalte Quecksilber der Augen erhitzte im Hochofen des blanken Zorns, der in Thalberg tobte. »Ich merke mir dein Gesicht, Bürschchen! Du solltest besser in den Arsch deiner Kompanie zurückkriechen, statt ehrenwerte Menschen zu belästigen. Hier in der Gegend wirst du nach diesem Affront keinen Fuß mehr auf die Erde bekommen!«

Nach einem letzten schmerzvollen Druck ließ Thalberg Hannes Handgelenk los, stapfte davon wie ein gerupfter Gockel und bog nach einigen Metern in den Wald ab, um nicht auf der Festwiese gesehen zu werden.

»Geht es dir gut?«

Hanne konnte noch immer nur nicken.

»Der tut dir nichts. Entlassen wird er dich nicht, keine Sorge. Sonst machen wir ihm gemeinsam die Hölle heiß.« Dolf legte ihr sanft die Hand auf den Arm. »Das verspreche ich dir als Herrscher von Gottes Gnaden, der für diese Wiese verantwortlich ist.« Er lächelte sie an.

Hanne stolperte einen Schritt nach vorn und warf sich in die starken Arme, die vor wenigen Minuten ihre Schwester zur Königin erhoben hatten. Tränen lösten sich aus ihren Augen und sickerten in die graue Uniform. An das Bild, das sie für ihre Schwester abgeben mussten, dachte sie nicht.

»Schon gut, schon gut.« Unbeholfen klopfte Dolf ihren Rücken. Sie hatte etwas in ihm geweckt, das ihn mehr reizte als an ihrer Schwester Elsabena. Schutz suchend schmiegte sich ihr Körper an den seinen. Kein Wunder, dass sich der alte Köter von dem Mädchen angezogen fühlte. »Ich bin Adolph. Gerne Dolf, so nennen mich alle. Ich habe deine Schwester aufs Schützenfest begleitet.«

Hanne schniefte. »Ich weiß, ich habe gesehen, wie du sie abgeholt hast. Ich bin Hanne, falls mich Elsabena nicht erwähnt haben sollte«, sagte sie, stellte sich auf die Zehenspitzen und küsste ihn behutsam auf die Wange. »Danke!«

Sie war ihm so nah, dass er es kaum ertrug, sie nicht zu berühren, nicht ihre Lippen zu spüren. Dolf wusste, dass er die Nähe einer hübschen Frau nicht lange aushalten konnte, ohne sie besitzen zu wollen. Unsicher wollte er sie von sich wegdrücken, als er sich dabei ertappte, wie er pochenden Herzens ihre Lippen suchte. Sie hatte gerade Gewalt von einem anderen Mann erfahren, und er dachte daran, sie zu küssen! Das gehörte sich nicht in solch einer Situation. Er schämte sich.

»Es tut mir leid, was dir geschehen ist.«

Dolf wollte sich gerade von ihr wegdrehen, als sie ihr Gesicht erneut hob und er eine Süße auf seinen Lippen schmeckte. Das konnte kaum die Zuckerstange sein, die als grelle Erinnerung an das Geschehen neben ihren Füßen im Gras lag. Vielmehr fühlte es sich wie ihre gemeinsame Zukunft an, die sich wie Honig um seine Seele schmeichelte. Hannes plötzliche Stärke übermannte ihn. Sie war scheinbar kein kleines Mädchen mehr, sondern auf dem Weg zu einer willensstarken Frau. Ein König brauchte eine würdige Königin. Das war Elsabena nie gewesen.

»Du warst also beim Militär und bist gerade erst nach Hause zurückgekehrt?« Hanne musterte den Verehrer ihrer Schwester von der Seite, froh, dass er zugestimmt hatte, nicht sofort zum Fest zurückzukehren. Das Eis, das Thalberg um ihre Seele gesponnen hatte, wich nur langsam zurück, aber es machte Spaß, mit Dolf im feuchtwarmen Gras zu sitzen und den Schützen beim Torkeln, Lachen und Raufen zuzusehen.

Dolf nickte und kaute auf dem Grashalm herum, den er sich ausgerupft hatte. Ihm fehlte der Kautabak, den er in seiner Kammer liegen gelassen hatte, um einen guten Eindruck bei Elsabenas Familie, den Evers, zu hinterlassen.

»Zum Glück ist diese Schinderei zu Ende. Die Offiziere sind Sadisten, selbstverliebt und blöde Schnösel, für die wir Schmutz unter ihren Stiefeln sind.«

»Warum bist du dann dorthin gegangen?«

Er lachte. »Du bist goldig! Ich *musste*! Wehrpflicht. Aber ich wäre so oder so abgehauen, selbst ohne die Ehre, meinen König in seinem Schloss in Berlin verteidigen zu dürfen. Auch zu Hause gab es so einen Sadisten. Nur hat der nicht mit seinem Offiziersstöckchen zugeschlagen, sondern mit dem Gürtel oder dem Ochsengeschirr. Mein Vater wollte mit Prügeln auf dem Rücken einen aufrechten Mann aus mir machen.«

»Wie schrecklich. Da bin ich mit meiner Familie gesegnet. Obwohl Gottes Segen bei meiner Schwester versagt hat …« Hanne biss sich auf die Lippe. »Entschuldige, du bist ihr Kavalier und wirst eine gute Meinung von ihr haben. Immerhin ist sie deine Königin.«

Da flog aus wenigen Metern Entfernung eine Stimme zwischen ihre Worte: »Wir haben dich überall gesucht, Eure

Majestät. Vor allem deine Königin ist am Boden zerstört, dass du verschwunden scheinst.«

Als Hanne zu dem Sprecher hinübersah, war sie überrascht, dass sich dieser Mann derart unvermittelt in ihre Unterhaltung hatte mischen können, denn er war mindestens einen Kopf größer als Dolf, breitschultrig und mit stämmigen Beinen ausgestattet. Ein wahrer Koloss, der selbst aus einer dicht gedrängten Menschenmasse herausgestochen wäre. Auf der weiten Festwiese hatte sein gewaltiger Körper noch mehr Raum, sich zu entfalten. Dolf, offenkundig ebenfalls harte Arbeit gewöhnt, wirkte neben ihm beinahe schmächtig.

Dolf zuckte die Achseln. »Na schön, Heinrich. Ich komme. Aber ich werde dir nie verzeihen, dass du diesen Moment so rüde unterbrochen hast!«

Koloss Heinrich streckte ihm seine Pranke entgegen. »Lieber ich als deine Begleiterin. Die andere, meine ich.« Obwohl seine Worte nach Tadel klangen, zwinkerte er Hanne zu, grinste und wandte sich wieder an seinen Freund. »Bist wohl zu voreilig bei der Wahl deiner Königin gewesen, was?«

Dolf ließ sich von ihm auf die Füße ziehen. »Vielleicht tanzt du mit der Dame, damit der Platz an der Seite ihres Herzens nicht auskühlt, solange ich weg bin?«

Heinrich grummelte etwas, das sich anhörte wie »Halt doch dein Maul!«, ganz sicher war sich Hanne jedoch nicht. Für heute hatte sie jedenfalls genug Ärger auf sich gezogen.

»Niemand muss sich um mein Herz kümmern. Ich werde nach Hause gehen. Morgen muss ich in aller Frühe aufstehen, um pünktlich bei diesem Scheusal von Thalberg anfangen zu können. Nach dem Zwischenfall kürzt er mir sonst den ganzen Tageslohn. Wenn nicht Schlimmeres.«

»Komm wenigstens mit ins Festzelt. Wir suchen deine Mutter. Du solltest nicht allein nach Hause müssen«, hielt Dolf sie auf. Heinrich stimmte mit einer ausladenden Kopfbewegung zu.

Dankbar, dass sich die beiden Männer Gedanken um sie machten, nickte sie und schloss sich ihnen an.

Die Luft im Festzelt glich einem Herbsttag, an dem der Nebel aus den Wassern der Ruhr emporgestiegen war, allerdings fehlte den Dunstwolken aus Schweiß, Bier und Tabakrauch die kühle Frische der kälter werdenden Tage. Überall durch den Dunstschleier leuchteten rote Gesichter, feucht von Schweiß und Bier. Selbst bei den Frauen, die sich zwischen die Schützen gemischt hatten, klebten die Löckchen an den rosigen Wangen, deren Glühen vom einen oder anderen Gläschen stammen mochte oder vom Rausch des Tanzes und der Feierstimmung. Im Zentrum dieser Nebelgeister strahlte ein Gesicht besonders grell: Hochmütig thronte Elsabena am Tisch des Hofstaats, als wäre sie die Königin von Preußen höchstselbst und nicht die Schützenkönigin von Schwerte, lachte, scherzte, wehrte geziert Komplimente ab. Sie war ein Naturtalent im nonchalanten Abwimmeln der Audienzsuchenden und lediglich das Trommeln ihrer Finger auf dem Tisch verriet ihre Ungeduld, dass der König nicht an ihrer Seite Hof hielt.

Als Dolf das Zelt betrat, wurde er mit Hochrufen empfangen. Hanne war froh, neben dem hünenhaften Heinrich völlig in der Menge unterzugehen, denn so musste sie keine Angst haben, in den strengen Blick ihrer Mutter zu geraten.

Der neue König trat in die Mitte des Tanzbodens und nahm mit weit ausgebreiteten Armen den Jubel der Festgemeinschaft entgegen. Auf Dolfs Zeichen hin spielte die Kapelle auf und er drehte sich im Kreis. Zufrieden grinsend stemmte Elsabena sich von ihrem Stuhl, als Dolf sich weiterdrehte und seine Hand in Richtung des Zeltausganges streckte. Sofort richteten sich alle Augen nach hinten, suchten denjenigen, den Dolf mit dieser Geste auserwählt hatte. Tuscheln mischte sich unter die Musik, als die Feiernden die Schwester ihrer Königin an der Seite des Kolosses, des besten Freundes ihres Schützenkönigs, stehen sahen, auf die Dolf deutete. Augenbrauen wanderten in die Höhe und Köpfe neigten sich zueinander, um zu mutmaßen, was das alles zu bedeuten hatte. Seltsamerweise kümmerte Hanne das nicht. Etwas in ihr hatte sich verändert. Ihr war es gleich, was andere denken mochten. Was ihre strenge, auf die gute Sitte bedachte Mutter zu all dem sagen, ob Elsabena verletzt werden würde. Hannes Herz traf seine eigenen Entscheidungen und es war nicht albern, sich jemandem wie Dolf hinzugeben, sich von ihm führen zu lassen. Seine Stärke leuchtete beinahe verschmitzt und natürlich in seinen Augen und forderte sie auf, sich ihm anzuvertrauen, und ihr wurde klar, dass sie genau das wollte. Dass sie *ihn* wollte, wie niemanden zuvor. Der zu zahlende Preis dafür war ihr egal. Langsam setzte sie sich in Bewegung, und die Menge teilte sich vor ihr. Auf der Tanzfläche begab sie sich in Dolfs Arme und ihr gemeinsames Lächeln flutete strahlend das Festzelt. Beim Anblick der erstarrten und bleichen Elsabena, die mit ihren Fäusten die Leinentischdecke zerknitterte, musste Hanne besonders schmunzeln.

Die Funken aus dem Schwarzpulver, die den König gemacht hatten, kreisten nun um sie beide und brachten Hannes Herz zum Bersten. Sie war erfüllt von der Freude auf ihre Zukunft, die als neue Königin ihren Anfang nahm. Doch eine leise Befürchtung ließ einen anderen Weg erahnen.

Die Versprechen der Zukunft

1841

Seine Pferde Grete und Meta, beide mit braunem Fell und schwarzen Mähnen, zockelten die Straße entlang, und Dolf ertappte sich dabei, wie er ihre schaukelnden Kruppen fixiert hatte. Die Straße und die lang gezogenen Hügel, deren kahle Blöße der Gier nach Brenn- und Baumaterial zu verdanken war, waren an ihm vorübergezogen, ohne dass er es bemerkt hatte. Er räusperte sich und strich sich über den Bart, den er seit seiner Hochzeit trug, um seine Gedanken aufzuwecken. Mit einem Blick nach hinten versicherte er sich, dass mit seiner Ladung alles in Ordnung war. Seine Augenlider fühlten sich schwer und geschwollen an. War er eingeschlafen? Dieses Gefühl des mühsamen Schwebens war ihm vertraut geworden. Der Alltag zermürbte ihn: früher als beim Militär aufstehen, schuften und am Abend zu den immer gleichen Gesichtern und Sorgen im eigenen Haus zurückkehren. Das ständige Klagen über die Rotznasen, die teuren Preise für das Lebensnotwendigste, dazu die Vorwürfe, warum er nicht mehr tat. Seit Hanne und er Eltern geworden waren, drehte sich alles nur um die Kinder, den kleinen Hof, die Sorgen und Nöte. Er war so erschöpft. Innerlich und äußerlich. Seinen deprimierenden Gedanken konnte er nicht weiter nachhängen, denn der Fahrer eines entgegenkommenden Wagens grüßte, indem er sich an die Krempe des Hutes tippte.

»Morgen, Dolf! Zur neuen Hütte?«, rief er ihm zu. Dolf nickte, seine Stimme döste noch vor sich hin. »Dann viel Erfolg!« Jeder kämpfte hier für sich selbst.

Immer häufiger fuhren in der Nähe der winzigen Stadt Karren an ihm vorbei und zahlreiche Menschen waren auf den Beinen, um ihr Tagwerk zu beginnen und zur Arbeit zu eilen. Darum ermahnte sich Dolf, sich endlich auf sein eigenes Fuhrwerk zu konzentrieren, damit ihm niemand vor die Pferde lief. Trotz seiner Müdigkeit zwang er sich, gerade zu sitzen und die Augen auf die schmale Straße zu lenken. Er konnte froh sein, dass er keine Dampfmaschine ohne Seele vor dem Wagen gespannt hatte und ihm seine beiden dunkelbraunen Gefährtinnen einen Teil der Arbeit abnahmen. Er schnalzte und sofort wandten sich ihm vier Ohren zu.

»Meta, Grete, gleich sind wir da. Drückt uns die Daumen – ach, die habt ihr zwar nicht, aber na ja –, dass wir einen Auftrag einsacken können, damit sich die Fuhre lohnt«, krächzte er, um die Stimme in Schwung zu bringen. Er würde sie brauchen.

Als hätten ihn seine Stuten verstanden, schnaubten sie und zogen etwas an. Dolf lächelte und dankte ihnen im Stillen, versank jedoch gleichzeitig in sein dumpfes Brüten, das seinen Blick von seinem Weg zog. Was raubte ihm seit Wochen derart seine Energie, dass er kaum etwas von seinen Fahrten mitbekam? Es kam immer häufiger vor, dass er sich wunderte, plötzlich schon auf dem Kornmarkt in Herdecke oder vor den Toren der alten Burg zu stehen, wohin er gerade unterwegs war. Wurde er krank? Das würde ihm Hanne niemals gestatten, und leisten konnte er sich das ohnehin nicht. Seine Familie war auf jede einzelne Fuhre angewiesen, um zu überleben. Vielleicht war es das: der Druck, Tag für Tag neue Aufgaben zu suchen und sie wie eine Maschine abzuarbeiten. Ständig auf der Suche nach neuen, um ja nicht stehenzubleiben. Jeden einzelnen Tag. Jede Stunde des Lebens. Für die anderen, nicht für sich selbst. Dieser Druck lastete inzwischen deutlich schwerer auf ihm.

Langsam zogen seine Pferde sein Fuhrwerk durch die Straßen, die sich an eine längst vergangene Zeit klammerten. Fachwerkhäuser neigten ihm ihre Köpfe zu und hielten das Sonnenlicht fern. Er kam an einer der zahlreichen offenen Schmieden vorbei, die dem Städtchen seit jeher ein Auskommen beschert hatten. Ein Mann hämmerte auf einem glühenden Metallstab herum, formte ihn zu einer Spitze, wie es bereits seine Ahnen getan hatten. Bald würde er diese vom Stab abtrennen und ihr einen Kopf schmieden. Ein weiterer Nagel würde entstehen. Neben dem Schmied ließ ein jüngerer Mann mit dem Luftstrom des Blasebalgs zischend die Esse aufglühen.

Dolf tippte sich an den Hut, und der Schmied grüßte mit einem Nicken zurück. Dieses Mal hatten beide keine Stimme übrig. Wie auch? Das Gewerbe der Nagelschmiede, das diese Stadt geprägt hatte, starb aus, eine neue Zeit war bereits angebrochen – die Zeit der Maschinen. Dieser Mann konnte am Tag zwar Hunderte Nägel in seine Holzkiste rieseln lassen, würde aber niemals das leisten, was sich wenige Meter weiter in den wachsenden Fabriken zutragen würde. Schuldig fühlte Dolf sich nicht, er war nur ein Rädchen im Getriebe, winzig und eher unbedeutend, verdiente als Fuhrmann für die Großen sein Geld. Und die Großen! Das waren jetzt nicht mehr die Ritter und Könige, sondern die Fabrikbesitzer. Einer von ihnen, von diesen neuen Machthabern, hatte die alte Burg gekauft, die als Sitz einer Adelsfamilie seit langer Zeit über das Wohl der Stadt gewacht hatte. Ihr Glanz war wie ihr Putz im Laufe der Zeit abgebröckelt und das alte

Gemäuer sah heute schäbig aus, fast verblichen wie die Blütezeit des Adels, der mit allen Mitteln darum kämpfte, nicht an Einfluss zu verlieren – dennoch seine Schlösser und Burgen abtreten musste, um sich das Leben in dieser neuen Zeit leisten zu können, wo alles in die wuchernden Städte zog. Wie sie sich aufspielten, nachdem sie diesen Franzosen aus dem Land gejagt hatten! Ob die Preußen mit ihrem König im fernen Berlin, die die Franzosen hier ersetzt hatten, besser waren – wer konnte das schon sagen? Dolf musste zugeben, dass ihm nicht gerade wohl dabei war, für diese neuen Könige auf den Baustellen ihrer modernen Paläste des sogenannten Fortschritts zu arbeiten, denn er sah jeden Tag, wie sich hinter der Fassade der alten Burg Hördes etwas breitmachte, das das Grün auffraß, das er liebte und das in seiner Kindheit bis in die Ferne gereicht hatte. Davon war vieles verschwunden, begraben unter den Ziegeln und dem Metall einer neuen Zeit. Neuerdings roch es nach Kohle, Feuer, Asche und Eisen, verödet und verbrannt. Die Straßen wurden erweitert, befestigt und zu pulsierenden Adern des Lebens gezogen. Bei all dem Streben Richtung Zukunft war es für Dolf ein Wunder, dass sie die alte Burg stehen gelassen hatten, die ein Unternehmer aus dem nahen Sauerland gekauft hatte, um auf den Ländereien eine Eisenhütte aufzubauen. Wie gerne wäre Dolf ein Ritter gewesen, wie die Männer, die einst über seine Heimat gewacht hatten. Doch das war die Kindheit mit ihren Fantastereien. Jetzt war jetzt, und jetzt war er ein Familienvater und musste die Nase nach dem Wind drehen, der aus einer anderen Richtung wehte und nach blutiger Asche schmeckte.

Als er an der alten Burg vorbeiholperte, umfing ihn Baulärm, und seine Pferde horchten auf. Sie blieben dennoch ruhig und zogen brav weiter, bis er sie anhalten ließ. Ein Mann mit einer Liste kam auf ihn zu, wollte wissen, was er geladen hatte, und Dolf erteilte bereitwillig Auskunft. Der

Mann wies ihn zur Baustelle eines Gebäudes, wo er die Steine abladen lassen sollte. Ein weiteres Fuhrwerk wurde eben vor den halbfertigen Mauern entladen. Dolf grüßte dessen Fahrer knapp und lenkte seine Pferde so, dass er auf jeden Fall als Nächster an die Reihe kam, denn er hatte es eilig.

Dolf nutzte die Pause, um einen Schluck verdünntes Bier aus seiner Flasche zu nehmen und in seine Scheibe Brot zu beißen. Trocken klebte ihm die Pampe am Gaumen. Butter war in letzter Zeit keine mehr zu finden gewesen. Das lag nicht an Hannes Wirtschaften. Dennoch wurde er wütend, dass sie ihm nichts Ordentliches auf den Tisch brachte. Er würgte den trockenen Kanten herunter und spülte mit dem Bier nach. Dabei beobachtete er die Bauarbeiter, die wie er Teil des Getriebes waren. Sie zogen Mauern hoch, ihre Schornsteine wuchsen in den Himmel, andere schaufelten Erde für einen Graben weg. Es roch nach glühendem Metall wie vor der Nagelschmiede, bloß stärker, eindringlicher.

Seine Aufmerksamkeit wurde auf einen untersetzten Mann gelenkt, der mit einem Hofstaat wuselnder Menschen aus einem Gebäude in der Nähe kam. Dolf wurde wach und richtete sich auf, der Dicke mit der Glatze und den Koteletten, die den Mangel an Haaren auf seinem Kopf mehr als ausglichen, war einer, der das Sagen hatte. Vielleicht konnte er den Ingenieur in ein Gespräch verwickeln, damit dieser ihm etwas zuschanzen konnte. Dolf mochte ihn, denn er war nicht annähernd so arrogant wie ihr gemeinsamer Auftraggeber, der sich meistens nur eilig den Fortschritt auf dem Gelände zeigen ließ, wenn er denn einmal Zeit fand, nach seiner Investition zu sehen. Dolf hatte den Piepenstock, wie er den Inhaber Hermann Diedrich Piepenstock nannte, kaum je zu Gesicht bekommen, obwohl er jeden Tag irgendetwas zur Baustelle transportierte. Der Ingenieur hingegen war aus einem anderen Holz geschnitzt – oder in seinem Fall: aus einem anderen Metall gegossen.

»Guten Morgen, Herr Dobbs!«, rief Dolf freundlich und winkte dem Mann zu, der trotz seiner Leibesfülle wie ein umtriebiges Eichhörnchen wirkte. Das Lächeln des pausbackigen Gesichts offenbarte ihm schiefe Zähne, und Dobbs zog seine Entourage wie erhofft in Dolfs Richtung.

»Good Morgen, Herr Adolph. Wie geht es heute?«, fragte Samuel Dobbs, die Glatze in der Sonne glänzend und bereits arg verbrannt. Als Engländer und Meister der Konversation erledigte er das Gespräch gleichzeitig mit einem Blick in seine Pläne, ohne unhöflich zu wirken.

»Wie immer besorgt, Herr Dobbs. Zu Hause warten hungrige Mäuler und eine nörgelnde Ehefrau. Ganz zu schweigen von den beiden Damen da vorne, die am liebsten nur Hafer zu futtern bekämen.«

Damit hatte Dolf seine Aufmerksamkeit. Der Engländer schaute auf, trat zu Meta und hielt ihr die Hand hin, strich ihr über die Nüstern. Neben seiner Leidenschaft für Dampfkraft und Maschinen vergötterte Dobbs Pferde und liebte Pferderennen, das wusste Dolf. »Als Engländer you must love horses«, hatte der einmal erklärt und Meta ein Stück Zucker zugesteckt. Daran schien sich die Stute zu erinnern und so schnaubte sie enttäuscht in die Handfläche, die leer blieb.

»Keine leichte Zeit. Nirgendwo, Herr Adolph. Überall Unzufriedenheit. Aber Ihre Pferde und Familie müssen sich keine Sorgen machen. Immerhin schicke ich Sie auf die Reise, mir die besten Steine zu bringen, damit meine Maschinen ein Dach über dem Kopf haben.«

»Es geht gut voran?«, traute Dolf sich zu fragen, als Dobbs eine goldene und reich verzierte Uhr aus seiner Westentasche zog und den Deckel aufschnappen ließ.

Er brummte etwas Unverständliches, als wäre ihm die Frage des Fuhrmanns zu indiskret. »Jaja, gut, gut. Wir sind bald fertig. Alles nach Plan. Ich muss weiter, Herr Adolph.

Melden Sie sich im Büro. Noch gibt es Aufträge.« Er winkte Dolf bereits abwesend zu und zog mit seinem Hofstaat von dannen.

Das Fuhrwerk vor Dolf war entladen und wendete, kam dann neben Dolf zum Halten, bevor der nach vorne aufrücken konnte. Die Miene des Fahrers sprach Bände. »Glaubst du, die Vertraulichkeit mit dem Engländer sichert dir die Aufträge? Vergiss nicht, wo du stehst. Wir wissen alle, dass die Baustelle bald abgegrast ist, egal, was die feinen Herren sagen. Also mach dich nicht wichtig, du Spinnewipp!« Der Konkurrent schnalzte mit einem letzten bösen Blick zum Abschied und rumpelte davon.

Das Gespräch mit dem Ingenieur hatte den Druck in Dolfs Kopf erhöht wie einer dieser Dampfkessel, die Dobbs errichten ließ. So höflich und ermunternd es vom Engländer geklungen hatte – zwischen den Zeilen hatte Dolf begriffen, dass es auf dieser Baustelle bald nichts mehr zu holen geben würde. Bald würden hier Dampfmaschinen zischen, Maschinen zetern und Öfen brodeln. Fuhrleute würden da nicht mehr gebraucht, vor allem bei den Gerüchten über ein stählernes Ross, das deren Arbeit übernehmen sollte und das Kohle statt Heu fraß. Wie sollte er das Hanne erklären? Eigentlich wollte er gar nicht nach Hause zurück.

Tränen hinter der Hecke

Hanne strich sich eine lose Strähne aus der Stirn und schob sie zurück unter das Tuch, das sie sich für die Arbeit umgebunden hatte. Es war kühl, darum hatte sie mit der Gartenarbeit begonnen, bevor die Sonne auf sie herunterbrennen würde. Ebenso früh war Dolf mit dem Auftrag einer Fuhre aufgebrochen. Sie seufzte. Wie eifrig ein grauer Alltag eine frische Liebe zum Verblühen bringen konnte, hatte sie nicht erwartet, als sie in seinen Armen die Königin gewesen war. Das alles schien ein Jahrtausend zurückzuliegen. Nach dem Schützenfest kam schnell der Losbrief, den ihr Pfarrer ausschrieb, damit sie in Dolfs Gemeinde gehen und sich mit ihm verheiraten konnte. Carl Thalberg hatte sie nicht mehr wiedergesehen, Dolf hatte ihr verboten, weiter für diesen Widerling zu arbeiten. Dolfs Brautgeschenke waren die Arbeit auf seinem Hof und Hannes erste Schwangerschaft gewesen. Der Acker war ihr Brautbett und schien nur darauf zu warten, sie mit schlechten Ernten zu ärgern. Jahr für Jahr war es schlimmer geworden. Fast glaubte Hanne, dass Elsabena eine eifersüchtige Zauberin wie aus einem Märchen sein musste und sie verflucht hatte, da Hanne sie bis auf die Knochen blamiert und gedemütigt hatte. Ihre Mutter zwang sie beide, sich bei Familienfesten die Hand zu geben. Zu mehr Freundlichkeit zwischen den Schwestern war es seit dem schicksalsträchtigen Schützenfest nicht mehr gekommen, auch nicht, als Elsabena kurz nach Hannes Hochzeit ihren Diedrich unter weitaus größerem Pomp zum Altar geschleppt hatte. Diedrich war ein gutmütiger Kerl, doch er konnte mit Elsabenas Temperament nicht mithalten und hatte wahrscheinlich erst nach dem »Ja« verstanden, was er sich eingebrockt hatte. Die Sorgen ihrer Schwester waren aber nicht die ihren und sie musste sich um das Überleben ihrer eigenen Familie kümmern. Zumindest verdiente Dolf als Fuhrmann etwas dazu, sodass sie sich bis jetzt hatten über Wasser halten können, das konnte sich jedoch mit jedem Tag ändern. Nichts war mehr sicher. Es fühlte sich an, als würde der Tanz der Mücken ein ganz anderes Gewitter ankündigen – der Beweis für nahendes Ungemach lag in der aufgebrochenen Erde hinter Hannes Rücken. Sie brauchte nun kein Tagblatt mehr, das über kranke Ernten berichtete. Es half nichts, sie musste weitermachen, für ihre Familie.

Vorsichtig schob sie ihre Forke unter eine der Kartoffelpflanzen und hob sie aus ihrer Ruhestätte. Als sie die Erde abschüttelte, seufzte sie enttäuscht. Die Hälfte der Knollen war zusammengeschrumpelt und matschig. Auch die nächste Pflanze brachte kaum mehr als die Saat, die für ihr Leben in die Erde gegeben worden war. Hanne fluchte. Wenn es so weiterging, würde das ein harter Winter werden. Die Angst vor dem Hunger begann, an ihr zu nagen. Das erinnerte sie daran, dass ihre Kinder sicher wach geworden waren und auf das Frühstück lauerten. Nur noch eine weitere Pflanze, vielleicht sah die besser aus! Kratzend fuhren die Zinken in den Ackerboden, als ein anderes Geräusch sie aus ihren Gedanken riss. Hanne hielt inne, doch es war nichts Ungewöhnliches mehr zu hören. Die winzigen Häuser ihrer Nachbarschaft mit den verwitterten Dächern lagen verschlafen und ruhig da. Nur ein Hammerschlag dröhnte irgendwo im gleichförmigen Takt und untermalte die Stille.

»Eine letzte Reihe«, munterte sie sich beim Anblick der nächsten verrotteten Kartoffel auf, als sie es erneut hörte, dieses Mal viel klarer: ein Schluchzen.

Hanne legte die Forke beiseite und wischte sich die Hände an ihrer ausgeblichenen Arbeitsschürze sauber. Dann stieg sie über die gehegten Gemüsepflänzchen zur Hecke, die ihren Garten einfriedete und aus deren Richtung sie das Geräusch vernommen hatte. Sie musste nicht lange suchen, bis sie, auf Zehenspitzen stehend, eine Gestalt mit mausbraunem Scheitel ausmachen konnte, die auf den Knien saß und hilflos zitterte.

Die Ästchen des Gebüschs knisterten, als Hanne sich darüber lehnte, um einen näheren Blick auf die Person zu erhaschen. Die Frau fuhr aufgeschreckt hoch und starrte Hanne an. Eilig wischte sie sich die Tränen aus den Augen und strich ihren löchrigen Rock glatt.

»Guten Morgen, liebe Nachbarin«, versuchte Hanne, deren peinliche Berührtheit unverfänglich zu mildern.

»Guten Morgen, Hanne«, räusperte sich die Frau, die nur wenige Häuser entfernt wohnte. »Du bist schon so früh draußen zugange?«

»Dolf musste zu einem Kunden und die Kinder schliefen. Da hatte ich Gelegenheit, im Garten nach dem Rechten zu sehen.«

»Ich meine, alle Liebesmüh mit diesen elenden Gewächsen ist vertan«, erwiderte die Nachbarin bitter. Tränen stiegen auf, ihr Mund verzog sich abschätzig. Dann räusperte sie sich erneut. »Tut mir leid, dass ich flenne. Mir ist schlecht geworden, da musste ich mich hinsetzen. Im Moment … wird mir alles etwas zu viel, weißt du? Du bist jung und hast einen stattlichen Kerl an deiner Seite. Aber ich …«

Hanne bedeutete ihr zu warten und ging zum Gartentor. Nach wenigen Schritten hockte sie sich neben die Frau an den Straßenrand.

»Elisabeth, was ist los? Ich habe es gestern bei euch ziemlich spät scheppern hören.«

»Das konnte man hören? Ach herrje, wie peinlich!«,

schluchzte Elisabeth auf und vergrub ihr Gesicht in den Händen, die von der lebenslangen, schweren Schufterei ganz zerfurcht waren.

»Mach dir keinen Kopf. Erzähl einfach. Du siehst schon länger blass um die Nase aus.« Hanne tätschelte ihr den Arm.

Elisabeth schluckte, richtete sich auf und wischte sich die laufende Nase am Ärmel ab. »Wir … haben uns gestritten, wieder mal. Im Moment gibt es nur ein Thema: das liebe Geld! Es langt vorne und hinten nicht mehr zum Leben. Alles ist schrecklich teuer geworden und mein Mann ist kein guter Wirtschafter und Ernährer. Die Arbeit wird weniger und bringt nicht mehr so viel ein. Im Garten will es auch nicht mehr recht wachsen, die Ernte sieht schlecht aus … Außerdem verbringt er plötzlich dermaßen viel Zeit bei Haselhoff am Tresen! Das letzte Geld gibt er für Schnaps und Bier aus, und ich habe keine Ahnung, wo ich was zu beißen hernehmen soll! Gestern vor dem Abendessen hat er den Brotkorb sogar so hoch gehängt, dass nicht mal *ich* rangekommen bin. Die Kinder plärren durchgehend, weil ihnen die Bäuche schmerzen vor Hunger. Und ich muss die Suppe noch mehr strecken! Ich sage es dir ganz offen, Johanna: Um uns steht es nicht zum Besten. Ich weiß nicht, wie ich meine Kinder satt machen soll! Er steht daneben und weiß auch nicht weiter, dieser Tagedieb! Darum ist gerade alles über mir zusammengebrochen. Ich würde mich am liebsten ertränken, um meine Kinder nicht länger hungern sehen zu müssen!« Elisabeths Stimme brach ab, sie schniefte auf und saß still, erschrocken über die Düsternis der eigenen Worte.

Hannes Herz vibrierte unter dieser finsteren Kraft. Niemandem ging es mehr gut. Sie hätte ein ähnliches Liedchen davon singen können – die Kartoffeln waren durch Krankheiten nicht gut gewachsen, die Fuhraufträge für Dolf fielen magerer aus, das Geld wurde weniger. Selbst das Wetter schien verrückt zu spielen und sich gegen die Menschheit verschworen zu haben. Jetzt wurde, so stand es in den Zeitungen, zu allem Überfluss das Getreide knapp. Doch es war nicht Hannes Art, sich in hoffnungslosen Gedanken zu verlieren. Sie kämpfte eher, als sich zum Sterben hinzulegen. Wie eine Löwin hätte sie um den Brotkorb für ihre Kinder gekämpft und den Kerl an den Ohren aus der Kneipe gezogen! Die Nachbarschaft mochte arm sein, derart kraftlos hatte sie jedoch noch niemanden sprechen hören.

»Es steht nicht nur bei euch schlecht. Wenn du kein reicher Bauer mit weiß Gott wie viel Hektar Land bist, hast du verloren! Ich muss strecken, was das Zeug hält. Sei unbesorgt. Es mag zwar ein Rattenloch sein, aber wir auf dem Sommerberg halten zusammen.« Hanne stand auf. »Warte kurz.«

Leise trat sie ins Haus und steuerte die Speisekammer an, wo der Brotkasten stand. Mit einem Seufzer nahm sie einen halben Laib heraus und wickelte ihn in ein Küchentuch. Danach war der Kasten bis auf ein paar Krümel leer. Sie machte sich keine Sorgen darüber, was Dolf dazu sagen mochte.

Als sie nach draußen trat, befreite sich die Sonne aus den Wolken und es wurde sofort merklich wärmer. Vielleicht gab es doch Hoffnung, dass das Gemüse sprießen würde.

Sie drückte Elisabeth das Brot in die Hand. »Mach den Kindern Frühstück. Sie brauchen was. Vor allem brauchen sie ihre Mutter. Also iss eine dicke Scheibe, Elisabeth.«

Elisabeths Augen weiteten sich unter dem See ihrer Tränen. »Das … kann ich nicht annehmen! Ihr braucht das genauso nötig!«

Hanne biss sich auf die Lippe. »Geht schon. Nimm es, für deine Kinder und für dich zur Stärkung, damit du deinem Kerl in den Allerwertesten treten kannst. Hoffentlich reißt er sich dann endlich zusammen! Der Winter kommt schneller, als wir denken.«

Elisabeth rappelte sich auf, nahm den Laib und zog Hanne ungelenk in eine Umarmung. »Das ist … du bist so großzügig! Damit rettest du meine Familie! Adolph hätte keine bessere Frau heimführen können.«

Elisabeth löste sich von ihr und nickte ihr erleichtert zu, als sie die Straße in Richtung ihres Hauses davonlief. Sorgenvoll blickte Hanne ihr nach. Seit Wochen sah Elisabeth ausgezehrt und dürr aus. Ihre durchlöcherten, verwaschenen Röcke schlackerten wie graue Raubvögel, die ihre Beute in den Himmel reißen wollten, um die mageren Beine. Sie war ein Abbild der Not, die auf dem Sommerberg um sich griff, und dennoch hatte bisher niemand etwas dagegen unternommen: Niemand ging zum Bürgermeister, niemand setzte sich zusammen, um zu beraten, wo man schnellstmöglich etwas zu essen herbekommen konnte, gerade jetzt, wo der Winter sich in jedem kühleren Lufthauch ankündigte. Bald würden Menschen ringsum verhungern, da sich keiner von den Mächtigen um das arme Rattenpack scherte, dessen Kartoffeln in der Erde vermoderten und das nicht einmal zum Überleben genug verdiente, ohne auf Almosen angewiesen zu sein. Vielleicht würde sie sogar um ihre eigenen Kinder trauern müssen … Eine dunkle Wolke schob sich vor die Sonne und sofort fröstelte es sie. Dieser Gedanke passte nicht zu ihr, und Hanne verbat ihn sich. Hätte sie ihn, wie Elisabeth es tat, zugelassen, wäre sie auf der anderen Seite der Hecke niedergesunken und hätte sich nicht mehr fortbewegt. Aber nicht Hanne. Nicht mehr. Damals, nach dem Schützenfest, hatte sie sich etwas geschworen: Im Angesicht einer Bedrohung würde sie nie wieder zu Eis erstarren. Noch konnte sie die nächste Pflanze ausheben und auf das Beste hoffen. Vielleicht sah es in der letzten Reihe besser aus. Hanne schob die Betrübnis zur Seite und krempelte die Ärmel hoch. Gemeinsam schafften sie es schon. Dolf war kräftig, wie zehn Männer. Hanne vertraute auf ihn und seine starken Arme.

Die Bedeutung des Eisens

Dieser Tag konnte nur schlimmer werden. Erst die Entmutigung durch Samuel Dobbs, dann die Fehler der Arbeiter beim Entladen, die Dolf wertvolle Zeit auf dem Weg zu neuen Aufträgen gekostet hatten, und jetzt die Schlange aus Fuhrwerken vor dem Werksbüro in der alten Burg, die sich zur Mittagszeit scheinbar bis zum wachsenden Schornstein hinauf stapeln wollten. Zu allem Übel hatte seine Meta irgendwo ein Eisen verloren und stakste unglücklich vor dem Wagen, entlastete das Bein, wo es ging. Dolf würde sie schnellstens beschlagen lassen müssen, um eine Lahmheit und damit den Ausfall ihrer Arbeitskraft zu verhindern. An die Kosten, die dadurch auf ihn zukamen, wollte er nicht denken.

Er grummelte unentwegt in seinen Bart, und seine Stimmung stieg nicht unbedingt, als der Fuhrmann, der ihn nach dem Gespräch mit dem Ingenieur derb angefahren hatte, mit einem Blatt Papier wedelnd aus dem Büro kam. Er hatte einen der begehrten Aufträge erhalten. Dolf war sich sicher, dass der Kerl gehässig in seine Richtung gegrinst hatte. Seine Laune sank auf den Tiefpunkt.

»Blöde Ratte ...«, fluchte er und spielte mit den Zügeln, um sich zu beruhigen. Seine Pferde verstanden dies als Aufforderung und zogen an. Erschrocken durch den Ruck brachte Dolf sie hastig wieder zum Stehen. Zu spät. Es krachte, und die vordere Ecke seines Wagens donnerte in das vor ihm wartende Gefährt.

»Hömma! Kannst du nicht aufpassen?«, brüllte ihn dessen Fahrer an.

Dolf murmelte eine Entschuldigung. Er fühlte die Blicke der anderen auf sich ruhen, ihr Kopfschütteln musste er gar nicht sehen, um zu wissen, was sie dachten.

»Du solltest deine Träumereien in die Pausen verlegen, du Idiot! Muss ich rüberkommen und dir zeigen, wie man ein Fuhrwerk lenkt?«

»Reg dich nicht auf! Ist nichts passiert«, knurrte Dolf. Seine Faust ballte sich auf seinen Oberschenkeln. Zum Glück stieg der Mann entgegen seiner Ankündigung nicht ab, um nach dem Schaden zu sehen und Dolf weiter anzugiften, sondern zeigte ihm nur den Vogel. Die vertraute Wut, die ihn seit der Kindheit wie ein über ihm kreisender Rabe verfolgte, brodelte in seinen Eingeweiden. Sie würde sich erst durch den Einsatz seiner Faust entladen. Er hoffte, dass der Kerl weiter auf seinem Bock blieb, damit Dolf nichts tun würde, was ihm schadete – erst recht nicht vor den Augen seines Auftraggebers.

Endlich öffnete sich die Tür zum Büro und einer der Angestellten trat heraus. Die Aufmerksamkeit aller richtete sich auf den Mann, der auf die oberste Stufe trat. Dolfs Faust pulsierte, er zwang sich jedoch, den Worten des Mannes zu lauschen, um mitzubekommen, wohin ihn sein nächster Auftrag führen würde.

»Es tut mir leid, für heute sind alle Fuhren vergeben! Versucht es morgen noch mal!«, lautete die knappe Ansprache des Mannes, die ein Murren rundherum aufbrausen ließ. Der Bote der schlechten Kunde floh danach schnellstens wieder in die Sicherheit der Burgmauern.

»Na bravo.« Dolf sackte vollends in sich zusammen, die Wut sickerte aus ihm heraus in den grauen Staub. Wirklich, was für ein Tag!

Mutlos reihte er sich in die Schlange der Fuhrleute ein, die ihre Wagen von der Baustelle lenkten und sich mit enttäuschter Mine durch die engen Straßen davonmachten.

Dolf brauchte einen Plan. Als Erstes würde er zum Hufschmied in der Nachbarschaft fahren und Meta beschlagen lassen. Das würde zwar etwas kosten, was er eigentlich nicht hatte, aber ihm die Arbeitskraft des Tieres erhalten. Der Schmied war zudem so etwas wie das Wochenblatt auf dem Sommerberg und hatte stets ein Füllhorn an interessanten Geschichten und Neuigkeiten parat, die er neben seinen Hufeisen gerne an den Mann brachte. Vielleicht hatte der für seinen Stammkunden eine Idee, wo es etwas zu holen gab. Das Geld für diesen Besuch würde Dolf gerade noch zusammenkratzen können.

»Ach, da ist ja mein Lieblingskunde!«, begrüßte ihn eine Stunde später der Schmied Overkamp. Sein muskulöser Oberkörper, versteckt hinter der Lederschürze, quetschte sich durch die Tür seiner Werkstatt auf den Hof, gefolgt von seinem sympathischen Lächeln im glatt rasierten Gesicht.

»Und mein Lieblingsschmied ist tatsächlich daheim. Wie schade, das wird bei seinen überzogenen Preisen wieder ein teures Vergnügen für mich!«, erwiderte Dolf den Gruß und sprang vom Bock, um seine Pranke zu schütteln. Von der körperlichen Arbeit hatte Dolf zwar kräftige Hände, sie wirkten in denen Overkamps dennoch winzig und weich wie die eines Bürohengstes.

»Für diese Unterstellung schlage ich was beim Preis auf, du Gauner. Wie kann ich dir helfen?«

Dolf zeigte ihm Metas Huf. Der Schmied rief nach seinem Gehilfen, damit der das Pferd ausspannte und es an einem der eisernen Ringe in der Wand anband.

»Das wird schnell gehen. Das Eisen ist weg, vermute ich? Sonst hätte ich es wieder drankloppen können. Der letzte

Beschlag ist ja noch nicht lange her. Sei beruhigt, es wird nicht allzu teuer. Willst du was trinken?«, zwinkerte Overkamp Dolf zu und dieser bejahte.

»Ich hatte heute kaum eine Pause. Gebracht hat der Eifer am Ende nichts«, beklagte er sich, während er sich auf eine Holzbank neben der Schmiede fallen ließ, in der Overkamp abtauchte.

Schnell kehrte der Schmied mit einer Flasche und zwei Bechern zurück. »Dein Gesicht ist so lang wie das deines Pferdes«, beschied er und reichte Dolf den einen, in dem bereits eine klare Flüssigkeit schwappte. »Trink, das macht dich munter. Was bedrückt dich?« Er ließ sich neben Dolf fallen und blinzelte in die Sonne.

»Irgendein Idiot hat mir den letzten Auftrag für heute vor der Nase weggeschnappt, dann bin ich einem anderen drauf gefahren. Dazu habe ich mit dem Engländer gesprochen. Dachte, er muntert mich auf und schanzt mir einen Auftrag zu … tja, falsch gedacht.«

»Ich kann mir denken, was dieser Dobbs gesagt hat. Man hört überall, dass die Piepenstock-Hütte bald ihren Betrieb aufnehmen wird. Der Sauerländer, der Piepenstock, kommt bald her, um zu hören, wann es losgehen wird mit dem Kochen seines Eisens. Einer meinte, in wenigen Wochen. Dann ist Schluss mit Fuhrleuten, die Steine herankarren. Dann leuchtet der Himmel von Piepenstocks Feuer.«

»Genau das ist mein Problem. Ich habe hungrige Mäuler zu stopfen. Vielleicht kann ich Kohle- oder Eisenfuhren für die Hütte übernehmen.«

Overkamp sog die Luft durch seine Zähne. »Du hast die Gerüchte doch bestimmt gehört: Wir kriegen nicht nur das Eisen, sondern sogar die Eisenbahn. Sie haben angefangen, eine Trasse zum Werk aufzuschütten. Ist dir die Schneise nicht aufgefallen? Die Welt ist im Umbruch. Das sagen alle.

Die Eisenbahn ist unsere Zukunft. Sie ist schneller und stärker als zehn Pferde und kann Lasten tragen, sag ich dir … ach, verzeih. Das war unangebracht. Für den Bau werden sie gewiss Fuhrleute benötigen, um den Schotter und die Schienen zu transportieren. Fahr in die große Stadt, nach Dortmund, und frag mal nach. Die Eisenbahngesellschaft hat dort ein riesiges Gelände für den neuen Bahnhof gekauft. So viel Fläche hat hier nicht mal der reichste Bauer! Das wird was werden. Für findige Fuhrleute haben die was zu tun, da bin ich sicher.«

Dolf wurde schwindelig, und er musste blinzeln, um sich einigermaßen zu fangen. Vorher hatte er nur den baldigen Verlust eines Kunden verkraften müssen, doch jetzt kündigte Overkamp das mögliche Aus seines ganzen Berufsstandes an.

»Die Fahrt ist weit, aber ich kann es probieren«, versuchte er, sich aufzumuntern.

Overkamp klopfte ihm auf den Schenkel und erhob sich. »Dann will ich deine Meta mal wieder flottmachen, damit du loskannst.« Er bewaffnete sich mit einer Raspel und klemmte Metas Huf zwischen seinen Knien fest. Dabei brüllte er nach seinem Jungen, ihm ein neues Eisen zu bringen und die Esse anzuheizen, um es anpassen zu können.

»Nicht nur ich werde weniger zu tun haben, mein lieber Schmied, wenn die Eisenbahn die Pferde ersetzt«, murmelte Dolf missgelaunt in Overkamps Richtung. Womöglich wollte er sich damit Mut machen. Overkamp malte gerne für andere schwarz, während er sich selbst schillernd im Sonnenlicht tanzen sah. Dolf dachte an Hanne und daran, dass er keine Ausrede mehr hatte, sein Zuhause zu meiden, obwohl es ihm vor ihren Vorwürfen graute. Als könnte er etwas für den Lauf der Dinge! Er hatte schlicht nicht die Macht, irgendetwas Bedeutendes zu ändern. Ihm musste trotzdem dringend ein Plan in den Sinn kommen, wie er das Schicksal seiner Familie ändern konnte. Vieles war deutlich weniger glorreich als die Zukunft der Eisenwerke und ihrer dampfenden Zulieferer.

Versonnen griff er in seine Tasche und ertastete, was er gesucht hatte. Dolf zog den Rosenkranz hervor, der einst seiner Mutter gehört hatte, und betrachtete ihn, als sähe er ihn zum ersten Mal. Das Sonnenlicht tanzte auf den polierten Perlen, die zwischen seinen Fingern klimperten. Sofort sprudelte eine Quelle der Zuversicht in seinem Kopf und die Stimme seiner Mutter versicherte ihm, dass er ein guter Mensch sei und Gott ihn trösten und auffangen würde – wie sie es getan hatte, als er ein Kind gewesen war. Mutter war evangelisch erzogen worden, hatte aber besonders an der Gottesmutter Maria gehangen und gerne zu ihr gebetet, da nur sie eine Mutter wirklich verstehen könne, wie sie gesagt hatte. Bei ihrer Aufbahrung in der Stube hatte Dolfs Vater den Rosenkranz widerwillig um ihre Hände gewunden, als der Pfarrer gegangen war. Dolf erinnerte sich an die bleichen Knochenfinger, zwischen denen das Braun der Perlen gefunkelt hatte. Als er allein war, nahm er sich den Rosenkranz einfach. Ihre Haut war kalt und hart wie Eisen. Warum er das tat, konnte er nicht erklären, doch die Gebetskette erschien ihm wie das einzig Persönliche, das seine Mutter ihm hinterlassen hatte. Womöglich wollte er sie dadurch an sich binden. Sein erster Diebstahl. Und dann auch noch bei einer Toten. Bei seiner Mutter. Das schlechte Gewissen quälte ihn lange, aber ungeschehen konnte er die Tat nicht machen. Er hatte sich immerzu beobachtet gefühlt, bis der Sarg schließlich geschlossen worden war. Irgendwann hatte er begonnen, sich einzureden, dass Mutter sein Trost sicherlich wichtiger gewesen wäre, als dass der Rosenkranz in ihren Händen zu Erde zerfiel. Dieses für Protestanten unpassende Ding hatte bei der Beerdigung ohnehin niemand vermisst und seitdem war er Dolfs ständiger Begleiter. Vielleicht half ihm die Erinnerung an den einzigen Menschen, den er neben seiner Hanne je geliebt hatte, eine Lösung für sein Problem zu finden.

Er schloss die Augen und ließ sich von Overkamps Hammerschlägen davontragen. Die Angst, dass der Hunger in sein Haus zurückkehren konnte, machte sich dennoch in seinem Herzen breit.

Bergab, bergauf

Am Vormittag brachte Hanne die Kinder zu ihrer Schwester, um sie nicht den langen Weg ins Tal und in die nächste Stadt an den Rockschößen hängen zu haben und im Anschluss den Berg hinauftragen zu müssen.

»Johanna Clara Sophia Wilhelmina Bernhardine, du bist spät dran«, maulte Elsabena, die bereits am Gartenzaun wartete, während ihr Ehemann Diedrich fröhlich aus seinem Werkzeugschuppen winkte. »Ich habe Näharbeit zu tun und habe nicht den ganzen Tag Muße, auf die Bälger aufzupassen. Sie müssen sich schon selbst beschäftigen.« Ihre Lippen kräuselten sich und sie würdigte ihre Nichte und ihren Neffen keines Blickes.

»Tut mir leid. Ich beeile mich.« Hanne ließ ihre Kinder nicht gerne bei Elsabena, die vor allem dann schlecht gelaunt war, wenn sie auf ihre ältere Schwester traf. Von jeher hatte sie Hanne alles geneidet, was sie jemals besessen hatte. Der Verlust von Dolf an ihre Schwester war die Krönung ihrer Eifersucht gewesen. Bei Besorgungen war Hanne dennoch ab und an gezwungen, die Kinder in Elsabenas Obhut zu lassen, da sie ihrer Nachbarin Elisabeth nicht zusätzliche Mäuler und Arbeit aufdrücken wollte – besonders wo sie nun wusste, wie es um die Familie bestellt war. Eine missgünstige und biestige Tante war trotzdem nicht die ideale Wahl. Sie würde sich etwas einfallen lassen müssen, wenn sie künftig in die Stadt wollte.

Sie schob ihre Kleinen in den Garten, es war aber kein Wunder, dass sie sich beim Anblick des verkniffenen Gesichts ihrer Tante ziemlich bitten ließen und die Hacken in die Torschwelle gruben. Hanne und Elsabena ähnelten sich stark, zumindest äußerlich – das sagten alle. Im Innern hätten die beiden Schwestern kaum unterschiedlicher sein können.

»Soll ich euch etwas mitbringen? Ich wollte zum Tuchhändler, Leinen holen. Die Kinder brauchen neue Unterwäsche.«

Elsabena nahm ihre Nichte und ihren Neffen mit spitzen Fingern in Empfang und schüttelte den Kopf. »Ich habe mir gestern alles besorgt. Da habe ich übrigens auch *deinen* Dolf gesehen.«

Hanne entging nicht, dass sich das Gesicht ihrer Schwester leicht rötete, dann sofort in die verkniffene Ursprungsmiene zurückfiel und wieder verblasste. »Er war beim Schmied, faulenzte bei dem auf der Bank. Danach ist er los Richtung Dortmund.«

Hanne runzelte die Stirn. Sie fragte sich, warum er spät am Tag auf solch eine Strecke aufbrach, wollte sich vor ihrer Schwester aber nicht die Blöße geben, nichts über die Pläne ihres Mannes zu wissen. »Eines der Pferde musste beschlagen werden«, druckste sie.

»Und warum wollte er in die große Stadt?«

»Elsabena, ich glaube nicht, dass ich Dolfs Angelegenheiten mit dir besprechen muss. Wenn du etwas über ihn oder seine Arbeit wissen willst, frag ihn bitte selbst.«

In Elsabenas Augen blitzte die Wut auf wie das Mündungsfeuer der Donnerbussen, wie damals beim Schützenfest, als sie erkannt hatte, dass Dolf sich von ihr abgewendet hatte. Die Falten um ihren Mund wurden tiefer. »Es sieht nach Regen aus. Hol dir keine Erkältung«, erwiderte sie kühl wie der Wind, der einige graue Wolken vor sich hertrieb, packte die Kinder grob bei den Handgelenken und zog sie von ihrer Mutter fort.

Die Kleinen beruhigten sich erst, als Elsabena sie zu ihrem Mann in den Schuppen gezerrt hatte, Diedrich sich zu ihnen hinunterbeugte und ihnen kunstvoll gekräuselte Hobelspäne zum Spielen in die kleinen Fäuste drückte. Hanne seufzte erleichtert. Gut, dass wenigstens einer in ihrer Verwandtschaft ein Herz hatte.

Der Weg hinunter in die Stadt führte sie durch einen dichten Wald, der den Feuern der Eisenproduktion trotzte, und eine struppige Heidelandschaft. Da sie die große Chaussee mied und kleinere Trampelpfade und Abkürzungen nutzte, traf sie zum Glück nur auf wenige Nachbarn. Jede Begegnung mit einem bekannten Gesicht, das den neuesten Tratsch vom Sommerberg hören wollte, verlängerte die Zeit, die ihre Kinder im Haus des Drachen verbringen mussten.

Hanne kam nach einer Weile am Haus des Kettenschmieds Küpper vorbei, aus dessen Werkstatt eifriges Klirren drang. Seine Frau kniete im Garten, vor ihr im Boden klaffte ein Loch, in das sie sorgfältig den Inhalt eines Korbes legte. Hanne erkannte von Weitem, dass es sich um Kartoffeln handelte, welche die Küppers wahrscheinlich von einem der Großbauern zum Einlagern gekauft hatten. Neidisch betrachtete sie die Größe dieser Erdmiete. Genug Kartoffeln für zwei Winter, Hanne war überzeugt, dass die wohlhabenden Küppers sie genauso gut in einem verputzen konnten.

Freundlich grüßte die Frau des Schmieds und Hanne winkte geistesabwesend zurück. Ihre Gedanken kreisten um Elisabeth, die sicherlich kein Fass im Boden hinter ihrem Haus vergraben hatte, um darin Vorräte zu lagern. Wofür auch? Sie hatte ohnehin nie genug zu essen. Die Küppers hingegen gönnten sich laut dem Getratsche gerne Luxus wie echten Kaffee, ihre Geschäfte schienen also nicht allzu schlecht zu laufen. Ketten fürs Vieh benötigten schließlich nicht nur die Bauern, sondern auch andere Betriebe sowie die vom Piepenstock gegründete Hermannshütte, deren wachsende Schornsteine Hanne hinter den sich lichtenden Bäumen erkennen konnte. Einige qualmten bereits, stellte sie verwundert fest. Dolf hatte gar nicht erzählt, dass der Piepenstock schon so weit war, zumindest erste Feuer in seinen Hallen für das Kochen von Eisen anzufachen.

Die restliche Strecke gelang es Hanne nicht, die Gedanken an die Erdmiete im Garten der Küppers abzuschütteln. Selbst beim Tuchhändler nicht, wo sie das letzte Geld aus ihrem Geldbeutel kratzen musste, und auch nicht, als sie sich den Berg wieder hinaufquälte. Ständig geisterte der volle Korb der reichen Küppers durch ihren Kopf. Wie viele Mäuler hätte man mit diesem Vorrat stopfen können! Ungerecht, wie die Welt aufgeteilt ist, dachte sie. Keine halbe Stunde entfernt von diesen reichen Gaben fand man leere Kartoffelställe und knurrende Mägen.

Obwohl es ein herbstlicher Tag war, sich das Laub langsam zu färben begann und ein erster kühler Hauch aus dem Osten heranwehte, schien die Sonne mit letzter Kraft durch die Bäume, sodass Hanne beim Klettern der Schweiß ausbrach. Der Zufall wollte es, dass ein umgefallener Baum am Waldrand nahe dem Grundstück des Kettenschmieds sie zu einer kurzen Rast einlud. Hanne stellte den Korb mit dem Leinen ab, schwang sich auf den Stamm und ließ für einen Augenblick die Beine baumeln, sah in das Blätterdach über ihrem Kopf, das von innen heraus zu leuchten schien und weiches Licht zwischen die Stämme zauberte. Als die Kirche unten in der Stadt den Engel des Herrn läutete, verließ Küpper die Werkstatt und seine Gesellen machten sich schwatzend auf den Heimweg. Der Schmied trat auf den Hof, wo sein Pferdewagen auf ihn wartete, und rief etwas zum Haus hin. Kurze Zeit später tauchte seine Frau in einem teuren Kleid auf. Seide schimmerte in einem hellen Grün und Rüschen umspielten den üppigen Busen. Verschwunden waren die Strähnen, die sich vorhin aus ihrem Dutt gelöst hatten, und die Reste von Gartenerde und Schweiß waren in der Waschschüssel abgewaschen worden. Sie glänzte wie ein frisch geprägtes Goldstück. Derart gestriegelt und gebügelt reichte sie ihrem Mann dessen Hut und gemeinsam stiegen sie auf den Bock. Mit einer Mischung aus Neid und Verlegenheit beobachtete Hanne, wie er ihr verstohlen über die Wange strich. Wie ein verliebter Backfisch. Frau Küpper hakte sich bei ihrem Mann unter, als sich der Wagen Kiesel spritzend in Richtung der Chaussee aufmachte. Es wurde still um Hanne. Bis auf die Vögel, die verschlafen den Anbruch des Abends ankündigten, war nichts mehr zu hören. Hannes Füße traten auf das trockene Gras, bevor sie überhaupt bemerkte, dass sie vom Baumstamm heruntergerutscht war. Sie fanden ohne ihr Zutun ihren Weg in den Garten der Küppers. Mit einem Blick vergewisserte sie sich, dass niemand in der Nähe war, kniete sich vor das eingegrabene Fass und hob den Deckel. Ein Duft von malziger Erde stieg ihr in die Nase, der von der Frische der Kartoffeln untermalt wurde. Genüsslich atmete Hanne ihn ein und betrachtete dabei die reichlichen Vorräte, die Frau Küpper in den Boden gelegt hatte, um sie kühl zu lagern. Sie hatte offenbar etwas von ihrer berühmten Sorgfalt vermissen lassen, denn sie hatte vergessen, das Fass zu sichern. Jederzeit konnte ein Tagedieb oder Landstreicher vorbeikommen und sich zumindest seine Abendmahlzeit zusammenstehlen, bis irgendwann nichts mehr für den Schmied mit dem Ansatz eines Bäuchleins übrig sein würde. Was für ein Unsinn! Mit diesen Reserven würde er nicht so leicht vom Fleisch fallen. Hier lagerten genug Kartoffeln, um Hannes Familie bis weit in den Frühling zu ernähren. Eine oder zwei Hände voll im Magen eines armen Schluckers würden den Küppers niemals wehtun. Hanne beugte sich vor und hob eine der Kartoffeln auf. Sie waren nicht faulig, sondern fest und prall, strotzten vor Leben, das sie den Menschen weitergeben konnten. Aber hatten die rosigen Küppers nicht genug Leben in sich? Anders als Elisabeth und ihre Kinder. Hanne nahm einen herzhaften Biss, es knackte und ein noch intensiverer Geruch strömte in ihre Nase. Was man aus diesen Knollen alles zubereiten konnte! Ehe sie es sich versah, handelten dieses Mal nicht ihre Füße, sondern ihre Hände ohne ihren Willen und schoben das Leinen zur Seite, um die Kartoffel behutsam in den Korb zu legen. Weitere folgten, bis dieser so voll war, dass der Stoff nur noch auf dem Rand aufliegen konnte. Hanne schloss den Deckel des Fasses und stemmte sich auf die Füße. Schweißtropfen standen auf ihrer Stirn, die nicht durch eine besondere Anstrengung entstanden sein konnten. Beinahe fürchtete sie sich vor dem, was ihre Hände da vermocht hatten. Doch der Schmied würde diesen winzigen Verlust gewiss verschmerzen – falls er ihn überhaupt bemerken würde!

Bis Hanne wieder bei sich war, hatte sie den Garten der Küppers bereits weit hinter sich gelassen und war ein Stück bergauf gelaufen. Spärlich standen Büsche und kleinere Bäume auf ansonsten fast kahlen Hängen. Sie atmete heftig, hielt kurz an, stellte den Korb ab und stemmte die Hände in die stechenden Seiten. Der Schweiß lief an ihrer Schläfe hinab in den Kragen.

»Geht es Ihnen gut?«, hörte sie eine Stimme in ihrem Rücken, die sie erstarren ließ. Japsend drehte sie sich um und der nächste Schreck fuhr eiskalt durch ihren Körper. Sie hatte das Pferd gar nicht kommen hören, jetzt stand es wenige Meter entfernt und beäugte sie aufmerksam, trat nervös von einem Huf auf den anderen und schnaubte unwillig. Das Tier war zwar größer und augenscheinlich unruhiger als die beiden Kaltblüter, die Dolfs Wagen zogen, hätte ihr an sich jedoch keinen solchen Schrecken eingejagt, hätte da nicht jemand auf seinem Rücken gethront: Ein Reiter in grüner Uniformjacke und mit glänzenden Stiefeln über einer grauen Reithose brachte sie zum Zittern. An seiner Hüfte baumelte ein Säbel und auf dem Kopf saß ein schwarzer Helm. Alles an ihm, selbst die kleinste Falte im glatt rasierten Gesicht, wirkte wie frisch aus der Wäschemangel gezogen. Auch Zaumzeug, Sattel und Fell des Pferdes waren auf Hochglanz gebracht und strahlten in der Sonne. Dennoch wirkte er auf Hanne nicht wie ein Held und sie schauderte, als sie in seine dunklen Augen sah. Ein Gendarm auf Patrouille. Wie lange war er ihr gefolgt? Woher kam er? Ihr lief es heiß und kalt den Rücken herunter. Hatte er sie im Garten der Küppers gesehen und war ihr gefolgt? Es fühlte sich an, als hätte sich eine der Kartoffeln in ihren Hals gestohlen und sich dort verkantet.

»Sie sehen angestrengt aus, gute Frau! Ich wollte Sie nicht erschrecken«, sprach er sie ruhig an. Seine Stimme war sehr tief und passte nicht zum jugendlich wirkenden Gesicht, ebenso wenig wie der gezwirbelte Schnäuzer, der mit den Lippenbewegungen mitschwang.

Mühsam räusperte Hanne die Kartoffel zur Seite, obwohl »gute Frau« sie ärgerte. Sie war schließlich keine hundert! »Entschuldigen Sie. Ich war in Gedanken und habe Sie nicht kommen hören. Ich muss meine Kinder bei meiner Schwester abholen und bin spät dran, Herr Gendarm. Darum habe ich es wohl etwas zu eilig gehabt.«

»Sonst ist alles in Ordnung? Nicht, dass Sie mir hier zusammenbrechen. Bei dem Wetter kann man sich schnell übernehmen.« Hanne nickte, aber der Gendarm rührte sich nicht vom Fleck. »Ich bin neu in diesem Revier und zum ersten Mal auf Patrouille. Ich wollte mich nur erkundigen, wo dieser Weg hinführt. Kann man auf ihm weiterreiten?«

»Ja, er führt zum Sommerberg, wo man auf die Chaussee trifft. Für Ihr Pferd müsste er breit genug sein. Ich bin heute

Mittag hier heruntergelaufen, Sie sollten problemlos durchkommen.«

Das Pferd des Gendarmen trat einen Schritt auf sie zu, streckte ihr die Nase entgegen und schnüffelte neugierig am Korb. Hastig zog Hanne ihn weg, streichelte beruhigend über die geblähten Nüstern.

»Ein Leintuch im Magen bekäme dir sicherlich nicht gut, meine Hübsche«, sagte sie zu dem Tier und trat zur Seite, um den Pfad freizumachen.

Galant tippte sich der Gendarm an den Helm. »Gestatten, Mönkebüscher. Wir werden uns bestimmt häufiger sehen, wenn ich auf Patrouille bin. Also, sollte je etwas sein, dann wissen Sie, dass endlich ein eifriger Gendarm im Dienst ist, dem Sie Ihr Leid klagen können. Bestimmt kennen Sie die Gerüchte um meine Vorgänger und ihren laxen Umgang mit dem armen Gesindel.«

Erst redete er mit ihr wie mit einer alten Frau und nun bezeichnete er die Leute auf dem Sommerberg auch noch als »Gesindel«. Arrogant und besserwisserisch, im wahrsten Sinne von oben herab, präsentierte sich dieser Stenz. Sie schluckte hart, entschied sich, ihm ein paar Takte dazu zu sagen. »Wir haben auf dem Sommerberg selten einen Gendarmen gesehen, das stimmt. Bislang alles eher bierselige Gesellen, soweit ich das beurteilen kann. Allerdings muss ich Ihnen auch widersprechen, Herr Mönkebüscher. Dort gibt es durchaus rechtschaffene, ehrliche Leute. Mich zum Beispiel.« Das Gewicht der Kartoffeln drohte sie im Angesicht dieser Lüge zu Boden zu drücken.

Der Gendarm schien nichts zu bemerken und tippte sich erneut an den Helm. Seine Stimme war deutlich kühler. »Gut zu wissen. In dem Fall werden wir beide eher weniger das Vergnügen haben, uns öfter zu begegnen. Versprechen Sie mir nur, auf Ihr Lauftempo zu achten, wenn Sie einen Berg besteigen. Nicht, dass Sie mir noch in Ihrer Rechtschaffenheit kollabieren.«

Er lächelte dünn und trieb sein Pferd mit einem leichten Druck in die Flanken an Hanne vorbei. Schnell war der dumpfe Schlag des Trabs auf weichen Boden in der Ferne verklungen und Hanne hörte nur ihr Herz in der Brust hüpfen. Kraftlos sackte sie zusammen. Durch den Schwung kullerte eine der Kartoffeln aus ihrem Versteck in das hohe Gras am Wegesrand.

Erst als Hanne ihre Kinder bei Elsabena abgeholt und die Kartoffeln heimlich in einem alten Sack vor der Tür ihrer Nachbarin abgestellt hatte, flaute ihre Anspannung ab.

Einmal und nie wieder, schwor sie sich. Wegen ein paar Kartoffeln solche Ängste ausstehen zu müssen, war nichts für sie. Schlapp erledigte Hanne die restlichen Arbeiten des Tages und brachte die Kinder frühzeitig ins Bett.

Als Dolf in der Dämmerung nach Hause kam, schlief Hanne bereits tief und fest. Sie regte sich kaum, auch wenn sie im Traum von einem Gendarmen mit schwarzem Gesicht und enormem Schnurrbart auf einem schnaubenden Riesenpferd durch ein Beet voller Kartoffeln gejagt wurde.

Festakte

1842

Die Gassen der kleinen Stadt platzten aus allen Nähten. Über die engen Straßen hatte man Girlanden in den preußischen Farben gehängt und überall schnatterten und lachten die Besucher. Nur die Nagelschmieden waren demonstrativ verrammelt und zeigten kein Lebenszeichen, denn es war kein Festtag für sie, sondern für die alte Burg, um die sich die Menschenmassen drängten.

Dolf hatte sich mit einem Stein statt einem Herzen in der Brust auf den Weg hinunter in die Stadt gemacht, um dem Spektakel beizuwohnen. Trotz der sich zuspitzenden Lage hatte er es nicht gewagt, Hanne die Wahrheit über ihre finanzielle Situation zu beichten, und hatte es stattdessen geschafft, sich mit Aufträgen für Salz- und Kornhändler über Wasser zu halten, ohne dass Hanne etwas von der schlechteren Bezahlung ahnte. Die Hermannshütte war keine Baustelle mehr, hier stand jetzt eine der neuen Fabriken, in denen Eisen gekocht und Schienen für Dolfs größte Konkurrentin hergestellt wurden: die Eisenbahn. Um den Ausfall abzufangen, war er eben häufiger gefahren, hatte seinen Wagen überladen und damit Meta und Grete seine Sorgen aufgebürdet. Zum Glück hielten seine treuen Gefährtinnen durch und blieben trotz der Strapazen gesund und einsatzbereit. An Dolf ging dieses Leben nicht spurlos vorüber. Der mittlerweile zur Gewohnheit gewordene Druck machte ihn mürrisch, einsilbig und todmüde. Bald musste eine Lösung für dieses Schlamassel her, andernfalls würde er zusammenbrechen.

Seit Wochen hatten es die Menschen zwischen den Zähnen, dass die neue Hütte bereit war zu eröffnen. Es war nur eine Frage der Zeit, wann Hanne es mitbekommen würde. Außerdem hatte sich für heute hoher Besuch angekündigt, der dieses Wunderwerk modernster Technik und aufstrebender Industrie einweihen und besichtigen wollte. Neben den anderen Fuhrleuten reihte Dolf sich ein, die in ihren besten Sonntagsanzügen hinter den Bauarbeitern Aufstellung genommen hatten.

Wie ein hektisches, dickes Kaninchen in zu enger Seidenweste tauchte Ingenieur Dobbs vor den Arbeitern auf, lief ungewöhnlich kopflos auf und ab, seine Taschenuhr aufgeschnappt in den Händen, bis er von einem der Investoren im schwarzen Frack eingefangen und zur Tribüne für die Ehrengäste dirigiert wurde. Dolf kannte diesen Mann: einer der angesehensten Politiker in dieser Gegend, Anwalt, Gutsbesitzer und Bankier, dazu Hannes früherer Arbeitgeber. Kurz: reich und einflussreich. Und für Dolf nichts weiter als ein Schwein. Am liebsten hätte er ihm vor die Füße gespuckt, für das, was er Hanne hatte antun wollen. Jetzt stand Carl Thalberg hier mit einem breiten Lächeln bei den Würdenträgern. Eingebildeter Fatzke! Seit seinen Anfängen als Rechtsanwalt war er stets auf der Straße zu mehr Geld und Macht gereist und inzwischen einflussreicher als die Adligen ringsum auf ihren Rittergütern. Er bewies eine Nase für Geschäfte – das war der Grund, warum er sich in Piepenstocks neuem Puddelwerk eingekauft hatte – und hatte sich von seinem wachsenden Reichtum das alte Gut an der Ruhr gekauft, das einem Schloss ähnelte. Hanne hatte erzählt, in welchem Prunk Thalberg dort lebte, dass er sich teuren Punsch aus irgendeiner Frucht mit rauer Schale und scharfkantigen Blättern, von der er noch nie etwas gehört hatte, aus Köln liefern ließ und sich ansonsten wahrscheinlich schlimmer als der Adel benahm. Damals auf dem Schützenfest hatte Dolf dessen grenzenlose Gier mit eigenen Augen gesehen. Seitdem hätte ihm der Kerl mit Krönungsmantel begegnen können, er hätte dennoch die jämmerliche Seele hinter der Fassade ausmachen können. Besonders Thalbergs eisblaue Augen, die überall zugleich zu sein schienen, behagten Dolf überhaupt nicht. Er ahnte, dass er mit dem Herrn im steifen Frack und mit Zylinder noch nicht abgerechnet hatte. Ihm wie auch vielen anderen war der hektische und schwitzende Dobbs lieber, der beinahe jedem beim Vorübergehen freundlich zunickte, egal ob Financier oder Eisenkocher.

In einiger Entfernung hörte Dolf erste Hoch-Rufe aufbranden, die näherkamen und anschwollen. Bald gesellte sich Hufgetrappel dazu und kurze Zeit später tauchte eine stattliche Kutsche neben dem Gebäude der alten Burg auf. Vor Staunen riss Dolf die Augen auf. Ein solch edles Gefährt hatte er noch nie zu Gesicht bekommen. Es glänzte wie eine neugeprägte Münze, auf den Seitentüren breitete ein Adler seine Schwingen aus. Hinter drei Paaren angespannter Pferde saßen neben dem Kutscher ein weiterer Uniformierter und dahinter zwei Diener. Auf dem vordersten linken Pferd unterstützte ein Reiter den Kutscher bei der mühsamen Lenkung, gefolgt von einigen berittenen preußischen Soldaten.

Seite an Seite gingen Hermann Piepenstock und Thalberg der Kutsche entgegen und als der Schlag geöffnet wurde, hielt Dolf die Luft an. Er erwartete einen außergewöhnlichen Menschen, dem seine Macht aus allen Poren dringen musste. Aber er wurde enttäuscht. Ein Mann, leicht dicklich um die Mitte herum und mit Glatze, dafür mit einem mächtigen, gepflegten Backenbart, stieg aus. Seine schlaffen Wangen wurden durch den steifen Stehkragen seiner Uniform nach oben gequetscht und verliehen ihm das Gesicht einer faltigen, missgelaunten Bulldogge. Er war nicht eben groß gewachsen und wäre unter der breiten Seidenschärpe über seiner Brust und im Schatten Thalbergs vollends verschwunden, wenn sich nicht alle Anwesenden vor ihm verbeugt hätten. Das Einzige, was ihn auszeichnete, war die reiche Dekoration seiner Uniform mit lauter Orden und goldenen Tressen. In normaler Kleidung hätte er genauso gut einer der Bewohner des Sommerbergs mit extravagantem Bart sein können. Dolf verschränkte die Arme vor der Brust, während alle anderen um ihn herum jubelten und den König der Preußen hochleben ließen, denn kein Geringerer hatte sich angekündigt, um die Hütte einzuweihen, die den Weg in die Zukunft weisen sollte. Friedrich Wilhelm IV. winkte unbeeindruckt in die Menge und wurde von Piepenstock und Thalberg in Empfang genommen. Unterdessen half ein Diener einer dunkelhaarigen Frau aus der Kutsche, die ein goldfarbenes Kleid trug, das über dem weiten Rock mit einem engen Oberteil ihre Taille betonte. Dolf musste grinsen. Er stellte sich vor, wie die Königin, denn das musste sie sein, sich damit durch die rußigen, ölverschmierten Anlagen der Hütte und über den gestampften Lehmboden schleppte. Vermutlich trug sie seidenbezogene Schühchen passend zu ihrer Robe.

Er beschloss, sich dieses Schauspiel, das sein endgültiges Ende auf der lukrativen Baustelle einläutete, nicht weiter anzutun und schlich sich durch die Reihen nach hinten. Piepenstock begann mit seiner Rede, doch die Worte gingen im Gemurmel der Menschen langsam unter. Die Zukunft dieser Stadt war gesichert, aber was sollte aus den Fuhrmännern werden, wenn die Eisenbahn wie ein Lindwurm ständig neue Landstriche fraß, wie eine Spinne ihr Netz rundherum spann und ihnen auch die letzten Aufträge abspenstig machte? Passend dazu lieferte Piepenstocks Hütte die Stränge. Schmied

Overkamp hatte leider mit seinen düsteren Prophezeiungen recht gehabt: Menschen wie Dolf wurden nach und nach in die Knie gezwungen. Nach miserablen Erntesaisons stand nun der Winter vor der Tür und die Nachrichten aus aller Herren Länder zeichneten bereits ein düsteres Bild von dem, was auf sie zukommen würde.

Dolf kehrte der Hörder Hütte den Rücken und kämpfte sich durch die überfüllten Straßen voller Schaulustiger. Bei einem Ausschank genehmigte er sich ein Bier, um gestärkt den Berg hinaufzuwandern und mit Hanne zu sprechen. Er kam nicht weit.

Wo unten an der neuen Hütte gefeiert wurde und der schwarze Stoff der teuren Anzüge als Freudenfeuer für das Königspaar in der Sonne schimmerte, traf Dolf am Rande seiner Siedlung auf ein ärmliches, ausgegrautes Schwarz. Ein Trauerzug war auf dem Weg zum Friedhof mit den windschiefen Kreuzen, ihm voran wurde ein kleiner Sarg getragen – zu klein für einen Erwachsenen. Dolf schluckte und seine Stimmung sank weiter.

Am Zaun vor seinem Haus lehnte Heinrich Herzog mit einer Pfeife im Mundwinkel und drohte das morsche Holz mit seiner massigen Gestalt, die ihm den Beinamen »der Koloss« eingebracht hatte, zu zerquetschen. Heinrich war nicht nur groß, sondern hob Gewichte, als wären sie aus französischem Weißbrot. Seine Anstellung bei Piepenstock bezeichnete er gern als »Eisenbieger« und Dolf vermutete, dass Heinrich die Eisenbahnschienen tatsächlich mit der rohen Kraft seiner Pranken formte.

Er nickte Dolf zu. »Na, Fuhrmann. Kommst du vom Bahnhof für Ihre Majestäten? Hättest die ganze Bande mitbringen sollen, damit sie sehen, was man bei uns dieser Tage feiern darf«, grummelte er und stieß wie ein wütender Riese einen Rauchkringel aus.

Dolf lehnte sich neben ihn an den Zaun, klopfte Heinrich zur Begrüßung auf die Schulter, wozu er sich beinahe strecken musste, und betrachtete die Trauernden, die wie schwarze, arg zerrupfte Krähen an ihnen vorbeizogen. »Es hat also nicht überlebt?«, fragte er.

Heinrich schüttelte den Kopf. »Die Mutter war zu schwach. Keine Milch in den Brüsten, weißt schon. Die liegt auf ihrem Strohsack und kämpft mit dem Kindbettfieber. Kann nicht mal zur Beerdigung des Würmchens gehen, das sie in dieses Jammertal geboren hat. Wer weiß, ob sie nicht neben der kleinen Grube eine größere ausheben müssen.«

»Ich glaube nicht, dass das die Unterhaltung ist, die Piepenstock für Ihre Majestäten vorschwebt. So etwas sollte nicht in die Salons der feinen Herrschaften vorgelassen werden. Sonst werden sie noch von der Wahrheit übermannt.«

Heinrich schüttelte den gewaltigen Kopf erneut. »Gewiss nicht. Die Reichen und Mächtigen tragen ihre Nasen so hoch, dass sie einfach übersehen, was am Boden kriecht – oder lieber drauftreten, bevor es sich aus dem Dreck erhebt.«

Dolf nickte. »Ich muss mit Hanne reden. Es gibt keine Ausreden mehr. Jetzt wo die Baustelle endgültig abgegrast ist, wird es auch bei uns schlimm.«

Dolfs Ehe war allein seine Angelegenheit. Heinrich würde ihm zu diesem Thema niemals einen Rat geben. Darum lenkte er das Gespräch in eine allgemeinere Richtung zurück: »Die Preise steigen. Steht in der Zeitung, sagt der Overkamp.«

»Harte Zeiten.«

»Harte Zeiten.« Heinrich sah zu Dolf herunter. »Können wir was tun? Alle sind arm wie Kirchenmäuse und nagen am Hungertuch. Und jetzt … Ich meine, die Ersten sterben.« Sein breites Kinn ruckte hinter dem Trauerzug her. »Hast du keine Angst, dass der Hunger in dein Haus kommt?«

Dolf bemühte sich, das gewohnte Lächeln auf seine Lippen zu zwingen. »Wird schon. Angst ist ein schlechter Berater. Ich lass mir was einfallen. Als Kind habe ich auch jemanden an den Hunger verloren und werde alles tun, damit das nicht noch einmal passiert. Hanne steht mir bei. Sie ist eine Löwin. Viel mehr können wir armen Flöhe nicht ausrichten.«

Interessiert beobachtete Dolf, wie sich die Miene seines Freundes aufhellte, als er Hanne erwähnte. Seit Langem vermutete er, dass er in sie verschossen war. Deshalb beschloss er, ihn etwas zu piesacken. »Außerdem … sollte mich der Hunger dahinraffen, schicke ich Hanne zu dir. Dann kannst du meinen Platz einnehmen.« Heinrich riss die Augen weit auf, als sei er ertappt worden. Dolf konnte sich kaum das Grinsen verkneifen und reckte sich erneut, um dem Koloss auf die Schulter zu schlagen. »Schau nicht so schockiert drein. Ich weiß, wie sehr du Hanne magst. Aber ich weiß auch, dass du ein guter Kerl bist und keine Dummheiten anstellst«, beruhigte er ihn lachend.

Heinrich lief puterrot an und grummelte in seinen Kragen. »Es ist nicht angebracht, in unserer Lage darüber Witze zu reißen«, maulte er.

Sein Freund hatte recht, das war Dolf bewusst. Trotzdem wollte er sich nicht in etwas hineinsteigern, was er vielleicht abwenden konnte. Der Druck war zwar da und lähmte ihn oftmals, doch einfach aufzugeben kam für ihn nicht infrage.

Dolf machte sich auf den Heimweg. Als er einige Meter gegangen war, hörte er Heinrichs Stimme hinter sich herrufen: »Und übrigens: Flöhe können einen Löwen oder Adler vielleicht nicht töten, aber ganz schön ärgern!«

»Du warst für deine Verhältnisse sehr still, Hanne.« Dolf wischte sich die Reste des Rübeneintopfs aus dem Bart und sah seine Frau an. Heute war er ausnahmsweise satt und zufrieden mit dem, was Hanne aus den armseligen Zutaten gekocht hatte. Die Rübensuppe war zwar einfach, aber Hanne hatte sich die Mühe gemacht, Kräuter zu sammeln. Mit keinem Wort hatte er das Brot erwähnt, von dem er sicher gewesen war, es heute früh im Kasten gesehen zu haben und das er zum Stippen und Aufsaugen des letzten Rests Suppe brauchte. Langsam zweifelte er an seinem Gedächtnis, denn schon häufiger hatte er in der Kammer oder im Kasten nach Brot gestöbert, von dem er überzeugt gewesen war, dass es da sein musste – das aber spurlos verschwunden war. Doch es war nicht der Brotkanten, der ihnen die Worte raubte. In den letzten Monaten hatte sich diese bleierne Stille zwischen ihnen breitgemacht. Dolf musste zugeben, dass seine Schweigsamkeit wegen der mauen Auftragslage und sein Zögern, Hanne darüber aufzuklären, zweifellos zur Verschlechterung ihrer Ehe beigetragen hatte. Darum fragte er nicht, wo das Brot wieder geblieben war, das er unter Mühen erarbeitet hatte. Seine Frau hatte stets Gründe, gegen die er nicht anreden konnte, und gewann fast immer. Darum riskierte er nur ungern einen Streit und nahm die angespannte Ruhe zwischen ihnen hin.

»Lass uns nachher sprechen«, beschied Hanne knapp und räumte die Löffel und Teller zusammen.

Statt mit dem geliebten Brot kratzte Dolf mit seinem Löffel den Teller aus. In diesem Moment musste er an den Nachhauseweg denken. Der Anblick des winzigen Sarges beschäftigte ihn genauso wie das Schicksal der kranken Mutter im Kindbett. Er betete, dass ihm ein solcher Schmerz erspart bleiben würde, und war zugleich etwas erleichtert, dass es ihm bis zum heutigen Tag gelungen war, seine Familie zu ernähren. Er musste sich neue Aufträge suchen. In die Dunkelheit der Zechen wollte er nicht hinab, dafür brauchte er die Sonne und leichte Luft über dem Schädel zu sehr.

Die Kinder wurden quengelig und patschten in ihrer Suppe herum. Streng ermahnte Hanne sie, nicht mit dem kostbaren

Essen zu spielen, und scheuchte sie, nachdem sie aufgegessen hatten, in ihre Betten.

Hanne schwieg auch dann noch, als sie mit Dolf im Bett lag, und machte keine Anstalten, mit ihm zu sprechen. Reglos, fast steif lag sie mit dem Rücken zu ihm. Um sich sanft bemerkbar zu machen, strich Dolf ihr über das Haar und spielte mit ihrem Zopf. Das Bett knarzte und im fahlen Schein des Talglichts wandte sich ihm ihr schmales Gesicht zu. Es wirkte nicht nur nachdenklich und ungewöhnlich besorgt, sondern kantiger und eingefallener als sonst.

Er versuchte, mit einem Scherz das Eis zu brechen. »Wusstest du, was für ein Hundegesicht unser König hat? Er sieht aus wie eine dieser Bulldoggen.«

Hannes Augen blieben dunkel und zeigten keinen der Funken, die sie sonst lebendig machten.

»Was ist mit dir?«, fragte er milde, bekam jedoch lediglich ein Seufzen zur Antwort.

»Du bist seit Wochen irgendwie … schweigsam.«

Wieder nur ein Seufzer.

»Hanne, so kann es nicht weitergehen!«

»Mir schlägt der Tod des Kleinen auf den Magen … Bestimmt hast du die Trauergemeinde gesehen. Rundherum bei den Nachbarn sieht es schlimm aus. Elisabeth gießt unsere Beete häufiger mal mit Salz«, murmelte Hanne.

Dolf fuhr erschrocken hoch. »Sie tut *was*? Wie kommt sie denn auf diesen Unsinn?«, fragte er entsetzt.

Seine Reaktion entlockte Hanne das erste Lächeln seit Monaten und sie streichelte beruhigend seine Wange. »Ich meinte damit, dass sie sich des Öfteren bei mir ausheult.«

Erleichtert sank Dolf zurück auf sein Kissen und schnaufte die Wut aus. »Erschreck mich nicht, elendes Weib«, knurrte er. »Über Lebensmittel macht man momentan keine Scherze!«

Er zögerte kurz, gab sich einen Ruck. »Bei uns sieht es auch nicht gerade rosig aus. Selbst zwischen uns und in unserer Ehe. Ich habe das Gefühl, du gehst mir ständig aus dem Weg, sprichst nicht mehr mit mir, obwohl wir das früher jeden Abend getan haben.«

Hanne sah ihn an. »Ich bin nicht die Einzige, die kaum mehr etwas redet. In den letzten Wochen schnarchst du bei der geringsten Andeutung eines Gesprächs, das nach ›Weibergeschwätz‹ riecht!«

Nachdenklich strich Dolf über ihre Lippen. Trotz aller Sorgen meldete sich die vertraute Glut, die ihn zu seiner Frau hinzog, und wärmte seinen Körper. Er schauderte bei der Vorstellung, sie nicht bloß im Gesicht berühren zu können. Schmerzhaft wurde ihm bewusst, dass sie nicht nur nicht geredet, sondern sich auch sonst nicht nahegekommen waren – er wusste nicht mehr, wie lange es schon her war. Er würde es von ihr einfordern, aber zuerst musste er die ganze Wahrheit loswerden. »Die letzten Monate waren wirklich anstrengend für mich, lang und hart. Ich verspreche aber, dieses Mal nicht einzuschlafen, also erzähl: Was ist passiert?« Er war froh, ihr den Anfang des ernsten Gesprächs überlassen zu können, stützte seinen Kopf auf den Arm und wartete ab, was Hanne ihm zu sagen hatte. Vielleicht war ihr Geheimnis erdrückender als seines.

Hanne schilderte, wie Elisabeths Elend in ihr Bewusstsein gesickert war, erzählte von der schluchzenden Hecke und der Not der Nachbarin, die Angst hatte, ihre Kinder an den Hunger zu verlieren, wie es ein paar Häuser weiter geschehen war. Trotz aller Bemühungen hatte sich die Lage eher verschlechtert als verbessert. Elisabeths Ehemann war nach wie vor keine große Hilfe und steckte das letzte Geld in billigen Branntwein, in dessen Armen ihm alles gleichgültig wurde. »Ich wollte helfen und habe ihr hin und wieder etwas von unserem Brot abgegeben«, schloss sie ihren Bericht. Die gestohlenen Kartoffeln aus der Erdmiete des Kettenschmieds verschwieg sie. Das musste Dolf nicht erfahren. Schließlich war es nur ein einziges Mal vorgekommen. Hanne wusste nicht, was sie mehr belastete – der Diebstahl oder dass sie ihre Gaben bislang vor ihrem Mann geheim gehalten hatte. Sie sah ihm in die Augen und fand zu ihrer Erleichterung keinen Vorwurf, sondern Zustimmung.

»Die Welt ist armselig und gleichgültig. Darum muss unsere kleine Dorfgemeinschaft zusammenhalten. Das bisschen Brot wird uns schon nicht fehlen«, murmelte er und strich sich durch das strubbelige, dunkle Haar. Insgeheim kratzte er jeden Pfennig für das Brot zusammen. Bald musste eine Lösung her.

»Das denke ich auch, jedoch hilft der Zusammenhalt von Kirchenmäusen lediglich der Katze, sie schneller zu finden. Mäuse sollten selbst zum Raubtier werden …«

»Was redest du für wirres Zeug, Hanne?« Dolf zog die Stirn kraus. Er fürchtete, sich heute nicht aussprechen zu können und stattdessen von den Sorgen der Nachbarn ertränkt und mundtot gemacht zu werden.

Wie aus einer Quelle, die frisch aus der Erde gebrochen war, sprudelte es aus ihr heraus: »Ich meine, es muss mehr gegeben werden als ein trockener Kanten Brot! Das reicht vorne und hinten nicht. Auf dem Sommerberg fehlt es wirklich an allem. Ich habe Angst, dass wir noch mehr hungern müssen!«

Dolf erstarrte, da er zum ersten Mal echte Furcht in Hannes Gesicht erkannte. Die Wahrheit pochte hinter seinen Schläfen.

»Ich weiß … Aber was soll ich denn tun? Den Landrat beim Kaffee aufsuchen, ein Likörchen schnabbeln und ihm Brot und Kartoffeln aus der maßgeschneiderten Weste leiern?

Ich bin ein mickriger Fuhrmann, eine Funzel in der riesigen Dunkelheit. Mein Schein ist nicht hell genug, um die da oben zu erleuchten!« Und ich habe genug damit zu tun, unsere Familie zu versorgen, hechelte der Gedanke hinter Dolfs Worten her, blieb jedoch unausgesprochen an seinen Lippen kleben, die er vor Wut dermaßen aufeinanderpresste, dass sie weiß aussehen mussten.

Mit ähnlich bleichen Lippen starrte Hanne zurück. »So ängstlich und duckmäuserisch kenne ich dich ja gar nicht, Herr Mohr! Wo ist mein Schützenkönig, der die Welt aus den Angeln heben wollte? Für viele Leute reicht eine kleine Flamme, um sich zu wärmen und den Weg zurück ins Leben zu finden. Aber was rede ich? Ich bin nur ein dummes Weib, das nicht stark genug ist und nichts zu sagen hat!« Mit Nachdruck warf sie sich auf die Seite und drehte ihm wieder den Rücken zu.

Dolf verdrehte die Augen und ließ sich ins Kissen fallen, knüllte es mit seinen Fäusten zurecht und funkelte Hannes Rücken an, als ob sie seinen Blick auf sich sieden fühlte. »Zumindest solltest du dich für das Pfaffenamt bewerben! Vielleicht bringt uns das eine Pfründe ein! Für dich ist eine schluchzende Hecke gleich ein brennender Dornbusch«, schnauzte er. »Was soll ich also, deiner werten Meinung nach, tun? Einem reichen Bauern, einem Kolonen, die Speisekammer leer räumen und Korn und Kartoffeln an die Nachbarn verteilen?«

Er wartete auf ein protestierendes Nein. Allerdings kam keines, selbst nachdem er eine halbe Ewigkeit den heftigen Atemzügen seiner Frau gelauscht hatte. Was wollte sie von ihm? Bockig wie ein Kind! Ihr Schweigen würde andauern, er konnte ihr jetzt nichts von seinen Sorgen erzählen. Nicht, wenn sie sich derart unvernünftig verhielt! Sollte sie doch ihr Kissen mit Salz gießen, dann konnte sie mit Elisabeth einen Verein gründen!

Achtzehnhundertunderfroren

Winter 1845

Bereits den ganzen Tag heulte der Schneesturm um das Fachwerkhaus, suchte mit spitzen Fingern nach Fugen im Lehmgeflecht und griff nach Hannes Füßen und ihrer Nase. Wie viel Holz sie auch hineinschleppte und wie oft sie in dem Ofen stocherte, ihr wurde einfach nicht warm. Immerhin kühlte jeder Gang in die tobende weiße Pracht hinaus sie bis ins Mark durch. Die Situation wurde immer trübsinniger. Jetzt konnte sie die Erzählungen über einen Winter vor einigen Jahren verstehen, der sich ihren Eltern ins Gedächtnis gebrannt hatte. »Achtzehnhundertunderfroren« hatte ihre Mutter diese weiße Hölle genannt – Hanne hatte das Gefühl, dass sich draußen gerade Ähnliches auftürmte.

Hanne stand hinter der Scheibe, die in ihrem Rahmen klapperte, und hauchte gegen die Eisblumen, die das Glas in filigranen Mustern überzogen. In ihrem Rücken hörte sie das Geplärre ihrer Kinder, deren Nasen feucht und rot schimmerten und deren Laune zum Weglaufen war. Mit jedem Tag, jeder Woche, jedem Monat fühlte sie sich hilfloser und bedrückter. Dolf schien ihr zu entgleiten und riss sie gleich mit in den Abgrund. Fast nichts war von ihrer Verbindung mehr übrig. Es war der Funke des Moments gewesen, der ihre Leidenschaft füreinander entfacht hatte. Jetzt war alles stumpf und gewöhnlich. Hanne hätte nie erwartet, dass es so schnell gehen würde. Sie ertappte sich bei dem Gedanken, ihren Mantel aus dem Schrank zu zerren und unter irgendeinem Vorwand draußen im weißen Nichts zu verschwinden. Alles hinter sich zu lassen. Dolf, das Geplärre, die Sorgen. Aber wohin sollte sie gehen? Weit würde sie ohnehin nicht kommen, dafür reichte ihre Kraft derzeit nicht aus und außerdem biss sich die Kälte wie ein tollwütiger Hund zu den untersten Kleidungsschichten durch.

Wie auf Kommando grummelte ihr Magen und erinnerte sie daran, gleich den Getreidebrei heiß zu machen, damit wenigstens die Kinder mit vollem Bauch ins Bett krabbeln konnten. Ihr würden ein paar Löffelchen reichen müssen. Weil alles so knapp und teuer war, sparte Hanne an allem, um wenigstens an Weihnachten, das in ein paar Wochen vor der Tür stand, ein kleines Festmahl auf den Tisch bringen zu können.

Ihre Finger strichen über das Fensterbrett, als ertasteten sie traurig die leeren Böden des Regals in der Speisekammer. Eine Schande war das. Selbst Getreide, der Grundpfeiler ihres Lebens, wurde zu einem Luxus, den sie sich sauer erarbeiten mussten. Im Grunde war Hannes Wut auf Dolf deshalb ungerecht. Er war wie so oft im Stockdunkeln und bei den ersten Böen des Schneesturms aufgebrochen, um irgendwo einen Auftrag oder andere Arbeit zu ergattern. Er hatte davon gesprochen, es auf einer der Zechen zu versuchen. Unter Tage war es warm, hatte er behauptet. Dort arbeiteten jedoch diejenigen, die vom Land, von weither mit der Hoffnung auf eine Stellung in die Städte strömten. Sie stahlen Männern wie Dolf das tägliche Brot von den Lippen. Vielleicht doch eher eine Fuhre? Wo er Arbeit auftreiben wollte, die so rar gesät war wie das Getreide in diesem Sommer, war Hanne ein Rätsel.

Vom Fenster aus konnte sie dabei zusehen, wie die Wege langsam zuschneiten. Wenn das so weiterging, würde sie die nächsten Tage mit ihrer Familie eingeschneit aufeinanderhocken – zwischen quengelnden Kindern und dem ungnädigen

Herrn des Hauses, falls der den Heimweg überhaupt finden würde. Zum Glück hatte Hannes Schwiegermutter sich nicht wie angekündigt aufgemacht, um erste Weihnachtsvorbereitungen mit ihr zu besprechen. Die redselige Art der Frau, die sich für jugendlich frisch hielt und ihren Stiefsohn bei jeder Gelegenheit für sich einzunehmen versuchte, hätte Hanne das ohnehin seidene Nervenkostüm zerfetzt. In diesem Jahr war sie dem ungestümen Vater Winter dankbar, dass er sein eisiges Regiment sehr früh über das Land gelegt hatte. Sein klares Weiß überdeckte gnädig die ausgefransten Löcher und hartnäckigen Flecken, die sich auf dem Gewand ihrer Ehe angesammelt hatten.

Der kleine Adolph, eine Miniaturausgabe seines Vaters, krabbelte über die Dielen auf sie zu, brabbelte etwas vor sich hin, quietschte und zog an Hannes Rock. Sie löste sich aus ihrer kurzen Winterstarre und nahm ihren Sohn auf den Arm. Liebevoll kitzelte sie ihn unter dem Kinn, das irgendwann sicher kantig wie das seines Vaters werden würde. Auch das Temperament hatte er von ihm. Besonders stolz war Hanne auf Adolphs blaue Augen, die in die Welt strahlten, als gehöre sie ihnen. Selbst darin ähnelte er Dolf.

Schmerzhafter als zuvor meldete sich ihr Magen zurück und gieriger Speichel strömte in ihren ausgedörrten Mund. Das Knurren war dermaßen laut, dass Hanne beinahe das Klopfen an der Haustür überhört hätte.

»Da ist jemand an der Tür«, krakelte ihre Tochter Alwine, die vor dem Ofen mit ihren geschnitzten Holzpüppchen hantierte. Hatte sich Hannes Schwiegermutter etwa durch das Schneetreiben gewagt, um ihr das Leben schwerer zu machen? Der Schreck, wie es in der Stube aussah, fuhr ihr in die Glieder. Eilig sammelte sie Alwines Puppen ein und scheuchte das Mädchen ins Kinderzimmer. Adolph hockte dabei grinsend auf ihrem Arm und kiekste begeistert über die plötzlich heranrollende Aufregung. Hanne eilte zur Tür, um ihrer

Schwiegermutter keinen Grund zur Annahme zu geben, sie hätte den Haushalt ihres Lieblingsstiefsohns nicht im Griff. Wäre es darum gegangen, sie vor einem Dasein als Eiszapfen zu bewahren, hätte Hanne sich nicht beeilt. Aber sie wollte nicht, dass die Familie erfuhr, dass sich Unordnung nicht nur auf das Haus erstrecken konnte. Mit geübten Fingern schob sie im Flur ihren Dutt in Form, bevor sie lächelnd die Tür öffnete. Nicht der ins Haus peitschende Sturm übermannte sie völlig, sondern auch ein derber Stiefel, der sich sofort zwischen Türblatt und Rahmen quetschte.

»Verzeihen Sie die Störung, gute Frau. Ich bin vom Wetter überrascht worden und brauche Hilfe.«

Unter einer Mütze, die mehr aus Löchern als aus Maschen bestand, flackerten dunkle Augen aus einem schmutzigen Gesicht. Grob packte eine Pranke die Tür, drückte sie weiter auf und zwang Hanne zum Rückzug in den Flur. Überrumpelt wich sie zurück, und der Mann war im Haus. Wie zwei Geister tauchten weitere Männer auf und standen bereits auf der Schwelle, bevor sich Hanne vom Schock erholte und protestieren konnte.

»Hier gibt es nichts. Schert euch raus!« In ihrer Stimme zitterten Überraschung und Wut.

Die Männer wechselten einen Blick, brachen zeitgleich in Gelächter aus.

»Verzeihen Sie, meine hochverehrte Dame. Davon würden wir uns gerne selbst überzeugen. Daheim warten Frau und Kind, dass wir ihnen etwas zu essen bringen und sie nicht länger Hunger leiden müssen! Auf einem derart feinen Hof wird es bestimmt was geben, das ihr entbehren könnt. Zu Gottes Gnaden und Lobpreisung.«

Wie eine eisige Sturmwolke schob sich der Mann an ihr vorbei, grinste sie frech an und war im nächsten Moment in der Küche verschwunden.

»Friedrich, warte an der Tür. Ansgar, komm, hier ist es warm und behaglich, da wird es dir gleich besser gehen!«, hörte sie seine Stimme.

Als der zweite Rüpel sich an Hanne vorbeiwälzte, zog er gurgelnd Schleim hoch und hustete ihr vor die Füße. Der Mann, der an der Tür warten sollte, lachte meckernd. Hanne warf ihm einen bösen Blick zu, dann hastete sie den anderen nach.

Bitte, lass sie mein Mädchen nicht entdecken, betete sie stumm. Sie wollte sich nicht ausmalen, worauf die Kerle aus waren. Scheinbar wollten die Männer nur Wärme und Nahrung, denn beide standen am Ofen und rieben sich die mottenzerfressenen Handschuhe. Der, den der erste Eindringling Ansgar genannt hatte, sah im Schein des Feuers elend aus: Sein Gesicht glänzte wächsern, seine Lippen waren aufgesprungen und bluteten.

»Bitte, geht! Wir haben selbst kaum genug!«, flehte Hanne.

Steinern sackten die dunklen Blicke auf ihr Gesicht. »Wer so ein Haus hat, dem geht's gut! Besser als uns jedenfalls. Komm schon! Kartoffeln, Brot, Getreide! Ich frag nicht mal nach Wurst oder Braten, gute Frau!« Seine Augen glitzerten.

»Ihr seid hier in einem Mauseloch gelandet! Die ganze Nachbarschaft ist arm und gebeutelt! Wir haben nichts, das wir geben können, ohne selbst zu hungern!«

»Was soll mich das jucken?«, brüllte er unvermittelt und schoss auf Hanne zu. Im Schwarz seiner Augen loderte seine innere Hölle. Erschrocken heulte Adolph auf, der die fremden Männer bisher neugierig beobachtet hatte. Der schwarze Blick des Mannes erweichte schlagartig und er entriss Hanne, ohne zu zögern, das Kind, bevor sie begriff, was geschah.

»Ein süßer kleiner Klops. So wohlgenährt!« Der Mann bohrte seine Finger in Adolphs Bauch, versuchte, ihn zum Lachen zu bewegen. »Der hat genug zu essen. Ansgar, schau dir den Racker an. Fast wie ein Spanferkelchen, oder?«

Er reichte Ansgar das Kind, dessen Gesicht sich langsam in eine quengelnde Maske zog. Ansgar wischte sich den Rotz von der Nase und packte zu. Adolph quietschte unglücklich, sodass Hannes Herz stehen blieb und kurz darauf gehetzt weiterstürmte.

»Nettes Kind.«

»Wie viel ist es dir wert? Wollen wir nicht doch lieber in deine Kammer schauen?«, knurrte der andere Mann.

Hanne hörte das schriller werdende Geschrei ihres Sohnes, der in den verklebten Pranken dieses Kerls feststeckte, und sah das triumphierende Grinsen des Diebs. Sie war allein, musste einmal mehr mit dem brutalen Geist eines widerlichen Mannes ringen. Auch wenn diese Augen schwarz wie Grafit waren und nicht in unstetem Quecksilber funkelten, teilte der Räuber mit ihrem ehemaligen Herrn denselben Geist. Er würde sich ebenfalls nehmen, was er wollte, wenn ihn niemand aufhielt – nur dass dieser hier ihr keine Zuckerstange, sondern den Tod ihres Kindes schenken würde, wenn sie sich seinem Willen verweigerte. Hannes Atem stockte, sie konnte sich nicht mehr rühren. Sie betete, dass Alwine sich verkrochen hatte und sich still verhielt. Was aus ihr selbst wurde, war ihr gleichgültig, aber wenigstens ihre Kinder musste sie retten. Doch Hanne hatte nicht genug Kraft, einen Drachen zu besiegen, und ihr strahlender Held würde erst bei Einbruch der Dunkelheit zurück sein – falls er sich überhaupt durch den Schnee kämpfen konnte. Sie war allein, musste ohne Hilfe mit diesen Kerlen zurechtkommen.

Ein weiteres ersticktes Quietschen aus Ansgars Armen löste ihre Erstarrung teilweise. Ihr Arm hob sich und zeigte auf die Tür der Speisekammer. »Da ist etwas Brot, vielleicht Wurst. Getreidegrütze im Topf.«

Sie sah, wie die Mundwinkel des namenlosen Mannes feucht wurden. »Du kommst mit, damit du nicht auf dumme Gedanken kommst.«

Mit einer beinahe galanten Geste bedeutete er ihr vorauszugehen. Hanne überlegte fieberhaft, was sie in der Speisekammer aufbewahrte und was nicht. Vielleicht hatte sie Glück und die Männer nahmen sich nicht die Zeit, genauer zu suchen. Das jämmerliche Weinen ihres Sohnes und die Angst um ihre Tochter schoben sich immer wieder vor die Gedanken an die wenigen Räucherwürstchen, die auf dem Dachboden hingen. Grob stieß der Dieb sie in die Kammer, deutete wortlos auf Töpfe und Vorratsdosen, die sie für ihn öffnen sollte.

»In den Sack da. Alles«, befahl er.

Hanne nickte. Draußen heulte Adolph noch lauter. Ohne weiter über den Verlust nachzudenken, packte sie den Sack voll; auf dessen Grund kullerten Kartoffeln. Sie wollte nur, dass Adolph nicht mehr weinen musste und diese Geier endlich verschwanden.

Mittlerweile war der Kartoffelsack so schwer, dass sie ihn auf dem Boden abstellen musste.

»Mehr passt nicht rein, und wie du siehst, ist kaum noch etwas da«, wandte sie sich an den Wüstling, von dem sie nicht einmal den Namen kannte, um ihn verfluchen zu können. »Nehmt ihn und geht, mein Mann kommt gleich nach Hause und wird mit euch anders umgehen als ich.«

In einer fließenden Bewegung packte der Räuber den Sack und lächelte ihr zu. »Wir danken Ihnen unser Überleben, meine Dame. Zumindest für ein paar Tage. Geben Sie diesem preußischen Lumpen in Berlin die Schuld an der schweren Zeit, die Ihrer Familie ins Haus stehen mag. Niemand von denen da oben schert sich um unsereins. Uns bleibt nichts anderes übrig, als uns gegenseitig zu zerfleischen. Ein frohes Fest und besten Dank für Ihre Opferbereitschaft!«

Er verschwand, als hätte es ihn nie gegeben. Die Haustür schlug, und Hanne war in ihrer Verzweiflung allein. Ihr Blick heftete sich an die geleerten Regale und sie sackte zusammen. Wenn jetzt kein Wunder geschah, würden sie Weihnachten als ausgemergelte Gespenster verbringen. In Adolphs Wimmern von nebenan mischte sich die Traurigkeit seiner Mutter, die nur auf allen vieren zurück in die Küche krabbeln konnte.

Als wäre der Überfall nicht Prüfung und Schock genug gewesen, begann der kleine Adolph in der Nacht zu fiebern. Aus dem Schluchzen war er den ganzen Abend nicht herausgekommen, hatte kaum etwas von dem dünnen Brei gegessen, den Hanne aus den kläglichen Resten ihrer Vorräte zusammengerührt hatte. Er war seit Tagen schlapp, missmutig und quengelig gewesen, die Ereignisse des Nachmittags ließen ihn heute gar nicht zur Ruhe kommen. Im Bett hatte er nicht schlafen wollen, obwohl ihm die Augen zufielen. Alle paar Minuten schreckte er hoch, und um Mitternacht leuchtete sein glühend rotes Gesicht im Leinen der Bettwäsche, sodass Hanne ihm besorgt Wadenwickel anlegte. Jedes Mal, wenn sie neues Wasser holte, in das sie Schnee zum Kühlen gab, wanderten ihre Augen zu dem Weg, der den Berg hinunterführte. Dieser war unter der weißen Masse zwar kaum mehr auszumachen, dennoch führte er verlässlich von hier fort. Die Versuchung wegzulaufen keimte auf. Schutzlos wie ein angeschossenes Reh blickte sie in das heulende Gestöber. Der Eimer für den Schnee klapperte neben ihre Füße und sie breitete die Arme aus, in der Hoffnung, der Wind würde all ihre Sorgen und dunklen Wünsche mit sich nehmen. Doch selbst der stärkste Schneesturm war dafür nicht stark genug. Die Angst einfach davonzuwehen, die sich so stark an ihren Rücken klammerte und sie niederdrückte, wog schwer. Die Tränen, die nur eine winzige Zeitspanne warm an Hannes Wimpern hingen, erfroren im nächsten Moment auf ihren Wangen. Hier draußen erlaubte sie es sich zu weinen.

Nur kurz. Dann würde sie drinnen vor ihren Kindern nicht mehr weinen müssen. Das hatten sie nicht verdient. Hanne schniefte, nahm den Eimer und zwang sich, zurück ins Haus zu gehen. Ein letztes Mal spürte sie dem Wind nach, hielt auf der Schwelle inne, bevor sie eintrat.

Als der kleine Adolph endlich einschlief, konnte sie sich selbst etwas Ruhe gönnen. Bis auf ihre Sorgen war sie gefühlsleer – wie ihre Speisekammer. Konnte man sich von purer Verzweiflung ernähren? Hanne sank in einen unruhigen Schlaf und träumte von einem mit Immergrün und Lilien geschmückten Sarg, der in Schneewehen versank wie ein angeschlagenes Schiff im tosenden Meer. Sie fuhr auf und trat hellwach an das Bett ihres Kindes. Nichts war geschehen, zum Glück! Adolphs Atemzüge waren ruhig, er klang wie eine alte Ofenpfeife und schwitzte stark. Mit dem Handrücken fühlte Hanne seinen Nacken. Die Temperatur war scheinbar gesunken, seine Haut fühlte sich beinahe normal an. War es nur der Schreck gewesen? War es überstanden? Hanne zwang sich dazu stehen zu bleiben. Sie wollte nie mehr in sich zusammensacken, nie mehr starr oder auf allen vieren dem Schicksal begegnen. Doch was konnte sie schon tun?

Heimkehr

Die letzten Meter bergaufwärts rutschten Meta und Grete ständig aus, fanden keinen Halt auf dem vereisten Boden. Dolf konnte nicht aus seiner Stimmung heraus, sie antreiben zu wollen, um endlich ins Warme zu kommen. Er wusste, wie ungerecht es war, über ihren Kruppen die Peitsche tanzen zu lassen. Kurz vor der Einfahrt auf seinen Hof stapfte ihm der Koloss Heinrich Herzog in den Weg. Er kam aus Dolfs Haus. Verwundert zog Dolf die Brauen in die Höhe, schüttelte dann den Kopf. Der Gedanke war lächerlich. Kurz hatte er vor seinem geistigen Auge gesehen, wie Heinrich und seine Hanne ihn hintergingen. Die beiden – wenn nicht gar einzigen – Menschen, denen er am meisten vertraute. Trotzdem hatte er sie für einen Moment verdächtigt, seine Abwesenheit gegen ihn zu nutzen und Gott weiß was zu treiben. Nicht die beiden. Niemals! Er war ein Narr.

»Guten Morgen, mein Freund!«, grüßte ihn Heinrich. Sein breites Gesicht war merkwürdig gerötet, was nicht von der durchdringenden Kälte herrühren konnte, da er eben erst das Haus verlassen hatte.

»So früh schon auf den Beinen, Heinrich?«

»Hanne wollte, dass ich rüberkomme. Es ist was passiert. Mach lieber, dass du reinkommst.« Heinrich war kein Mann großer Worte, darum war jedes einzelne umso bedeutungsvoller, und Dolf musste sich sputen.

Alarmiert lenkte er die Pferde zur Remise, stellte sein Fuhrwerk ab, spannte die Pferde aus und versorgte die Tiere mit dem Nötigsten. Nach ihrer Leistung im Schnee hatten sie sich das redlich verdient. Heinrichs Worte hatten ihn dermaßen beunruhigt, dass Dolfs Herz unterdessen wie verrückt pumpte. Hinzu trat der Stachel der falschen Beschuldigung.

Als Meta und Grete zufrieden kauten und ihn nicht weiter anschnaubten, stürmte Dolf über den Hof ins Haus. Er wusste nicht, was er nach Heinrichs Ankündigung erwartet hatte, aber er fand weder Spuren einer Verwüstung noch den Pfarrer, kein unter der Schneelast zusammengebrochenes Dach oder irgendein anderes Zeichen einer Katastrophe. Alles wirkte normal. Hatte er Heinrich falsch verstanden?

»Hanne?«, rief er trotzdem mit unerwartet hoher Stimme und eilte weiter in die Küche. Dort saß seine Frau mit den Kindern am Tisch beim Frühstücken. Sie sah nicht auf, als er eintrat. »Alles in Ordnung? Ich habe Heinrich getroffen. Er sagte, es sei was.«

»Schön, dass du zu Hause bist.« Sie klang müde und gereizt.

»Der Schneesturm war zu stark. Ich musste in Hörde übernachten. Aber was ist denn nun?«

Sie seufzte. »Wenn ich dich brauche, bist du nicht da! Wohin ist der schneidige Retter in der Not nach zehn Jahren Ehe verschwunden? Im Schnee!«

Da sie ihm die kalte Schulter zeigte, begann es in Dolf zu brodeln. Die ungemütliche Nacht im Schneesturm, der karge Lohn in seiner Tasche, die Gefahr und die Mühsal, denen er sich für das bisschen Geld ausgesetzt hatte, der Anblick seines Freundes, der in seinem Haus gerade besser gelitten war als er selbst, und die Vorwürfe stauten sich zu einem gewaltigen Schlagwetter in seinem Herz und Kopf auf. Mit einem Schnauben suchte er Ruhe in sich, aber selbst das erwiderte Hanne lediglich mit einem frostigen Blick.

Dolf zwang sich, nicht die Beherrschung zu verlieren. Sie war seine Frau. Er liebte sie doch. »Ich habe lediglich zwei normale Augen und Ohren, ich bin kein Hellseher, Hanne! Darum kann ich nicht wissen, an welchem Tag Ungemach für dich drohen könnte, und gehe normal zur Arbeit! Ohne die wir, wohlgemerkt, nichts zu beißen hätten. Ich bin auch kein Zauberer, der das Wetter nach seinen Vorstellungen ändern kann! Sonst wäre die letzte Ernte gewiss anders ausgefallen!« Er redete sich entgegen seinen guten Vorsätzen in Rage, immer schneller und heftiger flogen ihm die Worte wie Musketenkugeln durch den Kopf, wo sie – genauso unberechenbar wie ihre Brüder aus Blei – trotz genauen Zielens einschlagen würden. »Jetzt mach endlich dein … deinen Mund auf und sag mir, was Heinrich damit meinte, es sei etwas geschehen! Streiten können wir später genug.«

Wortlos stand Hanne auf, legte dem kleinen Adolph die Hand auf die Stirn und ging zum Herd. In eine Schüssel schöpfte sie etwas Brei, der auf Dolf eher wie eine Suppe wirkte, und goss Kaffee ein. Natürlich nicht den echten, sondern den Ersatz aus Zichorienwurzeln. Klappernd landeten beide Gefäße auf dem Tisch, und Hannes Blick kreuzte sich mit dem von Dolf.

»Der Brei ist so dünn wie der Kaffee. Wundere dich nicht, wir wurden ausgeraubt.« Sie setzte sich, tröstete Adolph, der leise zu wimmern begann.

Mit großen Augen plumpste Dolf auf den Stuhl. Die Bedeutung von Hannes Worten sickerte trübe in seinen Schädel. »Wer? Wann?«

»Gestern Nachmittag, während des Sturms. Ich dachte, es wäre deine Mutter, die sich unvernünftigerweise in das furchtbare Wetter rausgewagt hatte, sonst hätte ich die Tür gar nicht erst geöffnet. Drei Männer, Bettler, Vagabunden, sind sofort ins Haus und haben mich gezwungen, unsere Vorräte herauszugeben.«

»Die Vorräte? Euch ist nichts geschehen?«

Hanne schüttelte den Kopf. »Adolph hat heute Nacht gefiebert. Einer der Männer war zwar eindeutig krank, aber ich denke, es war nur der Schreck. Alwine hatte ich auf ihre Stube gebracht, sie hat sich unterm Bett verkrochen, als sie die fremden Stimmen gehört hat. Zum Glück! Zu mir war er zwar grob, hat mich aber nicht verletzt. Bei den Vorräten …« Sie unterbrach sich und setzte ein Lächeln auf, das sie Alwine und Adolph schenkte. »Kinder, vielleicht geht ihr spielen? Setzt euch an den Ofen, da ist es warm. Euer Vater und ich müssen über den Besuch des Christkinds sprechen. Das dürft ihr auf keinen Fall hören!«, versuchte sie, einen helleren Ton in ihre Worte zu legen.

Alwines Wangen begannen zu glühen und sie zerrte ihren Bruder eifrig von seinem Platz. Hanne hatte ihr erzählt, dass es zu Weihnachten nur etwas geben konnte, wenn alles für den himmlischen Besuch vorbereitet worden war. Sie ärgerte sich etwas, weggeschickt zu werden, und auch wenn sie noch so große Ohren machte, nie konnte sie Genaueres hören, was ihre Eltern besprachen. Heute war die Gelegenheit zum Lauschen günstiger, doch zu fest verankert waren Alwines Bedenken, dass das Christkind böse auf sie werden mochte. Dann würde es nichts Schönes geben, das wusste sie. Darum fügte sie sich und beschäftigte ihren Bruder.

Mit den Kindern außer Hörweite öffnete Hanne ihr Herz. »Die Kammer ist leer. Gottlob hatten sie es zu eilig, um auf den Boden oder in den Keller zu steigen. Trotzdem … ich mache mir Sorgen, dass es vorne und hinten nicht über den Winter reichen wird. Vor allem das Mehl und Getreide. Mit den Kartoffeln war es selbst ohne diesen … Zwischenfall nicht leicht, aber jetzt …« Ihre Stimme sank unter eine Eisdecke. »Ich habe solche Angst um Adolph. Ich würde es nicht ertragen, wenn ihm irgendetwas geschehen sollte. Unserer Familie darf kein Leid geschehen – nicht durch so etwas. Du warst nicht hier, um uns zu beschützen …«

Hannes Augen wurden feucht und Dolf fühlte einen Kloß in seinem Hals, der ihm die Kehle zerdrückte.

Erstickende Angst.

So weit war es gekommen. Arme Mäuse wurden von noch ärmeren Ratten bestohlen. Und brachten sich dadurch langsam gegenseitig um. Warum zogen sie nicht gemeinsam gegen die Katzen, die sie klein hielten und denen alles gehörte?

»Ich weiß … Aber es nützt nichts, sich aufzuregen. Niemand hört es. Niemand interessiert sich für uns hier auf dem Sommerberg. Unsere Lichter funzeln in die Weltgeschichte hinaus. Jeder andere Strahl – mag er noch so schwach sein – überblendet sie. Lieber schicken sie Soldaten statt Hilfe, wenn es gärt!«, ereiferte sich Dolf.

Der harte und frühe Winter, dazu die schlechten Ernten, war nicht die erste Krise, die diese Nachbarschaft bedrohte. Beide erinnerten sich an die Kavalleristen, die ohne Vorwarnung aufgetaucht waren, nachdem in den Zeitungen von Krankheiten des Getreides und dem Vormarsch der Kartoffelfäule aus Amerika berichtet worden war. Als hätte ohne die Regierungsmeldung niemand mitbekommen, dass es mit den Ernten steil bergab ging … und das nicht erst seit gestern! Dolf konnte sich denken, wovor sich die Regierung aufgrund dieser Meldung fürchtete. Anders als diejenigen, die über die Soldaten am Stammtisch schockiert gewesen waren, hatte er die wahren Gründe für deren Anwesenheit erkannt: Der Pöbel hatte verborgene Macht und davor hatten die da oben Angst. So offen darüber sprechen wollte er nicht. Noch nicht. Warum schickte die preußische Regierung berittene Soldaten, wenn in diesem Loch das Getreide knapp wurde? Warum sonst, wenn nicht aus Angst, dass sich diejenigen regen und erheben würden, die am frühesten und ärgsten davon getroffen wurden? Die Wut und der Hunger der Menschen, die nie gehört oder wahrgenommen wurden, konnten bedrohlich für die werden, die ganz oben saßen. Was sie mit dem Entsenden der Soldaten bewiesen hatten, war, dass die Ärmsten Macht haben konnten, hätten sie begriffen, dass sie lediglich danach greifen mussten. Es gab viele Ratten und Mäuse und nur wenige Katzen. Was waren diese nicht einmal dreißig Reiter gegen den gesamten Sommerberg? Dort draußen gab es weitaus mehr verlauste Landstriche wie diesen als solche, wo sich stattliche Gutshäuser aneinanderreihten. Beim Anblick der Kavallerie des Königs hatte Dolf eine Verschiebung der Macht gesehen, wo niemand sonst sie sah – eine Tatsache, die ihn und die, die das vielleicht ähnlich wahrnahmen, beizeiten gefährlicher machen konnte als Napoleon, schätzte er. In diesem Moment nützte ihm diese Erkenntnis jedoch herzlich wenig, denn ohne Essen würde er nicht über die eigene Schwelle hinausrufen können. Deshalb schwieg er fürs Erste und lamentierte einfach am Stammtisch mit.

»Es macht keinen Sinn, jetzt darüber nachzugrübeln. Wir brauchen schnellstens eine Lösung, um Lebensmittel kaufen zu können«, ergänzte er kurz angebunden.

»Selbst wenn wir Geld hätten – es gibt nichts mehr zu kaufen, was einigermaßen erschwinglich wäre«, wandte Hanne ein. »Die meisten Ersparnisse sind längst aufgebraucht, um die ständig steigenden Preise zahlen zu können. Also, woher nehmen, wenn nicht stehlen?«

Dolf murrte leise, musste sich aber eingestehen, dass seine Frau recht hatte. Es gab nur einen Weg aus dieser Sackgasse. Er küsste Hanne auf die Stirn, zog sie ungestüm in seine Arme.

Das hatte er lange nicht mehr getan.

»Dann stehlen wir eben«, lachte er besser gelaunt.

Vergeblich wartete er auf die Erwiderung des Lachens, das aus seiner Umarmung hätte aufsteigen sollen, wenn sie noch das Königspaar der Schützen gewesen wären.

Schlimme Folgen

Am Abend setzte das Schneetreiben erneut ein und mit einem Anflug von Gehässigkeit dachte Hanne an ihre Peiniger, die wahrscheinlich irgendwo unter einem Baum oder in einer zugigen Scheune hockten und kein Feuer zustande brachten, um die gestohlenen Kartoffeln darüber zu garen. Sollten sie doch an den rohen Brocken ersticken! Hanne gönnte niemandem etwas Schlechtes, aber es war dermaßen viel davon zu ihr getragen worden, dass sie sich gegen derlei Gedanken nicht mehr zur Wehr setzte. Die drei Räuber waren keine rechtschaffenen Menschen, arbeiteten nicht, schnorrten sich durch – oder Schlimmeres. Ihre Überlegungen stockten. War das so? Vielleicht wurde ihnen alles genommen. Vielleicht mussten sie sich wirklich um ihre leidenden Familien kümmern. Genauso wenig wie Hanne und Dolf bekamen solche Leute Hilfe von der Regierung oder irgendeinem Gönner, mussten allein mit den Dämonen der Armut kämpfen. Hanne zog die Decke vom Bett und schüttelte sie häufiger und kräftiger aus als nötig. Dafür, wie weich sie war, knallte sie hart in der Luft. Es tat gut, die Erlebnisse mit der Decke auszuschlagen, um die Gedanken loszuwerden, wie ähnlich sie diesen Männern geworden war, seit sie Dolf geheiratet hatte. Wenn kein Wunder geschah, wusste sie nicht, wie es mit ihrer Familie weitergehen würde. Im Zimmer nebenan hörte sie Dolf auf und ab gehen, die Dielen knarzten unter seinen Schritten. Kurz lauschte sie ihnen, unsicher, ob es ein tröstliches Geräusch war.

Er war zu spät gekommen.

Hanne ließ die Bettdecke auf die Matratze sinken und pustete die Kerze aus, die auf dem Waschtisch gegen die schwarze, durchdringende Dunkelheit gekämpft hatte. Gerade berührte ihr Knie die Matratze und ließ das Stroh knistern, als sich zu Dolfs Schritten ein Geräusch hinzugesellte. Fröstelnd verharrte Hanne und horchte. Einen Moment lang blieb es still, dann zerfaserte es erneut die Nacht. Zuerst glaubte sie, dass es ihre neuen Mieter waren. Sie hatten sie in eine der hinteren Kammern einziehen lassen, um sich etwas Geld zu verdienen, wie mit dem Ausschank, den Hanne nebenbei betreute. Ihre Mieter liebten den Tabak, und wenn sie keine Rauchkringel aus ihren Pfeifen pafften, entfuhr ihren Kehlen ein hundeartiges Bellen, das rau und schleimig zugleich war. Deren Husten war dunkel und tief, das von eben war aber eindeutig heller gewesen. Hier kläffte kein großer, alter Hund, sondern ein Schoßhündchen mit seidenem Pelz. Hanne bemerkte, dass die Schritte in der Küche verklungen waren, und in ihrem Herzen rührte sich der erste Klang der Sorge. Ohne die Kerze anzuzünden, angelte sie nach den Pantinen und klapperte in den Flur. Aus der Kammer der Kinder sickerte schwammiges Licht. Das Bellen wurde eindringlicher, als sie darauf zuging. Dolf kam ihr entgegen, seine Züge lagen im Schatten, trotzdem schimmerten sie bleich.

»Was ist los?«, fragte Hanne und spähte an ihm vorbei.

»Er ist heiß, kriegt kaum Luft. Machst du einen Tee?«

»Adolph?«

»Wer denn sonst?«, blaffte er.

Hanne funkelt ihren Mann an. »Nimm du dich mit deinem Ton in Acht, mein lieber Adolph.«

Dolf zuckte mit den Schultern. »Ich mache Wasser heiß. Geh du zu ihm. Er hat schon nach dir gequengelt.«

»Vielleicht wäre er dir gegenüber aufgeschlossener, wenn du dich um ihn bemühen würdest. Dein Sohn braucht dich, deine Familie …«

»… braucht Geld. Jetzt fang bloß keinen Streit an! Nicht jetzt!«

Hanne biss sich auf die Zunge, um Dolf nicht anzubrüllen. »Zuwendung braucht sie genauso!«, zischte sie und stapfte an ihm vorbei.

»Davon wird man nicht satt.«

»Wärst du hier gewesen, hätten wir …«

»Geh jetzt«, unterbrach er sie. Dolfs Stimme hatte sich in ein Grollen verwandelt. »Dein Kind braucht im Moment keinen Familienstreit, sondern Tee und Wickel und so was. Sonst streiten wir über die falsche Sache.« Er lief davon, um beim Ofen zu hantieren.

Mit gerunzelter Stirn betrat Hanne die winzige Stube, in der sich die Kinderbetten befanden. Dazwischen stand eine einfache Truhe, in der sie das wenige Spielzeug und die Kleidung aufbewahrten. Trotz des Kerzenscheins und des Röchelns neben ihr schlief Alwine tief und fest, ihre Locken standen in alle Himmelsrichtungen ab, da sie sich oft herumwälzte. Aber die Sorgen lagen im zweiten Bett. Hanne trat näher heran und schlug die Hand vor den Mund, um nicht zu ächzen oder zu schreien. Aus den hellgrauen Kissen leuchteten die Wangen ihres Sohnes wie bei einem geschminkten Jahrmarktsgaukler grellrot. Er krächzte, wollte etwas sagen, als er seine Mutter erkannte, doch es kam kein klarer Ton heraus. Tränen schossen dem Kleinen in die Augen und er schluchzte auf.

»Mein armer Schatz«, flüsterte Hanne und kniete sich vor das Bett. Mit einer schnellen Geste bestätigte sich, was sein Gesicht vermuten ließ: Adolph glühte im Fieber. »Tut der Hals weh?« Ein schwaches Nicken und ein raues Bellen waren die Antwort. »Ich bleibe hier, bis das Fieber weg ist. Du musst unbedingt den Tee trinken, sobald dein Vater ihn bringt, auch wenn er scheußlich schmeckt. Er hilft deinem Hals.«

Obwohl Dolf nach kurzer Zeit mit Wasser, Leintüchern und dem Tee zurückkehrte, rann die Zeit für Hanne quälend langsam dahin. Ihr mütterlicher Instinkt sagte ihr, dass Adolphs Zustand nicht auf die leichte Schulter zu nehmen war. Durch die karge Nahrung war er ohnehin schwach, und jetzt auch noch das wiederkehrende Fieber! Während sie Wickel um Wickel um seine Unterschenkel legte, drängte sich ständig die Erinnerung an das Gesicht des Diebes in ihren Kopf, der Mann, der ihren Sohn auf dem Arm gehalten hatte – die rotgeränderten Augen, die fahle Haut, die triefende Nase. Er war krank gewesen, ganz offensichtlich. Konnte er diese Krankheit zu ihnen getragen haben? Gerne hätte sie diesem Mann die Schuld an ihrem Leid aufgeladen, dennoch musste sie zugeben, dass ihr kleiner Junge vorher schon quengelig gewesen war. Bei ihm ein sicheres Zeichen, dass es ihm nicht gutgegangen war.

Nach zwei Stunden des Kampfes gegen das Fieber schickte Hanne Dolf ins Bett, obwohl sie am Ende ihrer Kräfte war. Eine bleierne Müdigkeit regierte ihren Körper, aber sie würde gewiss nicht schlafen, während das Fieber ihr Kind vor ihren Augen wie in einem Ofen zu Asche verglühte. Trotz aller Mühen und Behandlung sah Adolph schlecht aus, fiel zwischen den Laken zu einem Schatten zusammen. Sein Körper saugte seine schmalen Reserven auf und verfeuerte sie in der Glut der Krankheit. Hanne flößte ihm ein, was sie konnte. Adolph spuckte fast alles sofort aus. Sie gab nicht auf. Hätte es einen Gott gegeben, gerecht und mit einem Sinn für kleine Leute, hätte er ihre Zähigkeit sicherlich bewundert und ihren Kampfeswillen belohnt, doch niemals zuvor hatte sich Hanne so weit von Gott entfernt gefühlt wie in dieser Nacht. Sie verspürte nichts als Einsamkeit, die sich wie ein schwarzes Tuch über ihre Schultern legte. Wie gerne wäre sie einfach eingeschlafen, aber mehr noch als das Schnarchen ihres Ehemannes hielt sie der schwache Klang des Atems ihres Sohnes wach. Erst als die Atemzüge kurz vor dem Morgengrauen aussetzten, legte Hanne ihren Kopf auf die Decke, die sich nicht mehr hob und senkte, und spürte der eigenen Müdigkeit nach, die viel tiefer ging als die einer durchwachten Nacht. Ein weiteres Mal hatte das Schicksal sie überrumpelt und in die Büsche gedrängt, wo sie ihm schutzlos ausgeliefert war. Ihr Magen krampfte sich zusammen und grollte wie Donner in den Bergen, brach sich in einem Erdrutsch aus Tränen Bahn. Es war geschehen. Der Tod hatte ihre Schwelle übertreten.

Die Bären tanzen nicht mehr

Die Tage tröpfelten dahin, Hanne nahm sie kaum wahr. Ein fader Brei aus Schwarz mit einem gleichbleibenden Gemisch aus Gefühlen in den Eingeweiden. Wut tauschte den Platz mit Trauer, wenig später wechselten sie erneut die Position, bis die Tränen flossen.

Hanne stand am Herd und versuchte, für ihre Familie wach zu bleiben. Sie streckte die Suppe, rührte sie seit Minuten durch, als ob dadurch versteckte Würste aufsteigen würden, die zuvor am unergründlichen Boden geschwommen waren. Da war nichts. Sie dachte an Jesus, an dessen Wunder, als er mit wenigen Broten und Fischen Tausende satt gemacht hatte. Dieses Ereignis fühlte sich unwirklich an, immerhin steckte der künftige Heiland zu dieser vorweihnachtlichen Zeit noch im Mutterleib. Genau wie Hannes eigene Kinder hatte er gegen neidische Könige um sein Überleben gekämpft. Seltsame Gedanken, gab sie schweigend zu.

Als wäre sie schwanger, strich sie über ihren Bauch, bleich schimmerte ihre Hand auf dem schwarzen Stoff des Trauerkleides. Langsam kroch der Hunger in ihr voran, breitete sich aus, ergriff nicht nur von ihrem Magen, ihren Armen und Beinen schmerzhaft Besitz, sondern auch von ihrem Kopf. Er schwirrte wie ein vom Falken aufgescheuchter Taubenschwarm, schwamm in einer ebenso dünnen Brühe, wie sie im Topf kochte, und schluckte gleichzeitig gierig die Kraft ihrer Trauer, war übermächtig gegen alle anderen Gefühle. Jeder Kanten Brot, den sie an die Nachbarn verschenkt hatte, tanzte vor ihrem inneren Auge. Wie lohnte das Schicksal ihr die Sorge um andere? Mit dem Leid ihrer eigenen Familie! Der Tod ihres Sohnes war ihr Verschulden. Sie war zu nachgiebig gewesen. Bei Elisabeth. Bei den Dieben.

Der Holzlöffel platschte in die Suppe und Hanne wischte sich die Hände an ihrer Schürze ab, tupfte mit einem Zipfel linkisch eine Träne aus ihrem Auge. Sie wandte sich vom Herd ab und stapfte aus der Küche. So konnte sie nicht trauern. Etwas musste sich ändern. Ohne Hannes Zutun brachten sie ihre Füße zum Garderobenschrank. Ihre Finger trommelten auf dem bemalten Holz, von dem die Farbe abblätterte, und hinterließen kleine Macken, bevor sie ihn öffnete.

Das ist doch alles nicht durchdacht, schalt sie sich, konnte aber nicht anders.

Mit einem Griff hielt sie ihren Mantel in der Hand, warf ihn sich über und fasste tief in das Dunkel des Schranks, wo die Kinder nie nachschauen würden. Es war, als würde das Metall in ihre Hand springen, sich an ihre Finger schmiegen. Sie wickelte es in ihre Schürze. Draußen hörte sie die Stimme ihres Untermieters, der derzeit ihre Milde ausnutzte und versuchte, mit Gelegenheitsarbeiten über die Runden zu kommen und die Miete mit Schneeschippen abzuarbeiten. Hanne öffnete die Haustür und rief ihn zu sich. Beflissen trabte Peter in ihre Richtung und lehnte den Reisigbesen an die Hauswand. »Ich weiß, ich bin nicht der Schnellste und es fängt schon wieder an zu schneien …« Einer seiner Hustenanfälle schüttelte ihn nach der Anstrengung durch und erinnerte Hanne an jene schreckliche Nacht, an die sie nicht denken mochte. Sie fuhr zwar zusammen, hielt sich jedoch tapfer und winkte ab. »Darum geht es nicht. Der Hof ist doch fast frei. Ich wollte dich bitten, kurz auf Alwine aufzupassen.«

Peter fragte nicht weiter, zuckte mit den Schultern und trat kräftig vor das Holz der Schwelle, um den Schnee von den Sohlen zu bekommen.

»Hast du Dolf irgendwo gesehen?«, fragte sie ihn über die Schulter hinweg.

»Im Stall. Bei seinen Pferden.«

Im Gegensatz zum eisigen Wind draußen war die Luft im Stall feuchtwarm, es roch nach Heu und warmen Tierleibern. Hanne hatte sich angewöhnt, die Stalltür leise zu öffnen und zu schließen, um die Tiere nicht unnötig aufzuschrecken. Heute überraschte sie dadurch Dolf, der zusammengerollt im Stroh lag, das er vom Boden hinuntergeworfen haben musste, um die Ställe später neu einzustreuen. Sein ihr zugewandter Rücken zitterte in Krämpfen, seine geballten Fäuste stachen unter seinem Nacken heraus, als würden sie seinen Kopf umklammern müssen, damit er nicht abfiel. Wie er es von seinem Bruder Philipp erzählt hatte, als ihre Mutter an Auszehrung gestorben war. Dolfs älterer Bruder war zum Heulen in die Scheune geflüchtet, um den strengen Vater nicht gegen sich aufzubringen. Darum wurden die Mohrs bis heute nicht gerne beim Weinen erwischt. Weinen bedeutete Schwäche, Schwäche bedeutete Strafe.

Ohne ein Wort zu sagen, stellte Hanne ihr Paket neben der Tür ab, ging zu ihm und legte ihm die Hand auf die Schulter. Ertappt fuhr er hoch und starrte sie mit roten Augen an.

»Warum weinen wir nicht zusammen?«, fragte Hanne.

»Weil ich ein Mann bin«, erwiderte er und wischte sich über die Lider. »Männer flennen nicht.«

»Warum nicht? Auch du hast ein Kind verloren. Warum soll ein Mann nicht um sein Kind weinen können?«

»Das tue ich, siehst du doch«, schnauzte er, rieb sich die

Nase. »Aber eben allein. Du hättest das nicht sehen sollen. Immerhin soll ich dich beschützen.«

Sie nickte. »Das solltest du. Trotzdem ist es dir nicht gelungen. Grämst du dich deswegen?«

Hanne bekam keine schnelle Antwort. Sie schwiegen sich an und die Zeit verrann unter dem rhythmischen Kauen der beiden Pferde.

»Ich war ein schlechter Ernährer und Vater. Darum ist der Tod ...« Hanne widersprach ihm nicht. Dolf hob die Schultern. »Ändert nichts mehr, all das Gerede. Jetzt ist es, wie es ist. Du weißt, ich musste Geld reinholen. Ich *musste* gehen.«

»Es hat nichts genützt. Alles ist teuer, der Rest ausverkauft oder kaum aufzutreiben. Für uns und die ganze Nachbarschaft werden es furchtbare Monate, was soll es da groß bringen, sich für eine Fuhre in Lebensgefahr zu begeben?«

»Welcher Tag ist heute?«

»Das weißt du nicht? Heiligabend.«

»Bald Weihnachten ... *Du* hast den Nachbarn unser Brot gegeben. Darum trage ich die Schuld nicht allein«, sagte er mit dem Trotz eines kleinen Jungen.

Hanne setzte sich neben ihn ins Stroh, sah ihn jedoch nicht an, sondern ließ ihren Blick durch den Stall gleiten. Hier war sie in Dolfs Reich. Die Felle der Pferde glänzten selbst im diffusen Dämmer des Winternachmittags, alles war sauber und ordentlich. Im Haus räumte er nicht einmal seine Socken weg, hier lag sogar der Lappen, mit dem er das Zaumzeug putzte, mit akkuraten Kanten zusammengefaltet auf dem Schränkchen, über das sich die Lederzügel schlängelten.

»Unser Sohn war ...« Ihre Stimme brach. Konnte sie nach dieser kurzen Zeit schon über den kleinen Adolph sprechen? Sie nahm sich einen der Strohhalme und zerbröselte ihn in der Hand. Knisternd fielen graugrüne Stückchen zu Boden. Sie schluckte. »Adolph war nur ein Opfer unter vielen. Du warst nicht da, hast uns nicht beschützt, sonst hätten wir den Dieben die Stirn geboten.«

»Und wären vielleicht alle tot oder verletzt.«

»Vielleicht.« Hanne betrachtete das Muster aus Natursteinen auf dem Boden. »Ich kenne dich. Da ist etwas in dir, was Schmerz nimmt und ihn verwandelt – mal in Gleichgültigkeit, mal in Wut, aber nie in echte Trauer. Dieses Mal ist der Schmerz selbst für dich zu groß und das führt dich auf einen Weg, den du allein nicht meistern kannst.« Sie richtete sich auf. »Ich ertrage es nicht mehr. Menschen sterben … jeden Tag. Niemand hilft, niemand fühlt sich verantwortlich. Nicht einmal du. Das will, das *muss* ich ändern. Ein Kind haben wir bereits an die Untätigkeit verloren … Alwine darf nicht …« Ihre Worte sackten weg, als fielen sie in Ohnmacht, verschwanden aus ihrem Kopf, um nicht ausgesprochen werden zu müssen.

Sie hörte, wie in Dolfs Hosentasche etwas zu klackern begann. Seine Finger huschten, wie üblich, über die Perlen des Rosenkranzes hin zum Kreuz, wo sie niemals Ruhe fanden. Hanne verwunderte es nicht, dass er seiner Mutter, die ihn so früh verlassen hatte, in dieser Situation nah sein wollte. Nicht nur Hanne kannte den Tod, den der Hunger bei sich trug.

»Dolf, wir müssen etwas unternehmen.«

Das Klackern verstummte und er räusperte sich umständlich, blinzelte die letzten Tränen aus seinem Augenwinkel. »Ich schulde dir etwas. Ich schulde *uns* etwas. Was soll ich also tun?«

Mit einem Seufzen holte sie den Gegenstand, den sie aus dem Schrank genommen hatte, von seinem Platz an der Stalltür und überreichte ihn ihrem Mann.

Das erste Mal

Um ihn herum war es still. Wie ein gewaltiges Ungetüm schluckte der Schnee alle Geräusche bis auf das Rauschen des Blutes in seinen Ohren, das fast unerträglich laut pumpte. Ähnlich einem reißenden Strom durchfloss es ihn und ließ seine Sinne wiedererblühen. Er roch den Wind, der aus dem Osten über die Berge heranwehte und sich mit dem sterbenden Laub unter der Schneedecke und dem Rauch aus Hunderten Schmiedeöfen mischte, welche Wälder und Kohle verschlangen. Er sah gleißendes Licht in den Eiskristallen tanzen. Wie ein Kronleuchter schimmerte das reine Weiß. Er schmeckte Blut in seinem Mund, das aus der aufgesprungenen Lippe zwischen seine Zähne lief, und endlich hörte er ein leises Knirschen auf dem Schnee und das gedämpfte Stampfen von Hufen, welches das Pochen in seinem Ohr kaum durchdrang, aber allmählich lauter wurde. Mit einem schmerzhaften Ruck beschleunigte das Herz wie ein Mühlrad bei einer Springflut den Strom seines Blutes und flüsterte ihm zu, dass es gleich so weit sein musste. Sein großer Auftritt wartete hinter dem Vorhang der letzten Kurve, die der Reisende nehmen würde. Dolf sah bereits vor sich, wie die Räder des Wagens den Schnee aufwirbelten und der Atem der Pferde dampfend zum Himmel stieg. Seine Faust schloss sich um das Gewehr, das er damals beim Militär hatte mitgehen lassen und das ihm Hanne nach ihrem Gespräch in die Hand gedrückt hatte.

Wie ein Raubtier, das seiner Beute auflauerte, machte er sich zum Sprung bereit, zog eilig den Hut tiefer in die Stirn und den Schal über den Mund. Die Wolle kratzte über seine Wangen und verfing sich in den Hautfetzen, die trocken an Dolfs Lippen klebten. Dolf konnte nicht länger grübeln, wenn er seine Gelegenheit nicht verpassen wollte.

Als das Fuhrwerk ihn beinahe erreicht hatte, ging alles rasend schnell. Mit vorgehaltener Waffe schnellte er hoch, schreckte die Pferde auf. Die versuchten, in ihrem Geschirr zu steigen. Der Fahrer kämpfte mit den Zügeln gegen die Kraft der Tiere. Es half nichts – das eine Pferd wollte nach vorne preschen, das andere zur Seite hin ausweichen. Der Wagen geriet ins Schaukeln, neigte sich wie ein leckgeschlagenes Schiff zur Seite, ruckelte mit der Vorderachse in den Graben voll Schnee – eine tödliche Falle für alle Räder. Das Fuhrwerk hing fest. Fluchend griff der Fahrer nach der Peitsche – die einzige Waffe, die er griffbereit hatte.

Drohend richtete Dolf sein Gewehr auf den Reisenden. »Das würde ich mir gut überlegen, Freundchen. Niemand muss zu Schaden kommen, wenn wir die Vernunft nicht in den kalten Wind schießen.«

Die Hand mit der Peitsche senkte sich. Ein puterrotes Gesicht funkelte ihn vom Bock aus an. »Nicht einmal am Heiligabend ist man mehr sicher! Unchristliches Pack!«, schimpfte der Mann und zog den Pelzkragen seines Mantels enger um den Hals. »Was willst du von mir?«

»Eine schöne Bescherung«, erwiderte Dolf und näherte sich langsam. »Du steigst ab und überlässt mir das Fuhrwerk. Du darfst gehen. Niemandem geschieht etwas.«

Der Fahrer schüttelte die Fäuste. »Und ob! Meiner Geldbörse!«, fauchte er.

»Wie passend, dass du die gerade erwähnst. Geld kann ich ebenfalls gut gebrauchen.« Dolf grinste, löste die rechte Hand von der Waffe und rieb Daumen, Zeige- und Mittelfinger aneinander.

Beschwichtigend hob der Reisende die Hände. Er strich sich über die Stirn, grübelte augenscheinlich, was er unternehmen konnte, und kam zu dem Schluss: nichts.

»Gut, gut. Schön. Ein Überfall am Heiligabend. Die Welt ist völlig aus den Fugen!«

Er wandte sich halb ab, fuhr wieder herum und warf sich vom Bock auf Dolf, wodurch er ihn ins Straucheln brachte. Durch die Überraschung landete er ein paar Treffer in Dolfs Gesicht, aber schnell schlug diese Gunst um, als Dolfs Nerven durchbrannten. Er holte mit dem Gewehr aus und schmetterte den Holzkolben gegen die Nase des Fuhrmanns. Es knackte und sein Widersacher schwankte kreischend nach hinten. Blut lief ihm übers Gesicht und tropfte in den feinen Pelzkragen. Mit einem Wutschrei sammelte er sich und taumelte zurück in den Ring.

»Widerlicher Dieb! So leicht mache ich es dir nicht!«, schnaufte er.

Mit bloßen Fäusten, wilden Augen und weit aufgerissenem Mund drang der Fuhrmann auf Dolf ein. In seiner Verzweiflung holte er aus wie ein Dampfhammer und Schlag um Schlag prasselte auf Dolf ein. Dem blieb kaum etwas anderes übrig, als vorerst sein Gesicht abzuschirmen, um seinen Plan, der gründlich danebengegangen war, zu überdenken. Demütigung, Schmerz und Trauer der letzten Monate rollten heran, legten sich wie ein dichter Nebel über die restlichen Gedanken und Gefühle, die zunehmend unschärfer in diesem dunklen Nichts versanken. Er wollte niemandem wehtun. Er wollte lediglich seiner Frau ein Lächeln ins Gesicht zaubern und einen Augenblick ohne die lähmende Angst, ohne den ständigen Druck im Kopf erleben. Wie konnte er das schaffen?

Der Kerl vor ihm war ein Teil der Lösung, was ihm nicht behagte. Überhaupt nicht. Er fühlte sich gezwungen, gegen seine eigenen Überzeugungen zu handeln. Doch wenn es niemand sonst tat … Er war den ersten Schritt gegangen, jetzt musste er die Reise antreten.

Der nächste Schlag traf Dolf am Kinn, der letzte Schmerz, der zu ihm durchdrang, sich wie eine Gewitterwolke in seinen Muskeln ballte und schließlich durch seine Faust in den Magen des Händlers entlud. Im nächsten Moment lösten sich die Fesseln des Sturms und all seine Wucht schüttete sich über dem Mann aus, der nun auf den Boden sackte. Vor Dolfs Augen verschwamm dessen Gesicht, das plötzlich sonnenverbrannt war. Eine Taschenuhr schnappte und irgendwo pfiff eine Dampfmaschine. Die verlogene Fratze des englischen Ingenieurs, der ihn hatte auflaufen lassen und ihn die Aufträge gekostet hatte, legte sich wie eine Maske auf die des Reisenden. Auch die Erscheinung des Ingenieurs verblasste nun und wurde zu einem See aus Quecksilber.

Für alles, was Thalberg getan hatte und tun würde, prügelte Dolf auf den Mann unter ihm ein. Befriedigt spürte er die Wärme der Blutspritzer auf seinen frierenden Wangen.

Vor seinen Augen tanzten weitere Gesichter, die ihn gedemütigt, ihn angegriffen hatten: der Spieß beim preußischen Militär, sein Vater, die Stiefmutter, sein Bruder Philipp.

Immer wieder schlug Dolf zu, bis er sich japsend zur Seite fallen ließ und der Schnee seine aufgerissenen Fäuste kühlte. Der Druck war fort, dafür polterte sein Herz wie eine außer Kontrolle geratene Lore im Stollen. Dolf schloss die Augen und rollte sich in das eisige Weiß, presste sein glühendes Gesicht hinein. Er schluchzte, als ein letztes bleiches Gesicht aus der Dunkelheit aufstieg. Sein kleiner Sohn lächelte ihn an und Dolf erwachte wie der schockierte Mann, den man auf einem Jahrmarkt zur Freude des Publikums hypnotisiert hatte. Anders als bei dieser Darbietung war Dolf jedoch nicht zum Lachen zumute. Er stemmte sich hoch und öffnete die Augen.

Vor ihm lag der Händler, das Gesicht blau, blutüberströmt und geschwollen. Eiskalter Winter schlich sich in Dolfs Körper, als der Druck im Kopf endlich gewichen war. Hatte er, kaum bei Bewusstsein, einen Menschen zu Tode geprügelt? Wenn er als Mörder hingerichtet wurde, wer würde sich um Hanne und Alwine kümmern? Auf allen vieren krabbelte er zum Händler und beugte sich über dessen Mund. Ein Zischen aus einer blutigen Zahnlücke verriet, dass der Mann lebte. Erleichtert wischte sich Dolf den Schweiß ab. Zum Glück war er nicht zu weit gegangen und kein Mörder geworden. Zum Dieb musste er jetzt trotzdem werden. Für seine Familie.

Er rappelte sich auf, zerrte den schlaffen Körper, der leise stöhnte, an den Rand des Weges. Vielleicht hatte der Kerl Glück und ein letzter Reisender würde ihn vor der hereinbrechenden Dunkelheit finden oder er wachte auf und schleppte sich selbst ins Warme. Dolf konnte sich nicht weiter um ihn sorgen. Die Ernährung seiner Familie hatte Vorrang und so musste er riskieren, dass der Hilflose es nicht aus eigener Kraft in Sicherheit schaffen würde.

Mit nach vorne geöffneten Handflächen näherte er sich vorsichtig den Pferden des Händlers, die sich in dem Trubel ohne die Hilfe der Menschen aus der misslichen Lage im Graben befreit hatten. Sie standen in einiger Entfernung hilflos auf dem Weg, scharrten im Schnee und warteten, dass sich jemand um sie kümmern würde. Behutsam ging Dolf zu ihnen, ließ sie schnüffeln und strich ihnen beruhigend über die Nüstern, wie er es bei seinen eigenen beiden Stuten getan hätte. Wahrscheinlich nahmen die Tiere deren Geruch wahr und beruhigten sich dadurch schneller.

»Keine Angst, ich mag Pferde. Was mit eurem Menschen geschehen ist, tut mir leid. Ich kümmere mich um euch, wenn ihr mir jetzt helft.«

Als er an die Seite des Fuhrwerks trat, blieben sie tatsächlich ruhig stehen und ließen ihn gewähren. Humpelnd und ächzend kletterte er auf den Bock, nahm die Zügel auf und schnalzte. Als wären es Grete und Meta, zogen die Tiere folgsam an. Dolfs Herz hüpfte und er blickte nicht zurück.

Eine schöne Bescherung

Nach einer unruhigen Heiligen Nacht, die sie allein mit ihrem aufgeregten Kind verbracht hatte, erwachte Hanne mit dem Gefühl, jemand hätte sie zum wiederholten Mal auf das Rad geflochten und all ihre Glieder zerschlagen. Sie rieb sich das Gesicht und ließ dann ihre Hand fallen. Unter ihrer Handfläche breitete sich der kühle und starre Stoff eines leeren Lakens aus. Keine Wärme, kein anderer Körper. Wieder eine Nacht, in der sie allein geschlafen hatte. Auch den Tag würde sie allein verbringen. Dabei war Weihnachten. Langsam wurde es zur Gewohnheit, dass das Bett neben ihr leer blieb.

Sie presste die Lippen zusammen, um einen Seufzer zu unterdrücken. So hatte sie sich ihre Ehe nicht vorgestellt. Jeden Morgen stellte sie sich die Frage, wo sich ihr Mann herumtrieb oder ob er sich an ihre Vereinbarungen halten würde. Von Aufträgen am Weihnachtstag konnte er ihr später viel erzählen! Hinzu kam die dunkle Gestalt der Trauer um den kleinen Adolph, die sich noch immer in den Ecken jeden Raumes herumdrückte. All das zog sie in eine Tiefe, aus der sie kaum selbst herausklettern konnte. Was sollte die Grübelei über Dolf und Weihnachten? In diesem Jahr lag über dem Fest ohnehin die schwärzeste Sturmwolke, die eine Mutter am Horizont aufziehen sehen konnte.

Missmutig stand Hanne auf, setzte jedoch ein lächelndes Gesicht auf, bevor sie sich in die Küche schleppte. Sie zog ihre Stirn kraus und witterte wie ein ausgehungerter Wolf.

Verwundert stellte sie fest, dass es nach gebratenem Speck roch, der Ofen bullerte und behagliche Wärme verbreitete.

Gegen ihren Willen lief ihr das Wasser im Mund zusammen und es kostete sie große Beherrschung, nicht zu eilig zum Herd zu laufen. Dennoch fischte sie sich wie eine Katze einen der knusprigen Streifen aus der Pfanne und schlang ihn gierig in sich hinein. Wegen des ungewohnten Genusses rumorte ihr Magen und verlangte knurrend nach mehr.

Hanne fragte sich, woher die unerschwingliche Köstlichkeit gekommen sein mochte. In den salzigen Geruch des Schinkens mischte sich ein weiterer, den sie zuerst nicht zuordnen konnte. Süßlich und herb zugleich umspielte sie ein Hauch, der von fernen Ländern erzählte. Das konnte nicht sein! So etwas hatte sie bislang nur bei den Thalbergs am Frühstückstisch gerochen. War das etwa Kaffee? Echter Kaffee? Auf der Herdplatte stand die Kanne, in der sie sonst Zichorienkaffee aufbrühte. Den Luxus echter Kaffeebohnen konnten sie sich nicht leisten. Trotzdem roch es in ihrer einfachen Küche wie im Saal des alten Rittergutes, das den Thalbergs gehörte. Wahrlich ein merkwürdiges Weihnachtswunder.

Vergessen war der Ärger, dass ihr Mann ein weiteres Mal verschwunden schien, als hätte ihn der Leibhaftige vom Erdboden verschlucken lassen. Selbst die Dunkelheit der Trauer wurde vom ersten Sonnenstrahl des wiederkehrenden Lebens mit einem goldenen Glanz überzogen und erste schöne Erinnerungen zeichneten sich ab.

»Guten Morgen.« Leise war Dolf in die Küche zurückgekehrt, die verschlafene Alwine kuschelte sich an seinen Hals. Welch ein ungewohntes Bild!

Hanne lächelte. Zufrieden bemerkte sie, dass Dolf sich die Stoppeln von den Wangen geschoren, seinen Bart gestutzt und seinen besten Anzug angezogen hatte. Obwohl er seinen inzwischen geliebten Bart nicht komplett abgenommen hatte, den Hanne eigentlich nicht mochte, erinnerte er sie an den Tag ihrer Hochzeit. In ihrem Herzen erhob sich das welkende Pflänzchen ihrer Liebe und reckte sich diesem Licht entgegen.

»Speck und Kaffee? Was ist das für eine Bescherung?«, fragte sie ihn, traute sich aber nicht, ihm die Arme um den Hals zu schlingen. Zu fragil, wie dünne Gläser, waren die wiederkehrenden Glücksgefühle.

»Frohe Weihnachten!«, erwiderte er schlicht. »Deine Worte im Stall haben etwas angestoßen. Ich denke, du hattest recht. Ich war zu lange untätig. Hab dich mit all dem Elend alleingelassen.«

Ein Mann, der seine Versäumnisse zugab? Sie war verblüfft. Das hatte sie in keiner Ehe der Nachbarschaft jemals mitbekommen, gleichgültig, ob sie aus Liebe oder anderen Gründen heraus geschlossen worden war. Hanne schluckte. Ihre Gefühle wirbelten wie der Wetterhahn im Sturm umher – Liebe, Vergebung und noch lebendiger Ärger.

»Du hättest …«

Rasch trat er auf sie zu und legte ihr seinen Zeigefinger auf die Lippen. »Nicht heute. Wir reden darüber, versprochen. Aber nicht heute. Jetzt genießen wir erst mal unser Frühstück. Ich habe so riesigen Hunger, als hätte ich wochenlang nichts gegessen.«

»So in etwa war es ja auch.«

Er lächelte und setzte Alwine ab. Das Mädchen rannte mit einem Jauchzen zur kleinen Tanne, die auf einem Tischchen in der Ecke stand, und nahm sich einen der roten Äpfel, die an ihren Zweigen hingen. Aufgespart und schrumpelig, für Hanne jedoch ein Zeichen, dass es trotz aller Schicksalsschläge immer einen Funken der Hoffnung gab.

Carl Thalberg rückte sich die graue Pelzkappe zurecht, als er auf dem großen Platz vor seinem Gut aus der Kutsche stieg. Sein Atem dampfte in der eisigen Luft mit dem der Pferde um die Wette und verfing sich in den kahlen Zweigen des alten Kastanienbaumes, der knorrig und stabil seit ewigen Zeiten über diesen Ort wachte. Frischer Schnee lag auf den Zweigen und den Dächern, der glitzernd vereiste. Thalberg fror derart, dass ihn auch die weihnachtlichen Worte des Pfarrers während der Messe nicht hatten wärmen können. In der Kirche war es schneidend kalt gewesen, sodass er trotz Pelzmantel, Schal und gefütterten Stiefeln gezittert hatte wie Espenlaub. Beständig hatten seine Gedanken um heißen Punsch, Braten und Rotkohl gekreist, die in der Küche für seine Familie als traditionelles Weihnachtsessen zubereitet wurden, während er auf der unbequemen Bank eingequetscht zwischen seiner Frau und Schwiegermutter mit den Zähnen klapperte.

Ein viel zu dünner Seidenhandschuh streckte sich ihm elegant aus der Kutsche entgegen und er half seiner Frau beim Aussteigen. Ihr neuer Mantel mit Hermelinbesatz leuchtete fast obszön in die Weihnachtszeit, da er, wie Thalberg fand, ihrem Alter kaum angemessen schien. Schwer stützte sie sich auf ihn und sie kiekste, als er ihr nicht den nötigen Halt auf dem Tritt schenken konnte. Erleichtert ließ er sie los, als zwei Bedienstete hinzueilten und einer von ihnen ihn von ihrer Last befreite. Der andere steuerte geradewegs auf ihn zu und verbeugte sich. Sein Gesicht war hager und bleich, als bekäme er nicht genug zu essen. Was in Thalbergs Welt gar unmöglich war.

»Es ist ein Reisender zu uns gebracht worden. Ich habe bereits den Herrn Doktor bestellt, da der Mann verletzt und stark unterkühlt hier eingetroffen ist.«

Thalbergs Mund presste sich zu einer schmalen Linie. »Was ist geschehen?«, brummte er.

Braten und Punsch rückten in weite Ferne. Er ärgerte sich über den ominösen Herrn, den er nicht erwartet hatte und der seinen Weihnachtsmorgen derart empfindlich störte.

»Der Mann gibt an, ein Kaufmann zu sein, der gestern Abend im Wald überfallen wurde.«

»Hat Er die Gendarmen verständigt?«

Der Diener nickte. »Ich habe einen der Burschen geschickt. Nach Hörde, nicht zum Pötichen nach Schwerte. Sie müssten demnächst eintreffen.«

Thalberg seufzte und sah in den klaren Himmel. Wie eine unerreichbare Oase in einer Wüstenei fiel der Geschmack von Punsch auf sein Gemüt. »Er soll ins Kaminzimmer kommen. Lassen wir meine Familie die feierliche Ruhe genießen. Ich nehme etwas Punsch zur Unterhaltung. Das habe ich mir nach dieser unkomfortablen Messfeier redlich verdient«, befand er mürrisch.

Der Diener machte sich mit einer knappen Verbeugung davon. Er hatte es nicht gewagt, seinem Herrn zu berichten, dass der Kaufmann bibbernd und mit Wärmflaschen umkränzt im Bett gelegen hatte, seit er eingetroffen war. Nun musste er ihn innerhalb kürzester Zeit präsentabel und auf die Füße bekommen, um den Zorn des Hausherrn nicht auf sich zu ziehen. Die Wahrheit verkraftete Thalberg in den wenigstens Fällen.

Thalberg schnalzte voller Vorfreude, als ihm sein Lieblingspunsch serviert wurde. Genießerisch schnüffelte er mit geschlossenen Augen am Glas. Er brauchte keinen Zimt und keine Nelken, wenn er den exotischen, süßlichen Hauch von Ananas schmecken konnte. Darin war jeder Taler gut angelegt. Bevor er einen ersten Schluck von der fruchtigen Süße nehmen konnte, öffnete sich die hohe Flügeltür und der Diener führte jemanden am Arm herein.

»Dies ist der Herr, dem übel mitgespielt wurde«, erklärte der Bedienstete unnötigerweise, denn ein Blick genügte, um sich ein Bild von dem zu machen, was der Mann erlebt haben musste.

Thalberg hatte für kleine Händler nicht viel übrig – er umgab sich lieber mit den großen Fischen im Meer als mit den Sardinen in der Büchse –, aber die Schürfwunden, die geschwollenen und aufgeplatzten Lippen und das von Purpur umrahmte Auge, dazu eine starre und gebeugte Haltung, die auf das krampfhafte Vermeiden gewisser Bewegungen hindeutete, erregten sein Mitleid. Immerhin war Weihnachten.

Mit großer Geste und strenger Miene bedeutete er seinem Gast, einzutreten und Platz zu nehmen. Mitleid sollte man nicht überstrapazieren, sonst wurden die Bemitleideten übermütig.

»Guter Mann, Sie sehen elend aus. Was ist geschehen?«, gab er sich freundlich und wedelte den Diener nach einem zweiten Glas.

Auf dem Sofa mit rotem Samtbezug rückte sich der Händler zurecht, verzog dabei das Gesicht, als hätte er giftige Pilze gegessen. Thalberg zwang sich zu einem ruhigen Gesichtsausdruck, nippte versonnen am Punsch und stellte sich die Pracht der weihnachtlichen Tafel vor, die ihn gleich erwartete. Den Duft des Bratens in der schweren Rotweinsoße.

»Ich danke Ihnen für das Obdach, Herr Thalberg, und entschuldige mich, dass ich gerade zu dieser Jahreszeit solche Güte nötig habe. Sie können mir glauben, ich wäre lieber bei meiner Maria. Ich plappere – Verzeihung. Meine Gefühle sind in Aufruhr.« Sein Gebrabbel brach ab und Thalberg sah, wie Tränen die Augen wässerten und er sein Taschentuch zückte, um sich die Wangen zu tupfen – nicht ohne ausreichend Gestöhne von sich zu geben.

Allmählich fühlte sich Carl Thalberg belästigt.

»Nun ja, danke, wollte ich sagen. Das ist mir noch nie passiert. Überfallen hat mich der Kerl! Brutal auf mich eingeprügelt! Sehen Sie mein Auge? Es ist ein Weihnachtswunder, dass ich nicht erblindet bin, bevor ich beinahe erfrieren musste! Liegen gelassen hat er mich. Im Schnee und schwer verletzt. Ich hätte sterben können! Bis hierher habe ich mich geschleppt. Fast hätte ich es nicht geschafft.« Wieder ein Stöhnen, dieses Mal gewürzt mit Wehmut.

Thalberg nahm einen Schluck Punsch und versank in dessen Süße. Er sah Länder vor sich, wo zu Weihnachten kein Schnee lag, sondern glutäugige Weibsbilder die Luft zum Kochen brachten … bis der Händler weitersprach.

»Mein Wagen! Meine Pferde! All die schönen Waren! Futsch! Wahrscheinlich sind die Gäule mittlerweile Sauerbraten auf dem Tisch einer armen Seele, die dafür in der Hölle schmoren wird.«

»Muss Sauerbraten nicht vor dem Verzehr eingelegt werden?«, hörte sich Thalberg fragen und schüttelte peinlich berührt den Schleier ab, mit dem ihn eine der Schönheiten gerade geneckt hatte. Er räusperte sich. »Ich muss mich entschuldigen, Herr …?«

»Stücken. Reinhard Stücken, Kolonialwaren und Delikatessen. Aus Köln.«

»Herr Stücken, was Ihnen zugestoßen ist, ist schrecklich. In was für Zeiten leben wir nur? Ein unbescholtener Kaufmann sollte nicht gezwungen sein, mit der Waffe im Anschlag die guten Gaben auszuliefern, in der Angst, überfallen und ausgeraubt zu werden! Wir haben bereits nach dem Gendarmen geschickt, er soll den Täter finden. Ein junger, tatkräftiger Mann. Er wird nicht ruhen, bis er Ihren Peiniger gefasst hat.« Er hielt inne, tippte sich mit dem Goldring an seinem kleinen Finger ans Kinn. »Ich ließ den Burschen extra nach Hörde reiten. Auf meine Kosten. Da in Schwerte, nun, das Gesetz und sein Hüter etwas in die Jahre gekommen sind. Eine Seele von Mensch, stets zum Feiern aufgelegt, aber eine Katastrophe, da er bei allen Zechkumpanen einigermaßen beliebt ist und kaum mehr Gut von Böse unterscheiden kann.« Thalberg nickte Stücken zu, um sicherzugehen, dass er verstand, was mit Pötichen los war. »Der Gendarm Mönkebüscher ist neu in der Gegend und soll sich kümmern. Er ist ambitioniert und wird mir den Gefallen nicht ausschlagen. Sie, Herr … äh … Stücken, ruhen sich derweil aus. Ich leihe Ihnen morgen ein Pferd, damit sie nach Hause zu Ihrer Familie können. Seien Sie mein Gast und kurieren Sie die Verletzungen ein wenig. Man wird Ihnen etwas zu essen auf das Zimmer bringen.«

Thalberg griff nach einer Glocke und läutete energisch. Keine Minute mehr als nötig wollte er mit diesem stumpfen Rheinländer verbringen müssen, der so dämlich war, sich nicht nur die Waren, sondern gleich das ganze Fuhrwerk abnehmen zu lassen. Ob er morgen auf einem Pferd sitzen konnte oder nicht, war nicht seine Angelegenheit. Länger im Haus haben wollte er diesen Tropf auf keinen Fall. Sein Braten erwartete ihn und er war schließlich nicht der lokale Gendarm oder der Landrat, der sich das Fest von Amts wegen vermiesen lassen musste. Dennoch würde er die Ermittlungen im Auge behalten. Man wusste ja nie, was aus solchen Fällen Interessantes erwachsen konnte. Zudem wollte er beobachten, wie sich Mönkebüscher schlagen würde.

Er hörte das Klacken der Tür und wandte sich ihr zu. Seine Miene hellte sich auf. Nicht der Diener von vorhin, sondern eines der Dienstmädchen war erschienen und knickste artig im Türrahmen. Ihre Wangen waren rot wie kandierte Kirschen und ihre Lippen konkurrierten mit der exotischen Süße in seiner Hand. Sie war zwar nicht so jung und frisch wie diese Johanna, aber … Weiter konnte er nicht denken, da er sonst an diesen Grobian erinnert werden würde, der ihm die beste Gelegenheit genommen hatte, sich mit ihr zu vergnügen. Damals war er seiner Johanna nahegekommen, hatte die Begierde in ihren Augen aufleuchten sehen, bis dieser Kerl, dieser Schützenlackaffe aufgetaucht war. Die scharfe Kante des geschliffenen Kristallglases schnitt in Thalbergs Hand, dermaßen stark umklammerte er es. Durch den stechenden Schmerz zuckte er zusammen und war zurück in seinem Salon.

»Herr Stücken bekommt etwas zu essen, ein Pferd und Proviant, so er es wünscht«, blaffte Thalberg in Richtung des Dienstmädchens. Er erhob sich, nickte seinem lädierten und doch dankbar dreinschauenden Gast zu und ließ seinen Blick über den Körper des Mädchens wandern. Ganz nett, aber mehr nicht. Ihre Nase war leicht schief, ihr Haar eher matt und kraus. Aber das machte nichts. Es war Weihnachten und bei all der demonstrierten Großherzigkeit im Angesicht von Not und Verbrechen hatte er sich ein größeres Geschenk als nur ein Glas Ananaspunsch verdient. Für den Moment wollte er den Festtagsbraten jedoch nicht noch kälter werden lassen. Dem Gendarmen und dem Mädchen würde er sich nach dem Dessert widmen. Ohne weiteren Gruß an den Händler eilte er aus dem Zimmer.

Erster Luxus

Zaghaft klopfte es an der Tür, als Hanne gerade ihren dritten Kaffee schlürfte, der ihren Kopf wunderbar leicht machte. Wohlig warm floss der letzte Schluck in die Kehle und ließ sie kichern. So viel Luxus! Dolf war bei den Tieren, sie hatte in der Zwischenzeit die Reste des Frühstücks abgeräumt und wartete darauf, dass er zurückkam, damit sie zusammen zur Kirche gehen konnten. Dösend lag Alwine vor dem Ofen und ließ ihr neues geschnitztes Pferdchen, das unter dem Weihnachtsbaum gelegen hatte, träge Sprünge machen, gähnte nach jedem Hopser mit weit aufgerissenem Mund. Sie war satt, müde und endlich einmal rundum zufrieden.

Mit der letzten köstlichen Bitterkeit auf der Zunge, die belebend durch Hannes Adern rauschte, ging Hanne zur Tür. Die Angst, dass weitere Fremde Leid in ihr Heim tragen könnten, saß wie ein Teufelchen auf ihrer Schulter. Es legte ihr die eiskalten Hände um den Hals und umklammerte ihre Finger, die sich um den Riegel schlossen. Allerdings wollte sie sich nicht von ihrer Angst beherrschen lassen, also machte sie sich bereit und riss mit einem Ruck die Haustür auf.

»Frohe Weihnachten, Johanna!«, strahlte Heinrich Herzog sie breit an.

Erleichtert, dass es Dolfs Freund war, erwiderte Hanne sein Lächeln.

»Dir auch, lieber Nachbar! Magst du hereinkommen? Wir wollen zwar gleich aufbrechen, aber für dich haben wir immer Zeit. Vielleicht können wir zusammen zur Messe gehen?«

Wie üblich bückte sich Heinrich tief unter dem Türrahmen durch und lächelte weiter. Sonderlich oft sah man ihn nicht in den Gottesdiensten.

»Es riecht herrlich, nach einem Festmahl. Schön!«

Beinahe schämte sich Hanne bei seinen Worten. Nicht zuletzt dafür, dass der kleine Dämon der Völlerei und Genusssucht den letzten Rest Kaffee für sich allein haben wollte und sie zuerst gar nicht daran hatte denken lassen, Heinrich eine Tasse anzubieten.

»Ich weiß nicht …«, begann sie, das Leuchten in Heinrichs Augen ließ sie jedoch verstummen.

»Bei euch also auch!«

»Was meinst du, Heinrich?«

»Na, die Gaben des Christkinds! Es hat euch beschert, genau wie mich. Leid hat euch gebeutelt, obwohl ihr stets eine anständige Familie gewesen seid. Das ist so ungerecht. Zumindest eine kleine Wiedergutmachung hat euch das Christkind gebracht. Du hast Elisabeth mit eurem Brot unterstützt. Das hat sie mir im Vertrauen erzählt, darum gebührt dir dieser Segen zurecht.«

Wie betäubt nickte sie. Langsam setzte sich ein zerschnittenes Bild in ihrem Kopf zusammen.

»Willst du mir sagen, dass es heute früh nicht nur bei uns derart … opulent zugegangen ist?«, wollte sie wissen.

»Vor jeder Tür auf dem Sommerberg stand etwas! Für die ärmsten Familien sogar so viel, dass sie sich die nächsten Tage keine Sorgen ums Überleben machen müssen. Ist das nicht großartig?« Der sonst wortkarge Heinrich war völlig aus dem Häuschen. »Mir geht es im Grunde gut, ich muss mir keine Gedanken um andere Mäuler machen, die ich stopfen muss, aber selbst ich wurde beschenkt! Eine Flasche Cherry und einen Schinken aus … ach, ich weiß nicht mehr. Er schmeckt jedenfalls köstlich! Fast zu schade zum Aufessen.« So viel sprach Heinrich für gewöhnlich nicht einmal innerhalb einer ganzen Woche.

Hanne ließ sich auf einen Stuhl fallen. »Das ist ja eine schöne Bescherung! Unglaublich!« Sie senkte die Stimme. »Du bist doch gewissermaßen wie die Zeitung, Heinrich – kennst jeden, weißt alles. Du weißt, woher das alles stammt, oder? Und wer es gebracht und verteilt hat!«

Wie ein Kind bei der Bescherung verbreitete sich Heinrichs Freude durch die Stube. »Es ist Weihnachten, Hanne, das Christkind hat's gebracht. Wer denn sonst?«

Leichte Versöhnung

Frühjahr 1847

Am Abend stieg Dolf ungewöhnlich früh zu Hanne ins Bett. Schläfrig kuschelte sie sich an ihn und überrascht über so viel Zuneigung legte er den Arm um sie. In den letzten Wochen war er oft bis tief in die Nacht fortgeblieben, da sich Hanne in Vorwürfe einhüllte und nicht nur sich selbst, sondern auch Dolf damit erdrückt hatte. Er ahnte, dass ihre Schlafkammer zum Debattierclub werden konnte. Sich dagegen zu wehren, vermochte er nicht, denn er war erleichtert, dass sie endlich seine Nähe suchte. Vielleicht konnte er sich heute Nacht öffnen und ihr von seinen Sorgen berichten.

»Geht es dir etwas besser?«, fragte er leise.

»Dafür ist das alles zu frisch«, gestand sie. »Zwar fühle ich mich nicht mehr so leer, doch selbst der größte Laib Brot stopft nicht das Loch, das der Tod des kleinen Adolphs hinterlassen hat.«

»Das weiß ich. Aber für unsere Tochter war es wichtig, dich nach all der Zeit sorgenfreier zu sehen. Das Kind ist wirklich trübsinnig geworden.«

Hanne seufzte und Tränen schlichen sich in ihre Augen. »Vielleicht hat sie Angst zu enden wie ihr Bruder.«

Ein rauer Finger glitt über ihre Wange und wischte eine Träne fort.

»Wir schaffen das«, murmelte Dolf und klang zum ersten Mal seit Monaten nicht mehr müde. Etwas hatte sich in ihm verändert.

Mit dem Ärmel des Nachthemds strich sie sich übers Gesicht. Schniefend drehte sie sich weg und rollte sich auf die Seite. Noch ertrug sie seine Nähe kaum, denn sie erinnerte Hanne schmerzlich daran, wem sie keine Nähe mehr geben konnte – ihrem Sohn, der in einem winzigen Grab unter der Erde lag.

In ihrem Rücken hörte sie Dolf seufzen.

»Was ist?«, fragte sie über ihre Schulter hinweg.

»Ach, nichts. Ich wollte dir nur längst erzählt haben, dass ich was Neues habe. Arbeit. Bald fließt Geld und wir können etwas zu essen kaufen.«

»Seit wann?«, wollte sie wissen und drehte sich halb zu ihm um.

»Ich war am Tag des Schneesturms auf der Zeche zum Gespräch. Ich dachte mir, im Winter ist es auch hier oben so düster, da macht es nichts aus, wenn ich dort unten im Dunkeln schuften muss.«

»Ich weiß, wie sehr du die Vorstellung hasst, unter meterdickem Fels zu arbeiten. Das fällt dir nicht leicht, du stolzer Fuhrmann.« Zaghaft lächelte Hanne, obwohl sie wusste, dass er es nicht sehen konnte.

Der enorme Konkurrenzdruck unter den Arbeitern, die aus aller Herren Länder in diese Gegend strömten, machte es den Zechenbetreibern und anderen Industriellen leider leicht, nur wenig Lohn zahlen zu müssen. Reich würden sie mit dieser neuen Stelle also nicht werden. Dennoch war sie froh, dass Dolf etwas unternahm.

»Was anderes wäre mir lieber, aber ich muss das tun. Für euch! Auch wenn ich es mir vielleicht nicht anmerken lasse – ich ertrage dieses Leid nicht mehr. Genauso wenig wie die Eiseskälte in deinem Blick, die alles um dich herum einfriert.

Das ist nicht meine starke und schöne Königin, wie ich sie kenne!«

»Eine Königin bin ich lange nicht mehr. Das müsste dir eigentlich aufgefallen sein.«

»Für mich schon! *Ich* bin es, der versagt. Ich hätte euch beschützen müssen, aber ich war nicht hier.« Er schluckte hart zwischen seinen Worten, was Hanne verriet, dass er ein Schluchzen unterdrückte.

Hanne drehte sich zu ihm. Für einen Moment sahen sie sich an, als wäre wieder Sommer, Tanz und Schützenfest. Langsam streckte Hanne ihre Hand aus und streichelte über Dolfs Wange, ließ ihre Finger über seine Haut fahren. Sie folgte der Linie seines Halses, bis er sie mit einem Ruck eng an sich zog. Zum ersten Mal während dieser schwierigen Zeit, in welcher der Alltag sie wie eine Mauer umschloss, berührten sie sich wie am Tag ihrer Hochzeit. Sie umschlangen sich und genossen die Wärme, die sie sich in ihrem Schmerz gegenseitig verwehrt hatten.

»Ich schwöre dir, dieser Tag war erst der Anfang. Ab jetzt wird es besser«, raunte er an ihrer Schulter. Sein Bart kitzelte sie.

»Weißt du etwa, woher die Weihnachtsgaben damals gekommen sind?« Sie drückte ihn von sich weg, versuchte, im fahlen Kerzenschein seinen Gesichtsausdruck zu erahnen. »Heinrich sagte, dass alle Hungerleider in der Nachbarschaft einen guten Geist bei sich hatten. Kennst du ihn etwa, diesen ›guten Geist‹?«

Dolfs Finger strichen härter über ihren Rücken, spielten mit ihrem Zopf. Das Stroh der Matratze raschelte, als er sie losließ und sich auf den Rücken drehte. Er starrte schweigend zur Decke.

»Dolf.«

Er seufzte. »Gute Geister tun so etwas nicht, um Ruhm zu ernten. Du hast Elisabeth schließlich in aller Stille von unserem Brot gegeben, ohne es jemandem zu erzählen.«

»Und es hat mich in eine noch größere Stille geführt …«

Das Kissen wackelte, als er den Kopf schüttelte. »Du hast ihr viel mehr geschenkt als Brot: Hoffnung. Genau dafür gibt es gute Geister. Sie helfen, aber sie reden nicht darüber – außer sie sind Politiker, die sich hinter einer Maske verstecken.«

Hannes Herz entflammte vor Stolz. Dolf tadelte sie nicht für das verschwundene Brot, im Gegensatz zu ihr, die sich Vorwürfe machte, dass sie es ihren Kindern genommen und sie dadurch ins Unglück gestürzt hatte. Tatsächlich gab Dolf ihr Zuspruch dafür, das hatte sie kaum zu hoffen gewagt. Es zeigte ihr, was er in ihr sah, machte ihr neuen Mut und linderte ihr Schuldgefühl, das sie in den letzten Wochen versteinert hatte. Sie fühlte seine Bewegung auf der Matratze. Im nächsten Augenblick glitt seine Hand um ihr Kinn und folgte dessen Rundung.

»Du bist die Königin. Ich bin nur der Hofnarr. Einer, der die Taten seines Herrschers spiegelt.« Er lachte leise.

Unter seiner Berührung und seinen Worten löste sich der Lehmklumpen, der sich um Hannes Herz gebildet hatte, als sie den kleinen Körper ihres Sohnes mit Erde bedeckt hatte. Ihr Mann machte sie nicht für das Unglück verantwortlich. Er bewunderte sie sogar. Das ließ sie aufatmen. Zum ersten Mal seit Langem kam in ihr etwas Fröhlichkeit auf.

»Der Hofnarr? Bist du dir sicher, dass du nicht eher das Christkind höchstpersönlich bist?«, fragte sie amüsiert.

»Das Christkind hat keinen dunklen Bart. Ganoven. Banditen. Das würde zu uns passen.«

Ihr stockte kurz der Atem. Wusste Dolf von den Kartoffeln, die sie dem Kettenschmied gestohlen hatte?

»In England soll es diesen Dieb gegeben haben. Wie hieß der noch gleich? Als Kinder haben wir oft gespielt, wie wir den bösen König ausgeraubt haben, um das Diebesgut den armen Schluckern zu schenken. Robin Hood, glaube ich.

So jemanden bräuchten wir hier, wo sich unsere Herrscher genauso wenig um den wachsenden Hunger scheren, wie es dieser alte König getan hat. Jemanden, der von all den reichen Pfeffersäcken, Eisenbaronen und Blaublütigen nimmt, um es den Armen zu geben«, sinnierte er über den Traum, der ihm als Junge am besten gefallen hatte. Damals hatte er ein Beschützer sein wollen, ein Held, der König des Waldes, der Straße und der Diebe.

Hanne betrachtete seine Züge, die sich im diffusen Licht grob abzeichneten. »Diese Weihnachtsgabe war schnell aufgebraucht. Wann kehrt der Hunger vollends zurück, liebes Christkind?«, wollte sie wissen.

»Schneller, als uns lieb ist, fürchte ich.«

Hanne nickte. »Dann solltest du handeln.«

Sie schlug die Decke auf und rutschte zu ihrem Mann, legte sich über ihn. Ihr Bauch lag auf seiner Mitte und freudige Schauer prickelten über seine Haut. Dolf hatte nicht mit einer derart schnellen, vollendeten Versöhnung gerechnet. Statt ihm Aufmerksamkeit zu schenken, beugte sich Hanne jedoch über die Kante des Bettes, stützte sich mit einer Hand am Rahmen ab und streckte sich unter das Bett. Vorsichtig schob Dolf seine Hand unter ihr Nachthemd, das ihr bis knapp unter die Hüfte hochgerutscht war, und streichelte einen ihrer warmen, weichen Oberschenkel. Dann fuhr Hanne wieder hoch, klatschte zwei Stiefel neben ihn aufs Kopfkissen und schob seine Hand grob beiseite.

»Was, verdammt …?«

»Das Christkind weiß, wo es weitere gute Gaben zu holen gibt. Es wird nicht zulassen, dass alle Welt untätig bleibt, wenn Menschen sterben … nicht wahr, liebes Christkind?«

Sie krabbelte zurück auf ihre Seite des Bettes. Selbst im Dunkeln strahlte ihre zurückgekehrte Kraft wie ein Sonnenaufgang.

Dolf war nicht bereit, die Abfuhr einfach hinzunehmen, die sie ihm erteilt hatte. »Nicht heute Nacht. In den Wochen nach Weihnachten hat das gute Christkind erst einmal frei und darf sich ausruhen. Ich verspreche, wir unternehmen etwas, sobald es nötig wird.«

»Wir?«, fragte sie.

»Was wäre das Christkind ohne seine fleißigen Helfer, mein Engel?« Er zog sie zurück in seine Arme, streichelte ihre Wange, folgte dem Schwung ihrer Wangenknochen und ihrer schmalen Nase, wollte das fortsetzen, was eben noch in ihm getobt hatte. Hanne schloss jedoch die Augen, ohne auf seine Berührungen zu reagieren, sodass er sie nach einiger Zeit aus seiner Umarmung entließ. Sie rollte sich auf der anderen Seite des Bettes zusammen.

»Noch nicht. Vertreibe die Schwärze«, hörte er sie murmeln.

Mehr sagte sie nicht, bis er sich auf der Matratze in die Höhe stemmte.

Der Keller des Kolonen

»Mach, dass du fortkommst! Alle warten darauf, dass sich jemand gegen die Reichen erhebt, die mit ihren Wänsten bei Tisch hocken und sich einen Dreck um die Armen scheren. Du hast gesehen, wie sie sich feiern und zuprosten, während bei uns ein Säugling zu Grabe getragen wird. Andere werden folgen, wenn niemand etwas unternimmt. Du kannst es ihnen und mir beweisen.« Mit diesen Worten hatte Hanne ihn geweckt.

Dolf war zu müde, um sich auch nur einen Meter zu bewegen, aber Hanne hatte ihn mit bemerkenswerter Kraft in Richtung des Bettrands geschoben, war mit einem Mal voller Lebendigkeit gewesen.

»Was habe ich mir da für ein rebellisches Weib ins Haus geholt?«, schnaufte er, als er sich mühsam die Hosen überstreifte und sein Hemd zuknöpfte.

»Eindeutig die richtige Schwester«, erwiderte Hanne knapp und drehte sich zurück auf ihre Seite, um wieder einschlafen zu können. Dolf hingegen schwang dienstbeflissen die Beine über die Bettkante, obwohl sich seine Eingeweide zusammenkrampften bei dem Gedanken, welche Macht seine Frau über ihn hatte.

Wenig später blies ihm ein beißender Wind um die Nase, als er die knarrende Haustür schloss und auf den Hof seines Kottens trat. Das Wetter hatte umgeschlagen und erste Regentropfen platschten in schneller Folge auf die Erde. Dolf ging in die Scheune, zog seinen schweren Mantel vom Bock des Wagens und warf ihn sich über. Er schlug den Kragen des Mantels auf, um sich vor den Bissen des eiskalten Gesellen zu schützen. Was ihm Sorgen bereitete, war der auffällige Flicken auf der Schulter, der ihn sogar von einiger Entfernung leicht erkennbar machte. Der Wetterumschwung kam ihm gerade gelegen, da sich niemand freiwillig zu dieser Stunde vor die Tür wagen würde, um ihn mit unbequemen Fragen aufzuhalten. Selbst die Gendarmen würden gewiss lieber in ihrer behaglichen Amtsstube bleiben, statt auf Patrouille zu gehen. Der Weg, den er vor sich hatte, war nicht weit, aber der Boden verwandelte sich bereits in eine rutschige Schlammwüste, die bergauf und bergab führte. Dolf sah sich mit dreckigem Hosenboden nach Hause zurückkehren und war froh, dass sich Hanne wenigstens mit dem Wäschewaschen an diesem nächtlichen Abenteuer beteiligen durfte, wenn sie ihn in die Dunkelheit hinausjagte, um sich als Retter zu bewähren.

Sein Ziel war ein Hof auf der anderen Seite des Höhenzuges, der lediglich einen kurzen Fußmarsch entfernt lag. Das mochte ein Vorteil für den Transport der erhofften Lebensmittel zurück nach Hause sein, war andererseits jedoch risikoreich, da er fast vor der eigenen Haustür wilderte, wo jeder sein Gesicht kannte – oder zumindest den auffälligen Mantel.

Derart unvorbereitet machte es wiederum kaum Sinn, eine weitere Strecke bis nach Schwerte oder in Richtung Hörde zu gehen, wo es ebenfalls reiche Kolonen gab. Vielleicht fand er Gefallen an dem, was Hanne von ihm verlangte – wenn sie dadurch zugänglicher wurde, war es das Risiko wert.

Dolf kam dem kleinen Ort Holzen und dem Hof des gut betuchten Bauern Overbeck näher und er wusste, dass dieser gerne Vorräte hamsterte. Die Wangen des Kolonen leuchteten stets rot und wurden von üppigem Wohlstandsspeck umkränzt. Wie groß auch immer Dolfs Beute ausfallen würde, dieser Raubzug würde Overbeck nicht ins Siechenhaus bringen. Bei jedem Schritt schwor sich Dolf, heute nicht wie damals am Heiligabend die Fäuste sprechen zu lassen und somit nicht noch mehr Aufmerksamkeit zu erregen. Heimlich, still und leise rein und mit der Beute wieder raus. So weit der Plan.

Vorsichtig bahnte er sich seinen Weg durch die Dunkelheit. Eine Laterne hatte er nicht mitgenommen und der neue Lichtschein der betriebsamen Hörder Hermannshütte mit ihren großen Feuern drang nicht bis zum ihm herauf. Dolf kannte diese Route in- und auswendig, die er als Junge tagtäglich zur Schule hinuntergestiegen war, wenn der Vater ihn gelassen hatte und ihn nicht bei der Arbeit brauchte. Ein besonders unberechenbarer Stein musste sich aber in der Dunkelheit bewegt haben, denn Dolfs Schuhspitze blieb daran hängen und der Schmerz schoss ihm schneidend von den Zehen hinauf durchs Bein bis ins Rückenmark. Das Rudern mit den Armen verhinderte gerade, dass er stürzte. Der Schmerzensschrei gellte durch die Nacht und weckte einen Hund in der Nachbarschaft, der aufjaulte, dann jedoch zum Glück still blieb.

Dolfs Atem raste ächzend durch seine Lungen. Ein gebrochener Arm war das Letzte, das er gebrauchen konnte, wo er gerade erst eine neue Arbeitsstelle angenommen hatte.

In einem winzigen Funken glomm der Gedanke auf, diesen Abend als Probelauf für Raubzüge anzusehen, bei denen die Beute nicht zu den Nachbarn, sondern in seine eigenen Taschen wandern würde. War er dazu gemacht, ein Räuber zu sein?

Die polternde Wucht des vergangenen Überfalls erfasste ihn mit der nächsten Bö, die ihm den Regen ins Gesicht peitschte. Johanna wusste nicht genau, woher der Schinken und der Kaffee am Weihnachtstag gekommen waren und was er dafür in Kauf genommen hatte. Mehr musste sie nicht erfahren, sonst würde sie ihm die Hölle heiß machen! Es war sicher nicht verkehrt, heute etwas Heldentum anzusammeln, das er bei einem Streit aus dem Hut zaubern konnte, um ihr den Wind aus den Segeln zu nehmen. Nicht nur die betörende Entschlossenheit seiner besseren Hälfte hatte also seine Bereitschaft beschleunigt, sich die Stiefel überzustreifen.

Trotz des kurzen Weges erreichte Dolf den Hof Overbeck durchweicht und frierend. Wind und Regen waren verschlagene Brüder, geschickte Taschendiebe, die sich gemeinsam mit ihren eisigen Fingern einen Weg in seinen Kragen und unter den Schutz des Mantels gesucht hatten. Unter einem alten Baum konnte er im Trockenen rasten und Wohnhaus und Stallgebäude der Overbecks auskundschaften. Er hörte leises Muhen, ab und an ein Quieken aus dem Stall. Im Haus rührte sich nichts, kein Feuerschein drang durch die Spalten der Fensterläden. Die Leibesfülle des Kolonen und das schwitzige rote Gesicht schossen ihm in den Kopf. Dessen Frau sah nicht anders aus. Daraufhin setzte er sich in Bewegung, hielt sich in der ohnehin dunklen Regennacht in den noch tieferen Schatten von Büschen und Mauern.

Dolf wusste, wie stolz Bauer Overbeck auf seinen Hund Karl war – für Dolf eine grausige Töle und mit seinem kehligen Bellen und dem scharfen Gebiss sein gefährlichster Widersacher bei diesem Vorhaben. Das Gewehr hatte er daheim gelassen. Hätte er es sicherheitshalber besser mitnehmen sollen? Nein – heimlich, still und leise.

Unter seinen Sohlen knirschte Kies, als er das Haus umrundete. Er hielt Ausschau nach einer Luke, die zum Keller führte. Dort würde der Bauer die meisten Vorräte lagern. Wahrscheinlich gab es zum Garten hin einen Zugang, um die Strecke zwischen Ernte und Lager kurz zu halten. Und tatsächlich: In der Stille des Gartens fand er ein Kellerfenster, durch das er sich gerade so zwängen konnte.

Das Holz des Rahmens knarzte protestierend, als er sich ungelenk hindurchschlängelte. Beim Anecken überkam ihn die Angst, mit Bauch oder Schultern steckenzubleiben und am Morgen hilflos vom Kolonen aufgefunden zu werden. Er ruckelte und schob, der Rahmen gab nach und Dolf rutschte nach vorn. Seine Hände suchten vergeblich nach Halt und er stürzte in die schwarze Leere des Kellers. Fluchend landete er auf einem gestampften Lehmboden, der gnädigerweise das Poltern dämpfte. Starr vor Schmerz und Furcht lauschte er, meinte, ein leises Knurren und das Tapsen von Pfoten auf den Dielen über sich zu hören. Doch im Keller blieb es still. Erleichtert wischte Dolf sich den Schweiß von der Stirn. Ein feiner Dieb war er! Hanne würde sich kringeln vor Lachen, während er eine Heidenangst ausstehen musste. Aber er durfte sie – und vor allem sich selbst – nicht enttäuschen. Rund herum warteten hungrige Mäuler und zählten auf seine Stärke, waren von seiner Tatkraft abhängig. Von seinem nicht eben eleganten Einstieg und dem Schreck durfte niemand erfahren. Also riss er sich zusammen, verdrängte den Schmerz in seinem Rücken und tastete sich durch den Keller, um schnellstmöglich von dort verschwinden zu können.

Die Gewissheit, dass es diesem Kolonen nicht schlecht ging, wuchs beim Anblick dessen, was er in der Düsternis erkennen konnte, die nur vom schwachen Licht durchbrochen wurde, das durch die Luke in den Keller fiel. Was er vor sich sah, war sicher Overbecks persönlicher Vorrat und nicht zum Verkauf bestimmt. Äpfel, Zwiebeln … Dolfs Magen moserte und er konnte nicht umhin, sich rasch einen Apfel für den Rückweg in die Tasche zu stecken, bevor er den Kartoffelstall erreichte, in dem er Meta und Grete hätte abstellen können. Auf einem der Holzgerüste hatte jemand einen grob gewebten Sack liegen gelassen. Wie passend! Dolf hatte nämlich vergessen, ein Behältnis für den Transport des Diebesgutes mitzubringen.

Warum hat Hanne nicht daran gedacht, überlegte er grimmig, ließ Faust um Faust Kartoffeln im Sack verschwinden.

Ihm lief das Wasser im Mund zusammen, als er die anderen üppigen Leckereien betrachtete, die um ihn herum lagerten. Heute mussten die Kartoffeln reichen, für die Kinder etwas Obst. Der Sack war reichlich gefüllt, er schnappte sich einen Bund Zwiebeln und ein Fass mit Butter, das konnte er eben noch tragen. Ihm gefiel die Vorstellung, wiederzukommen, ein Stockwerk höher zu klettern und in der Speisekammer oder sogar an den Dachbalken nach Wurst und Schinken zu suchen.

Schritte auf einer hölzernen Treppe über seinem Kopf rissen ihn aus seinen Gedanken und ließen die Dielen zittern. Staub rieselte auf Dolf herab. Er gefror in seiner Bewegung, den Arm um das Butterfass wie um eine Geliebte geschlungen, und wagte kaum mehr zu atmen. Jemand war wach! Seine Augen hechteten auf der Suche nach einem Versteck in die Schatten. Am liebsten hätte er sich in einem Mauseloch verkrochen. Leise schlüpfte er hinter die hölzerne Gitterwand des Kartoffelstalls und wartete, was geschehen würde. Für die Flucht durch die enge Luke in der hohen Wand war es zu spät. Er konnte nur beten, dass die Kellertür geschlossen blieb.

Die Dielen über ihm knarzten erneut, er hörte das Kratzen von Krallen und das freudige Fiepen des Hundes. Mit einem Quietschen schwang die Kellertür auf und schwacher Lichtschein quetschte sich am Umriss einer massigen Gestalt vorbei die Treppe hinunter. Der Bauer!

»Karl, nein. Sitz. Du wartest hier oben«, polterte Overbecks Stimme und die Stiege ächzte unter seinem Gewicht.

Stufe um Stufe schnaufte der Bauer. Stufe um Stufe wurde Dolf in seinem Versteck immer kleiner. Sein Herz raste und kalter Schweiß perlte auf seiner Stirn. Behutsam tastete er in der Dunkelheit nach irgendetwas, was er dem Overbeck über den Schädel ziehen konnte, bevor der ihn erkannte. Zielstrebig steuerte der Bauer ein Regal an, auf dem einige Töpfe standen. Das flackernde Licht der Laterne malte ihm beinahe dämonische Züge in das schwabbelige Gesicht. Dolf war ausweglos in der Hölle gelandet.

In den Gläsern auf dem Regal vor Overbeck schwammen eingemachte Früchte, die Dolf übersehen hatte. Es klimperte und klirrte, als sich die fleischige Hand des Bauern dazwischenschob. Von oben ließ Karl ein Wuffen vernehmen. Sofort zischte Overbeck, dass er still sein sollte. »Du weckst die Madame auf, blöder Köter!«, wisperte er.

Obwohl Dolfs Herz hämmerte und er kaum Luft in den Lungen hatte, erlag er seiner Neugierde und stemmte sich aus der Hocke in einen gebeugten Stand, spähte über den Rand des Kartoffelstalls hinweg zum Tun des Bauern. Dieser hatte die Gläser an einer Stelle beiseitegeräumt und zog nun eine elegant geschwungene Flasche aus der entstandenen Öffnung. Er entkorkte sie und roch daran. Seine Nasenflügel blähten sich wie die Segel eines Schiffes in voller Fahrt. Mit verzücktem Gesicht nahm er einen gehörigen Schluck und schmatzte befriedigt. Karl fiepte.

»Schon gut, du kriegst gleich Speck aus der Kammer. Es reicht, wenn die Madame *mir* jede Freude im Alltag vergällt. Blödes Weib ...«, schimpfte Overbeck vor sich hin und ließ die Flasche wieder hinten im Regal verschwinden. »Dass man als Herr des Hauses mitten in der Nacht in den Keller schleichen muss, um sich eine Kleinigkeit zu gönnen ... Wenn die wüsste, was das Fläschchen da kostet, Karl, würde sie mir die Barthaare einzeln ausreißen. Na komm, ich hatte mein Vergnügen, jetzt bist du dran.«

Beinahe konnte Dolf den Luftzug des aufgeregten Schwanzwedelns bis in sein Versteck spüren, als Karls Herrchen sich die Treppe hinaufquälte. Oder war es die Erleichterung, nicht entdeckt worden zu sein, die Dolf umspielte? Die Tür fiel zu. Ihm wurde schwindelig, so lange hatte er die Luft angehalten. Er sank zu Boden und nahm einige tiefe Atemzüge.

»Mehr Glück als Verstand …«, murmelte er. Er sollte wohl schleunigst aus diesem Loch verschwinden, bevor Overbeck sich noch einen Schluck gönnen wollte. Eilig schulterte er den Kartoffelsack und klemmte sich das Fass unter den Arm. Auf dem Weg zur Luke erinnerte ihn seine staubige Kehle daran, dass er sich nach diesem Schreck vielleicht auch eine Belohnung verdient hatte. Kurz zögerte er, deponierte seine Beute auf dem Boden und schlich zurück zum Regal. Um ein Klirren zu vermeiden, schob er ein Glas nach dem anderen zur Seite und angelte im entstandenen Korridor nach der Flasche. Hinter dem Regal gab es eine Nische in der Wand, die von den Vorräten verdeckt wurde und in der das Glasbehältnis gut versteckt war. Dolfs Fingern entging es nicht und er konnte die gluckernde Beute hervorziehen.

Nach dem Entkorken stieg ihm ein belebendes Aroma in die Nase und er nahm einen tiefen Zug. Der Branntwein roch milder als alles, was es im Gasthaus gab. Malzig, süßlich und teuer. Einen solch edlen Tropfen hatte Dolf noch nie auf der Zunge gehabt. Der Schnaps brannte in der Kehle, rann ihm weich in den Magen und ummantelte die Angst der letzten Minuten federleicht. Daran konnte er sich gewöhnen.

Dolf grübelte, ob er die ganze Flasche einstecken sollte. Wie gerne hätte er Hanne davon kosten lassen! Für ihn wäre es eine nette Zugabe zu einem vollen Magen und einem guten Gewissen seinen Nachbarn gegenüber. Nach kurzem Ringen, bei dem der Schnaps in seiner Hand rollte, entschied er sich dagegen. Ein einfacher Kartoffelsack war das eine, wenn aber eine solch elegante und einzigartige Flasche in seinem Besitz gefunden würde, war es etwas anderes … Falls Overbeck den

Verlust – aus Angst vor der Madame – überhaupt anzeigen würde, meldete sich der Teufel in seinen Gedanken ein letztes Mal zu Wort, bevor er den Kampf endgültig verlor. Dolf stellte das edle Getränk mit Bedauern an seinen ursprünglichen Platz zurück.

Nichts wie raus, bevor er es sich anders überlegte.

Erste Ermittlungen

Franz Mönkebüscher betrachtete sein Gesicht im Spiegel. Prüfend, ob er auch jedes Härchen bei der Rasur entfernt hatte, zog er die Haut glatt. Er nahm nochmals das Rasiermesser zur Hand und ließ es bedächtig über seine Wange schaben, obwohl er bereits vollkommen glatt rasiert war.

Der Griff aus wertvollem Walbein schmiegte sich in seine Finger und erinnerte ihn an die Verpflichtung, die ihm sein Vater in Form dieses Geschenks zu Beginn seiner militärischen Laufbahn mitgegeben hatte: »Sei stets gewissenhaft und nach außen hin korrekt. Mach deiner Familie keine Schande.« Das strenge Antlitz des Vaters überlagerte Franz' eigenes im Spiegel, als prüfe der alte Mönkebüscher noch immer, ob sein Sohn sich auf der Straße blicken lassen konnte, ohne dem Ansehen der Familie zu schaden.

»Franz? Wo bleibst du denn?« Die Stimme seiner Frau Auguste riss Franz aus seinen Erinnerungen. Vom Spiegel konnte er sich dennoch nicht abwenden und ließ das Messer ein drittes Mal über seine Haut gleiten. Wie besessen wiederholte er die Rasur, als wollte er unbedingt einen Schnitt in die Haut riskieren, um endlich dem Blick seines Vaters zu entkommen. Franz versuchte, anders zu sein als er. Nicht makellos und perfekt. Und kalt. Darum ließ Franz seit Kurzem einen Schnäuzer stehen, trimmte ihn lediglich und pflegte ihn liebevoll mit Öl. In seinen Augen verlieh ihm der Bart mehr Autorität, ließ ihn ein paar Jahre älter und reifer wirken. Auguste hingegen hasste ihn. Früher oder später würde er ihn also doch abnehmen …

»Franz Mönkebüscher! Frühstück!« Augustes Stimme hatte ihren süßlichen Klang verloren.

In seinem Herzen, wenn auch nicht in seinem Kopf, war Franz froh, dass sie ihn erreichen konnte. »Ich komme, Liebes«, antwortete er mechanisch, klappte das Messer zusammen und legte es auf den Waschtisch, korrigierte dessen Position, bis es exakt an der Kante des Tisches lag und er zufrieden war. Beim Verlassen des Schlafzimmers schenkte er seinem Spiegelbild ein breites Grinsen.

»Wo warst du denn so lange, Schlafmutze?«, neckte Auguste ihn, als er ihr einen Kuss auf den streng gezogenen Scheitel drückte. Sofort fiel ihm ihr neues Kleid in einem leuchtenden Gelb auf, das ihr ausgezeichnet stand.

»Hast du verschlafen? Der Kaffee wird kalt«, meinte sie etwas ungehalten, beim Wort »Kaffee« bemüht um eine französisch klingende Aussprache.

Franz setzte sich ihr gegenüber an den auf Hochglanz polierten Tisch und schnupperte begeistert. Kein Zichorienkaffee, sondern der echte! Auf diese Art hätte jeder Tag beginnen können, wenn nicht das liebe Kleingeld gewesen wäre. Er warf einen weiteren Blick auf Augustes Rüschentraum in Gelb und dachte lieber nicht daran, wie stark Augustes Kleidergeschmack das Gehalt eines Gendarmen belastet haben durfte.

»Der Kaffee duftet herrlich, Auguste! Es ist sogar echter! Du verwöhnst mich! Ich habe mich rasiert, werte Dame, damit ich heute einen guten Eindruck mache – und nicht mehr kratze, wie du beliebtest festzustellen.«

»Du musst im Dienst wachsam sein. Da hilft dir der Kaffee.«

Franz strahlte sie an, obwohl sein Magen wegen ihrer Ausgaben rumorte. Das leuchtende Gelb sprang ihm erneut in die Augen. Er musste dringend mit ihr sprechen. Sie waren noch nicht lange verheiratet und vieles musste sich erst einspielen, das Einkommen sorgfältig verwaltet und nicht dem nächsten Modeschneider in den Rachen geworfen werden. Dennoch hätte er keinen einzigen Tag ihrer gemeinsamen Zeit hergegeben. Allen Kleidern und den Ausgaben für Kaffee zum Trotz.

Gerade als er in sein Brot beißen wollte, klopfte es an der Wohnungstür, laut und der morgendlichen Ruhe nicht im Mindesten angepasst. Überrascht runzelte Franz die Stirn, seine Frau hob ihre perfekt gezupfte linke Braue.

»Soll ich öffnen?«, fragte sie und nahm einen Schluck aus ihrer Tasse.

Er schüttelte den Kopf, erhob sich und warf sich eilig den grünen Uniformrock über, der auf den Dienstbeginn an der Garderobe gewartet hatte. Er schloss erst auf, als er den obersten Knopf des steifen Kragens geschlossen hatte, und öffnete schwungvoll die Tür. Tadelnd zog Franz die Augenbrauen nach dem Vorbild seiner Ehefrau in die Höhe, als er einen seiner Polizeidiener vor sich sah. Nervös knetete der Mann seine Finger, wagte kaum aufzusehen.

»Herr Gendarm, verzeihen Sie vielmals die Störung. Ich soll einen Diebstahl und Einbruch melden. Der Kolone Overbeck war eben auf der Dienststelle. Gestern Nacht muss jemand in seinen Keller gestiegen sein, sagt er.«

Wehmütig schaute Franz zu seiner dampfenden Tasse und dem Frühstücksbrot zurück, verbat sich aber, vor den Augen des Polizeidieners den Kaffee herunterzustürzen und das Brot hastig in sich hineinzustopfen, auch wenn sein Magen revoltierte. Welch ein Bild würde ein schmatzender und kauender Gendarm abgeben? Das gehörte sich nicht für einen treuen Diener Seiner Majestät Friedrich Wilhelms IV. von Preußen.

»Ich packe dir das Brot ein, Franz«, sprang ihm Auguste bei, doch er winkte ab.

»Vielen Dank, meine Liebe. Es wird schon gehen. Dienst ist Dienst. Ich komme später nach Hause.« Er nahm seinen schwarz schimmernden Diensthelm vom Haken und nickte seiner Frau knapp zu. Auch den Abschiedskuss würde er auf später verschieben, wenn kein Polizeidiener Löcher in die Türschwelle starrte. Mit dem Anlegen des grünen Waffenrocks war Franz Mönkebüscher ein Gendarm im Dienst.

Er schickte den Polizeidiener zurück zum Revier und holte sein Pferd aus dem Stall hinter dem Haus. Dank seines Angestellten war es bereits gestriegelt, sodass er nur Sattel und Trense anlegen musste. Selbst wenn es die Uniform schonte, bedauerte es Mönkebüscher, seine Stute nicht mit eigenen Händen zu pflegen und nicht länger im Stall sein zu können, der gerade am frühen Morgen warm und gemütlich wirkte. Seit frühester Kindheit liebte er den Geruch der Pferde, des Lederzeugs sowie des Heus und Strohs, die ihm etwas Heimeliges geschenkt hatten. Sein jeweiliges Pferd war für ihn immer mehr als ein bloßes Transportmittel für den Dienst gewesen. Diese fuchsbraune Stute konnte zwar eine regelrechte Furie sein und lotete die Fähigkeiten ihres Reiters aus, aber hatte man ihr Vertrauen und ihren Respekt erworben, war sie eine Seele von Pferd. Im Dienst und bei privaten Ritten hatte sie ihren Besitzer kein einziges Mal enttäuscht oder im Stich gelassen. Darum rief Mönkebüscher sie Luise, nach der stolzen preußischen Königin, die sich nicht einmal von einem erobernden Napoleon hatte einschüchtern lassen.

»Machen wir uns auf den Weg, Luise.« Er führte die Stute zu einer Aufstiegshilfe im Hof, schwang sich in den Sattel und hatte die Stiefel kaum in den Steigbügeln, als sein Pferd ungeduldig antrabte. Heute ließ er ihr ihren Willen, sie musste seine Eile gespürt haben.

Mithilfe ihrer energischen Geschwindigkeit hatte er Hördes enge Gassen bald hinter sich gelassen und steuerte auf Holzen zu, wo Bauer Overbeck wohnte. Der Gendarm ging nicht davon aus, Verstärkung zu benötigen, und wollte zuerst allein mit dem Bestohlenen sprechen und den Keller inspizieren, bevor die übereifrigen Polizeidiener jegliche Spuren zertrampelt haben würden. Außerdem konnte es nie schaden, höchstpersönlich zu erscheinen und diplomatisch auf die einflussreichen Gutsbesitzer und reichen Kolonen einzuwirken.

Mönkebüscher genoss den frischen Wind und die innere Ruhe auf dem Rücken seines Pferdes, die nur dann und wann von Fuhrwerken gestört wurde, die ihm von der Chaussee durch den Schwerter Wald entgegenrumpelten. Die waren seltener geworden, seit die *Ruhr*, ein Monstrum aus Stahl und Dampf, die Fuhren der Hermannshütte zog.

Die neue Zeit. Der Ordnungshüter fragte sich, wann jeder Mensch wohl ein privates Dampffahrzeug haben würde, das ausschließlich Wasser und Kohle und keinen Hafer mehr vertilgen würde. Wahrscheinlich blieb es jedoch ein Privileg der Reichen und war nichts für einen kleinen Beamten wie ihn. Auguste würde ein solch schnaubendes Ungetüm sicherlich gefallen, um sonntags damit auszufahren. Es passte zu ihrem teuren Geschmack, immer mit der Mode zu gehen. Ein neues Accessoire, das er würde finanzieren müssen.

Inzwischen war das Bauernhaus in Sicht, das ein Stück bergab hinter dem Sommerberg lag. Es war groß, wirkte selbst aus der Ferne gut instandgehalten und gepflegt und schrie dem Betrachter förmlich entgegen, dass es seinem Besitzer nicht schlecht erging. Auf seinen ersten Patrouillen war Mönkebüscher häufiger hier vorbeigeritten, hatte den Hof allerdings noch nie betreten.

Er wurde bereits erwartet, ein zotteliger Hund, der vor der Eingangstür gedöst hatte, fuhr durch den Hufschlag aufgeschreckt hoch und lief dem Gendarmen kläffend und knurrend entgegen. Die struppigen grauschwarzen Haare in seinem Nacken stellten sich zu einer Bürste auf und er fletschte mit hochgezogenen Lefzen. Luise blieb zum Glück ruhig, senkte den Kopf mit angelegten Ohren und schmalen Nüstern auf die Höhe des Störenfrieds und wies ihn auf ihre Art in die Schranken. Einen Moment lang hatte Mönkebüscher befürchtet, sich den Köter mit dem Stiefel vom Hals halten und ihm einen Tritt ins Maul verpassen zu müssen. Was für ein Auftakt seines Besuchs wäre das gewesen! Dank Luises Einschreiten wurde der Kamm des Hundes merklich kleiner und er ließ von ihnen ab, trottete mit letztem Murren davon. Mit ein paar Hundert Pfund mehr an Kampfgewicht legte sich selbst ein Kettenhund ungern an.

Mönkebüscher stieg ab und augenblicklich tauchte ein Knecht auf, der ihm die Zügel seines Pferdes abnahm. Auf der Eingangstreppe erschien die massige Gestalt des Bauern, der leise nach seinem Hund pfiff. »Nichts für ungut, Herr Gendarm. Karl soll weitere Langfinger vom Hof halten, darum läuft er frei.«

»Ich glaube kaum, dass der Dieb bei Tage zurückkommen wird, Herr Overbeck«, begrüßte Mönkebüscher den Hofbesitzer und streckte ihm die Hand hin.

Das Gesicht des Bauern verzog sich, unschlüssig, ob er gerade beleidigt worden war. »Ich fühle mich sicher durch Karls Gebell«, brummte er schließlich und nahm die Hand des Gendarmen. »Ich hoffe, er hat Sie nicht erschreckt.«

»Ich war beim Militär, Herr Overbeck. So schnell erschrickt mich nichts mehr.«

»Nun denn. Hinein mit Ihnen. Sie wollen sicher den Ort des Verbrechens sehen.«

»Wenn es Ihnen nichts ausmacht, wäre das sehr freundlich.«

Overbeck bedeutete Mönkebüscher, ihm ins Haus zu folgen. Der Gendarm sah sich aufmerksam um und konnte den Wohlstand ausmachen, der ihm aus polierten Möbeln, blitzblanken Fliesen und leuchtenden Wänden entgegenstrahlte.

»Hier ist nichts weggekommen?«, fragte er, und Overbeck schüttelte das mächtige Haupt.

»Nur im Keller waren die Strolche. An den Kartoffeln.«

Nachdenklich zwirbelte Mönkebüscher den frisch getrimmten Schnäuzer. Der Dieb war demnach zu vorsichtig gewesen, um in die oberen Etagen einzusteigen, oder schlicht nicht auf reichere – und schwerer verkäufliche – Beute aus gewesen. Hätte der Einbrecher eine starke Veranlagung zur Kriminalität, hätte er sich weder vom fetten Bauern noch von dessen zotteligem Anhängsel abhalten lassen, in den vermutlich reich gefüllten Schränken oberhalb des Kellers zu wühlen. Mönkebüscher hielt die Möglichkeit für sehr wahrscheinlich, dass einer der allgegenwärtigen Hungerleider den übervollen Vorrat des Bauern erleichtert hatte, um das Magenknurren zu mildern. Darum rechnete er nicht mehr mit einem kapitaleren Fang. Diese Erkenntnis grenzte den Täterkreis nicht eben ein. In dieser Gegend war schließlich fast jeder arm und hungrig.

Der Ordnungshüter folgte Overbeck die schmale Stiege in den Keller hinab, die bedrohlich unter der Leibesfülle ihres Besitzers aufschrie.

»Hier!« Im Schein mehrerer Laternen deutete der Bestohlene auf den großräumigen Kartoffelstall.

Mönkebüscher trat näher, zog eine Laterne heran und untersuchte das Holzgestell genauer. Fragend sah er zum Kolonen. »Hier fehlt etwas? Der Kartoffelstall ist zu mehr als zwei Dritteln gefüllt. Mir wäre bei dieser Menge ein Verlust kaum aufgefallen.«

Overbeck schnaubte. »Sie sind auch kein Bauer, Herr Gendarm, der jeden Tag mit dem Ertrag seines Bodens umgehen und haushalten muss.« Er fasste an die Seite des Holzgestells, die von Mönkebüscher abgewandt lag, und zog eine Kordel hervor. »Damit markiere ich den Stand. Ich traue unserer Küchenmagd nämlich nicht über den Weg. Die Kordel war ganz oben festgeknotet. Wir haben erst vorgestern neue Kartoffeln eingefüllt. Genau die fehlen.«

Mönkebüscher nickte. »Das klingt stimmig. Wo könnte der Dieb hereingekommen sein? Gibt es einen Zugang von außen?«

Mit schwabbelndem Arm wies Overbeck in eine Ecke des Kellers, aus der fahler Lichtschein drang. »Eine schmale Öffnung, kaum groß genug für einen Mann«, meinte er, doch damit gab sich Mönkebüscher nicht zufrieden. Er wollte selbst nachsehen. Die Maße eines Mannes auf dem Overbeck'schen Hof kannte er nun und sie entsprachen nicht gerade dem Durchschnitt.

Mit der Laterne tastete er sich durch den Keller, fast neidvoll betrachtete er die Fässer, Kisten und Töpfe, die scheinbar randvoll mit Vorräten waren. Selbst mit seinem Sold wäre diese Fülle im Vorratsraum unerschwinglicher Luxus.

An der Luke angekommen begutachtete Mönkebüscher den Rahmen sowie den Boden unterhalb der Öffnung. Dort musste ein offenkundiger Aufprall eines Körpers Staub und Dreck zur Seite gewirbelt haben. Scheinbar war der Einbrecher durch die Luke ins Innere gefallen, kannte die Höhe bis zum Boden nicht. Schlammige Abdrücke von festem Schuhwerk führten in den Keller – ein Hinweis darauf, dass er nach Einsetzen des Regens eingestiegen sein musste. Der hölzerne Rahmen der Luke schien Mönkebüscher etwas verschoben, saß nicht mehr passend in der Mauer. Vielleicht ein breit gebauter Dieb, der sich hatte durchzwängen müssen, vielleicht nur ein Zeichen des Alters dieser Konstruktion. Der Gendarm kratzte sich am Kinn und leuchtete mit der Laterne die Winkel aus. Abgetragener Schmutz und zerrissene Spinnweben. Mönkebüschers Herz machte einen Satz, als er einen Riss im Holz erblickte, worin sich etwas verfangen hatte. Triumphierend zog er Stoffreste und Fäden heraus und hielt sie ins Licht. Sie wirkten abgenutzt und verwaschen und waren noch feucht. Der Dieb hatte offenbar einen schweren, älteren Mantel gegen das gestrige Regenwetter getragen.

»Haben Sie etwas gefunden, Herr Gendarm?«, fragte Overbeck vom Kartoffelstall her.

Als Mönkebüscher sich zu ihm umwandte, konnte er gerade noch erhaschen, wie der Kolone sich verstohlen über die Lippen wischte. Mönkebüscher roch einen Hauch Alkohol. Der Bauer hortete also nicht nur lebenswichtige Vorräte hier unten.

»Ja, etwas Dreck und einen Stofffetzen. Könnte ein erster Hinweis auf den Täter sein.«

Overbeck nickte mit funkelnden Schweinsäuglein. »Je eher Sie ihn kriegen, desto besser. Wissen Sie, mir geht es nicht mal um die paar Kartoffeln. Ich habe mehr als genug. Wenn aber bekannt wird, was geschehen ist, wird mein Keller zum Kramladen für jeden dahergelaufenen Strolch! Finden Sie den Mann bitte ohne großes Aufheben.«

»Das verspreche ich Ihnen, Herr Overbeck. Ich werde mich im Garten umsehen und dann bin ich wieder vom Hof.«

Draußen fand Mönkebüscher weitere Fußabdrücke im Matsch, die von einem Kiesweg zu einem alten Baum führten, der unweit des Bauerngartens in der Nähe der Straße stand. Der Täter hatte zweifellos von hier aus den Hof beobachtet. Eine angeriebene Stelle an den Wurzeln verriet das unruhige Auf- und Abrutschen einer Sohle. Betrachtete man die Tiefe der Fußstapfen, handelte es sich wohl um einen nervösen, aber besonnenen Mann mit schwerer Statur. Jedenfalls schwerer als Mönkebüscher selbst. Für diese Erkenntnis war er kräftig in den Schlamm getreten und hatte damit den Glanz seiner Reitstiefel geopfert. Auf dem Rückweg war der Mann tiefer eingesunken. Mindestens einen gefüllten Kartoffelsack tiefer. Die Spur verlief sich an den Hängen des Sommerbergs, der friedlich im Dunst lag, als könnten seine Bewohner kein Wässerchen trüben. Der alte Baum befand sich genau am Weg zwischen dem Hof und der kleinen Siedlung.

Ungeniert unterbrach Mönkebüschers Magen seine Ermittlungen, als er zum Haus des Bauernehepaares zurückgekehrt war und ihm die ersten Düfte des brutzelnden Mittagessens in die Nase stiegen.

Er hatte genug gesehen und verabschiedete sich vom Bauern, hoffte, dass der das Grummeln seines Magens nicht gehört hatte. Wie peinlich für einen Staatsbediensteten Seiner Majestät! Er sollte schleunigst etwas zu sich nehmen. Aber zuerst wollte er mehr über diesen Einbruch in Erfahrung bringen. Der Dienst stand an erster Stelle.

»Eine letzte Frage, Herr Overbeck. Es fehlen lediglich Kartoffeln?«, wollte er wissen, während ihm der Knecht Luises Zügel reichte.

»Ein Fass Butter und etwas Obst. Vielleicht ein paar Zwiebeln … Ach ja, und der Sack! Den hat dieser dreiste Kerl auch mitgehen lassen.«

Wie schön, dass der fette Kolone ganz zum Schluss noch Details aus dem Hut zauberte. Mönkebüscher war gereizt von dessen Einfältigkeit und froh, gleich wieder im Sattel sitzen zu können.

»War dieser Sack besonders?«, quälte er sich durch die nächste Frage.

»Ich habe ein O für meinen Namen darauf gemalt.«

Eindeutiger ging es kaum!

»Vielen Dank, Herr Overbeck. Das war sehr hilfreich.«

»Sehen Sie bloß zu, dass Sie ihn schnappen, Herr Gendarm. Wenn das die Runde macht, werde ich mehr als einen Karl brauchen! Dann kann ich meine Ernte gleich an der Straßenecke verschenken.«

Mönkebüscher wahrte Haltung, bis er sich endgültig verabschiedet hatte und vom Hof geritten war. Overbecks herablassende Art ging ihm gehörig auf die Nerven. Leise schimpfte er vor sich hin. Immerhin hatte er eine Idee, wo er mit der Suche nach dem Kartoffeldieb beginnen konnte.

Sein Jagdinstinkt hatte wie der eines Bluthundes auf frischer Spur angeschlagen und verdrängte das flaue Hungergefühl. Er lenkte Luise zum Sommerberg. In diesem flohverseuchten Drecksloch gibt es die meisten Hungerleider auf einem Fleck und die Gaststätte Haselhoff ist zu jeder Uhrzeit ein guter Anlaufpunkt für Beobachtungen und Fragen, dachte er. Vielleicht hatte er Glück und die kleine Ratte, von der er oft Hinweise kaufen konnte, war so früh schon – oder noch – auf den Beinen.

Bei Haselhoff

Dolf stieß die Tür zum Gastraum seines Stammwirts auf. Nach der langen Nacht mit wenig Schlaf war er müde. Zu allem Überfluss hatte er eine Fuhre verloren, die er eigentlich heute früh hatte übernehmen sollen. Bevor er Hanne darüber berichtete, brauchte er wenigstens einen Krug von Haselhoffs gutem Bier, um seine Gedanken zur Ruhe zu bringen. Vielleicht konnte er später eine Schicht auf der Kohlezeche ergattern. Aber erst einmal hatte er eine Pause nötig.

Der Wirt Gottfried Haselhoff stand in muskulöser Leibesfülle, die von seiner blauen Schürze zusammengehalten zu werden schien, hinter dem Tresen, grüßte knapp, da er gerade Bier aus einem der Fässer in einen Schankkrug laufen ließ.

»Für mich auch eins, Gottfried!«, rief Dolf ihm zu.

»Ist Hanne verreist, Adolph? So früh am Tage …«, lachte der Wirt breit über die geröteten Wangen.

»Sag ihr nichts, sei so gut. Ich brauche gerade etwas … Ablenkung.«

Der Wirt tippte sich an seine knubbelige Nase und wies auf einen Tisch in einer Ecke des Raums. »Du bist in guter Gesellschaft!«

Aus dem dämmrigen Licht erhob sich eine Pranke zum Gruß und ein breites Gesicht wandte sich Dolf zu. Ein Wort des Grußes kam dem Koloss, der dort mit einem großen Krug hockte, nicht über die Lippen. Er lächelte, als Dolf sich zu ihm setzte. Dolf nahm es ihm nicht übel. Heinrich Herzog mochte sein Herz, das für seinen gewaltigen Körper hart pumpen musste, nicht auf der Zunge tragen, dafür aber am rechten Fleck. Derzeit schlug sich dieser wenig erfolgreich als Tagelöhner auf den Höfen ringsum durch, die Stelle in der Hütte hatte er verloren.

»Quält dich was?«, brummte Heinrich, nachdem er Dolf genauer betrachtet hatte.

Dolf winkte ab. »Das Übliche.«

Heinrich schloss kurz die wässrigen Augen und dachte nach. »Glaube ich nicht.«

Trotz seiner angeschlagenen Laune musste Dolf lächeln. Er kannte Heinrichs Art genau. Still und verschlossen nach außen, mit dem aufbrausenden Gemüt eines Schuljungen im Herzen und Pranken wie Bratpfannen, die schneller zulangten, als mancher denken konnte. Innen aber ein empfindsames Pflänzchen, das den Menschen genau zuhörte und tiefe Einsichten in ihre Seelen erhaschte. Ein klassisches Beispiel, bei dem äußerer Eindruck und der Wert des Inneren nicht zusammengingen.

»Erzähl. Ich krieg's eh raus«, forderte der Koloss Dolf auf.

»Ich will nicht drüber reden und dich nicht mit reinziehen. Es ist sicherer, wenn du von nichts weißt.«

Heinrich Herzog nahm seinen Krug, drehte ihn zwischen den Fingern. »Ich war lange nicht arbeiten. Gab nichts zu tun. Hab die ganzen Tage nur vorm Haus gesessen«, murmelte er und sah Dolf an.

Dolf setzte sich auf und suchte in der Miene seines Freundes nach einem Anhaltspunkt, wo die Worte hinführen konnten. »Bei mir ist es ähnlich. Die Auftragslage ist bescheiden …«, versuchte er ein Ablenkungsmanöver.

Heinrich ging nicht darauf ein. »Hab viel gesehen. Nachbarn, Leute. Hanne. Ist meist früh im Garten. Elisabeth hat bei ihr geweint.«

Dolf seufzte, starrte in seinen Krug.

»Heute weint sie nicht mehr. Roch nach Essen, als ich eben an ihrem Haus vorbeigegangen bin. Hab gehört, dass ihr jemand Kartoffeln geschenkt hat. Das ist gut. Die Kinder haben sonst vor Hunger oft geheult.«

»Das stimmt. Es ist gut. Niemand sollte seine Kinder vor Hunger weinen sehen«, bestätigte Dolf.

»Ich habe gestern lange draußen gesessen. Sogar im Regen noch«, fuhr Herzog fort.

Dolf gab sich geschlagen. »Hör auf mit dem Rumgestammel! Ich weiß, worauf du hinaus willst – ungewöhnlich, wie viele Worte heute aus dir herausprasseln … Was ich jetzt sage, bleibt unter uns, klar? Du bist mein Freund, darum kann ich es dir verraten, aber der Sommerberg muss nichts davon wissen. Ich vertraue dir. Verstanden?«

Heinrich nickte, nahm stumm einen Schluck Bier und sah Dolf abwartend an.

»Ich will nicht als Wohltäter bekannt werden. Sonst muss ich jedem auf dem Sommerberg was organisieren. Also halt bloß deine Klappe, ja? Elisabeth tat mir leid, sie hat das elende Leben nicht verdient – genauso wenig wie ihren Kerl. Hanne kann sehr überzeugend sein, wenn du weißt, was ich meine.«

»Kann's mir denken«, grinste Herzog. »Sie ist eine patente Frau.«

Sobald Hannes Name fiel, wurde Heinrichs Stimme weich und die Worte flossen meist geschmeidiger über seine Lippen. Dolf zog seine buschige Braue in die Höhe. Der Koloss hatte das Herz an seine Ehefrau verloren. Zumindest verehrte er sie wie die goldene Madonna in Essen, würde aber niemals mehr als eine Schwärmerei riskieren.

Dolf erwiderte sein Grinsen und zwinkerte seinem Freund zu. »Sie hat mir sogar die Stiefel unter das Bett gelegt! Ist das zu fassen? An allem, was jetzt kommt, ist sie mit schuld.«

»Woher hast du …?«

Dolf beugte sich näher zu ihm. »Vom Overbeck«, flüsterte er.

»Gute Wahl. Der ist fett genug. Dem werden die paar Knollen kaum fehlen. Bei Elisabeth sind sie besser aufgehoben.«

»Jetzt lass uns über andere Dinge reden. Genug von gestern Nacht.«

»Was war gestern Nacht?«, mischte sich eine quäkende Stimme von hinten ins Gespräch, die Dolf erstarren ließ. Er war so auf Heinrich konzentriert gewesen, dass er nicht bemerkt hatte, wie mehrere Männer das Wirtshaus betreten hatten. Einer von ihnen war unbemerkt zu ihrem Tisch gekommen.

Dolf kannte sie. Sie wohnten in der Nachbarschaft, waren etwas jünger als er und Heinrich. Als Kinder hatten sie diese kleinen Jungs verscheucht, um ungestört spielen zu können. Heute verspürte er immer noch den Drang dazu. Tagediebe einer anderen Generation. Er mochte sie nicht. Für seinen Geschmack waren sie zu leicht reizbar, zu gewaltbereit, zu versoffen.

»Hast du dem Koloss von deinen ehelichen Pflichten erzählt? Er soll ja ganz wild auf deine Frau sein«, stichelte der Mann mit dem schütteren blonden Haar.

In Dolfs Augen war er ein Jüngelchen mit Flaum statt Bart und mit einer Stimme, die im Stimmbruch stecken geblieben war. Eigentlich gut aussehend, wenn ihm nicht eine riesige, unförmige Nase aus dem Gesicht geragt hätte. Wenigstens ein Grübchen am Kinn verlieh ihm einen gewissen Reiz, der den Frauen gefallen konnte.

Dolf traute ihm nicht über den Weg und seine Worte machten ihn wütend. Heute wollte er gewiss kein Aufsehen erregen, weshalb er sich zwar etwas zurücknahm, seine Feindseligkeit jedoch nicht vollkommen verbergen konnte: »Ist das der Vorschulte persönlich oder sein Gaul, Heinrich? Ich kann sie so schlecht auseinanderhalten.«

Vorschultes Gesicht verzog sich bedrohlich. Äußerungen über sein Aussehen mochte er überhaupt nicht, wie diverse Prügeleien bewiesen hatten.

»Ich will nicht streiten, Mohr«, blieb er wider Erwarten ähnlich ruhig wie Dolf. »Ich will mir ein Bier gönnen, wo es heute keine Arbeit, dafür aber allerlei Palaver gibt.«

»Dann halt am besten dein Maul und wag es nicht, über meine Frau zu sprechen. Hol dir ein Bier und such dir einen Tisch am anderen Ende des Raums. Ist viel frei.«

Wilhelm Vorschulte grinste frech, gesellte sich ohne ein weiteres Wort zu den anderen Männern, die den Tresen belagerten.

Dolf sah, wie sich Heinrichs Fäuste auf der Tischplatte entspannten.

»Genau wegen solcher Kerle will ich das nicht an die große Glocke hängen. Ich hoffe, Vorschulte hat nicht gelauscht.«

»Tut mir leid, Dolf. Lass uns noch einen trinken und über was anderes reden. Ich lad dich ein«, gab sich Heinrich zerknirscht.

»Ich kann nicht zulassen, dass du dein letztes Geld für mein Bier ausgibst. Ich zahle deins.«

»Danke! Bist ein echter Freund. Wird alles teurer und schlimmer. Ich weiß bald nicht mehr, wo ich das Leben von bezahlen soll. Elisabeth hat jetzt wenigstens eine Woche Ruhe vor solchen Sorgen.« Heinrich stand auf und ging zum Tresen, um zu bestellen.

Nachdenklich blieb Dolf am Tisch zurück und starrte auf das Bier in seinem Krug, dessen Schaum zusammengefallen war, während sie gesprochen hatten. Selbst wenn der Kartoffeldiebstahl eine gute Tat und zur rechten Zeit geschehen sein mochte, blieb er doch ein Tropfen auf dem heißen Stein. Selbst der resolute Heinrich sprach von seiner Angst, sich bald nichts mehr leisten zu können. Die Zeitungen berichteten verstärkt von drohenden Missernten und Preissteigerungen, wie ihm erzählt worden war. Diese Zeiten waren nicht für arme Leute gemacht. Was würde mit Elisabeth und ihren Kindern passieren, wenn die Kartoffeln aufgegessen waren? Sollte er wieder beim Overbeck einsteigen und für sie seinen Hals riskieren? Einen anderen Händler grün und blau schlagen? Wie lange sollte es so weitergehen? Und was war mit den anderen armen Schluckern auf dem Sommerberg, die nie genug zu essen hatten? All diese Fragen fluteten seinen Kopf und er wusste nicht, was er als Nächstes tun sollte und was er alleine schon ausrichten konnte.

Heinrich kehrte an ihren Tisch zurück. Bevor er sich setzte, ließ er seinen Blick bedächtig durch den Raum wandern. »Ich will nur noch eines zu der Sache sagen: Wenn du Hilfe brauchst …«, flüsterte er und zwinkerte Dolf zu.

Luise war nur bedingt erfreut darüber, dass sie nach dem kurzen Ritt an einem Anbindebalken auf ihren Herrn warten musste. Widerwillig warf sie ihren Kopf hoch, sodass die Zügel schwer zu greifen waren, scharrte und machte Mönkebüscher das Leben schwer, der ebenso unruhig war wie sie und keine Nerven erübrigen konnte, sich mit ihrem Ungehorsam zu befassen. Er fürchtete, dass die schlechten Manieren seines Reittieres mehr Aufmerksamkeit als nötig auf ihn ziehen würden. Deshalb steckte er einem Bengel, der am Straßenrand spielte, etwas Geld zu, damit er für Luise Heu besorgte. Es sollte nicht das einzige Geld sein, das heute den Besitzer wechseln würde.

Unterhalb der Gastwirtschaft an der Chaussee, auf der Fuhrwerke rumpelten und Karren gezogen wurden, wartete der Gendarm darauf, dass etwas geschehen würde. Es herrschte kaum Verkehr, aber vorerst genug, um Passanten nicht auf sich aufmerksam werden zu lassen. Nach kurzer

Zeit öffnete sich die Tür der Wirtschaft und eine Gruppe junger Männer schwärmte auf die Straße. Der Mann, auf den er gehofft hatte, war bei ihnen und verabschiedete sich leicht schwankend von den anderen. Um das Überraschungsmoment voll auszunutzen, trat Mönkebüscher einen Schritt zurück in eine schmale Gasse zwischen den Häusern. Nichts ahnend torkelte der Kerl auf ihn zu. Als er auf Griffweite herangekommen war, packte der Gendarm zu und zog ihn zu sich in den Durchgang.

»Was soll das? Finger weg!«, brüllte der Eingefangene.

»Ganz ruhig, Herr Vorschulte. Ich möchte mich kurz mit Ihnen unterhalten und ich bin sicher, dass Sie meine Diskretion zu schätzen wissen. Sie wollen doch nicht, dass wir mitten auf der Straße zusammen gesehen werden?«

Der blonde Mann, fast ein Junge, murrte, beruhigte sich aber, sodass Mönkebüscher ihn loslassen konnte. Vorschulte strich sich die Jacke glatt und richtete die grau-weiß gestreifte Weste, die, wie der Gendarm wusste, sein ganzer modischer Stolz war – und der einzige, den er sich als Tagelöhner leisten konnte.

»Was wollen Sie? Da hat man einmal keine Arbeit und gönnt sich einen Tropfen und sofort hat man die Staatsmacht am Hals. Am frühen Morgen!«

»Von mir aus können Sie auf der faulen Haut liegen und sich betrinken, solange Sie wollen. Schert mich nicht, wenn Sie dabei ehrlich bleiben.«

Vorschulte wurde weiß wie die Wand des Fachwerkhauses, an dem er klebte. Das Grübchen an seinem Kinn hüpfte, als er kräftig schlucken musste. »Ich habe nichts ausgefressen.«

»Heute nicht, Sie wissen aber, dass Sie unter Beobachtung stehen?« Mönkebüscher klopfte ihm auf die Schulter.

»Nur weil ich ein einziges Mal vom Pfad der Rechtschaffenen abgekommen bin …«

»Beschweren Sie sich bei sich selbst, dass Sie so dumm waren, sich damals erwischen zu lassen! Jetzt sollten Sie uns helfen, die wahren Verbrecher, die größeren Fische aus dem Teich zu ziehen. Dann wären wir nicht gezwungen, ständig *Sie* zu verdächtigen.«

Vorschulte sah sich um, befand, dass die Luft rein war. »Es geht um das Stück, das einer beim fetten Overbeck gedreht hat, oder?«

Mönkebüscher lächelte. »Neuigkeiten verbreiten sich in Rattenlöchern scheinbar schneller als durch die Zeitung. Ich sehe, wir verstehen uns.« Er hatte recht behalten, dass der Diebstahl auf dem Sommerberg bereits in aller Munde war. »Was redet man, Vorschulte?«, hakte er nach.

»Dass irgendjemand eine arme Familie vorm Hungertod bewahrt hat«, bleckte Vorschulte grinsend die Zähne.

»Welche Familie und welcher jemand?«, bohrte Mönkebüscher weiter.

Wilhelm zuckte mit den Schultern. »Die Elisabeth hat einen Sack Kartoffeln vor ihrer Tür gefunden. War das vielleicht der Nikolaus als Nachfolger des Christkinds an Weihnachten?«

Unvermittelt packte der Ordnungshüter Vorschulte am Kragen. »Hätten wir Dezember, würde ich Ihnen unter Umständen Ihre Wundererzählung abkaufen, Vorschulte.«

Der Mann wand sich unter seinen Händen. »Woher soll ich denn wissen, wer hier den Nikolaus spielt, Herr Gendarm!«, protestierte er.

»Keine Gerüchte? Nichts gehört?« Mönkebüscher packte fester zu. »Na?«

»Nein, verdammt!«

Mönkebüscher hatte sich mehr erhofft. Vorschulte war nicht der Verbrecher mit dem besten Durchhaltevermögen und hätte längst gesungen, wenn er mehr gewusst hätte. Er musste diese Elisabeth und den Sack finden, um zu schauen, ob er mit einem O gekennzeichnet war. »Verbindlichsten Dank, obwohl du heute nicht sonderlich von Nutzen warst. Deine Gefälligkeiten an uns sind noch nicht ausgeschöpft. Wir werden also sicher weiter auf dich zukommen. Lass dir etwas einfallen.« Der Gendarm griff sich in die Rocktasche und steckte Vorschulte eine Münze zu. »Damit es nicht heißt, ich sei ein Unmensch.«

Ein Geschenk mit Rückgabeoption

April 1847

Wo blieb Dolf? Langsam, aber sicher wurde Hanne ungeduldig – und wütend. Die Gemüsesuppe auf dem Herd zerkochte zu farblosem Mus und das geschnittene Brot trocknete aus und begann, sich an den Rändern zu wellen. Wenn ihr Ehemann nicht bald auftauchte, hätte er sich gleich eine Portion Leim zum Abendessen wünschen können. Zum hundertsten Mal rührte sie im Topf und schimpfte dabei murmelnd auf Dolf, sodass ihre Tochter sie nicht hören konnte und nichts vom Groll ihrer Mutter mitbekam. Der Löffel hatte seine letzte Runde nicht beendet, da klopfte es an der Tür. Hanne runzelte die Stirn. Wer konnte das sein? Sie erwartete niemanden – außer Dolf, und der würde nicht klopfen.

Seufzend wischte sie sich die Hände an ihrer Schürze ab und ging zur Tür. Dabei klopfte ihr das Herz bis zum Hals, die Bilder der zerlumpten Diebe zogen wie Geister durch den Hausflur. Bevor sie öffnete, spähte sie durch ein Fensterchen nach draußen. Im trüben Licht der Dämmerung erkannte sie eine ihrer Nachbarinnen, eine Witwe, die nur gebeugt gehen und ihr gewiss nichts anhaben konnte oder wollte. Hanne setzte ein Lächeln auf, nach dem ihr eigentlich nicht zumute war, und öffnete die Tür.

»Guten Abend, Trine. So spät noch unterwegs?«

Zwei Augen sahen zu ihr auf, leuchteten gelblich in den Abend, der sich noch nicht entschieden hatte, ob er zur wärmeren Hälfte des Jahres gehören oder doch lieber in die vorösterliche Kühle der letzten Fangarme des Winters zurückkehren wollte. Ein Gespinst aus Falten umgab die Augen, die seit Jahren müde und trüb aussahen.

»Ich wollte unbedingt mit dir sprechen, Mädchen«, knarzte die dazu passende Stimme.

Jeder anderen hätte Hanne es übel genommen, als Mädchen bezeichnet zu werden. Sie war die Herrin ihres eigenen Hauses und eine Mutter, kein Kind mehr, dem man sein Misstrauen in die Fähigkeiten einer Frau aussprach. Bei der alten Trine Rodmann jedoch war jede Frau unter vierzig ein Mädchen. In ihrem Alter, das jenseits der Achtzig liegen musste – genau verriet sie es nicht –, hatte Trine sich das Recht dazu erworben.

Hanne bat sie herein. Niemals hätte sie den Schneid aufgebracht, Trine abzuweisen.

Auf ihren knotigen Gehstock gestützt wankte die Witwe voran und inspizierte die auf dem Herd simmernden Töpfe.

»Hast du mich erwartet?«, lachte sie. »Das Gemüse sieht schön weichgekocht aus, sodass sogar ich es beißen könnte.« Sie grinste und entblößte ihren leer gefegten Kiefer.

»Darf ich dir etwas anbieten?« Hanne war überrascht, wie ehrerbietig sie klang.

»Gerne, etwas mit mehr Biss, wenn du verstehst.« Trine zwinkerte ihr zu.

Hanne kannte Trine und wusste, was sie lieber mochte als etwas zu essen. Seufzend zog sie die Flasche mit dem Aufgesetzten aus der Vorratskammer und schenkte ihrem Gast ein.

Schmatzend süffelte die Alte den grellroten Schnaps aus Johannisbeeren und sah sich in der Stube um.

»Euch scheint es gut zu gehen«, stellte sie fest, während sie nach der Flasche griff und sich nachschenkte.

»Manchmal trügt der Schein«, gestand Hanne.

Trine tippte sich an ihre Nase, die bereits begann, die Farbe des Aufgesetzten anzunehmen. »Bei euch war sicher das Christkind und später dieser gute Geist, der uns alle über Wasser hält, wo sich sonst niemand um uns schert.«

Hanne kniff die Augen zusammen und nickte vorsichtig. Dolf war häufiger in den Nächten unterwegs gewesen. »Die letzten Wochen ging es etwas bergauf.«

»Viel weiter bergab hätte es ohnehin nicht gehen können. Ihr habt einen hohen Preis zahlen müssen. Einen höheren als viele andere.« Trine nahm einen Schluck von dem dritten Gläschen, das in ihrer Hand zitterte, und schien dabei nicht zu bemerken, wie Hanne sich eine Träne aus den Wimpern tupfte.

»Es war schwer«, antwortete Hanne schlicht. Sie hatte keine Lust, mit der Witwe über den Verlust zu sprechen, der wie ein schwarzes Loch in ihrer Seele klaffte, obwohl sie sicherlich die Gefühle verstehen konnte, die Hanne seit Monaten wie ein Rudel Wölfe zerrissen.

»Kinder vergisst man nie. Ich erinnere mich an jede Fehlgeburt, an jedes schwache Leben, das in meinen Armen den Kampf verloren hat. Du und Adolph, ihr seid gute Menschen, ihr hattet das nicht verdient. Das wollte ich mal gesagt haben.«

Wie betäubt neigte Hanne den Kopf, ohne es wirklich mitzubekommen. »Danke«, raunte sie.

»Wollte außerdem sagen, dass alte Menschen wenig schlafen.« Trine lächelte und schenkte sich erneut nach. »Nachts sitze ich oft am Fenster, normalerweise ist draußen nichts los.« Mit diesen Worten hatte sie Hannes Aufmerksamkeit geködert. Sie richtete sich auf. Trine schlürfte das Glas leer und ihre Augen nahmen einen helleren Schein an, wirkten belebter. Ob durch den Aufgesetzten oder die Neuigkeiten, war noch nicht heraus. »Und da … du wirst es kaum glauben, da habe ich … das Christkind erblickt! In meinem Alter hinterfragt man natürlich, ob man etwas tatsächlich gesehen hat, wälzt es über Wochen und Monate in seinem Schädel. Aber dieses gute Kind war bestimmt echt und sah ganz anders aus, als man es sich allgemein vorstellt.« Sie grinste. »Hatte mehr Bart.«

»Warum kommst du damit zu mir, Trine?«

Die Witwe lachte wie ihre Ziege im Stall, schwenkte die Flasche und goss sich nach. »Keine Sorge. Ich will nichts aus euch rauspressen, um meine Klappe zu halten. Und gewiss nicht zum Mönkebüscher rennen. Ich wäre ja schön blöd, mir den Ast, auf dem ich hocke, selbst abzusägen! Also, keine Angst. Ich hätte nur … ich bräuchte Hilfe.«

Hanne atmete auf. »Wie kann ich dir helfen?«

»Nun, der Steuereintreiber, der Uflacker, war heute bei mir. Bald ist Ostern, da wird eine Stange Geld fällig. Jedes Jahr spare ich mir den Betrag vom Mund ab. Meist klappt das, aber das letzte Jahr war verrückt! Alles wurde teurer, sogar unerschwinglich. Ich wusste nicht, welches Loch im Sparstrumpf ich zuerst stopfen sollte. Zum Tauschen habe ich nichts Wertvolles mehr. Und schwupps, steht der Zahltag auf der Schwelle.«

»Den kennen wir alle … Du Ärmste! Was hat Uflacker gesagt? Gewährt er dir einen Aufschub?«

Trine schüttelte den Kopf und sah zu Boden. Dann ballte sie ihre Faust, dass ihre Gelenke knackten. »Im Gegenteil! Er hat mir gedroht, meine Berta mitzunehmen!«

»Wer ist Berta?« Hanne kannte keine Frau mit diesem Namen und war verwirrt, was der Uflacker mit ihr anstellen wollte.

»Uflacker will meine Kuh pfänden! Bertas Milch … ich kann kaum noch kauen, mir bleibt nichts anderes. Und es schmeckt besser als mit Wasser. Ohne meine Berta wäre ich verloren.«

»Verstehe ...«

»Dieser Hund von Steuereintreiber wird keine Gnade walten lassen. Schon morgen holt er sie – falls ich nicht zahlen kann.« Jetzt war es Trine, die sich Tränen abwischte. »Darum wollte ich das gute Christkind bitten, entgegen seinen Gewohnheiten und zu einer ihm ungewohnten Jahreszeit ein Osterwunder zu bewirken.«

Hanne verzichtete auf die Belehrung, dass das Christkind nach dreißig Lebensjahren an Ostern auferstanden war, es also allemal seine Jahreszeit war. Ohne lange zu zögern, bedeutete Hanne ihr zu warten.

Dolf und sie hatten einen eisernen Vorrat an Münzen angesammelt, der reichen mochte, Trines Steuerschuld zu begleichen. Als sie die Börse aus ihrem Versteck unter einem der Dielenbretter zog, wiegte sie sie zögerlich in der Hand. Es war schwerer als erwartet. Dolf hatte hart dafür gearbeitet und würde sich vermutlich maßlos aufregen, würde er hiervon erfahren. Sie musste sich etwas einfallen lassen, damit er neben dem verschenkten Brot nicht die verschwundene Geldreserve bemerkte. Trotzdem konnte sie nicht zulassen, dass Trine ihre Lebensgrundlage verlor. Sie trank die Milch ihrer Kuh nicht nur, sondern machte daraus Käse, um sich ohne Ehemann und Familie durchschlagen zu können. Ohne sie würde die Witwe ins Armenhaus kommen – im besten Fall. Im schlechtesten würde sie verhungern und Hanne würde in der Starre und Reue über ihre Tatenlosigkeit zurückbleiben.

Sie kämpfte sich auf die Füße, blieb mit den Zehen in ihrem Rocksaum hängen und stolperte nach vorne. Einen Augenblick blieb sie reglos sitzen und verbarg das Gesicht in ihren Händen. Hin- und hergerissen kämpfte sie gegen die Unschlüssigkeit und die Sorge, ihrer Familie erneut Leid aufzuhalsen. Sie zweifelte, ob sie die richtige Entscheidung treffen würde. In jedem Fall würde die Börse so schwer wiegen, als beinhaltete sie einen Goldbarren.

Dabei rührte diese Last hauptsächlich von Hannes schlechtem Gewissen her, ihrem Mann etwas Bedeutsames verheimlichen zu müssen. In ihrer Welt war es schlimmer, Trine die Hilfe zu verweigern, auf die sie angewiesen war, da sie niemanden hatte, der für sie einstand. Niemals hätte Hanne sie einfach fortschicken können. Außerdem bestand die – wenn auch unwahrscheinliche – Möglichkeit, das Geld als eine Art Wetteinsatz zu sehen. Vielleicht gab es einen Weg, es zurückzugewinnen. Darüber musste sie erst noch nachdenken, aber zuerst musste sie auf die Füße und handeln.

Bei ihrer Rückkehr in die Stube war die Flasche auf dem Tisch bis auf einen kläglichen Rest am Boden nicht mehr grellrot, sondern durchsichtig. Trine dagegen leuchtete umso röter.

»Wirst du unbeschadet nach Hause kommen?«, wollte Hanne mit einem Kopfschütteln wissen.

»Den Weg gehe ich seit achtzig Jahren!« Trines Stimme wurde scharf. »Natürlich.«

Für die Menge, die sie getrunken hatte, klang sie erstaunlich klar.

»Ich meine, dass du viel Geld dabeihaben wirst. Nicht dass du mir unter die Räuber gerätst.« Hanne überreichte ihr die Börse und erntete das strahlendste zahnlose Lächeln, das je verschenkt worden war. Überraschend flink war die Witwe auf den Beinen und umarmte Hanne stürmisch.

»Von Räubern auf dem Sommerberg weiß ich nichts. Nur von guten Geistern!«, krähte sie gegen ihre Tränen an.

»Trotzdem. Ich begleite dich lieber.«

»In Begleitung eines Christmädchens kann mir erst recht nichts geschehen! Gott segne dich, Hanne! Menschen wie dich und Adolph regnet es nicht vom Himmel!«

Auf dem Nachhauseweg, nachdem sie Trine vor ihrer windschiefen Kate abgesetzt hatte, übermannte Hanne die Erschöpfung, als sie sich den Berg hinaufschleppte. Eigentlich hatte sie keine Probleme damit, in der Dämmerung unterwegs zu sein, heute war ihre Stimmung düster und voller Zweifel und Angst. Die Schattenrisse von Hecken und Bäumen malten an jede Ecke unheimliche Bilder der Männer, die ihr in ihrem Leben Leid zugefügt hatten: die Diebe, die den Tod ihres Sohnes heraufbeschworen hatten, Carl Thalberg mit seinen stechenden Augen und wilden Haaren und nicht zuletzt sogar Dolf, worüber Hanne am meisten erschrak, weil es sich ungerecht anfühlte, derart über ihren Mann zu denken. Um diese Gestalten wirbelten ihre Gedanken wie ein Karussell – und sie drehte die Kurbel für den Tanz. Sie wollte anderen helfen und natürlich hatte Dolf ihr bislang niemals verboten, ihr Erspartes fortzugeben. Vielmehr hatte er härter gearbeitet, um ihre Freigiebigkeit für ihre eigene Familie aufzufangen. Das alles geriet nun aus dem Gleichgewicht und Hanne plagte die Angst vor erneuter Not, sollte sie beim Stehlen von den Gendarmen erwischt und verhaftet werden. Im Grunde konnte sie es sich nicht leisten, das Geld ihrer Familie zu verschenken. Würde Alwine als Nächste unter ihrer Milde zu leiden haben? Hanne hatte zwar einen ersten Schemen eines Plans vor Augen gehabt, als sie Trine das Geld gegeben hatte. Wenn es aber in die gierigen Finger des Steuereintreibers geraten und dort bleiben würde, wäre es unwiederbringlich verloren und Hanne hätte ihrer Familie zum wiederholten Male eine schwere Zeit beschert. Andererseits konnte sie Trine und ihre Berta nicht im Stich lassen. Im Laufen murmelte sie vor sich hin, tippte sich unentwegt gegen ihr Kinn oder klopfte beim Grübeln mit der Fingerspitze vor ihre Zähne.

Auf der Höhe der Gaststätte von Haselhoff hatte sie eine Entscheidung gefällt, in der sie bestärkt wurde, als sie beim flüchtigen Blick durch eines der geöffneten Fenster, aus dem Bierdunst und Pfeifenrauch ins Freie flohen, jemanden erkannte, der dort eigentlich nicht hätte sitzen sollen. Der Hinterkopf mit dichter, dunkler Haarpracht entging ihr nicht – selbst eine einzige Strähne hätte gereicht, ihren Mann unter Hunderten auszumachen. Hanne schnaubte. Da saß er mit Heinrich, die Köpfe eng zusammengesteckt, bei Bier und Schnaps und sie schuftete daheim, ihm den Abend mit einer warmen Mahlzeit und wenigen Sorgen angenehm zu machen. In ihr wallte Abscheu auf gegen das Leben einer Ehefrau mit der ewigen Warterei, dass der Mann endlich nach Hause zu kommen beliebte. Wie gerne hätte *sie* dort gesessen, gelacht, geredet, stolz auf das eigene Tagwerk, das etwas bewegte und Familien am Leben erhielt! Wahrscheinlich lockerte der Alkohol Dolfs Zunge und er sang wie ein Vögelchen in den höchsten Tönen von seinem Samariterdasein.

Hanne klaubte einen Kiesel auf, der ihr klein genug erschien, um keinen ernsthaften Schaden anzurichten, aber doch so groß, Dolf einen Denkzettel zu verpassen. Sie kniff ein Auge zusammen, zielte, schleuderte den Stein durchs Fenster und rannte davon, unwissend, ob sie ihn getroffen hatte. Für sie stand fest, dass sie sich morgen allein um Trines Angelegenheiten kümmern würde. Dolf konnte zusehen, wie er sich etwas zu essen kochte.

Kuhhandel

Pfeifend lenkte der Steuerbeamte Uflacker seinen Wagen den Berg hinauf. Er war zufrieden mit dem heutigen Tag und würde nach seinem letzten Termin guten Gewissens ein Gläschen Wein trinken und in aller Ruhe die Unterlagen für den morgigen Bericht ordnen können. Brav lief sein Pferd vor dem Wagen, sodass er einen schnellen Blick auf das Dokument zu werfen wagte, das zu seinem nächsten und letzten Auftrag gehörte. Er zog die Nase kraus, als er den Namen las. Aus Erfahrung wusste er, dass das kein leichter Abschluss seines Arbeitstages werden würde. Die alte Schachtel war immer für eine Überraschung gut. Mal bettelte sie und bat auf Knien um Stundung, Aufschub oder Aussetzen der Zahlung, ein anderes Mal kreischte sie wie eine Harpyie mit dem Schürhaken in der Faust, womit sie ihn aus ihrem Haus treiben wollte. Bislang hatte sie es jedes Jahr geschafft, auf wundersame Weise das Geld zusammenzukratzen. Er wusste jedoch vom Leiter der örtlichen Bank, dass die hässliche Kate der Frau mit einer beträchtlichen Summe beliehen war und dass sie in ihrem Alter kein Geld mehr von ihm bekommen würde. Uflacker hoffte, dass er heute den letzten Baustein des Ruins setzen konnte, um das Grundstück, an das sich die Alte derart verbissen klammerte, endlich zur Zwangsversteigerung aufnehmen zu können. Seiner Meinung nach lebte sie schon viel zu lange und strapazierte nur unnötig seine Nerven. Er wäre froh, sie endgültig von seiner Aufgabenliste streichen zu können.

Vor dem halb zusammengefallenen Häuschen mit dem angrenzenden Stall hielt er den Wagen an, rückte sich Zylinder und Halsbinde zurecht und stieg ab. Ein letztes Mal straffte er seine Haltung, stolzierte zur Tür, durch die zu jeder Tages- und Nachtzeit Frischluft ins Haus strömen musste – sogar im Winter, wie er vermutete –, und klopfte forsch gegen das Holz.

»Frau Christina Rodmann! Ich bin hier im Auftrag Seiner Majestät. Sie haben Ihre fälligen Steuern noch nicht gezahlt, die unserem König zustehen.«

Einen Moment wartete er auf eine Reaktion der Alten. Nur kurz, schließlich hatte er nicht den ganzen Tag Zeit! Er pochte mit mehr Nachdruck gegen die morsche Konstruktion. »Falls Sie nicht öffnen, muss ich die Gendarmen holen und bin berechtigt, Eigentum in Höhe der Steuerschuld zu beschlagnahmen.«

Uflacker lugte zur mageren Kuh, die mit träumerischem Blick auf der Weide wiederkäute. »Wir haben bereits über die Kuh gesprochen. Ich werde sie mitnehmen!«, drohte er und trat zurück, um die Viehkette zu holen, die er in weiser Voraussicht auf den Wagen gelegt hatte.

Beim ersten Schritt in diese Richtung öffnete sich knarrend die Tür und die Witwe stand vor ihm, mit wirrem Haar und zitternd wie Espenlaub.

»Bitte, nein! Ich brauche meine Berta! Ich kann kaum kauen, ihre Milch hilft mir.«

»Tja, dann hätten Sie beizeiten etwas zurücklegen sollen, um Ihre Steuern zu bezahlen. Mir macht das hier auch keine Freude.«

Ihre Augen weiteten sich. »Wie denn das? Alles wird stetig teurer, niemand kümmert sich um arme, alte Frauen wie mich. Ach, was rede ich? Die Regierung ist ausschließlich für die mit Geld da. Wir hier oben sind nichts wert. Wo sind die versprochenen Getreidelieferungen, um uns in der wachsenden Not zu helfen?«

»Gute Frau, es ist nicht meine Aufgabe, mit Ihnen darüber zu streiten, was Sie erwarten und was die Regierung tut oder lässt. Jeder ist seines eigenen Glückes Schmied. Geben Sie nicht dem Staat die Schuld, dass Sie mittellos sind.«

Resolut wandte er sich ab, war sich sicher, dass hier außer trüben Worten nichts zu holen war, und ging zum Wagen. Uflacker zog die Viehkette hervor und stiefelte zurück zum Zaun. Er hatte das Theater satt. Mit einem Seufzen musterte er seine blank polierten Schuhe und dann den von der Kuh zertrampelten und aufgerissenen Boden hinter dem Törchen. Seine Frau würde ihn umbringen, wenn er mit Kuhmist an den Sohlen das Haus betreten würde, aber er hatte keine Wahl! Das musste seine Gattin tolerieren. Uflacker legte seine Hand an die obere Zaunlatte, um sich hochzuziehen, als eine faltige und knochige Hand sich auf seine Schulter legte und ihn mit ungeahnter Kraft zurückhielt. Ihr kaltes Zittern drang durch den Stoff bis auf seine Haut.

»Sie müssen nicht durch den Mist waten. Hier, ich habe das Geld. Nehmen Sie es und lassen Sie mich und meine Berta in Frieden.«

Als Uflacker herumfuhr, hielt ihm die Witwe Rodmann einen Lederbeutel unter die Nase, der gut gefüllt aussah. Überrascht kletterte der Steuereintreiber vom Zaun und begann zu zählen.

»Alles da, wie besprochen«, sagte er mit der letzten Münze zwischen den Fingern und ließ sie zurück in den Beutel springen.

Höchst erleichtert, dass er kein stinkendes, klappriges Vieh zum Markt schleppen musste, auch wenn ihm die Witwe erneut durch die Lappen ging, verstaute er das Geldsäckchen auf seinem Wagen und wollte auf den Bock steigen, als ihn die Hand erneut zurückhielt. Für eine alte Frau war diese hier recht flink.

»Moment! Streichen Sie meine Schuld mal schön aus dem Register, das will ich mit eigenen Augen sehen! Ich bestehe darauf, dass alles mit rechten Dingen zugeht«, forderte sie mit verkniffenem Mund.

Obwohl er sich dagegen sträubte, fühlte er Respekt für die resolute Witwe in sich aufsteigen. Derart forsch und entschlossen hatte er die alte Frau bisher bei keinem seiner Besuche erlebt. Schwierig war sie immer gewesen, doch heute war ein Funke in ihr, der ihm fremd war. Er musterte sie von oben bis unten.

»Sie sehen besser aus als sonst. Gesünder«, stellte er fest.

»Danke. Neuerdings gibt es jemanden, der sich um uns arme Menschen kümmert – gut und mit Herz, anders als Ihr Arbeitgeber.«

Uflacker lachte. »So, so? Wer hat denn in dieser Zeit die Muße, sich um die Flohbrigade vom Sommerberg zu sorgen?« Dennoch nestelte er Tinte und Feder unter dem Sitz hervor und tilgte mit einem sauberen Strich ihren Namen von seiner Liste.

»Ein Räuber, Herr Uflacker. Ein Räuber. Guten Heimweg wünsche ich.«

Sie drehte sich um und wackelte gewohnt schwerfällig zurück ins Haus. Uflacker konnte es nicht sehen, aber auf ihren runzeligen Lippen lag ein feines Lächeln.

Eilig sprang der Steuerbeamte auf den Bock und ließ die Leinen auf die Kruppe seines Pferdes knallen. Für heute hatte er mehr als genug vom Sommerberg und seinen furchtbaren Bewohnern und wollte schleunigst zurück in die Stadt.

Letzte abendliche Sonnenstrahlen bahnten sich ihren Weg durch die knospenden Baumzweige des Waldstücks, das Uflacker durchquerte. Ständig ließ seine Stimmung den Magen zusammenkrampfen, als wäre er ein Igel, der sich zum eigenen Schutz zusammenrollte. Hektisch wanderten seine Blicke zwischen den in die Höhe schießenden Schatten hin und her.

»Beruhige dich«, raunte er sich selbst zu.

Demnächst würde er auf die große Straße stoßen, auf der Eisen aus dem Sauerland und Salz aus den Salinen der Soester Börde transportiert wurden. Uflacker wollte mit seiner Beute, wie er die eingetriebenen Steuern bei sich nannte, möglichst schnell in ein lichtes und belebtes Umfeld. Weg von den Fängen der gierigen Ratten vom Sommerberg, die nicht nur von Krankheiten, sondern auch von kriminellen Angewohnheiten befallen waren. Die Anspielungen der Witwe hatte er verstanden und in den Zeitungen der letzten Wochen waren ihm gehäufter Meldungen aufgefallen, dass mal hier, mal dort Dinge von Wäscheleinen gefehlt hatten oder Lebensmittel gestohlen worden waren. Jeder wusste, dass Uflacker Geld dabeihatte. Umso mehr hoffte er, dass die Macht des preußischen Königs ihm einen Nimbus der Unberührbarkeit verlieh. Trotzdem würde er sich erst vollends sicher fühlen, sobald er die Schatten dieses Waldes hinter sich gelassen hatte. Wo waren die gerodeten Hänge mit ihrem offenen Horizont, wenn man sie brauchte?

Er trieb sein Pferd stärker an, als es bei dem willigen Tier nötig gewesen wäre. Neben ihm auf dem Kutschbock saß grinsend die Angst und wollte sich nicht in Luft auflösen, gleichgültig, wohin er seine Gedanken lenkte. Niemand war mehr unterwegs, alle Arbeiter aus den Gruben daheim, alle Händler am Ziel oder in einem behaglichen Gasthaus. Immer schneller senkte sich die Sonne dem Rand der Welt zu und das, was sie von der Erde übrig ließ, tauchte ab in eine Welt des Zweifels und des Zwielichts.

Endlich erkannte Uflacker vor sich die Abzweigung auf die Chaussee, die breite Straße für den Fernverkehr, die meist belebt war und ihm endlich etwas Ruhe schenken würde. Preußische Sorgfalt hatte dafür gesorgt, dass sie gut ausgebaut war im Vergleich zu den schlammigen Pfaden mit Schlaglöchern und tiefen Fahrrinnen, die sich wie verdorrte Adern über den Berg zogen und manchmal im Nichts oder bei einem einsamen Haus endeten.

Nach einem kurzen Augenblick der Hoffnung geriet sein Pferd mit einem erschrockenen Schnauben aus der Fassung und stolperte, als eines der Vorderräder des Gefährts wegsackte. Der Ruck jagte dem Tier durch den Rücken und ließ es panisch scheuen. Hilflos zog es gegen den Widerstand an und schaukelte dabei die Angst vor dem Feststecken immer weiter auf.

Uflacker, dem der Zylinder durch den Stolperer vom Kopf gerutscht war, sah das Weiße in den Augen des Wallachs aufblitzen, als er den Kopf wild zurückwarf, und ahnte, dass er ihn mit guten Worten nicht mehr beruhigen konnte. Sie waren gefangen.

Entnervt sprang er vom Bock, bemüht, keinen der Hufe des kämpfenden Tieres abzubekommen. Auf der rechten Seite lag sein Wagen tiefer, neigte sich zu dieser Seite und ruckelte unter dem schwächer werdenden Protest seines Zugpferdes vor und zurück.

Für einen preußischen Beamten derb fluchend umrundete er den Wagen und schlug bei dem, was er sah, die Hände über dem Kopf zusammen: Das hohe Rad saß bis zur Mitte in einem Schlagloch fest. Das Loch war ihm auf dem Hinweg gar nicht aufgefallen. Hatte er es geschickt umfahren oder hatte es sich eben erst höllengleich unter ihm aufgetan?

»Verfluchter Mist!«

Uflacker ballte die Fäuste und stemmte sich mit aller Kraft, die vom Halten eines Federkiels nicht eben ausgeprägt war, hinten gegen das Gefährt, um es gemeinsam mit seinem Pferd freizuschaukeln, was ihm aber nicht gelingen wollte. Weiter schimpfend gab Uflacker es auf und ging nach vorne, um den verängstigten Wallach zu beruhigen.

Obwohl er es nicht häufig selbst erledigte, kannte er die Handgriffe, um das Pferd aus dem Geschirr zu befreien. Das Tier spürte seine angestaute Wut und wehrte sich gegen seine Bemühungen. Mit aller Geduld, die er aufbringen konnte, streichelte und tätschelte er den schweißnassen Hals und redete auf es ein, als wäre es seine Ehefrau, die schon wieder eine neue Chaiselongue für ihr Lesezimmer wollte. Als es einigermaßen stillhielt, trennte er das Geschirr vom Gefährt. Er würde wohl oder übel nach Hörde reiten und einen Gendarmen beauftragen müssen, den Wagen mit den schwereren Gütern, die er nicht zu Pferd transportieren konnte, zu sichern und in die Stadt zu überführen. Die Geldkassette mit den Steuereinnahmen würde er auf alle Fälle persönlich mitnehmen.

In der einen Hand hielt er das Pferd am Zügel, mit der anderen angelte er nach der Kiste unter dem Sitz. Seine Brauen schoben sich bis zum hohen Haaransatz und er tastete weiter, griff allerdings weiter ins Leere. Immer wieder kratzten seine Finger über das Holz, doch die Geldkassette blieb verschwunden.

Der nächste Fluch, den er ausstieß, war nicht mehr so leise und echote zwischen den Stämmen der alten Bäume, die ihn zu verhöhnen schienen. Uflacker meinte, ein geisterhaftes Lachen als Antwort zu erhalten, und erstarrte. Seine Augen maßen das dunkler werdende Unterholz. Bewegten sich dort Schatten?

Ohne weitere Zeit zu vergeuden, schwang er sich auf sein Pferd und jagte in Richtung der Chaussee davon. In hohem Bogen flog ihm der Zylinder vom Kopf und kullerte ins Gebüsch. Der Schweiß lief dem Beamten in seinen steifen

Kragen – ob aus Anstrengung oder purer Angst, konnte er nicht sagen. Uflacker musste dringend zu seinem Vorgesetzten, zur Gendarmerie, damit die verhinderten, seine Schmach öffentlich werden zu lassen. So etwas passierte einem preußischen Beamten nicht! Die Räuber führten ihn vor!

Überall auf dem Sommerberg war bereits am nächsten Morgen die Geschichte vom hasenfüßigen Steuereintreiber zu hören, der vor Schatten geflohen war und all die üppigen Steuereinnahmen »verloren« hatte. Begleitet wurde die Erzählung von herzhaftem Gelächter und ätzenden Bemerkungen über Uflacker und den preußischen Staat der Gier, der nahm und nichts gab. Viele wünschten sich, dass nicht nur dieser eine Staatsdiener vor Geisterstimmen aus dem Dunkel des Waldes Reißaus nehmen und sie in Frieden lassen würde.

Nicht im Geringsten zum Lachen zumute war es Franz Mönkebüscher, der ein weiteres Mal vom gemeinsamen Frühstück mit seiner Frau abkommandiert worden war, um sich um den zurückgelassenen Wagen des Steuereintreibers und die darauf gelagerten Abgaben zu kümmern. Ein kurzer Blick verriet ihm sofort, dass er nicht der Erste war, der sich das Gefährt näher ansah. Die Ladefläche war so leer gefegt, als hätte jemand alles bis auf die letzten Krümel zusammengekehrt und eingesteckt. Nicht der einzige Diebstahl in den letzten Wochen und doch wieder von anderer Qualität und Tücke.

Schwungvoll glitt Mönkebüscher aus Luises Sattel. Er ärgerte sich über die Polizeidiener, die schon gestern Abend vom Steuerbeamten informiert worden waren, jedoch keinen Drang verspürt hatten, auszurücken und den Wagen im Dunkeln zu sichern.

Bei Tageslicht betrachtet war ihre Sorge berechtigt gewesen, unter die Räuber zu geraten, denn es war eindeutig, dass es sich um kein gewöhnliches Schlagloch handelte, das Herrn Uflacker zum Verhängnis geworden war: Ein Hügel ausgehobener Erde war neben dem Weg mit Ästen getarnt worden, was bewies, dass der Geist des Waldes nicht nur düster lachen, sondern auch vortrefflich graben konnte.

Weitere brauchbare Spuren fand er nicht, lediglich etwas zertrampeltes Gras.

Stirnrunzelnd ging der Gendarm an dem Rand des Lochs in die Hocke und kniff die Augen zusammen. Seine Frau nannte diesen Ausdruck »grimmiger Dachs«. Es half, das zu sortieren und in den Fokus zu rücken, was er im großen Ganzen sonst nicht wahrnehmen konnte. Der Dachs half ihm heute einmal mehr und er entdeckte etwas. Im glatt abgestochenen Erdreich zeichnete sich der Abdruck einer Schuhsohle ab. Mönkebüscher bückte sich tiefer hinunter und stützte sich dabei an den Speichen des Rades ab. Etwas an dem Abdruck irritierte ihn, doch er konnte nicht einordnen, was es genau war.

Insgeheim hatte er gehofft, den brutalen Überfall auf den Händler, der unmittelbar vor Weihnachten geschehen war, mit diesem Vorfall verbinden zu können. Uflackers Bericht über das Geisterlachen aus dem Wald passte zu den Erzählungen über diesen guten Geist, der für die sich häufenden Einbrüche in die Vorratskeller reicher Bauern verantwortlich war. Kartoffeln, Rauchzeug, Leinen, Mehl, Wurst, Butter und Ähnliches waren stets wie durch Geisterhand verschwunden. Bei genauerem Hinsehen unterschieden sich die beiden Überfälle jedoch leider zu stark voneinander. Dieser hier war gewaltloser und durchdachter. Kein Haudrauf wie jener, der den Händler in die Mangel genommen hatte, hatte hier seinen Fußabdruck hinterlassen.

»Guten Morgen, Herr Kollege!«

Vor Schreck riss Mönkebüscher den Kopf in die Höhe und prallte mit der Schläfe gegen die untere Kante der Bordwand des Wagens. Wütend stand er auf, rieb sich die schmerzende Stelle und balancierte gleichzeitig seinen Helm.

»Pötichen!«, entfuhr es ihm und sein Gegenüber grinste zu selig und breit für die frühen Morgenstunden.

Bereits beim morgendlichen Dienstantritt hatte der ältere Gendarm also mittlerweile den Boden einer oder mehrerer Flaschen gefunden. Entsprechend ziellos irrlichterte Pötichens Blick über die Szenerie. Er rieb sich das Kinn, aus dem ungepflegt graue Stoppeln sprossen.

»Da war aber einer mutig! Mutiger als der ehrenhafte Herr Steuereintreiber«, resümierte er, unfähig, das Lallen aus seiner Stimme zu verbannen.

Überrascht über diese dennoch klare Analyse nickte Mönkebüscher. »Trotz offensichtlicher Unterschiede vermute ich einen Zusammenhang mit dem Überfall auf den Händler am Heiligabend. Es …«

»Papperlapapp, Mönkebüscher!«, unterbrach ihn Pötichen und schwankte zum Wagen. Er lehnte sich dagegen und schob sich den Helm in den Nacken. »Ein Händler, zusammengeknüppelt und im Schnee zurückgelassen, gegen einen Steuereintreiber, der im Dunkeln in ein simples Loch holpert. Zwei Paar Schuhe. Und nicht mal vom selben Schuster.« Er sah sich um. »Die einzige Gemeinsamkeit sind zwei Wagen, beladen mit allerlei brauchbarem Zeug.«

Natürlich war Pötichen der Dienstältere und hatte mehr Erfahrung, doch Mönkebüscher schäumte innerlich vor Wut. Er ließ sich ungern von einer Schnapsdrossel belehren, die es nicht einmal für nötig hielt, die eigene Alkoholfahne nicht allzu offensichtlich hinter sich herzuziehen, und in ihrem derzeitigen Zustand wahrscheinlich nicht in der Lage war, das Wort »Ermittlungsarbeit« korrekt zu schreiben, geschweige denn sie ausführen zu können. Dennoch schluckte er den Ärger hinunter.

»Wir werden sehen. Ich glaube nicht, dass das der letzte Überfall in dieser Gegend gewesen ist – wer auch immer dafür verantwortlich ist, hat den Geschmack des Erfolgs im Mund und wird sein Glück bestimmt erneut auf die Probe stellen.«

»Wenn Sie meinen.« Pötichen zog ein Döschen aus der Uniformjacke und genehmigte sich eine Prise Schnupftabak.

»Außerdem hat er die Lacher auf seiner Seite, das wird ihn zusätzlich anspornen. Das feige Verhalten unseres Staatsdieners macht bereits die Runde, habe ich mir sagen lassen.«

Pötichen zuckte mit den Schultern. »Ich würde und werde das nicht allzu hoch hängen, Herr Mönkebüscher. Sie sind noch recht neu hier, wissen nicht, wie der Hase läuft, und kennen die Gegend kaum. Alles arme Leute, bettelarm in manchem Fall, aber im Grunde ehrlich. Sie haben andere Sorgen, als im Wald herumzuschleichen. Ich tippe auf vagabundierendes Pack. Dazu gab es einige Berichte.«

Stumm nickte der schnurrbärtige Ordnungshüter. Wie schaffte es dieser Pötichen, den Trumpf seiner Dienstjahre vor Ort auszuspielen und ihn auf die Schulbank zu setzen? »Ich gehe zu Herrn Thalberg und erstatte Bericht«, bot er an.

Im Allgemeinen hatte der einflussreiche Unternehmer und Politiker offenere Ohren und ein größeres Bewusstsein für die Brisanz der sich häufenden und dreister werdenden Taten gegen den Staat, sodass Mönkebüscher von ihm Hilfe erwarten konnte. Thalberg mischte sich gerne ein. Die Macht dieser neuen Adeligen mit ihrem Geld aus der Industrie übertraf oft die des alten Adels und auch ihr Interesse an der Politik und der allgemeinen Ordnung, die ihnen den Profit sicherte, war stärker ausgeprägt.

»Das ist sehr freundlich. Mein Dienstplan ist heute recht voll.«

An den rot aufgequollenen Adern auf Pötichens Nase konnte Mönkebüscher dessen Termine nur zu deutlich ablesen. Sein

Kopfschütteln hielt er jedoch klein, um den Dienstälteren nicht vor den Kopf zu stoßen und sich spätere Wege zu verbauen.

»Ich kümmere mich sofort darum«, sagte er deshalb. »Würden Sie nach ein paar Tagelöhnern suchen, die den Karren aus dem Loch bugsieren könnten?«

»Wissen Sie …« Pötichens Gesichtsausdruck ließ keinen Zweifel daran, dass er anderes im Sinn hatte. Seine Augen huschten hin und her.

Mönkebüscher winkte ab. »Ach, schon gut, ich übernehme das. Ich wollte ohnehin bei Haselhoff vorbei.« Er angelte nach dem Steigbügel, um seine Stiefelspitze hineinzuschieben.

Beim Nennen der Gaststätte legte sich ein düsteres Band um Pötichens Stirn. Er schien sich über seine vorschnelle Ablehnung zu ärgern, denn dort, an der Quelle seiner Termine, hätte er nebenbei die Tagelöhner anwerben und einen offiziellen Grund seines Besuches vorschieben können.

Zu spät, Pöttchen, dachte Mönkebüscher.

»Ich wünsche einen angenehmen Dienst – trotz all Ihrer Verpflichtungen.« Mönkebüscher tippte sich an den Helm und konnte sich ein leichtes Lächeln nicht verkneifen, da der Schnapsnase der kürzeste Weg zu seinem Glas verwehrt worden war. Pfeifend presste er Luise die Sporen in die Flanken und lenkte sie auf den Weg zur berüchtigten Gaststätte auf dem Sommerberg. Neben den Tagelöhnern würde er dort hoffentlich seinen Informanten treffen. Irgendetwas musste der doch inzwischen herausgefunden haben.

Als der Gendarm die Gaststätte betrat, legte sich Stille über den verrauchten Raum wie eine Bleiplatte über ein Grab. Zu dieser frühen Stunde waren nur wenige Gäste anwesend, aber gerade diese, die morgens Zeit hatten, an einem Tresen zu hängen, hatten ihre Erfahrungen mit Gesetzeshütern gemacht. Manche verkrochen sich wie Spinnen in die Ecken.

An einem der Tische in der Nähe der Tür hockte der Steuereintreiber Uflacker auf einer Bank, den Kopf schwer in ein nasses Taschentuch gebettet. Vor ihm standen aufgereiht leere Gläschen.

Bevor Mönkebüscher sich neben ihn setzte, ließ er seinen Blick scharf durch den Raum schweifen und mit leicht hochgezogenen Mundwinkeln erkannte er in der hintersten Ecke die Art Spinne, die er für seine Ermittlungen gesucht hatte. Der knappe Blickkontakt genügte, um ein leichtes Kopfnicken zu ernten.

»Was tun Sie denn hier?«, wandte sich er sich an Uflacker, den er in der Stadt vermutet hatte. »Hat Sie ein Ausflug auf den Berg nicht genug gekostet?«

Der Steuereintreiber hob den Kopf und tupfte sich die tief gefurchte Stirn. Sein Anzug zeichnete ihn als wohlhabend und adrett aus, doch das geschulte Auge des Gendarmen sah sofort den Schweißrand am Kragen. Offenkundig beunruhigte ihn etwas, er schien sich nicht wohlzufühlen.

»Sie sollten nach Hause gehen«, riet Mönkebüscher und winkte Haselhoff, damit der die Rechnung brachte.

»Sollte ich nicht. Ich will meinen Wagen!«, knurrte Uflacker.

»Wollen Sie ihn selbst ziehen? Zumindest habe ich eben kein Pferd gesehen.«

Uflacker schnaubte. »Natürlich nicht! Jemand hat das Tier für mich untergestellt.«

»Dann kann es ja wieder angespannt werden, sobald wir Ihren Karren aus dem Loch gewuchtet haben. Ich suche ein paar kräftige Arme«, rief er lauter, »um den Wagen des Steuerbeamten aus einem Schlagloch zu befreien. Den Lohn zahlt Herr Uflacker aus seiner privaten Steuerschatulle.«

»Machen Sie sich ruhig lustig, Herr Gendarm! Solange Ihnen kein Räuber auf der Nase herumgetanzt hat, haben

Sie schließlich gut lachen! Aber das wird sich rasend schnell ändern! Denken Sie an meine Worte!« Uflacker knallte einige Münzen auf die Tischplatte und schleuderte das nasse Tuch hinterher. »Wer hilft mir, meinen Wagen zu befreien? Ich zahle gut!«, brüllte er in die Runde und kämpfte sich auf die wackeligen Füße.

Von den wenigen Anwesenden meldeten sich nur zwei, obwohl Mönkebüscher wusste, dass sie alle das Geld hätten gebrauchen können. Sie waren wohl zu stolz, Geld von diesem verhassten Wicht anzunehmen. Wer half schon gerne einem Steuereintreiber, seine Runden drehen zu können? Mönkebüscher nickte einem zu.

Mit unsicheren Blicken, die nach rechts und links schossen, forderte der abgerissene Mann seine Tischnachbarn auf. »Na kommt, Jungs, packt mit an. Je eher der Karren aus dem Loch ist, desto früher haben wir unser Geld. Der Staat zahlt oft gut für wenig Arbeit«, schnarrte er.

Als er an Mönkebüscher vorbeiging, streifte er ihn hart an der Schulter. »Verzeihung, Herr Gendarm.«

Das freche Grinsen, das das Grübchen an seinem Kinn beinahe überdeckte, zeigte schief gewachsene Zähne.

»Wer ist dieser gute Geist?«, fragte Mönkebüscher den Tagelöhner, der ihm ab und an mit Informationen aushalf, auf dem Weg zum stecken gebliebenen Wagen. Sie waren hinter den anderen Tagelöhnern zurückgeblieben und dieser Mann lief ein Stück hinter Luise, um die Bekanntschaft mit dem Gendarmen zu kaschieren.

»Weiß ich nicht«, presste Vorschulte zwischen den Zähnen hervor. Das S pfiff leicht nach, solche Mühe gab er sich, nicht zu laut zu sein. Ihm passte es überhaupt nicht, dass der Handel, den er mit den Polizeikräften geschlossen hatte, derart lange dauerte und in regelrechte Sklaverei ausuferte. Unter

»vorzeitiger Haftentlassung« hatte er sich beileibe nicht vorgestellt, dass ihm ein Grünrock weiter Befehle erteilte und ihm den Tag diktierte.

Von dieser wachsenden Ablehnung ließ sich der Gendarm nicht beeindrucken und forderte konsequent die Einhaltung des Vereinbarten ein. Notfalls würde er bei Vorschulte eine gewissenhafte Hausdurchsuchung anordnen, die den Knastvogel bestimmt das eine oder andere Mal ins Straucheln bringen würde. Diesem einfach gestrickten Wiesel zu unterstellen, er könne der gute Geist höchstpersönlich sein, war grotesk und Mönkebüscher schüttelte den Gedanken sofort aus seinem Gedächtnis. Vorschulte war ein lupenreiner Saulus, kein Paulus, und rührte nicht einmal für die eigene Familie einen Finger zu viel.

Mönkebüscher, der vor ihm lief, zog sich die Reithandschuhe zurecht. »Es muss doch irgendwelche Gerüchte geben.«

»Nö.«

»Keine Vermutungen? Ihr zerreißt euch hier oben bestimmt über euer persönliches Christkind das Maul.«

»Nö.«

»Aber jemand vom Sommerberg muss es sein.«

»Warum? Hinz und Kunz können in den Wäldern rumlaufen, und die vielen Durchreisenden erst …« Vorschultes Stimme klang fest, sodass Mönkebüscher ihm tatsächlich glaubte, nichts Genaueres darüber zu wissen.

Der Geist war gerissener, als er gedacht hatte, und hing seine Glanzleistungen nicht an die große Glocke. Trotzdem hielt er an seinem Verdacht fest, dass es sich um jemanden vom Sommerberg handelte, der Uflacker und dessen Pläne gekannt hatte – und den Hof des Kolonen genau kannte. Er nickte, um Vorschulte vorerst zu beruhigen, dass er aus dem Schneider war.

»Schön. Du hältst Augen und Ohren offen. Dieses Mal zahle ich dir etwas mehr, falls du mich auf die Spur dieses Phantoms bringst.«

»Was ist ein Phan...tom?«

»Ein Geist, Vorschulte. Selbst wenn alle ihn mögen, diesen Geist, ist er dennoch gefährlich und ein übler Verbrecher, der euch großen Ärger bereiten kann. Herr Uflacker hätte sich verletzen oder sich sogar das Genick brechen können! Ein Diener des preußischen Königs!«

»Ein Verlust für die Menschheit ... hat er aber nicht!«, erwiderte Vorschulte patzig. Murmelnd schob er ein »Leider« hinterher, das Mönkebüscher nicht klar heraushören konnte.

Der Wagen des Steuerbeamten kam in Sicht.

»Ich höre von dir«, verabschiedete sich der Gendarm flüsternd. Hier konnte er nichts mehr tun. Der Wagen würde geborgen werden und Uflacker konnte zu seinen Aufgaben zurückkehren. Wahrscheinlich würde er sich aus jeglichem Ärger bei seinem Dienstherrn herausreden. Das war Uflackers Spezialität. Mönkebüscher konnte froh sein, wenn der Steuereintreiber nicht ihn bezichtigte, seinen Pflichten nicht nachzukommen. Beim Gespräch, das den Ordnungshüter gleich erwartete, würde er sich nicht mehr so überlegen fühlen können wie beim Vorschulte, den er sich eine ganze Weile warmhalten würde.

Mit leichtem Schenkeldruck trieb er Luise an, kaum dass er im Sattel saß. Er hatte es eilig, den leidigen Termin im Haus Ruhr hinter sich zu bringen. Vielleicht erreichte er dort mehr.

Verschiedene Wege führen zum Ziel

Alwine saß auf dem Hof und ließ ihr Holzpferdchen über kleine Hindernisse aus Stein oder Stöckchen springen, war seit einiger Zeit völlig in ihrer Welt versunken. Mit einem Lächeln beobachtete Hanne sie und trank einen Schluck Kräutertee, der inzwischen über die Arbeit kalt geworden war. Die Tiere waren versorgt und sie konnte sich dem Stopfen von Socken und dem Ausbessern von Kleidung widmen. Ihre Nadel schwebte über dem Rand eines größeren Lochs, als sie irritiert aufblickte. Alwines Holzpferdchen klapperte unnatürlich laut, dass es dumpf von den Gebäuden widerhallte. Hannes Blick wanderte zur Straße, wo ein hellbraunes Pferd in Sichtweite trabte. Das satte Grün des Uniformrocks des Reiters wetteiferte mit den polierten Stiefeln darum, wer heller leuchtete. Ihre Augen weiteten sich und die Nadel sank kraftlos auf den Stoff.

»Alwine, Schatz, räumst du bitte auf und gehst rein?« Das Kratzen in ihren Worten ließ Alwine aufschauen und Hanne meinte, sogar der Gendarm auf der Straße müsse es gehört haben. Unbeirrt näherte er sich.

»Aber ich will nicht …«, rebellierte Alwine.

»Du kannst später weiterspielen. Jetzt rein!« Hannes Stimme wurde schriller und Alwine sammelte murrend ihr Spielzeug ein.

Mit einem weit ausholenden Tritt zerstörte sie einige

ihrer mühsam errichteten Hindernisse. Mit Augen, die sie zu Schlitzen zusammengezogen hatte, funkelte sie ihre Mutter ein letztes Mal an und rannte ins Haus.

Hanne legte die Nähsachen in ihren Korb, stand auf und strich sich über die Schürze. Sie musterte den Mann auf dem Pferd und erkannte, dass es der neue Gendarm sein musste, der sie mit den Kartoffeln des Kettenschmieds beinahe gestellt hatte. Wie hieß er gleich? Er hatte sich vorgestellt … Mönkebüscher? Er musste ein Meister seines Fachs sein, so schnell wie er aus dem Nichts Schlüsse zu den Taten hatte ziehen können. Sie schluckte. Das Pferd kam näher und schneller auf sie zu. Gleich würde er absteigen und sie verhaften. Ihre Beine begannen, unter dem weiten Rock zu zittern.

Ein Tippen an den Helm – dann ritt er an ihr vorbei. Erst jetzt bemerkte Hanne, dass ihr Herz bis in die Schläfen pochte und sie den Atem angehalten hatte.

Mit bebenden Fingern sammelte sie ihre Näharbeit ein und zog sich ins Haus zurück, als wäre sie ein erschöpfter Bär, der die einsame Stille seiner Höhle zum Schlafen sucht.

Nie wieder, dachte sie. Sonst stockt mir das Herz schneller in der Brust, als ich »Amen« sagen kann. Das hatte sie bereits nach dem Kartoffeldiebstahl gedacht, erinnerte sie sich grimmig, und hatte es dennoch nicht lassen können.

Hanne stolperte über eines der Hindernisse, die Alwine heil gelassen hatte. Ihr Zeh stieß an und sie biss sich auf die Unterlippe, um nicht aufzuschreien. Was für ein Tag!

Dolf hatte bessere Nerven als sie. Trotzdem war sie froh, dass er nicht bemerkt hatte, wie der Lederbeutel unter den Dielen einen kurzzeitigen Ausflug in den Wald unternommen hatte und etwas praller gefüllt zu ihnen zurückgekehrt war. Das Vorhaben des Steuereintreibers hatte sie vereitelt, und Hanne spürte unter dem Rasen ihres Herzens, wie sich eine scheue, goldene Larve des Stolzes regte, die sich zu einem Schmetterling entwickeln konnte.

Dolfs Fuhrwerk rumpelte über die unbefestigte Straße durch den Wald. Summend träumte er dem Sonnenlicht nach, das wie märchenhafte Feenleitern zwischen den feuchten Baumstämmen schwebte und diesen Wesen erlaubte, in ungeahnte Weiten emporzuklettern. Er lächelte. Aus diesen Gedanken würde er eine Geschichte für Alwine spinnen: eine Fee, die ihr Volk verlor und in den Himmel kletterte, um dort Abenteuer zu erleben.

Neben dem Weg raschelte es und Dolf spürte den Ruck in den Fingern, mit dem die Pferde vor Schreck kurz anzogen. Sanft zupfte er an den Leinen und pfiff durch die Zähne. Sofort wurden Meta und Grete wieder langsamer, zockelten durch den Matsch, der sich in den ausgefahrenen Rinnen des Handelsweges gesammelt hatte. Ihre Ohren drehten sich weiterhin nach hinten, obwohl sie ihm vertrauten, dass er eine Gefahr gemeinsam mit ihnen einzuschätzen vermochte. Dolf lauschte und starrte in das dichte Unterholz, um die Ursache des Raschelns zu ergründen. Vielleicht war es ein Reh gewesen … oder Ratten.

Wie aus dem Boden gewachsen stand plötzlich Heinrich auf dem Weg und winkte.

Meta und Grete ließen ein bestätigendes Schnorcheln hören, dass ihnen diese Situation nicht behagte. Natürlich hatten ihre feinen Sinne sie nicht getäuscht. Sie hatten recht gehabt.

Ungläubig schüttelte Dolf den Kopf. Wie schaffte es der Koloss, der in seiner Vorstellung Blätter aus den Baumkronen pflücken konnte, sich wie ein graziles Reh fast lautlos durch den Wald zu bewegen? Der geborene Räuber.

Mit einem »Ho« hielt er die Pferde an und Heinrich kletterte neben ihn auf den Bock. Merklich sackte dabei Heinrichs Seite des Fuhrwerks tiefer in den Matsch und ein entschuldigendes Grinsen machte sich auf dem Gesicht seines Freundes breit.

»Du bist wirklich schnell«, stellte Dolf nüchtern fest und erwiderte das Grinsen. »Und schwer. Ist dir jemand über den Weg gelaufen?«

»Keine Menschenseele. Der Wald ist ruhig heute.«

»Gut. Der Wagen war unberührt, wie wir ihn gestern verlassen haben.«

Heinrich wollte nicken, drehte stattdessen jedoch den Kopf und spähte nach hinten. »Hufschlag?«, fragte er knapp.

Jetzt hörte Dolf es auch. Dröhnend hämmerten Pferdehufe auf den Boden und ließen ihn dumpf vibrieren. »Da hat es aber jemand eilig.«

Vorsorglich lenkte er den Wagen an den äußersten Rand der Fahrspur und schon tauchte hinter der letzten Biegung ein Gespann auf, das den Matsch nach allen Seiten spritzen ließ. Die Beine der Schimmel waren fast bis zum Bauch braun gesprenkelt. Dieser Dreck minderte den Pomp des Gefährts, vor das sie gespannt waren. Gleich vier von ihnen zogen eine glänzend lackierte Kutsche, auf deren Bock ein übertrieben nach französischer Manier ausstaffierter Kutscher mit der Peitsche knallte. Im nächsten Moment hetzten die edlen Tiere an Dolfs Wagen vorbei. Ängstlich warfen sich Meta und Grete zur Seite und rissen die Köpfe hoch, während Dolf alle Hände voll damit zu tun hatte, sie im Zaum zu halten.

»Idiot!«, brüllte er dem Gefährt zu, obwohl er sich sicher war, dass weder Fahrgast noch Kutscher das bei dem Tempo hören würden.

Heinrich hatte beim Vorbeipreschen des Passagierabteils einen Blick auf einen bleichen Mann in steifem Kragen – blütenweiß, versteht sich – und schwarzem Anzug erhascht. Neben dem Fenster prangte ein Wappen, das hier in der Gegend häufiger zu sehen war.

»Die blaublütige Prominenz belieben nach Schwerte zum Frühstück zu eilen«, ätzte Heinrich, der sich am Wagen festklammerte und schweißgebadet war. Der Koloss fuhr nicht gerne – dieses Schaukeln hoch über dem Boden machte ihm Angst.

Die Karosse donnerte ihres Weges. Es musste etwas Exquisites aufgetischt werden, bedachte man die Eile des Adligen.

»Es ist Mittag«, schnaufte Dolf erleichtert auf.

»Eben. Wenn man sich erst um zehn Uhr aus den seidenen Laken schälen kann, ist es jetzt höchste Zeit fürs Frühstück.« Heinrichs Stimme zitterte und Dolf klopfte seinem Freund auf die Schulter. Die Leinen konnte er wieder lockerer lassen.

»Mach dir keine Sorgen, mein Freund. Die beiden Damen da vorne haben mich noch nie enttäuscht und sind hart im Nehmen. Die lassen sich nicht von hochnäsigen Gäulen aus der Ruhe bringen. Aber ich hätte nicht übel Lust, diesem adligen Heini einen Denkzettel zu verpassen. Für den Schreck.«

Heinrich nickte und deutete nach rechts, wo sich zwischen tief hängenden Zweigen und in die Höhe schießenden Brennnesseln verwitterte Fahrspuren zeigten. »Da müssen wir rein. Wegen diesem Graf Rotz vonne Backe hätten wir beinahe unsere Abzweigung verpasst.«

Dolf war sofort begeistert gewesen, als Heinrich ihm von einem alten Holzschleppweg erzählt hatte, der nur wenige Meter neben einer kleinen Höhle im Wald verlief und nicht mehr benutzt wurde. Das perfekte Versteck für ihren Wagen.

Er ließ die Pferde nach rechts schwenken und bückte sich, als Äste über sein Gesicht schrappten. Sie rissen ihm seinen breitkrempigen Hut vom Kopf, der auf die Plane über der Ladefläche kullerte. Heinrich rutschte sicherheitshalber tief vor den Sitz.

Nach einigen Hundert Metern befahl Heinrich, das Fuhrwerk anzuhalten. »Wir sind da.« Zielsicher stieg er ab, stapfte davon und verschwand zwischen den Bäumen.

Bevor er ihm folgte, angelte Dolf seinen Hut von der Ladefläche, strich sein Haar umständlich hinter die Ohren und platzierte ihn mit Fingerspitzen auf seinem Kopf. Mit einer eleganten Bewegung wischte er über den Rand der Krempe. Jetzt war er bereit, standesgemäß seine neue Wirkungsstätte anzusehen.

Er lauschte in den Wald hinein. Nicht einmal ein Vögelchen auf Brautschau ließ sein Lied hören. Der Wald lag so still, als hielte er vor Spannung die Luft an und wartete auf ein fulminantes Kunststück seiner Besucher.

Dolf löste die Befestigung der Plane und schlug sie zurück. Metallischer Geruch stieg ihm in die Nase, der sich mit erdiger Frische mischte. Das Holz hatte sich rot gefärbt. An der Seitenwand hing die stumpfe Axt, die Heinrich beigesteuert hatte. Blut und kurze, helle Haare klebten an ihr. Heinrich hatte damit zielsicher den Schädel des armen Schweins derart zertrümmert, dass die Haut aufgeplatzt war. Schlagartig war das Tier in sich zusammengesackt, hatte keinen Mucks mehr machen und damit den Bauern alarmieren können, der es ohne seinen ausdrücklichen Wunsch den Menschen auf dem Sommerberg gespendet hatte. Am besten, sie zerteilten es sofort, um sein Fleisch frisch und schnell unter die Leute zu bringen. Zuvor würde er einen der Säcke verstauen, aus denen es erdig roch – den Fehler, einen markierten Sack wie den des Kolonen Overbeck bei Elisabeth abzustellen, würde er nicht noch mal machen. Unter einem Vorwand hatte er ihn sich am nächsten Tag von ihr zurückgeholt und im Ofen verbrannt. Die Spur war erkaltet, bevor jemand ihr folgen konnte.

Dolf warf sich einen dieser Säcke über die Schulter und schleppte ihn hinter Heinrich her ins Unterholz, bis er ein großes, klaffendes Loch in einem Hang erreichte. Sein Freund hatte nicht zu viel versprochen.

»Alles gefegt und bereit«, meldete Heinrich, als wäre er in der preußischen Kaserne.

Dolf übergab ihm den Sack mit den Kartoffeln und dachte dabei laut nach: »Wir sollten etwas zusammenzimmern, um Tiere fernzuhalten, das natürlich und nicht verdächtig wirkt.«

»Ich kümmere mich darum.«

Nach kurzer Zeit badeten sie in Schweiß und trugen Sack für Sack in das neue Räuberversteck. Heinrich zerteilte das tote Schwein und reichte Dolf die Stücke, der sie in saubere Tücher schlug.

»Wir sollten die schleunigst verteilen, bevor sie schlecht werden«, meinte Dolf.

»In der Höhle ist es zwar kühl, aber du hast sicher recht.«

»Mir läuft das Wasser im Mund zusammen, wenn ich an brutzelnde Braten denke! Wann bekommen wir schon solche Köstlichkeiten?«, schwärmte Dolf.

Heinrich ging es ähnlich und er schluckte.

»Da ist man nahezu erschüttert, dass die Eltern einem keinen reichen Hof hinterlassen haben! Wir verteilen das an die schwächsten Familien – aber es spricht ja nichts dagegen, wenn wir uns als Ausgleich für unsere Mühen etwas Luxus gönnen.«

Erschöpft sanken sie nach dem letzten Sack auf den Boden und zogen aus einem ein Brot. Dolf reichte Heinrich sein Messer und der säbelte zwei dicke Scheiben ab. Der Beutezug zu den Bauern der Umgebung hatte sich heute gelohnt.

»Ich bin ehrlich froh, das alles nicht mehr allein tun zu müssen.« Dolf lächelte seinen Freund an. »Gutes zu tun, ist harte Arbeit.«

»Mich wundert's, dass du nicht damit hausieren gehst. So bescheiden und verschwiegen kenne ich dich gar nicht.«

Dolf zog die Schultern bis zu den Ohren. »Hanne würde mir die Löffel lang ziehen, wenn ich die Familie durch Gerede und Prahlerei in Gefahr bringen würde. Irgendwann erfahren es alle, wissen dann aber auch, dass sie durch mich überleben – und halten die Klappe. Wenn ihnen das klar ist, besteht kein Risiko, dass mich einer bei den Gendarmen verpfeift.«

Heinrich nickte, biss in sein Brot.

»Ein Risiko besteht immer.«

Beide fuhren bei diesen Worten in die Höhe und sahen sich um. In Heinrichs Pranken wippte statt des Brotes die Axt, Dolfs Finger schlossen sich um den Griff seines Messers.

Ein Stein hatte sich in Dolfs Kehle festgesetzt. »Wer …?«, fragte er grollend ins Unterholz.

Als wäre er auf einem Sonntagsspaziergang, trat Wilhelm Vorschulte, den der ganze Sommerberg »Grübchen« nannte, aus dem Gebüsch. Er nahm einen langen Rundblick und strich sich die blonde Strähne aus der Stirn, die stets keck unter seiner Kappe hervor zu winken schien. »Nett haben's die Herren hier.«

»Ist nicht deine Angelegenheit, wie es hier ist.« Heinrich trat einen Schritt nach vorne, der Stiel der Axt drehte sich zwischen seinen Fingern.

Mit einem wieselhaften Lächeln hob Grübchen die Hände. »Ruhig, Koloss! Ich will nichts Böses. Wäre ja schön blöd, wenn ich den Ast, auf dem ich als Sommerberger sitze, absäge. So drückt es die alte Trine aus, oder?«

Dolf und Heinrich sahen sich kurz an, ihre Körper blieben angespannt.

»Und was willst du dann?«, presste Dolf hervor.

Vorschulte schlenderte zum Hang und beugte sich in den Eingang der Höhle.

Erneut wechselten die Freunde einen Blick. Heinrich schwang die Axt auf seine Schulter und näherte sich Grübchens Rücken. Dieser drehte sich um und fixierte nun Dolf mit lodernden Augen.

»Ich will helfen«, schnarrte Vorschulte schließlich.

Heinrich ragte hinter ihm auf wie eine Felswand, die bereit war, ihn mit ganzer Wucht zu zerquetschen. Dolf schüttelte langsam den Kopf in Richtung seines Freundes und dessen Griff um die Axt lockerte sich.

»Wir wollen das gute Fleisch für die Küche unserer Weiber nicht mit Beimischungen versauen. Vorschulte, du hast nichts gesehen oder gehört, verstanden? Wir können niemanden mehr gebrauchen. Ich will schließlich keine Räuberbande gründen.«

Grübchen richtete sich auf und stolzierte vor dem Höhleneingang auf und ab wie ein Gockel. Er schien durch Dolfs Worte nicht abgeschreckt, wie dieser es sich erhofft hatte.

»Du sagst mir, dass ich mir umsonst die Sohlen bis hier raus abgelaufen habe? Kommt schon! Ich habe beobachtet, wie ihr geschuftet und geackert habt. Ganz schön anstrengend, ein Schwein aus seinem Stall zu entführen oder Kartoffeln aus Kellern zu schleppen. Ihr Kerle seid schweißgebadet! Außerdem solltet ihr bedenken, dass drei Paar Hände noch mehr gute Taten vollbringen könnten als zwei. Ein Kleeblatt der Dreifaltigkeit: der Vater, der jugendliche Spross und der Koloss! Die Sommerberger wären euch gewiss überaus dankbar. Was würden sie sagen, wenn ihr eures Stolzes wegen nicht alle retten könntet?«

Der dritte Blickwechsel zwischen Dolf und Heinrich folgte und Grübchen lachte. »Habt euch nicht so! Ihr wisst, dass ich in allen Belangen zupacken kann und nicht zimperlich bin. Ich wäre eine große Hilfe. Jung, schnell, gewitzt. Mehr gute Taten, mehr Leben gerettet, mehr Ruhm für den edlen guten Geist. Mir geht's nur ums Überleben, den Ruhm darf gerne jemand anderes einsacken. Hauptsache, ich werde mal länger als für einen Tag satt. Beute gegen die Manneskraft eines Tagelöhners. Ist doch für beide Seiten ein Gewinn!«

Dolf musste zugeben, dass Vorschultes Vortrag durchaus Berechtigung hatte. Blut kostete Arbeit. Warum sie nicht auf mehr Schultern verteilen und mehr Leuten helfen?

»Also schön«, grummelte er, dieses Mal, ohne Heinrichs Augen zu suchen. Immerhin war es seine Idee gewesen und er würde entscheiden. Er war der … Hauptmann. »Wir sehen uns an, was du kannst. Erst danach entscheiden wir endgültig, ob du passt oder nicht. Kein Wort. Zu niemandem! Nicht mal zu deiner Mutter!«

Grübchen strich sich mit gekreuzten Fingern über das Herz. »Räuberehrenwort.«

Haus Ruhr

So musste es wohl im Himmel aussehen, vermutete Mönkebüscher: sauber, farbenfroh und überall niedliche, fette Engelchen, die Obstkörbe, Palmzweige, Weintrauben oder Füllhörner herumtrugen. Das alles überzuckert mit einer Schicht Gold. Auch hier mutmaßte sein Gendarmenherz, dass es echtes sein würde. Trotz Aufforderung des Dieners, der ihn in diesen Raum geführt hatte, wagte er es nicht, sich auf das Sofa zu setzen, das mit hauchdünner blauer Seide gepolstert war. An seiner Reithose klebte nämlich braunes Pferdehaar und der Geruch von Luises Schweiß, sein liebstes Parfüm, hing in seiner Nase. Für eventuelle Flecken auf der Seide wollte er seinen Monatslohn nicht hergeben müssen. Prüfend sah er an sich herab und wischte über die goldfarbenen Uniformknöpfe, die auf keinen Fall aus echtem Gold getrieben waren. Das leistete sich Preußen nicht für Beamte seines Ranges. Auf einmal erstarrte er, nahm Ähnlichkeit mit den Stuckputten an, die in den Zimmerecken hingen, denn Schritte hallten vor der Flügeltür, die im nächsten Moment mit Schwung aufgestoßen wurde. Ohne nachzudenken, nahm Franz Mönkebüscher Haltung an, obwohl es kein Vorgesetzter war, der den Raum betrat. Über diese Reaktion ärgerte sich der Gendarm in ihm etwas.

»Er ist Mönkebüscher?«

Hätte ein Adler eine Stimme besessen, er hätte sicherlich geklungen wie der stabil gebaute Mann mit grauem, loderndem Haar, der ihn ohne weitere Begrüßung und herablassend wie einen Lakaien ansprach.

»Jawohl, Herr Thalberg.« Er fröstelte unter den kalten Blicken, mit denen der Adler ihn durchlöcherte – als würden seine Klauen ihn packen und der Schnabel ihn zu Tode hacken.

»Ich habe nicht den ganzen Tag Zeit, Herr Gendarm. Was gibt es so Bedeutendes, dass man mir meine Ruhe vor meinen Gästen zum Diner nicht gönnt?« Thalberg ließ sich in einen der Sessel sinken. Er zog ein Taschentuch hervor und wischte sich umständlich die Nase.

»Gestern Abend wurde Herr Uflacker, der Steuerbeamte, in eine Falle gelockt, als er im Dienste Seiner Majestät die fälligen Abgaben einholte.«

»Eine Falle?« Thalberg beugte sich vor. »Wo?«

»In einem Seitenweg. Oben auf dem Sommerberg.«

»Widerliches Rattenloch! Tagelöhner, Hungerleider! An manchen Tagen riecht es selbst hier unten am Fluss nach den verkrachten Existenzen – vor meiner Haustür und der Visitenkarte meines Unternehmens! Ein Skandal, den niemand bei der Regierung sehen will. Ausräuchern sollte man das Dreckspack und ehrbaren Familien das Land da oben zusprechen, damit dort eine vornehmere Gemeinschaft Raum findet.« Thalberg atmete tief durch, tupfte sich die Stirn.

Natürlich wusste Mönkebüscher, dass der Industrielle nahezu jeden Tag zum neuen Werk in Hörde fuhr, in das er investiert hatte. Das wusste jeder. Seit dem Tod des Gründers Piepenstock war Thalberg tiefer dort eingestiegen und trieb mit dem Geld aus der Produktion seine Karriere in der Politik voran. Mit ein Grund, warum Mönkebüscher hier in Habachtstellung stand und Bericht erstattete. Mittlerweile war Thalberg eine Größe, mit der die Politiker bereits rechneten. Die Sommerberger sollten also vorsichtig sein, sich nicht mit ihm anzulegen. Ein reinigendes Feuer war schnell gelegt, vor allem, wenn man im Besitz mehrerer Puddelöfen war, in denen Eisen kochte. Menschen konnten mit einem Fingerschnippen vertrieben werden und neue Werkswohnungen entstehen.

»Was steht Er da wie ein Zinnsoldat? Ich habe Aufgaben, die auf mich warten«, riss ihn Thalberg aus seinen Gedanken.

»Verzeihung.«

»Was gedenkt Er zu tun gegen diesen Fallensteller?«

»Wir haben noch nicht herausgefunden, wer die Grube ausgehoben und die Steuereinnahmen gesto…«

»Jemand hat die Einnahmen gestohlen?« Thalbergs Gesicht lief rot an. »Was ist das für ein Flohzirkus, wo die Flöhe dem Dompteur auf der Nase herumhüpfen?!« Zum Adler vor Mönkebüscher gesellte sich ein trompetender Elefant. »Doch nicht etwa dieses … Christkind? Dieser Geist, von dem mehrfach die Rede war?«

»Das wissen wir noch nicht. Herr Uflacker hat ein Lachen aus dem Wald gehört, gesehen hat er niemanden. Keine Spuren oder Hinweise.«

Mit überraschender Geschmeidigkeit erhob sich Carl Thalberg. Seine Wichtigkeit belebte seinen Körper. »Ich verfolge das bereits seit Weihnachten – und sehe keine Erfolge! Der Geist stört sich nicht an der Gendarmerie. Jeden zweiten Tag sitzt ein anderer Bauer hier und beklagt Verluste, heult mir die Ohren voll! Furchtbare Zustände! Das preußische Militär darf nicht derart vorgeführt werden, Mönkebüscher. Tue Er etwas, und zwar schnell. Ich werde sehen, was ich bei der Regierung bewirken kann. Das ist ja ungeheuerlich!« Mit wenigen Schritten war Thalberg an der Tür und hielt sie ihm auf. »Guten Tag.« Bestimmend schossen seine Brauen gen Haaransatz. Der Gendarm beeilte sich, dieser Aufforderung nachzukommen, und rannte beinahe durch die Tür, wo er sich umdrehte und die Hacken zusammenschlug.

»Guten Tag, Herr Thalberg. Ich werde weitere …«

Die Tür donnerte vor seiner Nase ins Schloss und wie eine nasse Katze blieb Mönkebüscher auf dem Gang zurück. »Mistkerl«, flüsterte er. Er wollte schleunigst von diesem Ort verschwinden. Aber er kam nicht weit, da hörte er ein leises Wimmern, als er den Korridor entlanglief. Von Dienst wegen ohnehin neugierig veranlagt folgte er dem Schluchzen und fand neben einer der Terrassentüren ein Dienstmädchen, das sich an die Wand gelehnt hatte. Die Augen waren verquollen, ihre Garderobe für ihren Beruf unüblich zerknittert und die Haare zerzaust, als hätte sie ein Nickerchen gemacht. Vorsichtig berührte er sie an der Schulter und sie schrie auf, als hätte ihn sie zuvor nicht wahrgenommen, raffte ihr Kleid und fuhr sich über den strähnigen Dutt. Sie versuchte, tiefer in die Ecke zu kriechen.

»Entschuldigen Sie, Fräulein, ich wollte Sie nicht verängstigen. Ich habe Ihr Weinen gehört und wollte nachsehen, was los ist. Geht es Ihnen gut?«

Sie schüttelte den Kopf, korrigierte sich schleunigst und nickte. »Danke«, stotterte sie, »es geht mir gut.«

Mönkebüscher betrachtete sie. Armes Ding. Jung und hübsch. Wahrscheinlich stammte sie aus einfachen Verhältnissen und hatte sich durch die Anstellung mehr Glück im Leben erhofft. Die Eltern stolz, dass sie in einem feinen Haus arbeiten konnte und ihnen nicht mehr auf der Tasche lag. Was das für ein Mädchen bedeuten konnte, wurde in Kauf genommen, denn Familien wollten ernährt werden.

Mönkebüscher hielt sich nicht für einen Sozialrebellen. Trotzdem ging ihm das schändliche Betragen manches reichen Mannes gegen den Strich. Sie waren nicht weniger schlimm als die Kriminellen, welche Händler und Steuerbeamte im Wald ausnahmen. Dennoch nickte er dem Mädchen lediglich zu. Gegen manches Leiden war eben kein Kraut gewachsen – und er war nur ein einfacher Gendarm. Er musste wissen, wem er Loyalität schuldete.

»Bringen Sie lieber alles an sich in Ordnung. Sie sehen ziemlich zerzaust aus«, riet er dem Dienstmädchen und wandte sich ab.

Ohne zurückzublicken, ging er zu den Stallungen, wo Luise auf ihn wartete.

Hannes Herz hatte lange Zeit gepumpt, als wäre sie auf der Flucht. Zum Glück hatten sowohl ihre Tochter als auch ihre Untermieter nicht bemerkt, wie fahrig ihre Bewegungen waren und wie abwesend sie ihren Pflichten nachkam.

Am Nachmittag öffnete sie wie gewohnt den Ausschank, den Dolf in ihrem Haus zur Aufbesserung ihrer Einnahmen eingerichtet hatte. Auf Kundschaft musste sie nicht lange warten. Sie hatte kaum angefangen, nebenbei Gemüse für das Abendessen klein zu schneiden, als jemand auf das Fensterbrett klopfte. Hanne sah zur Uhr. Eine Schicht auf der neuen Zeche war zu Ende, die Kehlen ausgetrocknet von den hohen Temperaturen unter Tage. Sie nahm einen der Krüge mit Bier und ging zum Fenster, von dem aus sie verkaufte. Weiße Augäpfel starrten ihr aus einem schwarzen Loch entgegen, das einmal ein Gesicht gewesen war und nun unter Kohlenstaub verschüttet lag. Unter der Rußschicht steckte ein alter Nachbar, der trotz seines kaputten Rückens jeden Tag in die Tiefe fuhr, um in Hitze und Staub Kohle zu brechen, damit die Feuer der Eisenhütte nicht erloschen. Auch seine Lunge machte ihm zu schaffen. Wie Hanne wusste, war diese durch ein Leben voller Entbehrungen und Arbeit angeschlagen. Er krächzte mehr, als er redete, und räusperte sich am Fenster ohne Unterlass, bevor er überhaupt bestellen konnte.

»Hier, Albert, spül dir erst mal die Kohle aus der Kehle.«

Sie reichte ihm einen Becher und Albert nahm gierig einige große Schlucke. Dann wischte er sich über den Mund und seine Hand hinterließ einen feuchten, hellen Balken in all dem Schwarz.

»Das tut gut.« Er seufzte. »Du siehst erschlagen aus. Warst du an meiner statt auf der Zeche?«, stellte er mit seinem Mundwerk fest, das selten drumherum redete. Das war Alberts stärkste Eigenschaft. Er kam ohne Umschweife auf den Punkt und sah mehr als die meisten anderen Menschen. Hierin ähnelte er Heinrich.

Hanne senkte den Kopf und fixierte ihre Fußspitzen. Das Gefühl, als sie nach der Schatzkiste des Steuereintreibers gegriffen hatte, dieses Pochen, Ziehen und Kribbeln, war schnell abgeebbt und hatte nichts als ein nervöses Ziehen im Magen hinterlassen. Der Anblick des Gendarmen hatte diesem Hochgefühl den Rest gegeben. Doch das konnte sie ihrem Nachbarn schlecht auf die neugierige Nase binden, obwohl sie sich gerne darüber unterhalten hätte.

»Ach, es ist nichts. Die üblichen Sorgen. Ich bin müde«, versuchte sie, Albert abzuwimmeln – was in den seltensten Fällen gelang. Albert war wie ein Rottweiler. Hatte er nach einem Gefühl geschnappt, ließ er nicht mehr leicht davon ab. Er hatte nicht viel Gesellschaft und liebte den neuesten Klatsch. Wäre es für einen Mann nicht unpassend gewesen, hätte Albert sich beim Brotbacken zu den Frauen ins Backhaus gesetzt und ihrem Tratsch gelauscht.

Er legte den Kopf schief. »Du siehst aus, als hättest du einen Geist gesehen.« Wieder schlürfte er sein Bier. »Vielleicht sogar unseren guten Geist! Ihr hättet seinen Besuch mehr als alle anderen nötig. Aber ich fürchte, Wunder kann nicht einmal unser Wohltäter vollbringen.«

Hanne rang um ein Lächeln. Es gelang ihr nicht. »Was uns fehlt, kann keiner geben, außer Gott. Und der hat es uns lieber genommen.«

»Ungerecht, dieser Gott oder die da oben mit ihrer Politik, die über kleine Leute hinwegsieht – falls sie überhaupt jemals ihr Augenmerk auf uns gerichtet hat … Wenigstens einer kümmert sich um uns.«

Hanne wusste, worüber Albert reden wollte, fand in ihrem Herzen jedoch nicht die nötige Ruhe. Sie ließ ihn weitersprechen, ohne etwas zu kommentieren.

»Der Geist tut das. Ohne ihn wären viele längst tot. Ich wüsste zu gerne, wer dahintersteckt. Hätte ich seine Adresse, würde ich mich bei ihm bedanken und mir etwas wünschen, was mir seit Ewigkeiten ausgegangen ist …«

»Was denn?«

»Ich vermisse meinen Tabak – ich weiß, das wirkt seltsam in Zeiten von Hunger und Not. Und bei meiner schwachen Lunge. Aber mir fehlt das Rauchen, den Frieden, den es mir geschenkt hat. Diesen Hauch Luxus, der zur Abwechslung nicht nach Kohle riecht und staubig schmeckt. Leider musste ich meine geliebte Pfeife versetzen.«

Hanne lachte. »Du würdest dir vom Geist Rauchzeug wünschen?«

»Mir bleibt ja kaum eine Freude. Da wird man doch rumspinnen dürfen, oder? Nein, der Mann riskiert Leib und Leben, um uns satt zu bekommen. Da wäre es vermessen, auch nur dran zu denken, sich so etwas wirklich zu wünschen.«

Langsam begann der Jagdrausch, herrlich in ihren Adern zu prickeln. Bei Alberts Worten schauderte es Hanne und eine leise Stimme wisperte ihr zu, dass weitere Abenteuer, weiteres Pochen gleich hinter der nächsten Wegbiegung liegen konnten.

»Gute Wünsche kosten nichts, Albert.« Sie lächelte ihn an und im Gegenzug entblößte sich eine riesige Zahnlücke, in die jede Pfeife bequem gepasst hätte.

»Der Mensch lebt nicht von Brot allein … Weißt du, ich will nicht undankbar erscheinen. Kartoffeln machen satt, gewiss, die Freude kommt hier oben jedoch zu kurz. Überall Mühsal und Trübsinn. Schlechte Stimmung. Wie lange haben wir nicht mehr fröhlich gefeiert? Weißt du noch, das Schützenfest? Oder Karneval? Lange ist's her.«

»Ich weiß, was du meinst, Albert. Du bist nicht undankbar, die Zeit ist es. Wir alle sehnen uns nach etwas Freude in dieser traurigen Welt.«

Albert nickte, prostete ihr mit dem letzten Schluck zu und verschwand ohne weitere Worte hinkend nach Hause.

In Hannes Herz fochten Angst, Mitleid und Wagemut ein wildes Gefecht aus. Dolf hatte ihr erzählt, dass sie ein gutes Versteck gefunden hatten, wo sie die Beute aufteilen und lagern konnten. Ungefähr konnte sie zusammenreimen, wo es sich befinden mochte. Vielleicht konnte sie dort vorbeischauen und mit Dolf und Heinrich sprechen.

Mit einem Blick auf die Straße, die sie wie ein luftleichtes Seidenband zu sich zog, schloss sie die Fensterläden des Ausschanks. Sie konnte ihre Mieter fragen, ob sie kurz auf Alwine aufpassen würden. Von Elsabena hielt sie sich lieber fern, weil diese seit jeher einen guten Riecher für Gerüchte oder die Geheimnisse ihrer Schwester gehabt hatte. Hanne wollte nicht riskieren, dass Dolf – und auch sie selbst – zwischen Elsabenas Fänge geriet.

Noch war es hell genug, dass sie sich zutraute, die von Dolf beschriebene Stelle im Wald zu finden. Die Bezeichnung »Räuberhöhle« vermied sie selbst in ihren eigenen Gedanken.

Es tat gut, nach all der Arbeit und der Anspannung durch den aufblühenden Wald zu gehen, Waldmeister zu riechen und die Vögel bei ihrer Brautwerbung belauschen zu können. Hellgrün kehrte das Leben zurück und erfrischte ihre Seele nach einem langen Winterschlaf. Das Trällern löste wie eine Zauberflöte den verbliebenen Rest des Lehmklumpens, den die Trauer um den kleinen Adolph in ihrem Inneren geformt hatte. Daran hatte der Ruf der Straße bislang kaum etwas geändert. Hanne atmete tief durch, sodass die erdige Luft in ihre Brust strömte und sie sogar einen erleichterten Seufzer ausstieß. Ihr Sohn würde immer bei ihr sein, solange sie nicht aufgab und weitermachte, um anderen dieses Leid zu ersparen. Das sollte sein Vermächtnis für sie sein.

Wenn man wusste, wo man suchen musste, war es einfach, den alten Holzrückpfad abseits der Chaussee zu finden. Andernfalls würde einem unbedarften Wanderer die winzige Lücke im Gestrüpp kaum auffallen. Büsche strebten den niedrigen Ästen entgegen, sodass sich sogar mit dem lichten Laub des Frühlings eine Wand aus Grün über die Rinnen im Boden erhob. Eine undurchdringliche Mauer aus Brennnesseln, Dornen, Ästen und Blättern.

Hanne musste lächeln. Sie erinnerte sich an ihre Kindheit, als ihre Großmutter oft das Märchen von Dornröschen erzählt hatte, die hinter einer solchen Wand auf den erlösenden Kuss wartete. Würde auch Hanne einen Prinzen brauchen, der sich für sie auf dem Weg der Erlösung durch die Dornen kämpfte? Oder musste die Prinzessin wohl einmal den Prinzen retten? Bei dieser Vorstellung prustete sie los und wischte sich Lachtränen aus den Augenwinkeln. Vielleicht war Dolf die Prinzessin, die gerettet werden musste. Aber was für eine holde Maid gab ihr Fuhrmann ab – mit dunkler Wuschelmähne, kräftigen Oberarmen, behaarter Brust und kratzigem Vollbart.

Zwischen dem Gebüsch erschien ohne Vorwarnung ein Gesicht und Hanne schrak aus ihren Fantasien auf. Ihr Herz, das eben noch köstlich amüsiert gewesen war, hämmerte wie ein Schmiedehammer auf ihre Nerven. Schwarze Schleier der Angst lagen über ihren Augen, bis sich das Gesicht ins Licht schob.

»Hanne?« Es war ihr Riese Heinrich, der sich aus den Schatten löste und ihre Hand ergriff. »Was tust du hier?«

Langsam beruhigte sich ihr Körper. »Du hast mich erschreckt, Wächter der Dornenhecke! Ich muss mit Dolf sprechen, darum bin ich gekommen. Er hat mir den Weg beschrieben.«

»Hier sind kaum Dornen. Trotzdem ist das nichts für Frauen! Stell dir vor, die Gendarmen wären dir gefolgt!«

»Warum sollten sie einer Frau eher folgen als euch Gaunern?« Sanft legte sie ihm die Hand auf den Unterarm, wobei sich seine Muskeln merklich anspannten. »Du musst euren Turm nicht vor mir verteidigen, freundlicher Wächter. Ich gehöre doch zu euch.«

Heinrich betrachtete mit gesenktem Haupt intensiv seine Stiefel, trat von einem Fuß auf den anderen und runzelte die Stirn. »Bist du in ein Buch dieser Grimms gefallen? Ich weiß, dass du auf unserer Seite bist. Aber …«

Hanne lachte. »Jaja, Dolf will, dass du mir das ausredest, um mich zu beschützen. Männersache.«

Stumm nickte der Koloss, sah sie nicht an, obwohl Hanne versuchte, seinen Blick aufzufangen.

»Mir passiert schon nichts. Ich weiß, was ich tue. Schließlich bin ich mit der Falle für den lieben Herrn Uflacker durchgekommen.«

Heinrichs Kopf schnellte nach oben. »*Du* warst das?«

Sie nickte. »Die Trine hat mich um Hilfe gebeten, da konnte ich nicht Nein sagen.«

Neben ihnen knackte es im Unterholz und wie ein Waldgeist tauchte Dolf zwischen ihnen auf. Wenn er es gewollt hätte, wäre er lautlos zu ihnen gekommen, das war allen bewusst. Aber er hatte sie vorbereiten wollen.

»Du? Du hast den Steuereintreiber hochgenommen?« An dem Tonfall in seiner dunklen Stimme hörte Hanne seine

Begeisterung heraus. Dolf strahlte und musterte sie vom Scheitel bis zur Sohle, als hätte er sie nie zuvor gesehen. Sein Blick kribbelte auf ihrer Haut und ihr Herz erinnerte sich an die Zeit ihrer großen Liebe. »Respekt, Weib!«, sagte er mit einem breiten Grinsen. »Komm, ich zeig dir, was wir gefunden haben.«

Wie ein waschechter Kavalier streckte Dolf ihr seine Armbeuge hin, sein Grinsen blieb das freche eines Fuhrmannes.

»Wo hast du dir das abgeschaut, Herr Mohr?«, neckte sie ihn und er lachte kehlig.

»Ich habe bei einem Offiziersball bedient. Madame belieben, mir zu folgen?«

Wie eine scheue Dame schlug sie die Augen nieder und knickste übertrieben. Ihr gefiel dieses Spiel – es passte zu ihrem Märchen. »Monsieur!«

Zum ersten Mal seit Monaten lag so etwas wie Heilung im lichten Band des Frühlings, das über ihre Köpfe zog und ihre Herzen mit Wärme füllte. Es zog Hanne nicht mehr weiter fort, sondern hatte sie zu dieser Stelle geführt.

In der Haltung eines Großgrundbesitzers führte Dolf sie zum neuen Versteck.

Heinrich bohrte die Stiefelspitze in den Boden, schabte damit Laub zur Seite und seufzte. Dann folgte er den Mohrs schweigend. Er hatte befürchtet, Hanne nicht lange fernhalten zu können. Jetzt waren es schon zwei, auf die er achtgeben musste.

»N'Abend, Frau Mohr!« Grübchen riss sich die Kappe aus blauem Tuch vom Kopf und sprang auf die Füße. Verlegen drehte er sie zwischen seinen Fingern. Er behielt sie stets bei sich, ließ sie kaum aus den Augen, als wäre sie eine kostbare Pelzkappe.

»Guten Abend, Herr Vorschulte. Ich hatte niemanden hier erwartet.« Hanne blickte betreten zu ihrem Mann auf.

Die Überraschung, einen weiteren Mann hier vorzufinden, konnte keine Höflichkeit übertünchen.

»Wilhelm unterstützt uns, damit wir mehr Menschen helfen können«, erklärte Dolf. »Jede weitere Hand ist von Nutzen.«

Sprachlos neigte Hanne den Kopf. Sie hatte es nicht kommen sehen, dass einige Kartoffeldiebstähle solche Blüten treiben konnten. Auch sie hatte ihren Teil dazu beigetragen.

Leider kannte sie Vorschultes nicht gerade einwandfreien Ruf und fragte sich, warum Dolf, der ihn ebenso kannte, diesen stadtbekannten Kleinkriminellen in seiner Nähe duldete. Grübchen war bekannt dafür, alles mitgehen zu lassen, was nicht niet- und nagelfest war. Danach versoff er das ganze Diebesgut. Es wurde gemunkelt, dass er noch andere krumme Geschäfte machte, da er Geld in der Tasche hatte, ohne einen Finger dafür gerührt zu haben. War es nicht ein Fehler, einen solchen Gauner dabei zu haben? Die Gendarmen würden gewiss umso schneller auf sie aufmerksam werden.

»Komm, ich zeig dir die Beute. Danach können wir gemeinsam überlegen, wer am dringendsten beliefert werden muss. Du hast die Ohren näher am Herz des Sommerbergs«, lenkte Dolf sie von ihren Gedanken ab.

Hanne blinzelte hinüber zu Heinrich, der mit den Schultern zuckte.

Beinahe vergessen waren ihre Bedenken, als sie gebückt die Höhle mit Dolf an ihrer Seite betrat. Darin stapelten sich Säcke mit Kartoffeln, aus Körben quollen geräucherte Würste als lange Ketten. Ihr salziger und rauchiger Geruch trieb ihr den Hunger auf die Zunge. Zwiebeln lagen zu Sträußen gebunden in einer anderen Ecke. Neben dem Eingang waren andere, markierte Säcke, deren Inhalt sie nicht ausmachen konnte.

»Was ist denn da drin?«, fragte sie.

»Das hat uns der Bauer Wilmsmann gespendet. Sein bestes Getreide.«

Hanne fuhr der Schreck in die Glieder. »Aber das ist sein Saatgut, Dolf!«

»Na und?« Dolf sah sie mit großen Augen an. »Ob ich ihn jetzt vor oder nach der Ernte etwas erleichtere ...«

Hanne stapfte auf ihn zu. Am liebsten hätte sie ihm wie einem unverschämten Kind eine Ohrfeige gegeben, mühsam beherrschte sie sich jedoch. Sie nahm sein Gesicht in ihre Hände, zwang ihn, sie anzusehen. »Wenn der Mann all sein Saatgut verliert, wird es keine Ernte geben. Für niemanden. Dadurch linderst du die Not nicht, sondern verschärfst sie.«

Dolf rieb sich den Nacken und räusperte sich. »Ich muss zugeben, dass das zu kurz gedacht war. Große Dummheit.«

»Bring es zurück!«

»Bitte? Hast du eine Ahnung, wie schwierig es war, es zu holen, ohne erwischt zu werden? Der Wilmsmann ist aus einem anderen Holz geschnitzt als der Overbeck. Stark wie seine Ochsen im Stall! Jetzt verlangst du, dass ich es zurückbringe und riskiere, dabei geschnappt zu werden?«, fragte er und starrte sie an. »Das kannst du nicht wollen!«

Hanne verschränkte die Arme vor ihrer Brust und tippte mit dem Fuß auf.

Gegenseitig sahen sie sich in die Augen, ihre Blicke verschlangen sich ineinander wie bei zwei Katzen, die stumm ausfochten, wer das Sagen hat. Laut schien die Zeit von den Bäumen widerzuhallen, eindringlicher zu vergehen und sich nicht wie üblich still und leise aus dem Leben zu stehlen.

Nach langem Schweigen knickte Dolf ein und seufzte. »Na schön. Du hast recht. Ich mache meinen Fehler ungeschehen. Aber wenn ich auffliege, trägst du die Verantwortung für alles, was geschieht.« Er ließ sich auf Wilmsmanns Säcke fallen. »Bequemer als unser Bett. Schade drum.«

Bei seiner Einsicht und seinem Anblick stieg in Hannes Rücken ein Prickeln auf, das der Frühling über das Land ausgoss. Eine kitzelnde Wärme, die wie ein goldener Regen unter der Haut entlanglief. Sie bewunderte seinen Mut, so etwas für sie zu tun. Auf sie zu hören und ihren Worten Wert beizumessen. Das hatte sie in den letzten Monaten vergessen. Sie setzte sich neben ihn, zögerte, umfasste seine Finger und streichelte sie. Zum ersten Mal seit Adolphs Tod riss der Eispanzer um ihr Herz auf, zum ersten Mal war das Loch, in dem ihre Trauer wie eine eiternde Wunde jaulte, nicht mehr so bodenlos. Nach dem ersten Kartoffelraub hatte sie ähnlich empfunden, doch der Frühling taute ihre Schwermut endlich vollends ab.

Vorsichtig, um die zarte Wärme nicht abreißen zu lassen, lehnte sie sich an Dolfs Schulter. Es fühlte sich an, als sei ihr Fels zurück, der ihr Halt geben würde. Wenn sie das Bett miteinander geteilt hatten, war es stets Dolf gewesen, der sie hatte spüren lassen, dass er mehr wollte, als nur erschöpft neben ihr einzuschlafen. Seine Hände hatten den Anfang gesucht, hatten sich auf ihre Hüften geschoben und waren unter den Stoff ihres Nachthemdes geschlüpft, hatten sie an seinen Körper gezogen und etwas von ihr gefordert.

Hanne sah auf diese Finger hinunter, die von ihr gehalten in ihrem Schoß ruhten. Sie wusste nicht, woher ihre Kraft kam, aber sie rutschte zu ihm, schlang ihre Hände um seinen Nacken und küsste ihn auf den Mund. Seit dem ungestümen Kuss beim Schützenfest war es selten vorgekommen, dass sie die Führung übernahm. Sein Bart kitzelte auf ihrer Haut. Er zog sich nicht zurück, sondern ließ es geschehen. Sanfter, als sie es gewohnt war, erwiderte er ihre Berührung. Freier spielte ihre Zunge über seine Lippen und ihre Hände glitten auf seinen Rücken, spürten seine Muskeln tanzen. Sie zog sich auf seinen Schoß und schmiegte sich an ihn. Sein Herzschlag hämmerte gegen ihre Brust.

»Es tut mir leid«, murmelte sie zwischen zwei Küssen. Eigentlich wollte sie nicht sprechen, doch die Worte, längst überfällig, sprudelten einfach aus ihr heraus und drängten sich in ihre Leidenschaft.

»Ständig wollen Frauen reden«, erwiderte Dolf und sein Mund zog sich unter ihren Lippen in ein Lächeln.

»Ich will nur, dass du weißt, dass es nicht deine Schuld war. Diese Diebe, die die Grausamkeit in unser Haus gebracht haben, tragen die Verantwortung für das Unglück. Nicht du.«

Seine Augen funkelten. »Mir tut auch vieles leid, mein Herz. Meine Müdigkeit, meine Abwesenheit, mein Schweigen … Ich glaube, zum Geist zu werden, kann manchmal ein Leben retten.«

Leise lachte Hanne auf, streichelte seinen Hals und ließ ihre Hände zwischen den Knöpfen seines Hemdes verschwinden, strich über seine Haut, die unter ihrer Berührung bebte und nicht das Einzige war, was sich regte. Sein Pochen echote in ihr fort.

»Wollen wir nach Hause?«, fragte er und küsste sie. Seine Hände schoben den Saum ihres Rockes höher und seine Finger spielten auf ihrem nackten Oberschenkel.

Hanne beugte sich zu seinem Ohr, biss neckisch hinein. »Willst du wirklich so lange warten?«

Er kniff die Augen zusammen, blinzelte über ihre Schulter aus der Höhle. Leise drangen Grübchens und Heinrichs Stimme herein, sie schienen aus größerer Entfernung zu kommen.

»Warten will ich eigentlich nicht«, antwortete er und schob in einer fließenden Bewegung ihren Rock weiter nach oben, bis zu ihrer Hüfte. Kurz versuchte sie, ihn davon abzuhalten. Gedanken kreiselten in ihrem Kopf, was Heinrich oder Vorschulte denken mochten. Und ob sie selbst bereit war. Im nächsten Moment war er über ihr und sein Arm hielt sie in ihrem Rücken, legte sie sanft zurück auf die Getreidesäcke und streichelte ihre widerstrebende Hand zur Seite. Seine Wärme hüllte sie ein, ein Kuss berührte ihre Lippen und sie gab ihm nach. Der Teil ihrer Seele, der abgestorben, schwarz und verdorrt in ihr geschwelt hatte, verließ ihren Körper. Der Teil der Seele einer Mutter, die wütend und verzweifelt über den Tod ihres Kindes nach allen Seiten ausgeschlagen hatte. In ihren Ohren rauschte das sanfte Knistern des Saatguts, das neues Leben hervorbringen würde.

»Wenn du das Getreide zurückbringst, schau mal, ob du für den alten Albert nicht etwas Rauchzeug finden kannst«, flüsterte sie ihm ins Ohr, und er biss ihr leicht in die Beuge ihres Halses, sodass sie durch das Kitzeln beinahe laut gequietscht hätte. Wie befreiend es sich anfühlte! Das verkohlte Bruchstück ihrer Seele schwebte in die erdige Luft der Höhle davon.

»Nun halte mal deinen Mund, mein wildes Räuberweib. Dein Hauptmann verfolgt gerade andere Pläne, als über Rauchzeug für einen Greis nachzudenken«, brummte er, allerdings hörte sie sein Grinsen darin mitschwingen.

Bei der nächsten Bewegung seiner Hände hatte Hanne den alten Albert vergessen und verbannte ihre Gedanken in die Dunkelheit tief in ihr. Dolfs Licht, seine Liebe füllte sie aus und endlich konnte sie es genießen, eine Ehefrau, eine Frau zu sein.

Alte Freundinnen

Sommer 1847

Die Frau, die den Hof der Mohrs betrat, tippelte eher, als dass sie ging. Insgesamt wirkte sie wie ein Kaninchen, das mit angelegten Ohren im Gras kauert. Sie hielt den Kopf gesenkt und strich sich ständig über ihre Jacke, wie Hanne durch das Fenster beobachten konnte. Die Besucherin hatte eben die Faust zum Anklopfen erhoben, da öffnete Hanne bereits die Tür. Erschrocken riss die Frau die Augen auf und stolperte einen Schritt rückwärts. Ihr Mund klappte nach unten, als Hanne aus dem Haus trat und sie in eine Umarmung zog.

»Margarethe, was machst du hier?«, begrüßte sie ihre Freundin.

Statt Worten flossen sofort Tränen. Hanne hörte ihr Schluchzen, schob sie leicht von sich weg und strich ihr über die Wangen.

»Ist etwas passiert? Komm erst mal rein.« Sie umfasste die Schultern ihrer Freundin und führte sie über die Schwelle ins Haus.

»Setz dich. Du zitterst ja, dabei ist es draußen warm.«

»Draußen schon«, presste die Frau zwischen den Zähnen hervor, die aufeinanderklapperten. Sie tippte auf ihre Brust. »Hier drin nie mehr.«

Hanne ging zum Vorratsschrank, um ihr etwas zu trinken zu holen, und zog eine der Flaschen mit der sattroten Flüssigkeit heraus.

Zurück am Tisch schenkte Hanne ungefragt ein. »Johannisbeere. Trine liebt das. Nimm einen Schluck, Margarethe.« Sie beobachtete, wie stark die Flüssigkeit im Glas Wellen schlug, als Margarethe es anhob und an die Lippen setzte. »Also, was ist geschehen?«

Beruhigend streichelte sie ihrer Freundin den harten, knochigen Rücken und unter ihren Fingerspitzen ebbte das Zittern ab.

Eigentlich hatte Hanne es eilig und mit einem kurzen Blick aus dem Fenster vergewisserte sie sich, dass es noch nicht dämmerte. Die Tage waren lang, sie konnte also Zeit für Margarethe erübrigen, bevor sie sich auf den Weg machen musste. Dolf und Heinrich warteten zwar beim Versteck auf sie, aber für Hanne war es selbstverständlich, sich um eine Freundin zu kümmern, wenn diese betrübt bei ihr Hilfe suchte – vor allem, nachdem der Kontakt seit Hannes Weggang vom Haus Ruhr gewissermaßen abgerissen war. Was konnte Margarethe nach all der Zeit von ihr wollen? Eine düstere Ahnung, die Hanne seit dem Beginn ihrer Ehe plagte, schob sich als Sturmfront in das Zimmer und verdunkelte den Sommertag. Margarethe stand nämlich, anders als Hanne, noch immer als Hausmädchen in den Diensten Thalbergs.

Ein wenig selbstsicherer griff die Besucherin zur Flasche, schenkte sich ein zweites Glas ein und stürzte es herunter, wobei sie das Gesicht verzog.

»Danke, Johanna. Entschuldige, dass ich hereinplatze.« Ihre Mundwinkel zuckten, doch dieses Mal beherrschte sie sich und schluckte die aufsteigenden Tränen mit dem scharfsüßlichen Geschmack des Johannisbeerschnapses hinunter. Die Worte schienen ihr im Hals festzustecken und ihr Qualen zu bereiten. »Du kannst froh sein, dass du heiraten konntest«, stieß sie gepresst hervor und füllte das Glas erneut auf. »Ich habe niemanden, der mich beschützt. Meine Eltern sind weit weg und ein anderer Beschützer will und will nicht auftauchen. Mit Dolf hattest du damals richtiges Glück! Mir bleibt das verwehrt.« Margarethe starrte auf die Tischplatte und fuhr mit ihren Fingern die Holzmaserung nach.

Hannes Ahnung bewahrheitete sich also. »Ist er nur aufbrausend oder …?« Selbst als ehemalige Anstandsdame wagte Hanne kaum auszusprechen, was Thalberg tun konnte. Sie schmeckte die widerliche Süße einer Zuckerstange sauer an ihrem Gaumen aufsteigen und würgte sie zurück in ihre Magengrube.

Auch das dritte Glas stürzte Margarethe herunter, knallte es auf den Tisch und ließ es zwischen ihren Fingern auf dem Holz tanzen. »Seit du fort bist, ist er barsch, wütend und kennt keine Grenzen mehr. Schlimmer als früher – kannst du dir das vorstellen? Stets ist er übel gelaunt und man kann ihm nichts recht machen. Der Küchenjunge hatte wochenlang einen purpurnen Rücken, weil er eine Schüssel des Meissener Porzellans hat fallen lassen. Du weißt schon, dieses lächerlich teure Porzellan, auf das der Thalberg stolz ist. Jeder kriegt ab und an einen Schlag in den Nacken, aber auf mich hat er es besonders abgesehen.«

Margarethe schluchzte auf und wollte wieder nach der Flasche greifen, Hanne legte ihr jedoch die Hand auf den Arm. »Mehr davon und du kippst mir um. Oder man riecht den Alkohol auf der Arbeit. Das gäbe nur noch mehr Ärger.«

Schniefend nickte Margarethe. Ihre Augen wirkten fast schwarz vor Kummer. »Erst waren es Freundlichkeiten, kleine Gesten. Von seinem Lieblingspunsch hat er mich heimlich kosten lassen, den aus diesen seltsamen Früchten.«

»Ananas«, sagte Hanne und schüttelte sich bei der Erinnerung, dass ihr Ähnliches widerfahren war.

»Das war schön. Anfangs dachte ich, ich mache meine Arbeit gut und dass er mich loben will. Als Nächstes hat er mich an der Schulter berührt, wie zufällig, und mich gestreichelt oder mein Haar um seine Finger gewickelt, wenn ich Staub gewischt habe. Eines Morgens ist er von hinten an mich herangeschlichen und ist über meinen Rücken gefahren, von den Schultern bis runter zum … und hat mich gekniffen.« Margarethes Augen weiteten sich. »Und das nicht nur leicht. Ich hatte einen riesigen blauen Fleck. Irgendwann habe ich aufgehört zu zählen, wie oft das vorkam – ich war überall blau. Und dann, vor ein paar Wochen …« Ihre Worte brachen ab und Margarethe schlug die Hand vor den Mund, biss sich in den Handballen, wie um sich zum Schweigen zu bringen. Tränen strömten ihr über die Wangen. Ihr ganzer Körper schwankte wie bei einem Erdstoß.

Hanne rang mit Wut und Mitleid, schlang die Arme um Margarethes Schultern und versuchte, ihr Halt zu geben. Sie spürte Margarethes Hände auf sich brennen, sich festklammern.

»An dem Tag war ein Gendarm im Haus! Er hat mich weinen sehen und mit mir gesprochen, ist allerdings einfach weggeritten, ohne etwas zu unternehmen!«

Hanne rückte etwas von ihr ab und schob ihre Hand behutsam unter Margarethes Kinn, um es anzuheben. »Wie furchtbar … Diese aufgeblasenen Männer glauben, sie könnten sich alles erlauben. Sie meinen, dass wir ihnen gehören, weil wir arme Frauen sind. Freiwild für die hohen Herren, seien sie nun adelig oder neureich. Niemanden interessiert es, ob wir angefasst oder geschlagen werden oder eines Tages tot in der Gosse liegen.« Sie stand auf und lief auf und ab, trommelte mit ihren Fingern gegen das Kinn. »Wir dürfen uns nicht von dieser Machtlosigkeit beherrschen lassen. Ich lasse mir etwas einfallen. Mit meinem ehemaligen Dienstherrn habe ich ohnehin noch eine Rechnung offen.«

Ein letztes Mal schniefte Margarethe und wischte sich mit dem Handrücken über die Augen. »Was können wir schon tun, Hanne? Das kostet uns die Anstellung, den Ruf oder sogar das Leben.«

»Als Erstes erzählst du mir, was gerade in Thalbergs Haus vor sich geht. Dann sehen wir weiter. Ich bin nicht fertig mit diesem Mann.«

Dolf lag lang ausgestreckt auf dem Boden. Seinen Kopf hatte er in die linke Hand gestützt, der Ellenbogen ruhte auf einem Baumstamm. Dort wartete er seit mindestens einer Stunde und fragte sich allmählich, was Hanne davon abhielt, pünktlich zu ihren Verabredungen zu erscheinen. Schließlich war es *ihr* Wunsch gewesen, bei einem ihrer Hausbesuche dabei zu sein. Im Gras neben ihm dösten Heinrich und Grübchen und es war Dolf peinlich, dass seine Frau vor seinen Männern nicht so spurte, wie man es sich als Ehemann vorstellte. Ab und an verfluchte er es, dass er sich nicht für die gefügigere Elsabena entschieden hatte, sondern für die rebellischere der beiden Schwestern. An anderen Tagen genoss er es allerdings, dass Hanne ihm Entscheidungen und Arbeit abnahm, ohne auf seine Meinung zu warten. Aber das hier war und blieb demütigend. Er stemmte sich hoch, dehnte die Muskeln, strich sich die dunklen Haare zurück und griff nach seinem Hut. Er war die Warterei leid.

Mit halb geschlossenen Augen sah Heinrich zu ihm auf.

»Frag nicht. Ich gehe sie suchen. Nicht dass ihr etwas geschehen ist.«

Seit dem Überfall in ihren eigenen vier Wänden war Dolf besorgt, dass es erneut jemand wagen würde, seine Familie zu bedrohen.

»Soll ich mitkommen?« Heinrich kannte diese Befürchtungen und richtete sich ebenfalls auf.

Dolf schüttelte jedoch den Kopf. »Lass mal. Ihr geht voraus und wir treffen uns dort. Mit dem Wagen bin ich sowieso schneller als ihr zu Fuß.« Mit wenigen geübten Handgriffen löste er den Strick, womit er die Pferde angebunden hatte, und führte sie zum Anspannen vor den Wagen.

»Weiber«, murmelte Grübchen in seine blonden Bartstoppeln.

Heinrich warf ihm einen warnenden Blick zu. »Halt dich da raus, Vorschulte. Für das, was wir uns vorgenommen haben, bleibt jede Menge Zeit.«

»Ich wünschte bloß, wir müssten nicht auf Dolfs Alte warten, sondern hätten mehr starke Männerhände, die richtig zupacken können. Dermaßen strebsam und anstrengend habe ich mir das Leben als Wohltäter nicht vorgestellt«, grummelte Grübchen und ließ sich zurück ins Gras sinken.

Ohne Vorwarnung stand Heinrich im nächsten Moment über ihm, riss ihn auf die Füße und versetzte ihm einen Faustschlag in den Magen. Ächzend klappte Grübchen zusammen.

»Du lebst nicht schlecht von deinem Anteil, Vorschulte, also halt deine Klappe! Derart redest du nicht über Hanne!« Der Tonfall aus Heinrichs großem Resonanzkörper hätte eine Lawine zum Stehen gebracht.

Ebenso schnell hob Grübchen die freie Hand, mit der er sich nicht den Bauch hielt, und kapitulierte. »Ich habe nichts gesagt! Dolf ist unser Hauptmann, er entscheidet«, japste er, das Kinn auf der Brust.

Von unten betrachtete er die beiden Männer, die ihm körperlich überlegen waren. Gewiss war er nicht begeistert über diese Maßregelung. Was genau in seinem Kopf vorging, konnten sich der Hauptmann und sein Freund aber nur ausmalen.

Dolf warf Heinrich einen Blick zu und der bestätigte mit einem Nicken. Er konnte sich darauf verlassen, dass sein Freund auf den Querulanten achtgeben würde. Eine helfende Hand, mehr war Grübchen nicht für sie.

Dennoch liebte Dolf das wasserfallartige Kribbeln in seinem Rückgrat, das ihn beim Wort »Hauptmann« durchströmt hatte. Er war endlich jemand, der etwas zu sagen hatte, der Befehle erteilte. Jemand von Wichtigkeit. Jemand mit einer Aufgabe. Jemand mit Macht.

Grübchen mochte schwierig und schwer durchschaubar sein, doch er brachte ihm die richtige Einstellung entgegen und packte tatkräftig mit an. Nur darum duldete er ihn.

Dolf tätschelte seine Pferde, die brav ins Geschirr gegangen waren, und kletterte auf den Bock. Ohne weitere Worte schnalzte er und ließ seinen Wagen über den Hohlweg davonrumpeln, der ihn zu seinem Kotten führen würde.

Auf der Chaussee kam er nicht weit, denn zwei junge Frauen blockierten untergehakt die Durchfahrt. Gebeugt kämpften sie sich unter ihren schweren Kiepen vorwärts und setzten ihren Weg fort, als hätten sie das Klappern der Pferdehufe nicht gehört. Wie wagemutig, allein durch den Wald zu gehen, überlegte Dolf. Immerhin wären sie leichte Beute für solche Gestalten wie jene, die in sein Haus eingedrungen waren. Sich selbst sah er als andersartigen Räuber, er tat Gutes und hatte nichts mit diesen zerlumpten und gewalttätigen Kerlen gemein.

Dolf musterte die Frauen, sie waren ihm nicht bekannt, kamen wahrscheinlich von weiter her, vielleicht aus der Stadt. Offensichtlich kannten sie die Geschichten über den guten Geist, den Räuber vom Sommerberg, gar nicht, obwohl er in der Zeitung gestanden hatte. Ohne die Nennung seines Namens natürlich. Grübchens dahingesagtes »Hauptmann« mischte sich in seine Gedanken. Der Drang, sich als Räuber zu zeigen, wuchs mit jedem Tag, aber war der richtige Zeitpunkt wirklich schon gekommen, der Öffentlichkeit seinen Namen und sein Gesicht zu geben? Er war kein Mann der Pläne, er würde sich von seinem Gefühl leiten lassen. Vielleicht bei diesen beiden Frauen.

»Guten Tag, die Damen. Ich müsste dringend nach Hause«, grüßte er und die beiden zuckten zusammen.

Sie drehten sich halb zu ihm um und er sah in weit aufgerissene Augen. »Entschuldigung, wir gehen zur Seite«, murmelte die Kleinere. Sie quetschten sich an den Wegrand, um ihm Platz zu machen.

Dolf war mit seinem Wagen beinahe an ihnen vorbeigezogen, als er ihn leicht zur Seite lenkte und seinerseits den Weg versperrte. Er hielt die Pferde an, sah sich um und erkannte bleicher werdende Gesichter, die nichts so recht damit anzufangen wussten, warum er nicht einfach weiterfuhr. Noch mehr Schweißperlen als zuvor traten zur Blässe hinzu und die Fingerknöchel, die um die Trageriemen der schwer aussehenden Kiepen gekrallt waren, traten weiß hervor. Einen Augenblick weidete er sich an ihrer Angst, die er bis auf den Bock hinauf förmlich riechen konnte.

Dolf lächelte. »Kann ich den Damen eine Mitfahrgelegenheit anbieten? Wir scheinen in die gleiche Richtung zu wollen.«

Die Augen der Frauen wurden noch größer. Amüsiert beobachtete Dolf, wie sie unsichere Blicke tauschten und sich stumm darüber stritten, was sie tun sollten.

Die Kleinere zuckte mit den Schultern. »Das ist sehr nett, aber …«

Ihre Begleiterin stieß sie mit dem Ellbogen und unterbrach sie damit. »Danke. Das wäre in der Tat sehr freundlich, langsam dämmert es ja schon.« Die größere der beiden Frauen sprach mit einer dunklen und beherrschten Stimme, die kaum Gefühle oder ihr Alter erahnen ließ. Ihr Gesicht wurde von einer fleckigen Haube in Schatten gehüllt.

»Springen Sie hinten auf, wenn Sie nicht vorne bei mir sitzen wollen, und rufen Sie, wenn ich halten soll«, erleichterte er ihnen die Entscheidung.

Ein erneuter Blickwechsel, dann ging die Zögerliche zum hinteren Teil des Fuhrwerks, während die andere zu ihm hochkletterte, nachdem sie ihre Kiepe hinaufgewuchtet hatte. Vorsichtig hob Dolf ihre Last für sie hinter den Bock auf die Ladefläche, Argusaugen beobachteten ihn dabei.

Als der Korb verstaut war, schenkte ihm die Frau ein schüchternes Lächeln. »Wir sind Ihnen sehr dankbar. Besser schlecht gefahren als gut gelaufen, pflegte meine Großmutter stets zu sagen.«

Dolf vernahm ein deutliches Schnauben im Rücken. Für die Zögerliche war das wohl zu viel Höflichkeit und Vertrautheit gegenüber einem Fremden.

»Keine Ursache.« Er schnalzte und Meta und Grete zogen an.

»Ist es denn wahr?«, fragte die Frau neben ihm ohne Vorwarnung und überließ es Dolf, den Gegenstand ihrer Frage zu erraten.

Er räusperte sich, hatte eine vage Vermutung, worum es ging, und schmunzelte. »Was denn?«

Sie knibbelte an ihren Fingernägeln, die kurz und ausgerissen waren. Ein schwarzer Rand hatte sich unter ihnen abgesetzt. Deutliche Zeichen, dass er zwei Arbeiterinnen vor sich hatte.

»Na ja, dass es in diesem Wald nicht mehr sicher ist. Es soll, wie man hört, Überfälle auf Reisende gegeben haben. Die Händler, die hier vorbeimüssen, murren in der Werkstatt unseres Meisters.«

Dolf lächelte. »Von den Überfällen weiß ich.«

»Haben Sie gar keine Angst, dass Ihnen als Fuhrmann etwas zustoßen könnte? Sind Sie sind den Räubern schon begegnet?« Aufmerksam lagen die Augen der Arbeiterin in einem grünen Schimmer der Neugierde auf ihm.

Er schüttelte den Kopf. »Das kann ich nicht sagen, jedenfalls ist mir noch nie was passiert.«

Dolf hörte ihren erleichterten Seufzer. Die Frauen fürchteten sich vor dem Weg durch den Wald. Dabei hätte er ihnen niemals Leid angetan. Selbst wenn er auf Beute aus gewesen wäre, wären sie nicht die Richtigen dafür gewesen. Aber wer wusste, was die reichen Händler über ihn erzählten? War nicht bekannt, dass er nur Gutes im Sinn hatte? Wahrscheinlich war er für sie kein guter Geist, sondern ein Schreckgespenst, das sich an armen, unschuldigen Jungfrauen verging. Das Kribbeln wich aus seinem Bauch. Kein Name heute.

»Sie und Ihre Begleiterin sind sicher auf meinem Wagen. In meiner Gegenwart wird Ihnen kein anderer Räuber begegnen, das verspreche ich Ihnen.« Er grinste über beide Ohren.

»Das hoffe ich.« Sie seufzte erneut. »Nicht auszudenken, wenn der Räuber mir die Waren abgenommen hätte! Mein Dienstherr prügelt mich grün und blau, wenn ich ihm sein Zeug nicht zum Markt bringe.«

»Sie machen sich mehr Sorgen um die Ware als um Ihre Unversehrtheit?«, fragte Dolf ehrlich beeindruckt. Definitiv nicht die Richtigen für einen Überfall.

Kleine Leute, denen das eigene Leben nicht so wichtig war wie das Auskommen durch ihre Arbeit. Sie hätten vom Sommerberg stammen können. Solchen Menschen nahm er bestimmt nichts ab, selbst wenn sie den Besitz ihres reichen Meisters bei sich trugen. Sie waren es nicht, denen er Angst machen wollte. Vielmehr musste er sie schützen.

»Ich bin nichts wert. Zumindest sagt man mir das ständig. Zum Schleppen tauge ich, meint der Meister, zu sonst nichts. Wenn mich also ein Räuber erwischt, ist das nicht von Bedeutung. Lieber mein Blut vergießen als die kostbaren Nägel verschütten.«

Sie rieb sich über die Augen, als ob sie etwas verbergen wollte. Weinte sie?

»Von meiner Sorte gibt es zu viele, sagt er. Wir fressen denen die knappen Getreidekörner weg, die wirklich was taugen. Wir sind ersetzbar, sagt er. Niemand interessiert sich für uns, wenn wir nicht mehr arbeiten können. Dann können wir gleich zum Sterben im Straßengraben liegen bleiben. Der Meister hat es schwer genug ohne unsere Fehler, sagt er. Verkauft immer weniger Nägel wegen den neuen Fabriken, sagt er. Und wegen den Fremden überall. Und der Politik. Da will ich ihm das Geschäft nicht schwerer machen, indem ich seine harte Arbeit an die Räuber verliere. Ohne die Nägel hätte ich keine Arbeit. Das kann ich mir nicht leisten, ich muss mich um meine Eltern kümmern, die brauchen das Geld.«

Die Frau schaute von ihm weg in den Wald. Erst jetzt erkannte Dolf, wie jung sie unter dem ganzen verhärmten Äußeren sein musste. Im Grunde ein Kind, schlaksig und dürr, mit ausgelatschten Schuhen an den Füßen, die weder vor Steinen noch vor Blasen schützen konnten. Ihn überkam Mitleid. Er bückte sich, zog unter dem Bock seinen Proviantsack hervor und wühlte zwei Scheiben Brot heraus. Behutsam stupste er seine Sitznachbarin an. Zuerst betrachtete sie seine Hand mit hochgezogenen Brauen, dann sah sie ihn an.

»Iss was, Mädchen.«

Mit einem Pfiff warf er die andere Scheibe nach hinten in die Arme der Zögerlichen.

»Das können wir nicht annehmen«, stotterte das Mädchen neben ihm, allerdings glänzten ihre Mundwinkel feucht und verrieten ihren leeren Magen.

Dolf lachte. »Doch, auf jeden Fall. So könnt ihr überall herumerzählen, dass ihr dem Räuber vom Sommerberg sein Brot gestohlen habt.«

Fast hätte er es nicht für möglich gehalten, aber ihre Augen wurden tatsächlich noch größer.

Am Waldrand hatte er die Mädchen absteigen lassen, welche die restliche Fahrt schweigend und gierig das Brot in sich hineingeschlungen hatten. Bei einer Scheibe war es nicht geblieben. Wie ausgehungerte Wölfe hatten sie das ganze Brot verdrückt. Er hatte es ihnen gerne überlassen. Zum ersten Mal hatte er von Angesicht zu Angesicht erleben dürfen, was Großzügigkeit in einem Menschen auslöste, was Hanne fühlen mochte, wenn sie der Nachbarin Brot schenkte. Wie glücklich er die beiden damit gemacht hatte, als hätte er ihnen einen Goldklumpen vor die Nase gehalten.

Nicht nur in den Mädchen hatte diese Tat etwas bewirkt, sondern auch in ihm. Stolz blickte er auf das zurück, was er bis jetzt getan hatte. Dennoch wollte er kein Geist mehr sein, sondern der Hauptmann, dem man sein Leben anvertraute, der beschützte und gab, der bewundert wurde. Heute war zwar nicht der richtige Moment dazu gewesen, aber er würde kommen. Wie Hanne es aufnehmen würde, wenn er diese Berufung öffentlich machte, was das für seine Familie bedeutete, konnte er nur mutmaßen. Hatten Hauptmänner Familie? Konnten sie sich so etwas leisten?

Weiter kam er mit den Überlegungen nicht, denn sein Haus war in Sichtweite und er erkannte Hanne an der Haustür, die eben eine Frau mit einer Umarmung verabschiedete.

»Weiber!«, nahm er Grübchens Tonfall an. »Sie hält Teezeit mit Tratsch, während ich wie ein verliebter Idiot auf sie warte und mich vor meinen Männern blamiere!«

Vage kam ihm die Frau, die Hanne verabschiedete, bekannt vor, was seinen mit jedem Meter wachsenden Unmut nicht linderte. Hanne war ihm eine Erklärung schuldig. Ein Hauptmann musste alle im Griff haben, auch seine Frau. *Vor allem* seine Frau! Daran würde sie sich wohl oder übel gewöhnen müssen!

Vor dem Zaun hielt er an und Hanne begrüßte ihn mit einem Winken, als sei nichts geschehen. Sie zog die Haustür zu und kam an der Seite ihrer Besucherin zum Tor. Ohne aufzusehen, machte sich die Frau mit einem gemurmelten »Guten Tag« davon.

Hanne kletterte zu ihm und wollte ihm einen Kuss geben, er drehte sich jedoch weg. Mit einem Schnalzen ließ er die Pferde anziehen.

»Wo warst du so lange?«, presste er zwischen seinen Zähnen hervor. Innerhalb von Minuten war sein Ärger wie eine magische Bohnenranke gewachsen. Wut, Liebe, Vertrautheit, Verlust – alles wirbelte wild in ihrer Ehe herum. Hin und her, auf und ab. Wann würden sie endlich zu einem beständigen Gefühl zurückkehren können?

»Ich muss dir was erzählen. Margarethe …«, setzte sie an, aber er wischte ihre Worte grob mit seinen aus.

»Interessiert mich nicht. Ich will wissen, warum du deinen Plausch nicht verschoben hast, um pünktlich bei den Männern zu sein. Wir haben ewig auf dich gewartet. Sie sind ohne uns vorausgegangen. Peinlich!«

Ihre Augen brannten ein Loch in seine Wange. Dolf kannte Hanne gut genug, um zu wissen, dass Verwirrung und Ärger darin flimmern mussten. Er sah sie nicht an.

Dolf hatte es vermieden, ein aufbrausender, herrischer Ehemann zu sein, wie es viele andere seiner Freunde waren. Er hatte nicht mit einem Gürtel in sie hineingeprügelt, wer der Herr im Haus war. Bis zum heutigen Tag war er es meistens gewesen, der sich ihrem Willen gefügt hatte, hatte sie als bedächtiger angesehen und war ihrem Rat gerne gefolgt. Bislang war er nur ein Fuhrmann, ein einfacher Kohlenhauer gewesen, doch jetzt … Es wurde Zeit, fand er, dass sich etwas änderte.

»Es tut mir leid, Margarethe …«, unternahm Hanne einen neuen Versuch, als Dolf die Hand hob. Sie verstummte und starrte auf seine Handfläche, als ob er sie geohrfeigt hätte. Ihre Lippen pressten sich zu einer dünnen Linie.

»Wir fahren zur Weide, wie wir es besprochen haben. Dort soll es so viel zu holen geben, dass es wieder für eine Woche für den ganzen Sommerberg reichen wird. Du … tust, was wir dir sagen.«, wies er sie an.

Hanne sagte nichts mehr. Verflogen war wie nach einem Aprilschauer das Gefühl, neue Nähe in ihrer Ehe gefunden zu haben. Natürlich verstand sie es, dass Dolf verärgert über ihre Verspätung war. Dass er sie allerdings nicht einmal erklären ließ, was geschehen war, machte sie nicht weniger wütend, wie er es zu sein schien, und riss als Sturmböe das erste zaghafte Grün vom Baum ihrer erneut einfrierenden Beziehung.

Margarethe hatte mindestens genauso viel Hilfe und Beistand nötig wie die Nachbarn auf dem Sommerberg, war wie sie ein Opfer der Gleichgültigkeit der oberen Zehntausend. Was Thalberg ihr angetan hatte, zeigte wie die fehlenden Hilfslieferungen an Getreide und Kartoffeln den Abgrund, der die Menschen in arm und reich und hilflos und mächtig teilte. Dolf schien das nicht zu interessieren. Verletzte männliche Eitelkeit vor Vernunft! Dabei hatte das, was Margarethe ihr berichtet hatte, eine Idee in Hannes Kopf gepflanzt. Sie ahnte jedoch, dass es müßig war, mit Dolf in dieser Stimmung darüber zu sprechen. Also würde sie erst allein darüber nachdenken und heute Abend ihre Rolle spielen.

Raubzug

Beim Abstellen des Fuhrwerks dämmerte es. Schweigend hatten sie nebeneinander gehockt, unfähig, miteinander zu sprechen. Hanne hatte in den sich verfinsternden Wald geblickt und im Stillen mit den Gedanken jongliert, was sie aus Margarethes Erzählungen machen wollte. Unterdessen zitterte in ihr das junge Dienstmädchen, dem beinahe ebenfalls Gewalt angetan worden wäre, kauerte sich in eine Ecke und wollte nicht im Ansatz über Thalberg nachdenken. Die erwachsene Hanne hatte sich vor ihr aufgebaut, die Hände in die Hüften gestemmt und auf sie eingeredet. Doch es half nichts. Das Kind in ihr barg den Kopf auf den Knien und hielt sich die Ohren zu. Niemand kam, um ihnen beiden aus der Sackgasse zu helfen. Auf Dolfs Verständnis und seine Hilfe hoffte sie einmal mehr vergebens. Der hantierte am Wagen, würdigte sie keines Blickes, da traten aus dem Schatten drei Männer auf sie zu. Einer von ihnen überragte die anderen um Längen. Hanne zog die Stirn kraus, als sie die beiden kleineren Schemen betrachtete, bislang war nur der ihr verhasste Wilhelm Vorschulte mit seinem aufdringlichen Grübchen am Kinn dabei gewesen. Wer war der andere?

»Da seid ihr endlich! Habt ja ewig gebraucht. Wir warten seit einer Stunde. Mindestens!«, maulte Grübchen gleich zur Begrüßung und bestätigte Hannes Abneigung.

Heinrich schaute ihn warnend an. »So lange war es auch wieder nicht. Wir kommen gerade erst an.« Galant hielt er Hanne seine Hand hin und half ihr beim Absteigen. Sie lächelte ihm zu.

Grübchen trat mit der Stiefelspitze in den Staub und Steinchen stoben auf. »Wo die Hoheiten nun belieben, anwesend zu sein …«

Sein Begleiter, der sich bis zu diesem Zeitpunkt still verhalten und abseitsgestanden hatte, lachte plötzlich auf: »Ich entkomme dem Dienst des Königs und lande in dem einer Königin, wenn es nach dir geht, Koloss!«

Bevor Heinrich Dolf am Ärmel packen konnte, um ihn zurückzuhalten, stand dieser vor dem Neuen und packte ihn am Revers der Jacke, die vor Urzeiten blau gewesen sein musste, inzwischen jedoch ausgewaschen und bleich wie das Totenhemd eines Armen wirkte. Mit funkelnden Augen starrte Dolf dem Mann ins Gesicht, dessen Adamsapfel hüpfte auf und ab. »Du riskierst eine ganz schön dicke Lippe, aber ich kenne dich! Wir waren zusammen in der Kaserne. Du warst wegen deiner Eltern dort und wärst am liebsten immer abgehauen, wenn es schmutzig wurde. Feige warst du und hast ständig Ärger gehabt. Was tust du also hier, Brünninghaus? Hier werden Männer gebraucht, keine Waschlappen.«

In Dolfs Griff schrumpfte der Mann in sich zusammen. Seine Pupillen huschten wie die einer Ratte im Maul eines Fuchses hin und her. Allein würde er niemals aus Dolfs Verhörgriff entkommen, davon war Hanne überzeugt, als sie in das Gesicht ihres Mannes sah. Er wirkte, als müsste er einen Eimer schales Bier herunterwürgen. Schweiß lief ihm nicht allein wegen der Hitze über die Wangen. Sie sollte besser etwas unternehmen, bevor er sich einen Mord auf das Register seiner Straftaten lud.

»Ich habe dir eine Frage gestellt! Antworte gefälligst, wenn ich dir keine verpassen soll«, knurrte Dolf.

Hanne ging zu ihm und wollte ihn dazu bringen, sie anzusehen, indem sie ihm die Hand auf die Schulter legte. »Dolf, er ist nur ein unreifer Junge«, versuchte sie, ihn abzulenken, aber Dorf reagierte nicht, fixierte den jungen Mann weiterhin.

»Er ist ein Deserteur. Stadtbekannt. Er ist mehrfach aus der Kaserne geflohen, ständig haben sie ihn erwischt und zurückgebracht. Und du«, er wandte sich an Grübchen, »hast ihn angeschleppt! Einen Mann, der ›Verhaftet mich!‹ auf der Stirn stehen hat!«

Bei dieser Schelte grinste Grübchen schief. »Wir haben viel Arbeit, da dachte ich, dass ein Paar Hände mehr gut wären, und bin in die Wirtschaft zum Haselhoff, wo ich dieses feine, militärisch versierte Exemplar aufgegabelt habe. Schließlich werden wir die oberen Zehntausend nicht für unsere Sache einspannen können. Brünninghaus ist das Beste, was wir uns leisten können. Meiner Meinung nach gibt es schlimmere Verbrechen, als sich nicht für einen mit Orden behangenen Fatzke erschießen lassen zu wollen.«

Mit einem letzten Schnauben ließ Dolf den Mann los, der einige Schritte nach hinten taumelte. Sofort wechselte Dolf sein Ziel, schoss auf Grübchen zu und wedelte mit seinem Zeigefinger vor dessen Nase. »*Ich* entscheide, wer dabei ist! Nicht du! Du bist nichts! Das war nicht abgesprochen! Macht denn hier jeder, was er will!?«, brüllte er. »Das hat ab sofort ein Ende. *Ich* bin der Hauptmann!«

Dieses Mal war Heinrich schnell genug, um ihn sanft, aber bestimmt auf Abstand zu bringen. Er umfasste Dolfs Arm und zog ihn von Grübchen fort. »Beruhige dich. Vorschulte hat mir davon erzählt. Ich fand die Idee gut. Wenn wir all die hungrigen Mäuler stopfen wollen, brauchen wir Hilfe. Gerade jetzt, wo wir mehr als Kartoffeln oder das eine oder andere Schwein holen wollen.«

Grübchen zeigte sein bestes Lächeln, das sonst der Damenwelt vorbehalten war. »Selbst der Koloss denkt, dass ich recht habe. Wir wären nicht nur ein Kleeblatt, wir wären ein vierblättriges Glückskleeblatt! Wenn das nichts bedeutet!«

Bei diesen Worten tobte Dolf und versuchte, sich von Heinrich loszureißen, um sich auf Grübchen zu stürzen.

Hanne, die wie Brünninghaus aus dem Gleichgewicht geraten war, trat zu ihm. »Vielleicht hat Vorschulte recht. Das alles wird größer und größer. Die Ungerechtigkeiten treten deutlicher zutage und wir müssen handeln. Wenn Brünninghaus beim Militär war, wurde er ausgebildet. Das können wir gut gebrauchen. Umso besser, dass er den Dienst des Königs ablehnt.«

Grollend ließ Dolf die erhobenen Hände sinken, sah Heinrich und Hanne an. »Ich bin das Herz dieser Unternehmung«, murrte er. »Ich entscheide.«

»Dann bitte, entscheide. Wir wollen gleich ein Verbrechen begehen und stehen hier lauthals streitend auf dem Präsentierteller«, ermahnte ihn Hanne. Sie verschränkte die Arme vor der Brust.

In Grübchens Mundwinkel zuckte der Triumph.

Heinrich sah in den Himmel.

»Nun gut. Probehalber. Wenn er sich gut schlägt, kann er von mir aus bleiben. Wenn nicht, prügele ich ihn bei jedem Sterbenswörtchen windelweich. Keine Silbe. Zu niemandem!«

Der Deserteur Brünninghaus nickte dienstbeflissen. »Keine Sorge. Ich erledige meine Arbeit.«

»Hoffentlich nicht wie in der Kaserne«, murmelte Dolf.

Hanne strich ihm über den Rücken, fühlte die angespannten Muskelstränge. »Also los. Es gibt viel zu tun.«

Grübchen blinzelte zu ihr hinüber und zog seine Augen zu Schlitzen zusammen. Hätte dieses Weib ein anderes angeschleppt, das nicht halb so nützlich wie Brünninghaus gewesen wäre, hätten weder der Koloss noch der Hauptmann solch ein Theater veranstaltet, davon war er überzeugt. Obwohl Hanne seine Sache unterstützt hatte, spuckte er auf den Boden und wandte sich ab. Weiber sollten sich nicht in solch wichtige Angelegenheiten einmischen. Sollten sie Socken stopfen und das Bett wärmen. Hier draußen verdarben sie nur alles! Wie er sie hasste!

Gemeinsam schlichen sie sich an das Gatter heran. Über den Flussauen mit ihrem fetten Gras ging der Mond, schenkte allem in seinem Licht einen silbrigen Überzug. Beim Öffnen des Riegels, der das Tor zur Weide abschloss, dachte Hanne an das Märchen von den Sternentalern, denn in ihrem dünnen Hemd fror sie wie das arme Waisenmädchen, bevor es die himmlischen Gaben für seine Selbstlosigkeit erhalten hatte. Von unten zog die Feuchtigkeit des hochstehenden Grases durch ihre Schuhe in ihre Strümpfe und durchnässte ihren Rocksaum. Sie beneidete die Männer, die in ihren Hosen niemals einen klatschnassen Saum um ihre Knöchel schlagen fühlen würden. Warum trugen Frauen keine Hosen? Die waren praktischer. In jeder Lebenslage.

Sie huschte zu den Tieren, die dabei waren, sich die Bäuche vollzuschlagen und sich für ihren Besitzer rund und fett zu fressen. Sie ahnten nicht, welches Schicksal die Menschen in wenigen Monaten für sie vorgesehen hatten, sondern genossen die warme Jahreszeit mit ihrem frischen, üppigen Gras. Der Mond schien zart sommerlich auf ihre Rücken, bald, im Herbst, würde er sich für sie blutrot färben, wenn der Winter auf der Schwelle stand.

Hanne lockte eines der Schafe zu sich. Beinahe zu einfach ließ es sich einen Strick um den Hals legen und folgte ihr willig in Richtung Gatter. Dort nahm Heinrich es in Empfang, reichte ihr einen neuen Strick und führte das Tier ins Unterholz. Alles ging ohne Worte vor sich. Dumpf hallte der folgende Schlag durch die Bäume und die Ohren der Herde stellten sich auf. Erste Beunruhigung schien sich unter ihnen breitzumachen. Trotz der Anspannung ließ sich das nächste

Tier problemlos einfangen und von der Weide führen. Woher sollten sie auch wissen, dass zweibeinige Wölfe gekommen waren, sie zu reißen?

»Wie viele schaffen wir?«, flüsterte Hanne Heinrich zu, der sie am Gatter erwartete. An seinen Händen liefen rote Flüsse hinunter.

»Mehr als drei werden schwierig«, erwiderte er und drückte ihr den leeren ersten Strick in die Hand. Ihre Finger fanden glitschige Wärme. Der Geruch des Blutes konnte die Tiere nervös machen. Sie würde sich beeilen müssen. Mit einem stummen Nicken entfernte sie sich von Heinrich und tappte wieder auf die Herde zu. Sie war froh, dass sie nicht das Schlachten der Tiere übernehmen musste. Das brachte sie meist kaum übers Herz, obwohl ihr durchaus bewusst war, dass der Tod der Tiere das eigene Überleben sicherte. Dennoch bereitete es ihr Bauchschmerzen. Zum Glück blieb es für sie heute ein harmloser Ausflug zur mondbeschienenen Ruhr. Beinahe romantisch, hätten nicht die Spannung und der metallische Geruch in der Luft gelegen.

Hannes Hand versank in der klammen Wolle des nächsten Tieres, als ein Geräusch vom Weg sie aufhorchen ließ. Ohne nachzudenken, ging sie in die Hocke und spähte über den zerzausten Rücken des Schafs zur Straße. Als sie lauschte und den Atem anhielt, konnte sie es deutlich hören: gleichmäßiges Klappern auf den Steinen. Hannes Herz begann, schneller zu schlagen. Ein strömendes Rauschen – ähnlich dem von der nahen Ruhr – in ihren Ohren übertönte den Hufschlag. In ihrem Kopf wirbelten die Gedanken. Inmitten der Schafherde war sie einigermaßen geschützt und unsichtbar, aber was war mit den anderen? Hatte Heinrich das Traben ebenfalls gehört und war in Deckung gegangen? Waren die Männer im Wald still? Hatten sie das zweite Tier bereits getötet und damit zur Ruhe gebracht? Ein Zeichen konnte sie ihnen nicht mehr geben, geschweige denn zu ihnen laufen. Dafür waren die Geräusche zu nah. Eines war sicher: Wer da auch kommen mochte, er war eine Gefahr. Niemand ritt nachts ohne einen triftigen Grund aus. Schon gar nicht hier, abseits der Hauptstraßen.

Hanne konnte sich denken, wer da angetrabt kam. Seit Wochen schwärmten die Gesetzeshüter in der Dunkelheit aus, um die Bauernhöfe im Auge zu behalten, die Dolf mit seinen Besuchen beehrte. Hanne betete, dass es nicht der Ehrgeizling Mönkebüscher war, sondern der alte Pötichen, der um diese Uhrzeit aller Wahrscheinlichkeit nach betrunken und nicht mehr der Aufmerksamste war. Sie ließ sich ins Gras gleiten und robbte leise auf den Zaun zu.

Dank des Mondlichts konnte sie gerade so die Gendarmenuniform erkennen. Wollte der Reiter einen Rundblick nehmen oder vielleicht gar die Herde kontrollieren? Unbewusst schüttelte Hanne den Kopf. Bisher waren Kartoffeln, Getreide und ab und an kleine Luxusgüter Dolfs Ziele gewesen. Ein einziges Schwein hatte er gestohlen. Niemand konnte daraus schließen, dass sie es vermehrt auf Fleisch abgesehen hatten und die ungeschützten Weiden ins Visier nehmen würden. Warum tauchte dann wie bestellt ein Gendarm auf?

Entweder hatte der ein gottgegebenes Gespür, Verbrechen vor ihrer Durchführung zu erschnüffeln, oder …

Wenige Meter vor Hanne riss der Hufschlag ab. Leder knarzte, das Pferd schnaubte und etwas Schweres brachte den Kies zum Knirschen. Der Mann war abgestiegen. Raschelnd kamen die Schritte auf das Gatter zu. Hanne zog den Kopf ein und machte sich so klein wie möglich, presste sich in das hohe Gras. Ihr blieb nichts weiter übrig, als ein Stoßgebet gen Himmel zu schicken, dass sie nicht entdeckt werden würde.

Im nächsten Moment begann es zu plätschern. Hanne hielt weiter den Atem an. Wollte der Reiter sich nur erleichtern? Schnell senkte sich wieder Stille über die Nacht. Die Schritte knirschten, Leder ächzte und kurz darauf ließen die Pferdehufe den Boden unter ihr vibrieren. Unter dem auflebenden Zirpen der Grillen verklang das Hufgeklapper in der Ferne. Was für ein Glück! Welcher Wahnsinn hatte sie geritten, unbedingt ein Räuberleben führen zu wollen? Ein tiefer Atemzug entwich ihrer Kehle und ihre Stirn sank auf den kühlen Boden. Die Feuchtigkeit der Grashalme legte sich in ihre Locken und der herbe Geruch der Erde stieg in ihre Nase. Blut tobte durch ihren Körper und hämmerte gegen ihre Schädeldecke.

»Alles in Ordnung?«, flüsterte es vom Weg aus zu ihr herüber.

Es war wieder nicht Dolf, der sich um ihr Wohlergehen bemühte. Als Schatten vor dem Mond streckte sich ihr eine Pranke entgegen und Heinrich zog sie sanft, aber kraftvoll auf die Füße.

»Das war mehr als knapp«, murmelte er. »Wir sollten sehen, dass wir hier wegkommen.«

Hanne schüttelte den Kopf.

Überrascht weiteten sich Heinrichs Augen.

»Die wollten doch den ganzen Wald überwachen. Wir wissen jetzt, wo der Herr Gendarm die nächsten Stunden nicht sein wird, oder?« Sie lächelte ihm zu. Ihr Blut brodelte trotz dieser besonnenen Worte in ihr weiter.

Der Koloss rieb sich das Kinn. »Wohl wahr. Klug gedacht.«

»Wir holen noch zwei Tiere, dann haben die Sommerberger endlich genug Fleisch auf den Tellern. Dadurch werden viele wieder zu Kräften kommen.«

»Ich sage es den anderen, Hauptmann.« Ohne Einwände akzeptierte Heinrich ihre Einschätzung.

Hanne musste grinsen. Hauptmann! All das hier gab ihnen Mut.

Heinrich wollte sich abwenden und zu den anderen gehen, Hanne legte ihm jedoch die Hand auf den Unterarm und hielt ihn dadurch auf.

»Heinrich, woher wusste der Gendarm, wo er seine Patrouille beginnen sollte? Er hat genau am Gatter angehalten und ist abgestiegen, als hätte er gewusst, wo er nachsehen muss. Ich denke nicht, dass er einfach nur pinkeln musste.«

Heinrichs Stirn legte sich in Falten. »Du meinst … denkst du, dass … Nein. Wir Sommerberger halten zusammen!«, empörte er sich. »Niemand stellt sich gegen uns. Niemand hilft den Gendarmen.« Sein über den Weg wandernder Blick strafte die Überzeugung in seinen Worten Lügen.

»Gerade jetzt, wo dieser Brünninghaus ungebeten dazugekommen ist. Angeschleppt von Vorschulte«, schürte sie die Zweifel weiter. »Vielleicht war es ein Fehler, seinen Eintritt zu befürworten. Immerhin ist er ein Deserteur. Wem gehört die Loyalität eines Deserteurs?«

Heinrich sah sie an und schwieg.

Aus dem Wald näherten sich ihnen zwei Schatten.

»Das war knapp.« Grübchen war einer der beiden und wischte sich theatralisch über die Stirn. »Gut, dass ich das Vieh schon erledigt hatte. Blöken konnte es nicht mehr.«

Hinter Grübchen tauchte Dolf auf. Seine Augen begutachteten zuerst seine Frau, dann seinen besten Freund, die seltsamerweise trotz des Zauns zwischen ihnen sehr eng miteinander wirkten.

»Wilhelm meint, wir sollten es dabei belassen und verschwinden«, flüsterte er und stellte sich dicht neben Heinrich. Er versuchte, jedes noch so kleine Detail im silbrigen Licht auszumachen. Hanne und Heinrich berührten sich nicht, standen lediglich nebeneinander. Hatte er etwas anderes erwartet? Erst jetzt bemerkte er, dass sich sein Herz zu einem eng gewickelten Knäuel zusammengezogen hatte.

Hanne strich sich die Haare aus der Stirn und neigte sich zu ihm. »Der Gendarm ist erst weg und kommt fürs Erste nicht zurück. Seine Runde dauert eine Weile. Eine bessere Gelegenheit gibt es nicht. Statt zu plaudern, sollten wir uns schleunigst an die Arbeit machen. Die Menschen haben Hunger.«

Dolf presste seine Lippen aufeinander. Hannes Tonfall gefiel ihm überhaupt nicht. Er erinnerte ihn an seine Kindheit, wenn seine Mutter ihn beim Faulenzen ertappt hatte. Wie immer, wenn er an seine Mutter dachte, glitt seine Rechte in die Hosentasche und tastete nach dem einzigen Gegenstand, der ihm von ihr geblieben war. Schon damals hatte also ein Räuber in ihm geschlummert, der sich nahm, was ihm verwehrt geblieben wäre. Selbst hinter seinen besten Absichten verbarg sich am Ende ein Dieb.

»Du hast nicht zu bestimmen, was wir tun. *Ich* bin der Hauptmann«, warf er sich in die Brust. Die Perlen des Rosenkranzes, die durch seine Finger rutschten, spendeten ihm Kraft.

Hanne schnaubte. »Seit wann denn das? Bei den Preußen warst du ein kleiner Gefreiter – und jetzt willst du ein Hauptmann sein? Sei zumindest kein Narr. Mach dich nicht lächerlich, indem du dich aufplusterst wie ein Gockel im Hühnerhaus! Was zählt, ist die Menge an Fleisch. Ohne großes Risiko. Von wem die Idee kommt, ist nicht von Belang.«

Ganz nah beugte sich Dolf zu ihr, sodass sich ihre Nasenspitzen beinahe berührten. Von seiner eigenen Frau würde er sich nicht herabwürdigen lassen! Nicht vor den anderen.

»Alles für die gute Sache, natürlich! Dass diese Viecher hier Thalberg gehören, spielt in deinen Gedanken keine Rolle, nehme ich an? Je mehr Schafe, desto größer die Schmach für deinen alten Galan!«

»Dolf!« Hanne starrte ihn mit weit aufgerissenen Augen an. »Das ist nicht dein Ernst!«

Unbehaglich wich Heinrich einen Schritt zurück, um sich aus der Schusslinie der tödlichen Worte zu begeben. Seine Blicke flogen zwischen den beiden Mohrs hin und her. In diesen Kampf der Naturgewalten wollte er um keinen Preis hineingezogen werden.

»Meinst du, ich habe deine Besucherin nicht erkannt? Ihr wart Dienstmädchen beim Alten, ist es nicht so? Wir haben genug Fleisch. Wir brauchen nicht die ganze Herde abzuschlachten, um alle satt und glücklich zu machen. Darum sage ich, wir verschwinden von hier. Du kannst dem alten Geldsack ein anderes Mal seine Widerlichkeit heimzahlen, wenn wir anderen nicht den Kopf dafür hinhalten müssen.«

Bevor er nach seiner Tirade tief durchatmen konnte, klatschte Hannes Hand auf seine linke Gesichtshälfte. Sie war zwar kleiner als er, baute sich jedoch vor ihm auf, als wäre sie der Verteidigungswall einer alten und mächtigen Stadt.

»Bist du nicht bei Trost, mir derartiges zu unterstellen? Ich habe den Ort nicht einmal ausgesucht!«

Dolf rieb sich die Wange.

»Ich sage, wir nutzen die Gelegenheit. Stell dich nicht dümmer, als du bist, Dolf Mohr«, schimpfte sie weiter. Dann wandte sie sich an Grübchen und Heinrich. »Jeder schnappt sich ein Tier. Brünninghaus soll es schnell machen. Danach zwei weitere.« Sie stutzte und sah sich um. »Wo ist Brünninghaus?«

Innerlich wie äußerlich brennend, nahm Dolf ihr unsanft einen der Führstricke aus der Hand. »Er zerlegt die Tiere, damit es schneller geht«, schnappte er.

»Wenigstens einer, der mitdenkt. Jetzt macht schon. Die Sommerberger leiden Hunger.«

Von der Seite erkannte Dolf, wie sich Heinrich und Grübchen auf die Lippen bissen. Gerade hatte seine Frau vor seinen Augen das Kommando an sich gerissen.

Wütend stürmte er auf die Wiese, um ihren Auftrag zu erledigen. Er wusste, dass sie recht hatte, und hatte sich nur durchsetzen wollen, um das nicht zugeben zu müssen. Ein harmonischer Abend im Hause Mohr würde es heute nicht mehr werden. Zwar hatte er sich eine starke Frau, eine Königin an seine Seite gewünscht, allerdings innerhalb ihrer vier Wände und nicht vor seinen Männern. Zum ersten Mal seit dem Schützenfest hatte er sich wie ein Jemand, wie der Hauptmann gefühlt! Und dann kam Hanne und nahm es ihm wieder weg. Die, die ihm folgen sollten, schienen froh zu sein, dass jemand einen überzeugenden Plan ausgeheckt hatte, ohne dass sie ihre eigenen Köpfe anstrengen mussten. Wer das erledigte, war ihnen vermutlich gleich. Für Dolf sah die Sache anders aus. Hannes Klugheit und Tatkraft, wofür er sie vor Kurzem noch bewundert hatte, lehnte er heute Abend rigoros ab. Sie würde schon sehen, was sie davon hatte, ihm ständig die Schuld zuzuschieben und sich danach aufzuspielen, als sei sie der Mann im Haus! Wie lange sollte das so weitergehen? Dolf packte das nächstbeste Schaf an den Hörnern und schleifte es zum Gatter.

Blut würde fließen.

Carl Thalberg stieg aus seiner Kutsche und erblickte fünf bleiche Gesichter. Die Polizeidiener standen am Rand der Wiese, betrachteten die Landschaft oder starrten auf den Boden. Niemand wagte es, zu ihm herüberzuschauen. Bis auf diesen jungen Emporkömmling, der ihn neulich so dreist aufgesucht hatte. Gönnerhaft nickte Thalberg ihm zu, obwohl er den Namen des Mannes bereits vergessen hatte. Immerhin war er ihm in keiner Weise dienlich gewesen, um sich an ihn erinnern zu müssen.

»Ich weiß nicht, ob Sie sich das ansehen wollen«, begrüßte ihn der Gendarm, Thalberg wimmelte ihn mit einer wegwerfenden Handbewegung ab.

»Ich will stets genau wissen, was auf meinem Land vor sich geht. Ich bin kein Kind, Herr Gendarm.«

Die grünberockten Schultern zuckten und der Gendarm wies ihm den Weg in den Wald.

Man musste kein Jäger sein, um die Spur aus zertrampeltem Gras auszumachen, die ins Unterholz führte. Schafsköttel lagen auf den plattgetretenen Halmen.

»Wie viele Tiere?«, fragte Thalberg nach hinten, während er in einen staksenden Storchengang wechselte, um sich nicht die Stiefel schmutzig zu machen.

»Wir haben kaum etwas gefunden. Die Diebe haben die meisten Teile verwertet. Mindestens acht.«

Thalberg fluchte und rieb sich nachdenklich mit den langen Fingern über die buschigen Koteletten.

Das Unterholz weitete sich zu einer Lichtung, die vom Surren unzähliger Fliegen erfüllt war. Eine von ihnen hielt auf Thalberg zu und schwirrte ihm ins Gesicht. Mit einem Wedeln verscheuchte er das widerliche Insekt zu seinen Artgenossen. Einige Fleischstücke lagen wild verteilt auf dem Waldboden, als hätte ein tollwütiger Wolf hier die Nacht verbracht. Vom Baumstumpf nebenan war Blut herabgelaufen und hatte klebrige bräunliche Rinnsale hinterlassen, die sich an den toten Wurzeln gesammelt hatten.

»Sie müssen die Tiere an Ort und Stelle geschlachtet und verladen haben«, hörte Thalberg die Stimme des Gendarmen.

Der Name kam ihm immer noch nicht in den Sinn, zu stark überwältigte ihn eine klopfende Wut, die sich mit dem Geruch des Todes vereinte, der über die Lichtung zog. Das Blut machte ihm nichts aus. Tiere starben, damit er leben konnte. Als Gutsbesitzer und Jäger gehörten ein Schlachttag und das Streckelegen der geschossenen Beute zum gewohnten Alltag. Was ihm in die Nase stach, war der finanzielle Verlust, der viel schwerer über ihm hing als der rostige Duft des Blutes. Acht Schafe. Ihr Fleisch, ihre Wolle. Zum Glück lag hier keines seiner Pferde und keine seiner Kühe! Zwar würde er dadurch gewiss nicht am Hungertuch nagen müssen, trotzdem: Geld blieb Geld. Kleinvieh machte im wahrsten Sinne auch Mist. Das Schlimmste daran war, dass es tatsächlich jemand gewagt hatte, ihn zu bestehlen! Ihn!

Knetend pumpten seine Hände den Zorn durch seinen Körper, als er sich vom Bild seiner Demütigung abwandte. »Ich verlange, dass diese Diebstähle endlich ein Ende haben! Tue Er etwas! Wo kommen wir denn hin, wenn jeder dahergelaufene Tunichtgut solch einen boshaften Schaden verursachen kann? Mich beschleicht das Gefühl, dass Seine Truppe entweder zu faul oder zu unfähig ist, diesem Treiben Einhalt zu gebieten. Vielleicht sollte ich mit Seinem Vorgesetzten sprechen, damit er Seinen lahmen Männern Beine macht – oder fähigere Männer in diesem Revier einsetzt! Für den Verlust, den ich erlitten habe, verlange ich Entschädigung!«

Ohne die Antwort des Gendarmen abzuwarten, machte Thalberg auf dem Absatz kehrt und stakste durch das Unterholz zurück zu seiner Kutsche.

Bislang hatte er sich lediglich die Klagen der anderen Bauern anhören müssen, wenn erneut ein Sack Getreide verschwunden war, ein Schwein oder irgendeine wertvolle Zinnkanne. Doch nun hatte diese grassierende Räuberpest zum ersten Mal *sein* Eigentum befallen, zum ersten Mal war Carl Thalberg persönlich beleidigt worden. Das schrie nach seinem Handeln. Die Räuber hatten es herausgefordert.

»Nicht mit mir, ihr Halunken!«, grollte er und ballte die Fäuste.

Haselhoffs Gaststube brummte wie ein aufgeschreckter Bienenschwarm und der Wirt hatte alle Hände voll zu tun, die Wünsche seiner Gäste zu erfüllen. Im Zentrum der Aufmerksamkeit standen die Witwe Trine und der alte Albert, der – wie in den letzten Tagen häufig – an seiner neuen Pfeife zog.

»Morgens lagen eine neue Pfeife aus edelstem Holz und daneben ein prall gefüllter Sack Tabak auf meinem Fensterbrett!«, berichtete er mit stolzgeschwellter Brust.

In manchen Augen glomm neben der Glut der Pfeife ein Funken Neid auf den alten Kauz, der derart großzügig beschenkt worden war.

»Das war mal wieder unser guter Geist«, trompetete die Witwe und strich sich eine lose Strähne ihres grauen Haars zurück unter das schwarze Tuch, das sie seit dem Tod ihres Mannes kaum abgelegt hatte. Mit großen Schlucken dezimierte sich der Inhalt des Bierkrugs, den ihr jemand spendiert hatte. Ihre ansonsten grauen Wangen begannen, langsam Farbe anzunehmen und im Schein des Alkohols zu glühen. Trine und Albert nickten sich zufrieden zu.

Einer der Tagelöhner lehnte sich zu den beiden Glückspilzen, die besonders wertvolle Gaben vom Geist bekommen hatten. »Ihr habt eben gesagt, dass ihr vor diesen Geschenken bei jemandem gewesen seid. Ihr wisst demnach, wer unser guter Geist ist, oder?« Er verschränkte die Arme vor der Brust, hob das Kinn und suchte im Gastraum nach Unterstützern. Mächtig schlau kam er sich vor, auf einen solchen Schluss gekommen zu sein.

Die Blicke der beiden Alten kreuzten sich. Trine schüttelte warnend den Kopf und Albert paffte an seiner Pfeife und schob sie sich in den Mundwinkel.

»Ich habe nur mit Frau Mohr, der jungen, darüber gesprochen, wie wenig Freude unsere Tage machen. Mit sonst niemandem. Eine Frau kann ganz bestimmt nicht unser guter Geist sein, der fremde Keller knackt oder den Steuereintreiber beklaut.« Albert lachte und erntete zustimmendes Gemurmel.

Der Tagelöhner hakte nach: »Aber vielleicht kennt die Mohr den Geist und kann uns verraten, wem wir unsere vollen Töpfe zu verdanken haben.«

Auch seine Bemerkung erfuhr lautstarke Zustimmung der Umstehenden.

»Wäre es nicht ein besonderes Gaunerstück, wenn es nun doch eine Frau wäre, die fette Bauern um Kartoffeln, Speck und Getreide erleichtert?«, polterte Haselhoff, der mit einer frischen Runde am Tisch auftauchte. Um ihn herum wurde es still, und unbehaglich sah sich der Wirt um. »Ich mein ja bloß. Da würde kein Gendarm jemals draufkommen, dass eine Frau …« Er lachte leise auf.

Trine vergrub ihre Nase im frischen Krug und Albert stieß einen fetten Rauchkringel in die ohnehin dicke Luft.

»Wir müssen uns beim Geist erkenntlich zeigen …«, unternahm der Tagelöhner einen letzten Versuch, aber die meisten Gäste hatten das Interesse verloren und wandten sich eigenen Gesprächen zu.

Mit saurer Miene knallte der dürre Mann die Münzen für den kleinsten Krug Bier, den Haselhoff im Angebot hatte, auf den Tisch und verschwand vor sich hin murmelnd in die Nacht. Wollten die anderen das nicht wissen – oder wussten sie mehr, als sie zugaben?

Lästige Angelegenheit

Carl Thalberg tigerte durch das Amtszimmer, die Hände lagen zu Fäusten geballt auf seinem Rücken.

Sein Gastgeber hingegen saß wie eine Salzsäule hinter seinem Schreibtisch und sortierte Papiere, die er seit der Ankunft seines Gastes bereits ein Dutzend Mal durchgesehen hatte.

»Ist Pünktlichkeit heutzutage keine Zier mehr?«, ereiferte sich Thalberg und zog seine goldene Taschenuhr aus der Weste unter dem Frack, ließ den Deckel aufschnappen, in dem die Widmung seines Vaters ihn ermahnte, jeden Tag strebsam auf den Lauf der Zeiger zu achten.

»Es wäre unsinnig, ohne die anderen anzufangen. Dann müssten wir alles doppelt diskutieren.« Der Amtmann sah nicht auf.

»Darin seid ihr Amtsleute doch besonders geübt: Probleme hin und her zu wälzen, in der Hoffnung, dass sie sich von selbst lösen«, schmollte Thalberg.

Amtmann August von Basse lächelte nur unverbindlich und blätterte erneut im Aktenstapel. Unbarmherzig tickten die Zeiger ihren Weg entlang. Nach einer Ewigkeit trat der Sekretär des Bürgermeisters ins Zimmer, um die Ankunft des Herrn Grafen Franz Egon von Fürstenberg zu Herdringen und dessen Begleiter, Hochwürden Ludwig Neuhaus, anzukündigen. Versammelt waren neben ihm die anderen Gutsbesitzer des Umkreises, die in einer ähnlichen Misere steckten: Vieh wurde von den Weiden gestohlen und verschwand auf Nimmerwiedersehen, Scheunen und Keller wurden leer geräumt. Man musste sich endlich beraten und abstimmen, was gegen die Räuberpest zu tun war.

Wie eine sommerliche Brise wehte der Graf in neuester Mode ins Büro und begrüßte den Amtmann, brauste ohne einen Seitenblick an Thalberg vorbei zum Schreibtisch.

»Guten Tag, Herr von Basse. Welch lästige Angelegenheit, nicht wahr?«

»Gut, Euch zu sehen, Herr Graf! In der Tat, in der Tat. Entschuldigt, dass ich Euch den weiten Weg machen lassen musste. Es ließ sich wohl kaum vermeiden. Als Land- und Waldeigentümer in dieser Gegend seid auch Ihr betroffen. Zu meinem Leidwesen.« Der Amtmann erhob sich diensteifrig von seinem Stuhl und schüttelte seinem adligen Gast nach einer Verbeugung länger als nötig die Hand.

Carl Thalberg schnaubte. Dermaßen viel Höflichkeit wurde nur dem alten Adel zuteil. Ihn ließ man regelrecht spüren, dass er einer der Neureichen war, durch dessen Adern kein blaues Blut floss. Einer, der trotz enormem Bankkonto eine unwichtigere Person war, die schlichtweg einbezogen werden musste.

Neben den anderen Gutsbesitzern klemmte er sich an den Besprechungstisch, der einen großen Teil des Amtszimmers einnahm. Jemand anderes als Thalbergs statt hätte sich klein und schmächtig gefühlt, nicht jedoch er.

»Lästig, richtig.« Der Graf stemmte die Hände in die Hüften und ließ seinen Blick schweifen. Er gab vor, als bemerke er Thalberg erst jetzt. »Ach, der Herr Thalberg! Auch Ihnen einen guten Tag.«

Artig stand Thalberg auf und machte einen Diener. »Eure Durchlaucht.« Schmierlapp, dachte er sich dazu.

Der Adlige nahm am Kopf des Besprechungstisches Platz und schlug die Beine übereinander. »Je eher wir anfangen, desto früher kann ich mich meinen wichtigen Verpflichtungen widmen.«

Thalberg schwante, dass der Graf die Jagd meinte.

»Sie haben nach Arnsberg geschrieben, Herr Thalberg?«, fragte von Fürstenberg mit einem gelangweilten Unterton und beäugte dabei intensiv seine Fingernägel.

»Der Herr Landrat hat mir geschrieben«, warf sich von Basse vor Thalbergs Antwort, der seine Autorität gefährdet sah. »Er meint, unsere Gendarmen werden sich mit der Zeit gewiss um das Dilemma kümmern.«

»Geschwätz!«, blaffte Thalberg.

Auf sein Schreiben hin, in dem er von den ausufernden Beutezügen der Räuber berichtet hatte, hatte er eine ähnlich vage Rückmeldung erhalten. Erkannte denn niemand außer ihm die Brisanz, die in den zunehmend dreister werdenden Taten schlummerte?

»Ich muss Sie bitten, sich zu mäßigen, Herr Thalberg. Der Herr Landrat Pilgrim ist ein fähiger Beamter und treuer Diener Seiner Majestät. Niemals würde es ihm einfallen, wichtige Probleme zu ignorieren. Er war es, der in den Hungerwintern Getreidelieferungen veranlasst hat – oder beim ersten Grollen der Unzufriedenheit Truppen zu unserem Schutz herbeorderte. Diese Arbeiter, immer schlimmer benehmen die sich!«

Thalberg räusperte sich. Er nahm sich vor, bedächtiger zu sprechen und sich nicht seinen Gefühlen hinzugeben. »Ich bin der Meinung, dass das Räuberproblem mittlerweile mehr Aufmerksamkeit erfordert, als der Herr Landrat erübrigen mag. Darum habe ich um dieses Treffen ersucht. Hier sind Grundbesitzer und Politiker versammelt. Der Herr Pfarrer wird uns vom Seelenleben der Menschen berichten, damit wir Rückschlüsse ziehen können, inwieweit es zu diesen Taten beitragen kann. Dadurch lässt sich ein umfassendes Bild der Lage zeichnen.«

Erleichtert sah Thalberg das Kopfnicken des Adeligen.

»Ich muss zugeben, dass diese Räubereien in der Tat eine äußerst lästige Angelegenheit werden«, meinte der Graf. »Ständig stehen Bauern auf meiner Schwelle, die Verluste beklagen. Oder Händler, die *mir* die Schuld an der Situation auf den Waldstraßen zuschieben wollen. Ich hatte beschlossen, die Überfälle zu ignorieren, um den Räubern nicht mehr als kleine Zeitungsmeldungen einzuräumen. Jede Aufmerksamkeit gießt weiteres Öl ins Feuer ihrer Taten.« Der Freiherr lehnte sich zurück. Wie selbstverständlich leitete er die Gespräche. »Mein werter Herr Pfarrer, Sie hatten ebenfalls Eindrücke dazu zu vermelden?«

Der Pfarrer richtete sich wie zur Predigt in seinem Stuhl auf und strich sich die schwarze Soutane glatt. »Mich erreicht beständig Kunde von den schlimmen Zuständen unserer Armenecke: verhungernde Familien, Not und Elend. Die Preise für die grundlegenden Nahrungsmittel steigen, sodass selbst redliche Arbeit sie nicht decken kann. Angesichts der dortigen Lage, selbstverständlich, ohne unsere äußerst fähige Regierung diffamieren zu wollen, war die einmalige Getreidelieferung in den Hungerwintern zu knapp bemessen. Die Not ist an zu vielen Stellen zu groß und konnte mit der dennoch wohl gedachten Gabe nicht allerorten bewältigt werden. Damit nahm die Verbitterung auf dem Berg ihren Anfang. Der gute Geist, wie sie den Räuberhauptmann nennen, bekämpft den Hunger und befeuert gleichzeitig die wachsende Unzufriedenheit mit der Politik. Dort gärt der Volkszorn gegen Preußen und unseren König besonders stark. Ich gebe dem verehrten Herrn Thalberg recht, dass wir Maßnahmen zur Eindämmung angehen müssen.«

Bei den Worten des Pfarrers lächelte Thalberg. Manchmal zahlte sich eine kurze Vorbesprechung vor dem eigentlichen Treffen aus.

Der Graf von Fürstenberg tippte sich mit dem Zeigefinger ans Kinn, sein Goldring wippte auf und ab. »Ihr fürchtet, dass dieser Geist ein Reiter der Apokalypse werden könnte? Ein Bote der Rebellion?«

Gleichzeitig nickten Thalberg und der Pfarrer.

»Und es spielen nicht Ihre Verluste die Hauptrolle in diesem Stück?«, hakte der Adelige nach.

»Meine Verluste wachsen ständig, da habt Ihr recht, aber alle hier sitzen im gleichen Boot! Wir müssen Wachen auf unsere Kosten an den Weiden postieren. Geschädigte Bauern geben sich bei mir und den anderen Gutsbesitzern die Klinke in die Hand, um uns zu ihren Fürsprechern zu machen. Ich fordere eine Verstärkung der Polizeigewalt, damit wir dieses armselige Pulverfass mit den Wassern der Staatsgewalt durchtränken! Nur so lässt sich eine Explosion verhindern, die bis nach Berlin zu hören sein könnte. Das dürfte von allgemeinem Interesse sein, wenn man den Unmut überall in Preußen wachsen sieht.«

»Diese Räuber sind in der Tat eine lästige Angelegenheit …«, bemerkte der Graf von Fürstenberg zum dritten Mal, nickte in die Runde und erhob sich.

Eine Zusage zu irgendeiner Maßnahme gab er jedoch nicht einmal beim Herausgehen ab. Sprachlos ließ er die Versammlung zurück.

Von diesem Treffen hatte sich Thalberg mehr erhofft, geglaubt, dass sich der Graf für den wirtschaftlichen Schaden und die politische Brisanz interessieren würde. Nichts dergleichen war geschehen. Er war wütend und schwor sich, nicht locker zu lassen. Es ging nicht nur um sein Vermögen, sondern auch um seinen Ruf! Thalberg musste handeln und auf eigene Faust Erkenntnisse einholen.

Das hatte sie seit langer Zeit nicht mehr getan: Sie summte bei der Gartenarbeit. Alwine, die in einen der Obstbäume geklettert war, fiel die Veränderung ihrer Mutter auf. Das Mädchen strich sich die vom Toben schweißnassen Haare aus der Stirn, die dadurch noch dunkler waren als sonst, und legte den Kopf schief. Ihre braun gebrannten Beine baumelten vom Ast herunter. Sie hielt es nicht für nötig, sich festzuhalten, da sie jedes Ästchen, jedes Stück Rinde ihres Baums kannte. Ihre Mutter schien das nicht zu mögen, denn sie unterbrach das Summen und stürzte zu ihr, die Arme ihr entgegengereckt.

Alwine ignorierte das Rettungsangebot und fragte betont unschuldig: »Warum hast du aufgehört zu summen? Das Lied war schön. Du hast schon so lange nicht mehr für mich gesummt oder gesungen.«

Hanne sah zu ihrer Tochter hinauf und das schlechte Gewissen packte sie. Sie gab sich solche Mühe, das Loch in ihrer Seele zu verbergen. Wie konnte es sein, dass es selbst einem kleinen Kind nicht entgangen war? Wenn sogar Alwine sie durchschaut hatte, wie musste sie dann erst auf erwachsene Beobachter gewirkt haben?

»Es tut mir leid. Der Tod deines Bruders …«, sie schluckte, »hat mich leer gemacht, verstehst du?«

Bei diesen Worten durchzuckte sie ein Stich, der sich von ihrem Unterleib bis in ihr Herz ausbreitete. Hanne japste, als ihm Übelkeit folgte.

Sie bedeutete Alwine, sich auf keinen Fall zu rühren, und lief mit vor dem Mund zusammengepressten Händen zur Mistgrube hinter dem Stall. Dabei konnte sie nur an die Verschwendung des kostbaren Hammelfleisches aus dem Eintopf denken, das sich nun seinen Weg zurück in ihren Mund drängte. Erst als ihr Magen sich in letzten Zuckungen zusammenkrampfte, glitt sie an der Stallwand herunter und gönnte ihren zitternden Beinen eine kurze Pause.

Vorwitzig schielte Alwine um die Stallecke zu ihrer Mutter. Wie nicht anders zu erwarten, war das wilde Mädchen nicht artig im Baum geblieben.

»Bist du jetzt wieder leer?«, fragte sie und tapste näher.

Trotz der anhaltenden Übelkeit und des rebellierenden Magens lächelte Hanne bei diesen Worten. Erneut streckte sie ihrer Tochter die Arme entgegen und dieses Mal stürzte Alwine sich hinein. Als die Kleine von ihr abrückte, legte Hanne sanft die Hand auf ihren Bauch. Sie ahnte, was geschehen war, wusste aber nicht, ob es Freude war, die sie erfüllte, oder bittere Enttäuschung.

Vogelbauer

Herbst 1847

»Sie sind nicht gerade das, was man einen erfahrenen Polizeidiener nennen könnte, oder?«

Mit zusammengekniffenen Augen musterte Franz Mönkebüscher den Mann vor sich, der gerade einmal drei Tage älter als ein frisch gebackener Keks sein konnte. Fast noch jugendlich! Diesen Unterstützer schickte man ihm, um das sich ausweitende Unheil einzudämmen, das die Räuber über dieses Gebiet brachten? Manchmal, aber nur manchmal, zweifelte er an den Entscheidungsträgern.

Der junge Mann kratzte sich, die strahlenden blauen Augen auf den Boden gerichtet, ausgiebig hinter dem Ohr – wahrscheinlich, um das Grün zu entfernen, das dort sprießen musste – und sagte kaum etwas. Immerhin sah er schneidig aus, was Mönkebüschers Frau Auguste nicht entgangen war, die mit auffällig viel Wangenrot durch den Wohnungsflur flanierte, ihr erst wenige Monate altes Mädchen auf dem Arm, das sie – seiner Meinung nach ziemlich umständlich – Auguste Johanna Wilhelmine Anna getauft hatten.

Zugegeben, der breite Oberkörper und die langen, muskulösen Beine des neuen Polizeidieners waren Mönkebüscher ebenfalls aufgefallen. Körperlich war an dem Mann nichts auszusetzen, doch das allein würde seinen Kopf nicht mit der Strenge und Disziplin füllen, die nötig waren, um das Tun der Räuberbande in den Griff zu bekommen. Immerhin liefen täglich von überall Beschwerden und Anzeigen bei der Regierung ein und in der Zeitung häuften sich die Meldungen über verschwundene Leintücher und Lebensmittel neben den Berichten über die wachsende Unzufriedenheit der Arbeiterklasse, die Not durch schlechte Ernten und die zahlreichen Zollschranken, die dazu beitrugen, dass das rare Brot teurer und teurer wurde.

Auguste interessierte das wenig. Hauptsache, sie konnte ihrem Mädchen, sich selbst und ihrer Wohnung die eine oder andere dekorative Schleife anheften, als seien es die Orden seines Verdienstes.

Für all das konnte der Junge vor ihm nichts, er war jedoch der Beweis, dass die Regierung die Klagen nicht ernst nahm und mit dem weitermachte, was sie schon vor Napoleon und dessen Besatzung getan hatte: das eigene Recht und Prestige schützen, ohne einen Blick nach rechts oder links, sowie möglichst wenig Aufhebens.

Zu Mönkebüschers Glück unterbrach Auguste seine Überlegungen, die einem Staatsdiener nicht anstanden, indem sie zu ihnen trat und den jungen Gendarmen anstrahlte. Der Sorge über die Stimmung im Land konnte allerdings auch ihr Strahlen nichts entgegensetzen.

Mönkebüscher seufzte. »Wie lautet Ihr Name? Mir bleibt nichts anderes übrig, als Sie mitzunehmen und Ihnen die Patrouillen zu übergeben. Mir fehlen überall Männer.«

Der jugendlich wirkende Mann schlug die Haken zusammen. »Johann Heinrich Herlinghaus. Ich war Tuchweber und habe zudem in der berittenen Artillerie gedient.«

Überrascht zog Mönkebüscher die Brauen nach oben. »Ach? Das … das sieht man Ihnen kaum an.«

Herlinghaus lächelte knapp. »Ich sehe jünger aus, als ich bin, Herr Mönkebüscher.«

Es hätte nicht viel gefehlt und Herlinghaus hätte Auguste

zugelächelt, beobachtete der erfahrenere der beiden Gendarmen.

»Man ist so jung, wie man sich fühlt«, flötete Auguste mit einem Augenaufschlag, wurde jedoch vom Quengeln ihrer Tochter an einer weiteren Unterhaltung gehindert. »Die Herren werden sich sicher auf den Weg machen wollen. Ich hörte von Ermittlungen auf dem Sommerberg.«

Ohne ihren Ehemann zum Abschied auf die Wange zu küssen, verschwand Auguste mit dem Kind auf ihrem schaukelnden Arm im Schlafzimmer.

Die Ordnungshüter machten sich mit ihren Pferden, die gleichermaßen miteinander Schritt hielten, auf den Weg aus der Stadt den Berg hinauf. Mönkebüscher hatte einen Hinweis bekommen, wo es vielleicht Diebesgut zu finden gab. Vorschulte meldete sich zwar selten, aber diese Information schien vielversprechend.

»Arme Gegend«, stellte Herlinghaus fest, als er die teilweise verfallenen Häuser an den matschigen Nebenstraßen betrachtete, nachdem sie die Chaussee verlassen hatten. »Mich wundert es kaum, dass diese armen Ratten sich alles zusammenstehlen, was sie in die Finger bekommen.«

»Not ist keine Rechtfertigung für Verbrechen«, ermahnte ihn Mönkebüscher. »Bei allem Verständnis für die Ärmsten – was sie tun, verstößt gegen das Gesetz. Zudem gehen die Räuber zunehmend dreister vor, bereichern sich selbst. Das hat nichts mehr mit Wohltätigkeit zu tun. Sie bekommen den Hals nicht voll!«

Herlinghaus zuckte mit den Schultern. »Solange ich ein gutes Gewehr und ein zuverlässiges Pferd habe, habe ich genug zum Leben.«

Damit war ihre Unterhaltung beendet und sie ritten schweigend bis zum Haus in Berghofen, das Mönkebüscher beschrieben worden war. Dieses Mal hatte er zügiger reagieren können, nachdem der erste Hinweis Vorschultes über die gestohlenen Kartoffeln und einen markierten Sack zu nichts geführt hatte. Nichts hatte er bei dieser ersten Frau, die vom guten Geist beschenkt worden war, gefunden. Heute erhoffte er sich mehr.

Während Herlinghaus die beiden Pferde an einem Baum anband, ging Mönkebüscher vor zur windschiefen Haustür, von der die Farbe abblätterte. Aus dem Fachwerk des Hauses waren große Lehmbrocken herausgebrochen und lagen im wuchernden Gras, das den Garten wie die französische Armee zu überrennen drohte. Insgesamt ein Bild der Verwahrlosung und des Elends.

Er klopfte, weitere Farbe löste sich ab und rieselte auf seine Stiefel. Innen folgte ein Rumoren und Klappern, bis eine Frau mit grauem Schopf die Tür aufriss.

»Wat woll'n Se?«, nuschelte sie und zog sich die Schürze hoch, die ihr um die Hüfte schlackerte und die aus mehr Flicken als aus dem ursprünglichen Stoff bestand. Ihr Haar, gebändigt mit nachlässig gesteckten Haarnadeln, war strähnig und dünn, stand aus ihrem Dutt ab, als hätte sie bis gerade geschlafen oder sich unablässig vor Sorge die Haare gerauft. Darunter waren ihre Wangen eingefallen und hingen schlaff herunter. Alles an ihr und ihrem Haus schien sich dem Verwelken des Herbstes anzubiedern.

Mönkebüscher warf einen Blick hinauf zur Sonne, die ihren Zenit überschritten hatte, und räusperte sich. »Sie sind Frau Bäcker? Ich habe gehört, dass Sie einen alten Vogelbauer verkaufen wollen.« Er zog ein paar Münzen aus der Rocktasche und ließ sie vor ihrer Nase auf und ab springen. »Ich suche ein Geschenk für meine Frau zur Geburt unserer Tochter.«

»Und Se sind der Gendarm, der uns'ren guten Geist jagt. Aber na schön, kommen Se rin. Ich schau, wo das Ding geblieben is. Zaster kann ich brauchen.« Sie verschwand im Dunkel ihres Hauses.

Bevor Mönkebüscher ihr folgte, wandte er sich an Herlinghaus, der inzwischen zu ihm aufgeholt hatte. »Jede Kartoffel, die Sie entdecken, melden Sie mir. Jeden Kartoffelsack, jedes Stück Fleisch, das zu gut für diese ... Behausung aussieht. Verstanden? Ich bekam den Hinweis, dass ihr Mann ...«

»Komm'n Se getz, oder nich?«, brüllte Frau Bäcker zu ihnen nach draußen und Mönkebüscher folgte ihrer »freundlichen« Aufforderung mit seinem Kollegen im Schlepptau.

Der Vogelbauer, den sie ihm in der einfachen, kleinen Stube entgegenhielt, war ein verrostetes und verbogenes Ding, in dem jeder Vogel vor Trübsinn eingegangen wäre, doch Mönkebüscher kaufte ihn dennoch. Um sich in Ruhe umsehen zu können, drehte und wendete er ihn nach allen Seiten, schielte dabei durch die Stäbe in das Reich der Bäckers. Dort roch es, als würde der ehemalige Bewohner des Vogelbauers irgendwo unter der Küchenbank vor sich hin modern. Schnell reichte Mönkebüscher der Frau die Münzen, die sie verlangte, ohne zu verhandeln. Eindeutig zu viele, aber was er wirklich brauchte, war kein Vogelkäfig, sondern Einblicke in das Leben auf dem Sommerberg.

»Wie geht es bei Ihnen, Frau Bäcker?«, fragte er. »Arbeitet Ihr Mann?«

Sie zählte die Münzen nach, bevor sie antwortete. »Auffe Zeche, wenn's da wat gibt.«

»Reicht das für Ihren Lebensunterhalt?«

Frau Bäcker kniff wie ein wütender Dachs die Augen zusammen, die dabei unter ihren Falten zu verschwinden drohten. »Wem reicht schon dat Schwatte unter den Nägeln zum Überleb'n? Wat soll die Frage?«

»Uns wurde berichtet, dass Sie in letzter Zeit mehr auf den Tisch bringen konnten als die übliche Getreidegrütze.«

»Wer sacht dat?«

»Das kann ich Ihnen nicht verraten.«

Frau Bäckers Finger zitterte, als sie ihn mühsam hob und zur Tür deutete. »Nix hab ich! Wir sin arm, aber tun keiner Fliege wat zuleide! Schämen Se sich, dat Se mich und meinen Mann so schlecht mach'n! Ich sach dat dem Woch'nblatt! Wir ham nix mit der Räuberei zu schaff'n, nich eine Kartoffel von denen is in uns'rem Topf gelandet! Ob Se's glaub'n oder nitt. Mein Mann arbeitet auffe Zeche – nix weiter! Danke für dat Geld, aber dat reicht getz auch. Raus aus mei'm Haus!«

Ihre Wut ließ sie trotz ihres zierlichen Körperbaus in die Höhe wachsen und Mönkebüscher glaubte, eine Furie mit Flickenschürze, wildem Haar und flammenden Augen vor sich zu haben.

Er sah zu Herlinghaus, der kaum merklich den Kopf schüttelte und mit den Schultern zuckte. Erneut ein Hinweis, der ins Nichts führte ... Bis auf die Gewissheit, dass er den Zorn der Sommerberger auf sich zog, wenn er nach ihrem Wohltäter suchte, hatte er im Haus der Bäckers nichts finden können.

Vor dem Haus erklang dumpfes, eiliges Hufgetrappel. Pferde wieherten einander zur Begrüßung zu.

»Herr Mönkebüscher? Herlinghaus? Sind Sie hier? Bitte, schnell, es gibt ein Problem beim Bäcker, also, beim richtigen, nicht hier! Die Menschen drohen, ihm das Brot aus den Regalen zu reißen!« Die Stimme des Polizeidieners Wittmer, der in Aplerbeck Dienst tat, sprengte die Situation erlösend auf, obwohl das keine guten Nachrichten waren. Mönkebüscher war beinahe froh, von hier fortgerufen zu werden.

»Kümmern Se sich lieber um Ihr'n eig'nen Dreck, Herr Gendarm! Bald is hier der Teufel los!«, spie ihm Frau Bäcker nach, als er aus dem Haus stürmte.

Herlinghaus, der sie – anders als Mönkebüscher – genau verstanden hatte, blieb kurz zurück, baute sich vor ihr auf und schlug ihr ohne Vorwarnung ins Gesicht. Nicht weniger wütend zischte er über ihr Jaulen hinweg: »Etwas mehr Respekt, du alte Wachtel! Wir sind das Gesetz! Du kannst froh sein, dass wir heute nichts von eurem guten Geist gefunden haben. Ich behalte dich und deinen Kerl im Auge. Ich bin für die Patrouillen zuständig. Also pass bloß auf, verstanden?«

Schweinediebstahl

Am Abend versammelte sich das Kleeblatt – den Namen hatte sich die Räuberbande gegeben – vor der Höhle in einem Siepen im Wald. Der Neuzugang Friedrich Schöne war das fünfte Blatt am Glücksklee. Er war bislang nur selten anwesend und war auch jetzt nicht bei ihnen, würde sich jedoch gewiss bald einfügen. Den ganzen Tag über war Dolf nicht daheim gewesen, hatte sich aber auch nicht auf der Zeche um Arbeit bemüht, wie er es morgens angekündigt hatte. Vielmehr hatte er Lust verspürt, in der Sonne zu dösen und sich zu überlegen, wo sie als Nächstes fette Beute machen konnten. Mit Absicht hatte er Hanne nicht dazugeholt. Ihr herrisches Auftreten bei der Schafschur – wie sie den Raubzug schmunzelnd nannten – hatte ihn bis ins Mark getroffen.

Schon bei ihrer Hochzeit hatte er gewusst, dass er eine Frau an seine Seite nahm, in der mehr steckte, als sie sich selbst eingestand. Dass sie ihn überflügeln wollte und konnte, hatte er nicht kommen sehen. Hanne genoss ihren Wohltäterstatus, doch das rechtfertigte nicht den Versuch, ihn vor seinen Männern lächerlich zu machen. Seine Männer … bei diesem Gedanken wuchs er in den Himmel. Nicht einmal Hanne hatte das Recht, sich in seine Entscheidungen einzumischen. Entsprechend hatte er das erbeutete Fleisch seinem Gutdünken nach verteilt, ohne ihr davon zu berichten.

»Hauptmann?« Heinrichs Stimme unterbrach seine Gedanken und er schreckte hoch.

»Was ist?«, brummte er.

»Was tun wir als Nächstes?«

»Eine gute Frage.«

»Hast du die Antwort?«, mischte sich Grübchen näselnd ein.

Der Deserteur Brünninghaus hatte einen Ast aufgelesen und schnitzte, ohne hochzuschauen, daran herum.

»Man redet über uns. Alle sind begeistert vom Räuber, der den Armen seine Beute überlässt. Wie machen wir weiter?«, wollte Heinrich wissen.

Dolf wusste, dass Heinrich ihm seine Gedanken sofort ansehen konnte. Das änderte dennoch nichts daran, dass er auch auf ihn wütend war. Wie nahe er an der Weide bei Hanne geblieben war, dieser Koloss! Was heckten die beiden hinter seinem Rücken aus? Ständig fand er ihn dicht bei ihr, er war zu nett und höflich. Bislang hatte ihn das nicht gestört, aber nun, da Hanne sich gegen ihn gestellt hatte, witterte er auch bei Heinrich ersten Verrat. Er begann, einfach überall Verrat zu wittern. Der Druck in seinem Kopf stieg.

»Das Fleisch ist gut angekommen, wie man hört«, ergänzte Grübchen, der sich neben Dolf auf einen Baumstamm gehockt hatte und ihn von der Seite aus anhimmelte. »Übrigens hat der Bauer Engelbert behauptet, dass du ihm niemals sein fettestes Schwein stehlen könntest. Dafür wärst du nicht gut genug.«

Dolf brauste auf. »Unsinn! Natürlich würden wir das schaffen! Ich würde es ihm sogar ankündigen, dem Idioten!«

Grübchens Ziegenlachen hallte von den Bäumen wider. »Das ist ein Wort!« Er klatschte in die Hände. »Auf geht's!«

Heinrich zeigte sich nicht angetan, knetete seine Pranken und schaute um sich, als erwarte er, dass sich im nächsten Augenblick eine Horde Polizeidiener auf ihn stürzen würde. »Hanne ist noch nicht hier«, wandte er ein.

Grübchen schnaubte und fuhr mit seiner Hand durch die Luft. »Ohne die sind wir besser dran. Unser Hauptmann ist ein ganzer Kerl, der auch ohne sie Entscheidungen treffen und Pläne schmieden kann! Er wird sagen, wo's langgeht. Dazu brauchen wir kein Weibsbild, das uns rumkommandiert. Das habe ich zu Hause nicht und das will ich hier genauso wenig.« Er verschränkte die Arme vor der Brust.

»Du wohnst bei deiner Mutter«, warf der ansonsten eher stille Brünninghaus ein, den Blick auf Höhe des Bajonetts gesenkt, das er stets im Gürtel bei sich trug. Dolf fragte sich, ob es dazu die passende Muskete gab.

Heinrich prustete los und klatschte Brünninghaus Beifall. »Vorschultes Mutter fragen wir lieber nicht, ob sie uns auf dem Fang begleiten will. Mit diesem Bratpfannengesicht erschrickt sich die arme Sau zu Tode und verreckt uns, bevor wir sie auf dem Wagen haben!«, brüllte er und hielt sich den Bauch vor Lachen.

Grübchens schmal gewordene Augen verrieten den anderen, dass er Heinrichs Witz nicht besonders komisch fand. »Können wir jetzt endlich loslegen, nachdem du über meine Mutter hergezogen bist?« Seine Miene hätte Tote aus den Gräbern gejagt. »Der Engelbert feiert heute Abend. Wir sollten vor den Gästen da sein.«

Eines musste man Grübchen lassen: Manchmal hatte er den besten Riecher, was Beute anging.

Heinrich wischte sich die letzten Lachtränen aus den Augenwinkeln und konnte sich das Grinsen nicht verkneifen. Umständlich stemmte er sich in die Höhe.

Dolf nickte. Er bemerkte nicht einmal, dass nicht er diese Entscheidung gefällt hatte.

Im weitläufigen Bauerngarten des Hofes Engelbert waren Feuerkörbe aufgestellt worden und die Knechte und Mägde wuselten umher, um letzte Erledigungen am langen Tisch abzuschließen, der in der Deele aufgebaut worden war. Beim

Anblick der Platten mit Schinken und Mettwürstchen und des gewaltigen Fasses Bier, das eben angezapft wurde, lief den Räubern das Wasser im Mund zusammen. Trotz des Trubels gelang es ihnen, ungesehen über eine Mauer zu klettern und zwischen den Verschlägen für die Tiere hindurch auf den Dachboden zu gelangen. Bevor sie sich mit dem Diebstahl des fettesten Schweins befassten, wollten sie lauschen, was der Bauer zu feiern gedachte und was generell getratscht und besprochen wurde. Unter Umständen konnten sie daraus einen neuen Plan spinnen und den prahlerischen Bauern auf die eine oder andere Weise weiterdemütigen.

Die anderen hatten nicht mitbekommen, wie, aber Grübchen war es im Vorbeihuschen gelungen, Würste und Brot einzustecken, mit denen sie sich die Wartezeit verkürzen würden.

Der erste Gast, der am Tor auftauchte, war kein geringerer als der klapprige Gendarm Pötichen, der nie irgendwo fehlte, wo gefeiert wurde und wo Aussicht bestand, den einen oder anderen Becher umsonst eingeschenkt zu bekommen.

Bauer Engelbert, ein bulliger Mann mit einer scharfen Hakennase, begrüßte Pötichen überschwänglich wie einen Verwandten, der nach Amerika ausgewandert und nach sehr langer Zeit zurückgekehrt war.

»Niemand wird verhaftet, keine Sorge!« Pötichen klopfte ihm lachend auf die Schulter und schob sich den Helm in den sonnenverbrannten Nacken. »Ich wollte mich persönlich vom ordnungsgemäßen Zustand des Bierfasses überzeugen. Die Brotkrawalle sollen meine Kollegen eindämmen!«

Engelbert, der den Gendarmen nicht nur in der Leibesfülle um Längen schlug, sondern ihn wie ein Felsmassiv überragte, ignorierte die Bemerkung über die heutigen Ausschreitungen in der Stadt, von denen man ihm erzählt hatte, legte stattdessen den Arm um Pötichens Schultern und führte ihn an die Tafel. Mit solchen Skandalen wollte er sich nicht befassen, vor allem, wenn er Gäste erwartete. »Für besondere Gäste wie dich habe ich sogar eine Flasche vom Apfelschnaps aufbewahrt, den wir beim Schützenfest zusammen getrunken haben. Damals hat er schon gut geschmeckt, aber heute erst …«

Wie beim Segen in der Kirche lächelte Pötichen selig und plumpste auf den ihm zugewiesenen Klappstuhl. Seine mangelnde Eleganz verriet, dass das Engelbert'sche Bierfass nicht sein erster Halt des Tages sein konnte. Innerhalb einer Minute stand ein Becher vor ihm, in dem eine klare Flüssigkeit schwappte.

»Eigentlich bin ich im Dienst … Wenn der Mönkebüscher mich sieht …« Mit diesen Worten stürzte der Gendarm grinsend den Schnaps in einem Schluck herunter.

»Ein wahrer Ordnungshüter! Beweis vernichtet!«, klopfte Engelbert ihm auf die Schulter. »Vergiss nicht, dir eine Grundlage für das Klare zu legen, bevor uns die Räuber die Wurstplatten unter der Nase wegschnappen oder dieser Mob uns das Brot aus den Händen reißt. Verrückte Zeiten sind das …«

Dass in der Stimme des Bauern Beunruhigung mitschwang, nahm Pötichen nur bedingt wahr. Zu gut versteckte Engelbert sie hinter dem zuckrigen Überzug eines breiten Lächelns.

»Meinst du, er ist so unverschämt, der Räuber? Am besten fertigt er Anschläge an, wo er demnächst einzusteigen gedenkt. Dann müssten arme Bauern wie du nicht auch noch die Türen ersetzen«, schlug Pötichen unbedarft in die gleiche Kerbe und leerte ein zweites Glas. »Einem Dieb freiwillig Tür und Tor zu öffnen, da frage mich: Ist das noch Raub? Ich bin ja kein Jurist …«

Engelbert spannte sich an und ballte die Fäuste. Seine Ausgelassenheit schmolz dahin. Er hasste die Aufmerksamkeit, die man dem Räuberpack zollte, statt es endlich festzunehmen. Fast wie Volkshelden feierten manche diese Gesetzlosen. Widerlich! Das waren bestimmt die gleichen Randalierer, die sich heute um die Brote in den zerstörten Bäckereien geprügelt hatten! Der Räuber wiegelte die Arbeiter dermaßen auf, dass sie den armen Handwerkern ihre Ware aus den Regalen rissen. Die ganzen Scherereien gingen allein auf die Kappe dieses Räubers!

»Einen Teufel würde ich tun. Soll dieser Räuber ruhig versuchen, mir das Vieh aus dem Stall zu holen. Ich bin nicht dieses Weichei von Industriellem, der sich alles von der Weide führen lässt! Bei mir stünde der stärkste Knecht Schmiere, hätte ich den leisesten Verdacht. Mit einem fetten Knüppel! Den würden die Halunken von mir geschenkt bekommen! Nichts weiter! Damit hämmert man eindringliche Nachrichten in die Schädel hinein, damit kann er beim Nächsten ein Zettelchen ans Tor pinnen!«

Durch die Spalten in den Dielen konnten die Beobachter auf dem Heuboden alles sehen und hören, was Engelbert sagte. Sie tauschten Blicke und eindeutige Gesten. Von den Krawallen hatten sie bei ihrem Nickerchen im Wald nichts mitbekommen. In ihren schummrig beleuchteten Gesichtern wechselten Entsetzen und Respekt für den Mut, sich offen gegen die Not und das Elend zu stellen und endlich aufzubegehren.

»Holen wir dem Engelbert die dickste Sau aus dem Stall. Unter der Nase des Gesetzeshüters! Bei einer Feier! Und wir lassen ihm eine Nachricht da, dass er beim nächsten Mal die Stalltür gerne offen stehen lassen kann«, kicherte Grübchen leise.

Heinrich hingegen betrachtete Dolfs Gesicht. Dessen Mundwinkel umspielte ein leichtes Lächeln. Er fragte sich, was sein Freund wohl in den Worten Pötichens und Engelberts sehen mochte.

»Wir warten, bis Pötichen ein paar Schnäpse intus hat. Danach holt ihr zwei, Brünninghaus, Vorschulte, den Wagen. Ich treibe mit Heinrich das Schwein zu euch. Aus dem Verschlag führt eine Tür in die Suhle, die benutzen wir. Von da aus ist das Nebentor nicht weit.«

Alle nickten.

»Was ist mit dem Knecht – oder dem Bauern?«, warf Heinrich ein. »Was machen wir, wenn uns einer sieht? Bis jetzt sind wir stets heimlich vorgegangen. Mit dieser Tat hängen wir unsere Namen an Stalltüren. Ob das eine gute Idee ist?«

Dolf wusste, dass Heinrich recht hatte. Dessen Worte stimmten ihn nachdenklich und er strich sich durch den Bart. Schließlich zuckte er mit den Schultern. »Sei's drum. Ich bin es leid, nur der gute Geist zu sein und nichts weiter als stumme Anerkennung für meine Kraft und Arbeit zu ernten. Was wird passieren, wenn unsere Freunde unsere Namen erfahren? Na, was? Sie werden uns auf Sockel heben und Denkmäler für uns errichten! Wie diejenigen, die sich das Brot erstreiten. Für sie sind wir Helden.«

Brünninghaus' und Grübchens Blicke kreuzten sich und sie deuteten ein Lachen an, unterdrückten es allerdings, um nicht entdeckt zu werden.

Heinrich zog die Stirn kraus. »Nicht nur unsere Freunde kennen danach unsere Namen und Sockel können niedergerissen werden. Wenn die Gendarmen uns auf ihrer Liste haben, sitzen wir schneller im Arrest, als uns lieb ist.«

»Warum bist du griesgrämig und schwarzseherisch? Wenn es dich beruhigt: Ich kenne eine hübsche Wahrsagerin, die kann in die Karten sehen oder deine Handlinien zu Rate ziehen. Weißt du, was sie mir vorhergesagt hat? Reichtum und Ruhm! Das ist unser Moment, mein Moment, das anzugehen. Sollen die Polizeidiener meinen Namen ruhig wissen, kriegen tun sie mich eh nicht«, warf ihm Grübchen entgegen.

Heinrich rieb sich die Nase. »Wie sollten zusehen, etwas über die Krawalle in Erfahrung zu bringen, bevor wir …« Er räusperte sich. »Aber wenn ihr euch so sicher seid …«

Dolf sah dem Koloss an, dass er sich ärgerte. Worüber, war ihm ein Rätsel. Sie hatten alles im Vorfeld besprochen und jetzt dieser Rückzieher? Weil Bäcker ausgenommen wurden? Was sollte daraus schon erwachsen? Er konnte nur vermuten, dass Heinrichs Laune mit Hanne und ihrer Abwesenheit zu tun hatte. Vielleicht machte sich Heinrich aber auch Sorgen um ihn? Oder hegte er etwa rivalisierende Gefühle und befürchtete, dass sein Freund berühmt werden könnte und er nicht?

Bevor er zu Ende denken konnte, unterbrach ihn Heinrich. »Worauf warten wir noch? Nu mal los«, murmelte er.

Mit dem Segen seines Freundes, wenn auch einem unwilligen, wollte Dolf ein neues Leben beginnen und den Ruhm als Held ernten, den er sich verdient hatte und seit Langem ersehnte. Das konnte alles kitten, was in letzter Zeit schiefgelaufen war.

Schweiß trat auf ihre Stirn, als sie ins Tal hinunterlief. Nach der Hälfte der Wegstrecke legte Hanne im Gehen ihr Schultertuch ab und faltete es über ihren Arm. Unaufhaltsam klapperten ihre Sohlen auf dem Weg.

Ein Anwohner der Chaussee grüßte sie mit einem Tippen an seine Schirmmütze. »Bei dem Wetter weiß man gar nicht, was man anziehen soll, nicht wahr? Heute ist es so drückend, dazu weht dann aber dieser raue, kalte Wind. Da holt man sich schnell was weg, Fräulein. Gehen Sie lieber nach Hause zurück, da sind Sie sicher vor dem aufziehenden Sturm.«

Hanne lächelte ihm zu. »Danke für das charmante ›Fräulein‹, aus dem Alter bin ich allerdings raus.« Sie winkte und eilte weiter, ohne den Mann oder seinen Rat allzu ernst zu nehmen.

Nicht weit vor sich entdeckte sie eine energisch ausschreitende Frau mit wehendem Rock, die ihr von der Statur her ähnelte. Hanne wusste, wen sie vor sich hatte, und beschleunigte ihre Schritte. Diese Frau bestätigte das, was Hannes Mutter ihr eben erst bei einem überraschenden Besuch berichtet hatte. Seitdem läuteten die Alarmglocken in Hannes Kopf unaufhörlich und trieben sie an, schleunigst Richtung Stadt zu laufen. Weder bei Haselhoff noch in der Höhle hatte sie Dolf gefunden und nach Hause war er erst recht nicht gekommen. Erst die Worte ihrer Mutter hatten sie auf eine Idee gebracht, wo er den Abend verbringen mochte. Was für ein Leichtsinn! Er setzte damit alles aufs Spiel!

»Deine Schwester macht etwas aus ihren Talenten, Hanne«, hatte ihre Mutter gesagt und ihr von dem ersten lohnenden Auftrag erzählt, den Elsabena an Land gezogen hatte. Dringend sei er gewesen, denn der reiche Bauer Engelbert plante ein rauschendes Fest und dessen Frau brauchte ihr bestes Kleid noch am selben Abend geändert. *Heute* Abend.

Hanne zählte eins und eins zusammen: Ohne es mit ihr zu besprechen, würde ihr Mann versuchen, seine Finger auf das üppige Festbankett zu legen oder sich sonst wie auf Engelberts Hof zu schaffen zu machen. Was er sich dabei dachte, solch ein Risiko einzugehen, konnte sie beim besten Willen nicht nachvollziehen. Dass er der rachsüchtigen Elsabena in die Arme laufen konnte, die ihm die Abfuhr nie vergeben hatte, krönte die ganze Unternehmung mit einem zusätzlichen Schuss Dummheit. Was Elsabena bei einem Treffen von verschmähter Liebschaft und schneidigem Räuberhauptmann versuchen würde, konnte Hanne nur erahnen, musste aber zugeben, dass sich allein bei der Vorstellung ein Stachel der Eifersucht in ihre Brust bohrte. Sie war sich Dolfs Treue nicht mehr sicher. Wann hatte sich das geändert? Und was würde geschehen, wenn Klatschweib und Racheengel Elsabena ihn tatsächlich beim Beutezug ertappen würde? Ihre größte Rivalin würde wissen, dass er der gute Geist war. Würde sie zu den Gendarmen rennen, Hanne die Hölle heiß machen und ihre Familie zerstören? Auch das vermochte sie nicht mit Sicherheit zu sagen. Elsabena war unberechenbar. Wenn die Gendarmen über Dolf und vor allem über Hanne herfallen würden, wäre das ein Bild, das Elsabena durchaus gefallen könnte. Das konnte sie nicht zulassen. Deshalb musste sie sich schnellstmöglich an den Rocksaum ihrer Schwester heften. Einen Plan, wie sie Elsabena oder Dolf vom Fest fernhalten konnte, hatte sie noch nicht.

Der Lauf ihrer Überlegungen und Befürchtungen wurde unterbrochen, als ihr aus einer Seitenstraße Männer in den Weg traten. Sie schwenkten eine weiße Mütze in den Händen und begannen zu grölen, als sie Hanne erblickten. Schneller als eine Ringelnatter eine Maus umschlingen konnte, kesselten sie Hanne ein und drängten sie in die Enge. »Willst du nicht bei uns mitmachen, Hübsche?«

Sie kannte die Flegel nicht, doch ihre schmutzige Kleidung verriet, dass sie es nicht mit den reichsten Gutsbesitzern zu tun hatte.

»Sie ist viel zu sauber geschrubbt, um eine von uns sein zu können!«, meldete sich eine andere Stimme.

Der Mann, der sie zuerst angesprochen hatte, näherte sich ihr und seine Augen wanderten über sie, als läge sie in der Auslage eines Süßwarenhändlers. »Schmutzig bekomme ich jedes Weib!«, feixte er, legte seine Finger um ihr Kinn und zog sie zu sich heran.

Hanne schloss die Augen und fühlte, wie ihre alte Bekanntschaft namens Angst aus dem Schlaf erwachte und ihre Glieder mit einem eisigen Schauer gefrieren ließ, während seine Hände über ihre Schultern streichelten. Seltsamerweise roch der Mann nicht nach Kohle, Asche oder verbranntem Metall, sondern deutlich nach frischem Brot. Sie überlegte, was sie unternehmen konnte, und wollte eben die Augen wieder öffnen, um ihren Peiniger zumindest mit Worten abzuwehren, als ein lauter Donner die Luft zerfetzte. Im nächsten Moment wurde sie zur Seite geschubst und sie stolperte an die Hauswand, als Reiter die Chaussee heraufpreschten. Schon aus der Entfernung leuchteten ihre Uniformen grün in der Abendsonne. Hanne hätte sich nie träumen lassen, einmal dankbar dafür zu sein, wenn Gendarmen vor ihr auftauchten. Die Männer, die sie zuvor umstellt hatten, zerstreuten sich unter den donnernden Schüssen wie vom Winde vertrieben in die Büsche neben dem Weg oder in die schmalen Durchgänge zwischen den Häusern.

»Geht es Ihnen gut? Welcher Teufel hat Sie geritten, an einem solchen Tag auf der Straße zu spazieren?« Einer der Gendarmen hatte sein Pferd neben sie gelenkt und sah besorgt zu ihr hinunter. Die Angst machte sich weiter in Hanne breit. Es war dieser Mönkebüscher. Natürlich! Der Jäger des guten Geistes kam zu ihrer Rettung geeilt. Welch Ironie.

Hanne richtete sich auf. »Was für ein Tag? Nachrichten verbreiten sich nicht so schnell wie die Eisenbahn!«, erwiderte sie, überrascht von der Stärke, die sich in ihre Stimme schlich.

Das Pferd des Gendarmen tänzelte unruhig, was sich im Gesicht des Reiters widerspiegelte. »Es gab Krawalle. Bäckereien und Vorratshäuser wurden gestürmt. Die Aufrührer sind noch unterwegs. Sehen Sie zu, dass Sie von der Straße verschwinden und nach Hause kommen.«

Ohne sich weiter um sie zu bemühen, presste Mönkebüscher dem Tier die Sporen in die Flanken und es warf seinen Hintern herum, riss Hanne dabei beinahe von den Füßen. Dann schoss es davon und Mönkebüscher jagte einem Mann nach, der sein Versteck in den Büschen verlassen hatte und sein Heil in der Flucht suchte.

Hanne rannte los. Sie musste Dolf finden und ihre Schwester aufhalten. In einer solch aufgeheizten Stimmung durfte sie es nicht zulassen, dass Dolf als Anstifter all dieser Unruhen in die Öffentlichkeit geriet.

Außer Atem keuchte Hanne den Namen ihrer Schwester, als sie endlich nah genug heran war. Elsabena rannte mehr, als dass sie ging.

»Warte bitte! Es ist nicht sicher!«

Wider Erwarten verlangsamte Elsabena beim Klang der Stimme ihrer Schwester ihre Schritte, drehte sich um und blieb stehen. Auf ihrem in Falten gelegtem Gesicht lag ein rosiger Hauch der Anstrengung oder Aufregung, der sie weniger verhärmt und biestig wirken ließ. Hatte sie nichts von den Schüssen oder der Jagd nach den Aufrührern mitbekommen?

»Meine liebste Schwester! Was verschafft mir die Ehre, dass du dein Wort an mich richtest? Was führt Ihre Majestät des Sommerbergs hierher?«, stichelte sie mit einem Blick, der Hanne von oben bis unten aufschlitzte. Diesen Spitznamen benutzte sie seit dem für sie unseligen Schützenfest.

»Mutter sagte, dass Bauer Engelbert Hilfe für den Abend benötigt und gut zahlen will. Ich dachte, ich melde mich bei ihm, da bin ich zwischen die Fronten des Aufstands geraten.«

In Elsabenas Gesicht war kaum abzulesen, ob sie Hanne glaubte oder nicht. »Welcher Aufstand? Was planst du? Du willst mit mir plaudern, als wären wir liebende Schwestern? Wie rührend. Ich würde es dennoch vorziehen, allein weiterzugehen.«

»Elsa, komm schon. Es dämmert bereits und zu zweit ist es sicherer. Der Gendarm hat mich gewarnt.«

Elsabena vollführte eine wegwerfende Handbewegung, als scheuche sie lästige Mücken zur Seite. »Mutter hat's dir gesteckt, und du wirst es ihr verraten, wenn ihrer verehrten kleinen Prinzessin etwas zustößt! Dann spielen wir eben die wundervolle Familie.« Elsabena schnaubte und setzte ihren Weg bergab fort, ohne sich darum zu scheren, ob Hanne ihr folgte oder nicht.

Nach kurzer Erstarrung in der Kälte dieser Worte sah sich Hanne um, erleichtert, keine Hufe oder Schüsse in der Nähe zu hören, und schloss erneut zu ihrer Schwester auf.

»Wie geht es dir? Was macht Diedrich?«, fragte sie im Versuch, ihre Schwester aufzutauen, blieb jedoch erfolglos.

»Er ist und bleibt ein Versager. Egal welche Ratschläge ich ihm erteile oder von ihm erbitte, er trifft stets die falschen Entscheidungen«, antwortete Elsabena, biss sich danach auf die Lippe. Sie hatte zu viel gesagt. »Er bemüht sich«, milderte sie ihr Urteil über ihren Mann ab.

»Ich weiß, dass wir nie wirklich miteinander reden konnten. Schon als Kinder nicht. Mir wäre es trotzdem wichtig, dass wir den Zaun abreißen, den wir beide errichtet haben. Wir sind eine Familie, ob es dir nun passt oder nicht«, probierte Hanne einen direkten Vorstoß auf das Problem zwischen ihnen. Nach ihrem Geschmack schwelte es bereits viel zu lange im Dunkeln vor sich hin.

Elsabenas Schritte kamen aus dem Takt. Über die Schulter sah sie ihre Schwester an. »Ich habe keinen Zaun errichtet. Ich habe mich dahinter versteckt, nachdem du ihn hochgezogen und mich gedemütigt hast. Vor aller Augen.«

Elsabenas Worte gefroren nicht weniger eisig als der Wind auf ihrer erhitzten Haut. Hanne konnte es kaum fassen, dass sie gerade jetzt diese Unterhaltung führte, wo auf den Straßen ein kleiner Krieg ausbrach. »So siehst du das also?«

»Wie sollte ich es sonst sehen? Du hast angefangen! Ich hielt mein Glück in den Händen. Bis du es mir mit deinem Getue genommen hast.« Elsabena atmete schwer aus und Hanne begriff, dass das Leben ihrer Schwester ein kräftezehrender Gewaltmarsch gegen sich selbst geworden war, geprägt von Wut und Missgunst.

Insgeheim hatte Hanne sich lange nach einer Aussprache gesehnt, am besten mit einer Versöhnung. Sie hatte die Dinge geraderücken wollen, doch eine beinahe stattgefundene Vergewaltigung als »Getue« zu bezeichnen, raubte ihr den dafür nötigen Atem und Willen. Sie hatte gehofft, dass Elsabena den Tod ihres kleinen Neffen als Anlass genommen hatte, im Leben ihrer Schwester kein zu beneidendes Paradies zu sehen. Was sich stattdessen in ihren Augen spiegelte, war das Brennen, das seit dem Tag des Schützenfestes unauslöschlich in ihr loderte. Dieses Feuer zerfraß das geschwisterliche Band zwischen ihnen. Hanne war sich nicht mehr sicher, ob sie noch beide Teil derselben Familie sein konnten. Vielleicht sollte sie besser schweigen und einfach gehen, die störrische Elsabena den Randalierern überlassen und Dolf in Sicherheit bringen.

»Ich weiß, dass du mir das vorwirfst. Ich kann es dir nicht einmal verdenken und es tut mir leid. Aber Dolf ist ein freier Mann. Er hat diese Entscheidung selbst gefällt und mich gewählt. Für dich mag er als Glück und Dein erschienen sein, für ihn warst du hingegen nichts als ein bedeutungsloser Zeitvertreib.«

Ausgesprochen klangen die Worte schärfer, als sie es beabsichtigt hatte. Dennoch – Hanne war es leid, ständig mit gesenktem Blick um ihre Schwester herumschleichen zu müssen. Seit einigen Monaten fühlte sie auch in sich ein Feuer lodern. Im Gegensatz zu Elsabenas Lodern stahl es ihr nicht die Kraft, sondern gab ihr den Willen, Gutes für andere zu tun. Voller Entschlossenheit hielt sie Elsabenas erstarrter Haltung stand.

»Derart ging es mir jedes Mal, wenn du ins Zimmer getreten bist. Ich war stets der Zeitvertreib, bis die bessere Tochter sich endlich zu Hause blicken ließ. Glaub mir, damit habe ich meinen Frieden gemacht, aber das mit Adolph war etwas anderes. Was wir hatten, war enger und inniger, als er dich glauben lässt. Dich hat er wegen deiner sprühenden Augen genommen und ist jetzt schon gelangweilt, nach allem, was so gemunkelt wird. Wenn dein Strahlen des ersten Auftritts wie eine Maske zu Boden fällt, steht nichts dahinter und du wirst dunkler als die schwärzeste Winternacht«, ätzte Elsabena. Keine Spur des Einlenkens, kein Mitleid. »Vielleicht hast du es sogar verdient, dass der Bengel …«

Im letzten Moment klappte Elsabenas Mund zu und sie ließ ihre Worte abbrechen, bevor sie zu weit ging. Dennoch wusste Hanne genau, was in Elsabena wütete, und es machte sie sprachlos. Sie begriff endgültig, dass lediglich oberflächliche Höflichkeit im Beisein anderer ihre Zukunft bestimmen würde. Eine tiefere Verbindung mit ihrer Schwester würde es nicht geben. Das hatte sie nun von ihrem Bestreben, sich aussprechen zu wollen.

»Ich verstehe. Es war gut, das von dir zu hören. Mir erspart es die Entschuldigung und das Gefühl der Reue, das mich seit meiner Hochzeit gequält hat. Mein Vergehen rechtfertigt nicht das, was du eben sagen wolltest. Sei froh, dass du es nicht getan hast. Ich hätte es dir sonst samt deinen Fehlern in den Rachen gestopft, damit du daran erstickst. Ich gehe doch lieber allein weiter, wünsche dir aber, dass du nicht unter die Randalierer gerätst.«

Tränen brannten in ihren Augen, als sie an Elsabena vorbeischoss. Was hatte sie erwartet? Sie wusste es selbst nicht mehr. Im Gehen straffte sie ihren Körper und schüttelte die Last von ihren Schultern. Fortan würde sie es nicht mehr bereuen müssen, was sie Elsabena genommen hatte. Nach Elsabenas unausgesprochenen Worten, war Hannes Schuld beglichen. Ohne das Schützenfest hätte der Sommerberg nicht das erhalten, was er so bitter nötig hatte. Niemals hätte es den guten Geist gegeben, der Menschenleben rettete. Allein, ohne Dolf, hätte sie das alles vermutlich niemals bewerkstelligen können. Die Kraft, die Hanne besaß, zog sie aus dem Verlust, der in seiner Zerstörungswut alles mit sich gerissen hatte. Der Verlust eines Liebhabers mochte am Stolz kratzen, der Verlust eines Kindes jedoch ließ sich daran niemals messen. Durch den kleinen Adolph war sie ein Teil des guten Geistes geworden. Sie hätte Elsabena für diese Lektion danken können, aber das wollte sie nicht. Ihre Gedanken sollten ihrem Mann und den anderen gelten, die mit ihrem Tun Großes bewegen konnten. *Sie* waren ihre Familie, für die sie kämpfen musste.

Am Tor des Hofes, das neu gestrichen worden war, fand Hanne den ersten Knecht, der sie zur Bäuerin führte. Die ausgedachte Geschichte, dass sie beim Servieren aushelfen sollte, passte wunderbar.

»Ah, Frau Mohr! Hilfe ist willkommen, auf jeden Fall! Die Männer sind durstiger und hungriger, als ich es in meinen kühnsten Träumen erwartet hätte.«

Ein Lächeln kam der rundlichen Frau nicht auf die Lippen, doch die sorgfältig mit der Schere gebrannten Locken, die schweißnass an ihrem Nacken und an ihren Schläfen klebten, sprachen für sich. Die Bäuerin Engelbert reichte Hanne eine Schürze, ohne die genaue Bezahlung zu erwähnen, und tauchte in die Masse der Gäste ein, deren fröhliches Geschwätz und Gelächter jeden Winkel des gewaltigen Anwesens mit dem Fachwerkhaus im Zentrum erfüllten.

Knapp wies eine der Mägde Hanne ein und nach wenigen Minuten trug sie das erste Tablett mit Schüsseln voller Essen in die geschmückte Deele. Ihr Magen knurrte, aber zum Glück war es derart laut rundherum, dass es niemand hören konnte. Ein Gespür für Schönes hatte die dralle Herrin des Hauses, musste sie zugeben, obwohl die zechenden Männer kaum wahrzunehmen schienen, dass überall frische Blumen aus dem Bauerngarten standen, Kerzen warmes Licht spendeten und alles andere sorgsam zusammengestellt worden war.

Mit einem Lächeln in die Runde stellte Hanne ihre Schüsseln ab und ihr Blick huschte zu einer Bewegung am Tor, wo sie Elsabena entdeckte, die ihr Paket an eine der Mägde übergab. In ihrem Gesicht fand Hanne Spuren ihrer Begegnung, jedoch auch das Missfallen darüber, dass die Magd ihr das Kleid abnehmen und sie nicht zur Hausherrin vorlassen wollte. Nach längerem Hin und Her gab sich ihre Schwester geschlagen und händigte der Magd einen Zettel und das Paket aus, schlurfte niedergedrückt in die Dämmerung davon. Sie hatte sich allem Anschein nach etwas anderes erwartet. Wahrscheinlich Aufmerksamkeit, wie immer.

Hannes beschäftigte Hände wurden durch ihre Gedanken unterbrochen, die erneut um ihre Schwester kreisten, und dabei kam ihr eine Idee. Im ersten Moment schämte sie sich für die kleine Bosheit, die in ihr aufglomm, aber irgendwie musste sie ihren Gefühlen Luft verschaffen. Elsabena hielt mit ihrer Verachtung genauso wenig hinter dem Berg und hatte sich einen Denkzettel verdient.

Hanne stellte das Tablett zur Seite und lief zur Magd, die das Paket und andere Aufgaben gleichzeitig zu jonglieren hatte.

»Die Bäuerin sucht bereits danach, sie ist fuchsteufelswild. Gib es mir, ich bringe es ihr. Ich muss ja nur heute Abend für sie arbeiten und kann ihren Zorn und ihre Ungeduld besser abfangen als du.« Hanne lächelte sie verschwörerisch an.

Die junge Frau musterte sie von oben bis unten und runzelte die Stirn. Ihre Miene zeigte deutlich, dass sie Hanne nicht kannte. Erst als ihre Augen an der Schürze hängen blieben, entspannte sie sich. Offenbar reichten ihr die und die

Aussicht, nicht zur Hausherrin zu müssen, um Hanne als vertrauenswürdig und zumindest kurzzeitig zum Hof gehörig einzuordnen. Mit einem erleichterten Seufzer lud sie Hanne das Paket in die Arme.

»Dann bring es ihr bloß. Sie ist nicht die Geduldigste.«

Damit war die Angelegenheit für die Magd erledigt und sie eilte zu den Krügen mit Bier, die auf sie warteten. Vor allem der Gendarm mit der roten Nase winkte wie ein Wetterhahn bei Sturm. Beim Anblick Pötichens erstarrte Hanne, fing sich allerdings schnell wieder. Dieser Suffkopp hätte einen Räuber nicht einmal erkannt, hätte er ihn mit dunklem Mantel, Schlapphut, maskiert und mit der Waffe im Anschlag im Wald überfallen.

Mit einem leichten Lächeln wog sie das Paket in den Händen und grübelte, wo sie es verstecken konnte, um es später vollends verschwinden zu lassen. Elsabenas Arbeit sollte Frau Engelbert niemals zu Gesicht bekommen.

Aus den nahen Ställen drang helles Quietschen, gefolgt von einem bassigen Brummen. Hanne vermutete, dass die Schweine wie auf vielen anderen Höfen direkt aus ihrem Verschlag in die Suhle gelassen werden konnten. Möglicherweise half ihr das weiter. Unbemerkt verschmolz sie mit den Schatten des Stalltrakts. Sie dachte darüber nach, was sie danach mit dem Kleid anstellen würde, lief dabei in einen am Boden liegenden Sack und blieb mit ihrem Fuß hängen. Im hohen Bogen flog ihr das Paket aus den Armen und sie landete mit den Knien auf dem Steinboden. Gerade so, bevor sie der Länge nach hinschlug, bekam sie das halbhohe Gatter zu fassen, hinter dem die Schweine quiekten, und fing sich dadurch ab.

Rosafarbene Rüssel zwängten sich durch die Latten und schnüffelten, ob sie etwas Fressbares mitgebracht hatte. Hanne konnte durch den Schreck und den Schmerz nur verschwommen sehen. Ihre Augen tränten und gaukelten ihr vor, dass sich der Sack, über den sie gefallen war, bewegte. Sie stemmte sich zurück auf die Füße und hob das Paket auf. Probehalber trat sie mit etwas Schwung nach dem Sack, der anfing zu fluchen. Mit einem Sprung brachte sie sich erschrocken auf Abstand.

»Jetzt reicht's aber!«, knurrte der vermeintliche Sack und entfaltete sich zur beeindruckenden Größe von Heinrich Herzog.

»Warum liegst du mitten im Weg?«, zeigte sich Hanne völlig unbeeindruckt von seinem Auftritt. »Ich habe es geahnt, dass ihr verdammten Heiopeis hier ein Ding drehen wollt!«

»War nicht meine Idee«, gab sich der Koloss zerknirscht und rieb sich seine Seite, wo ihre Tritte ihn getroffen haben mussten.

»Habt ihr wirklich vor, unter den Augen des Bauern und eines Gendarmen etwas mitgehen zu lassen? Daneben sitzen weitere einflussreiche Leute. Wenn man euch erwischt! Das ist Selbstmord!«, zischte sie und sah sich nervös um.

»Und was tust *du* hier, Liebste?«, ließ sich eine weitere Stimme hören und Dolfs Grinsen schob sich über das Gatter bei den Schweinen. In der Faust daneben baumelte ein Strick, dessen Ende im Dunkeln verschwand.

»Ich arbeite. Für ehrliches Geld.«

»Und was ist in dem Paket?« Sein Grinsen wurde breiter. »Arbeit, die im Schweinestall landen soll?«

»Ach, verdorri, Dolf Mohr!« Hanne ließ sich auf einen Balken sinken und vergrub das Gesicht in den Händen. »Das ist ein kleiner … Denkzettel«, murmelte sie. »Um Längen nicht so waghalsig wie euer Plan. Im Grunde will ich Elsabena nur dezent in die Bredouille bringen, mehr nicht. Sie hat es verdient, glaub mir. Und was wollt ihr hier?«

Neugierig hob sie den Blick und maß die beiden Männer aufmerksam.

»Der Bauer posaunt überall herum, dass wir es nicht schaffen würden, ihm die fetteste Sau aus dem Stall zu holen. Diese Meinung wollen wir fachgerecht zerlegen … äh, widerlegen.«

»Wenn euch jemand sieht, ist alle Heimlichkeit und ihr Schutz dahin! Dein Name steht dann auf allen Anzeigen und im Wochenblatt!«

»Und wir sind endlich als die bekannt, die wir sein wollen. Mach dir nicht ständig solche Sorgen. Hilf uns lieber, wo du schon da bist. Umso schneller und unerkannter sind wir wieder verschwunden.«

Hanne stand auf, rieb sich die Augen. »Na schön. Nicht mit Hauruck, sondern mit Köpfchen.«

Sie schlich zur Tür, die aus dem Verschlag der Schweine hinaus ins Freie führte, und spähte nach draußen. Als Schemen konnte sie einen Wagen erkennen, der jenseits der Umfriedung und eines alten Obstgartens wartete. Zwei Schatten huschten um ihn herum – das mussten Grübchen und Brünninghaus sein. Hanne wollte ihren Kopf zurückziehen, als ein weiterer Schatten in der Nähe auftauchte und um die Ecke des Stalls bog.

»Der Oberknecht schaut nach dem Rechten«, raunte sie nach hinten. »Wir müssen uns verstecken und warten, bis er weg ist.«

»Oder du lenkst ihn für uns ab.« Dolfs Gesicht schob sich in die Tür neben ihres. »Je länger wir uns hier herumtreiben, desto größer die Chance, entdeckt zu werden.«

»Ich habe eine bessere Idee.« Hanne beugte sich zu Dolfs Ohr und flüsterte ihm etwas zu.

Zuerst legte er die Stirn in Falten, danach folgte ein Nicken und er gab Heinrich zu verstehen, dass sie sich zurückhalten und Hanne das Feld überlassen würden. Sie war bereits auf dem Weg zum Knecht.

»Guten Abend! Brauchst du auch eine Pause?«

Ertappt fuhr der Oberknecht herum. In seinem Mundwinkel hing der Zipfel einer Mettwurst. Er schluckte hart an der stibitzten Köstlichkeit, die für die Gäste und nicht für das Personal vorgesehen war. Die Frau, die ihn angesprochen hatte, hatte er nur kurz bei den Gästen gesehen, als sie ein Tablett herumgetragen hatte.

»Hilfst du heute Abend bei uns aus?«, fragte er und zerkaute den Rest der Wurst.

Hanne lächelte. »Genau. Ich kann das Geld gebrauchen. Alles ist dermaßen teuer geworden.« Sie schaute zu Boden.

Nach einem Rundblick, ob ihn jemand beobachten konnte, trat der Knecht näher zu ihr und stupste sie mit dem Ellenbogen in die Seite. Sie war ziemlich hübsch mit ihren braunen Haaren und tiefen Augen, die im Dämmerlicht schimmerten.

»Hier. Ihr armen Leute vom Berg könnt das besser gebrauchen als ich.« Zwischen seinen schwieligen Fingern baumelte eine weitere Wurst, die er ihr freimütig anbot. In der anderen Hand blitzte eine Flasche, die er ihr ebenfalls unter die Nase hielt. »Zum Runterspülen.«

»Das ist nett von dir. Danke!«

Sie trank einen Schluck. Brennend zog sich ihre Kehle zusammen und sie hustete. Wie der Atem eines Drachen zerfraß der Schnaps ihre Eingeweide.

Der Knecht lachte und klopfte ihr auf den Rücken, was ihren Erstickungsanfall nicht besser machte. Seine Hände legten sich auf ihre Schultern und die Wärme seines Körpers drängte sich an ihren Rücken.

»Ich dachte, ihr vom Berg wärt aus härterem Holz geschnitzt!«, schmunzelte er, griff nach einer losen Strähne an ihrer Schläfe und zwirbelte sie spielerisch. Er lehnte sich näher zu ihr und an der Seite ihres Halses glitt sein Atem entlang, der nicht eben angenehm nach Alkohol und salziger Wurst roch. Ungeachtet dessen drehte sie sich mit einem verführerischen Blick zu ihm um.

»Hartes Holz, soso«, flüsterte sie. Ihre Hand strich über seine stoppelige Wange und sie drängte ihn sanft rückwärts.

»Willst du dir noch etwas mehr dazuverdienen?«, fragte er sie mit hoffnungsvollem Blick.

Sein Lächeln war gierig und verlegen zugleich, als sie ihn gegen die Wand drückte und seine Schultern streichelte.

»Ich tue eine Menge, um das Leid auf dem Berg zu lindern«, sagte sie und ließ es zu, dass er mit seinen Fingern über die Linie ihres Halses strich.

Seine Augen glitzerten. Gerade beugte er sich zu ihr, als hinter ihr ein ohrenbetäubendes Quieken erklang. Aufgeschreckt schaute der Oberknecht über ihre Schulter, schubste sie aus dem Weg und lief fluchend in Richtung Stall.

»Verdammt, wer hat die Schweine losgelassen?«, hörte sie ihn brüllen.

Am Tor standen Dolf und Heinrich und winkten. Hanne schüttelte den Kopf. Um keine weitere Aufmerksamkeit zu erregen, würde sie zurück in die Deele gehen und weiterbedienen. Alle würden bezeugen können, dass sie gearbeitet hatte – und nie im Leben etwas mit dem Verschwinden der größten Zuchtsau zu tun haben konnte.

Lächelnd ging sie zurück in die Küche und belud das nächste Tablett. In ihrer Brust hüpfte ihr Herz, als sie aus den Augenwinkeln sah, wie der Oberknecht schlammbespritzt einem wild gewordenen Ferkel über den Hof hinterherjagte. Einige der Gäste wurden ebenfalls auf das Treiben aufmerksam und hielten sich vor Lachen die Bäuche, manche schlossen sogar Wetten ab, wer das Rennen gewinnen mochte. Hanne servierte der ausgelassenen Gesellschaft Bier und die Mettwürste, die der Knecht im Jagdrausch nicht mehr anrühren konnte. Den hageren Schatten am Tor des Hofes, der sich erst jetzt zurückzog, bemerkte sie in ihrer Heiterkeit nicht.

Aufleben der Rache

Erst gegen Mitternacht näherte sich Hanne dem Versteck der Räuber im Siepen. Auf den Straßen war es ruhiger geworden. Scheinbar hatten sich die Krawalle gelegt oder die Gendarmen waren erfolgreich gewesen und hatten die Randalierer in den Arrest gebracht. Zwar kannte sie jeden Pfad und Baum im Rest des Waldes, den die Feuer der Menschen verschont hatte, entgegen ihrer Natur gruselten sie jedoch die mondlose Nacht, der Ruf eines Käuzchens und die feuchte und kalte Umarmung aufsteigenden Nebels. Sie musste an das Gedicht einer adeligen Frau denken, das ihr jemand vorgelesen hatte. Es ging darin um die Angst eines Jungen, der ein nächtliches Moor durchquerte und in jedem Nebelstreif einen bösen Geist erahnte. Dass solch kraftvolle Worte, die die Seele mit Nachklang berührten, von einer Frau zu Papier gebracht worden waren, schenkte Hanne neuen Mut. Vielleicht kam das unheimliche Pochen hinter ihren Schläfen von der Übelkeit, mit der ihr Magen gegen die Anstrengungen des Tages rebellierte – oder doch von den umherhuschenden Schatten, in denen sie Verfolger zu erkennen glaubte. Damit sie beim Gehen nicht klimperten, umfasste Hanne die Münzen in ihrer Tasche, die sie für ihre Aushilfe beim Fest bekommen hatte, straffte sich und ging erhobenen Hauptes weiter, setzte ihre Füße langsam und bewusst auf, um keinen Laut zu verursachen.

Wie dem Knaben im Gedicht war Hanne niemandem

begegnet. Die Dunkelheit war ihr einziger Begleiter. Ein nächster Schrecken durchfuhr sie, als etwas quiekte und Flammen schwach durchs Unterholz blitzten. Sie wusste, dass sie in der Nähe der Höhle war und sich niemand hierher verirrte. Dass ein loderndes Feuer in finsterster Nacht nicht nur waghalsig, sondern schlichtweg dumm war, wühlte sie auf und mischte sich in ihrem Mund mit dem bitteren Geschmack aufsteigender Galle.

Mit gehöriger Wut im Bauch stapfte Hanne über den geheimen Pfad, gab sich keine Mühe zu schleichen und schaffte es trotzdem, die Männer bei ihrem Sprung ins Licht aufzuscheuchen wie einen Schwarm Vögel.

Schuldbewusste Blicke trafen sie. Sie wussten, dass sie nicht nur Hanne hatten anlocken können, sondern auch jeden Gendarmen, der nach den Krawallen patrouillierte, was nicht gerade unwahrscheinlich war. Im Kreis der Männer stemmte Hanne die Hände in die Hüften. Sie kam sich vor wie eine Gouvernante ungezogener Bengel.

»War euer Leichtsinn heute nicht groß genug für eine ganze Kompanie von Idioten? Müsst ihr zudem ein Leuchtfeuer für die Gendarmen aufschichten, damit sie den Weg zu uns schneller finden?«, herrschte sie die Räuber an.

Bis auf ihren Mann schlugen alle die Augen nieder, erkannten ihre eigene Dummheit. Dolf fläzte sich unterdessen breitbeinig auf seinem Platz.

»Reg dich nicht auf. Alles ist gut. Niemand ist uns gefolgt. Wir haben gehört, dass die Patrouille heute ausgesetzt wurde, weil sie auf den Straßen in der Stadt die letzten Brotdiebe aufstöbern wollen. Außerdem macht sich der Thalberg wichtig und hat die grünen Jungs zu einer Besprechung einbestellt. Geld ist so mächtig, dass die Staatsmacht darum bettelt, von diesem Schnösel beachtet zu werden. Und unseren Pöttchen hast du ja bierselig bei Engelbert gehört und gesehen.« Ausgelassen stocherte er bei diesen Worten mit einem Ast in der Glut, sodass die Funken aufstoben.

Vor einer passenden Erwiderung musste Hanne kurz überlegen, ob sie nun wütend oder doch eher neugierig war. »Der Thalberg?«, brachte sie schließlich heraus. »Warum hast du mir nichts erzählt? Stürzt dich einfach in den nächsten Überfall, ohne Sinn und Verstand, und verschweigst, dass ein Industrieller die Polizeikräfte zu sich einlädt!« Sie schnaufte. »Was jetzt? Was wisst ihr?«

Der ansonsten wortkarge Brünninghaus setzte sich zurück ans Feuer und richtete die Augen auf sie. Dabei tätschelten seine Hände das Bajonett, das er ständig bei sich hatte. »Ich war als Krüppel verkleidet auf Tour. Kann nie schaden, mal eine Runde zu drehen, ohne dass jemand einen erkennt. Habe ich ja früher auch gemacht und mir damit meinen Lebensunterhalt erbettelt. Ich war an der Ruhr. Da habe ich ein Mädel getroffen, das beim Thalberg arbeitet. War sehr redselig. Ich glaube, sie mag ihren Herrn nicht besonders. Ihre Wange war geschwollen, sage ich dazu nur. Die hat mir erzählt, dass der Thalberg neue Polizeikräfte herbeordern will und dass er denen, die bereits bei uns Dienst schieben, eine Prämie zahlt, wenn sie besonders gut auf seine Weiden aufpassen. Muss ihm wichtig sein. Dann hat sie gemeint, dass der Alte das heute Abend den Männern sagen will, damit er sich bei seinem Fest keinen Kopp um uns machen muss, sondern seine Nase getrost in seinen – wie hat sie das genannt? Ach ja – Ananaspunsch stecken kann. Ganz verrückt soll er nach dem Zeug sein. Was auch immer das ist. Darum der Zug zum Engelbert und das Einlösen der Wette, dass wir es schaffen. Als Zeichen.«

Derart viele Worte hatte der Deserteur in Hannes Beisein bisher noch nie aneinandergereiht. Sie fragte sich, ob sie zuvor hätte sagen können, wie sich Brünninghaus' Stimme anhörte. Mit einem Nicken würdigte sie seinen Redeschwall. »Verstehe. Trotzdem – heute war die Luft rein, in den nächsten Tagen wird sie allerdings stickiger und miefiger werden. Der Engelbert wird zu den Gendarmen oder zum Thalberg gehen. Auch er hat Geld und Interesse daran, dass wir aufhören. Ihr müsst vorsichtiger sein. Sonst nimmt das alles bald ein unschönes Ende. Was soll aus den Armen werden, die auf unsere Hilfe angewiesen sind?«

Wie Schuljungen vor ihrem Magister nickten die Männer bei Hannes Ermahnung.

Langsam beruhigte sich Hannes Puls und sie ließ sich neben Dolf auf den Boden sinken. Zuerst sah sie zu Brünninghaus, dann zu den beiden anderen. »Von diesem Fest hat mir Margarethe erzählt …«

»Genau! So hieß das Mädel!«, warf Brünninghaus ein. Entgegen seiner zurückhaltenden Art schien er die Aufmerksamkeit und die eigene Wichtigkeit zu genießen.

Hanne zog die Brauen zusammen. »Margarethe? Die mit der geschwollenen Wange?«

Der Deserteur bejahte. »Hat fast die ganze Zeit geschluchzt.«

»Als sie mich im Sommer besuchte, hat sie das auch. Ihr geht es dort nicht gut. Thalberg macht mit ihr dasselbe, was er mit mir vorhatte.« Sie sah Dolf an und erkannte, dass er wusste, wovon sie sprach. Auf seiner Stirn erschien eine steile Falte. »Ich denke, wir müssen ihr helfen. Ich *möchte* ihr helfen. Wir suchen eine neue Stelle für sie.«

Dolf schüttelte den Kopf. »Jetzt bist du es, die nicht sorgfältig nachdenkt. Du weißt, wie das läuft. Sie wird mit einem Zeugnis von Thalberg keine neue Stelle bekommen. Zweifellos wird er reinschreiben, was sie für eine Furie oder eine Diebin ist. Und ohne gutes Zeugnis wird sie nicht angehört werden. Am Ende landet sie mittellos auf der Straße und muss Schlimmeres für Geld tun als jetzt.«

Hanne wusste, dass er recht hatte, aber sie war nicht bereit, ihren Kampf für Margarethe und gegen Thalberg aufzugeben.

»Dann müssen wir ihm eben eine Lektion erteilen und ihm zeigen, dass sich die kleinen Leute dieses Gebaren nicht mehr länger bieten lassen.«

»Was schwebt dir vor?«

»Es war der blanke Wahnsinn, unter den Augen des Hausherrn Engelbert und seiner vielen Gäste ein Schwein zu stehlen, zu riskieren, dass die Maske des unbekannten Wohltäters fällt. Das ist jedoch nicht geschehen und es könnte noch einmal klappen. Stellt euch den Aufschrei vor, wenn so etwas nicht bei einem Bauern, sondern beim ehrgeizigsten und mächtigsten Mann der Gegend passiert! Thalberg will Macht, politisch und finanziell. Er kann es sich nicht leisten, vom Pöbel gedemütigt und belästigt zu werden. Lächerlich würden seine geschätzten Geschäftsfreunde ihn nennen. Wir tun das, was wir beim Bauern getan haben. Dieses Mal auf Haus Ruhr – und mit deutlich größerer Beute als einem Schwein! Direkt unter Thalbergs Nase, am Tag seines Fests, auf dem natürlich die ganze Bagage von Prominenz anwesend sein wird. Vielleicht sogar der Landrat! Thalberg wird schäumen wie sein Ananaspunsch!«

Angriffslustig funkelte sie in die Runde.

Bei den Männern herrschte Schweigen. Bevor sie antworten konnten, richteten sich alle Blicke auf Dolf. Ohne seine Frau anzusehen, neigte Dolf kaum merklich seinen Kopf und starrte weiter in die Flammen.

Heinrich räusperte sich umständlich und nahm das als ein Ja. »Nächstes Ziel: Haus Ruhr. Das wird unsere Nagelprobe.«

Brünninghaus' Finger wanderten schneller über die Klinge seines ständigen Begleiters. Sein Lächeln entblößte gelbliche Zahnstümpfe, die seine Rolle als Bettler durchaus glaubhaft werden ließen. »Wir sollten uns wappnen. Der Thalberg geht gern auf die Pirsch. Hat bestimmt ein paar ordentliche Kaliber in seinem Jagdzimmer. Wenn das Stück gelingt, hört man den Applaus bis nach Berlin donnern.«

Dolf stemmte sich in die Höhe, drückte kurz die Schulter seiner Frau. »Euch ist bekannt, was er Hanne antun wollte. Allein dafür hat er eine Abreibung verdient. Dennoch solltet ihr wissen, dass nicht Rache der Grund ist, warum ich zustimme. Der Fatzke ist vor allem eines: reich. Seine Keller sind voll. Ich verspüre Durst auf einen ordentlichen Roten aus Frankreich oder was Nettes von der Mosel. Mit der Beute wären alle Mäuler auf dem Sommerberg für ein Jahr gestopft. Mindestens. Für uns bleibt zudem genug übrig. Du hast recht, Brünninghaus. Die Donnerschläge sollen die ärmsten Ratten Berlins ruhig in die Paläste und Ratskammern treiben!« Stolz warf er sich in die Brust.

Ein eiskalter Schauer der Angst und der Bedenken lief über Hannes Rücken. Was hatte sie getan? Sie brachte alle in Gefahr. Ihre Hand wanderte zu ihrem Bauch. Bevor sie aufbrachen, musste sie Dolf unbedingt die Neuigkeit erzählen.

»Zwei Fliegen mit einer Klappe. Für heute ist es genug. Ich muss ins Bett, morgen habe ich einen frühen Termin beim verkaterten und gerupften Herrn Engelbert. Er will bestimmt seine Sau zurück – oder wir veranstalten ein zweites Fest für die Sommerberger.«

Mit ausgestreckter Hand forderte Dolf Hanne auf, ihn zu begleiten, winkte ein letztes Mal in die Runde und verschwand mit ihr auf dem düsteren Weg nach Hause. Trotz der betont guten Stimmung des Räuberhauptmanns blieb der Ehemann in ihm mürrisch.

Hanne trottete neben ihm. In ihren Eingeweiden rumorte es und der Schmerz machte ihr deutlich, dass sie Dolf von ihrer Vermutung erzählen sollte.

»Dolf, ich …«

»Du hast deinen Willen bekommen. Wir nehmen deinen feinen Herrn Thalberg aus.«

»Darum geht es mir gerade nicht. Ich muss dir etwas erzählen.«

»Mir ist gerade nicht nach Reden zumute. Dein … Ehrgeiz oder dein Wunsch nach Rache – ich bin mir nicht sicher, was es ist – macht mich sprachlos.«

Hanne überlegte und schloss sich Dolf in seinem Wunsch nach Stille an, denn sie spürte, dass sie dabei sein wollte, wenn sie Thalberg eine Lektion erteilten. Wüsste Dolf, dass sich in ihrem Leib neues Leben regte, würde er sie gewiss zu Hause festketten, damit sie nicht in Gefahr geriet.

Ein edles Gesöff

Carl Thalberg ließ sich von einem seiner Diener in den Frack helfen. Eifrig bürstete der ältere Mann unter den wachsamen eisblauen Augen seines Dienstherrn kleinere Fussel und Haare ab und richtete ihm die Halsbinde.

Thalberg betrachtete sich im Spiegel seines Ankleideraumes. Er war zufrieden und bereit für seine Gäste, die in Kürze eintreffen mussten. Dieser Abend war für ihn von größter Bedeutung, immerhin kamen einige wichtige Geschäftsfreunde, Adelige und Politiker, die ihm und seiner weiteren Karriere nützlich sein konnten. Umso wichtiger war es, zuvor das Personal einzuschwören. Er würde niemals zulassen, dass ein ungeschicktes Dienstmädchen seine Ambitionen in Gefahr bringen würde, indem sie Champagner über einen seiner Gäste schüttete und ihn dadurch verärgerte. Diese Margarethe hatte so etwas einmal geschafft. Er hatte ihr seine Wut über diese Peinlichkeit sehr deutlich gemacht.

Mit einer mit Silber beschlagenen Bürste strich er sich ein letztes Mal durch die grau melierten Haare, die sich für einen Moment fügten, bevor sie sich wieder unbändig gegen den Strich erhoben und die schüttere Mähne eines alternden Löwen nachahmten.

Im Salon war auf einer blank polierten Anrichte eine Auswahl an Erfrischungen arrangiert worden, wie er etwas später beim Betreten des Raumes feststellte. Langsam tippte er mit seinem Zeigefinger auf einzelne Flaschen und Karaffen. Tiefe Furchen bildeten sich auf seiner Stirn und sofort stand ein Diener neben ihm, um ihm die Sorgen zu nehmen, dass etwas fehlte.

»Der Ananaspunsch, den Sie gerne trinken, wird gerade gekühlt, Herr Thalberg«, bemerkte er vorauseilend mit einer leichten Verbeugung.

»Ich gehe davon aus, dass genug für alle da ist.«

»Natürlich, Herr Thalberg. Wir haben extra neuen Punsch geordert. Die Flaschen liegen im Keller.«

In Erwartung seines Lieblingsgenusses leckte Thalberg sich die Lippen wie ein Kind im Süßwarenladen. Er frönte nicht allzu vielen Lastern, aber einen Punsch und eine gute Zigarre dann und wann, die stand ihm ohne jeden Zweifel zu durch alles, was er für diesen Teil des Staates leistete! Hin und wieder gönnte er sich ein Mädchen, doch dieses Laster abseits seiner Ehe kehrte er lieber nicht einmal vor sich selbst nach außen.

»Wo ist meine Frau?«, erkundigte er sich mit einem Räuspern.

»Sie bereitet sich vor.«

Putzsucht macht nicht vor dem Alter halt, dachte er verärgert. In all den Jahren ihrer Ehe hatte es seine Frau nicht ein einziges Mal zustande gebracht, pünktlich zu einer Festivität zu erscheinen.

»Hermann«, sprach er seinen Diener an, »ich hätte gerne ein Gläschen Punsch, bevor das Fest beginnt. Ich nehme ihn auf einer Bank im Garten. Hole Er mich, wenn die Gäste eintreffen.«

Der Diener verbeugte sich erneut und Thalberg verschwand in den üppig gestalteten Garten, wo er sich halb versteckt hinter Rhododendronbüschen stöhnend auf eine der Bänke fallen ließ. Ihn beschlich die Ahnung, dass sich das Alter langsam an ihn heranpirschte. Im Hintergrund hörte er die Ruhr murmeln, die ihn einlullte, und schloss die Augen, um die Stille seines Domizils zu genießen. Ein prunkvolles Haus, das sich dicht an den Ufern des Flusses erhob – genau so, wie er es sich immer gewünscht hatte. Es war das Zeichen seiner Macht und des Wandels der Zeit zugunsten tatkräftiger Männer, deren Blut nicht blau sein musste, um Geltung zu erlangen.

Auf den weiten Auen ringsum, die zu seinem Anwesen gehörten, muhte eine Kuh, die wahrscheinlich ebenfalls ihm gehörte und seinen Wohlstand mehrte, indem sie sich am saftigen Gras seiner Weiden schön fett fraß – falls dieses Pack das zuließ! Thalbergs Miene verdunkelte sich. Seit Monaten raubten ihm die Armutsbanditen die Früchte seiner Arbeit und zehrten an seinen Nerven. Mittlerweile ließ er sein Vieh bewachen. Niemand sollte ihm etwas nehmen können, vor allem nicht diese elendigen Ratten vom Sommerberg! Er musste sein Lebenswerk um jeden Preis zusammenhalten.

Stolz triumphierte nun über die Sorgen. Immerhin führte er mehrere Unternehmen, war Anwalt, umtriebig in der Politik und mit allem erfolgreich. Gerade im Sauerland sorgte er dafür, dass sich etwas in der Wirtschaft tat, und die florierende Hermannshütte in Hörde gehörte zu seinen größeren Geschäften, seit der Piepenstock das Zeitliche gesegnet hatte, kaum dass sie vollendet gewesen war. Er würde diesen kleinen Betrieb in eine erfolgreiche Zukunft führen und zum stählernen Riesen anwachsen lassen, dessen Feuer bis nach Berlin zu sehen war – und darüber hinaus.

In seinem gehetzten Alltag hatte Thalberg wenig Zeit, sich Gedanken über sein Leben zu machen, und auch jetzt war der Moment der Einkehr vorüber, als sein Diener Hermann auf der Außentreppe erschien und sich suchend nach seinem Dienstherrn umschaute. In der Hand balancierte er ein Silbertablett mit einem verlockenden Kristallglas. Als er Thalberg auf der Bank entdeckt hatte, spurtete er so würdevoll wie möglich zu ihm und präsentierte ihm das Getränk.

»Ihr Punsch, Herr Thalberg. Ihre Gäste treffen soeben ein.«

Noch wollte sich Thalberg nicht vom Frieden des Abends lösen und sich Gesprächen und Geschwafel widmen, das nötig war, um voranzukommen. In einem Zug leerte er das Glas – so viel zum Genuss! – und reichte es an Hermann zurück. Ähnlich kurz wie der Stolz auf seine Leistungen durchströmte ihn die Süße, kitzelte kaum seine Zunge, versicherte ihn erneut seiner Errungenschaften. Denn wer konnte sich solch eine exotische Delikatesse leisten, wenn er keinen wirtschaftlichen Erfolg vorweisen konnte?

Ein letztes Mal ließ Thalberg den Blick mit einem Anflug von Bedauern durch seinen Garten schweifen, nahm seine Umgebung jedoch kaum mehr wahr, da seine Gedanken schon bei den Menschen im Salon weilten, die ihm helfen sollten, weitere Sprossen seiner Karriereleiter emporzuklettern.

Die furchtbar lange Einfahrt zum Gut zog sich durch einen dichten Wald und wurde von Mauern gesäumt. Das sollte den Gast wohl daran erinnern, wem er einen Besuch abstatten wollte und die entsprechende Demut mit einem Hauch der Bedrohung wecken. Moos und Efeu überwucherten die alten bräunlichen Steine, milderten ihre Härte durch ihr unstetes und undurchschaubares Wachstum. Die Räuberbande spürte diese kühle Schwere, die sich wie Handeisen um ihre Gelenke schloss.

Hanne drückte sich an Dolf, der den Wagen lenkte und unruhige Blicke nach rechts und links warf. »Was hast du?«

»Hier ist es so schmal, da ist es kaum möglich, das Fuhrwerk zu wenden, geschweige denn unbemerkt zu bleiben. Frühestens auf dem Hof kann ich die Richtung ändern, sollte es nötig werden. Das gefällt mir nicht.«

Auf der Ladefläche, auf der sich die Räuberbande drängte,

war es stiller geworden, je weiter sie gen Schwerte in den Abend gerumpelt waren. Die Zuversicht, die vor ein paar Tagen die Gemüter befeuert hatte, schwand mit dem letzten Licht des Tages. Auf der langen Zufahrt zum Gut drückte die Last sie vollends nieder. Nicht einmal das leise Klappern der Hufe auf dem Pflaster, das stetig vorwärtsstrebte, gab ihnen die Hoffnung, jemals am Ziel anzukommen.

Leise drang Musik an ihre Ohren, die mit dem Wind auf sie zutrieb. Gelächter flatterte umher, spielte in den Zweigen der alten Bäume.

Es war Zeit. Dolf zügelte die Pferde.

»Wir sind gleich da, ich sehe das alte Torhaus. Sucht euch einen unauffälligen Weg in den Keller. Hanne, du duckst dich unter das Öltuch da. Ich versuche mein Glück als Lieferant, der für Nachschub sorgt«, flüsterte Dolf nach hinten. Die Räuber sprangen stumm vom Wagen und verschwanden einer nach dem anderen im Zwielicht der Schatten.

Dolf griff die Zügel fester und wappnete sich für die Begegnungen, die Haus Ruhr für ihn bereithalten würde. Unter dem Sitz ruhte das Gewehr. Hoffentlich würde er keinen Gebrauch davon machen müssen. Er war kein gewaltbereiter Mensch, im Grunde ein Fuhrmann, ein Bergmann, redete er sich ein. Vor ihm baute sich das Torhaus auf, dessen rotgelbe Flügel standen weit offen. Auf dem Hof dahinter wandelten gut gekleidete Männer und Frauen mit Laternen um einen gewaltigen Kastanienbaum, der in der Mitte der Grasfläche vor dem Haupthaus seine mächtigen Äste in den Abendhimmel reckte.

Der Hufschlag und das Rattern der Räder von Dolfs Wagen wurden von den Wänden zurückgeworfen und fluteten die schmale Durchfahrt mit ohrenbetäubendem Lärm, sodass von einer heimlichen Ankunft keine Rede mehr sein konnte.

Kaum war das dumpfe Echo aus seinen Ohren verschwunden, stürmte ein Bediensteter auf ihn zu.

Dolf zog sich seinen Hut tiefer ins Gesicht. »Ganz leise jetzt!«, zischte er nach hinten.

»Was soll das? Was tun Sie denn?«, rief der Mann ihm aufgeregt zu, gleichzeitig bemüht, die Gäste des Hausherrn nicht unnötig in diese Situation einzubeziehen. Seine Stimme schwankte zwischen einem Flüstern und einem Brüllen, die sich in seiner Kehle nicht einigen konnten, wer die Oberhand gewinnen sollte.

»Es tut mir leid! Ich muss falsch abgebogen sein. Dann gab es keine Möglichkeit zum Wenden mehr. In dem engen Durchgang! Ich soll was für einen Herrn Thalberg liefern. Muss gekühlt werden. Können Sie mir …«

Ungeduldig sah der Bedienstete zum Haupthaus. »Da sind Sie schon richtig, aber muss das jetzt sein? Sie sehen, wir feiern ein Fest!«

»Ich habe meine Anweisungen …«

Auf der Treppe des Haupthauses tauchte ein weiterer Diener auf und bedeutete demjenigen bei Dolf, sich zu beeilen. Offenbar gab es dringlichere Aufgaben.

Augenblicklich erfasste Nervosität den Mann, der nun fahrig in Richtung der Nebengebäude deutete. »Dahinten stellen Sie den Wagen zum Entladen ab und wenden. Unauffällig! Leise! Stören Sie die Feier unter keinen Umständen, sonst könnte es sehr unangenehm werden.«

»Keine Sorge«, grinste Dolf. »Ich trapse wie ein Mäuschen! Wo geht es zum Vorratskeller? Muss ich mich irgendwo melden?«

Der Diener wurde zappeliger. Muss man dem Kerl wirklich alles erklären, deutete seine Miene an. Er wies auf eine schmucklose Tür. »Da. Einfach rein und raus. Die Tür ist nicht verschlossen. Wenn jemand fragt: Sebastian hat Ihnen die Befugnis erteilt.«

»Besten Dank, Sebastian! Das erleichtert mir mein Geschäft

ungemein. Sie werden kaum merken, dass ich hier war. Einen friedlichen Abend!«

Kopfschüttelnd eilte der Diener davon.

Als er verschwunden war, regten sich Schatten an den Mauern. Stumm deutete Dolf zur Tür und Heinrich, Vorschulte, Schöne und Brünninghaus kamen zum Vorschein.

Unter der Plane schob sich Hannes Kopf hervor, den ein breitkrempiger Hut zierte. Sie gab den anderen ein Zeichen, ihr in den Keller zu folgen und hoffte, dass man seit ihrer Kündigung nicht viel verändert hatte, damit sie die beste Beute schnell finden konnten.

Schon nach wenigen Minuten schleppten sie erste Fässer mit Butter, Brote und edle Tropfen zum Fuhrwerk. Darunter besonders viele Flaschen von Thalbergs Schwäche: dem exotischen Ananaspunsch. Die Musik, die über den Hof schwappte, untermalte mit fröhlichem Trällern ihr Tun und lockte Thalbergs Gäste, die sich bis jetzt draußen aufgehalten hatten, ins Haus. Völlig ungestört konnten die Räuber ihre Arbeit verrichten.

Nachdem Hanne ein weiteres Butterfass auf die Ladefläche geschoben hatte, verharrte sie kurz, lehnte sich an die Wand des Wagens und sah zu den Fenstern des Gutshauses hinüber. Ihre Hüften wiegten sich im Takt der Klänge, die sie für den Bruchteil einer Sekunde vergessen ließen, was hinter dem Licht in den dunklen Korridoren und Treppenhäusern vor sich ging. Welche Ungerechtigkeit sich dort versteckte.

Schemenhaft sah sie die Gäste wie Schattenspiele von Raum zu Raum gehen, sich zuprosten, den Kopf vor Lachen in den Nacken werfen. Wie sorglos das alles wirkte! Wie anders, fremd und fernab ihrer Welt, die für Menschen wie sie bittere Realität war. Hanne vermisste diese Leichtigkeit, das Perlen der Musik. Sonst nichts, nur das. Die Schönheit übertünchte den Gestank der Fäulnis im Herzen Thalbergs, den Margarethe weitaus länger ertragen musste, ohne die Aussicht, so schnell wie sie einem Retter zu begegnen.

Wie im Fieberwahn schüttelte sie sich. Der Gedanke an Margarethe zerrte sie ins Hier und Jetzt zurück. Sie sollte sich eine der Flaschen greifen und sich zum Dienstboteneingang schleichen, um sie ihrer Freundin zu übergeben. Teure Weine konnte man gut verkaufen oder aber die eigene Trauer darin ertränken, um sich zumindest kurzzeitig ein wenig besser zu fühlen. Thalberg würde ihr den Verlust nicht ankreiden können, sondern ihn der Räuberplage zurechnen.

Hanne streckte den Arm aus und angelte nach einem Korb, in dem die Flaschen auf Stroh gebettet waren. Glatt schmiegte sich eine davon in ihre Hand. Ehe sie sich's versah, klatschten Finger auf die ihren, als wäre sie ein ungehorsames Schulkind. Der Schlag hallte in ihren Ohren und kündete von jemandem, der Macht über sie und ihr Tun beanspruchte. Wie einst Thalberg. Mit hochroten Wangen fuhr sie herum und sah Dolf vor sich. Er lächelte nicht einmal.

»Dafür haben wir keine Zeit«, murrte er.

»Wofür denn genau nicht?«, herrschte sie ihn an.

»Deine Freundin zu besuchen. Zu riskant. Sie wird schon wissen, was geschehen ist. Wir haben gleich alles, was auf den Wagen passt, und dann nichts wie weg hier.«

Damit war für ihn die Diskussion beendet. In Hanne schäumte die Wut wie eine geschüttelte Flasche Champagner.

»Ich bringe Margarethe den Wein, bis ihr den Rest verladen habt. Ich bin schnell.«

Ohne weiter auf Dolf zu hören, schnappte sie ihre Beute und eilte davon. Nach wenigen Schritten griff eine Hand unsanft nach ihrer Schulter und brachte sie mit einem Ruck zum Stehen.

»Nein, habe ich gesagt! Ich will hier abhauen! Bis jetzt war es unproblematisch, lass uns unser Glück nicht überstrapazieren!«

In Hanne barst die Champagnerflasche der Wut. »Wie kannst du auf diese Art mit mir sprechen?«

»Weil ich nicht nur dein Mann, sondern auch der Hauptmann bin«, zischte er, da Grübchen und Schöne im Kellereingang erschienen und interessiert zu ihnen herüberblickten.

Dolf wollte sie am Arm zur Seite ziehen, doch Hanne schlug seine Hand weg. Trotz ihrer schmalen und kleineren Gestalt baute sie sich vor ihm auf.

»Hauptmann, gewiss! Ohne mich wärst du ein nörgelnder, deprimierter Fuhrmann geblieben. Ein Haudrauf, der sich um einen Sack Kartoffeln prügelt. Brichst in die Häuser ein wie der Sturmwind. Das ist nicht der Weg! Nicht *mein* Weg! Wir müssen klug vorgehen und den Armen zeigen, dass wir für sie da sind! Ohne unsere Namen an Stalltüren zu nageln!«

»Dann weißt du, was du zu tun hast.«

Diese letzten Worte legten sich wie eine Eisdecke über sie. Darunter zogen sich nicht nur ihr Herz, sondern ihr gesamter Körper zusammen.

»Wir werden sehen. Der Weg, den wir Seite an Seite gingen, wird mir zu steinig. Fahrt ohne mich. Ich kümmere mich um meine Freundin.«

Sie machte auf dem Absatz kehrt und lief los. Dolf hielt sie nicht länger auf und Hanne sah nicht mehr zu ihm zurück, sondern richtete ihre Augen auf das Haupthaus – und erstarrte. Tief im Tal ihrer eigenen Dramatik gefangen hatten sie nicht auf die Außenwelt geachtet. Sie beide nicht. Auf der Außentreppe hatten sich die Gäste versammelt, schaulustig deuteten Finger in ihre Richtung, Frauen steckten die sorgfältig frisierten Köpfe zusammen, feine Handschuhe bedeckten ätzende Münder. Ob sie über das tragische Paar lachten, tratschten oder erschrocken waren, war nicht auszumachen. Das Publikum für ein aufziehendes Drama stand bereit.

Zwischen den bauschigen Röcken quetschten sich

zwei Männer hindurch, bemüht, die peinliche Angelegenheit mit den vermeintlichen Lieferanten diskret aufzulösen. Es würde ihnen nicht gelingen. Nach wenigen Schritten stutzte der erste. Hanne konnte zusehen, wie sich hinter seiner Stirn Zahnräder schnaufend in Gang setzten, er zeigte auf sie. Sein weißer Handschuh zerteilte die Luft. Erst jetzt erkannte Hanne ihn: Carl Thalberg.

»Bitte die Herrschaften ins Haus«, wies er seinen Bediensteten lautstark an, »und hole mir meine Knechte mit den Waffen! Das ist kein Lieferant, das ist diese Räuberbande!«

Im Nachhall des letzten Wortes, das noch lange zwischen den Zweigen der alten Kastanie hängenblieb, ging das erregte Quietschen der Damen und das dunkle Rufen der Kavaliere beinahe unter. Hanne wurde bewusst, was gerade geschah. Sie musste zurück zum Wagen und mit den anderen von hier verschwinden! Andernfalls würde es keine Rache geben, keine Erlösung. Dolf hatte sie gewarnt, doch sie hatte ihn ignoriert. Wie unsagbar dumm von ihr! Sie hätten nicht herkommen sollen.

Als Hanne den Wagen erreicht hatte, mischte sich der helle Glockenton einer vertrauten Stimme in das sich ausbreitende Chaos: »Johanna!«

Sie sah über die Schulter und fluchte. »Margarethe! Ins Haus! Weg!«, brüllte sie, aber ihre Freundin rannte weiter auf sie zu. Die Dienstmädchenhaube löste sich, blieb im Nacken hängen und wehte leuchtend weiß wie ein Heiligenschein hinter ihrem Kopf.

»Nimm mich mit! Ich halte es hier nicht mehr aus!«, rief Margarethe atemlos, während sie weiterraste.

Hanne war sich nicht sicher, ob Margarethe diese Entscheidung bereuen würde oder ob sie sie befreite, aber sie würde sie auf jeden Fall unterstützen. Sie streckte ihrer Freundin die Hand hin. »Beeil dich!«

Margarethe reckte ihr die ihre entgegen, bereit, eine neue Zukunft zu greifen. Sie lächelte, als ihre Fingerspitzen sich berührten.

Der fauchende Donner eines Schusses zerfetzte Margarethes Lächeln vor Hannes Augen und riss sie von ihr fort, hinunter auf den Kies des Hofes.

Hanne konnte nicht einmal schreien, starrte gebannt und ohne es zu verstehen auf das Farbenmeer aus Rot, Weiß und Schwarz, das sich vor ihr ausbreitete. In ihr tobte die Stille, selbst nachdem sie wie aus weiter Ferne Frauengekreische vernahm. Hatte Thalberg tatsächlich einen Menschen, der sich ihm entziehen wollte, mit dem Tode bestraft? Ihm entkam niemand, auch wenn er nicht eigenhändig den Abzug betätigt haben mochte. Das wurde Hanne soeben klar.

Versteinert bemerkte Hanne kaum, dass sie die Flasche noch fester umklammerte, die für Margarethe gedacht war, und in der nächsten Sekunde hochgehoben und auf die Ladefläche des Wagens gehievt wurde.

Mehr Gestalten waren erschienen und zerschnitten den Abend mit weiterem Donner, dem Gestank der Hölle und gleißendem Feuer. Flaschen klimperten, als die Pferde mit einem Ruck antrabten. Der fettig-sahnige Geruch der Butter und des frischen Brotes mischte sich auf völlig absurde Weise mit dem des Blutes.

Der Schlag des Galopps zog sie in die Nacht, weg vom Grauen, das sich bald an ihre Fersen heften würde. Das war sicher. Die enge, lange Auffahrt des Gutes mit ihren Mauern war der einzige Weg nach draußen. Ein letzter Donner, doppelzüngig, warf sich unter den Bogen des Torhauses. Etwas Heißes streifte ihren Arm und trotz des kalten Zugwinds der vorbeirauschenden Baumkronen breitete sich pochende Wärme in ihrer rechten Hand aus. Sie hob sie hoch, blinzelte sie an. Der Wein für Margarethe schwappte darin in seinem grünen Gefängnis, das sein grelles Rot in ein klebriges Braun, wie von geronnenem Blut, verwandelte. Hanne kippte nach hinten in die Dunkelheit ihrer eigenen Rachegedanken.

Das Labyrinth der Rache

Hanne musste eingeschlafen sein, denn als sie die Augen aufschlug, schwirrten nur verschwommene Bilder und Gefühle in ihrem Kopf umher, die aus einem Albtraum stammten. Sie roch Schweiß, zuerst den süßlich-warmen der Pferde, vertraut und beruhigend, dann den sauren Geruch der Angst, vermischt mit einem Hauch von Metall und Schwefel. Grillen zirpten und die Pferde schnaubten, ihre Zähne zermalmten Gras.

Hanne setzte sich auf und zuckte zusammen. Ein reißender Biss grub sich in ihren Oberarm. Um sie herum lagen durcheinandergewirbelte Körbe, Flaschen, Brotlaibe, Säcke, Stroh, als wäre eine Windhose über sie hinweggetobt. Überrascht sah sie das schillernde Grün der Weinflasche, umklammert vom Weiß ihrer Faust. Solange es ging, würde sie die Flasche nicht loslassen. Sie war ein Geschenk für Margarethe, das übergeben werden musste.

Aus der Dunkelheit meldete sich eine Stimme. »Wie geht es dir?«

Es war nicht Dolf.

Ein Schwefelholz flammte auf und entzündete eine Kerze. Ihr Flackern warf zitternde Schatten auf Heinrichs Gesicht. Ohne etwas sagen zu können, rutschte sie auf ihn zu und schlang die Arme um seinen Hals. Schmerzen rasten durch ihren Körper. Der Wein gluckerte. Beruhigend strichen ihr seine Finger über den Rücken.

»Hast du so etwas schon mal erlebt?«

Sie schüttelte den Kopf, hielt sich an ihm fest, obwohl sie nicht genau wusste, was er damit meinte.

»Ich leider zu oft. Drum weiß ich, welches Loch es reißt. In die Seele. Schließt sich nicht immer wieder«, murmelte er.

Endlich verstand Hanne und Tränen traten ihr in die Augen, aber die Wut war zu stark, um sie fließen zu lassen. Wut auf sich selbst, auf Thalberg, auf die Welt. »Meine Seele ist ohnehin zerrissen wie der Putzlumpen, mit dem ich alles Leid in meinem Leben aufwische. Loch an Loch, dazwischen ascheverkrustete Fetzen und Fäden. Mich wundert es, dass er überhaupt zusammenhält.«

»Zwischen den Löchern ist ein festes Garn verwebt, das macht dich stark.«

Ein bitteres Lachen stieg in ihre Kehle. »Wie schade, dass mein Mann das nicht sieht.«

Heinrichs Schultern ruckten unter ihrer Wange. »Er ist halt ein Idiot und viel zu oft mit sich selbst befasst.« Heinrich tätschelte aufmunternd ihren Rücken, bevor er sie aus seiner Umarmung drückte.

»Danke«, flüsterte sie.

»Keine Ursache.«

In diesem Moment brauchten sie keine weiteren Worte mehr. Wie das Zündholz die Kerze zum Brennen gebracht hatte, erreichte das alles Hannes Herz und sie war versucht, zurück in Heinrichs Arme zu fliehen, sich bei ihm zu verstecken, bis es nichts mehr gab, das weitere Löcher reißen konnte. Dennoch – sie hatte dieses Leben gewählt und gewollt. War ihr bewusst gewesen, was das mit sich bringen konnte? Schmerz schnitt wie ein Messer in ihren Arm. Als sie ihn ins Licht hob, erkannte sie eine ausgefranste Stoffbahn, die sich um ihren Oberarm schlang. Ein rötlicher Schimmer war darunter zu erkennen. Sie begriff: Sie musste angeschossen worden sein.

Statt sich dem Schmerz hinzugeben, atmete sie tief durch, wischte sich die Tränen aus den Augenwinkeln und nahm einen Rundblick. Alle gestohlenen Dinge aus dem Haus Ruhr schienen wohlbehalten hier angekommen zu sein. Wo auch immer »hier« sein mochte. Zumindest war es still und friedlich. Kein Donner, kein Gekeife, kein Gekläff von Jagdhunden oder Hufgetrappel von Polizeipferden. Nichts als die Grillen und Grete und Meta, die einträchtig Gras rupften, als wären sie eben nicht der Hölle entkommen. Von Dolf und den anderen Männern war nichts zu sehen und zu hören.

»Wo sind die anderen?«

Heinrich räusperte sich, zog es in die Länge. »Sie müssen wen begraben«, antwortete er schließlich.

Hannes Augen weiteten sich. »Was?«

»Deine Margarethe wurden getroffen, aber auch jemanden von uns hat es erwischt. Schlimmer als nur am Arm.«

»Wer? Heinrich! Raus damit!«

Sie sprang von der Ladefläche und umfasste seine Unterarme, versuchte, den Namen aus dem Koloss zu schütteln. Bitte nicht Dolf! Er war zwar ein Idiot, der eine Warnung verdient hatte, doch das würde zu weit gehen.

»Brünninghaus. Unterm Torbogen hat ihn eine Kugel erwischt. Du wurdest fast zeitgleich getroffen. Streifschuss.« Er berührte leicht den Arm, an dem sie den Verband wahrgenommen hatte. »Ob von derselben Kugel oder einer zweiten, kann ich nicht sagen.«

An Heinrichs Tonfall konnte sie nicht ablesen, ob ihn das Geschehene berührte.

»Hatte er Familie? Weißt du das?«, fragte sie ehrlich besorgt.

Den Deserteur hatte sie kaum gekannt, aber dass er als Räuber erschossen worden war, zeigte den Ernst ihrer Lage. Alles drohte zu eskalieren. War bereits eskaliert.

»Seine Eltern. Keine Frau und Kinder.«

Sie nickte beklommen, in ihrem Kopf drehte sich ein Karussell und der Schmerz ihrer Verletzung breitete sich warnend aus. »Wir werden es ihnen sagen müssen. Wo sie ihren Sohn finden. Außerdem sollten sie einen Großteil der Beute bekommen.«

Heinrich blickte drein wie die leeren Seiten vor dem ersten Wort eines Buches, sodass Hanne ihn erneut nicht deuten konnte. Sie legte den Kopf schief und nahm jede Falte, jede Regung im breiten Gesicht ihres Freundes auf. Da war noch mehr. Sie seufzte.

»Du verschweigst mir doch etwas.«

»Ich rede einfach nicht gerne. Mein Vorrat an brauchbaren Wörtern wurde heute geplündert. Entschuldige.« Der Koloss drehte sich von ihr weg, rieb sich den sonnenverbrannten Nacken. Der Schweiß perlte unter dem Band seines Hutes. »Du bist sehr großzügig zu den Eltern von Brünninghaus.«

»Sie haben ihren Sohn verloren. Durch uns, irgendwie.«

»Mag sein, aber ein guter Mensch war er nicht. Sein blödes Bajonett, seine Launen und wie er sich als falscher Krüppel ausgegeben hat! Verlogen. Ehrlos. Wie seine Fluchten aus den Kasernen. Er war ein feiger, verschlagener Hund, der niemals von der Kette hätte gelassen werden dürfen. Schon gar nicht mit der Muskete.« Heinrich verschränkte die Arme vor der Brust, entschlossen, den Schlussakkord unter seinen Ausbruch an Wörtern zu setzen.

Hanne schluckte. Bilder kehrten zurück, dieses Mal klarer. Wieder schepperte der erste Knall unmittelbar hinter ihr, brachte beinahe ihr Trommelfell zum Platzen, und sie sah, wie Margarethes Kopf in den Nacken flog und sie nach hinten geworfen wurde, von ihr fort. Die Bleikugel kam nicht aus der Richtung vom Haus Ruhr. Hanne schloss die Lider und atmete tief.

»Es war nicht Thalberg, oder? Einer von euch hat auf Margarethe geschossen!« In einem Kraftakt zerrte sie den Koloss zu sich herum, zwang ihn, ihr in die Augen zu sehen. »Doch nicht du, oder? Heinrich, bitte sag mir nicht, dass du sie getötet hast!«

Vor ihr erhob sich die gewaltige Marmorsäule seines Körpers, massig und unbeweglich. Nach einer Ewigkeit löste sich die Spannung in ihm und er sackte in sich zusammen. Erlösend schüttelte er den Kopf. »Ich hasse Musketen, Pistolen, Gewehre. Würde ich nie benutzen. Auch nicht auf Frauen schießen. Gehört sich nicht. Schon gar nicht aus Spaß, aus Lust am Töten«, murmelte er.

»Ich glaube dir. Wer? Dolf?«

»Nein, Brünninghaus.«

Hanne taumelte zurück. Die Bilder vor ihrem inneren Auge färbten sich von blutrot zu schwarz. Ein Unbekannter hatte ihr die Möglichkeit genommen, Margarethes feigem Mörder die Meinung zu sagen, ihn zu ohrfeigen, auf ihn einzuschlagen, bis er sein Tun bereute. Jetzt gab es keine Antwort mehr auf das Warum. Sie schluckte hart gegen das Band, das sich um ihren Hals gelegt hatte.

»Seine Eltern bekommen trotzdem etwas. Ich habe für sie eine besondere Flasche Wein aufbewahrt, die sie auf seinen Frieden leeren können.«

Sie streckte Heinrich die Flasche entgegen, die sie Margarethe vor einer gefühlten Ewigkeit hatte bringen wollen, krabbelte zurück zwischen die Körbe und bettete ihren Kopf auf Stroh. Über ihr schwankten schwarz die Blätterdächer vor einem sternenklaren Himmel. Andere hatten heute den Preis dafür gezahlt, dass sie versessen darauf gewesen war, ihrem Peiniger unter dem Deckmantel des Heldentums einen Denkzettel verpassen zu wollen. Das war der wahre Grund. Sie konnte es nicht länger leugnen.

Rache führte in das schwarze Labyrinth am Rande des Flusses der Toten, niemals hinaus.

Der Morgen danach

Nach der in der Nacht eingegangenen Nachricht erreichte Mönkebüscher das Gut im Morgengrauen. Herlinghaus hatte ihn über das Geschehen informiert, dennoch musste er schlucken, als er das von Efeu überwucherte Torhaus passiert hatte und einen ersten Blick auf den Ort des Geschehens werfen konnte. Eisenbeschlagene Kutschenräder hatten beim tumultartigen Ende der gestrigen Abendgesellschaft die weite Kiesfläche und den Rasen um die alte Kastanie herum zerfurcht und aufgerissen. Unmöglich, die Spur der Räuber darunter auszumachen. Er zügelte Luise und ließ sie im Schritt auf den Mann zugehen, der in der Mitte des Platzes stand und auf eine dunkle Verfärbung am Boden starrte. Er trug einen zerknitterten Frack mit loser Halsbinde und hielt ein halb leeres Weinglas, in dem Lichtflecken tanzten, wirkte dadurch wie ein Nachtschwärmer, der den Weg nach Hause nicht hatte finden können. Er rührte sich nicht, stand still, als ziehe der Fleck ihn in einen magischen Bann.

Mönkebüscher räusperte sich, um ihn auf sich aufmerksam zu machen. »Herr Thalberg? Ich muss melden, dass die Täter entkommen sind. Meine Untergebenen konnten die Spuren nicht lesen. Es tut mir leid, keine bessere Botschaft überbringen zu können.«

Thalbergs Gesicht hob sich zu ihm auf den Pferderücken hinauf und Mönkebüscher dachte darüber nach, lieber abzusteigen, um seinen Respekt vor dem Politiker zum Ausdruck zu bringen. Andererseits hatte er es eilig, weshalb er zögerte, die Stiefel aus den Steigbügeln zu ziehen. Seine Polizeidiener hatten Blutspritzer an der Wand des Torbogens entdeckt. Einer der Räuber musste auf der Flucht verwundet worden sein und Mönkebüscher wollte zum Sommerberg, um nachzusehen, ob er einen der Tagediebe mit einer passenden Verletzung stellen konnte. Das wäre endlich ein handfesterer Beweis, dass diese vermaledeite Räuberbande, wie von ihm vermutet, aus diesen ärmlichen Hütten ans Tageslicht kroch – oder, falls er sich irrte, aus vagabundierendem Pack bestand.

Bevor er absteigen konnte, drang Thalbergs düstere Stimme zu ihm hinauf. »Wo waren Sie, als man mich in aller Öffentlichkeit gedemütigt hat? Im warmen Bettchen mit Ihrer lieben Frau?«

In Mönkebüschers Ohren echote der kontrollierte Zorn, der darin mitschwang. Immerhin eine Reaktion auf seine Anwesenheit, jetzt wäre es ihm aber lieber gewesen, weiter ignoriert zu werden. Er besaß schließlich nicht die glückliche Gabe, Verbrechen im Voraus erahnen zu können. »Ich bin Gendarm und keine Hellseherin«, wollte er erwidern und sein Mund öffnete sich. Seine Stimme versagte ihm allerdings den Dienst. Vielleicht war das besser, um sich vor dem Ausbruch des Vulkans zu schützen. Fast nebenbei wurde ihm klar, dass Thalberg lediglich sich selbst betrauerte. Das ausgelöschte Leben einer Frau aus seinem Haushalt stand für den Industriellen hinter seinem eigenen Ruf weit zurück.

»Woher stammte die junge Frau? Das Opfer, meine ich«, stellte Mönkebüscher äußerlich unbeirrt eine für ihn nötige Frage. Er würde ihre Familie benachrichtigen müssen.

Thalberg zuckte mit den Schultern. »Woher soll ich das wissen? Meine Frau und unsere Hausdame erledigen derartige Formalitäten.«

Der Gendarm zog sein Notizbuch aus dem Uniformrock. »Vielen Dank, ich wende mich an die Damen. Darf ich mich umsehen?«

Bei diesen Worten brach sich der Zorn in Thalberg endgültig Bahn und brodelte bis in seine Gesichtszüge. Aufgeplustert wie ein Hahn trat er auf Luise zu, sodass das Tier vor ihm scheute und kurz zurückzuckte. Mönkebüscher verlor dadurch beinahe die Balance im Sattel.

»Sie können liebend gern mit jedem sprechen, der Ihnen einfällt, und in jeden staubigen Winkel kriechen, den Sie finden. Hauptsache, dieses Treiben fällt mir nicht weiter auf und fällt vor allen Dingen auf fruchtbaren Boden! Erledigen Sie endlich Ihre Pflicht und Arbeit!« Thalberg schnaufte, griff sich an die Brust. Mit der anderen Hand fuchtelte er in Mönkebüschers Richtung. »Ich dulde diese Unzulänglichkeit nicht länger! Bestohlen und besudelt im eigenen Haus! Von irgendwelchen dahergelaufenen Kriminellen! Ich werde Landrat Pilgrim schreiben, nein, bis nach Berlin werde ich rufen! Die Inkompetenz Ihres Kommandos wird in ganz Preußen und darüber hinaus bekannt werden! Jeder wird wissen, dass Sie nicht in der Lage sind, einen einfachen Strolch und seine Handlanger dingfest zu machen! Nicht einmal den verdammten Namen kennen Sie!« Der Industrielle atmete immer heftiger und sein Gesicht lief allmählich rot an.

Mönkebüscher war versucht, ihm seinen Arm als Halt anzubieten, verwarf den Gedanken allerdings beim Anblick der verkniffenen und wilden Miene. »Wir tun alles …«

»Natürlich! Seit Monaten tun Sie alles! Sie und Ihre Männer. Dass ich nicht lache, Herr … äh. Ich weiß, was ich tun werde: Ich lobe ein Kopfgeld aus. Jawohl! Von den Dortmunder Polizeikräften hört man nur Gutes! Die haben Schneid! Wer diese Bande festnimmt, erhält eine Belohnung. Derartiges schamloses Verhalten lasse ich auf meinem Besitz nicht durchgehen!«

Mönkebüscher schluckte. Wenn er sich tatsächlich mit einer aufgepeitschten Meute von Kopfgeldjägern befassen musste, würde es ihm noch mehr Ärger bescheren.

Er unternahm einen weiteren Versuch, Thalbergs Zorn zu beschwichtigen. »Ich kann verstehen, dass Sie aufgebracht sind, aber schließlich sind Sie nicht das einzige Opfer – und nicht der am ärgsten Geschädigte.« Zu spät biss sich der Gendarm auf die Lippe. Die wuchernden Worte waren in der Welt und in den Ohren Thalbergs. Das war bestimmt nicht die diplomatischste Ansprache gewesen.

Carl Thalberg starrte ihn an, als hätte ein einfacher Gendarm völlig den Verstand verloren und einen König angegriffen. Wie eine gereizte Schlange näherte Thalberg sich und streckte ihm das wutverzerrte Gesicht entgegen – bereit zuzuschlagen.

»Opfer mag es viele gegeben haben. Aber keines, das so wichtig ist wie ich! Sollten Sie es nicht zuwege bringen, Ihren Pflichten nachzukommen, können Sie sich über eine alternative Beschäftigungsmöglichkeit Gedanken machen. Seien Sie versichert: Falls ein anderer diesen Kerl und seine Gesellen fangen sollte, ist Ihre Zeit als Gendarm abgelaufen. Sie verstehen mich, denke ich. Jetzt sehen Sie sich besser um. Die Uhr … *Ihre* Uhr tickt.«

Mönkebüscher neigte zackig in einer Art Verbeugung den Kopf. Was sollte er auch anderes tun? »Ich verstehe. Hätten Sie gnädigerweise weitere Hinweise für mich? Haben Sie jemanden wiedererkannt?«, zwang er sich zu fragen, doch Thalberg wandte sich von ihm ab und stapfte über den Platz davon.

Über seine Schulter hinweg rief er Mönkebüscher zu: »Es war zu dunkel, aber … Diese Mohrs! Diese Johanna! Ganz bestimmt haben die etwas damit zu tun! Verlaustes Pack vom Sommerberg! Zum Keller, wo die Verbrecher zugeschlagen haben, geht es dort entlang.« Der Siegelring des rechten Ringfingers blitzte in der Sonne auf und wies Mönkebüscher gleißend den Weg.

Mit keiner Silbe hatte Thalberg die Getötete erwähnt. Was mochte dahinterstecken? Betroffen blickte der Gendarm auf den rot gefärbten Kies. Zwischen dem getrockneten Blut und den Kieseln drohte seine Zukunft in der gierigen Erde zu verrinnen.

Die Hoffnung liegt in der Ferne

Langsam färbte sich der Himmel strahlend orange und ließ das Fell Metas und Gretes rötlich schimmern, tauchte alles in den Schein einer Zwischenwelt, in der der Schlaf bald alle Sorgen holen würde. Das Problem war nur, dass sie am nächsten Morgen umso drängender im Licht der kühl aufgehenden Sonne bereitstehen würden.

Zumindest war es Dolf so ergangen, als er am heutigen Morgen nach dem furchtbar schiefgelaufenen Überfall auf das Haus Ruhr in seinem Bett erwacht war. Einer weniger, hatte er gedacht, und Brünninghaus' Lächeln voller gelblicher Zähne hatte sich in sein Grübeln gemischt. Nicht dass er den Halunken sonderlich gemocht hatte, dennoch – Brünninghaus hatte unter seiner Verantwortung gehandelt. Dabei hatte er den Verband betrachtet, der sich deutlich unter Hannes Nachthemd abgezeichnet hatte. Die Witwe Trine hatte die Wunde zuvor mit irgendeinem Kräutersud ausgewaschen. Einen Arzt hatte er nicht dazuholen können. An Geld hatte es nicht gemangelt, doch dadurch hätte jemand, dem er nicht vertrauen konnte, die Schussverletzung zu Gesicht bekommen. Zum Glück fieberte Hanne bislang nicht, obwohl sich der Arm rund um die Verletzung warm anfühlte. Mit dem Rosenkranz seiner Mutter in den Händen hatte er stundenlang über sie gewacht, nachdem sie nach Hause gekommen waren, bis er erschöpft eingeschlafen war. Er hatte sich nicht einmal den Dreck und Schweiß von der Buddelei im Wald abgewaschen. Dort, wo er und die beiden anderen Räuber Brünninghaus begraben hatten. Warum hatte der Idiot nur geschossen? Durch diese Dummheit war die Sache völlig aus dem Ruder gelaufen und nun markierten zwei Tote die Abzweigung zu einem Weg, den Dolf mit Skepsis betrachtete. Seine Ziele gelegentlich mit den Fäusten durchzusetzen, war gang und gäbe unter Fuhrleuten und Soldaten – und Dolf war beides. Aber einen Menschen zu erschießen, das war im wahrsten Sinn ein anderes Kaliber. Sogar in seiner Welt.

Obwohl ihm nicht danach zumute gewesen war, hatte er sich aus dem Bett gequält und war zur Zeche gefahren. Danach zu einem Händler, der ein Fuhrwerk für eine Getreidelieferung nach Herdecke gesucht hatte. Er hatte sie übernommen und dadurch zumindest bei sich selbst den Eindruck erweckt, dass dieser Tag gewöhnlich und sogar erfolgreich verlaufen war, wie es sich für einen Fuhrmann gehörte. Einer, der nicht des Nachts in die Keller oder Dachböden der Bauernhäuser stieg oder mit einem Überfall den Zorn eines mächtigen Mannes auf sich zog. Dolf konnte nur hoffen, dass dieser Thalberg weder ihn noch Hanne erkannt hatte. Diese Art der Enttarnung des guten Geistes war weitaus weniger reizvoll, als seine Identität den ehrfürchtigen Sommerbergern durch eine Nachricht an den Stalltüren der reichsten Bauern bekanntzugeben.

Dolf war vom Bock gestiegen, um seinen Pferden nach dem anstrengenden Tag etwas Entlastung zu gönnen. Missmutig schlenderte er mit den Zügeln in der Hand neben dem Wagen her, rupfte einen Grashalm vom Wegesrand, kaute auf ihm herum und betrachtete das braune Band der Chaussee vor ihm, die in die Ferne führte. Die umstehenden Bäume tauchten die Straße in bläuliche Schatten. Die Fahrt nach Herdecke zum Kornmarkt war schon anstrengend gewesen und hatte die Gedanken nicht zum Schweigen bringen können, aber die Heimreise war deutlich niederschmetternder. Am liebsten wäre er Hanne ausgewichen, hätte die Pferde bei der Gaststätte Haselhoff angebunden und sich ein kühles Bier genehmigt. Doch das schlechte Gewissen, versagt zu haben, rumorte in seinen Eingeweiden und spülte ihm einen bitteren Geschmack in den Mund. Nicht einmal das Bier würde schmecken, wenn sich seine Sorgen im Kreis drehten.

Bald würde er sich entscheiden müssen, wohin er gehen wollte, denn er konnte den Rauch aus den ersten Kaminen riechen, was ihm den Weg nach Hause wies. Sollte er den Abend bei seiner verletzten Frau verbringen oder doch lieber einen Abstecher zum Gastwirt machen, um den Gram im Bier zu ersäufen?

Dolf hob den Kopf und erblickte nicht weit vor ihm eine schmale Gestalt auf der Chaussee dahintrotten. Zwei dürre Beine schleppten einen mageren Burschen mit einem schwer aussehenden Bündel auf dem Kreuz im gleichmäßig schlurfenden Takt vorwärts. Ein Schattenriss von Dolfs Gefühlen mitten auf der Straße. Vielleicht lenkte ihn ein Gespräch mit einem Fremden etwas ab und lichtete die Gewitterwolken, die ihren Sorgenregen über ihm ausgießen wollten.

Er zog sich auf den Bock und lenkte die Pferde neben den Jungen. »'n Abend. Nicht erschrecken. Ich bin auf dem Heimweg. Gemeinsam reist es sich besser, oder? Komm, ich nehm dich ein Stück mit. Es ist spät und wird bald dunkel, da kann eine leere Straße beängstigend sein«, sprach Dolf den jungen Mann an, der ihn mit großen braunen Augen misstrauisch und ablehnend musterte.

»Ich traue keinen Fremden. Hier soll es Räuber geben«, nuschelte er und rückte das Bündel auf seinem Rücken zurecht.

»Seh ich aus wie ein Räuber? Ich bin nur ein müder Fuhrmann. Die Beine meiner hübschen Damen da vorne könnten dich schneller als deine eigenen in eine warme Unterkunft tragen.«

Dolf rutschte etwas zur Seite und klopfte einladend auf den Bock. »Du wirkst erschöpft und scheinst noch einen längeren Weg vor dir zu haben. Besser schlecht gefahren als gut gelaufen, hab ich mal gehört. Steig auf. Wenigstens bis Hörde kann ich dich mitnehmen. Vor mir hast du nichts zu befürchten, da gibt es andere Kandidaten.«

Zögerlich nickte sein Gegenüber, schob sich die verschlissene Mütze in den Nacken und entschied sich, das Angebot anzunehmen. Er lächelte vorsichtig. »Das ist sehr freundlich. Eine große Stütze gegen die Angst oder gewaltbereite Räuber werde ich allerdings nicht sein«, räusperte er sich, warf seine Ladung auf den Karren und zog sich neben Dolf auf den Sitz.

Einem Blick auf die dünnen, dafür sehnigen Arme des Jungen ließen Dolf an dieser Aussage zweifeln. Der Kerl hatte mehr Kraft, als er zugab. Ein Knecht oder Wanderarbeiter?

Dolf deutete auf das Bündel auf der Ladefläche. »Auf Wanderschaft? Wo geht die Reise hin?«, fragte er interessiert, schnalzte und ließ die Pferde anziehen.

»Könnte man sagen. Ich bin den ganzen Tag gelaufen, doch der Weg, der vor mir liegt, ist länger als der hinter mir. Meine Eltern haben einen Hof in Ostwestfalen. Da musste ich weg. Ich will nach Wisconsin.«

Fragend hob Dolf die Brauen und musterte den jungen Mann. Höchstens zwanzig konnte der sein. Dennoch lag ein düsterer Zug auf seiner Stirn, als plagten ihn ähnliche Sorgen wie ihn.

»Wo liegt das denn? Hört sich niederländisch an«, mutmaßte er.

Der Junge lachte. »Nene, ein bisschen weiter raus. Das ist in Amerika.«

»Amerika! Und dahin willst du zu Fuß?«, erwiderte Dolf lachend. Wer hätte dem Grünschnabel solch eine Abenteuerlust zugetraut?

»Nene, ich will nach Antwerpen. Da nimmt man die Ausreisebestimmungen nicht so ernst, wenn du verstehst, was ich meine.« Das bartlose Gesicht war ein offenes Buch.

»Du türmst vor dem Militär«, stellte Dolf nüchtern fest und der Junge bestätigte seine naheliegende Vermutung mit einem Nicken.

»In Westfalen gibt es kaum Aussichten auf ein gutes Leben. Mein Bruder wird unseren Hof erben, wie's üblich ist, und ich soll von den Preußen eingezogen werden. Mir bliebe nur ein Dasein als Knecht in meines Bruders Gnaden. Darauf habe ich keine Lust. Amerika soll mehr bieten können.«

»Was denn zum Beispiel?«

»Billiges Land! Arbeit und faire Bezahlung. Ich will mein eigener Herr werden. Mir da eine ... Wie hat das mein Vetter geschrieben? Eine Farm! Ich werde mir eine eigene Farm erarbeiten. Amerika ist das Land, in dem die Freiheit Flügel hat und Träume in Erfüllung gehen.« Er strahlte über das ganze Gesicht, als er in die Tasche seines Kittels langte und einen sorgfältig gefalteten Bogen Papier hervorzog. Die penibel gedruckte Zeitungsschrift schimmerte hindurch, bevor der Junge vorsichtig das Blatt auseinanderklappte und es Dolf hinhielt. Verheißungsvoll knisterte es in seinen Fingern.

Vor ihm blähte ein satter Wind die Segel eines großen Schiffes. Es zeigte ihm sein Heck und hielt auf das gleißende Licht eines nahen Leuchtturms zu, der ihm ein Versprechen zuzuflüstern schien. Dolf musste blinzeln, um sich von diesem Bild zu lösen. Darunter stand der Text der Werbung, welcher auf eine Reederei aufmerksam machte, die Schiffsreisen nach New York anbot.

Überall hörte man, dass viele Bauern vor der Armut und den schwierigen Bedingungen flohen und sich in diesem fernen Land einen Neuanfang erhofften, doch an der Ruhr sah man diesen von dannen ziehenden Abenteuermut eher selten. Hier gab es Arbeit in den Kohlegruben Und von den wachsenden Zechen versprachen sich viele, ein Auskommen zu finden. Zumindest glaubten das die Fremden, die unbedarft in die entstehende Arbeitersiedlung in Hörde strömten und den Einwohnern die letzte Arbeit abjagten. Doch das Überleben an der verheißungsvollen Ruhr oder der Emscher mit ihren neuen Schornsteinen und Fördertürmen war trotz harter und ausreichender Arbeit schwierig.

»Du bist mutig, ein solches Abenteuer zu wagen«, kehrte er mit seinen Gedanken zum Auswanderer zurück.

Mit flatternden Segeln verschwand das Schiff hinter dem glühenden Horizont, tauchte ein in die Schattenwelt der unerreichbaren Träume eines Jungen, der nichts zu verlieren hatte. Anders als er. Er war nicht allein, er musste sich um eine Familie kümmern. Und um ein ganzes Armenviertel.

»Mut der Verzweiflung. Ich bin als Bauer geboren und will als solcher leben. Leider wurde ich ein paar Jahre zu spät in diese Welt gestoßen. Alles, was meine Familie aufgebaut hat, gehört meinem Bruder. Mir bleibt nichts ...«, entgegnete der Junge traurig.

»In diesem Wisconsin geht das? Ein selbstbestimmtes Leben, meine ich.«

»Da leben bereits viele Deutsche. Sogar Nachbarn aus meiner Gegend, die in den letzten Jahren fort sind, und mein Vetter. Die haben geschrieben, wie wunderbar es dort ist.«

Die Augen des Jungen versprühten einen Glanz, der eine verborgene Stelle in Dolfs Innerem wachkitzelte. Ein Land der Freiheit, ein sorgenfreier Neuanfang. Er konnte die rettende Spitze des Mastes über dem Horizont aufragen sehen.

Aus einem Impuls heraus legte Dolf dem Jungen die Hand auf die Schulter. »Ich wünsche dir von Herzen alles Gute auf deinem Weg.« Er gab ihm das Blatt mit der Anzeige zurück und der Junge verstaute es wieder in seiner Tasche.

»Dieses Land meint es nicht gut mit seinen Leuten. Zumindest nicht mit denen, die im Dreck kriechen. Es müsste jemanden geben, der sich für sie einsetzt. Dann würden vielleicht weniger auswandern – müssen«, sagte der Abenteurer, das Kinn fast in seinem Kittel vergraben. »Aber so? Was bleibt einem anderes übrig? Ich bin froh, keine Familie zu haben, die mich zurückhält. Vielleicht habe ich Glück und finde ein nettes Mädchen und wir bauen unsere Farm gemeinsam dort drüben auf.«

Unbewusst war Dolf an der Abzweigung zu seinem Kotten vorbeigerumpelt. Die Lust auf ein Bier hatte den Wunsch, nach Hanne zu sehen, übertrumpft.

»Komm, ich lade dich ein. Da drüben ist Haselhoff, mein Stammwirt. Du trinkst zur Stärkung gegen Wind und Wellen ein gutes Bier, damit du deine Heimat nicht völlig verbittert verlässt.«

Von dieser Freundlichkeit überwältigt bedankte sich sein Mitfahrer und ein Lächeln stahl sich in dessen hageres Gesicht. »Du bist ein guter Kerl und ich weiß nicht mal, wem ich diese Großzügigkeit zu verdanken habe!«

»Nenn mich Dolf, wie meine Freunde.«

»Dolf, danke! Es gibt nicht viele, die in Zeiten des Mangels so selbstlos teilen. Vielleicht ist Amerika ja auch etwas für dich. Es braucht Abenteurer.« Der Junge griff in seine Tasche und hielt Dolf den gefalteten Zettel hin. »Hier. Ich habe mir das sowieso eingeprägt. Das soll dich an mich und Amerika erinnern.«

Die nächste Stunde schwärmte ihm der Reisende vor, was seine Bekannten von dem fernen Land berichtet hatten: eigenes Grundstück, keine Pacht, geringe Steuern. Freiheit.

Genüsslich lehnte sich Dolf auf der Bank zurück, steckte sich eine Pfeife an und lauschte den Erzählungen des Jungen. Zum ersten Mal seit ihrem Treffen auf einem Schützenfest dachte Dolf darüber nach, wie sein Leben ohne Hanne verlaufen wäre. Etwas schämte er sich, als er sich bei dem Gedanken ertappte, dass er ohne sie und Alwine wahrscheinlich noch an diesem Abend sein Bündel gepackt und mit dem Jungen nach Bremerhaven oder Antwerpen gewandert wäre.

Selbst als er später die Pferde in den Stall führte und ihnen Heu hinwarf, ging ihm die Verheißung der Neuen Welt nicht aus dem Sinn. Er dachte an den jungen Westfalen, der bei Haselhoff im Stroh übernachten durfte und morgen früh seine Reise fortsetzen würde. Weiter in Richtung Freiheit. Wie gerne wäre er mitgegangen. Amerika hatte offenbar schier unendliche Verlockungen zu bieten und schien das Land zu sein, in dem er diesen furchtbaren Druck im Kopf loswerden konnte, der sich seit Langem wieder in ihm aufgestaut hatte. Vielleicht sogar mit Hanne und Alwine. Verführerisch schaukelten seine Gedanken wie die Wellen unter dem Kiel des Schiffes in ihm hin und her. War das die Lösung seiner Probleme? Er würde darüber nachdenken und es Hanne sagen, hören, was sie dazu meinte. Oder sollte er das besser lassen?

Dolf fischte die Anzeige der Reederei aus seinem Hosensack, entfaltete den Zettel und betrachtete minutenlang das Segelschiff, bevor er ihn behutsam wie sein vorheriger Besitzer zusammenlegte und in die Lücke zwischen zwei Balken der Scheune schob, wo Hanne, ihre Mieter und Alwine ihn nicht entdecken würden.

Er trat hinaus, um nach seiner Familie zu sehen, blieb jedoch abrupt bei seinem Wagen stehen und rieb sich das Kinn, während er genaustens die Straße und die Nachbarhäuser beobachtete. Nachdem sich niemand gezeigt hatte, zog er die Waffe unter dem Bock hervor, die er dort für den Fall der Fälle aufbewahrt hatte. Sein Blick wanderte zwischen Stall, Haus und Wagen hin und her. Unterdessen fuhr seine Hand über das kühle Metall und das einfache Holz des Kolbens, als wäre sie eine Geliebte, die er lange nicht gesehen hatte.

Dolf riss sich los und ging zurück in den Stall. Meta und Grete reckten ihre Köpfe und schnaubten, neugierig, ob er ihnen eine zusätzliche Portion Heu spendieren wollte. Er ignorierte sie und kletterte mit der Waffe auf den Heuboden, wo er sie so tief es ging unter das aufgetürmte Heu schob. Wenn er sie nicht dabeihatte, kam er auch nicht in Versuchung, sie zu benutzen. Gestern war genug Blut geflossen.

Über den staubigen Hof ging er auf sein Haus zu. Hinter den Scheiben flackerte das warme Licht der Kerzen und lullte ihn in einer trügerischen Ruhe ein. In die Tür trat eine Gestalt, die sich am Rahmen abstützte.

»Du bist auf? Hat Trine nicht gesagt, dass du es langsam angehen und dich einen Tag ausruhen sollst?«, fragte er in die Schatten, aus denen beim Näherkommen ein bleiches Gesicht auftauchte.

Hanne lehnte ihren Kopf an den Türrahmen. »Hat sie. Ich wollte nur … Ich muss … Ach, verdammt, nie ist der rechte Zeitpunkt!«

Dolf musste gegen seinen Willen lächeln. »Normalerweise fehlen dir nur wenige Worte.« Er wurde ernst. »Gestern war es furchtbar. Aber was es auch ist, das du mir sagen willst: Schlimmer kann es kaum sein. Also raus damit.«

Hannes Brustkorb hob sich unter einem tiefen Atemzug, sie zuckte jedoch zusammen, als die Bewegung den Schmerz in ihrem Arm wiederbelebte.

»Sag, was du sagen willst, und danach zurück ins Bett.« Dolf trat neben sie und schob seinen Arm unter ihre Achseln, um sie zu stützen.

Hanne seufzte, sah zu ihm auf und befeuchtete ihre Lippen mit der Zunge. »Es nützt ja nichts, du musst es wissen. Ich wollte es dir sagen, bevor wir zum Haus Ruhr sind, aber ich wollte dabei sein, wenn wir den Thalberg in die Mangel nehmen. Im Nachhinein vielleicht nicht die allerbeste Idee.« Sie löste sich aus seinem Griff, nahm seine Hand und legte sie auf ihren Bauch. Schweigend blickte sie zu ihm auf, wartete darauf, dass er reagierte – was er nicht tat. Er starrte sie lediglich an. »Dolf?«, fragte Hanne sanft und nun war es Dolf, der sich aus der Berührung löste. Er trat von ihr zurück.

»Du willst mir sagen, wir bekommen ein Kind?« Seine Augen waren riesig in der Dunkelheit, aber es lag kein freudiger Zug um seine Mundwinkel. »Gerade jetzt, wo … Du hättest nicht mitgehen dürfen! Bist du denn von allen guten Geistern verlassen?«

»Ich weiß …«

Grob umfasste er Hannes Schultern und stand kurz davor, sie zu schütteln. Hanne japste unter dem Schmerz, der durch ihren verletzten Arm schoss. Dolf ließ nicht los. »Ein weiteres Maul, das ich stopfen soll! Jetzt, wo wir uns etwas aufbauen, einen guten Ruf, etwas Wohlstand, ein neues Leben! Da kommst du …«

»Daran sind naturgemäß zwei beteiligt!«, erwiderte Hanne hitzig und schockiert zugleich. Neben den Schmerz trat die Enttäuschung, dass Dolf sich nicht über die Nachricht freute. Sie löste sich aus seinem Griff, drehte sich brüsk um und rauschte zurück ins Haus. Dolf ließ sie in der Tür stehen.

Auch im Siepen vor der Höhle hatte sich in den Räuberköpfen ein ähnlicher Druck wie in ihrem Hauptmann aufgebaut, was nicht ausschließlich am Ananaspunsch lag. In mehreren Runden hatten Heinrich, Grübchen und Friedrich Schöne das widerlich süße, aber edle Gesöff heruntergestürzt. Womit sie sich betranken, um die Geschehnisse des Vorabends zu vergessen, war ihnen dabei fast gleichgültig, obwohl gerade Heinrich zwischendurch an einem selbst gebrannten Korn nippte, um den exotischen Geschmack aus dem Mund zu spülen.

»Edles Gesöff«, lallte Friedrich Schöne und stieß einen süßsauren Rülpser in die feuchte Luft. Auf einem Baumstumpf schwankte er gefährlich nach links und rechts. »Wart ihr heute schackern, nach allem, was gestern passiert ist? Ich hab's nicht geschafft ... Die Bilder verfolgen mich. Wäre ohnehin kaum was für einen Tagelöhner im Angebot gewesen.« Er nahm einen großen Schluck und schüttelte sich. »Das Zeug ist so ekelhaft wie sein Besitzer.«

»Meinst du damit den Thalberg oder unseren feinen Herrn Hauptmann?«, fragte Grübchen, dessen ansonsten eher blasses Gesicht leuchtete wie der Anstich eines Hochofens.

Friedrich Schöne hob, soweit es ihm in seinem Zustand möglich war, überrascht die Brauen und rieb sich die Stirn. »Wie meinst du das?«

Heinrich ließ die Flasche sinken, die er eben an die Lippen gesetzt hatte, und wartete auf Grübchens Antwort. Er witterte etwas, was ihm nicht erst seit gestern in der Nase stach.

»Na, unser feiner Herr Hauptmann ist gar nicht so fein zu uns. Einer liegt wegen ihm unter der Erde und modert vor sich hin, ohne dass irgendeiner um ihn trauert. Wir sind das Kanonenfutter für seinen Ruhm. Der gute Geist! Dass ich nicht lache. Von allen guten Geistern *verlassen* ist er, dass er uns in die Höhle dieser greisen Spinne lockt, wo wir beinahe alle draufgegangen wären! Und warum?«

»Warum?« Friedrich hatte die Augen weit aufgerissen und starrte Grübchen an wie ein Fisch auf dem Trockenen.

»Wegen seiner Alten! Nur weil der Thalberg sie hübscher fand, als es sich gehört – dabei hat er sie nicht mal angefasst!

Trotzdem setzt sie alles daran, uns auf dieses verkackte Gut, direkt in die Arme dieses machtgierigen Greises zu treiben! Ich sag's euch: Sie wollte unbedingt Rache, nur darum hat sie ihren Mann aufgehetzt und uns in die Falle laufen lassen! Also, von wegen ›guter Geist‹! Rachegeist!«

Bei dieser Rede ballte Heinrich die Fäuste. Sein Herz fühlte sich an wie ein Klumpen Schlacke und er fand nicht die richtigen Worte, um Hanne zu verteidigen. Obwohl Grübchen ordentlich beim Schnaps zugelangt hatte, konnte er klarer sprechen als Heinrich in ausgeschlafenem, sattem und entspanntem Zustand. Der Schmerz, den diese Worte verursachten, war derart scharf, dass man damit Stahl hätte zerteilen können.

»Mach mal halblang«, grummelte er deshalb, aber Grübchen war in Abwesenheit Dolfs kaum zu bremsen.

»Mir würde keine Frau vorschreiben, was ich tun soll! Johanna hat viel zu viel zu sagen! Was macht sie überhaupt hier bei uns? Eine Frau kann doch kein Räuber sein! So was wie gestern Abend kommt dabei raus – Mord und Totschlag. Wir haben Glück im Unglück gehabt, dass man uns nicht geschnappt hat. Ich sage euch: Die Gendarmen werden schwärmen wie die Fliegen auf Brünninghaus' Körper, um uns zu finden. Der Thalberg kennt die Johanna. Der weiß, dass sie es war. Da bin ich mir sicher.«

Aus Friedrichs Ecke erscholl ein weiterer Rülpser. »Und nun? Was hast du vor? Willst du unser Hauptmann sein?« Er schüttelte sich vor Lachen, sodass er vom Baumstumpf kippte und die Flasche mit dem edlen Gesöff neben ihm auf dem Waldboden zerschellte. »Das würdest du Fickeltünnes nie hinbekommen!«

Grübchens Mund wurde schmal und verzog sich kurz in ein Lächeln, das allerdings nicht glücklich war. In dessen Augen loderte etwas, das wiederum Heinrich an einen

Rachegeist denken ließ. »Du hast recht, Friedrich. Du und unser stummer Koloss hier könnten unsere Unternehmung jedoch genauso wenig führen. Dolf Mohr hat etwas, das uns allen fehlt. Er muss es nur ungestört entfalten.«

»Wie 'n Schmetterling!«, grölte Friedrich, der sich am Boden wälzte und sich kaum beruhigen konnte.

»Genau. Eine Raupe, die man aus ihrem Kokon locken muss, damit sie sich aus ihrem feinen Gefängnis aus Seidenfäden befreit.«

»An dir ist ein Dichterfürst verloren gegangen, Vorschulte.«

»Ich werde etwas tun, was mehr kann als Sonette und Novellen. Ich habe eine Idee, die uns allen das geben kann, was wir verdienen. Ohne wegen einer Frau im Grab zu landen. Ihr werdet sehen.«

»Sei bloß vorsichtig«, grollte Heinrich.

Grübchen lachte. »Bin ich. Hier geht es um unser Leben und um unser Wohlergehen, also halt bloß schön deine Klappe. Das wirst du mir nicht zerstören, sonst zerstöre ich erst deine Hanne und danach dich. Darauf kannst du dich verlassen. Höre ich einen Mucks von dir dazu, stopfe ich allen, die du liebst, für immer das Maul ...« Er fuhr sich mit dem Daumen von links nach rechts über die Kehle.

Besuch des Gendarmen

Im Ausschank in ihrem Haus wollte die Zeit für Hanne heute nicht vergehen. Wenige durstige Gäste kamen vorbei und diejenigen, die kamen, hatten fürchterliche Launen. Die meisten wollten über den Überfall sprechen, der sich wie ein Lauffeuer verbreitet hatte. Draußen prasselte der Regen in Sturzbächen und flutete die Dachrinnen. Überall tropfte und lärmte es. Die Wunde an ihrem Arm pochte, ihr war speiübel.

»Du siehst aus wie ein Schlossgespenst auf Urlaub! Alles in Ordnung, Kind?«

Die Witwe Trine Rodmann, die sich inzwischen häufig in Hannes Nähe aufhielt, klammerte sich seit über einer Stunde am kleinsten Krug Bier fest, wobei sie weitaus mehr redete als trank. Hanne war dadurch widerwillig auf den neuesten Stand des Sommerberger Klatsches gebracht worden. Wegen des schlechten Wetters hatte sie Trine ins Haus gebeten.

»Mir geht es gut. Wahrscheinlich ist mir was auf den Magen geschlagen«, wich sie aus, obwohl sie genau wusste, was da in ihr rumorte. Sie hatte jedoch herzlich wenig Lust, der Witwe das auf die Nase zu binden, damit die beim nächsten Nachbarn weitertratschen konnte.

»Hmm … weißt du, Mädchen, in meiner Ehe war ich wenigstens zehn Male schwanger. Ich erkenne einen Kindsbauch, wenn ich ihn sehe. Sahnetörtchen und Zuckerguss haben deine Figurprobleme sicherlich nicht verursacht.«

»Was du nicht sagst«, versuchte Hanne, sie von der Spur abzulenken, erkannte aber in Trines Blicken, dass sie es wusste und keinen Deut davon abrücken würde. Immerhin hatte Hanne damit eine Ausrede für ihre Schmerzen und schlechte Laune. Sie gab sich geschlagen und stützte die Ellenbogen auf den kleinen Tresen. Die Witwe zog ihr Pfeifchen aus der Schürzentasche und entzündete es. Genüsslich paffte sie ein paar Züge und ein rauchig-kräutiger Nebel waberte zu Hanne herüber. Ihr wurde sofort wieder schlecht und sie legte den Handrücken vor ihren Mund. Die Witwe störte sich nicht daran und schob ihre nächsten Worte am schmalen Pfeifenstiel entlang in Hannes Richtung.

»Mädchen, da ist noch mehr, nicht wahr? Etwas Dunkles schwebt über dir. Du hast Angst.«

Unwillkürlich legte Hanne den Kopf in den Nacken und sah an die niedrige Decke, an der ein paar Spinnweben hingen.

»Dummerchen«, lachte Trine, bis ihr Lachen in einem kratzigen Hustenanfall unterging. Zur Linderung nahm sie einen gewaltigen Zug aus dem Krug, klopfte sich mit der Faust auf die Brust und rieb sich die Nase. »Teufelszeug. Vielleicht sollte ich das besser lassen. Ich klinge schon wie die Kerle, die in den Stollen schuften.« Sie betrachtete ihr Pfeifchen, aus dem sich ein unschuldiges Rauchfähnchen schlängelte. »Andererseits, der gute Geist hat sie mir geschenkt und mir damit eine Freude für das Alter hinterlassen. Da werde ich sie nicht einfach so wieder hergeben. Verdorri, das wird mir der Herrgott wohl nicht verbieten wollen!«

Hanne ergriff ihre Hand und strich mit den Fingern über die raue und faltige Haut. »Gut zu hören.«

Die Witwe suchte den Boden ihres Kruges ab und hob erst nach einer Weile ihren Kopf, um Hanne direkt anzusehen. »Ich habe mich noch gar nicht bedankt.«

Hanne lächelte. »Wofür? Das Bier? Das ist doch nichts.« Sie nahm sich einen Lappen und wischte einige Flecken vom Tresen, als der Schmerz wie ein Blitz durch ihren Arm jagte.

Hanne zuckte zusammen, bemühte sich aber, sich nichts anmerken zu lassen.

»Ne, ne. Das meine ich nicht. Für die Freude des Alters.«

Kurz verharrte ihr Putzlappen, danach wischte sie umso angestrengter an einem hartnäckigen Fleck auf dem Holz. Sie hatte keine Ahnung, wohin dieses Gespräch an diesem furchtbaren Tag führen sollte.

»Na ja, ich meine, du bist diejenige, die mir das Geld geliehen hat für den Steuereintreiber. Das hätte nicht jeder gemacht.«

»Ach, das meinst du. Das habe ich gerne getan.«

»Aber es ist ja fort, das macht mir Sorgen. Du leihst mir Geld und der Räuber schnappt es sich vom Wagen des Steuereintreibers. Du hast durch mich deine Ersparnisse verloren und sagst trotzdem kein Wort mehr dazu.«

Hannes Puls raste. Das hatte sie ganz vergessen. »Ich … weißt du, ich wollte nicht … Mach dir keine Gedanken, Trine. Das bekomme ich schon hin.«

»Und wenn Dolf nun …«

Hanne tätschelte Trines Hand, die trotz der Schwielen weich war. »Es ist so lange her. Ich habe gespart und in der Zwischenzeit etwas beiseitelegen können. Dolf wird also nichts davon erfahren.«

»Was habe ich es beim Uflacker genossen, dass mal jemand einem von oben die Leviten liest. Und jetzt der Thalberg! Den Dämpfer konnte er vertragen.«

»Margarethe nicht …« Tränen schimmerten in Hannes Augen und die Witwe schluckte. Unter ihrer harten Schale steckte eine Seele, die tief schauen konnte.

»Nein, das hatte das arme Kind nicht verdient. Weder zu sterben noch behandelt zu werden wie Vieh. Was man so hört … Immerhin redet man endlich darüber, was auf den Gütern geschieht. Was sich die feinen Herren alles herausnehmen. Der Unmut wird größer, Stunde um Stunde, und irgendwann ist er dermaßen laut, dass er sogar in Arnsberg oder gar Berlin nicht überhört werden kann. Es wird außerdem darüber geredet, wie schade es ist, dass ein guter Geist überhaupt nötig ist. Dass sich die Herren nicht für Hungerlöhne, Not und Elend interessieren, sondern lieber Soldaten statt Getreide schicken. Der Räuber hat die Lunte dicht am Pulverfass in Brand gesetzt und ich glaube, das war auch gut so.«

Hanne seufzte und ihr Arm untermalte ihr Gefühl durch sein unangenehmes Pochen. »Ja, das mag sein. Aber Margarethes Tod hat mir gezeigt, dass das nicht der Weg für uns alle sein sollte. Eine Maus muss den Käse im Schutz der Dunkelheit stehlen, wenn sie der Katze entkommen will. Nicht vor ihrem Futternapf auf und ab stolzieren.« Durch ihre Worte fühlte sie ihre eigene Müdigkeit und Verzagtheit. Ein Pulverfass über einem Feuer zu schütteln und es dabei nicht mehr absetzen zu wollen – das war nicht der Weg. Sie schnaubte abfällig und schenkte sich ein Bier ein, das sie stark mit Wasser verdünnte. »Wir brauchen diese Räuber nicht, Trine. Wenn du etwas benötigst, besorge ich es dir wie damals das Geld. Versprochen.«

Auf dem Hof klapperten Pferdehufe und unterbrachen ihre Unterhaltung. Sofort sprang die Witwe auf, legte Hanne die Münzen auf den Tresen und eilte zum Ausgang, als ahnte sie, wer Hanne einen Besuch abstatten wollte.

Im nächsten Moment wurde die Tür mit so viel Schwung von außen aufgestoßen, dass Trine sie beinahe vor die Stirn bekommen hätte. Anders als Hanne es tief im Herzen gehofft hatte, war es nicht Dolf, der den Raum betrat. Die Witwe erstarrte zur Salzsäule und Hannes Herz wurde unheimlich schwer, sodass es als eisiger Klumpen in die schwarze Tiefe der See hinabsank.

»Guten Tag, die Damen.« Der Gendarm, der das Zimmer mit seiner grünberockten Autorität ausfüllte, tippte sich an den Helm. Die Geste wirkte keinesfalls freundlich. Sofort erkannte Hanne den adretten Franz Mönkebüscher wieder.

Trine murmelte einen Gruß und huschte neben dem Gendarmen überraschend behände nach draußen. Hanne beneidete sie. Ihr selbst war es nicht vergönnt, diesen Mann loszuwerden. Hinter Trine schloss Mönkebüscher die Tür.

»Frau Mohr, ich hoffe, Sie können einen Augenblick für mich erübrigen?«

Hanne griff nach den Krügen und der Schankkanne und begann, mit großer Geste aufzuräumen. »Eigentlich ist es gerade schlecht, Herr Mönkebüscher.«

Er trat näher an sie heran. »Ich fürchte, die Zeit werden Sie sich nehmen müssen.« Seine Stimme war so kalt wie der Klumpen in ihrer Brust.

Klirrend setzte sie ihre Last wieder ab und erwiderte in stummer Aufforderung seinen Blick, wartete äußerlich gefasst darauf, was er ihr zu sagen hatte. Innerlich flohen selbst die letzten Reservisten aus Angst vor dem Feind.

»Kannten Sie Margarethe Klein?«, fragte Mönkebüscher.

Hanne nickte. »Wir haben zusammen im Haus Ruhr gearbeitet. Ich habe mitbekommen, dass sie erschossen wurde.«

Mönkebüscher rieb sich die Stirn. »Leider richtig. Haben Sie auch vom dazugehörigen Überfall gehört?«

»Die Welt ist ein Dorf. Jeder kennt hier jeden. Natürlich macht solch eine Geschichte die Runde. Thalberg gehört zur Prominenz, Klatsch über ihn wird gerne verbreitet.«

»Ich nenne es ungern ›Klatsch‹, wenn wir von einem Todesfall sprechen. Was ist mit den anderen Großbauern? Auf ihre Höfe wurden ebenfalls Überfälle verübt. Erzählt man sich darüber etwas?«

Hanne lehnte sich an den Tresen, nahm das Gesicht des Gendarmen unerbittlich in den Fokus. »Offensichtlich soll es jemanden geben, der sich endlich für das Wohl der kleinen Leute einsetzt. Es gibt Geschichten über diesen Banditen aus England, diesen Robin Hood. Nahm der es nicht von den Reichen und gab es den Armen? Dasselbe geschieht jetzt hier, wo sich die Menschen alleingelassen und von den Adeligen und Politikern übersehen fühlen. Ohne unseren Robin Hood wären viele Menschen verhungert.«

Mönkebüscher ließ nicht durchblicken, ob er davon beeindruckt war, dass Hanne die Erzählungen über Robin Hood kannte, oder was er von der offenen Feindseligkeit gegen die Regierung hielt, deren Vertreter er war. Er blinzelte nicht einmal.

»So mag es vielleicht begonnen haben, aber mittlerweile wirkt es eher, als würden sie sich in eigener Sache bereichern, finden Sie nicht? Anscheinend mag dieser Robin Hood etwas Exklusives wie Ananaspunsch – genau das, was man für das pure Überleben eben braucht, nicht wahr, werte Frau Mohr?«

Hanne war entschlossen, sich nicht verunsichern zu lassen, obwohl die letzten Worte Mönkebüschers sie berührt hatten. Er hatte das erkannt, was ihr an den letzten Taten der geschworenen Brüder, wie sich die Männer nun nannten, nicht mehr gefallen hatte. Ob jedes Stück der Beute gleichmäßig unter den Sommerbergern verteilt oder in den eigenen Taschen gelandet war, wusste sie nicht. All das nagte an ihrer Entschlossenheit, Mönkebüscher Paroli zu bieten, um die Räuber zu schützen.

»Da mögen Sie recht haben, Herr Gendarm. Aber selbst kleine Freuden spenden Kraft. Kartoffeln und Getreide sichern das Überleben, bringen allerdings keine sonderlich große Lebensfreude, die den Bewohnern dieser Gegend oftmals fehlt«, erwiderte sie schließlich.

»Sie nehmen diese Strolche also in Schutz?«

»Jeder auf dem Sommerberg tut das. Sie sind unsere Retter – anders als die Männer, die Sie repräsentieren.«

Mönkebüscher zuckte zusammen. Hatte sie einen wunden Punkt getroffen? Was hielt der Gendarm von den Mächtigen, die ihn herumkommandierten?

»Ich wäre umsichtiger mit meinen Worten.« Von seinen Gefühlen ließ er dennoch nichts durchscheinen. »Sie haben erwähnt, dass Sie für Herrn Thalberg gearbeitet haben. Das heißt, er kennt Sie und könnte Sie demnach ohne jeden Zweifel identifizieren.« Sein Finger tippte nervös am Griff seines Säbels.

Bei Mönkebüschers Worten wurde Hannes Gurgel eng, Hitze stieg in ihre Wangen. Sie hatte sich zu viel herausgenommen. Dieser Mann konnte niemals ihr Freund sein. Sie fragte sich, was er wusste und was er von ihr wollte.

»Herr Thalberg schaut seinen Hausangestellten selten ins Gesicht. Die Hälfte meiner Arbeitszeit hätte er über mich stolpern können, so bedeutungslos war ich für ihn.«

»Bei meinen Besuchen hatte ich den Eindruck, Herr Thalberg könnte durchaus ein Interesse an seinen Dienstmädchen hegen. Zumindest an den jungen.« Wie gefühllos die Stimme eines Mannes doch klingen konnte, der etwas Ungeheuerliches derart unverblümt aussprechen konnte.

Hannes Brust zog sich zusammen, ihre Hände zitterten. Schnell steckte sie sie in die Taschen ihrer Schürze. »Was Sie andeuten, ist mir zum Glück nie widerfahren. Margarethe hingegen sehr wohl. Sie – läge sie nicht tot in der Kapelle – hätte ein stärkeres Verlangen nach Vergeltung als ich. Ich habe mein Leben hier, mit Kind, Hof und Mann. Mich gelüstet es nicht danach, einem alternden Mann vermeintliche Fehltritte heimzuzahlen. Was Carl Thalberg gesehen haben mag, kann ich Ihnen nicht sagen. Was ich aber sagen kann, ist, dass ich eine Hausfrau und keine Räuberin bin. Um das zu beweisen, erlaube ich Ihnen gerne, sich umzusehen, ob Sie eine Flasche dieses Ananaspunsches in meinem Haus finden können.«

Im Stillen betete sie dafür, dass Dolf so schlau gewesen war und nichts von der Beute mit nach Hause gebracht hatte. Demonstrativ stemmte sie ihre Hände in die Hüften, Mönkebüscher lächelte nur. Sie beschlich das Gefühl, dass er sie genau da hatte, wo er sie haben wollte.

Erschöpft ließ sich Mönkebüscher auf die Futterkiste fallen und wischte sich den Schweiß von der Stirn. Seinen Helm hatte er abgenommen und widerwillig auf das einfache und dick mit Heustaub verkrustete Fensterbrett des Stalls abgelegt. Nach stundenlanger Durchforstung von Haus und Stall kam es ihm vor, als hätte er in jedem Winkel die Spinnweben eingesammelt und der Hausfrau dadurch eher Arbeit abgenommen als selbst voranzukommen.

Seine Faust donnerte auf den Deckel der Kiste. Nichts! Er hatte rein gar nichts gefunden. Der Hof der Mohrs war völlig unauffällig, keinerlei Hinweise auf die reiche Beute, die der gute Geist im Laufe der Monate gemacht haben musste. Übersah er etwas? Oder schlimmer: Hatten er und Thalberg sich geirrt, dass es die Mohrs waren, die man verdächtigen musste? Bewusst hatte er Johanna Mohr nichts davon gesagt, dass Carl Thalberg sie beim Überfall erkannt haben mochte. So schnell wollte er ein Ass im Ärmel nicht ausspielen. Jedenfalls graute es ihm vor dem nächsten Treffen mit dem Industriellen, der sich durch die Räuber immer stärker persönlich angegriffen fühlte – nachvollziehbar, wenn das eigene Gut Ziel einer Attacke geworden war. Mönkebüscher spielte mit dem Gedanken, vor der Wut Thalbergs zu fliehen, gleich nach Hause zu reiten und seine Frau zum Packen aufzufordern. Es war keine Frau, die er im Visier hatte, und Hanne Mohr konnte er tatsächlich nichts nachweisen. Eine Räuberin, lächerlich! Beim Überfall war es fast dunkel gewesen, die Gäste und Gastgeber angetrunken. Was Thalberg gesehen hatte oder nicht, konnte der Gendarm nicht einordnen. Nach dem Erkalten dieser Spur hatte Mönkebüscher nichts mehr in der Hand, was ihm seine Anstellung sicherte. Bald würde man ihm nahelegen, den Dienst zu quittieren, wenn er nicht härter vorging. Er seufzte. Wenn er seiner Auguste nichts sagte, kaufte sie weiter teuren Kaffee und die hübschesten Kleidchen für sich und ihre Tochter. Sie wollte sogar schnellstmöglich ein zweites Kind, war wie besessen von der Vorstellung, ihm einen Sohn zu schenken. Obwohl er das nie von ihr verlangt hatte. Er liebte seine Tochter. Aber im Dienst wurde es eng für ihn. Er konnte keine Erfolge vorweisen. Machte er sich lächerlich? Er musste Beweise dafür finden, dass Dolf Mohr der Räuber war, den er suchte. Zumindest Thalbergs Sichtung gegen diese Johanna musste er einsetzen.

Als könnte er dort die Lösung seiner Probleme finden, wanderte sein Blick die Stützbalken entlang, die den Heuboden trugen. Die Balken waren voll mit gelblichem Heustaub, der sich auch auf seinem Helm niedergelegt hatte – bis auf eine Stelle, an der das graue Holz in Form eines Handabdrucks dunkler hervorstach. Mönkebüscher runzelte die Stirn. Kein Körnchen Staub war dort zu sehen. Mit erwachendem Drang, auf den letzten Metern doch noch etwas Bedeutendes entdecken zu können, sprang er auf die Füße. Die Ledersohlen seiner Reitstiefel klackerten über die Steinplatten. Wie im Fieber untersuchte er den Spalt zwischen einem Dachbalken und einer Stütze. Da war etwas!

Es war ein winziges Fitzelchen Papier, das herauslugte, aber Mönkebüschers Herz schlug schneller. Was versteckten die Mohrs hier?

Vorsichtig löste er es aus dem Versteck und drehte es. Es war größer als gedacht, aus gewöhnlichem Papier und bereits leicht zerfleddert. Auf den ersten Blick gab es weder Besonderheiten noch sein Geheimnis preis. Mit zitternden Fingern entfaltete er es.

Was er erwartet hatte, konnte er nicht sagen – eine Inventarliste der Räuberhöhle, den Plan für den Überfall auf das Haus Ruhr? Nichts von alledem offenbarte sich vor seinen Augen, stattdessen kreischende Möwen und gewaltige Segel, die ein Schiff aus dem Hafen trieben. Der Aufbruch in eine neue Welt.

Mit großer Enttäuschung und sich beruhigendem Puls faltete er die Werbeanzeige für die Reederei zusammen und stopfte sie zurück in ihr Versteck. Seine Faust trommelte auf das Holz und seine Zähne pressten sich aufeinander.

»Verfluchter Räuber!«, schimpfte Mönkebüscher.

Was er gefunden hatte, war ein Fluchtplan, den nicht nur Räuber derzeit ausheckten. Überall machten sich Menschen auf, die im sich selbst zerfleischenden Europa keine Zukunft mehr für sich und ihre Familie sahen. Die Auswanderung in die Neue Welt war kein Privileg Krimineller – obwohl viele nicht gerade unbescholtene Bürger diesen Weg beschritten –, sondern eine Fluchtbewegung aus Armut und angeblich ungerechten sozialen Umständen. Das war kein Beweis, lediglich ein Beleg für die Verzweiflung eines armen Teufels, der von einem besseren Leben jenseits des atlantischen Meeres träumte. Nichts Verwerfliches, nichts Verdächtiges.

Mönkebüscher hätte brüllen können vor Frust. Er musste zurück ins Haus und sich dieses Weib doch vorknöpfen. Sein Herz raste bei der Vorstellung, aber es half nichts. Anstand und Würde würden ihn nicht weiterbringen. Andere warteten nur darauf, dass er versagte. Der Gendarm schluckte seine Bedenken hinunter, holte seinen Helm vom Fensterbrett und schritt über den Hof zum Wohnhaus. Die Haustür stand weit offen – und die Stuben waren leer.

Die Zukunft

Es war das erste Mal seit Langem, dass Dolf ohne seine Frau oder Familie auf ein Fest ging. Wohlweislich hatte er Hanne nichts davon gesagt, dass er auf eine Kirmes wollte. Sie liebte den Rummel, das Laute und Bunte, und hätte es ihm nie verziehen, wenn sie erfahren hätte, dass er sich dieses Treiben ohne sie gönnte. Aber im Moment genoss er es, nur mit seinen Männern, seinen geschworenen Brüdern etwas zu unternehmen, was nichts mit ihrem Räuberleben zu tun hatte, obwohl noch Feuchtigkeit des letzten Regens in der Luft lag, der den Spaß eines Rummels trüben konnte. Gerade schoben sich wie bleiche Speere Sonnenstrahlen durch die Wolken und ließen die Luft dampfen. Bei Hanne hatte Dolf Arbeit vorgeschoben und ihr versprochen, er würde die versäumte Zeit mit ihr nachholen. Die letzten Beutezüge waren dermaßen erfolgreich gewesen, dass sogar Bargeld in ihren Taschen klimperte und sie sich das eine oder andere Vergnügen leisten konnten. Gut gelaunt stapfte er durch die Reihen der Stände mit Heinrich an seiner Seite, der durch seine Statur ohne Probleme den Weg freiräumte. Die meisten Leute wichen dem Koloss lieber aus, obwohl sie nicht wussten, mit wem sie es zu tun hatten. Mit Heinrich legte sich keiner an – außer man hatte ihn als den sanften Kerl kennengelernt, der er im Inneren war.

In ihrem Schlepptau tummelten sich die beiden anderen Räuber vom Sommerberg, stolz gereckt und strotzend vor Selbstbewusstsein, als könnten sie es mit jedem aufnehmen. Dolf freute sich jedenfalls am meisten darauf, Mönkebüscher und den anderen Staatsdienern zu begegnen, die mit Sicherheit auf der Kirmes patrouillieren würden. Vielleicht gab es sogar eine tüchtige Hauerei! Tatsächlich entdeckte Dolf am Rande des Festplatzes zwischen den Buden hindurch den neuen Polizeidiener, den jungen Burschen, dem sogar die verheirateten Frauen hinterherschauten und von dem einige Sommerberger ihm berichtet hatten. Müde schaute der Ordnungshüter sich um und für einen Moment kreuzten sich ihre Blicke, dann wanderte der des Polizisten weiter. Es gab kein Anzeichen dafür, dass er wusste, wen er da gerade angesehen hatte. Für ihn war Dolf lediglich ein weiterer Arbeiter, den er höchstens im Auge behalten musste, wenn er sich einen über den Durst genehmigte und für Ärger sorgen konnte.

Grübchen lenkte Dolf ab, als er sich von hinten zwischen ihn und Heinrich drängelte, seine Schultern umfasste und das, was er von der Statur des Kolosses zu fassen bekam. Sein langes Gesicht unter dem blonden Flaum des Bartes strahlte und das markante Grübchen an seinem Kinn hüpfte bei jedem seiner Worte munter auf und ab.

»Komm schon, Dolf! Wir wollen nicht bloß rumflanieren. Spendiere uns wenigstens einen Krug Bier!«

Dolf schüttelte Grübchens Hand ab.

»Kauf dir dein Gesöff gefälligst selbst«, antwortete er gutmütig.

Grübchen lachte und klopfte Dolf auf die Schulter. Sein Grübchen ruckte zu einem Zelt am Rande des Festplatzes. »Vielleicht bewegt dich ja eine glorreiche Zukunft, spendabler zu deinen Männern und Weggefährten zu sein. Die Fahrenden sollen hier sein und ihre Hexe dabeihaben.«

Dolf musterte die schäbige Plane, auf die mit reichlich verschnörkelten Buchstaben »Madame Famosa« gepinselt worden war. Er runzelte die Stirn.

»Ich weiß nicht, ob wir uns mit denen abgeben sollten.«

»Wir sind kein besserer Haufen«, ließ sich Heinrichs Stimme hören.

»Genau«, pflichtete Grübchen dem Koloss bei. »Ein Lumpenpack sind wir allesamt. Vielleicht kann dir die Madame deine Zukunft als berühmter Räuber aus der Hand lesen! Wie du in Samt und Seide durch Paris stolzierst, die Taschen voller Geld und die hübschesten Damen an deinem Arm. Wie dieser Cartouche, oder wie der Franzmann hieß. Oder dieser Störtebeker von … aus dem Norden.«

»Und euch hässliche Vögel in meinem Kielwasser? Danke, aber nein, danke.«

Grübchens Augen wurden schmal und sein Unterlid zuckte. Hilfesuchend sah er zu Friedrich, der in Dolfs Rücken ging.

»Ich gebe dir deine Zukunft aus, Hauptmann«, sprang dieser ein.

»Was ist euch an meiner Zukunft gelegen, Männer?«, wunderte sich Dolf über ihre Beharrlichkeit.

»Irgendwie betrifft sie uns doch auch. Wenn du ein berühmter Hauptmann wirst, wird unsere Bande berüchtigt. Bleibst du der arme Fuhrmann vom Sommerberg, wird sich in ein paar Jahren kein Aas mehr an dich erinnern. Und an uns erst recht nicht!«

Dolf blickte in Grübchens ernstes Gesicht. Ihm schien die Vorstellung Kopfzerbrechen zu bereiten, dass ihre lukrative Tätigkeit ein Ende finden würde, das niemanden im Geringsten interessieren würde. Ratlos lugte Dolf zu Herzog, der allerdings mit seinen Schultern zuckte. »Mir ist es eh gleich, ob berühmt oder nicht. Hauptsache, mein Magen ist voll und meine Stube ist warm. Ist keine große Sache«, brummte er.

Dolf wollte nicht in das Zelt. Aus einem unerfindlichen Grund war es ihm unheimlich. Aber die Gespräche über Ruhm ließen das in ihm aufflammen, was ihn länger beschäftigte: dass er immer noch der gute Geist ohne Namen war. Er war kein Cartouche oder Störtebeker. Er war ein namenloser Niemand.

»Und es ist gratis, Hauptmann! Hab dich nicht so!«, feixte Friedrich und schob ihn in Richtung des Zeltes.

Grübchen huschte in Dolfs Weg und wedelte geziert mit den Armen, um eine höfische Verbeugung zustande zu bringen. »Seid mein Gast, edler Herr Räuber«, klimperte er mit seinen hellen Wimpern.

Bei dieser übertriebenen Geste verdrehte Dolf die Augen und er konnte sich sein Grinsen nicht mehr verkneifen. »Wenn ihr so lieb bittet und versessen darauf seid …« Er streckte ihnen seine flache Hand hin. »Her mit eurem Geld!«

Trotz des Sonnenscheins war es unter der Zeltplane überraschend schummrig und kühl. Kerzen warfen ihr flackerndes Licht auf die Teppiche, Kissen und ein Schränkchen, die ein farbenfrohes Sammelsurium bildeten und im Grunde nicht zusammenpassten. Die Silhouetten der Äste schimmerten durch die Plane und malten schwankende Schatten in den Raum. Der Geruch erinnerte Dolf an die abgestandene Feuchtigkeit eines Kellers gemischt mit dem harzigen Geruch, den er aus katholischen Kirchen kannte: pilzig und untermalt von einem süßlichen Kraut, das langsam verglühte.

Unschlüssig blieb er halb unter der Plane stehen, die er zum Eintreten zur Seite gehoben hatte. Das Zelt schien leer zu sein, niemand war zu sehen. Ihm wurde seltsam zumute, er fühlte sich beobachtet und schwindelig. Wollte er wirklich den Sonnenschein des Festplatzes gegen diese stickige Dunkelheit und das Geschwafel einer abgetakelten Frau tauschen, die angeblich seine Zukunft in seinen Händen lesen konnte wie er die neuesten Nachrichten im Wochenblatt? Wie sollte das bei all den Schwielen möglich sein, die seine Zukunft unter den Spuren seiner Gegenwart und Vergangenheit begruben? Er entschloss sich, Friedrichs Geld lieber in ein Bier zu investieren und den anderen irgendeine Geschichte aufzutischen, was die Hexe ihm prophezeit hatte.

Gerade löste sich seine Hand von der Plane und sein Fuß war auf dem Rückzug, als in einer der Ecken des Zeltes etwas aufglomm, das wie der Kopf einer Pfeife aussah. Dunkle Augen leuchteten kurz mit der Glut auf und verschwanden wieder hinter einer aufwirbelnden Wand aus bläulichem Rauch. Süßlicher Duft waberte betörend um Dolfs Herz.

»Ich beiße nicht. Zumindest nicht beim ersten Mal«, schnurrte eine Stimme ihm entgegen. Sehr dunkel für eine Frau, so tief wie ein mondloses Gewässer, jedoch eindeutig weiblich sanft und verführerisch wie eine Nixe.

»Der Hokuspokus, den du anbietest, ist nichts für mich. Nichts für ungut, ich gehe wieder«, antwortete er kühl, obwohl ihre Stimme in Kombination mit dem süßlichen Geruch ihn bereits in ihren Bann gezogen hatte.

»Du misstraust mir?« Der Schatten löste sich auf, als die Frau aufstand. Eine schmale Taille in einem rot gestreiften Rock malte sich vor der Zeltplane ab. Erneut glomm die Glut auf und beleuchtete deutlicher ein Gesicht unter einem schwarzen Kopftuch und einer Hahnenfeder, die in die ungebändigten Locken gesteckt worden war. Es war kantiger als Hannes entschlossenes Gesicht, strahlte dennoch mehr Weichheit aus, wie Dolf überrascht feststellte. Eine überaus junge und hübsche Hexe, mit wilden Locken und Feuer in den Augen. Eigentlich das, was er sich unter einer Räuberin vorstellen würde.

»Gib mir und meiner Kunst eine Chance, sich zu beweisen«, lächelte sie und ihr Finger lockte ihn in das Zelt.

Dolf konnte nicht anders. Wie an einer Leine geführt, trat er ein und ließ die Plane hinter sich zufallen. Sofort veränderte sich die Stimmung. Die Welt draußen war lediglich Geflüster, schien trotz des dünnen Stoffes weit entfernt, die Luft wurde dicker und rauchiger, je weiter Dolf hineinging. Dolf ergab sich dieser Frau, ohne nochmals darüber nachzudenken, dass ihm ein Bier lieber gewesen wäre oder warum er das tat.

»Siehst du, dir fällt kein Körperteil ab, wenn du hier drin bei mir bist. Setz dich.«

In einer fließenden Bewegung ließ sich Madame Famosa auf ein buntes Sitzkissen hinter einem niedrigen Tischchen sinken, griff darunter und zog eine hölzerne Schatulle hervor, die sie in der Mitte des Tisches platzierte.

Dolf setzte sich ihr gegenüber und versuchte, ihre Züge zu lesen, fand aber nur einen belustigt nach oben gezogenen Mundwinkel.

»Bin ich etwa nicht das, was du erwartet hast?«, fragte sie ihn.

»Nicht ganz …«, erwiderte er wahrheitsgemäß.

»Du hast gedacht, ich bin eine alte Hexe mit Katze auf dem Buckel und Warze auf der Nase.«

»Erwischt.«

Madame Famosa grinste und entblößte beinahe perfekte Zähne. »Nicht alle Hexen sind von Geburt hässlich. Erst die Jahre und die Verbindung mit dem Teufel kosten sie ihre Schönheit … Findest du mich schön?«

Dolf war sich nicht sicher, ob sie scherzte, und musste schlucken.

»Doch, ja«, gab er verlegen Antwort. »Sehr schön sogar. Also kein Bund mit dem Teufel?«

»Ich lasse ihn etwas zappeln, bevor er mich haben kann.«

Welch ein unverfrorenes Weibsbild diese Jahrmarktswahrsagerin war! Dolf lachte auf. Er war verzaubert und schockiert zugleich. Derart hatte er noch nie mit einer Frau gesprochen. Und keine Frau mit ihm!

»Für dich würde der Teufel höchstselbst seine Seele verkaufen, da bin ich sicher«, erwiderte er verunsichert.

Sie zwinkerte ihm zu und öffnete die Schatulle, nicht ohne zuvor das Geld einzufordern. Die Münzen klimperten an ihren Ringen, als sich ihre Finger um sie legten. Das Bier war vollends vergessen, der Pakt geschlossen.

»Bevor ich schamhaft erröte, schauen wir uns lieber dich und deine Zukunft an.«

Madame Famosa nahm ein Päckchen Karten aus der Schatulle und reichte es ihm.

»Mischen, bis du fühlst, es ist genug«, wies sie ihn an.

Dolf ließ die Karten ein ums andere Mal durch seine Finger gleiten, mischte sie gekonnt durch. Das war er vom Kartenspiel bei Haselhoff gewohnt. Unter Madame Famosas wachsamem Blick rutschte ihm dennoch eine Karte aus der Hand, fiel auf den Tisch und riss ihn dadurch aus dem Fluss. Dolf griff danach und wollte sie zurückschieben, als er Madame Famosas Hand auf seiner sah.

»Nicht. Sie wollte zu dir und dir ihre besondere Botschaft schenken.«

Sie legte die Karte in die Mitte des Tisches und drehte sie um.

Dolf betrachtete sie erleichtert. Zum Glück war darauf kein Skelett, der Tod oder sonst etwas Gruseliges zu sehen.

Madame Famosa zog an ihrer Pfeife und blies den Rauch durch ihre Nase aus. »Zumindest ereilt dich nicht die Verkündung des Todes. Das wäre ja Gift für unsere gerade begonnene Beziehung zwischen Zweifler und beseelter Kartenlegerin.« Sie lächelte und tippte auf die Karte. »Das ist die Karte ›Hoffnung‹.«

Dolf sah sich das Bild genauer an. Es gefiel ihm. Hinter der eleganten Frau im fließenden Gewand, die sich an einen Anker lehnte und geziert in die Ferne zu weisen schien, erstreckte sich ein Meer, auf dem ein Schiff davonsegelte.

»Vorfreude auf etwas, das dir als Belohnung zusteht. Glaube an deine Zukunft, sie hält Großes für dich bereit – aber sie ist verbunden mit Opfern oder langem Warten auf die Erfüllung. Vielleicht führt sie dich in ein fernes Land. Ich rate dir, nimm dir einfach, was dir zusteht. Warte nicht zu lange!« Sie nahm die Karte auf und reichte sie Dolf. »Steck sie zurück in den Stapel. Wohin du willst.«

Dolf tat, wie ihm geheißen, ließ sich willig von ihr führen und übergab ihr den Stapel, ohne ihre Worte zu kommentieren. Trotzdem klangen sie in ihm nach. Eine Belohnung, die ihm gebührte. Das Schiff, das ihn forttrug. Welches Leben erwartete ihn?

»Die Karte hat dich berührt. Das spüre ich.«

Dolf fühlte Madame Famosas unergründliche Blicke auf sich ruhen, während sie den ganzen Tisch mit Reihen von Karten bedeckte.

»Das stimmt. Ich … fühle einen Drang in mir, etwas zu ändern. Vielleicht fortzugehen. Die Angst, vielleicht nicht mehr der zu sein, der ich sein will.«

Madame Famosa ließ ihre Augen über die Karten wandern. »In deiner Ehe geht es schwieriger zu. Der Verdruss hat sich zwischen sie und die Fröhlichkeit gestellt.« Sie deutete mit gerunzelter Stirn auf die unterste Kartenreihe. »Aber ein Besuch verschafft dir Liebe, schon sehr bald.« Wieder tanzte der Finger über die Bilder und schwebte über einer Person, die Dolf sofort als Abbild Mönkebüschers erkannte. Daneben eine Frau in Schwarz, die weinte.

»Offizier und Witwe, daneben der Dieb«, hörte er Madame Famosa sagen. »Zwei, die sich gegen den Dieb verbünden werden. Der Dieb hat einen Feind, sehr nah an der Witwe … und da: Tod und Reise, in dieser Reihenfolge. Etwas endet und danach folgt die Reise. Eine Reise nach dem Tod? Merkwürdig.« Sie blickte auf. »Du scheinst eine bewegte Zukunft zu haben. Ich will dich nicht beunruhigen, doch ich fürchte, um die Ehe steht es nicht gut, und die Frau hat irgendetwas mit dem Offizier zu tun. Wer ist er? Ein Gendarm? Jedenfalls ist er streng, kalt und herrisch. Du sehnst dich nach etwas, musst aber erst einen Verlust ertragen, bevor du es haben kannst. Da ist Hoffnung – auf Geld, auf eine Reise, auf etwas Großes. Dennoch, sei in deinem eigenen Haus auf der Hut.«

Madame Famosa schob die Karten zusammen und nahm einen weiteren Zug aus ihrer Pfeife. »Sehr schade, dass ein solch stattlicher Mann offensichtlich nicht wertgeschätzt wird.« Sie verstaute die Karten in der Schatulle und klappte sie zu. Sie sah ihn an, beobachtete ihn, wie er reglos sitzen blieb und in die Leere starrte.

»Habe ich Schwindlerin einen wunden Punkt getroffen?«, fragte sie mit einem feinen Lächeln auf den Lippen.

Darauf hatte Dolf keine Antwort. Er konnte sich nicht bewegen, fühlte sich schwach.

Sie legte ihm die Hand auf den Arm. »Da war sehr viel Falschheit um dich herum. Ich rate dir zur Vorsicht, wenn du weiterhin der sein willst, der du bist.«

Madame Famosa stand auf und ging zu ihrem Schränkchen. Dolf hörte das dumpfe Klirren einer Tonflasche. Von hinten tippte sie ihm auf die Schulter und als er sich umdrehte, drückte sie ihm einen Becher in die Hand und ließ sich neben seinem Sitzkissen auf dem Teppich nieder. Dolf stürzte das Getränk herunter. Kräuter brannten in seiner Kehle. Plötzlich lag ihre Hand auf seinem Oberschenkel und das Brennen breitete sich schlagartig vom Hals in seinen ganzen Körper aus.

»Nimm dir das, was dir zusteht. Das ist die Botschaft der Karten an dich.«

Er wandte ihr sein Gesicht zu und betrachtete sie, wie sie dort zu seinen Füßen hockte.

Madame Famosa war auf eine wilde Art anziehend. Ein ungezähmtes Wesen, das zubeißen konnte, wenn ihm danach war. Dadurch, dass sie auf dem Boden saß, gewährte sie ihm Einblicke in ihre weiße Bluse, die sie ohne Korsett trug. Mit pochendem Herzen fragte er sich, ob sie das beabsichtigt oder sich gedankenverloren neben ihn gesetzt hatte.

Hanne schob sich vor diese Gedanken, ließ ihn allerdings nicht den Blick abwenden. Madame Famosa lächelte. Ob sie Gedanken lesen konnte, vermochte Dolf nicht zu sagen, er glaubte ohnehin, in diesem Moment ein offenes Orakelbuch zu sein.

»Willst du die Karte haben, die sich dir offen gezeigt hat? Die Dame ›Hoffnung‹? Ich schenke sie dir, sobald die Kirmes vorbei ist und ich weiterziehe. Als Andenken, das dich an deine Zukunft erinnert – und an mich. Noch zwei Tage habe ich hier zu tun, bevor es zum nächsten Fest weitergeht. Komm am letzten Abend, um die Karten abzuholen. Immerhin hast du freiwillig mehr bezahlt, als ich üblicherweise verlange.« Sie lächelte und stand auf den Füßen, bevor er ihre Bewegung überhaupt registriert hatte.

Benommen nickte Dolf, dankte ihr und verließ schweigsam das Zelt. Er fühlte, dass Madame Famosa in die Öffnung der Plane getreten war und ihm nachsah. Während er gegen den Sog des eigenen Willens anpaddelte, beschloss Dolf, nicht zurückzusehen – oder zurückzukehren. Das würde seinem Leben mit Hanne nicht gut bekommen. Er wollte heim und ging ohne ein Wort des Abschieds an seine Räuber zurück auf den Sommerberg.

Warnung

Nachdem sie vor Mönkebüscher Hals über Kopf geflohen war – worüber sie sich im Nachhinein über sich selbst ärgerte –, hatte sie zunächst hinter einem der Nachbarhäuser gehockt und nicht weitergewusst. Man war ihnen auf der Spur, der Gendarm hatte einen konkreten Hinweis bekommen, wo er suchen sollte. Hanne und Dolf Mohr standen ab jetzt auf einer Fahndungsliste. Wahrscheinlich ließ er einen Steckbrief anfertigen und verteilen und bald wäre ihr Name in der Öffentlichkeit. Dolf hätte seinen Willen, aber doch nicht auf diese Art! Sie brauchten einen vernünftigen Plan, um einigermaßen friedvoll damit leben zu können. Hanne schnaufte und die Gefühle zogen in ihr auf wie eine Gewitterwolke. Dolf war wieder nicht zu Hause gewesen war, um ihr beizustehen. Er hatte etwas von Arbeit gemurmelt, Hanne glaubte ihm allerdings ohnehin nur die Hälfte von dem, was er sagte. Die nörgelnde Alwine hatte sie mitgenommen, da sie nicht wusste, ob und wann sie gefahrlos nach Hause zurückkehren konnte. War sie gezwungen, in irgendwelchen Scheunen zu übernachten? Ihr Kind womöglich dort zur Welt zu bringen? Hanne entschloss sich, später bei Trine vorbeizugehen und die Witwe zu bitten, ob sie ein paar Tage bei ihr bleiben konnte. Sie würde ihr irgendeine Geschichte auftischen, warum sie nicht nach Hause konnte. Zuerst musste sie Dolf und den anderen berichten, was geschehen war, und sie machte sich auf zu dem wahrscheinlichsten Ort, an dem sie ihn treffen konnte. Dorthin konnte sie kein kleines Mädchen mitnehmen, daher traf Hanne die nächste schwierige Entscheidung. Was blieb ihr in der Eile anderes übrig?

Vor dem Gartentor des Hauses ihrer Schwester hielt Hanne inne, legte zögerlich ihre Linke auf den Riegel. Die Unsicherheit wuchs wie das Unkraut am Wegesrand. Es ging um die Zukunft ihrer Familie. War ihr Plan Wahnsinn oder Rettung? Ihre Brust hob und senkte sich wie der Blasebalg einer Schmiede, die Esse ihrer Seele glühte strahlend weiß.

In der Tür stand eine Gestalt, die sie beobachtete und aus dem Schatten trat.

»Sei gegrüßt, Schwägerin«, empfing sie die stets ruhige Stimme ihres Schwagers Diedrich. Viele Worte hatten sie noch nie gewechselt, das wurde ihr bewusst, als sie ihm zulächelte. Kein Wunder, sie hatte sich nie für den farblosen Mann interessiert, den ihre Schwester in die Familie gebracht hatte. Bei Familienfeiern war er das Anhängsel an Elsabenas Rockschößen gewesen, ein treuer Hund, der still in der Ecke saß und kaum einen Ton herausbrachte. Ständig übertroffen vom Bariton Dolfs, der die ganze Tafel unterhielt, lachte, schmutzige Witze riss und fast zu laut war. Diedrich konnte gegen eine Naturgewalt wie ihn nicht bestehen.

»Grüß dich, Diedrich. Ich habe gehört, Mutter ist bei euch? Ich müsste sie sprechen. Könntest du sie an die Tür bitten?«

Diedrichs Schritte knirschten auf dem Kies des Gartenwegs. Seine Hände hatte er in den Taschen seines Kittels vergraben. Er sah sie kaum an.

»Brauchst du Hilfe?«

Hanne blinzelte ungläubig bei dieser unerwarteten Freundlichkeit. Sie nickte. »Ich muss was erledigen. Ich wollte sie fragen, ob sie auf Alwine aufpassen könnte. Eigentlich gehört die junge Dame schon lange ins Bett.«

Diedrich lächelte dem Mädchen zu, das über die Zaunlatten des Tores in den Garten spähte. Ihre Finger erwiderten das Winken ihres Onkels.

»Du weißt, wie deine Schwester sein kann«, druckste er. »Hanne, hör mal. Ich sage selten etwas. Unter diesem Dach komme ich auch nicht oft dazu.« Er grinste verlegen. »Aber ich muss wissen, warum du so ungerecht zu Elsa warst. Das mit dem Kleid hätte uns das Überleben kosten können. Wir brauchen das Geld.« Diedrich trat an das Tor und legte seine Hände auf ihre. »Frieden in der Familie ist das höchste Gut.«

Betreten starrte Hanne zu Boden. Als sie das Paket für die Bäuerin Engelbert an sich genommen hatte, hatte sie nur daran denken können, Elsabena all ihre Gemeinheit und Ablehnung der letzten Jahre heimzuzahlen. Keinen Augenblick hatte sie darüber nachgedacht, was der Verlust einer reichen Kundin für Diedrich und Elsabena bedeuten konnte. Dass Elsabena nach ihrem Streit sie verdächtigen würde, damit hatte Hanne gerechnet. Erst jetzt wurde ihr bewusst, dass diese Tat völlig im Widerspruch zu ihrem Anliegen stand, das sie mit der Räuberei beabsichtigte. Sie wollte arme Menschen unterstützen. Dabei hatte sie es ihrer eigenen Familie unnötig schwer gemacht und sie sogar zerstören können. Die Scham durchbohrte ihre Kehle.

»Du hast recht. Es tut mir leid, das war nicht … anständig. Ist alles gut? Braucht ihr etwas?«

Diedrich schüttelte den Kopf. »Ich kann gut mit dem Bauern. Elsa hat seiner Frau eine hübsche Schürze und ein neues Kleid als Entschuldigung geschneidert. Also alles im Lot.«

»Es war nicht recht, Diedrich. Ich mache es wieder gut. Leider hat deine Frau ein Talent, die Menschen an die Wand zu drängen. Ich war unsagbar wütend! Darum habe ich so gehandelt. Obwohl das natürlich keine Rechtfertigung ist.«

»Weiß schon, bin schließlich mit ihr verheiratet.« Diedrich lachte und strich sich durch sein Haar am Hinterkopf, das zu jeder Tages- und Nachtzeit strubbelig abstand. Dann nahm sein Gesichtsausdruck ernste Züge an. »Ich weiß von dem Schützenfest. Dass Elsa Dolf wollte – und wahrscheinlich immer noch will. Mehr als mich.« Er blinzelte gen Himmel.

Hanne meinte, seine Augenwinkel feucht glitzern zu sehen.

»Ich bin kein Draufgänger, kein Held. Sie sagt, ich wäre kein Mann. Trotzdem liebe ich sie. Sie hat wunderbare Seiten, Hanne.«

Sie tauschten einen Blick über das Gartentor hinweg, und Tränen rannen über Diedrichs Wangen. Hanne war überrascht, denn Dolf zeigte seine verletzliche Seite nie zu öffentlich. Auch Diedrich wischte sie nun eilig und vielleicht ein bisschen verärgert fort. Ihre eigene Eile hatte sie unter ihren Worten beinahe vergessen.

Er räusperte sich. »Im Grunde bin ich für diese Geschichte unwichtig, aber die Familie sollte zusammenhalten. Ich ahne, dass da mehr unter der Schlacke begraben liegt, als ich sehen kann. Ich nehme Alwine mit und sage deiner Mutter Bescheid. Erledige, was du tun musst. Vielleicht ist es für die Sommerberger wichtig.« Er schmunzelte und schob den Torriegel zurück, streckte Alwine seine Hand hin. »Weißt du noch, wie wir eine Kuh zusammen geschnitzt haben, Alwine? Komm, wir sehen sie uns an und du kannst mit ihr spielen. Einverstanden?«, lockte er das Mädchen, das jubelnd seine ausgestreckte Hand ergriff.

»Können wir mit den großen Locken aus Holz im Schuppen spielen?«, wollte Alwine eifrig wissen.

»Du meinst die Hobelspäne! Natürlich, im Schuppen ist es sowieso gemütlicher als im Haus. Du spielst, ich arbeite etwas und danach bringe ich dich zu deiner Großmutter. Damit du ins Bett kommst.«

Hanne lächelte. »Du bist ein guter Kerl. Aufrichtigen Dank! Sag meiner Mutter, ich komme so schnell wie möglich wieder nach Hause.« Sie schluckte. Falls sie das konnte und nicht von den Gendarmen festgenommen wurde.

Diedrich nickte und führte Alwine zur versprochenen Holzkuh. Entgegen ihren anfänglichen Bedenken war sie sicher, dass Diedrich und ihre Mutter Alwine vor den Launen Elsabenas bewahren würden. Sie konnte zu Dolf laufen und ihn warnen. Hinter dem Fenster des Hauses bewegte sich ein Schatten und folgte Hanne den Berg hinunter.

Der Pakt

Der Mann lungerte seit geraumer Zeit vor ihrem Lager herum, was Fasana langsam beunruhigte. Sie überlegte, die Männer auf ihn aufmerksam zu machen, die nicht nur Kessel flickten, sondern auch geschickt mit den Fäusten waren. Ständig sah er zu ihrem Zelt, nahm einen Schluck aus dem Krug in seiner Hand und musterte die Umgebung. Er strahlte eine Mischung aus Unsicherheit und Übermut aus, wie ein junger Stier, der im nächsten Moment zum ersten Mal seine Kräfte ausleben wollte.

Eigentlich wartete sie auf jemand anderen – auf den Mann, dem sie in ihrer Rolle als Madame Famosa ihre Karten versprochen hatte. Selbst als sie ihren letzten Besucher zum Ausgang des Zeltes begleitete und die Plane verschließen wollte, tauchte er nicht auf. Der Jahrmarkt war vorbei. Sie würden weiterziehen. Enttäuscht zog sich Fasana zurück und entzündete weitere Laternen, um ein wenig aufzuräumen und zu packen. Tief in ihrem Herzen hatte sie in der Tat gehofft, dass er ihr Geschenk annehmen und zurückkommen würde. Morgen früh würden sie zum nächsten Jahrmarkt reisen und sie würde ihn wahrscheinlich nie wiedersehen. Riskante Gefühle für eine Frau, die ihre Einnahmen dem Oberhaupt ihrer Sippe abtreten musste und von dessen Gnade abhängig war. Sie bückte sich, um die Sitzkissen vom Boden aufzuklauben, als sich zwei Hände um ihre Taille legten und sie herumwirbelten. Fasana war völlig überrumpelt und konnte nur in die grauen Augen starren, die ihr auf einmal viel zu nah waren.

»Na, wie ist es denn so gelaufen?«, schnarrte seine Stimme in wechselnden Tonhöhen, als wäre er gerade erst in den Stimmbruch gekommen. Es war der Beobachter, der sich lautlos an sie herangeschlichen hatte.

Die Wut löste ihre Starre und Fasana holte weit aus, schlug ihm mit der flachen Hand ins Gesicht. »Hände weg! Das hier ist nicht Teil der Abmachung. Und käuflich oder Freiwild bin ich auch nicht.«

Der Mann ließ sie los und rieb sich die Wange wie ein trotziges Kind. »Ich dachte, da wäre eine Verbindung zwischen uns, als ich zum ersten Mal hier war«, maulte er und setzte sich auf eines der Sitzkissen, die noch auf dem Boden lagen. »Hast du was zu trinken? Das dürfte doch drin sein, bei dem Zaster, den du von uns bekommen hast.«

»Ich glaube, du hast genug intus.«

»Komm schon! Ich trinke ein Schlückchen, während du mir berichtest, und dann bin ich ganz schnell wieder verschwunden.«

Ergeben seufzte Fasana, kramte einen Becher und die Flasche hervor und setzte sich dem jungen Mann gegenüber. Bei genauer Betrachtung war er fast noch ein Kind, mit einem Hauch Unsicherheit im Leben, die ihn bemitleidenswert machte.

»Also, wie ist es gelaufen?« Er goss sich den Becher voll und schlürfte genüsslich.

»Ich glaube, er ist kein gläubiger Mensch. Dabei waren die Karten ungewöhnlich klar. Ich musste nicht viel erfinden.«

Seine hellen Augen musterten sie. »Du meinst, du hast das Schicksal, das wir gerne hätten und bei dir bestellt haben, sowieso in seinen Karten gesehen?«

Fasana nickte. »Er ist ein guter Anführer, hat aber eine harte Prüfung vor sich. Einen Neuanfang, für den er sein altes Leben opfern muss.«

Der Mann grinste und prostete ihr zu. »Ich glaube dir. Und bin erleichtert, dass wir das alles nicht nur erfinden müssen, um ihn auf den rechten Weg zu lotsen.«

»Was versprichst du dir davon, wenn er berühmt wird?«

»Ich gehöre zu ihm. Sein Ruhm wird auf mich abfärben. Wir werden Beute machen, ich werde alle Sorgen los und ein wohlhabender Mann sein, dem die Frauen in Paris zu Füßen liegen«, träumte er vor sich hin, dann lenkte er seinen Blick zu ihr. »Auch du würdest mich mit anderen Augen sehen, wenn ich ein berühmter Räuber mit einem Hort aus Gold wäre, nicht wahr?« Er legte ihr die Hand aufs Knie, die Fasana angewidert zur Seite schob.

»Von mir aus könntest du ganz Paris besitzen und ich würde mich trotzdem nicht in dich verlieben. Du bist eine Ratte, die seinen Hauptmann hintergeht, nicht loyal und ehrlich, wie er es zu sein scheint. Ich kann dir sagen, wen ich wählen würde: den Hauptmann und nicht seinen Handlanger!«, spuckte sie ihm entgegen, doch er brach in schallendes Gelächter aus.

»Das ist ja noch besser! Du hast dich in den stattlichen Dolf verguckt, du Zigeunerschlampe! Willst du ihn wiedersehen, hm? Mir soll es recht sein! Du wärst noch besser geeignet, seine holde Ehefrau auszustechen …« Er versank einen Moment ins Grübeln, richtete dann seine leuchtenden Augen auf sie. »Du magst mich zwar nicht als Mann, dafür aber als Geschäftspartner. Vor allem meine Taler sind für dich anziehend … Was kostet es mich, wenn du ihm nicht nur die Karten legst und sein Schicksal manipulierst, sondern ihn etwas an seiner Männlichkeit kitzelst? Du könntest ihn wiedersehen! Er hat ordentlich Vorräte angehäuft, hat Einfluss in seinem Revier, und du suchst einen reichen Gönner, einen Prinzen, der dich aus diesem Loch holt, nicht wahr? Du hast gesagt, du willst nach Amerika, weg von den Leuten, die nicht deine

Familie sind. Also, mein Täubchen, wie viel, damit du ihm nahe sein kannst?«

Fasana fiel auf, dass ihm das Grübchen an seinem Kinn trotz seiner stechenden Augen ein lustigeres Aussehen verlieh, als er es verdiente. Sie mochte diesen Räuber nicht, allerdings war es durchaus verlockend zu erfahren, wo sein Hauptmann steckte, der mit Einfluss und Geld gesegnet war und der in ihrem Herzen ein Feuerwerk ausgelöst hatte.

Sie nahm die Flasche, entkorkte sie und schenkte ihm nach.

»Bleiben Sie stehen!« Die Stimme hinter ihrem Rücken ließ Hannes Blut in den Adern gefrieren, obwohl sie nicht Mönkebüscher gehörte. Ihr Herz raste los und sie war einen Augenblick versucht, es ihm gleichzutun, besann sich aber eines Besseren. »Ich bin froh, sie *endlich* anzutreffen. Sie sind Frau Mohr. Die begehrteste Frau auf dem Sommerberg – wenn es nach meinem Vorgesetzten geht. Ich muss Sie bitten, mich aufs Revier zu begleiten. Gegen Sie besteht der Verdacht, am Überfall auf Haus Ruhr beteiligt gewesen zu sein.«

Hanne drehte sich langsam um. »Tatsächlich? Wer sagt das und wer sind Sie überhaupt?«

Der Mann trat aus der Lücke zwischen den Häusern, wo er gewartet haben musste. »Herlinghaus. Ich bin neben Gendarm Mönkebüscher für das Hörder Revier zuständig. Und beim Einfangen und Abführen Verdächtiger bin ich weniger zimperlich als Herr Mönkebüscher. Ersparen Sie uns beiden Ärger und kommen Sie ohne Mätzchen mit. Der Versuch davonzulaufen wird für einen von uns nicht angenehm enden.«

Hanne hatte niemals erwartet, dass sie über ein Erscheinen Mönkebüschers erleichtert gewesen wäre, aber die Augen des jungen Mannes sprühten in einem Glanz, der sie schaudern ließ. In ihnen lag ein gieriges Fieber, wie sie es von

Thalberg kannte, allerdings beim Polizeidiener vermischt mit dem Bewusstsein geringerer Macht – was einen solchen Menschen zu noch größerer Grausamkeit anstacheln konnte. Herlinghaus hatte dennoch recht. Einem so durchtrainierten Mann wie dem Exemplar vor ihr konnte sie in ihrem Zustand kaum entkommen. Es war unmöglich geworden, zu fliehen und Dolf zu warnen, sie konnte nicht vor und nicht zurück, nicht mehr in ihr eigenes Heim. In welche Misere hatte sie ihr Wunsch zu helfen gedrängt? Eine kleine Stimme wisperte zudem davon, dass sie für ihre Rachegedanken bezahlen musste und diese der wahre Grund waren, warum sie solche Ängste ausstehen musste und von ihrem Mann im Stich gelassen worden war.

Die Arrestzelle, in die man Hanne steckte, hatte ihren Namen als solche nicht verdient, denn aus der Welt war man in ihr nicht und festgehalten wurde man nur leidlich. Von der Straße hörte Hanne Plaudereien hereindringen, das Fenster vor dem Gitter konnte man öffnen und manchmal sah einer der Passanten interessiert in die einfache Stube, ob er nicht ein Schwätzchen mit einem Bekannten halten konnte. Es war so, wie Dolf es berichtet hatte, nur dass Hanne heute alleine auf den einfachen Pritschen saß, die man hochklappen konnte, um Platz zu schaffen. Niemand sonst war in dem an den meisten anderen Tagen überstrapazierten Raum. Ihre Füße stemmte Hanne in den Boden, ihre Hände umschlossen wie Eisenklammern ihre Knie und ihr Rücken war durchgedrückt und steif, während sie auf dem unbequemen Holz wartete. Ihre Kiefer pressten sich schmerzhaft aufeinander. Jeder, der in die Zelle hineinsah, würde ohne Mühe ihre Anspannung erkennen. Im Grunde ärgerte Hanne das, aber sie hatte die Kontrolle über ihre Gefühle verloren, die ihren Körper übermannten. Alles in ihr war durch die Asche dieser Ängste verschüttet.

Auf dem Weg hierher war der Polizeidiener dicht neben ihr gegangen, hatte Hanne Blicke von der Seite zugeworfen, die nichts Gutes verhießen. Die gesamte Situation machte ihr eine Heidenangst. Was, wenn man ihr Alwine wegnehmen würde und das Kind nach seiner Geburt ebenfalls? Wehen im Gefängnis zu bekommen, war verheerender als in einer Scheune, wie sie es noch vor Stunden als größtes Übel angenommen hatte. Die Zeit in diesem trübsinnigen Raum zeigte ihr das, was sie im Jubel des Räuberdaseins verdrängt hatte: Jedes Handeln hatte seine Konsequenzen und sie war bereit gewesen, dafür ihre Familie zu opfern.

Das Knarren der einfachen Tür, die sie gefangen hielt, kündigte einen Besucher an. Hanne hoffte, dass sie eine Galgenfrist erhalten und es ein weiterer Fahndungserfolg sein würde, der hereingebracht wurde, aber es war Herlinghaus, der sie mit einem Grinsen aufforderte, aufzustehen und ihm zu folgen.

Der Polizeidiener brachte sie in ein anderes einfaches Zimmer, wo nur ein grober Tisch und hölzerne Stühle standen.

»Setzen Sie sich.« Herlinghaus verließ den Raum und wieder schien die Zeit wie eine Schnecke dahinzukriechen. Da kein Licht angezündet worden war, tauchte die kommende Dämmerung Hannes Welt allmählich in Dunkelheit. Sie unterdrückte ein Schluchzen und blinzelte die Tränen weg.

Mit Schwung wurde die Tür aufgerissen und der Polizeidiener und Mönkebüscher kamen herein. Sie waren nicht allein. Wie ein Felsbrocken schluckte die massige Gestalt Carl Thalbergs das aus dem Gang hereintröpfelnde Licht.

Die Männer bauten sich wie eine Wand vor Hanne auf und Mönkebüscher deutete auf sie, während Herlinghaus nur befriedigt grinste.

»Herr Thalberg, vielen Dank, dass Sie sich herbemüht haben. War diese Frau am Überfall auf Ihr Gut beteiligt?«

Hanne stockte der Atem und ihre Brust schmerzte unter dem Druck, den diese Worte in ihr aufstauten. Unter ihrem Rock begannen ihre Knie zu zittern und sie war froh, dass die Weite des Stoffes dies nach außen kaschierte.

Carl Thalberg beugte sich ihr über den Tisch entgegen und kniff die Augen zusammen. Deutlich sah sie Genugtuung in ihnen aufleuchten, ansonsten blieb sein Gesicht regungslos. Er zog sich zurück und wandte sich an die Ordnungshüter.

»Ein schmächtiger Kerl mit Schlapphut war dabei. Den habe ich gesehen. Würde passen. Meine Vermutung, dass diese Mohrs dahinterstecken, habe ich Ihnen bereits mitgeteilt.«

Hannes Herz blieb vollends stehen und ihr wurde schwindelig. Das Zittern breitete sich in ihrem Körper aus und sie krampfte ihre Hände um ihre Knie, um es nicht sichtbar werden zu lassen.

»Dennoch …« Thalberg warf ihr einen weiteren Blick zu. »Seien wir ehrlich. Ein Weib ein brutaler Räuber, der andere, ohne zu zögern, erschießt? Ich bitte Sie! Ich meinte mit meiner Aussage, dass Sie mir diesen Fuhrmann bringen, diesen Mohr! Den Mann! Aber dieses Persönchen? Lächerlich, dass eine Frau so etwas angehen würde! Sie hat gerade genug Kraft, um Fußböden zu schrubben! Wollen Sie einmal mehr Ihre eigene Inkompetenz mit Ihren ›Ermittlungserfolgen‹ übertünchen, Herr … äh … Ich sehe nur Ausflüchte, dass Sie der wahren Verbrecher nicht habhaft werden können.«

Das Gesicht des Gendarmen war weiß angelaufen, sodass man vermuten konnte, dass Mönkebüschers Zuversicht samt seiner Hautfarbe aus ihm herausgesickert war. Hanne konnte die Worte Thalbergs selbst kaum fassen. Sie hatte sich schon im Zuchthaus gesehen, als der geprellte Industrielle, ihr persönlicher Dämon, hereingekommen war. Erleichterung stellte sich bei Thalbergs Miene jedoch nicht ein.

»Ich will diesen Mohr!« Thalberg bleckte bei seinem Lächeln die Zähne. »Bringen Sie die wahren Räuber zur Strecke. Um dieses Weib wird man sich anderweitig kümmern.«

»Herr Thalberg, Sie haben doch …«, unternahm Mönkebüscher einen neuen Versuch, denn durch Thalbergs Aussage zerbröselte seine Gegenüberstellung, auf der Hannes Verhaftung fußte, zu einem armseligen Häufchen Asche. Nervös kräuselte er eine Spitze seines Bartes.

»Papperlapapp! Was Sie wieder gehört haben! Es ist dieser Mohr, der sich über das Gesetz erhebt, der mich demütigt!« Thalbergs Stimme drohte in ein Kreischen zu kippen. »Benutzen Sie endlich das, was zwischen Ihren Ohren sitzt, und hören Sie auf, wie ein verliebter Depp Ihren Bart zu zwirbeln! Sie sind eine Schande für Ihren Berufsstand! Ein Weib, dass ich nicht lache! Ich werde nach Arnsberg schreiben, dem Landrat Pilgrim, ich werde …« Im Gegensatz zu Mönkebüscher war Thalberg bedrohlich rot angelaufen und atmete gepresst. Weder Herlinghaus noch Mönkebüscher wagten es, etwas zu sagen oder ihm zu Hilfe zu eilen, als er sich an der Stuhllehne abstützte. So bekamen sie nicht mit, dass Thalberg Hanne ein eiskaltes Lächeln schenkte, das ihre Seele gefrieren ließ. Die Starre, die dieser Mann ihr beim Schützenfest aufgezwungen hatte, war zurück und eroberte im Schlepptau der Angst ihren Körper.

Durch sein Räuspern zerschnitt der Gendarm diese widerliche Fessel und Thalberg richtete sich mit einem Griff an die Brust auf. »Ich empfehle mich. Sehen Sie zu, dass Sie bald wirkliche Erfolge vorweisen können, Herlinghaus.« Der Unternehmer rauschte wie eine Dampflok aus dem Verhörraum und ließ drei stumme Beteiligte zurück.

Der Gendarm räusperte sich erneut, die nächsten Worte steckten in seiner Kehle fest. »Sie können gehen, Frau Mohr, aber seien Sie sich bewusst, dass wir Sie im Auge behalten werden. Herlinghaus, Sie schreiben mir einen Bericht und ich werde auf Patrouille reiten. Ich brauche dringend frische Luft.«

Mit wackligen Knien kämpfte sich Hanne auf die Füße und bemühte sich, nicht loszustürmen, um möglichst schnell Abstand zu diesem grauenhaften Ort zu gewinnen. Für den Moment war sie davongekommen, konnte zurück nach Hause, vielleicht weitermachen, vielleicht Dolf warnen. Aber dass sie aus dem Schneider war, glaubte sie nach den Blicken Thalbergs nicht.

Der erste Bruch

Saurer Geruch von verschüttetem Bier schlug Dolf beim Betreten der Gaststätte wie eine Wolke entgegen, gewürzt mit Pfeifenrauch und deftiger Speise. Er sog ihn genüsslich ein und freute sich auf den verdienten Trunk. In seinem Rücken hörte er Heinrich mit der zusammenlaufenden Spucke kämpfen. Sie waren bis eben unterwegs gewesen. Wie Blumen hatten sie neue Leinentücher von einer Wäscheleine gepflückt, wie kleine Ritter hatten sie Zinnkannen von ihren Wachposten entfernt und waren durch geöffnete Stall- und Scheunentüren gestiefelt, auf der Suche nach dem Besten für ihre Nachbarn. Jedes Mal aufs Neue beflügelte Dolf diese Stimmung, jemand zu sein, wenn sein Wagen voll mit Dingen war, die einen Wert hatten und die ihm gehörten.

Grinsend drehte er sich zum schmachtenden Heinrich um. »Durstig, mein Freund?«

Der erwiderte einen Schlag in seine Schulter. »Dumme Fragen beantworte ich nicht.«

»Im Grunde beantwortest du kaum eine Frage.« Dolf lachte den beleidigten Koloss an und betrat die Gaststube. Er erstarrte auf der Stelle, sodass Heinrichs massiger Körper gegen seinen donnerte und ihn beinahe aus dem Gleichgewicht brachte.

»Was ist denn da vorne los?«, ließ sich Grübchens näselnde Stimme von hinten vernehmen.

»Dolf hat einen Geist gesehen«, brummte Heinrich und drängte sich am stocksteifen Räuberhauptmann vorbei zu ihrem üblichen Tisch in der Ecke des Raumes, weit genug entfernt von der Tür, falls ein Gendarm hineinlugen würde. Die anderen beiden Räuber umrundeten Dolf ebenfalls, doch der rührte sich noch immer nicht. Murmelnd steckten die Männer an ihrem Platz die Köpfe zusammen und Heinrich deutete verhalten auf einen Tisch auf der gegenüberliegenden Seite.

Dolf konnte sich nicht bewegen. Nicht einmal Mönkebüscher und Thalberg zusammen am Nachbartisch hätten ihn derart aus der Fassung bringen können. Aber sie konnte das.

Madame Famosas Ausstrahlung durchflutete den Raum wie ein blumiges Parfüm, schmeichelte den Nasen der Männer und zog alle Aufmerksamkeit in ihre Richtung. Kaum jemand konnte sich ihr entziehen. Er hatte es geahnt und traute sich selbst nicht über den Weg, darum hatte er das Zelt gemieden, hatte trotz seiner Begeisterung nicht zurückgesehen, als er es verlassen hatte. Er war verheiratet, verdammt, und wollte Hanne nicht ungerecht behandeln. Dieses Weibsbild machte es ihm nicht leicht.

Dolf war sich unsicher, ob sie ihn wirklich nicht bemerkt hatte oder ob sie einfach kokettierte. Sie lächelte nämlich nicht ihn, sondern einen der Männer an, die sich um ihren Tisch geschart hatten – ihn würdigte sie keines Blickes. Er schluckte, die Glut ihrer strahlenden Augen brannte sich in sein Herz, und, ohne es zu wollen, wurde er auf jeden einzelnen eifersüchtig, der dort mit ihr zusammensaß. Dennoch überkam ihn Besorgnis. Was hatte sie hier zu suchen? Hier, in seinem Revier, in der Nähe Hannes und seiner geschwätzigen Nachbarn? Hatte sie der Zufall hergeweht oder war sie etwa auf der Suche nach ihm? Warum sollte sie, nach ihrer einzigen kurzen Begegnung? Warum ließen ihre Augen ihn nicht los? Er schwankte zwischen Hoffen und Bangen – und einer sich einstellenden Schuld. Er hatte nichts getan, was seine Frau beunruhigen sollte, aber eine Wahrsagerin mit lockerem Mundwerk und loser Bluse würde auf dem Sommerberg für Gerede sorgen. Hanne liebte Tratsch, sie würde es zweifellos mitbekommen.

Bei dem Gedanken an Hanne spürte er endlich seine Beine wieder. Grübchen glotzte ihn grinsend an, während Friedrich unauffällig auffällig seinen Krug beäugte und Heinrich nichts ahnend einen kräftigen Schluck von seinem Bier nahm.

»Dolf, kommst du?«, brüllte Grübchen durch die Gaststube und lachte. Alle Blicke ruhten plötzlich auf ihm. Auch die der Hellseherin. Als Madame Famosas Lächeln Dolf allein gebührte, beschlich ihn das Gefühl, von den glühenden Augen eines Wolfs im Wald fixiert zu werden, der bereit war, das Rudel zu rufen.

»Wir sehen uns, meine Herren«, hörte er ihre dunkle Stimme. Elegant wie das Raubtier schob sie sich durch die Männer in seine Richtung. Eine alte Uniformjacke der geschlagenen Grande Armée, die sie über ihrem gestreiften Rock trug, wallte um ihren Körper. Sie war ihr viel zu groß, zerschlissen, verwaschen und geflickt, verlieh ihr jedoch seltsamerweise Autorität, welche die Männer wie das Rote Meer vor Moses zur Seite weichen ließ.

Dann stand sie vor ihm und sah zu ihm auf. »Da ist ja der Held der Armen, den ich gesucht habe.«

Die Worte hatten sich hinter Dolfs Gaumen versteckt. Er konnte nicht antworten und war sich bewusst, dass er nur dümmlich lächelte wie ein Schuljunge. Die ganze Situation war ihm peinlich.

»Die edle Dame braucht deine Hilfe, Dolf!«, mischte sich zu allem Überfluss der alte Albert mit seiner ständig im Mundwinkel hängenden Pfeife ein. Famosa schenkte ihm ein strahlendes Lächeln.

»Erinnere dich an deine vielleicht vorhandenen Manieren, Mohr! Lade die Dame auf etwas zu trinken ein«, prostete ihm ein anderer Nachbar zu.

Dolf fletschte seine Zähne mehr, als dass er lächelte, und alle rundherum verstanden die stumme Aufforderung, ihn und die Frau in Ruhe zu lassen. Alle bis auf Diedrich, seinen Schwager, den er bislang noch nie bei Haselhoff getroffen hatte.

»Ich hole ein Bier für Sie, Fasana. Der Klotz mag ein guter Kerl sein, aber er ist, wie gesagt, ein Klotz.«

»Fasana?« Trotz seiner Wut kam Dolf gedanklich ins Straucheln. War das ihr richtiger Name? »Hol ihr das Bier, Diedrich. Ich zahle nachher. Und dann machst du dich auf nach Hause, mit geschlossenen Augen und geschlossenem Mund. Wenn du dich weiter wichtigmachst, wartet Elsabena mit dem Nudelholz. Oder ich brate dir eins über«, grollte er und sein Schwager verstand, dass er sich besser trollen sollte.

Dolf zog Fasana an einen Tisch im Schatten der Tür und wartete, bis Diedrich pflichtschuldig das Bier abgestellt hatte und verschwunden war, bevor er zu sprechen begann.

»Madame Famosa nennst du dich also nur auf der Kirmes. Fasana ist genauso ein befremdlicher Name. Wahrscheinlich auch nicht dein richtiger. Ist alles für dich ein verfluchtes Kartenspiel? Und was zum Teufel tust du hier?«, fragte er kalt.

»Wie ich schon gesagt habe: Ich habe nach dir gesucht«, erwiderte sie unbeeindruckt von ihm oder seiner Stimme. Sie zog ihre Pfeife aus der Umhängetasche, die sie unter der Jacke hervorzog, und entzündete sie am Öllicht in der Laterne auf dem Tisch.

»Aber warum? Hier kennen mich alle. Und du bist nicht eben die unauffälligste Erscheinung. Ich bin verheiratet. Es wird Gerede geben.«

»Gibt der feine Herr Hauptmann etwas auf Gerede?«

»Verdammtes Weib! Meine Ehefrau und mein Kind wohnen keine Viertelstunde von hier entfernt! Hanne wird von deinem Besuch erfahren, davon, dass du zu mir wolltest und die ganze Wirtschaft unterhalten hast. Der Mann gerade war mein Schwager!«

Fasana grinste ihn an. »Wie amüsant, dass ich offenbar eine Bedrohung für deine Ehefrau darstelle. Hanne heißt sie also. Ich habe dir lediglich die Zukunft vorhergesagt und du hast das versprochene Geschenk niemals abgeholt. Das war ich dir schuldig. Schließlich hast du für meine Dienste bezahlt.« Ihr Grinsen wurde breiter und sie kramte erneut in der Tasche, zog ein rotes Tuch hervor, worin etwas eingewickelt war. Sie hielt es ihm hin. »Ich stehe zu meinem Wort.«

Dolf nahm das Päckchen entgegen und befreite den Inhalt aus dem Tuch. Es waren Fasanas Aufschlagkarten, gekrönt von einer düsteren Karte, die oben auflag: Sie zeigte ein Skelett mit einer Sanduhr. Unwillkürlich dachte Dolf an die letzte Begegnung mit seiner Mutter. Er schluckte und ließ seine Hand in seiner Tasche verschwinden, um den Rosenkranz zu umklammern.

»Hat das etwas zu bedeuten, dass du den Sensenmann obendrauf gelegt hast?«, fragte er verunsichert.

»Ich habe nichts getan. Die Karten sind noch so geordnet, wie du sie gemischt hast. Ich habe sie der Reihe nach eingesammelt. Als ich sie beim nächsten Kunden benutzen wollte, konnte ich sie nicht berühren. Sie haben mir ihren Dienst verweigert.«

»Das ist doch Killefit!«, schnaubte er.

»Für dich vielleicht. Mit der Ernsthaftigkeit dieser Karten verdiene ich meinen Lebensunterhalt. Madame Famosa ist mehr als eine Rolle, sie ist mein zweites Ich. Das, was mich am Leben hält«, erwiderte sie schnippisch. »Meine Karten gehören dir. Mach mit ihnen, was du willst. Verbrenn sie, verkauf sie, schenk sie deiner Frau. Für mich taugen sie ohnehin nicht mehr.« Sie verstaute die Tasche unter der Jacke.

Dolf konnte sich nicht erklären, wie seine Hand auf ihre kam, aber er wollte nicht, dass sie ihm entglitt. »Danke«, sagte er rau. »Du hast mir allerdings noch nicht gesagt, was die gruselige Karte für mich bedeutet. So kann ich dich auf keinen Fall gehen lassen.«

»Das willst du wissen? Diesen Killefit – oder wie war das?«

Dolf lachte. »Killefit, richtig. Du lernst schon noch unsere Sprache ... Madame Fasana.«

»Dazu werde ich nicht lange genug hierbleiben. Wir ziehen morgen weiter.«

Täuschte er sich oder schwang Bedauern in ihren Worten mit?

»Immerhin kennst du jetzt das Wort ›Killefit‹. Nicht unwichtig für dein Gewerbe. Also, holt mich morgen der Sensenmann?« Auffordernd klopfte er auf die Bank neben sich und Fasana setzte sich so nah zu ihm, dass er den leichten Hauch der Kräuter, die sie verräucherte, in ihrem Haar riechen konnte. Ein Schauer lief ihm über den Rücken.

»Damit der Frühling kommen kann, muss der Winterkönig sterben«, sagte sie ernst, hob die Karte mit dem Skelett vom Stapel und legte sie vor Dolf auf den Tisch.

»Das klingt nicht gerade ermutigend ...«

»Bist du denn der Winterkönig, Dolf Mohr?«

Er beugte sich zu ihr und flüsterte: »Viele sagen das ...«

»Tust du das, was ein König tut? Oder bist du nichts weiter als ein Dieb? Streite es nicht ab. Ich erkenne Menschen, die in denselben Schatten wandeln wie ich. Aber das habe ich nicht gemeint. Ich wollte sagen, damit etwas Neues entstehen kann, muss Ungeliebtes enden. Letztlich bedeutet der Tod schlichtweg Veränderung. Notwendige Veränderung, um Neues wachsen zu lassen«, orakelte sie.

Nachdenklich mustere Dolf sie und nahm einen Schluck Bier. »So was Ähnliches hast du schon im Zelt gesagt.«

»Ja, die Karten zeigen mir zwei Seelen in deiner Brust, und nur eine von ihnen wird überleben können. Ich glaube, das weißt du genau.«

»Da könntest du recht haben«, murmelte er. »Sagen die Karten dir, welchen Weg ich gehen werde oder gehen soll?«

Ohne nach Erlaubnis zu fragen, legte Fasana seinen rechten Handrücken in ihre linke Hand und strich mit ihrem Zeigefinger die Linien nach. Dolf schauderte. »Die stärkere Seele wird überleben, der Mann, der dir wichtiger ist. Dir ist es gleichgültig, was andere sagen, denken, tun. Du hast immer so gehandelt, wie du es wolltest, hast Verantwortung getragen. Die kannst du jetzt nicht auf Karten abschieben. Du wirst dich entscheiden. Für dich.«

Dolf trank seinen Krug leer. Das Bier schmeckte auf einmal schal, abgestanden. »Dann behalte deine Karten, wenn sie nichts sagen wollen. Und mein Leben ...«

Mit schief gelegtem Kopf sah ihn Fasana fragend an. »Was?«

»Habe ich das laut gesagt?« Er war verwirrt. Fasanas Anwesenheit vernebelte seine Sinne. »Ich meinte ... ach, ist egal. Wie geht es für dich weiter?«

»Die anderen wollen fort. Jetzt ist die Zeit der vielen Feste ... damit können wir unseren Winter verdienen.«

»Du sagst das, als wärst du keine von ihnen. Bist du keine geborene Fahrende?«

Fasana lachte bitter und griff sich in die Haare. Verwundert zog Dolf die Braue in die Höhe, als sie ihm eine glatte hellbraune Strähne präsentierte, die sie unter der dunklen Lockenpracht hervorzog.

»Eine Perücke für die Rolle von Madame Famosa. Ich bin keine Zigeunerin – so nennt ihr uns gerne, richtig? Nicht von Geburt an. Jetzt sind sie meine einzige Heimat, die einzige Sicherheit, die ich finden kann.« In ihrem Augenwinkel glitzerte eine Träne. »So spielen wir alle unsere Rollen, nicht wahr, Hauptmann?« Sie zwinkerte ihm zu. »Ich muss gehen. Vielleicht sehen wir uns wieder, wenn du deinen Weg gefunden hast.«

Ohne sich nach ihm umzudrehen, stand sie auf, schenkte den Männern ein Lächeln und verschwand durch die Tür nach draußen. Seine Finger trommelten auf der Tischplatte. Noch fühlte er die Augen aller auf sich ruhen und wagte es nicht, sich zu bewegen. In seinem Innern brauste jedoch ein Sturm auf, der ihn vom Tisch fortwehen wollte. Er nahm die Karten, wickelte sie sorgsam in das Tuch und verstaute sie in seinem Kittel. Mit einem Blick in die Runde stand er langsam auf, ging zum Platz seiner Räuber und klopfte Heinrich auf die Schulter, der mit den anderen das zweite Bier bestellt hatte.

»Setz dich, Hauptmann«, forderte ihn der Koloss auf, aber er schüttelte den Kopf.

»Die letzte Tour war anstrengend. Mir brummt der Schädel. Ich gehe heim zu Hanne. Wir sehen uns morgen.«

Heinrich nickte und Dolf klopfte ihm erneut freundschaftlich auf die Schulter. Friedrich grüßte matt, Grübchen hingegen starrte missmutig in seinen Krug.

»Welche Laus ist dir denn über die Leber gelaufen, Vorschulte?«, erkundigte sich Dolf.

»Nichts, Hauptmann, gar nichts. Bin nur müde.«

Dolf zuckte mit den Schultern. Was ging ihn Grübchens Laune an? Dessen Befindlichkeiten waren ohnehin meist so unbeständig wie das Wetter und keiner genaueren Betrachtung wert. Also verließ Dolf Haselhoffs Schankraum, ohne weiter nachzufragen, was los war.

Draußen vor der Tür blieb er stehen und sog die klare Luft ein. Die Worte der Wahrsagerin hatten sich in sein Ohr gegraben und kletterten in seinen Kopf, ohne dass er es wollte – fast wie ein Zauber, der sich über ihn legte. Ihr Aussehen, ihre kecke Art und ihr geheimnisvolles Lächeln, als offenbarten die Karten ihr in der Tat die Zukunft, schlichen sich in sein Herz.

Aus dem Dunkel heraus packte ihn etwas beim Revers und zog ihn in den Schatten neben der Tür. Er verlor einen Moment lang die Kontrolle und geriet in Panik. Dolf griff nach seinem Messer im Gürtel und zog es heraus. Er fand festen Stand, wirbelte zu seinem Angreifer herum. In der Dunkelheit konnte er kaum etwas erkennen und ehe er sich's versah, wurde seine Hand mit der Waffe weggestoßen und ein Körper warf sich an den seinen. Verwundert stellte Dolf fest, dass der Angreifer kleiner war als er, zierlich und auf keinen Fall einer der Polizeidiener oder gar Mönkebüscher. Hände verschränkten sich in seinem Nacken und warme Lippen pressten sich auf seinen Mund, erstickten jeden Widerstand. Dolfs Messer landete im Matsch. Im nächsten Atemzug schob Dolf sie von sich weg, sah in Fasanas Augen, die in der Dunkelheit fast unnatürlich leuchteten.

»Elendes Weibsstück …«, murmelte er, doch sie grinste ihn nur verwegen an.

Sie setzte zum Sprechen an, aber Dolf legte seine Finger auf ihren Mund, strich mit der anderen Hand über ihre Haare, spielte mit der hellen Strähne, die noch immer aus ihrer Perücke gelöst war, packte Fasana im Nacken und zog sie eng an sich heran. Ihre Haut war weich unter seinen Fingerspitzen. Er beugte sich zu ihr herunter. Dieses Mal waren es seine Lippen, die sich auf ihre legten. Sie öffneten sich ohne Widerstand und er versank in ihrem Kuss. Der Zauber hatte sein Herz im Sturm erobert und alle Gedanken lagen still wie eine Prinzessin, die von einer Hexe in einen hundertjährigen Schlaf gezwungen wurde.

Treffen der Frauen

1848

Schwer atmend keuchte Trine an Hannes Ausschank. Sie wischte sich den Schweiß aus den Falten auf ihrer Stirn, was gewiss nicht dem trüben, kalten Wetter geschuldet war. Hanne stellte ihr, ohne ihre Aufforderung abzuwarten, einen kleinen Becher Bier auf das Fensterbrett, aber die Witwe winkte ab. »Du musst sofort mitkommen.«

Sie sah die alte Frau fragend an. »Ich kann hier nicht weg. Was gibt es denn so Dringendes?«

»Wird sich lohnen. Na komm. Deine Untermieter sollen mal kurz auf Alwine achtgeben.«

Hanne konnte nicht sagen, warum sie tatsächlich ohne weitere Fragen die Läden vor dem Ausschank schloss – nachdem sich Trine im letzten Moment den Becher geschnappt hatte – und ihre Mieter einmal mehr bat, auf Alwine aufzupassen. Eilig legte sie die Schürze ab, richtete den hochgesteckten Zopf am Hinterkopf und warf sich das Schultertuch über den Arm. Hanne schloss die Tür hinter sich und trat an Trines Seite. Ein Stechen breitete sich in ihrem Unterleib aus, doch sie verdrängte es. Wie ein Raubvogel packte die Witwe sie mit einer Kraft, die ihr Körper kaum hergeben konnte, und zog sie auf den Weg hinunter nach Hörde. Hanne hatte Mühe, mit ihr Schritt zu halten.

»Jetzt sag schon, was los ist, Trine!«, keuchte sie und hielt sich den Bauch, in den kaum Luft zum Durchatmen dringen wollte.

»Der gute Geist wird gewünscht.«

Hanne bohrte ihre Füße in den Boden und versuchte, sich aus dem eisernen Griff der Witwe zu befreien. »Warum …?«

Trine ließ nicht locker. »Warum ich zu dir komme, um den guten Geist zu beschwören? Herrje, Kindchen.« Unvermittelt ließ sie Hannes Hand los, sodass diese nach hinten kippte und sich fangen musste. »Kindchen, seit du mir das Geld für den Uflacker gegeben hast und ich meine Berta behalten konnte, habe ich es geahnt. Ich mag alt sein, blind bin ich jedoch noch nicht. Wie übrigens die meisten nicht, denen ihr geholfen habt. Aber mach du dir keine Sorgen. Der Sommerberg verrät den guten Geist nicht.« Sie lächelte ihr zahnloses Lächeln. »Nu komm. Bei Haselhoff machen welche Station, die du kennenlernen solltest. Wir müssen uns sputen. Die sind nämlich nur auf der Durchreise und wollen heute noch weiter zu ihrer Verwandtschaft.«

Hanne war schockiert und ließ sich widerstandslos von Trine weiterziehen. Scheinbar wusste der ganze Sommerberg, wer der Wohltäter war. Dass Trine sie statt Dolf zu einem Treffen bei Haselhoff schleppte, verwunderte sie allerdings und erfüllte sie ein wenig mit Stolz.

Vor der Gastwirtschaft mit ihrer heruntergekommenen Fassade stand eine ältere Kutsche. Nichts Hochherrschaftliches, denn die Lackierung musste schon viele Straßen gesehen haben, und Hanne ging davon aus, dass es bei der Federung nicht anders sein konnte. Schlaglöcher waren damit gewiss ein Graus. Je näher sie der Wirtschaft kamen, desto fester wurde Trines Griff und desto greller drang der fröhliche Lärm aus dem Gastraum nach außen. Lediglich der Bursche, der die Kutschpferde versorgen musste, sah nicht so ausgelassen aus, wie es sich drinnen anhörte. Mürrisch beobachtete er die Tiere, denen er Hafersäcke über die Nüstern gestülpt hatte und die genüsslich kauten.

»Warte hier.« Die Witwe ließ sie los. »Ich hole sie. Sie wollte dich allein sprechen. Muss nicht die ganze Nachbarschaft mitbekommen, oder?« Trine ließ ihr linkes Auge in den Falten verschwinden, die es umgaben, und zwinkerte ihr zu. Flink wie ein junges Reh verschwand sie in der Gastwirtschaft.

Hanne war zappelig und nervös. Sie wollte wissen, was los war, und konnte nicht anders, als zum Lauschen an eines der Fenster zu treten. Vielleicht konnte sie aufschnappen, worüber drinnen so lebhaft gesprochen wurde. Sie riskierte einen schnellen Blick, bevor sie sich klein machte, und konnte einen stabil gebauten Mann in etwas knapp sitzender Weste in der Mitte des Raumes ausmachen, der auf einem der grob gezimmerten Tische stand und gestenreich zu sprechen schien. Seine Worte wurden im lauten Gemisch aus zustimmendem Gemurmel, Zwischenrufen und dazu laufenden Streitgesprächen verschluckt. Viele Details offenbarten sich ihr nicht, bis auf die Haare des Mannes, die leicht wellig bis zur Mitte des Halses herunterfielen, und eine markante runde Brille vor herausfordernden Augen. Was er sagte, erschloss sich ihr nicht, aber die »Ja«- und »Genau«-Rufe machten ihr klar, dass es sich nicht um einen gewöhnlichen Durchreisenden handeln konnte.

Trine erschien mit der besagten Frau am Arm und führte sie zu ihr, als wäre sie eine leibhaftige Prinzessin. Mit einer ungelenken und knackenden Verbeugung verschwand die Witwe wieder.

Hanne schüttelte den Kopf und wandte sich dann an die Frau, deren Gesicht ein Lächeln zierte, das ihre hellblauen Augen zum Strahlen brachte. Hanne mochte sie auf Anhieb, obwohl sie beide auf den ersten Blick wenig gemein hatten. Wie Hanne hatte die Frau ihr fast schwarzes Haar streng nach hinten frisiert, was noch mehr betonte, dass ihr Gesicht breiter geschnitten war als das der Sommerbergerin. Zwei geflochtene

Zöpfe, die in Bögen über ihren Ohren schaukelten, nahmen etwas von der Strenge zurück und verliehen ihr eine jugendliche Keckheit, obwohl sie bestimmt um die dreißig sein musste. Wo Hannes Kleid verwaschen und schlicht wirkte, umspielte recht neuer, dunkelblauer Stoff ihres Reisekostüms üppigere Brüste und Hüften. Alles an ihr, sogar die freundlichen Augen, wirkte wie aus einer anderen Gesellschaftsschicht, einer anderen Zeit, wenn auch zu einfach für eine adelige Abstammung. Hannes Neugierde war geweckt und sie war froh, als die Dame als Erste das Wort und ihre Hand ergriff.

»Diese Trine ist ein Unikum – und sehr überzeugend darin, ihre Freundinnen gut darzustellen. Verzeihen Sie, ich kenne Ihren Namen, bin mir aber nicht sicher, ob Trine Ihnen meinen genannt hat. Mathilde Franziska Anneke. Sehr erfreut, Sie kennenzulernen, Frau Mohr.«

Hanne überspielte mit einem Lächeln und Händedruck, dass sie nicht die geringste Ahnung hatte, ob ihr dieser Name etwas sagen sollte.

Die Besucherin spürte ihre Unsicherheit. »Nennen Sie mich bitte Ida. Auf dieser ungemütlichen Reise kann ich jede Freundlichkeit und jeden Hauch von Vertrautheit gebrauchen. Meinen Namen haben Sie gewiss noch nicht gehört, doch wir sind auf dem Weg, diese Tatsache zu ändern. Gehen wir ein Stück? Meine steifen Knochen brauchen Bewegung nach der Fahrt mit diesem grausigen Folterinstrument.« Ida nickte in Richtung der betagten Kutsche und bestätigte Hannes Vermutungen zum Reisekomfort. »Dabei bin ich gerade einmal dreißig! Man müsste meinen, ich könnte hüpfen wie ein Laubfrosch.« Sie kicherte, hakte sich bei Hanne unter und sie spazierten eine Weile am Rand der Chaussee.

»Die Gegend verändert sich, nicht wahr? Höhere Schornsteine und Fördertürme. In meiner Jugend war ich öfter hier, da war es grüner. Ich stamme aus Sprockhövel, sagt Ihnen das etwas? Wir wollen auf unserem Weg nach Köln meine Eltern dort besuchen, mit einem Umweg über Dortmund, wo die bucklige Verwandtschaft von Fritz lebt. Schrecklich bürgerliche Leute. Keinen Sinn für … im Grunde gar nichts. Fritz ist mein Verlobter. Ihm zuliebe ertrage ich sogar seine schrecklichen Verwandten.«

Die Worte prasselten nur so auf Hanne ein, dennoch hatte Idas Stimme eine natürliche Autorität und gleichzeitig Wärme inne, dass sie ihr sogar gerne zuhörte, obwohl sie nicht den blassesten Schimmer hatte, warum Trine sie beide hatte zusammenbringen wollen.

Als hätte diese Ida ihre Gedanken erraten, wandte sie sich Hanne zu und strahlte sie an. »In der Kutsche wird mir leicht übel. Da traue ich mich nicht, den Mund aufzumachen. Sie verstehen. Die Worte haben sich in mir angestaut, fürchte ich. Entschuldigen Sie, das ist eine Art Krankheit, die der Beruf mit sich bringt.« Sie lachte.

»Beruf? Sie sind berufstätig? Was tun Sie?« Hanne traute ihren Ohren nicht. Eine bürgerliche Frau, die sich mit etwas anderem als Haushalt und Stickarbeiten beschäftigte? Vielleicht stand sie hier unwissend vor der verehrenswerten Dichterin, die dieses düstere Gedicht über den Knaben im Moor geschrieben hatte? Welche Frau kannte sie sonst, die behaupten konnte, von Wörtern zu leben? Das klang für Hanne nach einer Traumwelt, einer paradiesischen Vision, aber nicht nach der Wirklichkeit.

»Frauen und ein Beruf. Heißes Eisen, was?« Ida sah ernster zu ihr herüber. »Ich war gezwungen zu arbeiten. Ich musste meine Tochter ernähren, allein. Nach einer, Verzeihung, äußerst dreckigen Scheidung. Eine Vernunftehe, die furchtbar schiefgelaufen ist. Ich nenne meine Tochter Fanny, aber sie heißt tatsächlich wie Sie: Johanna. Da musste ich Sie einfach kennenlernen.«

Ida sah sich um, konnte jedoch niemanden in der Nähe entdecken und schob umständlich ihren weiten Rock samt Unterbau hoch. Hanne war schockiert. Mitten auf der Straße, hier, vor Tagelöhnern und Eisenkochern, denen man nicht eben die besten Manieren nachsagen konnte! Solche Offenheit konnte einer Frau zum Verhängnis werden.

»Ida …«, setzte sie warnend an, aber da deutete die Besucherin bereits auf eine Stelle oberhalb ihres Knies, wo sich über einem hohen Strumpf eine rote Linie über ihre vornehm blasse Haut zog.

»Neben Geldnot ein weiteres Andenken an meinen herrlichen verflossenen Weinhändler.« Ihr Lachen klang bitter. »Ich bin froh, dass Fritz mir einen neuen Weg ebnet. Einen, auf dem ich mich für Frauen einsetzen kann, die so behandelt werden wie ich damals. Das habe ich Trine erzählt und sie meinte, da wären wir zwei uns ähnlich. Stimmt das?«

»Da bin ich mir nicht sicher, Ida. Ich bin froh, wenn ich ein Haushaltsbuch schreiben und ab und an im Wochenblatt blättern kann. Mit Worten könnte ich keinen müden Groschen machen«, druckste sie.

»Ich habe gehört, Sie sind eher die Tatkräftige«, zwinkerte Ida ihr zu.

»Was hat Trine denn gesagt?«

Ida beugte sich nah zu ihr und tätschelte Hanne den Arm. »Sie hätten für sie einen Steuereintreiber ausgetrickst. Für einen alten, armen Kerl, der kaum Freude im Leben hat, Rauchzeug organisiert. Fleisch, Kartoffeln, Butter herbeigezaubert, als die Leute am Hungertuch nagten und Menschen starben. Das nenne ich tatkräftig. Damit haben Sie wahrscheinlich mehr bewegt als meine Texte bislang. Sie leben das, was ich fordern möchte und was mein Fritz als seine Politik bezeichnen würde. Frauen brauchen Rechte, um ein wertvoller Teil der Gesellschaft sein zu können! Das Volk generell hat neue nötig, nicht der Adel oder die Industriellen. Wir brauchen einen neuen Zusammenhalt gegen den König und all seine Lakaien. Die alten Strukturen passen nicht mehr in unsere Zeit des Aufbruchs.«

Unter der Kraft ihrer eigenen Überzeugung wogte Idas Brust und Hanne war bewegt, wie stark, gebildet und frei sie klang.

»Darum hören Ihnen die Menschen zu. Sie brauchen Hoffnung, dass sich etwas ändert. Dass sich jemand kümmert«, erwiderte Hanne beeindruckt.

»In Köln werden wir einen Bürgerverein gründen und Zeitungen machen, damit alle davon erfahren. Überall in diesen Landen wachsen der Unmut und der Wunsch nach Veränderung. Und Sie, Hanne, sind Teil dieser Veränderung, mutig und rebellisch!« Ida lächelte ihr zu. »Darf ich Sie fragen, warum Sie das tun?«

Hanne blieb stehen und sah sich um. Glühend rot senkte sich die Sonne dem Horizont über der weiten Ebene am Fuß des Höhenzugs entgegen, über der die Kälte des Winters lag.

»Ich habe meinen kleinen Sohn an den Hunger verloren. An Menschen, die uns die letzten Vorräte genommen haben. Ich weiß, dass keine meiner Taten ihn zurückbringen wird. Dafür kann ich anderen helfen, nicht denselben Schmerz wie ich fühlen zu müssen. Wir hier oben sind unsichtbar für die, die in Schlössern und Regierungspalästen leben. Vielleicht wollte ich auf uns aufmerksam machen, damit sie uns endlich anerkennen.« Sie streckte den Arm aus und zeigte auf die Rauchsäulen, die aus der Hörder Hütte aufstiegen. »Für andere sind wir nur dafür da, um ihren Wohlstand zu mehren. Was mit uns ist, ist ihnen gleich. Ja, in der Not haben sie ein einziges Mal Getreide aus Hamm zu uns geschickt. Das hat kaum für alle gereicht. Dann folgten ihre Soldaten, weil es ihnen zu unruhig wurde, als die Menschen Brot aus den Backstuben geholt haben. Sie haben Angst vor unserer Wut. Wollen sie unter Kontrolle halten. Ich zeige ihnen, dass wir jemand sind und sie sich besser daran erinnern sollten.«

Mathilde Anneke legte ihr die Hand auf die Schulter. Ihr Druck war fest und aufmunternd. »Das ist der richtige Weg: Einheit, ein Gefühl des Zusammenstehens. Hanne, Sie sind nicht allein. Sie können ein Symbol sein, Sie und Ihr Mann – der ja nicht ganz unbeteiligt ist, wie Trine mir verriet. Sie hat mir außerdem von diesem Gut erzählt, wo Ihr Protest nicht gut ausgegangen ist. Risiken einzugehen, gehört dazu. Vielleicht auch Gewalt und Waffen. Ich bin mir bewusst, dass ich auf ein Pferd steigen und in die Schlacht reiten muss, wenn es nötig wird. Alle werden mich sehen und wissen, wer ich bin.« Sie ließ ihren Blick an sich und ihren bauschigen Röcken hinuntergleiten und ein verschmitztes Grinsen schmiegte sich in ihre Mundwinkel. »Ich bin zwar keine Jeanne d'Arc, aber ich werde mitkämpfen. Dafür werde ich Konsequenzen tragen müssen – als Verräterin, als Rebellin. Ich bin bereit. Sie werden uns Denkmäler bauen oder uns jagen. Beides ist gut, um im Gespräch zu bleiben und etwas zu verändern.«

Hanne hatte keine Ahnung, wer oder was Jeanne d'Arc war, doch Idas Botschaft verstand sie. Sie machte ihr Angst. »Die einzigen Denkmäler, die ich kenne, sind Grabsteine, die an den Tod gemahnen.«

»Darum müssen wir dafür sorgen, dass wir nie in Vergessenheit geraten. Ihr guter Geist und mein Geist der Veränderung brauchen Gesichter, Namen.«

»Letztlich werden uns die Gendarmen zu Tode hetzen, wenn Sie wissen, dass wir mehr nehmen wollen als ein paar Kartoffeln«, warf Hanne ein.

»Setzen Sie Leuchtfeuer. Symbolische Taten, die durch die Nacht scheinen. Dann können Ihnen auch die Grünröcke des Königs nichts mehr anhaben.« Mathilde Anneke beugte sich zu ihr. »Namen sind Nachrichten. Als Journalistin weiß ich das …« Sie zwinkerte Hanne zu. »Erzählen Sie Geschichten! Erfinden Sie etwas Schlagkräftiges! Machen Sie sich wichtig, schreien Sie in die Welt hinaus, was sie zu sagen haben. Ein Rebell der Armen! Vielleicht sogar ein Blaublütiger, einer der Ihren, greift für das Wohl aller den neuen und alten Adel an. Nur so entsteht Veränderung. Wir brauchen einen einflussreichen Namen und eine Botschaft. Dafür darf man die Wahrheit … etwas dehnen.«

»Dolf soll von Adel sein?«, prustete Hanne bei der Vorstellung ihres Mannes in weißen Strümpfen und seidenen Kniebundhosen. »Er weiß nicht einmal, wie man das schreibt.«

»Geschichten und Schicksale. Dramatik. Eine Botschaft wie Ihre. *Das* formt ein Symbol. Sie beide sind perfekt für die Stimmung im Land. Wenn ich könnte, würde ich in der Zeitung über Sie berichten! Hanne, nutzen Sie Ihren Namen, um größere Wellen zu schlagen und nicht nur hier helfen zu können. Überall leidet das Volk an Hunger und der Ungerechtigkeit. Die Staaten Europas haben die Gelegenheit der Erneuerung verstreichen lassen, nachdem man Napoleon auf seine Insel geschickt hatte. Wir waren frei und hatten endlich die Chance, etwas anderes entstehen zu lassen – bis der Adel in Wien bei Wein, Weib und Gesang wieder um sich selbst den Walzer gedreht hat. Aber es ist Zeit für etwas Neues. Denken Sie darüber nach. Unsere Männer brauchen uns und unsere Worte und Taten, um ihre Ziele zu erreichen. Hinter jedem einflussreichen Mann steht eine kluge Frau.« Idas Augen sprühten im Feuer ihrer Ideen und sie atmete tief durch.

Als die beiden Frauen sich auf dem Rückweg ihres kurzen Spaziergangs der Gastwirtschaft näherten, winkte ihnen von dort aus der Mann, der zuvor auf dem Tisch gestanden und gesprochen hatte. Dadurch riss er Hanne aus den Worten seiner Frau und den Überlegungen, die diese angestrengt hatten.

»Wir müssen weiter. Unsere Botschaft den Bürgern weitertragen. Nachdem ich meine Schwiegermutter besucht habe.« Ida verzog ihren Mund, doch ihre Blicke hatten ihr Glühen noch nicht verloren. »Ich wollte vor Einbruch der Dunkelheit in Dortmund sein. Ich hörte von Raubüberfällen auf diesen Straßen.«

Jetzt war es Hanne, die sie anlächelte. »Da kann ich Sie beruhigen, Ida. Ihnen und Ihrem Mann wird nichts geschehen. Kein Räuber, den ich kenne, wird sich Ihnen in den Weg stellen. Dafür trage ich Sorge.«

Mathilde Anneke nickte ihr schmunzelnd zu und hielt ihr die Hand zum Abschied hin, bevor sie zu ihrem wartenden Mann eilte.

Welche Möglichkeiten ihr die Bildung schenkte! Beinahe war Hanne neidisch darauf, nicht besser lesen und schreiben gelernt zu haben. Was hätte sie mit etwas Wissen erreichen können? Journalistin! Nicht mit harter Plackerei sein Geld verdienen, sondern mit schönen und kraftvollen Worten. Beinahe paradiesisch, dieser Gedanke. Hanne war sich sicher, dass sie eine Frau kennengelernt hatte, von der die Welt etwas zu hören bekommen würde. Eine starke Frau. In ihr hatte die Begegnung mit Mathilde Franziska Anneke etwas entzündet. Sie würde Dolf noch härter unterstützen als bisher, mehr Verantwortung übernehmen, denn sie hatte verstanden, was ein Symbol bewirken konnte. Für die Menschen auf dem Sommerberg.

Im nächsten Moment zerriss ein unerträglicher Schmerz ihren Körper und streckte sie wie ein Blitz in den Staub. Alles krampfte sich zusammen. Das Räuberkind drängte auf die Welt und vereitelte vorerst alle weiteren Pläne.

Neuer Plan

»Hörde ist mir zu ruhig.« Grübchen saß vor der kleinen Höhle, in der sie ihre Beute sammelten und aufteilten, und pulte sich mit seinem Messer unter den Fingernägeln.

Hanne war damit beschäftigt, Leintücher zusammenzupacken. Die Geburt ihrer Tochter lag ein paar Wochen zurück, sodass sie inzwischen wieder Zeit fand, sich mit dem Verteilen der Beute zu befassen. Angewidert meinte sie: »Würdest du das zu Hause machen? Etwas mehr Benehmen stünde dir gut zu Gesicht.«

Grübchen schnaubte. »Nö. Ich bin ein Räuber, Dreck spielt bei uns keine Rolle. Und von einer Frau lasse ich mir bestimmt nichts sagen, selbst wenn es die große Frau Mohr ist.«

Empört hielt Hanne die Luft an und Heinrich stemmte sich aus dem Liegen auf die Unterarme. »Wilhelm.« Er knurrte eher, als dass er sprach.

Grübchens Feindseligkeit ihr gegenüber war schon immer da gewesen, in letzter Zeit nahm sie jedoch zu. Davon wollte sie sich nach dem Gespräch mit Mathilde Anneke aber nicht beeindrucken lassen. Im Grunde ging Grübchens Wunsch nach Ruhm in dieselbe Richtung, die auch sie anstrebte. Die gesamte Situation in Hörde und in den einzelnen, durch Zollschranken geteilten Fürstentümern und Herrschaftsgebieten hatte sich in den letzten Monaten verschlechtert. Weitere Arbeiter waren in die Zechen und die Hermannshütte geströmt, die durch die Leistungen ihrer Ingenieure einzigartig blieb. Zuvor war Hörde eher ein Dorf gewesen, enge

Straßen, kleine Häuser. Jetzt wurde es von Woche zu Woche in das Korsett einer Stadt gezwungen, platzte aber schnell aus allen Nähten. Wohnungen waren knapp und die Abneigung den Fremden gegenüber hoch, die die Gemeinde angeblich mit durchfüttern musste. Die Löhne reichten kaum für ein anständiges Leben. Niemand war darauf vorbereitet gewesen. In Berlin war im März ein ähnliches Pulverfass explodiert, was zu Kämpfen auf den Straßen und unzähligen Toten geführt hatte. Hanne musste gegen die Vorstellung kämpfen, wie Ida hoch zu Ross in eine Barrikade in Köln galoppierte und eine Art Säbel schwenkte. Grübchens aggressive Stimmung war lediglich ein schwaches Echo dieser Unzufriedenheit und Gewalt im Land. Einfach damit davonkommen lassen wollte sie ihn jedoch nicht.

»Schon gut. Schneid dir in deine verdammte Fingerkuppe und fang dir eine Blutvergiftung ein. Damit wäre allen geholfen«, erwiderte sie bemüht tonlos.

Grübchen schnaubte erneut, ließ aber das Messer sinken und steckte es weg.

Dolf starrte in der Zwischenzeit abwesend vor sich hin, als ginge ihn das nichts an. Wo war er mit seinen Gedanken wohl, fragte sich Hanne. Nach Hause kam er selten, angeblich wegen der Gendarmen. Seine eigene kleine Tochter kannte er nur flüchtig, was Hanne zutiefst verletzte.

Schließlich mischte sich Dolf doch ins Gespräch ein: »Ich weiß, was du meinst, Grübchen. Überall gehen sie auf die Barrikaden, bloß in unserem Amt nicht. Nur eine garantierte freie Wahl wollen sie. Nichts weiter. Die Probleme anzupacken, interessiert sie nicht.«

»Bürgerwehr«, murmelte Heinrich und stand auf, um Hanne zu helfen. »Neue Gewehre sollen angeschafft werden, weil die braven Bürger Angst haben, nachts über die Straße zu laufen.«

»Gut so!«, sagte Grübchen grinsend. »Dann kann die Bürgerwehr gleich die Gendarmen mitüberwachen, die ständig herumpöbeln, Unschuldige festnehmen und verzweifelt um sich schlagen, weil sie uns nicht finden können.«

»Ich glaube, das geht vielmehr gegen die Eisenbahnarbeiter, die sie im großen Stil gekündigt haben. Sie haben Angst, dass sie sich zusammentun und in Hörde randalieren.« Hanne faltete die Tücher und legte sie sorgsam in einen Korb.

Heinrich lachte.

»Wenn man viel besitzt, kann einem auch viel genommen werden. Ich verstehe deren Angst«, feixte Friedrich Schöne, wurde allerdings schlagartig wieder ruhig. Er knetete seine Hände im Schoß.

»Was ist los, Friedrich?«, fragte Hanne und legte ihm die Hand auf die Schulter, überrascht vom plötzlichen Stimmungsumschwung. Schönes Adamsapfel krampfte, um die Tränen nicht frei fließen zu lassen. Linkisch wischte er sich über die Augen. Hanne fiel auf, wie viele Schwielen sich an seinen Fingern gebildet hatten und wie gelb seine Nägel vom Rauchen geworden waren.

»Ich kann die Bank nicht mehr bedienen. Die wollen mein Haus pfänden«, antwortete er zögernd mit belegter Stimme.

Dolf setzte sich auf. »Verdorri. Ich wünschte, wir könnten helfen. So viel Geld haben wir aber nicht.«

Schöne nickte. »Ich weiß. Keine Ahnung, was ich nun tun soll. Nicht mal unehrliche Arbeit bringt genug zum Leben ein in diesem ollen Loch.«

In Hanne begannen die Ideen zu brodeln wie in einem Hochofen Wie konnte sie in diese Unzufriedenheit die Wünsche einbringen, die Ida vor Monaten in ihr geweckt hatte? Das Gesicht ihrer kleinen Tochter Wilhelmine mischte sich ihre Überlegungen. Eigentlich hätte Hanne schon zu Hause sein müssen. Dolf zeigte nicht viel Interesse – weder an seinen Kindern noch an ihr – und blieb tagelang verschwunden, tauchte aber auch dann nur kurz im Schutz der Nächte auf, unruhig und ungeduldig. Von den meisten seiner Taten erfuhr Hanne mittlerweile erst durch die Zeitungen und den daraus gezogenen Klatsch. Es gab nur noch diese Gelegenheit, das Blatt zu wenden. Den alten Weg wiederzufinden und ihn auszubauen.

»Ihr habt recht. Es ist zu ruhig in Hörde und die Angst vor den Revolutionsbestrebungen ist nicht groß genug«, meinte sie bedächtig. »Und das bei der Wohnungsnot, den hungernden Arbeitern und steigenden Kosten. Die Menschen brauchen auch hier ein Zeichen. Eine Leitfigur mit einem Namen, die für sie einsteht. Und eine Tat, die den Berliner Barrikaden hilft.«

Obwohl sie nicht wusste, wer die damals von Ida erwähnte Jeanne D'Arc gewesen war, warf sich Hanne beinahe von selbst in eine kämpferische Pose. Die Räuber seufzten, doch Dolf spürte, dass ihre Worte andeuteten, was er sich ebenfalls wünschte: Ruhm für den bislang namenlosen guten Geist.

»Ich habe keine Lust, dass mich ein Weib rumkommandiert. Musst du dich nicht um deine Kinder und das Haus kümmern? Das hier ist Männersache«, maulte Grübchen.

»Lass Hanne ausreden«, fuhr Dolf ihn an und ergriff überraschend für sie Partei.

»Auf Haus Ruhr gibt es wieder ein Fest …«, setzte Hanne an.

Gleichzeitig sprangen die Männer auf und redeten durcheinander. Sogar Dolf starrte sie so ungläubig an, dass sie förmlich sehen konnten, wie sehr er sich ärgerte, sie vor einem Moment unterstützt zu haben.

»Bist du von allen guten Geistern verlassen? Haus Ruhr? Das hat letztes Mal ja wirklich hervorragend geklappt, nicht wahr? Brünninghaus rottet hier irgendwo vor sich hin und wir hatten schlichtweg Glück, dass die Gendarmen uns nicht entschlossener verfolgt haben. Blödes Pack.« Dolf lief aufgebracht auf und ab.

»Mönkebüscher war bei uns, das weißt du, aber er kann uns nichts nachweisen. Wärst du ein Symbol für die Revolution, wäre es nicht mehr leicht, dich aus den Köpfen der Leute zu halten. Du wärst ein berühmter Mann. Im ganzen Land, nicht nur in Hörde. Wir streuen Gerüchte, dass du sogar ein unehelicher Spross von einem der adeligen Lackaffen bist, der sich gegen seinesgleichen erhebt. Wir erschaffen einen wahren Rebellen, einen Räuberhauptmann, der zu beiden Welten gehört und bereit ist, sie im Sinne der Armen zu formen. Als leuchtendes Beispiel! Und dann schlagen wir zu.« Hanne spürte, dass in ihren Augen Idas Glut aufglomm. Sie wollte so stark sein wie diese Frau, kämpfen, mit Worten oder mit Taten.

»Du hattest deine Rache an Thalberg, hast seinen Lieblingspunsch gesoffen. Alles andere ist für uns schlecht gelaufen. Ich gehe nicht nach Haus Ruhr. Nicht noch einmal!«, brüllte Dolf, sodass alle zusammenzuckten.

»Weiber! Das ist Wahnsinn! Der blanke Wahnsinn! Ungelöschter Rachedurst, der uns alle in den Abgrund stürzt! Mir reicht's! Ich lasse mir von deiner Holden nichts mehr vorschreiben, Dolf«, knurrte Grübchen.

Friedrich Schöne nickte. »Ich will nur mein Haus retten. Irgendwie. Aber mit dem Thalberg lege ich mich nicht mehr an. Die Kugel, die Brünninghaus getroffen hat, ist mir zu nah am Ohr vorbeigezischt.«

Einzig Heinrich schwieg. Ernst sah er Hanne an, schien sie zu ermahnen, nicht zu weit zu gehen und den Fehler von damals nicht zu wiederholen.

»Ihr müsst nicht nach Haus Ruhr. Und es geht auch nicht um Thalberg«, warf Hanne verzweifelt in die Runde. »Vertraut mir, ein letztes Mal!«

Dolf begleitete Hanne, bis es nur noch ein kurzes Stück Weg zu ihrem Haus war. Näher traute er sich nicht heran, falls es diesem Mönkebüscher oder den Polizeidienern eingefallen wäre, im Gebüsch auf ihn zu lauern. Zur Sicherheit hatte er sich unauffällige Kleidung besorgt und den Hut mit der breiten, weichen Krempe tief in sein Gesicht gezogen. Alles, was der Gendarm hatte, waren lediglich Hinweise, nichts Belastbares, zumindest hoffte Dolf das. Was er daraus zaubern würde, stand aber in den Sternen und beunruhigte ihn. Genauso wie seine Ehefrau und die neue Situation zu Hause. Das Weinen seines kleinen Mädchens drang bis an sein Ohr. Dennoch konnte er sich nicht überwinden, mit Hanne ins Haus zu gehen.

»Wie geht es der Kleinen?«, fragte er und spähte in die kalte Dämmerung. Er vermied es, ihren Namen auszusprechen.

»Sie sieht dir nicht ähnlich.«

»Das war nicht die Antwort auf meine Frage.«

»Irgendwie schon.«

Dolf stockte bei diesen Worten das Blut in den Adern. Wollte Hanne damit andeuten, dass das Kind nicht von ihm war? Auf diese Debatte wollte er sich vor den Häusern der neugierigen Nachbarn gewiss nicht einlassen. Darum schluckte er seine Frage hinunter und blieb stehen, bereit, zu den Räubern zurückzukehren.

»Was habt ihr heute so vor?«, fragte Hanne. Ihre Schuhspitze schob den Staub vor ihr nach links und rechts.

»Wir klappern die üblichen Ställe ab, dachte ich. Vielleicht ein Ausflug ins Eisenbahndepot. Vielleicht zu einem Krämer. Vielleicht Richtung Garenfeld, auch wenn es weit raus ist. Ist ja noch früh. Mal schauen, was sich ergibt. Wir treffen uns gleich in der Wirtschaft und beraten uns.« Er wandte sich zum Gehen.

»Dolf, ich … wir … wir sprechen kaum miteinander und ständig bist du unterwegs.«

»Warst es nicht du, meine holde Ehefrau, die mich zum Räuber gemacht und mich in die Nacht hinausgeworfen hat, um Kartoffeln zu stehlen? Willst du mir jetzt vorwerfen, dass ich das tue, was du von mir verlangt hast? Dass ich wegen den ausschwärmenden Gendarmen nicht nach Hause kann? In mein eigenes Heim?«, fragte er und starrte sie an.

»Du hast recht, aber denkst du nicht, dass wir das anders angehen sollten? Ihr seid gierig geworden, stehlt mehr zusammen, als man verteilen kann. Was macht ihr mit dem ganzen Zeug?«

»Wir geben es schon den Armen. Oder verkaufen es, um Reserven anzuhäufen, sollte der Winter wieder hart werden.«

»Und ihr nehmt euch selbst reichlich davon.«

Dolf schnaubte. »Etwas Lohn darf ich wenigstens erwarten, oder? Immerhin ist ein Mäulchen dazugekommen, das gestopft werden will.« Er sah Hanne an, dass sie nicht zufrieden war. »Spukt dir diese Idee immer noch im Kopf herum, dass ich ein Gesicht der Rebellion sein sollte?«, fragte er und zog die Brauen zusammen. Ihm behagte das gar nicht, vor allem, wenn es irgendetwas mit diesem Thalberg zu tun hatte. Seinen eigenen Namen herauszubrüllen, dagegen hatte er nichts. Es würde den brennenden Durst stillen, endlich Anerkennung zu ernten.

»Es wäre ein Weg, mehr zu bewegen. Den Menschen reicht es nicht, verpflegt zu werden. Sie wollen, dass sich ihre Situation zum Besseren wendet. Dasselbe gilt für Menschen wie diese Mathilde Anneke und ihr Mann oder auch Männer in Dortmund, die sich in Bürgervereinen zusammenschließen und Reformen fordern.«

Dolf seufzte. »Und du meinst, ich kann diese … Reformen anstoßen?«

»Deine Taten sprechen für sich. Unsere Taten, meine ich. Ich trage mit dir die Verantwortung. Ich muss ebenfalls zusehen, dass mir der Gendarm nicht zu sehr auf die Pelle rückt. Ich bin darin genauso verwickelt wie du.«

Dolf umfasste ihr Kinn und hob ihr Gesicht zu seinem. »Du musst nichts mittragen. *Ich* bin der Mann und nehme das auf mich. Vielleicht hast du recht und ein rebellischer Räuberhauptmann von und zu Mohr kann mehr bewegen, als Kartoffeln und Fleisch zu liefern.«

Im Grunde gefiel ihm die Vorstellung, dass auch Politiker, vielleicht sogar der König, von ihm erfahren würden und sein Name weithin sichtbar wie die Fackel der Hermannshütte in die Nacht leuchten würde. Inzwischen war er weitaus mehr als eine kleine Funzel. Die riesige Dunkelheit konnte ihm nichts anhaben. Womöglich war er nun tatsächlich in der Lage, die dort oben zu behelligen, etwas zu bewirken, es zu seinen Gunsten zu drehen. Hanne war klug und er war wagemutig. Dann dachte er an Fasana. Was würde seine Wahrsagerin ihm raten? Sie würde gewiss gerne mit dem angesehenen Räuberhauptmann gesehen werden, unter dessen Schutz sie stand und mit dem sie sich im Geheimen, in Scheunen und im Wald traf. Ein Kribbeln lief über seinen Körper wie Tausende Ameisen, als er an diese geraubten Augenblicke dachte. Das Plärren seines Kindes vom Ende der Straße rief ihn zurück in dieses Leben, von dem er geglaubt hatte, es ablegen zu können wie einen alten Mantel.

»Du musst dich um unsere Tochter kümmern. Geh schon. Ich mache das, was du vorschlägst. Wann soll ich die Männer sammeln?«

Er genoss das Strahlen, das sich in ihrem Gesicht ausbreitete und ihn heimelig einhüllte. Die Wogen waren wieder einmal geglättet.

»Das Fest ist bereits morgen. Ich komme dazu und führe euch. Einverstanden?«

Dolf nickte und verschwand in der Dämmerung.

Die Nacht war eisig und der Atem seines Pferdes dampfte in kleinen Wolken in den sternenklaren Himmel. Der Polizeidiener Johann Herlinghaus zog seinen Mantel enger um sich und lauschte in die Dunkelheit. Vor einem Moment war es ihm vorgekommen, als hätte er Stimmen gehört, aber nun lag die Nacht schlafend vor ihm. Alles war still. Er trat seinem Pferd in die Flanken und es setzte sich gehorsam in Trab. Durch die mondlose Finsternis konnte er kaum etwas erkennen und musste sich auf die Sinne des Tieres verlassen. Mittlerweile kannte er die Wege über die kahlen Hügel und durch die Waldreste bis nach Schwerte hinunter, wo das Band der Ruhr tintenschwarz schimmerte. Herlinghaus war kein Romantiker und ihm war die Schönheit, die sich vor ihm entfaltete, eher suspekt als angenehm. Überall verbargen sich Halunken und Diebe, und wer wusste schon, ob sie einem Polizeidiener nicht nach dem Leben trachten würden, wenn er ihnen die Gelegenheit gab. Seine neue Stellung raubte ihm obendrein den letzten Nerv, da er mit einem Vorgesetzten geschlagen war, der den Kriminellen stets einen Schritt hinterher war. Herlinghaus hätte ein anderes Vorgehen in Gang gesetzt, hätte man ihn gelassen. Ein erstes Zeichen, dass man ihm mehr zutraute als Mönkebüscher oder dieser Schnapsnase Pötichen, war der Auftrag gewesen, neue Gewehre für den Dienst zu beschaffen und Herlinghaus hatte es genossen, diese nach seinen Vorlieben im Sinne des Dienstes auswählen zu können. Den Mönkebüscher konnten sie gerne für den Kauf von Vogelkäfigen einsetzen. Vielleicht, eines Tages …

Herlinghaus rieb sich die eiskalte Nase und überlegte. Noch war er in der Nähe des vermeintlichen Räubernests und er wusste, dass Mönkebüscher einem jungen Mann Geld zusteckte, der ihm – wenn auch recht spärliche – Informationen lieferte. Wenn er doch nur selbst einmal mit diesem Kerl sprechen könnte, würde er gewiss schneller voran kommen als Mönkebüscher. Warum sollte dieser Informant nicht auch für ihn arbeiten? Er wendete sein Pferd und trieb es in Richtung dieser Spelunke, wo sich die Sommerberger gerne trafen. Die Beschreibung des Mannes hatte er im Kopf und er würde ihn finden.

Einen kurzen Ritt später band er den Hengst an und schlug sich in die Schatten neben den Stallungen, die an die Gastwirtschaft angrenzten. Die Luft, die er in seine gefrierenden Hände pustete, war nicht mehr als ein klammer Hauch, musste aber genügen, damit seine Finger nicht steif wurden. Seine Fäuste würde er unter Umständen noch brauchen.

Heute war ihm Fortuna hold. Er hatte keine Viertelstunde gewartet, da öffnete sich die Vordertür und vier Männer und eine Frau mit wilden Locken kamen heraus. Einer der Männer war groß wie ein Baum, die anderen alle etwa von gleichem Wuchs. Zwei trugen Mützen, einer einen Schlapphut. Herlinghaus wusste von der Vorliebe des Mannes für seine Stoffmütze, die er sogar im Winter oder bei starkem Wind nicht absetzen wollte. Im Gegenlicht erkannte er blondes Haar unter einer dieser Kappen und war sich beinahe sicher, dass das der Mann sein konnte, den er suchte. Falls er es nicht war, würde Herlinghaus ihm ein paar Backpfeifen verpassen und ihm irgendeine Straftat vorwerfen, um von seinem Fehler abzulenken. Er war nicht zimperlich.

Sein Glück konnte er kaum fassen, als sich die Männer trennten und zuwinkten und der Verdächtige geradewegs auf ihn zulief. Dem Pärchen, einem Mann mit Schlapphut und der Schönheit mit den wilden Locken, warf der Mann einen langen Blick hinterher, bevor er in die Reichweite des Polizeidieners kam. Im richtigen Moment packte Herlinghaus zu und riss den Überraschten in die Dunkelheit. Bevor dieser schreien konnte, presste er ihm die Hand vor den Mund. Weit aufgerissene Augen starrten ihn an und der Mann zappelte wie ein Fisch am Haken.

»Ich bin Polizeidiener Herlinghaus. Ich wollte mich nur mit dir unterhalten.«

Er nahm die Hand weg und der Mann atmete tief aus.

»Schitte! Sie haben mich erschreckt!«

»Hast du etwas zu verbergen, dass du so empfindlich bist? Name.«

»Wilhelm Vorschulte.«

Innerlich jubilierte Herlinghaus. Diesen Namen kannte er. Er hatte den richtigen Riecher gehabt. »So, Vorschulte. Wir sind uns noch nicht begegnet, aber ich weiß von deinem Arrangement mit Mönkebüscher. Du hast einiges auf dem Kerbholz und bist darum bereit, uns unter die Arme zu greifen. Ein paar Groschen habe ich in der Tasche. Je nachdem, welchen Wert du hast, kannst du sie dir verdienen. Deine Freunde wären sicherlich nicht erfreut, uns zusammen zu sehen. Deshalb baue ich auf deine Diskretion.«

Um seine Worte zu unterstreichen, griff Herlinghaus nicht in die Tasche, sondern versetzte Vorschulte einen leichten Schlag ins Gesicht. Er meinte, das Herz im Rippenkasten des Mannes schlagen hören zu können, und genoss die Aufregung in seinen Augen.

»Was bedeutet Diskretion?«, traute sich Vorschulte zu fragen, doch Herlinghaus ließ seine Hand erneut auf dessen Mund klatschen.

»Genau das. Du hältst deine Klappe und erzählst niemandem von unserer Unterredung.« Er atmete tief durch. »Du bist recht sparsam mit deinen Hinweisen. Da dachte ich, ich frage dich einmal persönlich, ob du nicht etwas mehr weißt. Immerhin sind die Räuber aus dieser Gegend, das steht fest. Tu uns beiden den Gefallen und erzähl mir etwas Spannendes.«

»Ich weiß nicht, wer die sind. Viele haben es im Gefühl, aber niemand weiß wirklich was.«

»Du weißt sicherlich, dass es in unserem Königreich Aufrührer gibt, die sich gegen unseren verehrten König und seine Beamte stemmen wollen. Muss ich mir dahingehend Sorgen bei dir machen?«

Vorschulte schüttelte heftig den Kopf. »Ich bin nur ein armer Tagelöhner, der sein Auskommen sucht.«

»Dann such es nicht in der Rebellion oder Räuberei. Ich bin jetzt hier verantwortlich, und glaube mir, ich bin nicht so nett wie Mönkebüscher. Du wirst mir sagen, was du weißt, sonst sorge ich höchstpersönlich dafür, dass du hinter Gittern verrottest.«

Der Polizeidiener maß Vorschulte mit seinen Blicken, unter denen dieser zu schrumpfen schien. Hatte er endlich begriffen, in welcher Lage er sich befand? Herlinghaus hoffte es für sie beide gleichermaßen.

»Also?«

Vorschulte räusperte sich umständlich. »Diese Johanna Mohr, die macht sich immer so wichtig.«

»Das ist noch kein Anzeichen für Räuberei. Und wir reden über ein Frauenzimmer.« Herlinghaus erinnerte sich nur zu gut daran, was Thalberg von solch einer Theorie hielt.

»Trotzdem. Die hat es faustdick hinter den Ohren. Die würde ich im Auge behalten.«

»Du weißt mehr, als du mir sagst.«

Vorschulte wand sich unter seinem Griff. »Morgen soll was passieren.«

Herlinghaus ließ Vorschulte los und trat einen Schritt zurück. »Na also. Sehr schön. Du bist doch vernünftig geworden. Wenigstens etwas. Ich komme morgen hierher und du führst mich wie mein eigener, kleiner Bluthund. Dafür erhältst du ein persönliches Extra-Billett, sollte dir etwas passieren.«

Mit weit ausholenden Schritten ging Herlinghaus zu seinem Pferd. Sein Herz jubelte. So arbeitete man als Polizist! Einer Beförderung stand bald nichts mehr im Wege.

In seinem Selbstlob entging ihm, dass er gleich von zwei Stellen aus beobachtet wurde, und es war nicht Vorschulte, der ihm interessiert nachsah.

Der adelige Rebell

Wieder war ein Tag und beinahe eine Nacht vergangen, ohne dass Hanne ihren Ehemann gesehen hatte. Nachdem sie ein letztes Mal nach ihren schlafenden Töchtern gesehen hatte, machte Hanne sich vor der Morgendämmerung am Tag nach Thalbergs Fest auf den Weg zur Räuberhöhle. Sorgfältig hatte sie sich zurechtgelegt, was sie den Männern vorschlagen würde. Als ehemaliges Dienstmädchen hatte sie noch Verbindungen nach Haus Ruhr. Margarethe mochte für immer stumm in ihrem Grab liegen, aber in ihrem Namen hatten sich andere Dienstboten bei ihr gemeldet. Im Zusammenspiel mit den Worten Mathilde Annekes hatte sich ein Plan in Hannes Kopf zusammengebraut, wie sie den neuen Räuberhauptmann, den Rebellen mit größerem Einfluss, aus ihrem Dolf formen konnte. Wenn er diese Rolle ausfüllen würde, konnte er wahrscheinlich sogar nach Hause zurückkehren. Der Ruf eines Rebellen würde, so hoffte sie, die Gendarmen auf Abstand halten. Sie würden sich nicht in die Politik einmischen, die derzeit von der kampfbereiten Stimmung des Volkes bestimmt wurde.

Als Hanne beim Versteck eintraf, waren bereits alle versammelt und sahen ihr mit verschlafenen Gesichtern entgegen. Natürlich war es wieder Grübchen, der als Erster maulte, ob man nicht noch früher hätte aufstehen können. Niemand widersprach ihm, sodass eine unangenehme Stille eintrat, die auch kein früher Vogel zu unterbrechen wagte.

»Wir müssen zur Chaussee. Dort warten wir und ihr könnt euch etwas aufs Ohr hauen«, bemühte sie sich, die Aussichten nicht vollends düster wirken zu lassen.

Murrend schlurfte das Kleeblatt hinter ihr her, aber sie kamen nicht weit. Aus einem Gebüsch am Wegesrand schälte sich die Gestalt einer Frau. Obwohl es fast noch dunkel war, konnte Hanne das Feuer in ihren Augen mehr als deutlich erkennen, dazu ihre samtweiche karamellfarbene Haut, ihr zu einem Zopf gebundenes volles Haar und die Taille, die keine Schwangerschaft gesehen zu haben schien. Alles an ihr brüllte Hanne entgegen, dass sie diese Frau fürchten sollte. Natürlich hatte sie Gerüchte gehört, dass eine feurige Wahrsagerin an der Seite Dolfs gesehen worden war. Sie hatte diesem Tratsch keinen Glauben schenken wollen, aber dieser Moment in der Morgendämmerung ließ alle Befürchtungen wahr werden. Sie unterdrückte ein Schluchzen und würgte den Kloß aus Tränen im Hals herunter. Da stand Dolf auch schon neben ihr und streckte der Frau die Hand entgegen.

»Hanne, das ist Fasana. Sie hat uns um Schutz vor ihrer Sippe gebeten und ist vom Jahrmarkt geflohen, da man sie dort schlecht behandelt hat. Sie kann in die Zukunft sehen.«

Schwang etwa Stolz in seiner Stimme?

Diese Fasana ergriff breit grinsend Dolfs Hand und Hanne meinte, Funken zwischen ihren Fingern hin- und herspringen zu sehen.

Sie schloss kurz die Lider und zwang sich zu einem Lächeln. »Es ist mir eine Freude, dich kennenzulernen, Fasana. Ich hoffe, die Zukunft hält nur Gutes für unsere Unternehmung bereit.«

Fasanas Zopf wippte im Takt ihres Nickens. »Für die meisten schon.« Sie setzte ein Lächeln auf.

Um keine theaterreife Vorstellung auf die Waldbühne zu bringen, schluckte Hanne ihre Erwiderung, die in ihr aufgetaucht war, herunter. Wenn Dolf erst ein Held geworden war, würde sich alles ändern. Dann brauchte er eine Ehefrau und keine Räuberbraut an seiner Seite. Da konnte diese Fasana ihn noch so anschmachten. Für Hanne stand fest, dass diese Frau nur ihre eigenen Ziele im Blick hatte und eine Gefahr werden konnte, die Dolf erkennen würde.

»Wie schön. Gehen wir weiter. Wir sollten vor Sonnenaufgang an der Chaussee sein.«

Eine Stunde lagen sie schon im hohen Gras am Rande der Landstraße und lümmelten auf umgestürzten Baumstämmen in der Nähe. Seitdem die Sonne aufgegangen war, war die schneidende Kälte etwas erträglicher geworden, dennoch schienen in Hannes Magen Hornissen einen wilden Tanz aufzuführen. Ihr war, als könnte sie das Weinen der hungrigen Wilhelmine bis hierher schallen hören. Aber sie musste bei der Sache bleiben.

Das Fest auf Haus Ruhr, zog sich offenbar bis zum späten Morgen hin. Damit hatte Hanne nicht gerechnet, obwohl sie wusste, dass die illustre Gästeschar dazu neigte, bis ins Morgengrauen und darüber hinaus zu trinken und zu spielen. Die umgestoßenen Gläser, die Brandlöcher in den teuren Tischtüchern und den dunstigen Zigarrenqualm hatte sie einige Male beseitigen müssen. Heute schienen die Gäste Carl Thalbergs, und besonders der bedeutende Gast, auf den sie es abgesehen hatte, viel Ausdauer beim Feiern zu haben.

Dolf kam zu ihr und blinzelte zu ihr herab. »Wie lange dauert es denn noch? Langsam werden alle unruhig.«

»Ich kann es nicht mit Sicherheit sagen, aber es müsste jeden Augenblick so weit sein. Wir sind schon weit über die Uhrzeit hinaus, die dieser Gast auf Haus Ruhr zu weilen pflegt.«

»Am helllichten Tag einen Überfall … das haben wir bisher auch nicht …« Hufgetrappel unterbrach ihn und er verstummte sofort. In seinen Pupillen loderte das Jagdfieber auf. »Dann kann es ja losgehen.«

»Sind alle dort, wo sie sein sollen? Auch diese … Fasana?«

Er nickte. »Mal schauen, was uns da erwartet.«

Der Hufschlag kam näher, beinahe beunruhigend schnell, sodass Hanne schon fürchtete, dass das an sie herangetragene Ritual heute ausfallen und ihre Beute einfach weiterfahren würde. Hinter einer Biegung tauchte das Schimmern einer frisch lackierten Kutsche auf, auf der sich die junge Sonne spiegelte. Vier Schimmel zogen sie durch die Furchen, die zahlreiche Fuhrwerke und Kutschen hinterlassen hatten. An Dolfs Seite lief Hanne geduckt zur Chaussee. Auf der gegenüberliegenden Seite verbreiterte sich die ohnehin gut ausgebaute Straße in einer Ausbuchtung. Dies war der Ort, den man Hanne beschrieben hatte.

Die Kutsche war ganz nahe und Hannes Herz hüpfte aufgeregt, als sich das Hufgetrappel verlangsamte. Wie angekündigt kam das Gefährt schließlich unweit vor ihnen zum Stehen. Dafür hatte Hanne keine Wahrsagerin, sondern nur gut informierte Bedienstete kennen müssen. Nebeneinander duckten sich Hanne und Dolf ins Gras und wechselten einen Blick. Er grinste sie an und zog sein Messer aus dem Gürtel.

Der Geruch nach warmem Pferdeschweiß durchmischte die morgendliche Luft. Aus dem Inneren der Kutsche war ein Poltern und Schimpfen zu vernehmen, bevor einer der Diener, die hinten gesessen hatten, absprang und den Schlag öffnete. In seiner antiquiert wirkenden Livree mit Tressen und Troddeln sah er im trüben Morgenlicht aus wie eine Erscheinung aus einer anderen Zeit, ein Geist, dessen menschliches Dasein lange Vergangenheit geworden war. Er bot jemandem in der Kutsche seinen Arm und eine schmale Hand stützte sich auf ihm ab. Ein langer, hagerer Mann im Frack stieg aus, dessen Backenbart und dunkle, lockige Haare zerzaust in alle

Richtungen abstanden. Die Halsbinde hatte er gelöst, dafür saßen die Orden auf seiner Brust in einer tadellosen Reihe, wo der Rest seiner Gestalt übernächtigt und schwach auf den Beinen wirkte.

Der Untergebene führte seinen Herrn ein Stück von dem Gefährt weg und half ihm tatsächlich beim Öffnen seiner seidenen Hosen.

»Jetzt verpiss dich. Ich muss pinkeln«, lallte der Mann und scheuchte den Diener davon, konnte aber kaum gerade stehen.

Hanne und Dolf sahen sich an, nickten sich zu und sprangen auf. Brüllend rannten sie auf die Kutsche zu, sodass die Pferde erschrocken einen Satz machten und damit den Kutscher aus dem Gleichgewicht brachten. Im nächsten Moment war Heinrich neben ihm und riss ihn in einem gewaltigen Bogen von seinem Sitz. Grübchen und Friedrich Schöne hatten den zweiten Diener bereits überwältigt, als Hanne die Kutsche erreichte. Wimmernd lag der Mann im Staub und hielt sich den Kopf. Sie wollte sich gerade in die Karosse hineinbeugen, sah aber in einem letzten Wimpernschlag einen schmalen Fuß in einem ausgelatschten Lederschuh, der sich ihrem Gesicht näherte. Der Aufprall auf ihrer Wange warf sie zurück und sie schlug hart auf der Straße auf. Die Luft wurde aus ihren Lungen gepresst und die Welt drehte sich langsamer in einem verschwommenen Nebel. Sie sah noch, wie Heinrich den Kutscher niederschlug und Schöne und Grübchen wie wild um den Adeligen herumtänzelten, bevor sie auch ihn mit einem gezielten Schlag zu Boden schickten. Vor ihrer Nase zogen die Schimmel an und wurden in eine Wendung gelenkt, die sie zurück nach Schwerte führen würde. Die hohen Räder des Gefährts verfehlten Hanne nur knapp. Aus dem Fond winkte Fasana mit einem breiten Lachen, auf dem Bock thronte Dolf, einen der Dreispitze des Personals auf dem Kopf. Sein Grinsen war ebenso breit wie das der Hellseherin.

»Verehrter Herr Freiherr!«, rief er dem Adeligen zu, der sich stöhnend aufzusetzen versuchte. »Ich bin so frei und nehme mir Eure Kutsche – von Standesgenosse zu Standesgenosse gewiss ein Freundschaftsdienst. In den Händen der arbeitenden Klasse wird sie ihren Zweck trefflich erfüllen und viele Mäuler stopfen. Ich fürchte, ich werde Euch den Fußmarsch zu Eurem Haus Rodenberg nicht ersparen können und wünsche Euch gutes Schuhwerk! Merkt Euch meinen Namen: Räuberhauptmann Adolph von Mohr, unehelicher Spross einer Adelsfamilie, die ich im Moment nicht benennen möchte, zu Euren Diensten. Wir werden uns gewiss wiedersehen und dann erfahrt ihr mein Geheimnis. Gehabt Euch wohl und guten Weg!«

Dolf ließ die Leinen knallen, gehorsam nahmen die Schimmel Geschwindigkeit auf und verschwanden mitsamt der Kutsche und einem nachhallenden Lachen Dolfs in der Wegbiegung, hinter der sie kurz vorher erschienen war.

Hannes Kopf dröhnte wie eine Kirchenglocke und sie versuchte, sich hochzustemmen. Sie musste hier weg. Erst mit der Hilfe Heinrichs, der sie auf die Füße und ins Gebüsch zerrte, konnte sie überhaupt laufen. Mit gewaltiger Kraft zog der Koloss sie hinter sich her. In ihrem Rücken krakeelte der ausgeraubte Freiherr, aber seine Stimme wurde leiser. Er würde sich nicht dazu herablassen, Räuberpack nachzulaufen. Was Hanne neben Dolfs Verrat stutzig machte, war die Gestalt, die sie in ihrem Augenwinkel erhascht hatte, kurz bevor sie von Heinrich hochgerissen worden war. Trotz ihrer flirrenden Sicht war sie sicher, dass es Elsabena gewesen war, die dort auf der Straße gestanden, ihr nachgesehen und sich nach dem Freiherrn gebückt hatte. In der Ferne hörte sie leiser werdenden Galopp.

Am Freischütz, einem recht neuen Bruchsteinhaus an der Chaussee oberhalb Schwertes, das als Forsthaus diente, hielt

Dolf die Schimmel an. Bislang war es ein ruhiger Morgen, niemand tränkte seine Pferde, keiner der Kumpel aus den nahen Zechen stillte seinen Durst mit dem nicht genehmigten Schnaps, den man hier an der Hintertür kaufen konnte. Nur die Vögel sangen, als er die Pferde ausschirrte und begann, die Kutsche zu durchsuchen. Fasana hatte sich bereits über die Polster hergemacht und zerschnitt die teuren Stoffe mit einem Messer. Was sie darin suchte, war Dolf schleierhaft, aber er genoss es, ihr bei ihrer Zerstörungswut zuzusehen, und lehnte sich an die Tür. Wie eine wilde Drude zerfetzte sie die Kissen und Vorhänge, pustete sich dabei immer wieder die störrischen Strähnen der Perücke, die sie weiterhin in der Öffentlichkeit trug, aus der Stirn.

»Was?« Ihre dunklen Augen bohrten sich in seine. »Vielleicht hat der Kerl ein Geheimversteck für Waffen und Schätze hier drin. Ich halte mich doch nicht mit zaghaftem Wühlen in Seide auf. Wir haben nicht den ganzen Tag Zeit!«, herrschte sie ihn an.

Dolf lächelte. »Auf der Seide hätten wir es uns noch gemütlich machen können …«

»Du bist unmöglich! Sieh zu, dass wir hier fertig werden. Der Freiherr war zwar betrunken, aber der Schlag deiner Kumpane könnte ihn schneller ernüchtert haben, als uns lieb ist. Alles Weitere können wir später … besprechen.« Sie lächelte ihm verschwörerisch zu und widmete sich weiter den Polstern.

Dolf durchwühlte die Reisetruhe, die hinten auf die Kutsche geschnallt worden war. Er hatte im Stillen gehofft, zusätzlich zu den Pferden einige wertvolle Kleinigkeiten entdecken zu können, die sich unter den Hintern Ihrer Durchlauchten versteckt hatten, da gab er Fasana recht. Eine Geldkassette zum Beispiel. Die Truhe hatte durchaus vielversprechend ausgesehen, doch Dolf wurde enttäuscht. Darin befand sich lediglich ein Mantel. Er zog ihn heraus, um ihn zu begutachten. Die Qualität des Kleidungsstücks war herausragend und er würde dafür einen guten Preis erzielen können. Probehalber warf er ihn sich über, allerdings spannte er über seinen Schultern und der feine Stoff knarzte protestierend.

»Für mich bist du also nicht gemacht worden. Man merkt, dass Politiker keine starken Schultern für ihr Alltagswerk brauchen«, murmelte er und ließ die Hände bedauernd über den weichen Stoff gleiten. Das dunkle Blau war ganz nach seinem Geschmack.

Irgendein Geruch stieg ihm in die Nase und ließ ihn diese kraus ziehen. Er griff in den Kragen und schnüffelte daran. Süßlich flatterten ihm Blumen entgegen, die ihn an den Frühling erinnert hätten, wären sie in ihrer Stärke nicht so penetrant gewesen. Was hatte der Träger wohl vorgehabt, dass er sich dermaßen in eine Parfümwolke hüllte? Dolf grinste. Er wollte besser nicht wissen, was dieser Mantel alles hatte beobachten können.

Mit einem Anflug von Bedauern versuchte er, ihn sich von den zu breiten Schultern zu ziehen, der Stoff wollte sich jedoch nicht von seiner Jacke trennen. Als klebten sie zusammen, hielt sich der Mantel auf Dolfs Schultern. Zu sehr zerren wollte er nicht, um das edle Teil nicht zu zerstören, aber irgendwie musste er ihn ja loswerden. Also begann er, wie wild herumzuhüpfen, um sich des Kleidungsstücks zu entledigen, und mochte sich gar nicht ausdenken, welches Bild er dabei abgeben musste.

Dolf biss die Zähne zusammen, um schließlich etwas fester am Mantel zu reißen. Dabei spürte er, wie etwas in der rechten Tasche auf und ab sprang und herauszufallen drohte. Er packte zu und hob seinen Fund vors Gesicht. Auf einem länglichen, harten Gegenstand lag ein gefaltetes Stück Papier, durch das etwas Geschriebenes schimmerte. Vorsichtig klappte er es auf, ohne den Gegenstand darunter zu beachten. Wieder schnüffelte er. Der Brief roch nach Rosen, stellte er überrascht fest. Ganz unten unter dem Text konnte er die Worte »Ewig dein!« entziffern. Dolf grinste. Darum hatte sich der Besitzer des Mantels also zu sehr am Parfümflakon vergriffen! Ein Stelldichein während der Feier auf Haus Ruhr! Sein Grinsen wurde breiter, als er daran dachte, dass nicht einmal ein Carl Thalberg alles kontrollieren konnte, was sich vor seiner Nase abspielte. Der Adel würde eben immer das tun, was ihm beliebte, selbst unter seinesgleichen.

Dolf knüllte den Brief zusammen und schoss ihn mit dem Fuß ins Unterholz. So endete eine unbekannte Liebe in seinen Händen. Aber da war noch das kleine Päckchen. Hatte sich der Kavalier nicht getraut und das Collier wieder mitgenommen, das er seiner Angebeteten zugedacht hatte? Er hob den Gegenstand an und sah, dass er in bedrucktes Papier gewickelt war. »Köln« und »Schildergasse« stand darauf.

Dolf drehte es um und entdeckte einen leicht geschnörkelten Schriftzug, der die Vorderseite ausfüllte. »Kolonialwaren …«, buchstabierte er mühsam. Kaffee war etwas, das aus den Kolonien aus Übersee kam, doch in dieser Form? Plötzlich dämmerte ihm, was er vor sich haben musste, und er las weiter. »Schokolade!«

Der Besitzer des Mantels, vielleicht sogar der Freiherr, hatte die Tafel scheinbar extra aus Köln an die Ruhr gebracht, um seine Liebste mit Süßem zu beeindrucken. Daraus würde nichts mehr werden. Solch eine exotische Kostbarkeit würde jetzt in Dolfs Magen landen und die hochwohlgeborene Angebetete würde leer ausgehen. Dolf hatte noch nie Schokolade gegessen und freute sich darauf, sie zu probieren, ihren Geschmack auf der Zunge zergehen zu lassen. Ihm lief das Wasser im Mund zusammen. Der Moment sollte aber besonders sein und er würde warten, bis er Ruhe hatte. Sein Blick fiel auf Fasana, die aus der Kutsche kletterte und mit den Schultern zuckte. Sie hatte offensichtlich nichts mehr gefunden.

Dolf schob die Tafel in seine Tasche und das Gesicht des kleinen Adolphs tauchte in seinen Gedanken auf. Er hatte Süßes geliebt, ebenso liebte Alwine es. Eine Seltenheit für die Kinder, auch wenn Hanne ab und an den Brei mit Honig verfeinerte. Vielleicht sollte er Alwine einmal etwas anderes als Kartoffeln oder Fleisch schenken? Etwas, was sie nicht nur sättigte und was sie wahrscheinlich niemals wieder in ihrem Leben kosten würde?

Dann musste er an den Galan und dessen Absichten denken und sah Fasana mit schokoladigem Mund vor sich, wie sie sich willig vor ihm räkelte und sich die Lippen leckte vor Wohligkeit. Er würde die Entscheidung auf später verschieben, wenn er die Pferde verhökert hatte.

Fasana nahm ihm den Mantel ab. »Ich könnte einen neuen gebrauchen«, sagte sie und warf ihn sich über. Im Gegensatz zu ihm versank sie darin, aber das Blau stand ihr. »Was hast du da?« Sie schmiegte sich an seinen Arm und musterte ein Stück des Päckchens, das aus Dolfs Tasche herausblitzte.

»Das werden wir später kosten. Wir müssen los. Ich hoffe, du kannst reiten.«

Für einen Moment verzog sie den Mund und sah zur Kutsche, doch dann schwang sie sich ohne weiteres Murren auf den Rücken einer der Schimmel. Die beiden anderen nahm Dolf am Zügel und stieg auf das letzte Pferd. Er schnalzte mit der Zunge und sie trabten gemeinsam gehorsam an. In seinem Herzen regte sich die alte Liebe für diese Tiere und er erinnerte sich an Meta und Grete daheim im Stall. Beinahe fühlte sich dieser Ritt wie ein Betrug an ihnen an. An Hanne dachte er nicht. Schade, dass er auf seinem Hof keine Verwendung für die edlen Pferde hatte. Auf einem Acker hätten sie nichts zu suchen gehabt. Immerhin würden sie ihm ein hübsches Sümmchen einbringen, wovon er sich einen neuen Mantel mit passender Schulterpartie maßschneidern lassen konnte und Fasana kaufen würde, was immer sie wollte. Und feiern! Der Rebell der Armen, gar nicht mal so schlecht. Dolf lächelte und sah zu Fasana hinüber, deren Haare im Takt des Pferderückens wippten. Er konnte nur hoffen, dass er sich richtig entschieden hatte. Sein altes Leben schien zu einem winzigen Punkt hinter einer blutroten Sonne zusammenzuschrumpfen.

Neue Maßnahmen

»Wo ist denn dieser Gockel von einem Gendarmen? Hatte er nicht einen Termin?«

Die dunkle Stimme, die durch die Korridore der Alten Burg hallte, steigerte sich beim letzten Wort zu einem zornigen Kreischen. Alle Angestellten duckten sich dabei an ihren Plätzen, um nicht in die Schusslinie des Mannes zu geraten, der seit Kurzem das Sagen hatte – und sich bereits als cholerischer und herrischer Investor bekanntgemacht hatte. Carl Thalbergs Wutausbrüche waren gefürchtet und jeder war froh, wenn er gerade nicht Ziel dieser Maßregelungen wurde.

Thalberg mochte nur den Profit, dem ihm die Eisenbahnschienen einbrachten, die in der Hütte gefertigt wurden, nicht aber den Geruch kochenden Eisens und glühender Kohle, der sich selbst in seinem Büro ausbreitete und seine Lungen füllte. Er hustete oder keuchte jedoch nicht, sondern sog ihn fast gierig in sich hinein. Die Note des Erfolges schwang darin mit. Die mochte er wiederum. Jedes Gramm des schnöden Eisens, das in eine Schiene gehämmert wurde, wurde dabei zu purem Gold, auch wenn Carl den Dreck und die sich überall absetzende Asche verabscheute. Sie war die widerliche Schlacke am Boden seines Reichtums, auf die er hätte verzichten können. Wann immer es gute Geschäfte zu machen gab, kribbelte sein Zeh als Omen. Er konnte ihn derzeit kaum im Schuh behalten, so sehr glaubte er an die künftigen Möglichkeiten, die die Eisenbahn ihm öffnen würde. An diesem Ort würde er etwas Großes, nein, etwas Gewaltiges errichten, dessen Öfen weithin leuchten und von seinem Namen künden würden. Wenn ihm nicht jemand einen Strich durch seine Rechnung machte.

Heute stand jedoch keine Inspektion von Piepenstocks Vermächtnis auf seinem Plan, sondern ein Termin in eigener Sache. Für seinen Geschmack hatte er zu lange auf Nachricht oder Bericht von diesem grünberockten Aufschneider gewartet. Was der ihm alles zugesichert hatte! Aus Angst, sich unter den Blicken seines Dienstherrn als unfähig zu erweisen und nichts gegen diese furchtbaren Räubereien unternehmen zu können, die alle – vor allem ihn – derart tief getroffen hatten. Wie viele Briefe er an die Regierung geschrieben hatte, konnte er nicht mehr zählen. Nun reichte es ihm endgültig mit der Korrespondenz. Er war ein Mann der Tat und ein Mann mit Geld. Thalberg war des Wartens überdrüssig geworden und hatte sich den Gesetzeshüter ins Büro bestellt. Aber das war noch nicht alles: Das Ergebnis seiner Bemühungen hatte sich bequem in seinen Besuchersessel sinken lassen, rauchte eine Zigarre und nahm einen Schluck Likör aus einem geschliffenen Glas, das unter Thalbergs Gebrüll leise klirrte. Der einbestellte Landrat störte sich nicht daran, obwohl es hier um sein Versagen und das seiner Untergebenen gehen sollte. Ihn berührte ohnehin wenig, wie Thalberg fand. Politisch war der Mann eine Null, ein Fähnchen im Wind, und Thalberg besaß genug Beziehungen und Einfluss, um den Wind in seine Richtung wehen zu lassen. Vor wenigen Stunden hatte er immerhin mit dem Freiherrn Gisbert von Bodelschwingh-Plettenberg gefeiert, der ihm sogar ganz informell die Anrede mit dem Vornamen erlaubt hatte. Das wusste auch der Herr Landrat, der sicherlich ebenso arg an seinem eigenen Büro in Arnsberg hing wie Thalberg an seinem. Schwierigkeiten konnte ein Politiker niemals gebrauchen. Darum hatte er sich auf höchst unkonventionelle Art und Weise am Plan Thalbergs beteiligt und jemanden mitgebracht.

»Wir müssen nicht auf Mönkebüscher warten, Herr Thalberg. Ich kann Ihnen die Herren gut ohne ihn vorstellen. Ohnehin wird unser Gendarm früh genug von dieser Maßnahme erfahren«, näselte der Beamte in sein Glas, legte die Zigarre ab und angelte seine Taschenuhr aus der Weste. Ungeduldig klopfte er auf das Glas über dem Ziffernblatt. »Ich habe noch andere Termine. Ich bin sicher, Ihr Anliegen ist bei den beiden Herren in fähigen Händen. Sie wurden mir wärmstens empfohlen. Und dann ist da ja noch dieser Herlinghaus. Hat er nicht sogar die neuen Seitengewehre für die Patrouille ausgesucht? Prächtig. Damit sollte diese leidige Angelegenheit bald erledigt sein, nicht wahr? Zu Ihrer Zufriedenheit, wie ich betone.«

»Mir wäre es lieber, Mönkebüscher erfährt es persönlich und direkt aus dem Mund seines Dienstherrn, dass sich die Situation verändert hat«, erwiderte Thalberg sachlich.

Mit einem Seufzen klappte der Landrat die Uhr zu und ließ sie zurück in die Westentasche gleiten. Um sich die Zeit angemessen zu vertreiben, stand er auf und trat an die Fenster, die auf das Werksgelände hinausgingen.

»Beeindruckend, Ihre Anlage, Herr Thalberg. Eisenbahnschienen, sagten Sie?«

Hatte ich das nicht vor zehn Minuten erklärt, dachte Thalberg, zwang sich allerdings zu einem Lächeln. Der Mann war ein wandelnder Zeitdieb mit seiner goldenen Uhr und dem preußischen Beamtentum in seinen Adern. Und Zeit war Geld.

»Ganz recht.«

»Mir ist dieses schnaubende, fauchende, rauchende und stinkende Ungetüm nicht geheuer. Es rattert wie der Teufel in persona über Ihre Schienen. Wie soll die Seele bei diesen furchtbar hohen Geschwindigkeiten dem Reisenden folgen können? Kommt man seelenlos am Zielort an und erkrankt an Leib und Seele? Was macht diese ganze Technik mit uns? *Das* soll unsere Zukunft sein?« Nachdenklich rieb sich der Politiker das Kinn und setzte eine gewichtige Miene auf, die Thalberg noch weiter zur Weißglut trieb. Am liebsten hätte er die Augen verdreht, beherrschte sich aber.

»Mein lieber Herr Landrat, ich kann Ihnen versichern, dass die Seele mit dem reisenden Körper Schritt halten kann. Ich bin schon so oft mit der Eisenbahn gefahren, da wäre sie mir sicherlich längst abhandengekommen. Davon spüre ich rein gar nichts. Wir können jedoch gerne meine Ehefrau fragen, sie kennt sich mit dem Verlust der Seele besser aus.« Thalberg lachte auf und schüttelte den Kopf über diesen Gedanken. »Vielmehr ist diese Art des Reisens um einiges komfortabler als mit einer Kutsche. Ich kann sie nur empfehlen.«

»Ihre Ambitionen sind Ihnen jedenfalls nicht abhandengekommen, wie ich nun weiß«, erwiderte Landrat Pilgrim mit einem leichten Näseln. Erneut spielten seine Finger mit der goldenen Uhrenkette.

Sie wurden von lauten Stimmen auf dem Korridor unterbrochen. »Ich muss umgehend mit Herrn Thalberg sprechen! Nehme Er Seine Griffel von mir!« Ohne seine Anmeldung abzuwarten, riss der Freiherr von Bodelschwingh-Plettenberg die Tür auf. Dicht hinter ihm standen zwei wie vom Donner gerührte Polizeidiener, die sich ratlos ansahen. »Carl! Du glaubst nicht, was geschehen ist!« Das längliche Gesicht des Freiherrn war rot angelaufen und schweißbedeckt. Auf dem schwarzen Tuch seines Fracks, den Thalberg vom Vorabend wiedererkannte, klebten kleine Ästchen und eine feine Staubschicht. Er sah aus, als hätte er sich auf der Straße gebalgt.

»Um Himmels willen, Gisbert, was ist los?« Thalberg führte ihn in sein Büro und zu einem der Sessel. Unaufgefordert goss er ihm einen Cognac ein, den der Freiherr wie ein Wanderer in der Wüste leerte.

Landrat Pilgrim beruhigte unterdessen die beiden Polizeidiener. »Zu Ihnen kommen wir gleich.«

Der Freiherr schnaufte und wischte sich über die Stirn. »Unverschämtheit! Ich wurde ausgeraubt!«

Fast zeitgleich echoten Thalbergs und Pilgrims Stimme durch den Raum: »Was?«

»Jaja, ein gewisser von Mohr hat mir die Kutsche gestohlen und mich und mein Personal niedergeschlagen! Auf der Chaussee, am helllichten Morgen! Ein Revolutionär! Niemand hat mehr Anstand und Sitte! Einem Freiherrn die Karosse stehlen ... Ich stehe noch ganz neben mir!« Gisbert von Bodelschwingh-Plettenberg tupfte sich die Stirn ab und ließ sich ein zweites Glas einschenken. »Die Kutsche haben meine Leute gefunden – völlig verwüstet! Die Pferde – verschwunden! Und ich musste laufen! Durch den Wald! Kannst du dir das vorstellen, Carl?«

Thalberg warf dem Landrat einen Blick zu und konnte dessen Bestürzung deutlich erkennen. Er hatte die Tragweite dieser Worte durchaus verstanden. Ein offenbar Adeliger hatte sich auf die Seite des revoltierenden Mobs geschlagen, das Eigentum eines preußischen Freiherrn gestohlen und diesen tätlich angegriffen. Inmitten der kampfbereiten Stimmung der Bürgervereine und den Arbeitern, die Zeughäuser plünderten und auf den Straßen marodierten, konnte das schwerwiegende Auswirkungen haben. Bislang war es in Hörde ruhig geblieben, aber das hier ... das spielte Thalberg bestens in die Karten. Jetzt war Pilgrim gezwungen, mehr zu unternehmen und die Räuber endlich dingfest zu machen. Wo viele Gutsbesitzer und Bauern nicht ausreichten, richtete ein einziger Freiherr die Kanonen neu aus.

»Von Mohr, sagtet Ihr?«, wandte sich der Landrat an den Freiherrn und der nickte.

»Könntest du dich verhört haben, Gisbert? War es vielleicht ›Adolph Mohr‹? Klingt inmitten von Chaos und Anarchie ja ähnlich. So einen kenne ich nämlich und es würde zu meinen Beobachtungen passen, dass die Mohrs für diesen Ärger verantwortlich sind«, hakte Thalberg nach.

»Kann sein. Aber er nannte sich selbst einen Adelsspross. Irgendein Bastard eines niederen Ritters oder so etwas, der sich vom Erbe ausgeschlossen fühlt und darum einen Aufstand anzettelt.«

Der Landrat hatte ein Taschentuch aus der Westentasche gezogen und tupfte sich seinerseits das Gesicht. »Nicht auszudenken, wenn dieser Räuber auch noch von Adel wäre! Wie würde uns das dastehen lassen?«

»Herr Landrat, wir hatten doch ohnehin Maßnahmen im Sinn. Draußen warten zusätzliche Polizeikräfte, besonders fähige, wie Sie mir versicherten.«

»Ich hätte mir in diesem Klima der Unzufriedenheit ein anderes Vorgehen gewünscht. Pulverfässer lauern heutzutage in jeder einfachen Kate. Sie gehen schneller hoch, als man das Wort ›Revolution‹ ausgesprochen hat. Besonnenes Handeln ist keine Schwäche, sondern eine Tugend. Überall diese Unruhen der Arbeiter. Man weiß nicht, was man noch sagen soll. Lästig.«

»Meiner Ansicht nach war man viel zu lange nachsichtig mit diesen Unruhestiftern! ›Revolution‹ und ›Rebellion‹ sind schnell ausgesprochen und gären bereits. Man muss den Ungehorsam eindämmen. Aber das ist, mit Verlaub, mit der hiesigen Ordnungsmacht kaum möglich und lediglich ein hehres Ziel. Sehen Sie, was das angerichtet hat!« Thalberg deutete auf den in sich zusammengesackten Freiherrn.

Der Landrat schlug die Hände hinter dem Rücken zusammen und streckte seine schlanke Gestalt als Schattenriss vor dem Fenster. »Mein Eindruck von Mönkebüscher war stets positiv. Doch jetzt haben wir, nun ja, zwei echte Bluthunde an der Hand, die uns helfen können, dieses Schlamassel zu richten. Harte Hunde, wenn ich das so sagen darf.« Er zog die Uhr aus der Tasche und ließ sie aufschnappen. Thalberg hörte ihn stöhnen. »Ich komme zu spät. Ich muss jetzt wirklich aufbrechen.«

Thalberg konnte ihm ansehen, dass er mit der Situation überfordert war. Aber die beiden Polizeidiener würden nicht ausreichen, mochten sie noch so hart sein. Die Räuber waren zu weit gegangen – und darauf sollte man mit ebensolcher Härte reagieren.

»Ich erhöhe das Kopfgeld für die Ergreifung des Räubers und seiner Helfer. Das dürfte den Polizeikräften und allen anderen genug Motivation sein, sich in den Rattenlöchern auf dem Sommerberg nach dem Herrn von Mohr umzusehen. Und es wird endlich die geeignetsten Beamten anlocken.«

Landrat Pilgrim wischte sich ein letztes Mal die Stirn und ließ die Taschenuhr wieder zuschnappen. Kaum merklich nickte er. »Sie übernehmen es sicherlich mit Freude, Herrn Mönkebüscher die neuen Amtskollegen vorzustellen, nicht wahr? Nennen Sie auch die Höhe des Kopf… der Belohnung, sollte die Suche endlich von Erfolg gekrönt sein. Ich empfehle mich.«

Thalberg konnte nicht umhin, die offensichtliche Erleichterung auf dem Gesicht des Landrats mit einem schmallippigen Lächeln zu quittieren, als er seine Hand zum Abschied drückte. Schon war er fort und überließ den Sommerberg und seine Räuber und Gendarmen Thalbergs Obhut. Gewiss war es besser so, dachte der Industrielle und schenkte dem Freiherrn einen weiteren Cognac ein.

Hanne war unsagbar müde und die Schmerzen in ihrem Körper und ihrer Seele saugten sie aus wie ein Mückenschwarm im Hochsommer. Die Stiche in ihrem Arm und ihren Eingeweiden zermürbten sie und wollten einfach nicht verschwinden, obwohl Wilhelmines Geburt bereits länger zurücklag. Hinzu kamen die pochenden Blutergüsse, die ihr der Tritt aus der Kutsche und der Sturz auf die Chaussee eingebracht hatten. Neben diesen körperlichen Schmerzen türmte sich dieser große, schwere Haufen an Sorgen in ihr auf. Ruhe konnte sie sich kaum gönnen. Aber jetzt, wenigstens für einen kurzen Moment … Atemlos sank sie auf die Ofenbank und ließ ihren Kopf in den Nacken fallen, versuchte, all das Geschehene für sich zu ordnen, ohne gleich wieder mit Tränen in den Augen zu stranden.

»Bist du müde? Mitten am Tag?« Alwine lugte um die Ecke und musterte ihre Mutter mit schiefgelegtem Kopf. Hanne konnte keine Luft erübrigen, um ihr zu antworten, und nickte stattdessen nur.

»Wegen Wilhelmine?«, bohrte Alwine weiter. »Wenn sie so gemein ist, dich müde und krank zu machen, mag ich sie nicht mehr leiden.« Sie trat ins Zimmer und stemmte die Hände in die Hüften. Dabei ähnelte sie Elsabena ein wenig, stellte Hanne schaudernd fest. Bitte nicht.

Sie zwang sich zu einem Lächeln. Nein, Alwine war mit ganzem Herzen *ihr* Kind, nicht das ihrer Schwester.

»Keine Sorge, es ist nicht deswegen. Manchmal macht uns Erwachsene einfach das Leben müde, weil es uns so viel abverlangt.«

Ihre Schusswunde vom Haus Ruhr hatten weder Dolf noch sie vor Alwine erwähnt, um sie nicht in ihre Welt hineinzuziehen und nicht unnötig zu belasten.

»Ich bin groß. Ich helfe dir ab jetzt mehr.«

Mit ernstem Gesicht kam Alwine an den Tisch, auf dem Hanne das Gemüse für das Essen und ein Messer bereitgelegt hatte. Sofort vertiefte sie sich in das Schnippeln und Schälen.

Hannes Herz floss über vor Stolz. Wann war ihr Mädchen so reif, so erwachsen geworden? Das hatte sie nicht kommen sehen, war zu stark mit dem guten Geist und ihren eigenen Plänen beschäftigt gewesen, wodurch sie ihr Kind beinahe aus den Augen verloren hatte. Das musste sich ändern. Alwine und auch Wilhelmine waren ihre Zukunft, sonst niemand. Niemand mehr.

Beim Anblick ihrer Tochter mit angestrengt zusammengepressten Lippen und Pupillen, die förmlich an der Schneide des Messers klebten, sah Hanne einen Streifen der anderen Zukunft, den die Räuberei für Alwine bereithalten konnte. Der Vater im Zuchthaus, das Getuschel auf der Straße, ständige Besuche von Gendarmen und Gewalt. Auf Haus Ruhr hätte der Schuss sie ganz woanders treffen können: ins Herz, in den Kopf, in den Bauch. Sie hätte verbluten und ihre Töchter hätten ihre Beschützerin verlieren können ... Was wäre dann aus ihnen geworden?

Hanne wurde bewusst, dass es zwar richtig war, für andere zu kämpfen, aber dass sie vor allem für das Wohl ihrer eigenen Familie kämpfen musste. Nicht unbedingt sie selbst, doch ihre Kinder brauchten eine Zukunft. Vielleicht weit weg von hier und all diesem Elend und Verrat. Irgendwo, wo es bessere Aussichten gab. Wo die Sterne anders standen. Selbst für Kirchenmäuse, wie sie es waren. In diese Richtung mussten ihre Überlegungen weiterlaufen.

Ängste und Neuanfang

In der Nacht nach dem Kutschenraub tat Hanne kaum ein Auge zu, was nicht allein daran lag, dass sie in jedem Knarzen der Holzbalken und jedem Rütteln an den verriegelten Läden die Anwesenheit Dolfs zu spüren glaubte. Unruhiger als Wind und Haus waren ihre Gefühle und Grübeleien, die wie auf dem Tanzboden des Schützenfestes umherwirbelten. Dieses Wirbeln war ummantelt von Wut und sie betastete wiederholt ihre Wange, die sich pochend darüber beschwerte, dass sie sie berührte. Dieses Weib! Sie hatte sie im wahrsten Sinn aus Dolfs Leben geworfen und ihren Platz eingefordert. Dolf hatte sich nicht einmal umgedreht. Spätestens am Freischütz, wo man wohl die Kutsche gefunden hatte, hätte er zu ihr zurückkehren können. Das hatte er nicht getan. Stattdessen war er weitergeritten, zusammen mit dieser Fasana. Sie hatten Hanne gezeigt, wo sie stand. Ab jetzt war sie allein und auf sich gestellt.

Ihre neue Lage hielt sie wach und ließ sie sich unstet im Bett wälzen. Ab diesem Tag war sie eine Verlassene, eine Frau, die ohne Mann leben musste, der sie versorgte und schützte. Trotz all ihrer Erfahrungen verängstigte sie die Tatsache, dass sie allein für ihre beiden Kinder sorgen musste, die noch Jahre davon entfernt waren, sie entlasten zu können. Sie war dafür verantwortlich, sie durchzubringen, was ihr schon mit Dolfs Hilfe beim kleinen Adolph nicht gelungen war. Wie sollte das erst jetzt werden? Was, wenn der nächste Hungerwinter bevorstand? Der Lohn einer neuen Arbeit würde nicht für ihr Überleben ausreichen. Woher sollte sie das nötige Geld nehmen? Und wie sollte sie mit einer neuen Anstellung den Hof bewirtschaften und sich gleichzeitig um die beiden Mädchen kümmern?

Der Gedanke an ihre Einsamkeit und an ihre Verantwortung hatte sogar in der Morgendämmerung weiterhin seine Runden um ihr Herz gedreht. Aber im Licht der aufgehenden Sonne veränderte er sich, begann zu leuchten wie der Himmel im Osten. Womöglich sah sie zu schwarz? Sie hatte so vieles für andere erreicht. Warum sollte ihr das nicht für sich selbst gelingen?

Die Verlockung wuchs, sich einen Platz zu erobern und ein neues Leben zu beginnen. Ihre Stärken nicht nur für andere, sondern auch für sich selbst auszuspielen. Wie Mathilde Anneke, die sich lautstark für die Rechte der Frauen einsetzte. Sie war ebenfalls eine Frau, die ihre Tochter ohne Mann durchgebracht hatte. Eine Geschiedene, ein neues Frauenbild mit kraft- und bedeutungsvollen Worten. Ähnlich wie Ida war Hanne dermaßen gegen jede Konvention, dass ihr der Gedanke, als unabhängige Frau durchs Leben zu gehen, ein Lächeln auf die Lippen zauberte und gleichzeitig dafür sorgte, dass der Schwindel in ihrem Kopf zunahm. Wohin sollte sie sich wenden?

Auf dem Sommerberg würden ihre Nachbarn sie auffangen, ihr karges Brot und weniges Geld mit ihr teilen. Sie hielten zusammen und würden sich dankbar an ihren guten Geist erinnern, dessen Kopf sie gewesen war. Aber den Menschen diese hart erarbeiteten und blutgetränkten Gaben wegzunehmen, die sie ihnen beschert hatte … das ging gegen ihre Ehre.

Hanne drehte sich auf den Rücken und starrte an die Decke. Sie ließ den Blick über die dunklen Holzbalken wandern. An Schlaf war nicht mehr zu denken. Wie vom Hexenschuss getroffen schoss sie in die Höhe, ohne den genauen

Grund dafür zu kennen. Was war ihr gerade durch den Kopf geblitzt?

Sie angelte mit den Füßen nach den Pantoffeln und stieg aus dem Bett. Hanne kannte jeden Vorsprung, jede knarzende Diele und ließ darum alle Lampen aus. Niemand, wirklich niemand sollte sehen, dass sie wach war. Bis auf das schmale Fenster neben der Haustür war – aus Angst – alles verrammelt, doch nur ein Dieb von Alwines Umfang hätte sich hindurchquetschen können. Hanne öffnete es leise und kühle Luft flutete das Haus, wischte über ihre nackten Beine unter dem Nachthemd. Obwohl sie in der eisigen Luft fröstelte, streckte sie die Nase vorsichtig in den nahenden Morgen hinaus. Ihr Herz raste, während ihre Augen den im letzten fahlen Mondlicht liegenden Hof absuchten. Alles schlummerte noch unter dem Schleier der Nacht: kein Vogel war zu hören und auch aus dem Stall drangen keine Geräusche, bei den Nachbarn waren alle Läden geschlossen, keine Schatten auf dem Weg, die sich in die Zechen oder zur Hermannshütte schleppten. Keine Schatten, die ihr Angst machen konnten. Dolf und seine Fasana waren verschwunden, aber sie würden bestimmt nicht hinter den nächsten Büschen darauf warten, Hanne bei einem nächtlichen Spaziergang zu erschlagen, um sie vollends aus ihrem Leben zu tilgen. Oder?

Aus den Bäumen hinter den Nachbarhäusern kreischte eine einsame Eule und zerrte Hannes Anspannung wie die gefangene Maus mit auf einen Ast. Der Klang ihres Rufs kam in unzähligen Gruselgeschichten vor, war der Schrei rachsüchtiger Geister, die als Nebelstreife die Welt der Lebenden unsicher machten.

Um Mut zu schöpfen, atmete sie tief ein und aus, entriegelte leise die Haustür und huschte über den Hof. Aus Angst, gleich von hinten angegriffen und gepackt zu werden, pumpte ihr Herz wie wahnsinnig das Blut in ihren wummernden

Schädel. Ihr noch von der Schwangerschaft und Geburt belasteter Körper tat sein Übriges, dass Hanne sich fühlte, als wäre sie eine halbe Stunde bergan gelaufen, als sie in die Nähe des Stalls kam. Keuchend und zitternd streckte sie den Arm aus, um den Balken zu fassen zu bekommen, der ihr versichern würde, dass sie den Zielort unbeschadet erreicht hatte. Das Pochen in ihren Ohren war so laut, dass sie nichts anderes mehr hören konnte. Der erste Schritt einer Reise war immer der schwerste und aufreibendste.

Ratschend riss ihre Fingerkuppe an der scharfen Kante des Balkens auf und ein Splitter senkte sich stechend unter ihre Haut. Sie sog kurz scharf Luft ein, dann triumphierte jedoch die Erleichterung, unentdeckt und einigermaßen heil an dem Ort angekommen zu sein, an den es sie gezogen hatte. Unergründlich war das Verlangen, hierher zu kommen, mitten in der Nacht, in das Revier, das vor einer gefühlten Ewigkeit Dolf gehört hatte.

Das Mondlicht zeichnete schwache Gittermuster auf den Steinboden – das Einzige, was Hanne an das einstige Schicksal ihres Mannes hier erinnerte. Der Fuhrmann, der sich um seine Pferde gekümmert hatte, verblasste wie der sterbende Mond durch die aufgehende Sonne des Räuberhauptmanns, des Rebellen. Nicht mehr alles in diesem Stall atmete seinen Namen. Der Geruch nach getrocknetem Gras, Kräutern, Stroh und Staub beruhigte Hannes Gemüt, wie es Dolfs Sanftheit früher getan hatte. Über allem schwebte der Hauch der warmen und weichen Pferdenasen, die sich ihr aufgeschreckt brummend und gleichzeitig erwartungsvoll entgegenstreckten. Meta schnaubte und forderte eine kurze Streicheleinheit ein, stupste Hanne an und schnüffelte, ob sich in den Falten von Hannes ungewöhnlicher Stallkleidung nicht doch eine Leckerei versteckte. Mit einem weiteren Brummen, das ihre Enttäuschung verriet, zog sie sich zurück, ihre Ohren klappten noch ein Stück nach vorne und sie ließ müde den Kopf fallen. Es gab nichts zu holen, da konnte sie beruhigt weiterdösen.

Hanne beobachtete, wie die Lider des Tieres schwerer wurden und begann zu verstehen, warum Dolf so gerne Zeit mit diesen Tieren verbracht hatte, weit über seine Pflicht hinaus. Nicht nur des Einkommens wegen hatte er Meta und Grete innig gepflegt – bevor die Eitelkeit des Räuberhauptmanns diese Leidenschaft überstrahlt hatte. Umso schwerer würden die Entscheidungen werden, die sie zu fällen hatte. Die beiden schweren, großen Kaltblüter fraßen ihr die Haare vom Kopf, dachte sie mit einem Anflug von Traurigkeit. Wie sollte sie sie allein ernähren? Einen größeren Nutzen für sie, die sie keinen Pflug oder ein Fuhrwerk bedienen konnte, hatten die Pferde kaum. Was Dolf beruhigt hatte, was er geliebt hatte, war für sie ein Klotz am Bein. War das ihre erste Entscheidung? Hatte sie dieses Gefühl hierhergezogen?

Sich von den beiden Stuten zu trennen, wäre zumindest ein deutliches Zeichen gegen ihre Verbundenheit mit Dolf. Ein Zeichen, das ihr obendrein Geld in die Kasse spülen würde. Dringend benötigtes Geld. Sie schüttelte den Kopf. Darüber konnte und wollte sie heute noch nicht entscheiden. Entgegen ihren eigenen Gedanken war sie noch nicht so weit, blieb zerrissen.

Wie in der Schlafstube war sie umgeben von Holz. Die Balken, gröber behauen als im Haus, lagen genauso offen. Hier waren sie allerdings von Spinnweben überzogen, in denen sich Heu und Stroh gefangen hatten. Die hauchdünne Eleganz der Todesfallen für Fliegen war unter einem grauen Trauerflor aus Staub begraben worden. Sie runzelte die Stirn und ging näher heran. Soweit sie es im sanften Mondlicht erkennen konnte, befanden sich an einer Stelle keine Spinnweben und das Holz war beinahe staubfrei, als hätte jemand darübergestrichen.

Ihre Augen verengten sich, als sie genauer hinsah. Etwas, heller als das Braun der Balken und das Grau der Spinnweben, leuchtete ihr entgegen. War es das, was sie hergelockt hatte, was sie hatte finden sollen? Sie hatte Mönkebüscher beobachtet und gesehen, dass er sich an den Balken zu schaffen gemacht hatte, hatte dem aber keine Bedeutung zugemessen. Das änderte sich nun. Etwas Weißes, das in einem engen Spalt in Dolfs Griffhöhe klemmte, schwebte weit über Hannes Scheitel. Sie stützte sich an einem tragenden Balken ab und stemmte sich auf die Zehenspitzen, so gut es ihr in den Pantoffeln möglich war. Wieder ratschte etwas über ihre Finger. Dieses Mal bohrte sich jedoch kein Holzsplitter unter ihre Haut und das weiße Etwas zerfaserte in einem Riss, als sie daran zog. Durch den Ruck löste es sich aus dem Spalt und Hanne taumelte zurück auf die Füße.

Sie ging zu einem der Stallfenster, ließ das Mondlicht auf ihre Hände fallen und entfaltete das Papier, das sie gefunden hatte. Sie hoffte auf einen Schuldschein, einen Vertrag, irgendetwas, das ihr Geld einbringen würde. Was sich aber tatsächlich vor ihr ausbreitete, waren die geblähten Segel eines stattlichen Schiffes, das auf wilden Wellen schaukelte. Dolfs Sehnsucht nach Freiheit spiegelte sich in nur einem Wort, das die Anzeige überschrieb: Amerika.

Ein Mann von Welt

Dolf war zurück. Nach drei Tagen war der Ruf über den Sommerberg gerast, hatte an alle Türen geklopft und die Menschen auf die Straßen getrieben. Eine ausgelassene Menge hatte sich versammelt, um den Helden der Armen ausgelassen zu begrüßen. In einem tadellos sitzenden Frack aus teurem Stoff war er zurückgekehrt, nach der neusten Mode als Mann von Welt gekleidet, und alle starrten ihn an und jubelten ihm zu. Einer der ihren, der sonst nur im einfachen Kittel und mit schäbigem Filzhut herumgelaufen war, hatte es wirklich geschafft, der Armut zu trotzen, den Reichen und dem Adel die Stirn zu bieten. Endlich hatte ihr guter Geist ein Gesicht und einen Namen und sah im schmal geschnittenen Frack, der seinen muskulösen Oberkörper und die langen Beine betonte, auch noch unverschämt gut aus. Der junge Schützenkönig von einst hielt Hof und sein Hofstaat war aus dem Häuschen.

Dankbar und gierig saugte Dolf die Begeisterung in sich auf, als er vorbeistolzierte und unzählige Hände schüttelte. Ein paar Schritte hinter ihm ging Fasana, ließ ihm seinen Ruhm und hielt sich im Hintergrund, strahlte aber wie ein teurer Orden auf seiner Brust. Sie unterstrich die Eleganz des Räuberhauptmanns mit ihrer feurigen Ausstrahlung, ihrer mystischen Aura und dem ebenfalls teuer wirkenden Tageskleid mit burgunderrotem, weitem Rock mit schwarzen Bordüren, welches ihr durch das Korsett eine Wespentaille zauberte. Ihre Haare waren hochgesteckt und nur an ihren

Schläfen ringelten sie sich frei wie zwei sich windende Schlangen. Die letzten Tage waren auch für sie von ungewohntem Luxus geprägt gewesen, sowie von einer Innigkeit, die sie sich zwar immer erhofft, aber niemals für möglich gehalten hatte. Sie hatte ihren Beschützer gefunden, jemanden, der sie vom unsteten Leben und der Kontrolle durch die Männer ihrer Sippe befreite. Die würden es nicht wagen, sich diesem schneidigen Räuberhauptmann entgegenzustellen.

Nach wenigen Metern entdeckte Dolf Heinrich, Friedrich und Grübchen in der Menge und zog sie gutgelaunt an seine Seite. Ein Glückskleeblatt der Rebellion, obwohl es vor allem Heinrich unangenehm zu sein schien, derart in der Anerkennung zu baden. Fast scheu hielt er den Blick gesenkt und stapfte, von Dolf untergehakt, neben ihm her. Er wagte es kaum, seinen Freund auch nur anzublicken. Friedrich und Grübchen hingegen waren vom Zauber des Augenblicks gefangen und suhlten sich in der Aufmerksamkeit der Menschen. Dolf hatte ihnen nichts Konkretes erzählt, bevor er verschwunden war, hatte ihnen aber einen Anteil der Beute und am wachsenden Ruhm der Bande versprochen, sodass sie es ihm nicht nachtrugen, dass er ohne sie gefeiert hatte.

»So wird man zum Helden!«, freute sich Dolf, winkte und warf den Sommerbergern Kusshände zu, bis er in der Menge Hanne ausmachte, die Alwine an der Hand hielt und Wilhelmine auf dem freien Arm sanft auf und ab wippte. Mit großer Geste winkte er ihr, lächelte ihr zu, denn sie war es, die ihn zu diesem Mann gemacht hatte. Ihr Gesicht verdüsterte sich. Die Schwellung, die ihre Wange zierte, pulsierte in dunklen Blau- und Rottönen. Dolf fragte sich kurz, wann sie verletzt worden war, wurde jedoch von den Rufen der Sommerberger abgelenkt und ließ sich feiern.

»Was macht ihr als Nächstes, Dolf? Marschiert ihr nach Berlin?«

»Diesem adeligen Wichtigtuer habt ihr's gezeigt! Bravo! Die da oben müssen mal sehen, wie es uns geht!«

»Mir ist das Rauchzeug ausgegangen! Besorgst du mir was beim Thalberg?«

»Ihr könnt ja die Eisenbahn ausrauben!«

»Du tollkühner Spinnewipp! Danke für deine Hilfe!«

»Gut gemacht! Nicht mehr rumkrakeelen, handeln!«

So ging es, bis sie bei Haselhoff eintrafen und sich ohne große Mühen einen Platz aussuchen konnten. Der Wirt brachte ihnen sogar unaufgefordert fünf Becher Bier und versicherte ihnen, dass sie aufs Haus gingen. Langsam zerstreute sich die Menge auf der Straße oder strömte in die Gaststube, um mit Dolf weiter anzustoßen.

Hanne war fassungslos. Ihr Plan hatte zwar den gewünschten Erfolg und Dolf wurde öffentlich als Held gefeiert, der sich gegen die überkommenen Strukturen auflehnte, aber dennoch stieg ihr bei seinem Anblick Galle in die Kehle. Vor allem, als sie diese Frau hinter ihm laufen sah – als wäre Hanne beim Schützenfest und würde den Festzug des Königspaares betrachten. Sie wollte nicht im Mittelpunkt stehen, doch der Anblick Dolfs und seiner Räuber setzte ein endgültiges Zeichen, dass sie nicht mehr Teil dieser Geschehnisse sein konnte. Sie war verdrängt, ausgetauscht worden gegen eine Jahrmarktswahrsagerin. Das Kind in ihrem Arm begann zu quengeln und riss sie aus ihrem Gedankenstrudel. Sie wandte sich ab und lief dem Gendarmen in die Arme, der hinter einer Ecke stand und sich den Trubel ansah.

»Dann ist es jetzt wohl offiziell, Frau Mohr. Ihr Ehemann ist der Halunke, den ich so verzweifelt suche. Aber bei Ihnen muss ich nicht mehr nachschauen, wenn ich ihn finden will, hat es den Eindruck. Da liegt ein anderes Bett näher.«

»Ach, scheren Sie sich zum Teufel, Herr Mönkebüscher!«

Ihre Worte waren heraus, bevor sie sie zu Ende gedacht hatte. Sie schluckte und fing sich wieder. »Was beweist das hier schon?«

»Für sich genommen, noch nicht viel. Fügt man jedoch alles zusammen, ergibt sich ein recht stimmiges Bild von einem ausgebufften Räuber, der sich als Robin Hood aufspielt. Kennen Sie das Ende von Robin Hood oder nahezu jedem Rebellen? Der wahre Herrscher kehrt zurück. Was einem Gesetzlosen dann droht, muss ich wahrscheinlich nicht ausführen. Niemand braucht auf Dauer einen Rebellen, Frau Mohr. Ich hatte gehofft, dass sich die Sache mit einem einfachen Prozess wegen ein paar Bagatellen und vielleicht einer geringen Haftstrafe lösen würde, aber langsam erklimmen wir einen Gipfel, von dem es nur in einer Lawine abwärts gehen kann.«

»Wenn Sie meinen. Ich glaube nicht, dass Ihre Lawine uns mitreißt. Was bedeutet es schon, sich feiern zu lassen? Welche bestimmte Tat können Sie meinem Mann denn nachweisen? Hat er Ihren rostigen Vogelbauer gestohlen?« Sie lächelte ihn kühl an. Natürlich hatte sie von Mönkebüschers Versuchen, den Sommerberg zu erkunden, erfahren. »Die Wege des Klatsches und Tratsches sind kurz.«

»Unterschätzen Sie mich nicht, Frau Mohr. Nur, weil man mich nicht wahrnimmt, heißt das nicht, dass ich nichts mitbekomme oder nichts unternehme. Außerdem habe ich inzwischen Zeugen und zwei sehr bestrebte Amtskollegen an der Seite, die genauso entschlossen sind wie ich, diesem Treiben ein Ende zu setzen. Haben Sie gehört, dass es eine Belohnung gibt für denjenigen, der den Gauner fängt und übergibt? Eine ordentliche Summe, die so manchen in Versuchung führt. Da bin ich mir sicher.«

»Überlegen Sie sich das gut.« Hanne hob ihre Hand und deutete in weiter Geste auf die Menschen am Wegesrand.

»Jetzt jagen Sie keinen einfachen Räuber mehr, sondern wollen einen Helden zur Strecke bringen. Den Helden sehr vieler Menschen. Handeln Sie also mit Bedacht.«

Mönkebüscher brach in Lachen aus und wischte sich Tränen aus den Augenwinkeln, bevor er zu ihr herantrat und sie ansah. Wilhelmine begann zu weinen, während Alwine zurückwich und Hanne ein Schlucken unterdrücken musste. Sie konnte beinahe die Pomade in seinem Haar und einen Hauch feinen Rasierschaums oder gar Eau de Cologne an ihm riechen, derart nah kam er ihr.

»Vorgegaukelter Adel schützt nicht vor dem Gesetz, und ich setze auf die Geldgier der Leute. Was bedeutet da schon ein Name? Die Revolutionen sind so gut wie niedergeschlagen, auch wenn es noch niemand wahrhaben will. Der König hat das geschickt gelöst, ohne zu viel von seiner Macht zu beschneiden. Mitbestimmung durch Gesindel wie ihn«, er deutete auf Dolf, »oder gar durch Frauen wie Sie ... lächerlich! Verrat nenne ich das. Wir treiben im Namen Seiner Majestät alle Aufrührer aus dem Land oder sperren sie für den Rest ihres Lebens hinter Gitter. Dasselbe habe ich mit Ihrem Räuberhauptmann vor. An Ihrer Stelle und angesichts der neuen ... Präferenzen Ihres Mannes würde ich mir Gedanken machen, ob ich mit diesem Boot untergehen möchte. Sie sind Mutter und sollten Ihren Kindern zuliebe eine vernünftige Entscheidung treffen, Frau Mohr.« Mönkebüscher tippte sich an den Helm. »Ich gebe Ihnen etwas Vorsprung, das erhöht den Reiz der Jagd, aber seien Sie sich gewiss: Sie hat begonnen und die Meute lechzt nach Blut.« Der Gendarm verschwand in der Nebenstraße, als hätte es ihre Unterhaltung nie gegeben.

Hanne war sich sicher, dass Mönkebüschers Polizeidiener durchaus real waren und auf seinen Befehl warteten. In ihr verschmolz die Wut auf Dolf mit der Angst um sein Leben. Sie war an seinem Weg mit schuldig, und obwohl er sie so gedemütigt hatte, musste sie ihn warnen. Oder wenigstens Heinrich. Sie spurtete los und ignorierte das Protestgeheul ihrer Kinder, die sie im Laufen durchschaukelte oder hinter sich her schleifte.

Bei Haselhoff angekommen, musste Hanne sich durch eine bierselige Menschentraube zwängen. Sie entdeckte Trine und bat sie, auf Alwine und Wilhelmine achtzugeben. Die Gaststätte war bis auf den letzten Platz belegt, das Lachen spannte sich wie eine dicke Decke über den Raum und der Tabakrauch waberte zwischen den Zechern. Man nickte ihr zu, als sie sich zwischen kohlschwarzen Kitteln und dem Geruch nach Schweiß, Erde und Vieh hindurchdrängelte und nach Dolf Ausschau hielt. Verlebte Gesichter, breite Mäuler mit Zahnstümpfen und klebriger Bierdunst stellten sich ihr entgegen. Vom anderen Ende des Raumes schallte Dolfs markantes, dunkles Lachen herüber, das mühelos das Stimmengewirr übertönte.

Resolut schob sie den letzten Rücken zur Seite, der ihr den Weg versperrte, und erstarrte. Ihr Ehemann lag mehr auf der Bank, als dass er saß. Seine geschworenen Brüder flitzten wie Ratten um ihn herum. Ganz nah bei ihm räkelte sich das Weibsbild, wovon es in der Gegend sicherlich kein zweites geben konnte. Ihr mit schwarzen Locken gesegneter Kopf schmiegte sich an Dolfs Schulter. Jede einzelne Strähne erinnerte Hanne an eine Natter, die ihr Opfer mit süßem Gift lähmte. Dennoch wirkte es auf Hanne, als hätte Fasana es sich übergestülpt, um eine bestimmte Rolle spielen zu können. Die Frau hatte die Lider halb geschlossen und döste vor sich hin, dennoch schimmerte die Glut, die hinter ihnen lag, in die Welt. Wie beiläufig und selbstverständlich streichelten ihre Finger Dolfs Brust, während sie Rauchkringel aus einer schmalen Pfeife aufsteigen ließ. Hanne war entsetzt.

Ein perfektes Paar saß vor ihr. Leugnen ließ sich bei diesem Bild der Innigkeit nichts mehr, wie sie draußen noch gehofft hatte. Niemand störte sich offenbar daran, dass diese Hure nicht mit Dolf verheiratet war. Für alle Welt schien sie ein Teil von ihm, mit ihm verwachsen zu sein. Alle Worte, die sie sich zurechtgelegt hatte, verschwanden in den Schwaden, die den Raum vernebelten. Hanne wurde kalt. Steif wie ein Eiszapfen starrte sie auf das Bild vor ihr. Fassungslos, obwohl sie nach dem Auftritt auf der Straße kaum etwas anderes erwartet hatte. Aus der Nähe wurde dieses Gemälde des Verrats um einiges klarer. Ihre Gedanken waren ausgewischt.

»Was tust du hier?« Eine Hand legte sich auf ihre Schulter und zog sie in ihrer Erstarrung fort aus dieser Szene.

Erst vor der Tür regte sich ihr Kopf und sie erkannte Heinrich, der sie am Arm nach draußen gebracht hatte und sie mit bleichem Gesicht ansah. »Ich wünschte, du hättest das alles nicht gesehen. Angefangen bei der Kutsche«, wisperte er, dicht an ihrem Ohr. Seine Wärme taute sie etwas auf, trotzdem war sie nicht in der Lage zu antworten. »Nicht gut, gar nicht gut. Du hättest nicht kommen sollen! Jetzt hat sie vor aller Augen erreicht, was sie erreichen wollte. Sie hat dich gedemütigt und deinen Platz eingenommen. Genau das hat sie herbeigesehnt!«

Ähnlich durcheinander wie Heinrichs Worte waren auch Hannes Gedanken. Sie wusste nicht, was sie tun sollte, und Heinrich, der wie ein Raubtier in der Falle begonnen hatte herumzuwandern, war ihr dabei keine Hilfe.

»Ihr Plan geht auf«, murmelte er. »So hatte ich mir das nicht gewünscht. Ich wollte nur, dass du in Sicherheit bist, wo alle hinter ihm her sind. Du musst für die Kleinen da sein …«

Hanne erwachte aus ihrem Dämmerzustand, machte einen Schritt auf ihn zu und packte ihn am Arm. »Was ist da drinnen los, Heinrich? Wer ist dieses Weib bei Dolf, diese Fasana?«

Statt zu antworten, malte er mit seinem Fuß Kreise in den Staub.

Hanne stellte sich auf die Zehenspitzen und griff nach seinem Ohrläppchen. Stellvertretend zuckte Alwine zusammen, die auf dem Schoß der Witwe in der Nähe hockte, und beobachtete ihre Mutter mit großen Augen. Wie einen ungehorsamen Schuljungen zog sie Heinrich auf ihre Größe herunter.

Er prustete vor Schmerz, Schweißperlen zeigten sich auf seiner breiten Stirn. Durch Zappeln versuchte er freizukommen. Seine Lippen hielt er versiegelt.

»Ich dachte, ich bedeute dir etwas! Dass wir Freunde wären. Aber jetzt kriegst du dein Maul nicht auf, wenn es wirklich um etwas geht!«, zischte sie und sah seinen Adamsapfel aufgeregt unter seinem Schlucken hüpfen. Sie kniff fester zu. »Jetzt rede endlich! Oder willst du lieber warten, bis der Mönkebüscher auftaucht?«

Heinrich jaulte auf. Einige der Männer rundherum zeigten auf den Riesen im Foltergriff einer zierlichen Frau und lachten. Endlich knickte der Koloss ein, signalisierte ihr stöhnend mit erhobenen Händen, dass er sich ergeben wollte. Hanne ließ von ihm ab. Schmollend rieb Heinrich sich das rot pulsierende Ohr.

»Die anderen haben ... also Grübchen ... verdammte Hacke! Ich weiß nicht, wie ich es sagen soll ...«, stammelte er.

Hanne verdrehte die Augen und stemmte die Hände in die Hüften.

»Schon gut.« Beschwichtigend hob er ein weiteres Mal die Hände. »Du hast für deren Geschmack zu viel Macht über das Tun der Bande. Schließlich seien wir geschworene Brüder und kein Weiberkränzchen. Sagt Grübchen. Wir hätten eine Hauptfrau statt eines Hauptmannes. Das passt ihm nicht, gerade *weil* du immer recht hattest. Er ... ihm sind alle anderen egal. Für sich selbst braucht er Geld – und Ruhm. Darum hat er sich an Dolf gezeckt und erst einmal mitgespielt, bis er seine Chance gewittert hat. Wie Friedrich auch. Die beiden haben Fasana geholt, damit sie Dolf ablenkt. Damit er dir fernbleibt.«

Trotz der dunklen Welle der Wut, die in ihr gen Strand rollte und sich an groben Riffen brach, konnte es Hanne nicht verhindern, dass die zarten Tränen wuchsen und aus ihren Augen sprossen.

»Du bist ganz bleich. Setz dich lieber.« Heinrichs Hand legte sich um ihren Oberarm und wurde zu ihrer Stütze, als sie zu schwanken anfing. Er war so nah, dass seine Wärme in ihr Herz strömte und es aus der pechschwarzen Flut spülte, in der es seit einiger Zeit gedümpelt hatte. Ein Stich jagte durch ihren Körper. Mit sanftem Druck zwang Heinrich sie, sich hinzusetzen, schwach zu werden, sich fallen zu lassen. Er kniete sich neben sie und seine Hand streichelte ohne Unterlass ihre Arme.

Er schluckte. »Es tut mir alles so leid, Hanne. Ich hätte es verhindern müssen.«

Ihr war nicht zum Lächeln zumute, dennoch versuchte sie es. Um seinetwillen.

»Du bist in diesem Stück nicht der Böse, Heinrich. Du trägst keine Verantwortung für das, was Dolf tut. Die anderen mögen sie ihm zugeführt haben, aber entschieden, sich ihr zuzuwenden, hat er ganz allein. Diese Frau ist nur die Krönung dessen, was das Räuberdasein aus uns gemacht hat. Alle Wünsche und Pläne sind zunichtegemacht«, sagte sie. Widerlich braun brodelten Angst, Wut und Trauer als giftige Mischung in ihrem Magen. Hanne setzte sich auf und sah Heinrich an. »Ich habe nicht viele Möglichkeiten. Allein werde ich es schwer haben. Ohne Ernährer. Was bleibt mir?«

»Ich verstehe dich. Du weißt, dass ich … an … auf deiner Seite bin. Immer. Es tut mir leid, dass ich nicht …«

Seine Bartstoppeln kitzelten ihre Handfläche, als sie ihn sanft im Gesicht berührte. »Ich bin eine verheiratete Frau. Daran wird sich so schnell nichts ändern. Ich kann dir nichts versprechen. Nur meine Freundschaft.«

Unter ihren Fingerkuppen sanken Heinrichs Mundwinkel, doch er erwiderte nichts darauf, sondern lenkte auf ein anderes Thema. »Warum bist du hergekommen, Hanne? Was hat dich zu Haselhoff geführt?«

»Mönkebüscher hat mich bei eurem Triumphzug angesprochen. Er hat wohl endlich Zeugen, und jetzt, wo Dolfs Name öffentlich ist, wird er zuschlagen. Er hat mir Vorsprung gegeben und ich … ich wollte Dolf einen Vorschlag machen. Ich habe nämlich etwas gefunden. Einen Wink auf einen Neuanfang. Du weißt, dass Mönkebüscher mir einen Besuch abgestattet und alles durchsucht hat. Aber er hat nichts entdeckt, bis auf das hier.« Sie zog das gefaltete Blatt aus ihrer Schürze, das sie aus dem Stall geholt hatte, bevor sie aufgebrochen war. In der Hoffnung, die Ereignisse bei der Kutsche seien ein Versehen gewesen, ein Missverständnis. Nur das Werk dieser Fasana. »Ich habe den Gendarmen beobachtet, und diesen Zettel hat er im Stall zwischen zwei Balken gefischt. Gute Spürnase, allerdings schlampig im Vertuschen. Nach der Durchsuchung war der Zettel sichtbar. Es scheint Dolfs Traum zu sein und ich wollte ihm sagen, dass das auch mein Traum sein könnte. Hier wird alles zu heiß. Ich will mit ihm fortgehen, alles hinter mir lassen. Meine Schwester macht Ärger, die Gendarmen … der Schuss auf Margarethe. Diese Fasana …«

Heinrich klappte das Papier auf und betrachtete es mit gerunzelter Stirn. »Das … nach Amerika?« Er hob den Blick, seine großen Augen spiegelten seine Sorge.

»Ein Neuanfang. Dort, wo einen niemand kennt. Wo es Land gibt, wo das Volk regiert. Wo die Erinnerung verblassen kann. Amerika hält rosigere Aussichten bereit als ein Land, das sich finden wollte und dennoch im Gegeneinander gefangen bleibt. Das zu feige ist, etwas zu ändern. Gegen den Willen der meisten Menschen.«

»Aber die Überfahrt! Die Ungewissheit! Man hört so vieles. Krankheiten an Bord der Schiffe, schwere Stürme, Dreck und Seekrankheit. Doch wieder Ausbeutung und Gewalt. All das Fremde.«

»Besser, einen neuen Acker auf freiem, fruchtbarem Land anlegen, als auf der verbrannten Erde der Heimat krankes Korn auszusäen. Das dachte ich wenigstens – bis diese Hexe mir meinen Mann gestohlen hat. Trotzdem muss ich ihn warnen.«

»Vielleicht ist es ja nicht zu spät …«

Sie legte ihm ihre Hand auf die Wange und schaute ihn an. »Könntest du jemanden lieben, der dich derart betrogen hat?«

Heinrich schüttelte den Kopf. »Betrügen wir nicht alle irgendwann? Ich weiß, was Dolf tut, ist ein Verrat an eurer Ehe, aber … könntest du mich …«

»Heinrich, halt! Bitte, sprich es nicht aus. Du bist sein Freund und ich kann nicht … Ich wünschte, ich könnte, aber dieses Leben …« Hilflos rieb sie sich die Stirn. »Es war alles so falsch. Ich begreife allmählich, was ich getan habe, was mich angetrieben hat. Dass ich meinen Rachegedanken vieles geopfert habe. Schau nicht so, ich bitte dich. Aber so war es. Ich habe anderen geholfen, ja, aber dahinter flatterten Zorn und Angst gleichermaßen als zerrissenes Banner eines Feldzuges gegen einen Mann, der mich verletzt hat. Das werde ich nicht wiederholen, vor allem dich nicht mit hineinziehen.« Sie seufzte. »Ich weiß jetzt, dass die ganze Idee ein Fehler war. Schon wie alles begonnen hat. Er bildet sich ein, ein bescheidener und demütiger Helfer zu sein. Wusstest du, dass seine Stiefmutter sogar behauptet, Dolfs Vater sei gar nicht sein richtiger Vater? Ein Blaublütiger hätte seine Mutter verführt und sie habe das Kind eines Adeligen mit großgezogen? Diese Geschichte tauchte in meinem Kopf auf, als ich mit Ida Anneke gesprochen habe. Vielleicht stimmt das sogar, bei seinem Drang, etwas Besonderes zu sein. Das würde einiges erklären.«

»Ändert nichts mehr, ob ausgedacht oder nicht.« Heinrich zuckte mit den Schultern. »Was nun?« Er verfiel nach dem für ihn ungewöhnlichen Redeschwall zurück in seine fast stumme Zurückhaltung.

Hannes Zeigefinger tippte gegen ihr Kinn. Über eine Antwort musste sie nachdenken. »Als Erstes schaffst du ihn und die anderen da raus. Verräter oder nicht, ich fühle mich verpflichtet, dem guten Geist zu helfen. Hinter dem Haus habe ich eine volle Wäscheleine gesehen. Es waren zwar hauptsächlich Frauenkleider, aber vielleicht findet ihr etwas, um euch zu verkleiden und unbemerkt zu verschwinden, bevor der Mönkebüscher oder dieser andere Polizeidiener hier auftaucht. Übrigens, der Gendarm sprach von einem Kopfgeld und ›zwei sehr fähigen Amtskollegen‹. Das solltet ihr wissen. Sie werden euch jagen.«

»Und was ist mit dir?«

»Am liebsten würde ich denen zeigen, dass ich mich nicht einschüchtern lasse. Dolf würde ich unter die Nase reiben, dass ich ohne ihn zurechtkomme. Ich bin stark genug, allein nach Amerika zu gehen!« Erst als sie es aussprach, verstand sie, dass sie es tatsächlich allein schaffen konnte, schüttelte jedoch ungläubig den Kopf. Zu stark stemmte sich ihre Liebe und Treue gegen diese Erkenntnis. Heinrichs breites Grinsen führte sie von diesen Grübeleien fort.

»Das würde ich gerne erleben, das Spektakel, dass unserem Hauptmann etwas unter die Nase gerieben wird. Dolf ist zwar mein Freund, du bist mir aber ebenso … wichtig.

Darum helfe ich dir.« Er sah sich um und beugte sich zu ihr. »Dolf hat über einen Besuch beim Kolonen Märtmann nachgedacht, dessen Speisekammer immer zum Bersten gefüllt ist. Bauer und Bäuerin sind fett wie Wildschweine. Da lohnt es sich, etwas aufzuräumen. Ich gebe dir Bescheid – je nachdem, wie es heute ausgeht.«

»Wie wollt ihr das anstellen? Die Kammer liegt im ersten Stock, da kommt ihr doch nie ran.«

Heinrich – oder vielmehr Dolf – schien auf alles eine Antwort zu haben. Das Werkzeug sei schon besorgt, Dolf habe einen Plan ausgeheckt, bevor er die Kutsche gestohlen habe, erzählte ihr Heinrich, aber die neue Aufmerksamkeit und ihre Warnung konnten alles verzögern.

Hanne legte ihm ihre Hand auf den Unterarm und betrachtete ihn eindringlich. »Du sagst mir Bescheid, wann es losgeht. Egal, wie lange das sein mag. Ich höre mich um und halte meine Augen nach Gendarmen und Polizeidienern offen. Jetzt geh. Ich werde zusehen, dass ich mit einem Zeugen spreche und ihn zur Vernunft bringe.«

Heinrich nickte und verschwand in der Gaststätte. Sie vernahm, wie drinnen gesprochen wurde und Stühle über den Boden schrappten. Dazu meinte sie, Gemurmel in den Seitenstraßen zu hören. Befehle, die gehisst wurden. Schwere Sohlen, die sich näherten. Ruhm schützte sich, er machte angreifbarer. Die Gendarmen rückten an. Hanne musste sich beeilen, hatte aber keine Ahnung, wie sie ihrer Schwester, die sie hinter Mönkebüschers Zeugen vermutete, entgegentreten konnte. Aber sie musste es versuchen, schließlich war vieles hiervon auf ihrem Mist gewachsen.

Ein schlechter Plan

Herbst 1848

Wie ein Wispern im Wind war Hanne Monate nach dem triumphalen Einzug der Räuber und ihrer Flucht vor dem Zugriff der Gendarmen zugetragen worden, dass man sich wieder regen wollte. Heinrich hatte ihr den Stallburschen von Haselhoff geschickt, der ihr die Nachricht von ihm überbracht hatte. Wie bei ihm üblich waren keine unnötigen Worte geflossen. Hanne wusste nur, dass sie es einmal mehr auf den reichen Hof der Märtmanns abgesehen hatten und sie auf Heinrich warten sollte. Wann genau er auftauchen würde, hatte er nicht mitteilen lassen, was wahrscheinlich der Tatsache geschuldet war, dass auf den Hügeln und in den Wäldern ringsherum ein Katz-und-Maus-Spiel zwischen Räubern und Gendarmen tobte. Gefasst hatten die Ordnungshüter noch kein Blatt des Klees – oder ihren weiblichen Anhang.

Hanne hatte in dieser Zeit Gerüchte gehört, dass die Bande in verschiedene Läden und Lager eingestiegen war. Mit den Gendarmen im Nacken. Die Trine hatte ihr atemlos berichtet, wie an einem Nachmittag plötzlich mindestens fünf Polizeidiener um ihr Haus geschlichen seien und alles abgesucht hätten. Später hätte sie Dolf unter einem Misthaufen hervorkrabbeln sehen. Zwar machte es sie stolz, zur Flucht des guten Geistes beigetragen zu haben, andererseits mäkelte sie, wie würdelos es für einen Mann sei, sich unter dem Mist anderer

Leute zu verkriechen und diese ungefragt mit in ein Spiel zu ziehen, das sie nicht spielen wollten.

Ein anderer Nachbar berichtete Hanne davon, dass die Räuber in Frauenröcken vor ihren Verfolgern geflohen seien, was ihr trotz ihrem Ärger über Dolf ein Lächeln auf die Lippen gezaubert hatte. Das hätte sie zu gern mit eigenen Augen gesehen, obwohl sie zutiefst verletzt war.

In den Nächten hörte Hanne immer wieder eiliges Hufgetrappel oder unheimliches Geflüster auf dem Hof. Noch sorgfältiger als sonst verbarrikadierte sie alle Läden und Türen, um sich und ihre Kinder zu schützen. Ob vor den Gendarmen oder vor ihrem eigenen Ehemann, konnte sie nicht sagen. Vermutlich vor beiden gleichermaßen. Sie alle stellten eine Gefahr für ihre kleine Familie dar. Immerhin ließen Mönkebüscher und seine Helfer Hanne in Frieden und tauchten nicht bei ihr auf. Zumindest nicht offiziell.

Wenn sie das Haus verließ, konnte sie auch niemanden entdecken, der sie überwachte. Mönkebüscher schien ihr entweder keine Beteiligung an den Diebstählen und Überfällen zuzutrauen oder schätzte ihre Bedeutung für den zu fangenden Räuberhauptmann als zu gering ein, als dass er sich über sie den Kopf zerbrechen musste. Im Grunde hatte er mit dem zweiten Punkt sogar recht.

Somit konnte sie sich unbehelligt bewegen und auf den heutigen Abend vorbereiten. Alwine und Wilhelmine hatte sie zum Haus ihrer Mutter gebracht. Elsabena und Diedrich kamen nicht länger infrage, denn Hanne war fest davon überzeugt, dass diese ›Zeugen‹, die Mönkebüscher angeführt hatte, lediglich eine einzige Person war: die rachedurstige entthronte Schützenkönigin Elsa mit ihrem verwelkten Herzen, das unentwegt Gift durch ihre Adern schleuste.

Ihre Gedanken wanderten zu ihren Kindern und schnürten ihr die Luft ab. Anders als die anderen war Wilhelmine gezeugt worden, als sie und Dolf sich bereits verändert hatten – im Rausch eines Verbrechens. Sie war ein Räuberkind. Schon heute fürchtete sich Hanne vor dem, was irgendwann aus ihrem kleinen Mädchen werden würde. Es hatte nur dann eine Chance auf ein aufrechtes Leben, wenn Hanne es schaffte, ihren Mann – den Fuhrmann, nicht den Hauptmann – aus den Klauen dieser Hexe und seiner Räuber zu befreien und zurückzugewinnen. Andernfalls …

Zu ihrer Erleichterung klopfte es an die Tür und unterbrach ihre hypothetischen Überlegungen. Als sie ins Freie trat, fand sie den Koloss hinter einem der Sträucher in ihrem Garten. Stumm nahm er ihre Hand und zog sie auf den Weg bergab. Erst als sie auf den mit Gestrüpp überwucherten Nebenpfaden unterwegs waren, erhellte sich sein Gesicht. »Es tut gut, dich zu sehen.«

Hanne drückte seine Hand und lächelte. »Die letzte Zeit war anstrengend. Die Nachbarn haben mir einiges erzählt.«

»Fast wie die Hölle brennt der Blick aller auf unseren Rücken. Der Thalbergs, der der Sommerberger und vor allem der der Gendarmen. Wie ein aufgescheuchter Schwarm Hornissen. Alle wollen was von uns.«

»Das Kopfgeld war das Zünglein an der Waage. Der normale Sold hat ihnen scheinbar nicht gereicht.«

Heinrich nickte. »Scheint so.«

»Wie geht es dir dabei?«

Heinrich wog den Kopf hin und her, als müsste er seine Gefühle erst sortieren. »Mir wird das zu viel. Dolf mag dieses Leben genießen. Ich nicht. Ich wollte nur helfen und jetzt will ich eigentlich nur meine Ruhe.« Er sah sie an. »Eine Frau, ein Haus, genug zu essen. Arbeit. Das würde mir reichen.«

Hannes Blick streifte Heinrich. Wäre er bereit, für diese Vorstellung von Glück seinen Freund zu verraten? Nein. Solchen Unfug verbannte sie gleich wieder aus ihrem Kopf.

Anständig und gutmütig, wie der Koloss war, hatte er Besseres verdient. Bis jetzt stand er bei jeder Gelegenheit – und Dummheit – loyal zu seinem Freund, oder? Und zu ihr.

»Du bist ganz außer Atem. Es ist noch früh. Wir rasten eine Weile.« Ohne auf ihre Antwort zu warten, führte er sie zu einem umgestürzten Baum am Wegesrand, fast so, als könnte er in ihr Inneres hineinsehen und als müsste er ihr seine Treue und Fürsorge beweisen.

Vielleicht konnte er Dolfs Platz einnehmen und sich um sie kümmern, malte Hanne sich bei dieser Fürsorglichkeit erneut aus. Diesen Gedanken verwarf sie allerdings genauso schnell wie die über seinen möglichen Verrat. In Sachen Liebe hatte der Koloss etwas Besseres verdient.

»Zum Glück geht es bergab«, seufzte sie, dankbar für die Pause, und ließ sich auf das mit Moos überzogene Holz sinken.

»Ist nicht mehr weit. Aber … bist du dir sicher? Noch hat er dich nicht gesehen.«

»Ich habe mich entschlossen, nicht kampflos aufzugeben. Dafür ist die Rebellin in mir zu stark.« Sie lachte auf, doch es klang nicht fröhlich. »Ich stelle mich nicht tot! Seine grenzenlose Gier und Überheblichkeit haben uns in diese Lage gebracht.« Als sie es aussprach, rumorte es in ihr, dass das nur der halben Wahrheit entsprach. Sie blieb jedoch dabei. »Ich wollte den anderen helfen, den mittellosen Sommerbergern, aber er hatte immer nur sich selbst im Sinn. Dieses Weib an seiner Seite ist lediglich der Schatten seines Größenwahns! Ich will den alten Dolf zurück, Heinrich.«

»Es war mein letzter Versuch, dich von deinem Vorhaben abzubringen.«

Hanne tätschelte seinen Oberschenkel. »Es passiert schon nichts. Ich will einfach mit ihm sprechen und ihn warnen.«

In die Pause, die ihren Worten folgte, schrie ein Käuzchen seinen einsamen, schaurigen Ruf. Sie beide kannten den

Aberglauben, dass es damit den nahen Tod ankündigte. Es wurde kalt und Hanne zitterte. Dolf zu einem Helfer der Armen zu formen, hatte nicht gewirkt. Ihn zum Rebellen zu machen, ebenso wenig. Amerika würde er als Berühmtheit wahrscheinlich nicht mehr in Betracht ziehen, aber noch konnte sie ihn nicht aufgeben. Sie wusste, dass diese Tatsache Heinrich das Herz brach.

Wie den Trommelschlag einer beginnenden Schlacht konnte man in der Ferne, auf einem der breiteren Wege, Hufe klackern hören. Mittlerweile hatte sich die Schwärze der Nacht über den Hügeln ausgebreitet und sie legte ihren Mantel auch über Heinrich, Hanne und ihre Worte.

Sie lagen nebeneinander auf der kalten Erde, doch Dolf spürte nur die Hitze, die von Fasanas Körper in seinen strömte. Wie eben in der Scheune, wo sie sich noch näher gewesen waren. Ihre Hand spielte mit seinen Haaren und strich über seinen Nacken, als lägen sie auch jetzt zusammen im Heu, entspannt und ausschließlich mit ihrer Zweisamkeit befasst.

Vor ihnen ragte nun ein großes Fachwerkhaus auf, das Dolf schon mehrmals auf seinen Raubzügen heimgesucht hatte. Er erinnerte sich an die Wette, die Bauer Engelbert ganz klar verloren hatte, als er ihm ohne große Mühe das fetteste Schwein aus dem Stall gestohlen hatte. Danach hatten ihm die meisten Stalltüren weit offen gestanden und ihn hereingebeten – so auch die der Märtmanns, die ihn und seine Männer genauso fürchteten wie ihr Standesgenosse Engelbert und den Räubern lieber freiwillig Einlass in ihre Scheune gewährt hatten. Heute näherten sie sich von der Rückseite des Hauses, wo ein alter Hain mit Obstbäumen lag. Sie hatten es auf andere Beute abgesehen. Dolf und Fasana versteckten sich dicht am grauen Stamm einer der Bäume, wo die abgefallenen Blätter ein weiches Bett bildeten, und beobachteten das Treiben hinter den Fenstern. Da es bislang lebhaft zugegangen war, war der Zeitpunkt für seinen Plan noch nicht gekommen und er konnte sich mit Fasana befassen. Sanft zog er sie näher, streichelte ihre Wange und küsste sie. Ohne zu zögern, ging sie darauf ein und ließ ihre Zunge über seine tanzen. Sie hätte sich ihm wahrscheinlich ganz hingegeben, im letzten Moment erinnerte er sich jedoch daran, dass rundherum Neugierige unterwegs waren, die nur auf eine solche Vorstellung warteten. Und Dolf war kein williger Schauspieler. Es war ihm ein Rätsel, wie es diese Frau jedes Mal schaffte, ihn einzig mit ihrer Anwesenheit aus der Gegenwart zu reißen und sein Herz schmerzhaft pulsieren zu lassen. Und weitaus mehr als sein Herz!

Klauenartig krallten sich die Zweige der Bäume über ihnen in den düster werdenden Himmel. Das Licht, das aus der Stube nach draußen sickerte, warf dürre, blätterlose Schatten. Geduckt näherte sich Grübchen mit einem der neuen Räuberanwärter im Schlepptau. Obwohl die Gendarmen in aller Öffentlichkeit und mit neuer Kraft Jagd auf die Diebe machten, waren ihnen Hilfsangebote von Tagelöhnern und verlorenen Gestalten zugetragen worden, die Teil ihrer Unternehmung sein wollten. Dolf kannte diesen Mann nicht sehr gut, aber Grübchen hatte ihm versichert, dass er zu ihren eingeschworenen Brüdern passen würde. Bei jedem Schritt schaukelte zwischen den beiden Männern eine lange Leiter hin und her, die sie unter der Remise des Hofes aufgetrieben hatten.

»Wir haben sie. Genau, wie du gesagt hast«, flüsterte Grübchen und ging neben Dolf in dic Hocke.

»Gut. Wir warten noch. Dieses Mal haben wir uns nicht so höflich wie sonst angekündigt, damit der Bauer uns eine milde Gabe besser vor als hinter die Stalltür stellen kann.« Dolf grinste. Mittlerweile genügte es oft wirklich, einen Zettel an die Stalltür zu schlagen, um zum Ziel zu kommen. Die fetten Kolonen hatten mehr Angst vor der Zerstörung ihres Eigentums als vor dem Verlust eines Schweins oder von ein paar Säcken Kartoffeln.

Grübchen rieb sich das Kinn. »Wenn wir schon Zeit haben … Ich wollte dir einen Vorschlag unterbreiten.«

Gleichzeitig stützten sich Dolf und Fasana auf ihre Unterarme. Aus Fasanas Zügen las Dolf, dass sie sich für ein Gefecht mit Grübchen wappnete. Er mochte sie zwar zusammengeführt haben, doch sie verabscheute ihn und hasste seine schmierige Art, wie sie ihm mehrfach gesagt hatte.

Dolf ahnte, was kommen würde. »Was?«, blaffte er so leise wie möglich, um keine Vertraulichkeit oder Freundschaft anklingen zu lassen. Selbst nach all der Zeit begegnete er diesem Heiopei mit Argwohn. Dennoch war er auf seine Mitarbeit angewiesen. Allein oder lediglich mit Heinrich als Helfer wäre der Plan kaum durchzuführen. Wo steckte der Koloss überhaupt? Er war spät dran.

»Ich meine … Dieses Vorhaben kann fette Beute bringen, ist aber knifflig. Wäre es da nicht mehr als angemessen, wenn wir uns mal nur um uns und unser eigenes Wohlbefinden kümmern würden? Obwohl ich mir hier den Hintern abfriere, im Matsch wate und meinen Kopf riskiere, knapse ich ständig an allen Ecken und Enden! Jetzt, wo wir wahre Räuber und Berühmtheiten sind und deine Johanna mit ihrem übertriebenen Gerechtigkeitssinn fort ist, könnten wir für uns selbst sorgen statt für andere. Wenigstens einmal.«

Ohne Vorwarnung drehte sich Dolf, kam auf die Knie, packte Grübchen am Halstuch und durchbohrte ihn mit einem warnenden Blick. »Ich kenne dich! Deine Ablehnung gegen Hanne habe ich schon lange durchschaut. Halte dich besser mal zurück, sie ist immer noch meine Frau und bei allen beliebt.«

Grübchen ließ sich davon nicht beirren und starrte zurück, ohne zu zwinkern oder zurückzuweichen. »Durchschaut?«

Er lachte. »Warum liegt dann die Hexe neben dir und nicht deine geliebte Angetraute? Gib es zu, Dolf Mohr, du liebst deine Rolle mehr als jedes Weib. Den Ruf des Wohltäters hast du sicher, auch wenn wir nicht alles herschenken, sondern die eigenen Taschen etwas reichhaltiger füllen.«

Dolf packte Grübchens Knöchel und riss ihn von den Füßen. »Wir tun das nicht für uns.«

»Das glaubst du wohl selbst nicht!« Grübchen rappelte sich auf.

Dolfs Rücken brannte unter den neugierigen Augen Fasanas, die nicht gewillt schien, in den Streit einzugreifen. Hanne wäre da …

»Doch. Genau das tue ich. Wir ziehen das hier durch. Die Sommerberger zählen auf uns. Müssen wir das gerade jetzt besprechen? Kurz bevor wir die Leiter anlegen?« Dolf reckte seinen Arm in Richtung des Bauernhauses, wo das Licht in der Stube erlosch und wenig später schwankend im oberen Stockwerk auftauchte. Eine füllige Gestalt, die einen Großteil des Lichtscheins verdeckte, lehnte sich oben aus einem der Fenster.

Die Räuber hielten den Atem an und kauerten sich zusammen. Hatte der Bauer ihren Streit gehört? Offensichtlich nicht, denn er hantierte mit den Riegeln der Windladen und zog diese schwungvoll zu. Um die Räuber herum breitete sich tiefe Stille aus. Bald würden sie zuschlagen können.

Grübchen dachte jedoch nicht daran, die Sache auf sich beruhen zu lassen. »Schön. Wo ist dann die gewaltige Beute vom Kutschenraub hin? Wird die auch irgendwann auf dem Sommerberg verteilt oder gelten für den Hauptmann andere Regeln?« Er grinste frech und verschwand dann im Dunkeln.

Dolf hatte es die Sprache verschlagen und er musste schlucken. Es war das erste Mal, dass einer seiner Männer ihn dermaßen angegangen war. Der Druck auf sie alle war gestiegen.

Fasanas Hand schob sich auf seinen Arm und lenkte ihn ab. »Ich habe kein gutes Gefühl heute Abend. Der Wind dreht und du musst dich endlich entscheiden, wer du wirklich sein willst.« Ihre Augen schimmerten durch die Dunkelheit.

Dolf war sich nicht sicher, was er von ihr erwartet hatte, aber ihre Worte trafen sein Herz. Stand sie nicht auf seiner Seite? Hatte Grübchen vielleicht recht? Er wusste selbst nicht, wer er sein konnte und wollte, so frei von gesellschaftlichen Zwängen, wie er derzeit lebte.

Dolf beschloss, erst nach dem Ende des Raubzuges weiter darüber nachzudenken. Nur eines rumorte in ihm: In Hannes Anwesenheit hätte es nie diese Debatte gegeben, doch hätte er überhaupt nach ihrer Meinung verlangt?

Er stemmte sich vollends auf die Füße und richtete seine Kleidung. An seiner Hüfte schwang das Gewicht einer erbeuteten Pistole, die er, ohne nachzudenken, eingesteckt hatte. Stumm gab er ein Zeichen und bedeutete den Männern, dass es losgehen konnte.

Hanne keuchte und hielt sich ihren Bauch, der nach drei Geburten nicht mehr so straff war, wie sie es sich wünschte. Selbst diese lange Zeit nach Wilhelmines Geburt hatte nicht gereicht, ihr ihre alte Form zurückzubringen, obwohl sie längst nicht mehr so aufgequollen aussah und eigentlich mit sich zufrieden hätte sein können. Aber das Räuberkind saugte ihr die Kraft aus, ließ sie müde werden, und stechende Schmerzen rasten durch ihre Lunge.

Unmittelbar vor ihr ging Heinrich, bemüht, die eigene Schrittlänge zu mäßigen. Als er sich zu ihr umdrehte, war sein Gesicht angespannt, zeigte Spuren von Unwillen, dass es derart langsam vorwärts ging. Gemeinsam blickten sie immer wieder über die Schultern zurück auf den Weg, lauschten zwischen den schweren Atemzügen nach dem Hufschlag, den sie zuvor gehört hatten. Es regte sich allerdings nichts mehr.

»Wahrscheinlich ist das nur ein Reisender gewesen, der spät dran war und auf die Chaussee abgebogen ist«, keuchte Hanne, um Heinrich zu beruhigen und auch um sich selbst Mut zu machen. Ihr mühsames Atmen hing in Dampfwolken in der fast pechschwarzen Nacht.

Nach weiteren Minuten des Schnaufens erlöste Heinrichs Stimme sie: »Wir sind da. Da drüben ist es.« Vorsichtig bog er vor ihnen ein paar Zweige zur Seite, an denen einige schlaffe Blätter baumelten, und kniff die Lider zusammen. »Ich kann sie hören«, flüsterte er.

Hanne bemühte sich, über das Pulsieren der Schmerzen hinwegzuhören. Sie konnte nichts wahrnehmen, antwortete ihm trotzdem: »Dann los.«

Gegen alle Widerstände ihres Körpers straffte sie ihre Haltung. Stolz wie eine Königin und nicht krumm wie eine alte Hexe würde sie vor ihren Mann und dessen Pack treten, ihnen zeigen, dass sie sich nicht unterkriegen ließ. Schon gar nicht von dieser Spökenkiekerin und dem Grübchen.

Leise traten sie aus den Schatten des Waldes auf die Obstwiese, die sich hinter dem Haus erstreckte. Es waren viele Bäume, alle alt und knorrig, mit Flechten an ihren Stämmen und grauer Rinde. Kalte Feuchtigkeit stieg aus dem Gras auf und sammelte sich zu bleichen Schwaden, welche Schritte und Füße verbargen.

Nirgendwo fanden sie eine Spur oder einen Hinweis, wo sich Dolf und die anderen aufhielten. Hanne zweifelte bereits an dem Wissen, das Heinrich zu haben glaubte. Hatten die intriganten Räuber den Koloss in die Irre geführt, um auch ihn aus dem Weg zu schaffen und Dolf ganz für die eigenen Pläne einwickeln zu können, so wie es ihr ergangen war?

Erst als sie das Anwesen beinahe umrundet hatten, erspähten sie einen flinken Schatten, der im Lauf erstarrte.

»Ich bin's«, wisperte Heinrich. »Seid ihr schon zugange?«

In den Schatten kehrte das Leben zurück und er kam auf sie zu. Ein junger Mann, der seine Augen verächtlich über Hanne wandern ließ. »Warum schleppst du die wieder an? Das wird keinem von denen gefallen. Ich bin neu, darf mir kein Urteil erlauben, was die da an sich hat, was so schlimm für uns ist.«

Hanne versuchte ein Lächeln und legte ihm die Hand auf den Arm. »Ich kenne dich zwar nicht, aber mach dir keine Sorgen. Ich nehme Dolfs Wut auf mich und … die der anderen.«

Er rieb sich den Nacken. »Sie sind dort drüben, auf der Leiter.«

Der junge Mann lief vor ihnen zu der Holzleiter, die ans Haus gelehnt worden war. Putz und Lehm rieselten in feinen Schlieren und kleinen Brocken auf die Erde und ihre Köpfe. Von oben knackte es leise, als die dünnen Ruten im Geflecht des Fachwerks brachen. Das Ende der Leiter verlor sich jedoch im Schatten, sodass man nicht sehen konnte, was genau vor sich ging.

»Vorschulte, los, bring mir den Sack! Das Fenster ist raus und ich bin durch«, hörte Hanne Dolf flüstern.

Neben der Leiter lag ein Sack, den Hanne sich nahm. Das war ihre Gelegenheit. Sie drängte Grübchen zur Seite und kletterte die Sprossen hinauf, die leise protestierten. Ihr war es in diesem Moment gleichgültig, ob ihr Mann vor Schreck, sie plötzlich vor sich zu sehen, von der Leiter fallen würde. Sie musste einfach zu ihm.

Anders als sie es erwartet hatte, sah sie nicht zuerst Dolfs Stiefel, sondern musste ganz nach oben steigen, bis sie ein Loch in der Wand erkannte, in dem das Fenster gesessen haben musste. Dolf hatte es herausgestemmt und ins Innere geschoben. Eine Hand streckte sich ihr entgegen und winkte.

»Wird auch Zeit, du lahmer Tünnes. Hast du geschlafen, während ich mir hier die Finger blutig kloppe?«

»Du bist derjenige, der schlafenden Auges durch die Welt geht«, antwortete Hanne an Vorschultes Stelle.

Sofort tauchte Dolfs wuschelige Haarpracht im Loch auf, bestäubt von Staub und Putzresten. Ungläubig starrte er sie an. »Hanne? Was soll das? Du bringst uns alle in Gefahr!« Er räusperte sich. Seine Finger schoben sich auf die oberste Sprosse der Leiter neben ihre Hände.

»Ich? Wer schlägt hier Löcher in die Häuser anderer Leute? Du hurst durch die Gasthäuser und meinst, mit der Staatsmacht ein Spielchen treiben zu müssen.«

Dolf schaute unruhig über seine Schulter. »Das Letzte war *deine* Idee. Hör schon auf zu zetern! Du weckst den fetten Kolonen. Klettere runter, ich komme gleich nach«, brummte er ergeben.

Als Dolf von der vorletzten Sprosse vor ihre Füße sprang, löste sich ein Knoten in Hannes Hals. Erleichterung durchflutete sie, dass er sie nicht, wie sie befürchtet hatte, bis zum Sankt-Nimmerleins-Tag hatte warten lassen und dass er sich nicht durch die Haustür davongemacht hatte. Er stand vor ihr und ließ die Nähe in ihr aufsteigen, die vor der Wut, dem verletzten Stolz und seinem Größenwahn zwischen ihnen gewesen war.

Dolfs Hand schloss sich um ihren Oberarm und er zog sie vom Haus weg. Auf dem Weg erteilte er flüsternd Befehle, dass die anderen weitermachen sollten. Dabei wich er Fasanas Blick aus, der ihm aus den Schatten Musketenkugeln in den Rücken jagte.

Als sie unter einem der Obstbäume standen und sicher waren, dass niemand sie belauschen konnte, ergriff Dolf das

Wort. »Zum Teufel! Willst du dich umbringen? Was wäre dann mit den Mädchen?«, zischte er und schaute sich trotz der Entfernung zu den anderen Räubern nach allen Richtungen um.

»Würde dich's kümmern?«, hielt sie ihm entgegen.

Wie ein gefangener Tiger sah er sie durch das selbst errichtete Gitter an. »Schon. Sind ja auch meine.« Er rieb sich den Nacken, senkte den Kopf. »Warum bist du hier? Willst du dich quälen oder dich daran weiden, was aus dem Fuhrmann geworden ist?«

»Nichts davon. Es war *unser* Plan, *unsere* Idee. *Wir* waren der gute Geist dieser Gemeinschaft. Zusammen. Nur wir. Alles war gut. Und jetzt, sieh dich an! Was hat das alles aus dir gemacht? Aus uns. Ich wollte, dass du dich das fragst. Ein letztes Mal.«

Dolf schloss die Augen, atmete tief durch und in einer fließenden Bewegung legte er seine Hand auf ihre Wange. Warm und zart glitten seine Finger über ihre Haut, hinterließen ein Kribbeln, das über ihren Rücken lief.

»Ach, meine Königin. Vieles hätte so nicht geschehen sollen. Ich bin ein Esel. Aber …« Seine Worte versiegten und wollten nicht an die Oberfläche dringen. Das »Aber« hing zu lange in der Luft und konnte nicht zurückgenommen werden. Es stand zwischen ihnen. Unverrückbar.

»Du hast dich also entschieden? Endgültig? Ganz der Räuber? Der Hauptmann?«

Seine Hand lag noch immer warm auf ihrer Haut, wollte sich nicht von ihr lösen.

»Könnte ich nur beides sein, der gute Geist und der Räuber.«

»Vielleicht kannst du das. Die Unzufriedenheit ist nicht fort, die Feuer brennen. Sie werden sich ausbreiten und das stürzen, was uns zu unseren Taten getrieben hat. Gute Geister überall. Sie treffen sich, reden von einer neuen Zukunft. Alle streben nach Gerechtigkeit, einer besseren Fürsorge und nach einem Staat, der sie nicht in den Hungerwintern zum Sterben zurücklässt. Man sagte mir, du würdest dort hineinpassen. Mit deiner Kraft, deinem Willen. Dort müsstest du kein Räuber mehr sein.« Hanne wagte es nicht, ihre Hand auf seine Brust zu legen. Wie sehr sehnte sie sich nach Versöhnung und der alten Nähe, als kein Blatt Papier zwischen sie gepasst hatte. »Kann das nicht dein Weg sein?« Erwartungsvoll betrachtete sie sein Gesicht. Sie hoffte, dass das Schimmern, das sie wahrnahm, der Seidenfaden war, der noch nicht gerissen war. Dass Hanne irgendwo tief in ihm verwurzelt war.

Seine Lippen öffneten sich, er sah sie an und tauchte in ihre Blicke ein. Noch kam kein Wort aus seinem Mund, aber Hanne wusste, dass nicht alles verloren war. Es bestand die Möglichkeit, alles zu richten, alles zu vergeben. Gemeinsam.

Ein fürchterlicher Knall zersplitterte die Nacht. So schlagartig, wie er aufgetaucht war, leerte sich Hannes Kopf und die Kraft wich aus ihren Beinen. Anstelle des Seidenfadens, der eben durchschimmernd bei ihr gewesen war, waberte nun ein Fluch in die Dunkelheit. Ein zweiter Knall weckte die Hunde der Nachbarschaft, die begannen zu bellen. Aus dem Wald hörte Hanne ein Knacken und der verstummte Hufschlag brandete mit aller Macht wieder auf. Dieses Mal näherte er sich aus allen Richtungen und drängte sie in sein Zentrum, in das Auge des Sturms. Eine Frau kreischte, im Bauernhaus polterte es. Hannes Knie zitterten und ihr wurde übel. Mühselig kämpfte sie ihre Angst nieder und richtete sich auf. Wie Schüsse peitschten harte Stimmen um sie herum.

»Was tun diese Idioten denn?«, grollte Dolf.

Hanne sah zu ihm auf. Er war zwei Schritte in Richtung des Hauses gestürzt, war erstarrt und stand wie angewurzelt da. Anscheinend konnte er das alles ebenso wenig einordnen wie sie.

»Wer hat geschossen?«, wollte sie wissen und lief zu ihm.

Aus der Dunkelheit tobten riesige Schatten heran, einer davon raste direkt auf sie zu.

»Die Gendarmen!«, krächzte Dolf mehr, als dass er brüllte.

Hanne erkannte den Schatten: Franz Mönkebüscher. Auf seinem eitlen Ross, das er Luise nannte.

Vom Bauernhaus her kam ein Mann angerannt und wedelte mit den Armen. Es war Friedrich Schöne. »Weg!«, kreischte er.

Erst dadurch löste sich Dolfs Versteinerung. Er fuhr zu Hanne herum, packte ihre Hand und zerrte sie in Richtung Wald. »Hau schon ab! Los! In den Wald, Hanne!«

»Dolf!« Sie wusste nicht, was sie antworten sollte. Die Luft für weitere Worte war ihr ausgegangen. »Komm mit nach Hause!«, hätte sie am liebsten gesagt, aber es kam ihr nicht über die Lippen.

Sein Blick traf ihren. Ein letztes Mal, so schien es ihr.

»Ich liebe dieses Leben. Und Fasana. Hier bin ich frei.«

Mehr schenkte er ihr nicht, wandte sich ab und stürmte brüllend wie ein Stier ins Chaos. Pferde wieherten, überall zuckte Mündungsfeuer und dumpfe Schüsse erfüllten die Nacht.

Unfähig, sich zu bewegen, stand Hanne am Rande dieses Wahnsinns und starrte ihrem Ehemann hinterher, ihrem Leben, das sich in diesen Tumult gestürzt hatte. Für sie war das Abenteuer vorbei. Sie hatte alles verloren.

Aus dem Nichts preschte eine Gestalt an ihr vorbei, streifte ihre Schulter und ließ sie taumeln. Wie ein Nachtmahr hatte das Pferd die Augen weit aufgerissen, sodass das Weiße an ihr vorüberschoss. Im letzten Moment, bevor es sie zertrampelt hätte, sprang es zur Seite.

Hanne biss sich den Schrei von den Lippen und bewegte sich. Endlich gehorchte ihr Körper wieder. Sie erreichte die Hecke, die den Obstgarten einfasste und deren Schatten sie wie ein dunkler Mantel umschloss. Niemand folgte ihr, als sie in den Wald flüchtete. Keuchend und am ganzen Körper zitternd schleppte sie sich in irgendeine Richtung. Nur fort. Sie wusste nicht, wohin sie ging, wohin sie sich wenden sollte. Ihre letzten Kraftreserven waren leergelaufen, mit dem Rest ihrer Liebe im Boden des Obstgartens versickert. Die Endgültigkeit erschlug sie und sie stolperte wie betrunken über Äste, durch morastige Stellen und knisterndes Laub. Sie wurde erst ruhiger und hörte auf ihren Herzschlag, als dieser lauter geworden war als das Getöse des ungleichen Kampfes, den Räuber und Gendarmen ausfochten. Sie musste, sie wollte zurück nach Hause.

Verräter

»Weißt du's schon?«

Ohne dass sie verabredet gewesen wären, stand Elsabena am nächsten Morgen in der Tür. Auf ihrem Arm weinte Wilhelmine und an ihrer Seite stand Alwine, die verzweifelt versuchte, ihre Hand aus den eisernen Krallen ihrer Tante zu ziehen. In Hannes Eingeweiden tobte der Schmerz. Alles in ihr krampfte sich noch heftiger zusammen, als ihr die Bedrohlichkeit bewusst wurde, die in dem Bild lag. Wie war es dazu gekommen? Wieso kam Elsabena, nicht ihre Mutter, bei der sie ihre Kinder gestern gelassen hatte?

»Bist blass«, konstatierte ihre Schwester, schob Alwine zu ihr ins Haus und hielt ihr Wilhelmine hin.

»Was soll ich wissen?«, presste Hanne zwischen ihren Zähnen hervor, strich ihrer älteren Tochter, die einen Flunsch zog, über das ungekämmte Haar. Ihre Blicke nahmen jede Regung ihrer Schwester in sich auf.

»Na, dass sie den Räuber und seine Bande haben. Selbst diese Hure haben sie eingesackt.« Elsabena lachte. »Der große Mann wurde zurechtgestutzt. Endlich.«

Hanne trat dicht an sie heran. Sie waren etwa von der gleichen Größe und damit auf Augenhöhe, dennoch wich Elsabena ein Stück vor ihr zurück. Hanne hatte genug von ihrer Schwester und deren Rachegedanken. Sie selbst war zwar auch nicht frei davon, aber Elsabena wurde regelrecht von ihnen aufgefressen.

»Verdammt, Elsa, tu nicht so scheinheilig! Ich weiß, dass

du ihn verraten hast. Ich habe dich gesehen! Du bist uns nachgelaufen und jetzt ihre Zeugin! Niemand anderes kann es sein, die den Gendarmen helfen will, Dolf ins Zuchthaus zu bringen. Du verrätst deine eigene Familie!« Sie atmete tief durch, doch Elsabena antwortete nicht. Darum machte Hanne nun ihrer Wut Luft. »Du warst nie die, die er wollte. Hättest dich auf den Kopf stellen können – geheiratet hätte er dich trotzdem niemals. Nicht einmal, wenn es mich nicht gegeben hätte. Du bist nie die richtige Frau für ihn gewesen, so selbstverliebt und verkniffen, wie du bist. Finde dich endlich damit ab! Es war nicht meine Absicht, dir wehzutun oder dich bloßzustellen! Ich liebe ihn einfach, gleichgültig, was jetzt ist.« Sie atmete tief durch und schickte Alwine in die Küche, als ihr bewusst wurde, dass ein Kind in dieser Situation nichts verloren hatte. »Du sei froh, dass du diese Bürde nicht tragen musst. Für dich bequeme Person war es zum Besten, dass du Dolf nicht bekommen hast! Wie würdest du mit Kind und Hof allein zurechtkommen? Der Mann im Arrest, vor Gericht, bald im Gefängnis und durchgebrannt mit einer Hexe! Wie hättest du schwache Person das meistern wollen? Also fühle dich gut und überlegen, solange du kannst. Diedrich wartet zu Hause bestimmt nur darauf, von dir herumgeschubst zu werden. Aber ich warne dich: Leg dich nicht mit mir an!«

Woher die Worte kamen, die aus ihr wie aus einer Quelle sprudelten, konnte Hanne nicht sagen, aber es tat gut, sie ausgesprochen zu haben. Nach all den Jahren, in denen sie in ihr geschlummert hatten. Leider brachte dieselbe Quelle nun Tränen hervor.

Elsabenas Grimasse stand dem Flunsch Alwines in nichts nach, bevor sie auf dem Absatz kehrtmachte und davonstolzierte. Innerhalb eines Tages schon der zweite Mensch, der ihr im Chaos den Rücken zuwandte.

»Tante Elsa hat gesagt, Papa kommt nie mehr nach Hause«, hörte sie Alwines leise Stimme hinter sich. »Warum ist sie so böse mit uns? Mag sie uns nicht?«

Hanne seufzte, drehte sich zu ihrer Tochter um und strich ihr übers Haar. »Ich habe ihr wehgetan, und dein Vater auch. Nicht am Körper, sondern in der Seele. Das kann ich dir erst erklären, wenn du etwas älter bist. Liebe ist zu kompliziert.«

Alwine legte den Kopf schief und nagte an ihrer Unterlippe. »Stimmt es, was sie über Papa sagt? Dass er der Räuber ist?«

Hannes Welt erstarrte in kalter Reglosigkeit. Der erste Mensch, mit dem sie über die Illusion des guten Geistes sprechen konnte, war ihre Tochter. Sie nickte zögernd.

Alwines Miene hellte sich deutlich auf. »Dann war er es also, der vielen Menschen geholfen hat. Ich bin seine Tochter! Die Tochter des guten Geistes!«, jubelte sie so ausgelassen, als hätte Hanne ihr verkündet, dass sie eine verschollene Prinzessin war.

Mit wippenden Haaren und fröhlich summend löste sich Alwine von ihrer Mutter und hüpfte davon. Das musste reichen, denn den Kummer und Schmerz hätte ein Kind für eine Mutter nicht schultern können.

Alles war zum Teufel gegangen. Selbst der kümmerliche Rest ihrer Stärke, der kurz zuvor noch wie ein Leuchtfeuer gegen Elsabenas Düsternis angekämpft hatte.

Dieses Mal hatten sie ihn nicht in die übliche Arrestzelle im benachbarten Ort Aplerbeck gebracht, in der man ohne Probleme durch die vergitterten Fenster mit Besuchern plaudern oder sogar Gegenstände austauschen konnte. So manches Pinnchen Schnaps oder ein Alibi war durch die Stäbe hinein- oder herausgereicht worden. Dass man das guten Gewissens »Arrest« nannte, war Dolf ein Rätsel und ein weiterer Hinweis darauf, dass der preußische Staat in diesen Breiten auf jedwede Art von Widerstand oder Aufruhr nicht vorbereitet war. Gendarm Pötichen, mit dem er sonst Karten gespielt oder sich etwas zu trinken genehmigt hatte, war heute nicht im Dienst, und alles war anders, als Dolf es von seinen früheren Besuchen gewohnt war, die ihm als nicht sonderlich schlimm im Gedächtnis geblieben waren. In dieser Gegend und Zeit war es beinahe die Ausnahme, nicht einmal im Arrest gesessen zu haben.

Nach seiner Festnahme hatten ihn die Gendarmen in einen Wagen verfrachtet, aus dem er kaum herausschauen konnte, und ihn durch sein eigenes Jagdrevier kutschiert, bis er sich nicht mehr auskannte. Die alte Straße, der Hellweg, auf dem Napoleons Truppen durch die deutschen Lande gezogen waren, wie auch Kaiser und Könige, die in ihren Gruften vermoderten, war er entlang gekarrt worden. Nach einer halben Tagesreise vermutete er, dass er in Hamm gelandet war, wo man ihm praktischerweise gleich den Prozess machen würde, denn dort war das Gericht ansässig.

In diesem Gefängnis gab es keine Verbrüderung mit den Wachbeamten, keinen erquicklichen Austausch mit Spaziergängern. Zum ersten Mal war er völlig auf sich gestellt. Er musste mit den grauen Wänden vorliebnehmen, die sich um ihn legten und ihn wie ein Riese zu zerquetschen drohten. Er war allein. Niemand sprach mit ihm, niemand sagte ihm, was mit den anderen geschehen war. Sein Herz schmolz im Feuer dieser Einsamkeit, als er an Fasana dachte, an Heinrich. Wo waren sie abgeblieben? Ging es ihnen gut?

Als draußen der Riegel seiner Zellentür in seiner Führung klapperte, wischte er sich linkisch durch die Augenwinkel. Tränen würde er keinem Gendarmen zeigen. Die Tür quietschte seinen Besucher herein. Dolf richtete sich auf der Pritsche auf. Ablenkung war genau das, was er jetzt gebrauchen konnte.

Mit einem Räuspern schob sich einer der Gendarmen in die Zelle, wahrscheinlich nicht aus Höflichkeit, sondern weil ihn der beißende Geruch nach ungewaschenen Füßen und dreckiger Kleidung abstieß. Der Geruch des Verbrechens. In seiner frisch aufgebügelten Uniform und mit der wohlduftenden Pomade im gezwirbelten Bart setzte der Mann unbewusst ein Zeichen gegen all das, was Dolf für ihn verkörperte. Dolf meinte, ihn schon vorher einmal gesehen zu haben.

»Herr Mohr – oder Herr von Mohr? Was Ihnen lieber ist. Ich warne Sie nur im Voraus, dass es für Hochstapelei weitere Verurteilungen hageln könnte.« Der Tonfall des Gendarmen war weder freundlich noch aggressiv, verriet nicht, was der Sprecher wollte oder was in ihm vorging.

»Ich könnte mich auf den Kopf stellen, aber ich kann Sie leider nicht mit Ihrem Namen begrüßen, obwohl mir Ihr Gesicht bekannt vorkommt.« Dolf ging nicht auf den Vorwurf ein und grinste frech.

Der Beamte ließ sich davon nicht aus der Fassung bringen. Sein Tonfall blieb unverbindlich und kühl. »Ich bin Gendarm Mönkebüscher. Wir sind uns auf dem Sommerberg begegnet. Ich habe Sie festgenommen.«

»Ach, der grüne Schrecken von Hörde! Daher kennen wir uns. Sehr erfreut, persönlich mit Ihnen parlieren zu können.« Dolf lächelte, beinahe meinte er seine Worte ernst. »Sie sind mir also auf die Schliche gekommen.«

Franz Mönkebüscher trat weiter in die Zelle, achtete jedoch offenkundig darauf, die Zellentür gut erreichbar im Rücken zu wissen. Soweit es in dem winzigen Raum ging, blieb er auf Abstand.

»Vom ersten Moment an, Herr Mohr. Seit Sie den Kartoffelsack aus Bauer Overbecks Keller gestohlen haben, bis Sie sich zum Adeligen erklärten. Ich muss zugeben, damals trug ich Ihnen die Tat nicht einmal nach. Sie war nachvollziehbar, menschlich. Schließlich ging es nicht um Reichtümer, Schmuck oder Geld, sondern ums blanke Überleben. Niemand stiehlt ein paar Kartoffeln, um sich daran zu bereichern. Nur der, der es nötig hat – oder anderen helfen will. Fast eine ehrenhafte Gesinnung.«

Dolf zog die linke Braue in die Höhe und betrachtete den Gendarmen, der in einem ähnlichen Alter wie er sein musste, zum ersten Mal genauer. Aus dem Mund eines treuen Staatsdieners hatte er diese Worte nicht erwartet. Mönkebüscher kratzte am Verrat, die Politik seiner Dienstherren durch die Blume zu verurteilen. Zumindest kam es Dolf so vor.

»Sie waren der gute Geist, dem ich die ganze Zeit hinterherjagen musste. Beinahe tat es mir leid. Gewissermaßen kann ich Sie sogar verstehen. Auch ich habe eine Familie und könnte es kaum ertragen, wenn ihr Leid drohen würde.«

»Dann sind wir uns ja einig, Herr Gendarm: Ich bin ein Held. Sie sehen die barmherzige Absicht hinter den Diebstählen und sprechen mich von der Schuld los, falsch gehandelt zu haben. Jetzt müssen Sie nur noch die Außentür aufschließen lassen und die ganze Angelegenheit ist zu unserem beiderseitigen Wohlbefinden erledigt.« Dolf erhob sich, trat vor und beobachtete amüsiert, wie Mönkebüscher einen Schritt vor ihm zurückwich. Er hielt dem Mann zugute, dass er sich schnell wieder fasste.

»Leider ist das nicht so einfach, Mohr«, näselte er. »Ich sprach gerade ausschließlich über den Beginn unserer gemeinsamen Reise. Sie haben dafür gesorgt, dass sich mein Bild vom guten Geist sehr rapide verändert hat. Irgendwann hatte ich es nicht mehr mit einem Wohltäter zu tun, sondern mit einem Räuber. Beinahe so, als wohnten in Ihrer Brust zwei Seelen. Der brutale Überfall auf einen Kölner Kaufmann, dann das Rauchzeug für einen armen Schlucker. Oder der dreiste Raubzug auf Haus Ruhr. Vielleicht wirklich ein Dolf Mohr und ein Adolph von und zu Mohr? Mir blieb nichts anderes übrig, als den Räuber und seine Männer dingfest zu machen. Vor allem, da Sie einige schlafende Hunde geweckt haben.«

»Ich kann mir ausmalen, wem das eine Herzensangelegenheit gewesen sein dürfte«, erwiderte Dolf. Seine Stimme war bitter wie der Kräuterschnaps, den er gegen Magenschmerzen einnahm. »Dieser Schnösel ist kein guter Mann. Er hat nicht bloß meiner Hanne wehtun wollen, sondern hat andere Frauen verletzt, hat alles für seinen Reichtum in Kauf genommen und seine Macht ohne Gewissen ausgebaut. Als das Mädchen vor seinen Augen erschossen wurde, hat nicht einmal eine seiner Wimpern gezuckt.«

Mönkebüscher nickte. »Es war also Rache. Ihr Motiv. Neid auf jemanden, der es im Leben deutlich leichter hat als Sie. Dazu das Gedankengut der Revolution. Danke für diese erhellende Einsicht. Jetzt muss ich nicht mehr mit meinem guten Geist hadern.«

Dolf biss sich auf die Zunge. Er hatte dem Gendarmen das geliefert – äußerst offenherzig sogar –, was sich der ersehnt hatte: das Geständnis eines Kriminellen. Letztlich war dieses Eingeständnis jedoch ohne Bedeutung. Mönkebüscher hatte bestimmt andere Beweise seiner Schuld, immerhin hatte Hanne von Zeugen gesprochen. Andernfalls wäre Mönkebüscher nicht in die Zelle getreten wie der bereite Scharfrichter mit dem Beil.

»Die Reichen übernehmen keine Verantwortung, hocken nur in ihren Türmen, die sie aus Eisen oder fruchtbarem Erbe erbaut haben, und scheren sich nicht darum, wenn die Menschen eingehen wie erbärmliches Vieh. Was zählt da ein Menschenleben?«

»Ihres zählt jedenfalls nichts mehr, so viel ist sicher. Sie wollen der Rebell sein, für den Sie alle Welt hält. Reizend. Aber ich nehme Ihnen das nicht ab. Sie sind ein schnöder Krimineller, ein Dieb und Schläger.«

Langsam verlor Dolf das Interesse an dieser Unterhaltung, stapfte zur Pritsche und rollte sich zur Wand.

»Ich bin gekommen, um Sie darüber zu informieren, dass Ihr Prozess bald stattfinden wird. Wahrscheinlich werden Sie noch von meinen … von anderen Beamten befragt werden, die weniger mit Worten arbeiten. Ein Fall wie der Ihre birgt Prestige und dieses Mal sogar weitaus mehr. Das werden Sie gewiss zu spüren bekommen, denke ich.« Mönkebüscher räusperte sich und wandte sich zum Gehen.

Dolf wusste, dass diese Vorwarnung mehr war, als viele andere Gendarmen ihm gegönnt hätten. Dieser Mönkebüscher machte auf ihn nicht den Eindruck, besonders häufig auf Menschen einzuprügeln, und hätte eine körperliche Befragung genauso wenig verhindern können, ohne seinen Ruf und seinen Namen zu verlieren.

»Herr Mönkebüscher, bevor Sie mich meinem Schicksal überlassen, verraten Sie mir doch bitte, wer mich ans Messer geliefert hat. Die Bitte eines Verlorenen. Ich muss es wissen: War es meine Frau?«

Mönkebüschers Brauen klebten an der Pomade in seiner Frisur, als er sich zu Dolf zurückdrehte. »Ihre Frau? Sie verdächtigen Ihre Frau, Sie hintergangen zu haben?«

»Zwischen uns war es nicht einfach, wenn Sie verstehen, und nicht eben viele wussten von unserem Plan, die Speisekammer aufzubrechen. Die meisten davon sitzen irgendwo nebenan in ähnlichen Zellen, vermute ich. Da bleibt fast nur sie. Nachdem sie aufgetaucht ist, hüpften aus allen Schatten die Gendarmen wie Aasfresser zum Festmahl. Vor allem, da unsere Ehe eine … Wendung genommen hat, bin ich mir nicht sicher, was ich davon halten soll.«

Zum ersten Mal während ihrer Begegnungen näherte sich ihm der Gendarm, beugte sich sogar zu ihm herab. »Sie sind ein Esel, Mohr. Ein größerer Esel, als ich dachte. Wie konnten

Sie mir nur so lange durch die Lappen gehen?« Überrascht sah Dolf zu ihm hoch und Mönkebüscher schüttelte den Kopf. Er ging zurück zur Tür. Auf sein Klopfen hin rutschte der Riegel knarzend durch seine Führung und ein Schlüssel rasselte im Schloss. »Sie sollten Ihre Beziehungen in der Tat überdenken. Zeit dazu haben Sie ja nun zur Genüge und werden wohl auch ein paar Jahre obendrauf bekommen.« Mit diesen Worten wurde der Gendarm zu einem grünschwarzen Schemen, der Dolf mit der Ungewissheit allein ließ.

Flucht

Frühjahr 1849

Die ersten Vögel erwachten und läuteten mit fröhlichem Gezwitscher den Tag ein, der im Gefängnis früh begann. Heute sogar noch früher, da die Wärter Anweisungen erhalten hatten, den berüchtigten Räuber und seine Helfer zum Gericht zu eskortieren. Jeder bangte, dass ein treuer Anhänger dieses Kriminellen, der sich als adeliger Rebell und Revolutionär ausgab, einen Anschlag auf das Gericht, einen brutalen Befreiungsversuch, eine Gefängnisrevolte oder eine sonstige Dummheit begehen würde. Alles sollte schnell und heimlich vonstattengehen, dieser Dolf Mohr schnell durchprozessiert werden. Darum eilte ein ganzer Trupp des Gefängnispersonals in tadellosen Uniformen und blank polierten Stiefeln über den Gefängnishof und erweckte den Anschein, in Formation für Preußen in die Schlacht zu ziehen. In den Gesichtern der Männer lag blanke Anspannung, denn sie alle kannten die Geschichten und Berichte der Verantwortlichen und den Ärger, den dieser Mann verursacht hatte. Sie wussten auch, dass Gendarmen für diese Bande nicht unbedingt Respektspersonen waren, und fürchteten sie. Mehr aber fürchteten sie sich vor den Auswirkungen des Rufs dieses Mannes, der von so vielen scheinbar als Retter verehrt worden war, dazu bei dieser aufgeheizten Stimmung im ganzen Land. Für König und Preußen wäre es eine Katastrophe, falls das einfache Volk durch die Gendarmen einen Märtyrer vor die

Nase gesetzt bekäme. Nicht auszudenken, falls beim Prozess etwas schiefging.

Vor der Zellentür nahmen sie Aufstellung, die Hände an den Waffen. Der Auserwählte mit dem Schlüsselbund trat mit betont markigen Schritten und gewichtiger Miene vor und sperrte die Zelle auf.

Quietschend sprang die Tür auf und gewährte Einblick in den Raum, der in trübes Morgenlicht gehüllt war.

Er war leer.

Sofort gellten Pfiffe und die Wärter schwärmten wütend aus wie ein Schwarm Wespen, um die Zellen seiner Komplizen zu öffnen. Auch sie lagen still im trüben Morgendunst. Den Staatsdienern schwante es, dass sie für diesen Räuberhauptmann noch früher hätten aufstehen müssen.

Genüsslich streckte sich Dolf auf der Ladefläche des Fuhrmanns aus, den er vor Kurzem auf dem schmalen Feldweg getroffen hatte. Zwar wippte sein Fuß ungeduldig auf und ab, da er mutmaßte, dass jeden Moment berittene Gendarmen aus den Feldrainen strömen würden, rief sich aber ins Gedächtnis: Schlecht gefahren war immer noch besser als gut gelaufen. Nach der Zeit in der Zelle brauchte er eine Verschnaufpause und da war ihm das unauffällige Fuhrwerk gerade recht gekommen. Obwohl es riskant war, machte er sich dorthin auf, wo er jeden Strauch und jeden Weg kannte. Er würde die Sommerberger nicht enttäuschen und im Gegenzug würden sie ihn schützen. Er war schließlich ihr Retter.

Durch das Schaukeln des Fuhrwerks erinnerte er sich an seine Zeit bei der Hermannshütte, an die Fahrten mit Meta und Grete, die Ruhe, die er als Druck im Kopf empfunden hatte. Und an den Jungen, der auf dem Weg nach Amerika gewesen war und ihm die Anzeige der Reederei geschenkt hatte. Wie ein Versprechen von Freiheit glaubte er, salzige

Luft über seine erhitzte Haut streichen zu fühlen und die kalte Sonne tanzte auf glitzernden Wellen. Ein schöner Traum. Für andere. Er war inzwischen nicht mehr bereit zu gehen, gleichgültig, wer ihm auflauern würde. Der Sommerberg war sein Zuhause, sein Revier. Daraus würde er sich nicht vertreiben lassen, erst recht nicht von diesem Mönkebüscher. Er lächelte zufrieden. Ein Räuber, ein Rebell hatte seine Mittel und Wege, diesem Gecken immer wieder zu entkommen. Manche Staatsdiener waren nicht so moralisch einwandfrei wie der stocksteife Gendarm. Wohin Heinrich, Schöne und Grübchen gegangen waren, denen er die Flucht ebenfalls erkauft hatte, wusste er nicht. Es war ihm ohnehin egal, er würde auch ohne sie weitermachen. Wo Fasana war, interessierte ihn hingegen brennend. Aber erst einmal nach Hause. Hanne einen Besuch abstatten und sie fragen, warum sie ihn verraten hatte. Die Zeit in der Zelle hatte ihn in diesem Gedanken bestärkt.

Seine Fäuste ballten sich zusammen und er drückte ein paarmal kräftig zu, bevor er sie entspannter auf eine der Kisten neben sich sinken ließ. Seine Hand glitt über das geschliffene Holz, lenkte seine Aufmerksamkeit wieder auf den Weg.

»Wie laufen deine Geschäfte, Freund? Ich war auch Fuhrmann, bis die Baustelle fertig war, für die ich gearbeitet habe. Danach war es schwer, meine Familie zu ernähren.«

Der Fuhrmann nickte, ohne nach hinten zu seinem Passagier zu sehen. »Das höre ich überall. Bei mir bestellen zum Glück Stammkunden, die, na ja, sagen wir, exklusivere Sachen verschicken. Heute ist nichts dabei, was uns zwei glücklich machen würde. Lauter Weiberkram zum Rausputzen für einen Laden in Köln, von einem guten Schneider. Also, ist zwar nicht meine Ware, aber ich habe zu tun. Ich kann nicht klagen.«

»Verstehe.« Dolf beobachtete seinen Chauffeur genau, der hatte sich jedoch nur kurz über die Schulter umgesehen und sein Blick klebte nun auf den Kruppen seiner Pferde. Vorsichtig und leise öffnete Dolf trotz des angekündigten Weiberkrams die Kiste neben sich. Sorgfältig beschriftete Stoffbündel lagen darin übereinandergeschichtet. Er hatte keine Ahnung von weiblichen Maßangaben, wie sie auf den Bündeln vermerkt waren, darum wusste er nicht, welches davon er zuerst anschauen sollte. Bei seiner ersten Flucht am Tag seines weltmännischen Einzugs auf dem Sommerberg hatte er sich einfach einen Rock von der Leine gegriffen, der ihm groß genug erschienen war. Irgendwie hatte das gepasst. Ansonsten waren Frauenmaße und ihre Rundungen eher eine Angelegenheit zum Erfühlen. Leise wühlte er weiter, bis er ein Paket mit recht großen Zahlen darauf fand, und schloss behutsam die Kiste. Mit einem Mann in Frauenkleidern würde wieder kein Gendarm rechnen – hoffte er.

»Bediene dich ruhig«, sagte der Fuhrmann über die Schulter zu ihm. »Einem Standesgenossen muss ich schließlich behilflich sein. Warum warst du im Gefängnis?«

Dolf schluckte. »Woher …?«

Der Mann zuckte mit den Schultern. »Die Ecke, wo du eingestiegen bist, die Blicke die Straße rauf und runter, deine zerknitterten Kleider. Formt ein Bild, wenn du verstehst.«

»Warum hilfst du mir? Hast du keine Angst vor Kriminellen aus dem Gefängnis?«

Der Fuhrmann lachte schallend. »Na … Wer war in dieser Zeit noch nie im Gewahrsam der Grünröcke? Du schaust sie nur schief an und schon sitzt du im Arrest. Als Gegenleistung für das Kleid erzählst du mir, was du angestellt hast. Wenn's mir gefällt, schenke ich dir die passende Schute dazu.« Zum ersten Mal drehte sich der Fuhrmann zu Dolf um und lächelte ihn an.

Dolf schloss kurz die Augen, ergab sich in sein Schicksal und grinste. »Mein Vergehen war, dass ich von den Reichen genommen habe, um es den Armen zu geben. Ich wollte nicht mehr, dass meine Nachbarn verhungern müssen. Interessiert sonst niemanden in Arnsberg oder Berlin. Dass ich dabei gieriger wurde, hat die Bauern und Gutsbesitzer gefuchst und sie haben mich jagen lassen. Vor allem, da ich erzählt habe, ich wäre ein Bastard aus gutem Haus! Sollte man in dieser Stimmung besser nicht tun.«

»Stimmt das?«

»Keine Ahnung, meine Mutter kann es mir nicht mehr sagen.« Er lächelte.

»Wie haben sie dich gekriegt?«

Dolf betrachtete den Weg, der sich hinter ihnen in die Ferne zog. Darüber hatte er sich wenige Gedanken gemacht. Nur diese unbestimmte Wut auf Hanne war dabei herausgekommen, besonders weil Mönkebüscher mehr zu wissen schien. Es konnte sein, dass es nicht sie allein gewesen war. Ein Spitzel vielleicht?

»Wer die Schlange im Paradies war, weiß ich nicht genau. Die meisten Leute waren unserer … Arbeit … zugetan.«

»Tja, manchmal sitzt die Gefahr näher am Herzen, als man denken mag. Freundschaft oder Liebe wird vorgegaukelt. Zum eigenen Vorteil. Ich hoffe für dich, dass du es herausfinden und danach handeln kannst. Hier«, der Fuhrmann warf ihm eine runde Schachtel zu, »die versprochene Schute. Müsste zu deiner Augenfarbe passen.« Er grinste. »Sieh zu, dass du dich umkleidest. Da vorne ist eine Zollschranke mit ein paar Grünröcken.«

Fasana hockte am Feuer, das mickrig vor ihr an einem der Sammelpunkte der ehemaligen Räuberbande glomm. Anders als die Männer hatte man sie nur kurz in Aplerbeck im sogenannten Arrest gelassen, statt ins Gefängnis nach Hamm gefahren. Wem sie es zu verdanken hatte, dass sie freigekommen war, wusste sie nicht. Niemand tat etwas für jemanden wie sie – nicht ohne Gegenleistung. Sie fürchtete sich vor diesem Gefallen, dem sie einem Unbekannten schuldete, dennoch hatte sie freier geatmet, war dankbar für eine zweite Chance gewesen. Die Welt stand ihr wieder offen. Befreit vom Lager der Fahrenden durch Dolf und nun befreit vom Dasein als Geliebte des Räuberhauptmannes. Sie war frei, war aber dennoch in der Gegend geblieben, wo sie mit ihm zusammengelebt hatte. Wollte sie überhaupt von ihm befreit sein? Andererseits war er verheiratet und konnte sich nicht an sie binden. Sie träumte davon, eine ehrbare Frau zu sein. Sollte sie sich besser andere Gelegenheiten suchen? Das Feuer gab ihr keine Antwort auf die Fragen ihres Lebens, doch immerhin waren ihre Gedanken frei und sie konnte gehen, wohin es sie zog.

Hinter sich hörte sie ein Knacken und Fasana sprang auf. In ihren Händen lag ein Knüppel, den sie so fest umklammerte, dass ihre Fingerknöchel weiß hervortraten. Sie wusste, wie man sich verteidigte.

»Sachte, sachte, meine Schöne! Ich bin's nur, einer deiner Räuberkollegen.« Aus den Schatten der Bäume trat Grübchen, strich sich die blonden Haare aus der Stirn und lächelte sie an. »Gut, was? Dass wir rauskonnten, meine ich. Dachte schon, ich atme die nächsten Jahre gesiebte Luft. Und welch glückliche Fügung, dass wir beide uns ausnahmsweise ohne Anstandsdame wiedersehen. Jetzt können wir endlich ungestört plaudern.«

»Wie bist du so schnell aus Hamm zurückgekommen – und wie hast du mich gefunden?«

»Man könnte sagen, ich hatte ein wohlverdientes Extra-Billett. Ich war wie du in Aplerbeck, wurde aber plötzlich wieder freigelassen und habe mich erst mal still verhalten, bin rumgeschlichen. Konnten mir wohl nichts nachweisen. Haben mich nicht beim Märtmann gefunden, sondern woanders. Du glaubst nicht, wie lautstark ich mich beschwert habe, dass sie mir meinen Abendspaziergang vermiesen. Offiziell bin ich also kein Räuber.«

Ungläubig runzelte Fasana die Stirn. Sollte es wirklich so einfach gewesen sein? Sie glaubte Grübchen nicht. Schließlich hatte er sie als Figur auf das Spielbrett gestellt, um seine Intrigen zu spinnen. Zu was war er noch fähig? Die Vermutung, dass Grübchen trotz seiner blonden Haare noch dunkler war, als sie gedacht hatte, wurde zur Gewissheit. Er hatte von einem »Extra-Billett« erzählt, das konnte nur ein Freifahrtschein sein, verdient durch Spitzeldienste für die Gendarmen! Alles passte zusammen und verband sich als düsterer Plan unter der Maske des Kerls, der mehr sein wollte. Die ganze Zeit hatte Grübchen nur seine eigenen Interessen verfolgt – und hörte auch jetzt nicht damit auf. Grübchen stellte sich neben sie und rieb sich die Hände über dem kleinen Feuer. Sein Blick fing sich in den Flammen. Als er weitersprach, hatte seine jungenhafte Stimme einen rauen Klang. »Ich bin froh, dass du noch hier bist und ich dich finden konnte. Du schuldest mir was. Ich bin dein Befreier. Durch mein Geld bist du raus aus deinem erbärmlichen Zelt und zur feinen Mätresse aufgestiegen. Und da der Hauptmann weg ist, kannst du gehen, wohin dich deine Füße tragen.«

»Dir schulde ich gar nichts. Vielmehr schuldest du mir etwas! Du hast mich für deine Spielchen benutzt, die weiterreichen, als der guten Frau Mohr den Rang abzulaufen. Du willst der Hauptmann sein, nicht wahr? So war das nicht abgemacht.«

Grübchen lachte. »Kann dir doch gleich sein. Dolf, Heinrich und Friedrich sitzen im Bau und ich zehre von ihnen, ohne sie ertragen zu müssen. Wenn ich der neue Hauptmann bin, gewährst du mir dann ebenfalls Zugang zu deinem Allerheiligsten? Wenn man das so nennen kann bei einer käuflichen Hure wie dir. Ich schwöre dir auch ewige Liebe!«

Fasanas Herz pochte in ihren Ohren und sie wollte fort, weg von diesem Mann und dieser Gegend, wo plötzlich alle verrückt geworden waren und sich gegenseitig an die Gurgel wollten. Sie machte einen Schritt zur Seite, um ihn auf Abstand zu bringen, Grübchens Hand schnellte allerdings wie eine Schlange vor, packte ihren Unterarm und quetschte ihn, bis sie mit einem Schmerzensschrei den Knüppel fallen ließ. Mit der nicht von ihm festgehaltenen Hand holte Fasana aus, ballte ihre Faust und schlug zu. »Lass mich los!«

Viel zu geschickt wich Grübchen ihr aus und nutzte ihren eigenen Schwung, um sie aus dem Gleichgewicht zu hebeln. Gegen ihren Willen landete sie hilflos in seinen Armen.

»Glaub mir, bei mir bist du besser aufgehoben. Im Gegensatz zum Hauptmann habe ich Geld. Die Räuberhöhle ist leer – sollte Dolf jemals zurückkommen, hat er nichts mehr. Gar nichts! Nichts kann er dir bieten.« Er schmiegte sich an sie. »Komm, lass uns zwei etwas Neues beginnen. Eine neue Geschichte. Dein Räuberhauptmann wird bis in alle Ewigkeit als Feind des Staates im Gefängnis schmoren. Den lassen sie so schnell nicht mehr laufen. Falls sie ihn nicht sogar hinrichten.«

Sehnsuchtsvoll und sanft streichelte er über ihre Arme. Schauer des Ekels liefen ihr über den Körper.

»Dich freut das alles viel zu sehr, Vorschulte. Man könnte meinen, du hättest das von Anfang an geplant. Deinen Streich gegen Hanne Mohr – und was noch? Hast du dich etwa mit den Gendarmen verbündet, damit du was vom Kopfgeld abbekommst?«, zischte sie und versuchte, sich aus seinem Griff zu befreien.

Alle jugendliche Unschuld, die in seinen Zügen lag, war verschwunden. Das Grübchen zeichnete sich wie eine schwärende Wunde in seinem Gesicht ab, als er lächelte. Ohne auf ihre Gegenwehr zu achten, wanderte seine Hand über ihren Körper.

Fasana erkannte, was er die ganze Zeit über getrieben hatte. Grübchen hatte sich hinter der Maske des treuen Gefährten versteckt, aber nur seine eigenen Ziele verfolgt. Der wahre Räuber. Ein gieriger Mann. Alles, was Dolf für die Armen auf die Seite geschafft hatte, wartete nun auf ihn. Mit seiner nächsten Aussage bestätigte er ihre Befürchtung vollends.

»Eigentlich hatte ich dich nie für diesen Angeber vorgesehen, genauso wenig wie den ganzen Kladderadatsch, den er zusammengestohlen hat.« Grübchens Finger wurden zudringlicher, drängten sich unter den Stoff ihrer Bluse. »Ein neues Leben in einem Haus. Jeden Tag etwas Gutes auf dem Tisch – und Freiheit. Keine Befehle mehr. Von niemandem. Das könnte ich dir bieten. Was gibt dir Dolf? Heimliche Nächte in Scheunen, eine verbitterte Ehefrau, die dir irgendwann den Hals umdrehen wird. Seine überbordende Moral, mit der er dich in ein paar Monaten abstempeln wird. Heiraten wird er dich nicht, mit dir fortgehen auch nicht, sollte er jemals wieder auf freien Fuß kommen. Zudem ist er viel älter als du, oder? Ich nicht.« Sein Gesicht näherte sich ihrem und er hielt sie mit seinen hellen Augen gefangen. »Das ist *die* Gelegenheit auf ein wirklich neues Leben. Was hältst du von Amerika? Ich habe in der letzten Zeit viel davon gehört.«

Seine Lider schlossen sich, als sich sein Mund auf ihren presste und er sich gegen sie drückte. Ohne zu zögern, zog Fasana mit einem Ruck ihr Knie an. Sein Ächzen flog über ihre Wange, als er jaulend zusammenklappte und sie losließ.

Fasana rannte los. Sie blickte nicht zurück, während der Wald um sie herum dichter wurde und sie verschluckte. Sie würde fliehen, bis ihre Lungen brannten. Wohin, das sollten ihre Füße entscheiden. Sie glaubte nicht mehr an das, was die Karten für sie selbst gezeigt hatten, wohl aber an das, was sie für Dolf gesehen hatte.

Mutterrolle

Hannes Augen leuchteten, als sie auf ihre kleine Tochter hinabblickte, die friedlich und mit rosa Wangen in ihrer Wiege schlief. Sachte strich sie mit ihrem Finger durch die hellen Locken, die nicht verrieten, wer ihr Vater war, worüber Hanne beinahe erleichtert war.

Alwine hockte neben ihrer Schwester und spielte mit einem gestrickten Schühchen, das sie der Kleinen mehrmals begeistert an- und ausgezogen hatte, bevor diese endlich eingeschlafen war. Zum Glück hatte sie sofort viel von ihrer eigenen Großmutter in Wilhelmine gefunden und über die Zeit hinweg hatte sich dieser Eindruck bestätigt. Kaum eine Spur von Dolf zeigte sich in ihrer kleinen Tochter und sie erinnerte Hanne daran, ein neues Leben wertzuschätzen und alles dafür zu tun, auch wenn sie sich manchmal verloren fühlte.

Der Anblick dieses hilflosen Wesens führte ihr ein weiteres Mal vor Augen, wie schutzlos sie der Situation ausgeliefert war. Natürlich würden sich alle, die von ihren Taten wussten, aus Dankbarkeit um sie kümmern. Außerdem lagerte in der Höhle eine Reserve, die sie sich holen würde, um vorerst überleben zu können. Da die Männer in Haft waren, würden sie davon nichts mitbekommen und Hanne fand, dass ihr nach Dolfs Verrat etwas Sicherheit zustand, die er ihr nicht mehr geben wollte.

Hanne konnte im Schutz ihrer Nachbarschaft ausharren, bis alles von ihrem Namen aufgebraucht war, bis die Menschen ihre guten Taten vergessen und sie sie nur noch als Last betrachten würden. Eine Mutter ohne Versorger war eine Belastung für eine Gemeinschaft, daran konnte man nicht rütteln. Oder?

Sie dachte erneut an Mathilde Anneke, die ihre Tochter ohne den saufenden Weinhändler großgezogen hatte. Sie hatte geschrieben, um ihren Lebensunterhalt zu erarbeiten. Brauchte eine Frau also einen Mann zum Überleben? Brauchte Hanne einen? Sie hatte schon einmal gedacht, dass sie keinen brauchte, sie hatte auf eigenen Beinen gestanden und konnte das wieder. Voller Ehrfurcht für das Wunder des Lebens in Zeiten der Unsicherheit streichelte sie den weichen Flaum des Kinderhaares und über Alwines Zöpfe, aus denen Strähnen abstanden wie Eichhörnchenschwänze. Ein Dreimädelhaus. Drei Frauen, die sich als stark erweisen und die Familie in die Zukunft tragen würden.

Ein Klopfen an der Haustür riss sie aus ihrer Gedankenwelt. Hanne zuckte zusammen und kämpfte sich auf die Füße. Sie hatte nicht den Hauch einer Ahnung, wer das sein mochte.

»Bleib du bei deiner Schwester, Alwine. Aber lass sie schlafen. Ich sehe nach, wer das ist.«

Im Flur richtete sie sich ihren Dutt, wie sie es immer tat, obwohl sie davon ausging, dass dieser in keinem ausbesserungswürdigen Zustand mehr war. Sie öffnete die Tür.

»Frau Mohr«, grüßte sie ein Gesicht, das so grau erschien wie der Nebel, der sich zwischen die Bäume des Waldrandes gestohlen hatte.

Hanne blinzelte und realisierte erst in der nächsten Sekunde, wer da vor ihr stand. Bis jetzt war sie davongekommen. Dolf war verhaftet. Ihre Beziehung war aufgelöst. Wie viel Verbundenheit spürte er noch ihr gegenüber? Was tat er, um seine eigene Haut zu retten?

Sie räusperte sich. »Herr Mönkebüscher. Sie schon wieder.« Sie gab alles, damit das Lächeln auf ihren Lippen nicht gezwungen wirkte.

Franz Mönkebüscher hatte den Helm abgenommen und drehte ihn beinahe verlegen zwischen den Fingern. Dadurch wirkte er verloren und beinahe kindlich. Seine Augen sprachen allerdings eine andere Sprache. Eine Ansprache über Angst, Gewalt und Ernsthaftigkeit lag in der Luft.

Hanne wurde schwindlig und sie lehnte sich an den Türrahmen. »Wenn es Ihnen nichts ausmacht, sich kurzfassen zu wollen. Ich fühle mich seit ein paar Tagen krank«, sagte sie.

»Ihre Tochter ist noch sehr jung. Meine Frau und ich, nun ja, wir haben auch … Ich weiß, wie das ist.« Er unterbrach sich selbst mit einem Räuspern. »Frau Mohr, mir ist bewusst, dass Sie durch die Verhaftung Ihres Mannes – und durch seine Taten selbstredend – in arge Bedrängnis geraten sind. Es ist gewiss kein glücklicher Zeitpunkt für eine Befragung, aber es muss sein. Seien Sie zudem versichert: Sollte ich keine zufriedenstellende Auskunft erhalten, werden die neuen Gendarmen aus Dortmund, angefordert von Herrn Thalberg, weniger höflich an diese Tür klopfen. Sie sind dafür bekannt, äußerst intensiv nachzuhaken und alle Details zu erfragen. Sagen Sie mir, wann Sie Ihren Mann zuletzt gesehen haben.«

Hanne zog die Brauen zusammen und starrte Mönkebüscher düster an. Sie traute weder ihm noch seiner Frage. Ging es hier nicht um Dolf, der sowieso im Gefängnis saß, sondern doch noch einmal um sie? Hatte Thalberg seine Meinung geändert und sie erneut aufs Tableau gebracht, sie letztlich beschuldigt, um auf diese Art Rache an ihr zu nehmen? Hatte Mönkebüscher sie gesehen, bei den Märtmanns? Vor sich sah sie die Gerippe der Obstbäume und Dolfs Gesicht, spürte kurz seine Wärme auf ihrer Haut. Sie bemühte sich, sich nicht zu räuspern.

»Das ist länger her. Ich lasse mich nicht gerne hintergehen.«

Mönkebüscher musterte sie, nickte dann. »Seit seiner triumphalen Rückkehr war er nicht zu Hause?«

»Nicht, dass ich ihn bemerkt hätte. Er kennt allerdings natürlich Schleichwege und die dunkelsten Ecken. Also kann ich nicht mit größter Gewissheit untermauern, dass er nicht doch hier herumgeschlichen ist. Ich will es auch gar nicht wissen. Ich muss mich allein durchschlagen, da Sie und diese andere Frau mir meinen Ehemann gestohlen haben.«

»Ich verstehe Ihre Verbitterung, Frau Mohr.« Mönkebüscher blieb ruhig. »Aber gestohlen hat *er*, nicht ich. Ich hörte, dass Sie ehrgeizig und klug seien, eine ehrbare Frau. Sicherlich ehrgeizig genug, sich einen besseren Mann auszusuchen. Ich wundere mich, dass Sie sich an diesen überhaupt gebunden haben.« Die Stimme des Gendarmen blieb ohne erkennbare Regung.

Hanne glaubte nicht, dass es ihn interessierte, was mit den Angehörigen eines Kriminellen geschah, den er dingfest gemacht hatte. Ob er ihnen den Ernährer nahm und sie in Not und Elend stürzte. Nur das Verbrechen war Sache des Staates, nicht das Kümmern um in Not geratene Familien. Sonst hätte man in den Hungerwintern mehr Anteilnahme gezeigt, hätte gehandelt und nicht die Notwendigkeit des Diebstahls hochkochen lassen.

»Haben Sie Dank für Ihre Einschätzung, Herr Mönkebüscher«, erwiderte sie so gelassen, wie es ihr zersplitterndes Herz zuließ. Zumindest schien es ihm nicht um ihre Rolle in der Räuberbande zu gehen. Wen interessierte schon das Weib eines Verbrechers? Das hatte Thalberg bei ihrer Gegenüberstellung doch ähnlich gesagt, oder? Ein Weib als Räuber – lächerlich! Frauen waren nur schmückendes Beiwerk. Nun musste sie doch grinsen.

Mönkebüscher seufzte, strich sich durch den gezwirbelten Schnurrbart und stülpte sich den Helm auf den akkurat gezogenen Scheitel. Er drehte sich zum Gehen, hielt nochmals inne, schien sich auf etwas zu besinnen und wandte sich ihr zu.

Seine Augen glitzerten. »Wissen Sie, ich wollte Ihnen keine Sorgen bereiten. Aber ich muss Ihnen sagen, dass er geflohen ist. Aus dem Arrest in Hamm. Ich hatte dort sogar mit ihm gesprochen. Er hat Sie im Verdacht, ihn an uns verpfiffen zu haben. Er schien nicht begeistert, und einem Mann, der Kaufleute niederknüppelt und skrupellos Häuser aufbricht, traue ich einiges zu, wenn er wütend ist. Einen guten Tag.«

Darauf fiel Hanne nichts mehr ein. Mit einer Mischung aus Wut und Angst starrte sie auf den steifen Rücken unter dem noch steiferen Uniformrock, der sich entfernte. Rund um die kleine, warme Welt in ihrem Haus breitete sich Grabeskälte aus, die ihre Gefühle einfror. Sie konnte nicht fassen, was sie gehört hatte. Dass Dolf geflohen war, mit Groll auf Verräter im Bauch, zu denen er sie offenbar zählte. Gab er ihr die Schuld an seinem Schicksal? Sie wollte sich nicht ausmalen, was er in diesem Bewusstsein tun würde. Er war nicht mehr der galante Ritter, der sie vor gierigen Fingern rettete.

Hanne ging zurück in den Flur, schlug die Tür zu und schob den Riegel vor. Sie würde sorgfältiger als sonst alle Türen und Fenster überprüfen müssen, bevor sie sich Ruhe gönnen konnte. In ihr erstarben die Gedanken an flaumiges Kinderhaar und wichen den Ängsten vor einem erzürnten Räuberhauptmann. Eine Lösung musste her. Schnellstens. Sie machte ein paar Schritte, blieb dann abrupt stehen. Ihre Zunge leckte über ihre Zähne und die Oberlippe.

»Alwine! Ich bin gleich zurück. Ich muss kurz etwas nachschauen gehen. Geh zu Peter, wenn etwas ist.«

Hanne lief los, ohne die Antwort ihrer Tochter abzuwarten. Obwohl der Nebel immer dichter wurde und sich wie zäher Brei um sie zu schließen schien, kämpfte sie sich vorwärts. Ihre Müdigkeit kehrte zurück, aber sie konnte sich nicht aufhalten lassen. Sie lief weiter. Der Wald wurde dichter und verdrängte mit seinen Stämmen den Nebel. Dennoch schluckte die kalte Luft alle Geräusche, als sie von der Nebenstraße in den kleinen Hohlweg abbog. Unter dem Laub erahnten ihre Füße die Fahrrinnen, die Dolfs Wagen hinterlassen hatte. Fast verschwunden waren sie, wie ihre eigene Anwesenheit an diesem Ort. Bevor sie durch die tief hängenden Zweige schlüpfte, blickte sie sich um. Der Wald lag still. Nichts rührte sich, kein Laub raschelte und kein Ast knackte. Niemand war hier. Nicht einmal der Schatten ihrer Vergangenheit.

Hanne ging näher und schob die Bretter und Äste zur Seite, die das dahinterliegende Versteck verbargen. Ihr Herz schlug schneller, als sie sich bückte und hineinkroch.

Sie sackte zusammen und Tränen traten ihr in die Augen. Das ganze Ausmaß des Verrats breitete sich vor ihr aus, stieg aus ihrem Inneren auf und bahnte sich seinen Weg. Alles war fort. Die Höhle war vollkommen leer. Hier würde sie keine Hilfe mehr finden. Woher sollte sie noch ihre Kraft nehmen, Pläne zu schmieden?

Auf dem kalten Boden der Räuberhöhle kugelte sie sich zusammen und ließ ihren Tränen freien Lauf. Hanne schwankte zwischen Trauer und Neuanfang. Wie konnte sie ihr altes Ich, ihr altes Leben hinter sich lassen? Fürchterliche Angst überkam sie.

Weiberkram

Seitdem er wieder in seiner vertrauten Umgebung angekommen war, traute er sich kaum noch, sich zu bewegen. Alles an ihm zwängte ihn ein, behinderte seine Arme, während unten herum ständig meterweise Stoff um seine Beine schlackerte. Trotz dieser ungewohnten Gefühle gab ihm die Kleidung seltsamerweise Sicherheit, was zusätzlich durch den dichter werdenden Nebel bewerkstelligt wurde. Vor allem die Haube auf seinem Kopf, die sein Gesicht wie ein Ritterhelm seitlich umschloss, schenkte ihm Anonymität. Dolf musste grinsen, obwohl er sein Spiegelbild noch nicht einmal gesehen hatte. Lächerlich fühlte er sich nicht, es ging lediglich um die beste Tarnung. Zum Glück hatte er sich im Gefängnis am Vorabend rasiert, um vor den Richtern nicht allzu struppig und räuberhaft, sondern eher wie der vermeintliche Adelsspross zu erscheinen. Aufforderungen zum Tanz erwartete er kaum, denn er ahnte, dass er kein perfektes Abbild weiblicher Eleganz war. Er grübelte darüber, ob er sich das Verhalten einer der Frauen zu eigen machen sollte, die er kannte: Fasanas wiegende Hüften, Hannes Dienstmädchenhaltung mit einem Stock im Kreuz – oder wie seine spröde Schwägerin Elsabena, die stets wie ein Rabe mit dem Kopf ruckte und das hochgesteckte Haar in den Nacken zu werfen versuchte. Nein, das würde ihn alles noch unglaubwürdiger erscheinen lassen. Diese Frauen waren zäh, straff, ernst und keine fülligen Matronen. Dolf war zu klobig, um eine Wahrsagerin, eine Schneiderin oder ein eilfertiges Dienstmädchen imitieren zu können. Er war ein ungehobelter Klotz, der in Taft eingewickelt war – oder wie auch immer dieses Gefängnis aus Stoff heißen mochte. Fast bemitleidete er sich selbst, als er sich vorstellte, dass er eine Frau seines Formats nicht eines Blickes gewürdigt und sie am Rand des Tanzbodens hätte stehen lassen. Er musste sich etwas einfallen lassen, um seine Ausstrahlung weiblicher wirken zu lassen.

Um ihn herum wurde der Verkehr stärker. Fuhrwerke, Einspänner und Handkarren drängten sich auf den schmalen Straßen und es hatte den Anschein, Hörde wäre ein großer Ameisenhaufen, der mit einem Stock gepikst worden war. Die Sicherheit auf den Landstraßen war Geschichte und Dolf musste nun mit einer ehemals vertrauten Welt zurechtkommen, die ihm feindlich gesonnen war – wie ein Grashüpfer inmitten Tausender Ameisen. Jederzeit konnte ein bedenklicher Blick auf die dahinstolzierende Matrone fallen, die sich wie ein Eisberg durch die Menge schob. Ihm stockte der Atem. Gleich an der ersten Straßenecke, die in Sichtweite kam, schimmerte ein polierter schwarzer Helm, grüner Stoff leuchtete fusselfrei und tadellos sitzend. Ein Gendarm, der ein wachsames Auge auf das Getümmel warf. Dolf gab sich nicht der Fantasie hin, dass sein Ausbruch unentdeckt geblieben war und die Polizeikräfte nicht nach ihm suchten. Dafür hatten sie sich zu sehr angestrengt, ihn einzufangen. Ihm entfuhr ein zu lautes Fluchen, was ihm sofort einen der gefürchteten missbilligenden Blicke einbrachte.

»Kein Benehmen, du Fischweib«, raunte eine Frau, die ihn passierte, abfällig.

Dolf zog die Rüschen – nannte man das so? – an der Schute enger um sein Gesicht und eilte weiter. Sich nach allen Seiten absichernd suchte er einen Weg, der ihn ohne weiteres Aufsehen und in möglichst großem Abstand am Gendarmen vorbeischleusen konnte. Er entschloss sich, einfach geradeaus zu laufen, kaum Schlenker zu machen, nur den Frauen auszuweichen, die die Unhöflichkeit der eigenen Gesellschaft schärfer zu verurteilen schienen, als es irgendein Mann getan hätte, denn diese beachteten ihn überhaupt nicht. Moment, hatte der Gendarm nicht eben zu ihm hinübergeschaut? Hatten seine Augen länger auf ihm geruht?

Dolf kämpfte sich weiter tapfer vorwärts. Beinahe hatte er die Wache erreicht, ohne einen Menschenauflauf zu provozieren, als sich von hinten eine Hand auf seine Schulter legte.

»Feiern wir Karneval, Mohr?«

Dolf erstarrte und fuhr anschließend zum Sprecher herum. Er musste ein gutes Stück nach unten schauen. Sein rasender Puls beruhigte sich etwas. »Witwe Rodmann! Welch Überraschung.« Er räusperte sich, da die alte Frau nichts weiter tat, als ihn anzugrinsen. »Gerade du müsstest wissen, warum ich das hier tue.«

Die Alte gurrte kurz wie eine flügellahme Eule, hakte sich dann lächelnd bei ihm unter. »Na komm, meine Hübsche. Wer so verzweifelt ist, sich in diesem Aufzug auf die Straße zu trauen, braucht Unterstützung. Ich helfe dir am Gesetz vorbei. Lass uns Freundinnen sein. Schließlich verdanke ich dir sorgenfreiere Tage.« Sie lachte, musste aber gleich husten.

Dolf lächelte sie an und nickte.

Trine plauderte ohne Punkt und Komma und zog Dolf mit sich. Sie lachte meckernd und machte übertriebene Gesten. Als sie am Gendarmen vorbeigingen, gab Dolf sich Mühe, unauffällig sein Gesicht zu verbergen und zu Trines Geschichten zu nicken. Die Witwe ließ sich sogar dazu hinreißen, dem Gesetzeshüter einen huldvollen Gruß zuzuwerfen, den er mit einem kurzen Tippen an seinem Helm erwiderte. Dabei schob sie Dolf etwas seitlich gedreht an dem Mann vorbei.

Als er zur Seite schielte, erstarrte sein Herz noch einmal. Aus der Nähe erkannte er seinen ärgsten Widersacher: Franz

Mönkebüscher. Dessen Klauen war er doch eben erst entkommen! Gleichzeitig war das hier die Gelegenheit, die Alltagstauglichkeit seiner Maskerade im wahren Räuber-und-Gendarm-Spiel zu testen. Zwischen den Rüschen der Haube linste Dolf nach einer Reaktion des Ordnungshüters, aber Mönkebüscher schien ihn nicht bemerkt zu haben.

Einige Meter weiter schnaufte Dolf durch, entließ die angehaltene Luft aus seinen Lungen. »Ich danke dir«, keuchte er.

Die Witwe klopfte ihm auf die Schulter. »Ich dachte, ein schneidiger Räuber wie du wäre belastbarer. Aber gern geschehen, Mohr. Ein kleiner Zinsbetrag der Schuld, die ich mit dem kläglichen Rest meiner Tage ohnehin nie mehr abtragen kann. Ich unterstütze dich und deine Familie, ihr habt so viel Gutes bewirkt und habt euch für uns arme Kirchenmäuse eingesetzt. Gerade deiner Hanne, der schulde ich Dank. Das sieht der ganze Sommerberg genauso.«

Hanne! Immer wieder Hanne! Bei ihrer Erwähnung löste sich eine gewaltige Gerölllawine in seinem Herzen, überrollte seine Eingeweide und legte sich bleischwer in seinen Magen. Durch die milde Dankbarkeit, die die Witwe in der Stimme trug, krampfte sich alles in ihm zusammen. Existierte Dolf Mohr, der gute Geist, tatsächlich nur gemeinsam mit Hanne? Zählte er allein nicht genug ohne seine Frau? Immerhin hatte *er* die Hauptlast und das größte Risiko bei ihrer Arbeit getragen. *Er* hatte die kniffligen Fälle auf sich genommen! Was hatte sie getan? Geredet und geplant – und dazu noch so schlecht, dass sie unnötig tief im Morast steckten! Wie konnte er es schaffen, dass die Leute in ihm endlich mehr sahen als das Anhängsel des guten Geistes? *Er* war der Hauptmann, der Räuber, der Rebell! Heißer Zorn kochte in ihm auf wie das zähe, rot glühende Eisengemisch, das er im Puddelwerk der Hermannshütte im Ofen gesehen hatte. Wann würde man ihre Namen voneinander trennen? Er wollte nicht, dass

Hanne Anteil an der Bande, an seinem Ruhm hatte. Ohne sie war er besser dran. Er, Fasana und seine Männer waren eine Einheit, da war kein Platz mehr für sie! Welches Zeichen konnte er setzen, das ihn zum unangefochtenen Wohltäter machte? Schließlich war er der größte Räuber seit diesem Schinderhannes!

Dolf schnaubte und spürte, wie sich der Arm der Witwe aus seiner Armbeuge zurückzog. Ihre Brauen waren hochgezogen und verwandelten ihre ohnehin bereits knittrige Stirn in eine zerknautschte, ungebügelte Leinendecke.

»Entschuldige, ich war mit meinen Gedanken woanders.«

»Nicht nur mit deinen Gedanken, wie ich hörte. Du bist ein furchtbarer Dummkopf, Mohr, dass du diese Frau freigibst. Ich bin alt, aber nicht blind. Dieses Flittchen, das dir am Ärmel hängt ...«

Grob unterbrach er sie, wollte sich nicht mit einer alten Frau auf einen Streit über seine Ehe einlassen. »Es liegt nicht an dir, das zu entscheiden. Es ist *mein* Leben. Danke für deine Hilfe, aber ich glaube, es reicht jetzt. Ich komme allein zurecht. In allen Belangen.« Er zupfte die Haube und das Kleid zurecht und straffte sich. Er brauchte einen Ort, um ungestört nachdenken zu können. Hanne war ein Problem, das seinen Ruf mit einer dunklen Ascheschicht verschmutzte.

In diesem Moment schweifte sein Blick den Berg hinauf und ihm fiel die verhärmte Gestalt seiner Schwägerin ins Auge. Sie stolzierte auf der Chaussee den Berg hinab, fort von ihrem Zuhause. Wahrscheinlich war ihr Ehemann also allein zu Hause. Weder die Gendarmen noch Hanne würden jemals darauf kommen, dass er sich freiwillig dem langweiligen Diedrich, diesem Ausbund an Sittsamkeit und Trägheit, aufbürden könnte. Nicht einmal in den glücklicheren Zeiten ihrer Ehen hatten die beiden Männer viel miteinander gesprochen, so sehr ödete sein Schwager ihn an. Er kam Dolf vor wie ein verzerrtes Abbild seiner selbst in den Armen Elsabenas. Dolf mutmaßte, dass sie ihn nur erwählt hatte, weil sein Bruder Philipp, der ältere der Mohrs, bereits vergeben gewesen war und Diedrich wenigstens einen ähnlichen Nachnamen hatte: Mühr statt Mohr. Auf diese Weise konnte sie sich vermutlich als Teil seiner Familie fühlen. Dolf hatte das noch nie angesprochen, war sich jedoch sicher, dass er richtiglag. Elsabena wollte ihn nicht loslassen.

Das Haus seines Schwagers konnte dieser Platz zum ruhigen Nachdenken sein. Dringend musste er von der Straße weg. Er eilte los.

»Mach nicht solche riesigen Schritte, du Hornochse!«, zischte ihm die Witwe warnend nach.

Diedrich Mühr kehrte immer dann gerne aus seiner Werkstatt ins Haus zurück, wenn Elsabena unterwegs war – ein mehr als eindeutiger Hinweis darauf, wie es um sie beide stand. Das wusste Dolf und machte deshalb nicht den Umweg durch den Schuppen, sondern klopfte gleich an der Hintertür. Mit gerafften Röcken war er durch die Gärten gehuscht. Er hatte sich unbeobachteter gefühlt, hinter Zäunen zu laufen oder den Schutz von Hecken und Bäumen zu nutzen.

Seine Ahnung fand Dolf durch den Geruch nach räucherndem Tabak bestätigt, der sich bis in den Hausflur ausgebreitet hatte und unter der Türschwelle aufstieg, als er klopfte. Diedrich öffnete mit Rauchkringeln um die Nase und einem versonnenen Lächeln auf den Lippen, das allerdings sofort erstarb, als er seinen Besucher in der untypischen Aufmachung sah. Die Pfeife in seinem Mundwinkel kippte bedrohlich nach unten, als er versuchte, seine Fassung wiederzufinden.

»Pass lieber auf! Wenn du ein Loch in die Dielen brennst, macht dir deine Alte die Hölle umso heißer«, grüßte Dolf ihn.

»Dolf?« Die Pfeife fiel, aber Diedrichs Hand fing sie zitternd auf.

»Ich kann mich anders kaum hier blicken lassen, Schwager. Aber keine Sorge, ich habe keinen neuen Lebensweg eingeschlagen. Es ist und bleibt nur eine Verkleidung. In diesem Putz erwartet mich niemand. Darf ich rein? Deine Elsabena ist wohl nicht zu Hause, so genüsslich, wie du deine Pfeife schmauchst.«

Ohne eine Antwort abzuwarten, schob Dolf seine ausladenden Röcke in die Tür und riss den perplexen Diedrich in der Welle aus Taft und Rüschen gleich mit. Dennoch warf er einen letzten Blick auf die Straße, um sicherzugehen, dass ihn niemand beobachtete.

Diedrich stolperte vor der Bugwelle aus Stoff in die Küche, wo er seine Stimme wiederfand. »Was tust du hier?«

Nervös klopfte er die Asche aus der Pfeife auf einen bereitstehenden Teller. Daneben bemerkte Dolf eine hellbraune Steingutflasche, deren Korken neben einem kleinen Becher und einem weiteren Teller mit einer dick bestrichenen Scheibe Brot und einem Kanten Schinken lag. In Elsabenas Abwesenheit ließ er es sich wahrlich gutgehen.

»Der Festtag zu Ehren der abwesenden Ehefrauen«, kommentierte Dolf und setzte sich unaufgefordert auf den vom Tisch zurückgeschobenen Stuhl, als wäre alles für ihn aufgefahren worden. Erst jetzt fühlte er, wie stark Hunger und Durst in ihm rumorten, weshalb er kräftig zulangte und sich den Schinken vom Brot angelte.

»Du fragst, was ich hier tue. Nach den Wochen im Gefängnis will ich mir etwas gönnen, lieber Schwager. Alles bereit für mich. Hast du mich etwa erwartet?«

Dolf zog Flasche und Becher zu sich heran und ließ die brennende Mischung aus Kräutern in seinen Hals rinnen, spülte sich damit den unangenehmen Geschmack der Gefängnisluft vom Gaumen, die noch immer daran zu kleben schien. Die Kräuter schmeichelten als erster Hauch der Freiheit über seine Zunge. Das ordentliche Stück Schinken fügte seine salzige und rauchige Würze hinzu, die ihn belebte. Beinahe wie früher. In der guten, alten Zeit, die gar nicht so lange zurücklag.

»Ich dachte, du würdest auf dein Urteil warten. Hat man dich gehen lassen?« Diedrich setzte sich schwerfällig ihm gegenüber und räusperte sich. »Hör mal, du bist zwar mein Schwager, aber ich glaube nicht, dass wir … dass es sinnvoll ist, wenn du dich in meinem Haus aufhältst«, stieß er leise hervor.

»Dein Haus – oder Elsabenas? Wenn du dich nicht mal traust, in deiner Küche zu rauchen, solange sie daheim ist, kannst du es wohl kaum dein Eigen nennen, oder?«

»Ich bin ein ehrbarer Bürger, ich habe nichts mit Leuten wie dir zu schaffen. Ich arbeite hart für mein Auskommen, lasse mir nichts zuschulden kommen. Darum will ich mit einem … einem Räuber nichts zu tun haben! Sei er mein Schwager oder der Kalif von Bagdad!«

Dolfs Blicke nagelten den dürren Mann an die Wand, doch entgegen seiner gewohnten Art hielt Diedrich vorerst stand.

»Du riskierst große Worte, Schwager. Für einen unbedeutenden Furz, der nicht einmal weiß, wo bei einer Pistole vorne und hinten ist, oder der seiner Furie von Weib alles durchgehen lässt, wie gehässig sie auch sein mag«, rülpste ihm Dolf entgegen. Er nahm sich das Brot, lehnte sich zurück und ließ seine Stiefel auf die blank gewienerte Tischplatte donnern. Dabei rutschte der Rock nach oben und entblößte seine muskulösen und behaarten Unterschenkel. Er wusste selbst, wie überaus schlecht er sich benahm, aber er musste Diedrich unbedingt in die Schranken weisen, damit er ihn zwingen konnte, ihm Unterschlupf zu gewähren. Gegen einen Räuberhauptmann – auch wenn er Weiberröcke trug – würde Diedrich sich zweifelsohne nicht auflehnen.

Wie er es erwartet hatte, knickte sein Schwager mit den nächsten Worten ein. »Na schön. Iss, trink, stärke dich. Was soll's? Mich hat es ohnehin nicht interessiert, was man über den ehemaligen guten Geist so erzählt hat. Hätte ich geahnt, dass du das die ganze Zeit gewesen bist …«

»Was dann, Diedrich? Wärst du mit mir zusammen in die Keller der Kolonen gekrabbelt? Dafür gehen dir Rückgrat und Ehre ab.«

Dolf wich ein Stück zurück, als Diedrich die Hände vor ihm auf die Tischplatte stemmte und ihn anstarrte. Die Hände waren zu Fäusten geballt und er stammelte nicht mehr beim Sprechen. »Von Ehre kann der Herr Räuberhauptmann auch kein Liedchen mehr singen. Das Thema Ehrbarkeit hältst du mir nicht vor, Schwager! Ich mag meiner Elsa kaum etwas sagen können, aber wenigstens renne ich nicht mit einer Hexe davon und steige in fremde Häuser ein, um ihr Schokolade oder teuren Schmuck kaufen zu können! Ich steche für ein bisschen Brot, Schinken oder ein paar Münzen keine Menschen ab!«

Bei diesen Worten meldeten sich sauer Schinken und Schnaps in Dolfs Kehle zurück, vermischt mit den bitteren Erinnerungen an den Abend seiner Verhaftung, die wie ein Fiebertraum in ihm aufstiegen. Er hatte zwar nachdenken wollen, dass ihn die Eindrücke jedoch gleich in Diedrichs Küche übermannen würden, hatte er nicht erwartet. Er war wieder im Obstgarten Märtmanns.

Ohne einen Blick über die Schulter zu Hanne zu werfen, stürmte Dolf zurück zum Bauernhaus. Die Gendarmen umkreisten den Garten, aber er ahnte, dass das nicht lange so bleiben würde. Er musste sich beeilen – um Fasanas wil-

len. Sein Schicksal war ihm egal, solange er als gefeierter Räuber in die Geschichte eingehen konnte. Was eignete sich dafür besser als eine Schießerei mit den Ordnungshütern des Staates, der ihn zu all seinen Taten gezwungen hatte? Hätte der König ein Herz für seine Untertanen in Not und nicht nur das eigene Wohlergehen im Sinn gehabt, wäre ihm niemand auf das Dach seines Palastes gestiegen.

Am Haus angekommen, sah er niemanden. War Fasana im Schutz der Nacht abgetaucht und entkommen?

Nein, aus dem Haus drang Gekreische, in den hohen Tonlagen einer Frau. Sie keifte etwas Unverständliches. Es rumpelte und etwas oder jemand polterte gegen die Wand, sodass das Haus bebte. Ein heiserer Schrei und noch mehr Gezeter folgten. Hastig griff er nach der ersten Sprosse der Leiter, die sie bereitgestellt hatten, und zog sich nach oben. Hinter dem Durchbruch flackerte Licht. Dolf wusste, dass er als Schattenriss für alle Gendarmen sichtbar werden würde, sollte er zu lange davor herumspringen. Umso schneller drückte er sich darum von der letzten Sprosse aus neben das Loch in der Wand, balancierte und rollte sich in den Raum. Geduckt durchquerte er die Speisekammer und rannte in das schmale Treppenhaus. Schummriger Lichtschein wies ihm den Weg, genauso wie das anhaltende Getöse. Er wunderte sich, dass die Gendarmen noch nicht eingegriffen hatten. Wahrscheinlich war ihnen die Gefangennahme des Räubers wichtiger als das Wohlergehen seiner Opfer.

Dolf stürmte in das Zimmer, das sich als großflächige Schlafstube herausstellte.

Im gedrechselten und filigran bemalten Himmelbett mit bunten Vorhängen saß eine kreischende Frau mit der Decke bis unter die Nase gezogen. Ihre Nachthaube saß schief und hob das Weiß ihrer kugelrunden Augen hervor, mit denen sie die beiden Gestalten anstarrte, die auf dem Teppich vor dem

Bett miteinander rangen. Von den wild flackernden Kerzen angeleuchtet, durchschnitt bläulicher Stahl wie ein Blitz die Luft und rammte sich in den strampelnden Körper, der in diesem Moment unten lag. Ein Aufschrei. Blutüberströmte Finger umklammerten mit letzter Kraft das Handgelenk, welches das Messer führte, und wehrten dadurch einen weiteren Stich ab. Die andere Hand formte sich zur Faust und krachte gegen den Arm des Angreifers, der dadurch einknickte. Um das Gleichgewicht zu halten, warf sich der Obenliegende nach hinten und heulte wutentbrannt wie ein Werwolf bei Vollmond.

Diese Gelegenheit nutzte der Mann am Boden und strampelte sich frei, wuchtete sein gesamtes Gewicht herum und begrub den Angreifer unter sich. Fäuste hämmerten wie ein Schmiedehammer auf den jetzt Unterlegenen ein, und nach zähem Ringen rutschte das blutige Messer über die Dielen in Richtung Bett. Im dämmrigen Licht waren die Gesichter der Männer unter Blut und Schweiß kaum zu erkennen, aber allein die Leibesfülle des Mannes, der den anderen unter sich begrub, versicherte Dolf, dass dies der Bauer sein musste, der Messerstecher hingegen einer von Dolfs Männern – er brauchte die Unterstützung seines Hauptmanns.

Als hätte sie einen eigenen Willen, legte sich Dolfs Hand an den Gürtel und ertastete die Kälte und Schwere der Waffe, die er nie hatte einsetzen wollen. Doch nun musste er eingreifen, bevor sein Mann zu Mus geschlagen wurde. Ob er Grübchen für den Rat, dieses Ding zum eigenen Schutz bei sich zu tragen, dankbar sein sollte, wusste er noch nicht.

Dolf riss die mit Schrot geladene Pistole, die er in Thalbergs Keller gefunden hatte, von seiner Hüfte und hob sie auf Schulterhöhe. Er legte an und sein Finger krümmte sich, als sähe er einen Schützenadler vor sich. Der Drill des Militärs durchströmte seinen Körper und ließ es donnern. Der Schuss rauschte in Hunderten Splittern durch das Zimmer, breitete sich aus wie ein Sternenregen. Holz barst, Lehmputz sprang von den Wänden, untermalt vom Japsen der Frau, die sich im Bett auf den Rücken warf. Hatte er auch sie getroffen? Satte Schläge trafen den Körper des Bauern und schüttelten seinen Oberkörper. Die Zeit stand für einen Augenblick still. Wie unter Wasser kippte Märtmann regungslos zur Seite.

Schnaufend kämpfte sich Grübchen unter der Grabplatte aus Fleisch und Knochen heraus, das Gesicht geschwollen und die Haut aufgeplatzt und blutig. Er warf ein schwaches Grinsen in Dolfs Richtung, als Stiefel auf der Treppe stampften.

»Keine Dummheiten, Hauptmann Mohr! Legen Sie die Waffe auf den Boden! Langsam gefälligst!«, knurrte eine ans Befehlen gewöhnte Stimme in Dolfs Rücken, die Grübchens Grinsen gleich mit erstickte. »Die Zeit der Räuberei ist vorbei! Im Namen des Königs von Preußen nehme ich Sie fest.«

Dolf hatte das Kläffen dieses Köters nie zuvor gehört. Es war nicht der geleckte Mönkebüscher, dieser Gendarm klang dreckiger, härter, entschlossener. Aber was wusste er schon? Für Dolf war jeder einzelne von ihnen nur eine berockte Anziehpuppe des Staates, die alle gleich schlimm waren.

Dennoch – ihm war bewusst, dass es ernst um ihn stand und alles vorbei war. Daran gab es nun keinen Zweifel mehr. Gleichzeitig fühlte er sich erleichtert, dass sie ihn aufhielten. Das hatte er nötig gehabt. Alles war aus dem Ruder gelaufen, er war definitiv zu weit gegangen. Leider schmeckte diese Macht immer noch vollmundig wie ein teurer Rotwein. Mit einem Zwinkern zu Grübchen hinüber ließ er die Pistole langsam sinken und auf den Boden fallen. In der nächsten Sekunde zwang ihm jemand die Hände mit eiserner Kraft auf den Rücken.

Gezielt hatte Diedrich Dolfs wunden Punkt anvisiert. Niemals hätte er sich selbst zugetraut, wirklich auf einen Menschen schießen zu können. Aber es war geschehen. Vor einem Moment, wie es ihm schien, der sich schon jetzt ewig hinzog. Seine Finger zuckten, als er das Andenken seiner Mutter aus der Tasche ziehen wollte, der übergeworfene Rock versperrte ihm jedoch den Zugang. Sein Blick senkte sich wie die Pistole und nahm das auf den Boden fließende Blut des Bauern in sich auf.

Verdammt.

Mit einer roten Spur zog es auf den Dielenbrettern die Grenze zwischen dem Fuhrmann und Familienvater und dem berüchtigten Räuber und Rebellen. Einmal überschritten, gab es kein Zurück mehr.

»Hat er überlebt?«, fragte Dolf mit rauer Stimme. Mehr brachte er nicht heraus. Auch wenn die Fesseln verschwunden waren, die er im Arrest getragen hatte, fühlte er ihr Brennen und den Druck auf seinen Handgelenken andauern. Damals hatte er nicht das geringste bisschen Mitgefühl für den von ihm verletzten Menschen übrig gehabt, doch nun hoffte er, dass er dem Bauern kein Loch in den Rücken gebrannt hatte.

»Gerade so, wie man hört.« Diedrich schob sich zwischen Tisch und Küchenbank, rieb sich das Kinn und strich sich die schütteren Haare zurück, die ihn älter wirken ließen, als er war. »Ich war stolz darauf, dass wir durch unsere Frauen zu Verwandten geworden sind«, sagte er bedächtig. »Ich war beeindruckt von den Taten des guten Geistes. Was er alles für die Sommerberger getan hat, zeugt von einem großen Herz. Aber das alles ist ihm wie eine Schlingpflanze über den Kopf gewachsen und hat den Geist am Ende erwürgt. Dieser Schuss auf den Bauern war ein donnernder Schlussakkord, der in allen Ohren viel zu laut gewesen ist. Meinst du nicht auch?«

Selbst wenn Diedrich recht haben sollte – Dolf wollte von diesem Waschlappen, der sich von seiner Frau in ein Korsett sperren ließ, sicherlich keine Ratschläge oder Weisheiten annehmen. Sein Schwager würde als Einziger so über ihn denken. Alle anderen, denen er über so manchen Engpass geholfen hatte, würden niemals derart über ihren guten Geist reden. Schließlich hatte er das alles doch nur für den Sommerberg getan. In diesem Haus herrschte Elsabenas Geist, der ebenso kleinmütig war wie der ihrer Schwester, die ihn auf ähnliche Art verurteilt hatte. Diedrichs Worte bestärkten ihn in der Annahme, den Verrat, der ihm die Zeit in der Zelle und beinahe eine ernsthafte Verurteilung eingebracht hatte, in der eigenen Familie zu wittern. Gleichgültig, was dieser Gendarm zu ihm gesagt hatte. Dolf richtete sich auf, seine Stiefel donnerten zurück auf den Boden.

»Ich beabsichtige, den Abend und die Nacht auf eurem Heuboden zu verbringen. Tu mir den Gefallen und mach keine Dummheiten. Noch sind wir eine Familie.«

Neuer Mut

Es war nicht die perfekte Lösung, aber gerade blieb Hanne kaum eine andere Wahl. Mit der Reserve aus der Höhle hätte alles einfacher werden können, doch jemand war ihr zuvorgekommen. Sie hatte einen starken Verdacht, wer das gewesen sein könnte.

Unter ihrem weiten Rock klapperten ihre Sohlen auf und ab, ihre Finger krallten sich durch ihren Mantel in ihre Oberarme, in dem Versuch, sich Halt zu geben. Beim Abstreifen des Kleides, vermutete sie, würden ihr blaue Flecken entgegenleuchten. Ihr Körper war angespannt wie die Zügel eines unruhigen Pferdes. In ihrem Kopf sah es ähnlich aus. Zum Glück war seit ihrem Abstecher im Räuberversteck nichts weiter geschehen. Sie war einfach zurück ins Haus geschlüpft, hatte alles verriegelt und war ins Bett gekrochen.

Hanne atmete tief durch, als sie an das dachte, was man ihrem Mann nachsagte. Ein Schuss auf einen anderen Menschen … Das war nicht der Dolf, den sie kennen und lieben gelernt hatte! Wurde er so stark vom Sog des schändlichen Strudels mitgerissen, den Grübchen und diese Hexe erzeugten? Der Staat hatte mächtige Gefängnisse, in denen Menschen auf Nimmerwiedersehen verschluckt wurden. Warum sollte es Dolf anders ergehen, falls er tatsächlich zu dem Mann geworden war, der Pistolen abfeuerte und andere ernsthaft verletzte? Der bereit war zu töten?

Das Ticken der edlen Uhr auf dem Kaminsims, die golden vom Wohlstand dieser Räume schimmerte, hallte zu ihr herüber. Hörte sie dunkles Murmeln hinter der Wand? Die Tür blieb jedenfalls geschlossen. Sie hockte mitten im Feindesland. Sogar der Sessel für Besucher, in dem sie langsam einsank, fühlte sich wie ein Spähposten an, auf dem sie leicht entdeckt werden konnte. Sie fragte sich, ob die Polster sie jemals wieder freigeben würden.

In den Nächten ihrer Grübelei und ihrer Zweifel war ihr klar geworden, dass sie ein Risiko eingehen musste, um das zu retten, was ihr am wichtigsten war. Ausgerechnet in der Höhle des Löwen, der Hermannshütte, versprach sie sich Aussicht auf Hilfe. Sie konnte nur hoffen, dass das Raubtier draußen auf Jagd war und sie nicht entdeckte, bevor sie ihr Vorhaben in seinem Revier ausgeführt hatte. In diesem Vorzimmer, im Ticken der Kaminuhr mit den filigranen Ausschmückungen schloss sich der Kreis, der vor Jahren auf dem Schützenfest begonnen hatte. Irgendwo in diesen Räumen schwebte der Geist desjenigen, der in Hanne wie das Pendel der Uhr alles in Gang gesetzt hatte. Mit einem Tanz und einer Zuckerstange. Ekel stieg ihr – wie immer, wenn sie sich daran zurückerinnerte – in den Rachen, trotz der gefühlten Ewigkeit, die inzwischen vergangen war.

Bitte, lass ihn nicht anwesend sein, dachte sie. Sonst verhaftet er mich auf der Stelle. Ihre Hand wanderte zu ihrer Kehle, wo der Kragen ihrer Bluse sich in die Haut zu schneiden schien.

Sie fuhr zusammen, als sich eine Tür mit einem Knarren öffnete. Stocksteif verharrte sie, sank noch tiefer in die schweren Polster.

Aus den angrenzenden Büroräumen trat ein Angestellter. Kein verschwitzter, grauer Eisenkocher, wie Hanne es sich in einem Hüttenbetrieb mit großen Öfen vorgestellt hatte, sondern ein Mann in einem blütenweißen Hemd mit akkurat gebundener Halsbinde und einer tadellos sitzenden Anzugjacke. Ohne sie zu beachten, was Hannes Unwohlsein seltsamerweise verstärkte, eilte er ins Innere der Anlage rund um die Alte Burg, die seit ihrer Gründung rasant zu einem schmauchenden, alles verzehrenden Riesen angewachsen war. Dieser Mann würde niemals so ausgelaugt, sorgenbelastet und schmutzig nach Hause kommen wie ein Arbeiter. Neues Personal für eine sich verändernde Welt, in der Eisen, Stahl und Kohle regierten. Carl Thalberg war einer ihrer Könige.

Hinter dem Angestellten trat ein weiterer, ähnlich gekleideter Mann aus dem Raum, der ihr mit übertriebener Geste bedeutete einzutreten. Hannes Knie schlugen beim Aufstehen durch ihr Zittern aneinander und verweigerten ihr den Dienst. Sie war froh, dass sie unter dem weiten Gewand nicht sichtbar waren und eine rettende Armlehne sie stützte, und bemühte sich, möglichst gefasst Rock und Frisur unter der Haube glatt zu streichen, bevor sie dem fülligen Mann damenhaft ihre Hand entgegenstreckte. Sie trug ihr bestes schwarzes Kleid, war gewappnet für den Kampf, den sie auf ihre Weise gewinnen wollte. Als Angehörige der unteren Schicht hatte sie erwartet, dass der Mann ihre Hand nur leicht drücken würde, falls er sie überhaupt ergriff, er umschloss sie jedoch mit beiden Händen, hob die Hand an seine Lippen und deutete strahlend einen Kuss an.

»Treten Sie ein, verehrte Dame.«

Seine Freundlichkeit schnürte Hanne den Hals zu und stürzte sie innerlich einen kleinen Abhang hinunter. Noch sympathischer machte ihn der weiche Akzent, der einen Teil ihrer mühsam aufgebauten harten Schale knackte. Mit Herablassung konnte sie umgehen, aber nicht damit, wie eine Dame begrüßt und behandelt zu werden, die sie nun einmal nicht war.

Der Mann deutete auf einen Stuhl vor seinem Schreibtisch, eine der wenigen Stellen in seinen Büroräumen, die nicht von

Papierstapeln, Papierrollen, Büchern sowie allerlei Gerätschaften und Modellen zugestellt war.

»Was kann ich für Sie tun? Ach nein, verzeihen Sie, wo sind meine Manieren! Zuerst die wichtigste Frage: Tee?«

Hanne war gerade im Begriff, den Kopf zu schütteln, unsicher, ob ihr sein Tee überhaupt schmecken würde, da stand schon eine Tasse mit einer dampfenden braunen Flüssigkeit vor ihr. Irgendwie hatte der Mann es geschafft, zwischen all dem Arbeitsmaterial einen sicheren Stand für eine silberne Teekanne auf einem Stövchen unterzubringen. Vor ihr auf dem Tisch glänzten fröhliche Blumenmalereien auf so weißem Porzellan, wie sie es nur in den Vitrinen des Thalberg'schen Haushalts zu Gesicht bekommen hatte. Alles an der Tasse schien dermaßen fein und zerbrechlich, dass Hanne es nicht wagte, sie zu berühren. Was würde es sie wohl kosten, wenn sie die Tasse zerbrach? Das wollte sie sich nicht vorstellen. Dennoch ertappte sie sich dabei, wie sie mit dem Zeigefinger bewundernd über die hauchdünne Kante strich.

»Das ist Porzellan aus einer Manufaktur Ihrer Heimat. Ich dachte, es sei ein hübsches Mitbringsel und eine Kuriosität für meine Frau. Ich hoffe, dass ihr das Geschenk gefällt. Ich fand, es würde gut – sehen Sie diese blauen Blümchen? – zu unserer silbernen Kanne passen. Was meinen Sie? Ach herrje, excuse me! Ich wollte nicht … Wie sagt man? Prahlerisch? Prahlerisch wirken. Ich weiß, dass es derzeit vielen Menschen nicht eben gut ergeht, da rede ich von Silber und Blümchen! Trotzdem würde mich als Mann, der den ganzen Tag nur mit anderen Männern und Maschinen zu tun hat, brennend interessieren, was eine junge Frau von meiner Auswahl hält. Glauben Sie, es könnte meiner Frau gefallen?« Seine dunklen Augen blinzelten sie freundlich an und sein rundliches Gesicht strahlte dieselbe Wärme wie der Inhalt seiner hübschen Tässchen aus.

Ein kurzer Anflug von Neid auf diese Dame überkam Hanne, trotzdem betrachtete sie das feine Porzellan mit seinem Blumenmuster etwas näher, traute sich, es mit spitzen Fingern am Henkel anzuheben. Sie blickte zu ihm und lächelte ihn an. »Wenn es Ihrer Frau nicht gefällt, bitte schicken Sie es mir. Es ist sehr hübsch«, sagte sie voller Ehrlichkeit.

Als ob er eine Prüfung in der Schule überstanden hätte, sank ihr Gegenüber auf seinen Stuhl und lachte. »Das beruhigt mich. Vielen Dank! Aber ich rede und rede. Typisch für uns Engländer! Small Talk, heißt das bei uns. Ich versichere Ihnen, über das Wetter werde ich nicht faseln.« Erneut schallte ein Lachen durchs Zimmer und sein breiter Mund offenbarte leicht schiefe Zähne, was ihm ein wenig das Aussehen eines Kaninchens verlieh. »Sie kommen mit einem wichtigen Anliegen zu mir, wie ich hörte. Bitte, wie kann ich Ihnen helfen?«

Hanne war bereits viel vom Ingenieur Dobbs zu Ohren gekommen, Dolf hatte oft über seine Hilfe und Freundlichkeit gesprochen. Alles, was man ihr erzählt hatte, schien zu stimmen. Sein offenes Gesicht lud dazu ein, eine Verbindung zu diesem Mann zu suchen, obwohl er im Stand so viel höher rangierte als sie. Dolf war es ähnlich mit ihm ergangen. Es ermutigte sie, frei zu sprechen.

»Herr Dobbs, ich danke Ihnen, dass Sie mir Ihre Zeit schenken. Wirklich! Ich sehe ja, was aus der Hermannshütte mittlerweile geworden ist und wie viel Verantwortung Sie tragen müssen. Mein Mann Dolf ist am Bau beteiligt gewesen, damals war sie noch winzig.«

Der Ingenieur lächelte. »Ah, Sie sind also Mr. Adolphs Frau! Wie geht es meiner besonderen Freundin Grete? Und Meta? Erinnern Sie mich daran, Ihnen etwas Zucker für die beiden Damen mitzugeben.«

Hanne schluckte, auch bei dem Gedanken, wertvollen Zucker an Tiere zu verfüttern. Hier trafen in kleinen Kristallen Welten aufeinander. »Ich fürchte, ich werde sie verkaufen müssen. Hoffentlich finde ich einen guten Käufer, niemanden, der sie nur als Grubenpferde haben will. Ich wünsche es ihnen nicht, unter Tage in Kohlenstaub, Hitze und Dunkelheit ihr Leben fristen zu müssen. Aber ich habe keine Wahl und muss ein Angebot annehmen, wenn eines kommt.«

Samuel Dobbs' Augen waren groß geworden und um seinen Mund lag ein trauriger Zug. »Oh dear! Das tut mir leid. Die arme, brave Dame. Poor Grete, she is such a nice horse. Ich wusste nicht, dass es derart schlecht steht um Mr. Adolphs Geschäfte. Ich habe ihn lange nicht mehr bei uns gesehen. Leider kann ich ihn hier nicht einsetzen, falls Ihnen eine solche Frage im Sinn steht. Mr. Thalberg beschäftigt seit mehreren unerfreulichen Zwischenfällen immer nur dieselben Fahrer. Leider kann ich nicht helfen, Mrs. Mohr. Ich hoffe, ich enttäusche Ihre Hoffnungen nicht gleich zu Beginn unseres Treffens.«

Hanne schüttelte den Kopf. »Darum geht es mir nicht, Herr ... Mr. Dobbs. Ich bin mir nicht sicher, ob Sie gehört haben, was Dolf ... getan hat. Dass er verhaftet wurde.«

Die teure Porzellantasse brachte ihren Unterteller gefährlich zum Klirren und drohte einen Sprung abzubekommen, als der Ingenieur sie entsetzt auf dem Tisch abstellte. »My goodness, Mrs. Mohr! Ich hatte keine Ahnung! Ich habe ihn als anständigen Mann kennengelernt – nett zu seinen Pferden, zuverlässig, pünktlich. What happened?«

»Er ist der Räuber, den alle Welt sucht. Der Räuber, den Herr Thalberg sucht.«

»Mr. Adolph? Der Räuber? *Dieser* Räuber? Unbelievable!« Dobbs sah sie entgeistert an.

»Es stand wohl sogar in der Zeitung, habe ich gehört. Das mit seiner Verhaftung und was er getan hat.«

Samuel Dobbs lehnte sich zurück, als wollte er den Abstand zwischen ihnen, der durch den massigen Schreibtisch ohnehin gegeben war, weiter vergrößern, und legte die Hände über seinem Bauch zusammen. Seine Blicke ruhten auf Hanne. Vom freundlichen Pferdenarren war ein Stück abgebröckelt und Misstrauen spielte in den Augenbrauen, die sich zur sonnenverbrannten Nasenwurzel neigten. »So … How can I help you? Also, wie soll ich Ihnen behilflich sein? Ich kann es kaum fassen, dass Mr. Adolph ein Räuber ist.« Er schüttelte traurig den Kopf, als könnte er das Gesagte nicht begreifen.

Hanne versuchte, die Bilder in seinem Kopf abzumildern und ihn zurückzugewinnen. »Für die meisten in dieser Gegend war er das auch nicht, zumindest nicht richtig. Viele Menschen haben es so schwer, dass das Leben kaum lebbar ist. Trotz Arbeit nagen sie am Hungertuch. Für sie hat er das getan. Ich gebe zu, dass er geklaut hat. Aber er hat lediglich von den Reichen genommen und es an die Armen gegeben.«

Dobbs lachte auf und rückte wieder näher an den Schreibtisch heran. »Ein Robin Hood von der Ruhr!«

Hanne zog ihre Brauen in die Höhe. »Bitte?«

Dobbs Grinsen wurde breiter. »Auf unserer Insel kennt jedes Kind die alte Geschichte von dem geächteten Adligen, der sich gegen einen ungerechten König stellte, um den Leuten zu helfen. Er hat von den Reichen und dem Adel gestohlen und es den Armen gegeben. Nur ein paar Jahrhunderte vor Ihrem Dolf.«

Hanne schnaubte. »Ich kenne die Geschichte. Ungerechte Könige sind keine Erfindung der alten Sagen, in Wahrheit gibt es sie noch heute. Oder solche, die sich wie Könige gebärden und sich selbst dazu krönen, weil sie das Geld haben.« Sie musste schlucken, da ihr diese revolutionären Worte vor fremden Ohren beinahe im Halse stecken blieben, doch Dobbs nickte nur.

»Es gab Unruhen, überall. Die Leute sind unzufrieden. Ich kenne auch den König, den Sie meinen. Nicht den, der in seiner Paradeuniform bei unserer Einweihung vor ein paar Jahren zu Gast war. Geld regiert die Welt und dieser König hat mehr als genug davon. Ich arbeite für ihn. Das ist der Lauf der Dinge. Meine Maschinen kommen als seine Gefolgsleute und bringen Veränderung. Ihr Hunger wird irgendwann so groß sein wie die Gier ungerechter Könige. Sie fressen nicht bloß Kohle, sondern auch Menschenleben. I know that. Aber wer bin ich, dass ich mich ihnen in den Weg stelle? Man hat mich aus England hergeholt, damit ich sie erschaffe. Allerdings glaube ich mittlerweile, es ist genau andersherum. *Sie* haben *mich* erschaffen. Sie sind nützlich, schnell und präzise. Our world is changing, dear Mrs. Mohr. Forever. Und ich kann und werde sie nicht aufhalten.«

»Sie müssen so denken, Sie sind schließlich Ingenieur. Wären Sie ein Arbeiter, würden Sie sich fressen lassen, nur um nicht an Hunger zu sterben. Wir sind arm und werden immer ärmer. Niemanden interessiert das. Darum hat man Dolf verhaftet: Er hat sich dafür interessiert und ist zu laut geworden. Jetzt will man seine Stimme und seine Taten mit allen Mitteln ersticken. Ihr Arbeitgeber hat ihn hetzen lassen, weil Dolf Gutes bewirken wollte, was in der gärenden Stimmung des Landes nicht bekannt werden durfte. Ich habe mit ihm mein Leben an seiner Seite verloren, dafür das vieler anderer gerettet.« Sie richtete sich auf. Ihre eigenen Worte sickerten in sie hinein und erhoben sich zu einem Feuer. »Wie Robin Hood hat sich Dolf gegen alle Reichen gestellt. Er hat dafür gesorgt, dass weniger Menschen hungern müssen. Übrigens nicht einmal diejenigen, von denen er gestohlen hat. Er hat stets genug zurückgelassen, um Ernten nicht zu gefährden oder jemanden ernsthaft ins Unglück zu stürzen. Vielleicht ist in den großen Bauernhäusern und Gütern der eine oder andere Festtagsbraten weniger üppig ausgefallen als gewohnt, dennoch war er sicherlich mehr als ausreichend.

Für unsere Familie hat er ausschließlich das Nötigste behalten, alles andere verteilt. An die, die es dringend brauchten. Ich habe nichts mehr und stehe vor der Entscheidung, wie ich jetzt leben soll. Was ich für meine Kinder tun kann. Allein und ohne Ehemann.« Sie schnaufte kurz durch.

Dobbs war still geworden, saß ruhig da wie eine Statue. Einzig die wieder in seiner Hand liegende Teetasse drehte sich zwischen seinen Fingern und unterstrich sein Nachdenken. Dann seufzte er. »Die Bezeichnung ›Bandit‹ passt besser zu ihm als ›Räuber‹, soweit ich das Deutsche verstehe. Wirklich ein Robin Hood. Und Sie sind seine tapfere Maid Marian.« Er zog seinen Mundwinkel hoch, der Zweifel war aus seinen Zügen verschwunden. »Ich bin erleichtert, dass er das nicht aus Eigennutz getan hat. Ich kann ihn weiter und sogar noch stärker als ehrbaren Mann sehen – obwohl Mr. Thalberg das besser nicht hören sollte.« Er stellte die Tasse zurück und schlug sich mit den flachen Händen auf die Oberschenkel. »Gut. Also. Ich verstehe jetzt, warum Sie gekommen sind. Aber, wie gesagt, Fuhraufträge kann ich nicht vergeben und Geld wäre nur ein Tropfen auf dem heißen Stein. Womit kann ich, Ihrer Meinung nach, helfen?«

Hanne nickte. Nun musste sie den letzten Schritt gehen. Sie griff in ihren kleinen Beutel, den sie bei sich trug, zog den Zettel mit der Anzeige für die Schiffspassage in die Neue Welt heraus und reichte ihn Dobbs. Sie atmete tief durch. »Ich muss mich entscheiden: bleiben oder gehen. Ein eigenes Leben fernab von all dem. Das wünsche ich mir. Für mich und meine Töchter ein Neuanfang. Ohne den Schatten von Herrn Thalberg oder von anderen skrupellosen Männern. Ich habe von diesem Land gehört, das neue Chancen bietet, neue Träume.«

»The United States.« Dobbs verzog den Mund zu einer dünnen Linie und seufzte. »Nicht mein Lieblingsland. Wenn

Sie die Geschichte Englands kennen, werden Sie verstehen.« Hanne schüttelte den Kopf. Dobbs hielt ihr jedoch keine Lehrstunde, was sie kurz befürchtet hatte. »Trotzdem muss ich zugeben, die Kolonisten machen das sehr gut mit den neuen Chancen. Viele fahren dorthin. Nach New York und dann weiter ins große Land. Noch gibt es Grund ohne Besitzer, neue Städte, neue Möglichkeiten für starke Hände und Köpfe, die nicht mehr ins good old Europe passen.«

»Da ich gehört habe, dass die Englisch sprechen, wollte ich Sie bitten, ob Sie mir etwas beibringen können. Damit ich nicht ganz so hilflos bin. Ich könnte die Unterrichtsstunden abarbeiten, ich war Hausmädchen bei Herrn Thalberg und kann Ihrer Frau oder Ihnen im Haushalt helfen. Oder vielleicht können Sie mir einen Brief schreiben, auf Englisch, der mich vorstellt und mit dem ich mich bei neuen Arbeitgebern bewerben kann, bis ich die Sprache kann? Mr. Dobbs, ich suche nach einem Strohhalm, der mich und meine Kinder fernab vom Räuberleben über Wasser hält.« Die Luft war ihr beinahe ausgegangen und um ein Haar hätte sie gejapst, als sie ihre Rede schloss und Dobbs mit ebenso großen Augen, wie er sie vorher gemacht hatte, ansah.

Dobbs schmunzelte, was Hanne überraschte, bedachte man die teils revolutionären Worte, die sie gesprochen hatte. »Sie sind nicht Maid Marian. My dear, you are Eleonore of Aquitaine! Eine Königin!«, sagte er.

Bei seiner Begeisterung musste Hanne ebenfalls lächeln. »Eine Königin bin ich nur auf dem Schützenfest, Mr. Dobbs. Und bislang lediglich von Dolfs Gnaden.«

Dobbs wiegte seinen Kopf hin und her, kraulte sich mit seinen Fingern, an denen Hanne jetzt erst Tintenflecken und Ruß erkennen konnte, seinen schütteren Haarkranz. Sie hoffte, auch wenn ihr Dobbs sympathisch war, dass er nicht – wie viele andere Männer – eine Frau in Not ausnutzen würde. Sie war verzweifelt, würde aber nicht ihre Ehre verschenken, als sei sie nichts wert.

»Viele machen es so, dass sie ihre Arbeitskraft noch vor der Überfahrt an einen Farmer, ähm, Bauern verkaufen. Der bezahlt die Reise und man hat ein erstes Unterkommen, bis man seine Schulden getilgt hat und frei ist.«

Hanne nickte, obwohl ihr Herz gequält aufschrie. Von einer Sklaverei in die nächste. Das waren nicht die Aussichten, die sie sich erhofft hatte.

Die Blicke des Ingenieurs schienen sie zu durchleuchten. »Ich weiß, das ist kein schöner, sauberer Traum von eigenem Land, Freiheit. Ich warne Sie ebenfalls vor der Reise an sich. Vor allem, da Sie Kinder haben. Die Schiffe sind vollgestopft mit Menschen und damit mit einer Armee an Krankheiten. Dazu das unberechenbare atlantische Meer, das Sie überqueren müssen. Dort toben oft Stürme und viele Schiffe verunglücken. Eine Überfahrt nach Amerika ist wahrscheinlich das größte Abenteuer, das unsere Zeit zu bieten hat. Sie müssen wahren Mut und Entschlossenheit aufbringen, um dieses Unterfangen anzugehen. Viele sind gescheitert und nicht immer ist Amerika der Traum, den man sich erhofft. Auch dort gibt es Elend und üble Menschen, wie man liest.«

Dobbs stand auf und ging zu einer Kommode, auf der ein Porträt in einem Silberrahmen stand. Erklärend deutete er darauf. »My wife. Mrs. Dobbs.« Er lächelte und strich über die fein gemalten Pinselstriche. »Wir haben keine Kinder. Bedauerlicherweise.« Seine Haltung straffte sich wie bei einem tapferen Soldaten. Mit zackiger Geste verschränkte er die Hände hinter seinem Rücken. Seine Augen schimmerten feucht, als er sich wieder zu Hanne umdrehte.

»Ich konnte Mr. Adolph nicht helfen. Genauso wenig, wie ich diesem Land helfen kann. Aber bei Ihren Kindern und Ihnen sieht es anders aus. Mein Auftrag hier ist bald zu Ende, ich werde abreisen und nach England zurückgehen. Wissen Sie«, er trat näher an sie heran, »in meinem Haus fehlt das Lachen von Kindern – und in meinem Stall gute Pferde. Ich kaufe Ihnen Grete und Meta ab, wenn Sie einverstanden sind. Dann sind die beiden Damen sicher und müssen nicht in ewiger Dunkelheit in einer Kohlegrube schuften, können auf den Feldern rundherum arbeiten oder eine Kutsche ziehen. We'll see. Dieser Betrag sollte Ihnen einen Neuanfang erleichtern. Allerdings sollte jemand Bekanntes die Stuten auf ihrer Reise begleiten, damit sie unbeschadet ankommen. Vielleicht erwägen Sie einen Umweg über England? Eine Zeit lang bleiben sie in meinem Haus und Ihre Kinder können ihre Lungen in der guten englischen Landluft von diesem rußigen Hörder Mief reinigen. Das könnte ihnen gefallen. Sie gehen, wenn Sie nicht mehr für uns arbeiten wollen und ein Schiff nach Amerika gefunden haben. Von England aus ist das kein Problem. Wir sind eine Seefahrernation! Eine Seemacht! How about it?«

Hanne war auf ihrem Stuhl gewachsen, ihr Körper streckte sich bereits dem Streifen Hoffnung entgegen, der sich am Himmel über ihr zaghaft zeigte. Tränen funkelten in ihren Augen. Mit derart viel Mitgefühl hatte sie nicht gerechnet. Das war so viel mehr als Unterricht oder ein Brief! Offenbar hatte sich Dolf in Dobbs' nettem Charakter nicht geirrt. Einer der wenigen Momente, in denen ihn seine Menschenkenntnis nicht im Stich gelassen hatte. Hanne konnte ihr Glück kaum fassen. Womit sie draußen im Besuchersessel noch gerechnet hatte, konnte sie nicht einmal sagen, aber dieses großzügige Angebot überstieg alle Erwartungen. Vielleicht wurden gute Menschen manchmal doch belohnt.

»Nicht zu früh freuen, Mrs. Mohr. My wife used to be a teacher. Meine Frau war Lehrerin. Ihr Unterricht wird kein

Zuckerschlecken. Ach, wo wir schon bei Zuckerschlecken sind …« Dobbs griff in das zu den Tassen passende Döschen auf dem Schreibtisch und drückte ihr mit einem Zwinkern fünf Stückchen Zucker in die Hand. »Für die Pferde und Ihre Kinder. Oder für Sie selbst.« Er seufzte. »Ich beneide Sie fast. Sie haben das Privileg, eine Sprache zu lernen, die viel einfacher ist als dieses Deutsche. It's so complicated!«

Sie lachten gemeinsam, obwohl Hanne sich nicht annähernd in der Lage sah, diese Tatsache zu beurteilen. Tränen der Freude und Erleichterung flossen ihre Wangen hinunter.

Mit neuem Schwung stand sie auf und wischte sie fort. Es war nicht die Zeit zum Weinen. »Sie helfen mir so viel mehr, als ich es mir je erträumt hätte. Ein eigenes Leben, ein Abenteuer. Danke, dass Sie das für Dolfs Familie auf sich nehmen!«

Dobbs berührte ihre Hand. »Ich tue es nicht für Mr. Adolph. Ich tue es für Mrs. Mohrs Familie. Und wenn Sie mir Ihren Vornamen verraten, tue ich es auch in Ihrem Namen. Und im Namen des guten Geistes, von dem ich sehr wohl in den Zeitungen gelesen und von vielen Leuten gehört habe. Gutes wird belohnt, Mrs. …?«

»Johanna«, antwortete sie knapp, versteinert durch das Wissen, das jeder über sie zu besitzen schien. Sogar ein englischer Ingenieur, der für ihren ärgsten Widersacher arbeitete.

»Ich schicke Ihnen Unterlagen und etwas Vorschuss für die Pferde. Dann können wir das in die Tat umsetzen. Bis bald, Mrs. Johanna. See you soon.«

Damit schob der Ingenieur sie aus seinem Büro und nahm ihr die Gelegenheit, sich ihm aus Dankbarkeit ungestüm an den Hals zu werfen.

Auf der Schwelle des Büros lag Ihre Zukunft neu aufpoliert vor ihr, glänzte ihr im Gold der Uhr entgegen, die unverdrossen weiter die Sekunden heruntergetickt hatte. Man musste sein Glück einfach so schmieden, dass die Funken niemanden verletzten. Für sich selbst einstehen, stark sein. Ohne Grausamkeit oder Eitelkeit.

Hanne raffte ihre Röcke und ihre nächsten Schritte hatten die Kraft einer anziehenden Lokomotive. Sie musste anfangen, zu packen und alles Weitere zu planen. Ihre Angst vor Dolf und die Müdigkeit der Enttäuschungen und Trauer blieben im Thalberg'schen Feindesland zurück.

Konfrontation

Der Morgen dämmerte bereits, als Dolf – das Bündel mit Frauenkleidern auf dem Rücken – die knarrende Stiege vom Heuboden seines Schwagers herunterkletterte. Vom langen Herumliegen waren seine Muskeln steif und er hatte Mühe, sich auf der engen Leiter zu bewegen. Im Haus roch es verführerisch nach Kaffee – nicht diesem edlen aus Bohnen, den Dolf sich ab und an genommen oder nach dem Kutschenraub in Kaffeehäusern gegönnt hatte, sondern aus Zichorienwurzeln – und nach karamellisierenden Zwiebeln, die hervorragend zu Fleisch oder frischem Brot schmeckten. Scheinbar hatte Elsabena doch Vorzüge, die ihm bislang verborgen geblieben waren. Oder würde Diedrich in der Küche am Herd stehen? Wahrscheinlich angetan mit einer Schürze, auf der Streublümchen prangten, und die Schleife über dem Hintern akkurat zurechtgezupft.

Beim Aufdrücken quietschte die Hintertür des Hauses leise in ihren Angeln, protestierte, dass er sich eine solch köstlich duftende Mahlzeit entgehen ließ. Immerhin verriet sie ihn nicht – die Stimmen im Haus verstummten nicht, kein Kopf schob sich suchend in den Ausgang, bevor Dolf nicht zu einem Schatten im dunstigen Licht geworden war. Diedrich sollte nicht wissen, dass er schon verschwunden war oder wohin er seine Schritte lenkte. Sollten sie ihre Zwiebeln braten und ihren Kaffee trinken, im Glauben, dass er irgendwo im Haus sein musste. Wie ein kleiner Splitter unter der Haut. Er war sich mehr als sicher, dass er weder Diedrich noch Elsabena jemals wiedersehen wollte.

Durch die einen Spaltbreit geöffnete Luke des Heubodens hatte er den Abend über auf die nahe Straße hinausblicken können. Paarweise waren Gendarmen patrouilliert, sie waren auf und ab gelaufen, geritten, hatten sich wild umgeschaut. Einmal war einer von ihnen zum Haus gekommen. Obwohl sein Herz wie verrückt hämmerte, hatte er still im Heu abgewartet. Diedrich hatte Wort gehalten, Dolf war nicht entdeckt worden.

Er hatte gewusst, dass sie ihn suchen würden, natürlich, aber die Masse an umherschwirrenden Uniformröcken hatte ihn nachdenklich gemacht und – wenn er tiefer in sich ging – geängstigt. Dennoch brodelte die Ungewissheit in ihm, ob und, wenn ja, warum Hanne ihn verraten hatte, vermengt mit Wut, die noch nicht erloschen war. Er musste ein Hühnchen mit ihr rupfen. Aber war es nicht wichtiger, mit heiler Haut davonzukommen – und wenn er Glück hatte, Fasana zu finden und mit ihr fortzugehen? Das hatte er vor, sobald er mit Hanne fertig war. Hoffentlich würde Fasana mit ihm zusammen verschwinden und ein neues Leben anfangen. Die Sommerberger sollten sehen, wo sie blieben, und sich um sich selbst kümmern. Ihn scherten sie nicht mehr.

»Dolf, was tust du hier?«

Er drehte sich um und in der Hintertür stand sie wie ein dürrer Rabe: Elsabena. Sie starrte ihn an, als hätte sie einen Geist gesehen. Diedrich hatte scheinbar nicht einmal seiner Frau etwas erzählt.

»Du warst doch in Haft.« Sie trat auf ihn zu und zog dabei eine Decke enger um sich, die sie sich um die Schultern gelegt hatte. Für die Nacht hatte sie ihre dunklen Haare geöffnet, die ihr beinahe bis zur schmalen Hüfte hinabfielen, was sie jünger, freundlicher und gelöster wirken ließ. Ihren Gesichtsausdruck konnte er nicht deuten. Ihm war, als würde dieser verschwimmen, als hätte jemand einen Stein in den See ihrer

Seele geworfen, der ständig Wellen schlug. Worte, die ihm sonst leichtfielen, fanden ihren Weg nicht in seinen Kopf.

»Dann hatte ich also recht, dass sich oben auf dem Boden etwas gerührt hat. Du hattest Glück, dass ich den Gendarmen nicht zum Nachsehen geschickt habe.«

»Würde es dir etwas ausmachen, wenn ich wieder hinter Gittern landen würde?« Endlich, da waren sie! Blieben jedoch kraft- und hilflos.

Sie lächelte. »Wer weiß. Scheinbar hast du dich gegen meine Schwester entschieden. Das eröffnet Möglichkeiten.«

Dolf wich vor ihr zurück. Das war ihm bei einer Frau noch nie passiert. »Elsa, es tut mir leid, was ich dir angetan habe, aber ich …«

»Du warst damals schon ein Räuber. Und Hanne eine Räuberin.« Elsabenas Stimme klang bitter und die Verletzung, die darin mitschwang, war nicht tief vergraben unter Schichten der Zeit. »Ihr habt mir wehgetan. Mich bloßgestellt. Ich habe dich geliebt und du wirfst dich in ihre Arme!«

»Es liegen so viele Jahre zwischen uns und diesen Ereignissen. Du hast Diedrich gefunden und wir dachten, er wäre dein Glück.«

»Sehe ich aus, als wäre ich glücklich?« Elsabenas dunkle Augen, die wenig Ähnlichkeit mit Hannes hatten, glommen in einem düsteren Licht. »Alle haben sie über mich gelacht und machen sich auch heute noch lustig über mich, weil ich diesen schwachen Kerl abbekommen habe und nicht den strahlenden Helden! Wie eine Idiotin hast du mich auf der Tanzfläche stehen lassen! Bist mit Hanne an mir vorbeigetanzt, als hätte es mich nie gegeben. Alle anderen haben mich angegrinst, hämisch und gemein. So etwas vergisst man nicht. Es sei denn …«

Dolf schüttelte den Kopf. Er ahnte, was sie sagen würde. Vorsichtig und mit beschwichtigend erhobenen Händen ging er auf sie zu, umfasste ihre Schultern. Sogar durch die Decke konnte er die spitzen Ansätze ihrer Schlüsselbeine ertasten.

»Elsa, es war nicht wegen dir. Ich habe mich in Hanne verliebt.«

»Und jetzt hasst du sie. Sie hat dir wie ein Klotz am Bein gehangen. Nicht ich. Und dieses andere Flittchen ist es nicht wert, dass du es anschaust.«

»Egal wen ich anschauen würde, es würde dich kränken. Elsa, das alles ist lange her. Wir waren Kinder ohne Verstand. Vielleicht war es ein Fehler. Ich werde dich Diedrich nicht wegnehmen. Er mag langweilig sein, aber im Grunde ist er ein guter Kerl. Ich liebe dich nicht, habe dich nicht geliebt und werde dich nie lieben.« Er ließ sie los und sie taumelte nach hinten. Ihre Gestalt verwandelte sich in das Abbild eines Rachegeistes mit wehendem Rock und strähnigen Haaren. Das Feuer der Demütigung stieg von ihren Wangen in die Augen und verbrannte alles um sich herum zu Asche.

Ohne ein weiteres Wort drehte sie sich um und rannte ins Haus. Die Tür schepperte ins Schloss. Dolf wartete kurz, doch es kam kein Diedrich empört mit einer Forke herausgerannt und keine Elsabena mit einer Pfanne auf ihn zugestürmt. Er wusste, dass er sie nicht hatte beruhigen können. Aber das war auch nicht seine Aufgabe. Das sollte Diedrich übernehmen.

Auf der Leine hinter dem Haus flatterte Wäsche. Kleider, ebenso schmal wie ihre Besitzerin. Einige Röcke schienen Dolf trotzdem ausladend genug, um sich noch etwas mehr Tarnung zu verschaffen und seine männliche Statur zu kaschieren. Wahrscheinlich Näharbeiten, mit denen sich Elsabena etwas Geld verdiente. Dolf konnte nicht aus seiner Haut und schnappte sich den am weitesten geschnittenen Rock in üppigem Grasgrün, der zudem am teuersten aussah. Das würde ein unangenehmes Kundengespräch sowie ein kleines Loch in der Geldbörse als Abschiedsgruß hinterlassen. Er stopfte ihn in das Bündel, in dem er die anderen Frauenkleider verstaut hatte, und machte sich auf den Weg.

Bevor er die größere Straße verließ, um in einen der Pättkes abzutauchen, die sich durch den Wald schlängelten, wurde er auf ein Papier an einem Zaun aufmerksam, das knisternd im Wind wedelte. »Großer Karnevalsball«, las er und rieb sich das nach zwei Tagen wieder stoppelige Kinn. Ohne Weiteres zu verschwinden, widerstrebte ihm. Alle würden tanzen, ausgelassen feiern, saufen, Spaß haben. Und er? Der Held des Sommerbergs, der so viel für sie getan hatte, löste sich auf wie ein Streif Nebel, ohne irgendeine Gegenleistung dafür bekommen zu haben? Konnte er nicht erwarten, dass sie ihm etwas zurückgaben für all die Mühen, die ihm diesen Ärger eingebracht hatten? Und sei es nur Schutz vor den Nachstellungen der lästigen Gendarmen. Mit ein wenig Hilfe konnte er ein paar Tage hier durchhalten, Fasana ausfindig machen und mit einem letzten Knall die Bühne seiner kleinen Welt verlassen, bevor er eine neue betrat. Ein letzter Zug des Räuberhauptmanns. Sommerberger hielten zusammen und würden ihn verstecken, die Gendarmen weglocken und ihm etwas zu essen bringen, als Dank für all das, was er für sie auf sich genommen hatte. Er schnippte auf den Aushang.

»Nur noch dieses eine Mal«, murmelte er und grinste. »Nur noch einmal die Gendarmen tanzend in den Morgen lachen.« Das passende Kostüm hatte er ja bereits zusammen. Dolf fasste einen Entschluss. Er brauchte etwas Feierliches. Bier. Schnaps. Tanz. Pfeifenrauch. Musik. Und Fasana. Ihr Gesicht vertrieb die letzten warnenden Gedanken an Wasser, Brot und Gitterstäbe.

Der Hauptmann war zurück in seinem Revier. Gut gelaunt setzte Dolf seinen Weg fort und verschwand zwischen dunklen Stämmen. Noch dunkler als sie war der Mantel einer anderen Person, die nach einem Blick auf den Zettel in die andere Richtung davonlief.

Nicht abzuschütteln

»Habt ihr eine Spur?« Mönkebüschers Laune war auf dem Tiefpunkt. Obwohl sich auf seinem Schreibtisch in der Amtsstube Anordnungen und Berichte türmten, fand sich darin nicht der kleinste Hinweis zum Verbleib dieses vermaledeiten Verbrechers, der ihm entfleucht war. Er hatte eben seinen Dienst beenden und nach Hause gehen wollen, als ihm zwei Polizeidiener entgegengekommen waren. Auf offener Straße hatte er diese Angelegenheit nicht besprechen wollen und sie deshalb in die Stube dirigiert, wo sie ihn nun von der anderen Seite des Schreibtisches aus anglotzten wie Kühe bei einem Donnerschlag. Mit rot gefrorenen Nasen und tiefen Augenringen spiegelten sie seine eigene Verfassung treffend wider.

»Das werte ich als ein Nein …«, fasste Mönkebüscher für sie zusammen. »Ihr dreht auf der Stelle eine vollständige Runde und seht euch um. Euer Dienst ist noch nicht beendet, verstanden? Liefert mir irgendetwas! Der Herr Landrat wird nervös und fordert Resultate! Ich weiß, dass dieser Kerl hier irgendwo steckt! Ich weiß es einfach! Also los, raus hier, und enttäuscht mich nicht!« Mönkebüscher raufte sich die Haare, erschrak über sich selbst und glättete sie umgehend wieder. »Ich komme mit. Man kann euch nicht alleinlassen!« Damit scheuchte er die Männer hinaus und holte sich seinen Mantel vom Haken. Aus dem Abendessen im Kreis seiner kleinen Familie würde wohl wieder nichts werden. Wenn er endlich irgendwann nach Hause kommen konnte, würde ihm seine Tochter wahrscheinlich schon laufend, sprechend und mit ihrem Verlobten am Arm begrüßen. Ihm war bewusst, wie unbeherrscht er eben für seinen Rang reagiert hatte. Die Männer waren nicht seine Feinde, sondern seine Untergebenen, die ihn stützen sollten. Aber warum sollte er sie schonen, wenn er selbst seine Frau und sein kleines Mädchen seit Tagen nicht zu Gesicht bekommen hatte? In den Zeitungen und in den Briefen griff man die Polizei offen an. Unfähig, den Räuber dingfest zu machen. Betrunken, zu dumm, zu faul. Dermaßen dämlich, ihn tatsächlich wieder entwischen zu lassen. Mönkebüscher ballte die Fäuste. Fast stündlich trudelten seit dem Ausbruch Mohrs Nachrichten vom Haus Ruhr bei ihm ein, die Zeter und Mordio schrien.

Als hätten seine Gedanken die Macht, ihn direkt aus dem Boden wachsen zu lassen wie Mephistopheles jüngst im Theater in Dortmund, betrat Carl Thalberg in diesem Moment das Büro – ohne anzuklopfen oder gar um Einlass zu bitten. In seinem Schlepptau befanden sich zwei Männer, die er eher in einer Spelunke an einem Hafen vermutet hätte als in Gesellschaft des feinen Herrn Thalberg und die ihm seit ihrem letzten Treffen schwer auf der Seele lagen. Er unterdrückte einen entnervten Seufzer und erhob sich mit leichtem Zögern.

»Mönkebüscher«, blaffte der Industrielle ihm zur Begrüßung entgegen.

»Herr Thalberg. Bevor Sie … ich meine, ich weiß, was Sie zu mir führt, doch leider gibt es nichts Neues zu berichten.« In Gedanken fügte er hinzu: nach den fünf Minuten, die seit Ihrem letzten Brief vergangen sind.

Thalbergs Blick haftete weiter an ihm und ungerührt nahm er auf einem der Besucherstühle Platz. »Das dachte ich mir. Deshalb bin ich gekommen, um Ihrer Suche etwas mehr Dampf zu verleihen.« Er deutet auf seine Begleiter. »Wie Sie wissen, habe nicht nur ich an Landrat Pilgrim geschrieben, sondern auch mein Bekannter, der Freiherr von Bodelschwingh-Plettenberg, dem man so übel mitgespielt hat. Und natürlich alle Großbauern und Gutsbesitzer. Pilgrim war so freundlich, mir zwei Ihrer Dortmunder Kollegen zu senden, die Erfahrung mit Gewaltverbrechen haben. Die Herren kennen Sie ja bereits.«

Mönkebüscher klappte der Mund auf. Ihm fehlten die Worte, die dieser Anmaßung angemessen gewesen wären. Er war der verantwortliche Offizier für dieses Revier und Thalberg behandelte ihn wie einen Schuljungen. Ihm war es gelungen, den Räuber zu fangen. Trotz der Tatsache, dass die beiden Dortmunder durch die übereilten Schüsse am Hause Märtmanns beinahe alle Verdächtigen vertrieben hatten. Er hatte nicht befohlen, willkürlich in der Gegend herumzuschießen! Danach war es ihm gelungen, sie etwas zu mäßigen, aber die Flucht des Räubers hatte die Dortmunder und ihren Leithengst nun wieder auf den Plan gerufen. Seit vielen Monaten floss seine ganze Arbeit in diesen einen Fall – und jetzt baute sich dieser Neureiche, dieser Schnösel erneut vor ihm auf und wollte ihm vorschreiben, was er tun musste! Wäre es nicht Thalberg gewesen, mit seinen Beziehungen zum Adel und den Einflussreichen, hätte er Herlinghaus hereingerufen, um diesen Kerl aus seinem Dienstzimmer werfen zu lassen. So blieb ihm jedoch nichts anderes übrig, als durch Thalberg die neuen Anweisungen des Landrats entgegenzunehmen. Er schloss den Mund und musterte die Dortmunder.

Thalbergs Blick folgte seinem. »Diese Männer haben doch den nötigen Biss, Mönkebüscher. Setzen Sie sie wieder ein! Bevor wir ein Vaterunser sprechen können, schleifen sie den Lump am Kragen zurück in die Arrestzelle.« Er lachte und musterte die beiden Gendarmen wie Hengste bei ihrer Körung. Dass er sie nicht an einer Kette herumführte und ihm präsentierte, war alles. Mönkebüscher hasste das alles. »Das Kopfgeld wurde noch nicht ausgezahlt – und ich werde es erhöhen!«, fuhr Thalberg fort. »Jeder hat die gleichen Chancen. Dafür müssen sich Ihre Polizeidiener allerdings erst einmal ins Zeug legen, statt bei jedem Ausschank Halt zu machen.«

»Zugegeben, nicht jeder meiner Polizeidiener ist ein geborener Spürhund, aber alle arbeiten mit ganzer Kraft für das Gesetz. Niemand ruht hier, bevor der Räuber wieder hinter Schloss und Riegel sitzt.«

Thalberg zuckte mit den Achseln. »Dann gibt es ja kein Problem.« Er drehte sich auf dem Stuhl halb zu den Männern hinter sich. »Sollte jedoch einer von meinen … ich meine, von den Dortmundern diesen Mohr verhaften, sorge ich persönlich dafür, dass derjenige mit einer leitenden Position in Hörde, einem Orden und dem Geld belohnt wird. Ich bin mir sicher, Mönkebüscher, dass Sie am besten wissen, wie wenige Führungskräfte es bei der Hörder Polizei geben kann.« Der Industrielle erhob sich. »Vielleicht teilen Sie fürs Erste Ihre neuesten Informationen und Erkenntnisse, damit die Suche nach dem Flüchtigen Fahrt aufnimmt. Ich lasse mich bestimmt kein zweites Mal von ihm ausrauben, bloß weil Sie zu unfähig sind, ihn zu schnappen. Damit empfehle ich mich, ich werde auf Haus Rodenberg in Aplerbeck beim Freiherrn zum Essen erwartet.« Mehr musste Thalberg nicht sagen und verließ mit einem knappen Nicken den Raum.

Nun war es an Mönkebüscher, Drohungen und Pläne zu sortieren und sich zu überlegen, wie er die beiden Dortmunder loswerden konnte, ohne mit seinen Vorgesetzten und dem reichen Schnösel aneinanderzugeraten. Ihm war klar, dass er derjenige sein musste, der Dolf Mohr wiederfand und aufhielt. Bei ihm ging es nicht nur um eine Prämie, sondern um seine Existenz – und die seiner Familie.

»Und, wo fangen wir an?«, riss ihn die raue Stimme des bulligeren der beiden Dortmunder Gendarmen aus seinen Überlegungen.

Mönkebüscher straffte seine Haltung und schaute mit funkelnden Augen zu ihm herüber. »Beim Respekt Vorgesetzten gegenüber«, schnarrte er und war zufrieden, als zumindest ein kleiner unsicherer Zug in den Mundwinkel seines Gegenübers zuckte.

Diese Genugtuung hielt nicht lange an. »Wir wurden angewiesen, sofort wieder auf Patrouille zu gehen. Order von ganz oben.«

»Dann schwärmen wir aus. Ich komme gleich.«

Ohne auf Mönkebüschers Erlaubnis zu warten, machten die Polizisten auf dem Absatz ihrer blanken Stiefel kehrt und polterten durch die Amtsstube nach draußen. Es wurde still, als die Tür hinter ihnen zufiel. Mönkebüscher schlug seinen Kopf gegen den Aktenschrank.

Endgültig?

Nach dem Gespräch mit dem liebenswürdigen Ingenieur hatte Hanne neue Kraft in sich gespürt. Es gab eine realistische Möglichkeit, dem ganzen Elend zu entkommen und ohne Gewalt und Verbrechertum etwas aufzubauen.

Amerika – wie exotisch das klang!

Am liebsten wäre sie nach Hause gehüpft wie ein Schulmädchen, aber das hätte für Gerede gesorgt, was sie um jeden Preis verhindern wollte. Niemand sollte wissen, was sie plante. Zumindest nicht, bis Dolf völlig aus ihrem Leben verschwunden war, auf die eine oder andere Weise.

Auch wenn sie Angst hatte, dass er ihr die Schuld an dem ganzen Desaster gab, wünschte sie sich doch, dass er das fand, was er suchen mochte, und weit weg ein Leben ohne Katz-und-Maus-Spiel mit den Gendarmen führen konnte. Ohne sie an seiner Seite.

Auf dem Hof hatte sie bis spät in den Abend gearbeitet und sich bei jedem Gegenstand, den sie in die Hand nahm, überlegt, ob er in ihr Gepäck wandern würde.

Alwine und Wilhelmine schlummerten schon friedlich, aber Hanne fand keine Ruhe. Sie wusste nicht viel über England oder über Amerika, hatte nur gelesen, dass viele vom Land auswanderten, da auf den Höfen ihrer Familien kein Erbe oder Platz für sie war.

Hanne kannte zwar lediglich die arroganten Großbauern der Umgebung, bei denen es Spaß gemacht hatte einzusteigen, um deren Reichtum gerechter zu verteilen und ihre Verantwortung hervorzukehren, war sich aber sicher, dass es auch andere gab, die an ihren Höfen verzweifelten und nicht bessergestellt waren als die Einwohner des Sommerbergs. Vor allem bei den vielen fortdauernden Missernten.

Wie gerne hätte Hanne in dem Märchen gelebt, das sie Alwine vor einiger Zeit erzählt hatte. Dem mit dem Kessel, der niemals leer wurde und Brei für die ganze Welt kochen konnte. Eine beliebte Geschichte auf dem Berg, um den Kindern Mut zu machen, dass sich alles irgendwie zum Guten wenden würde, wenn man nur daran glaubte. Zaubern konnte jedoch niemand, also blieb es nur ein Märchen, das mit dem wahren Leben nichts gemein hatte, bis auf die Tatsache, dass selbst ein solches Wunder wie ein Zauberkessel irgendwann außer Kontrolle geriet. Es gab nichts Gutes ohne dunkle Wolken, ohne Gegenleistung. Alles hatte seinen Preis. In ihrem Fall war dieser Preis die Liebe zu Dolf gewesen, die fürchterlich in die Irre gegangen war.

Hanne schüttelte sich, tauchte aus den Gedanken auf. Nicht zurück. Nach vorne musste sie schauen.

»Guten Abend, mein Schatz.«

Hanne fuhr herum. Ihr Herz raste und sie bekam vor Schreck kaum Luft. Da stand er tatsächlich: der Mann, der ihr nichts mehr zu sagen hatte. Der Mann, den sie für alles, was er war, geliebt hatte. Der Mann, der nicht mehr ihr gehörte und von dem sie nicht wusste, was er ihr vorwerfen mochte. Sie zitterte und presste das Leintuch, das sie gerade in den Händen hielt, an ihre Brust. »Dolf!«

Er trat in die Stube, wirkte ungepflegt, struppig und zerlumpt, wie einer der Landstreicher, die Hanne damals, vor einer gefühlten Ewigkeit, überfallen hatten.

Hanne stockte der Atem. »Ein Glück, dass du fliehen konntest. Geht es dir gut?« Je näher er ihr kam, desto riesenhafter wirkte er. »Ja, aber das ist gewiss nicht dein Verdienst! Wegen dir bin ich schließlich erst in diesem Schlamassel gelandet. Also frag nicht, wie es mir geht.«

Dicht vor ihr blieb er endlich stehen. Hanne rang um Fassung, wollte keine Angst vor dieser Begegnung, vor ihrem eigenen Ehemann haben. Eigentlich wollte sie vor keinem Mann jemals wieder Angst haben. Sie zwang sich, ihm in die Augen zu sehen und nach einem Funken der Vertrautheit Ausschau zu halten, den sie jedoch schon einmal vergeblich darin gesucht hatte.

»Was willst du dann hier?«, erwiderte sie, den Blick tapfer auf ihn gerichtet.

»Ich wollte dich nur fragen, warum.«

»Warum was?«

»Das muss ich dir allen Ernstes erklären? Du weißt genau, was ich wissen will und muss!«, knurrte er.

Hanne richtete sich auf. »Eigentlich nicht. Du warst derjenige, der bei unserer letzten Begegnung alles beendet hat. Du bist zu ihr zurückgegangen und nicht mit mir in den Wald geflohen. Es war deine Entscheidung.«

Ungewohnte Ruhe stieg in ihr auf und sie dachte an den weichen Haarflaum ihrer Tochter. Sie hatte sich nichts vorzuwerfen. Sie hatte ihn aufgesucht, um alles geradezurücken, um trotz all der Lügen, der Intrigen und falschen Taten Frieden zu schließen. Um ihren Kindern einen Vater und der alten Liebe einen Neuanfang zu schenken. Aber er hatte sich von ihr abgewendet. Es war nicht ihre Schuld, was danach geschehen war.

»Deine Entscheidung«, wiederholte sie.

»Mag sein. Aber womöglich wäre sie anders ausgefallen, hättest du mir nicht die Gendarmen auf dem Hals gehetzt!«

»Das glaubst du? Ich wusste ja, dass du sturer bist als unsere beiden Gäule zusammen, dass du allerdings dümmer bist als ein alter Esel, das hätte ich nicht erwartet!« Sie zeigte mit ausgestrecktem Arm zu den Schlafstuben. »Da drin schlafen unsere Töchter! Die eine hat den Tod ihres Bruders und deine Unfähigkeit, uns zu schützen, miterlebt, die andere wurde geboren, als du deiner Familie den Rücken gekehrt hast. Ihr Herz schlug unter meinem, als du mich für diese Hexe verlassen hast. Ich habe alles riskiert, um dir zu helfen und dir beizustehen. Unter anderem mein Leben. Wage es also ja nicht, mir Verrat vorzuwerfen, hörst du?« Sie schnaufte atemlos. Ihr Herz pochte den Takt ihrer Angst, die sich in Zorn verwandelt hatte. »Bist du hier, um mich zu erschießen? Wie den Bauern, der das Unglück hatte aufzuwachen, als ihr sein Haus aufgebrochen habt? Warum eine Schusswaffe, Adolph? Das war nie unser Plan! Wohin ist unser Geben abgebogen? In die Richtung blinder Gewalt. Der, der dir das eingeflüstert hat, hat dir auch den Dolch in den Rücken gestoßen.«

Von einer Sekunde zur nächsten schwebte seine Faust vor ihrer Nase, die Fingerknöchel traten weiß hervor. Alles an Dolf zitterte, Hanne blieben die Worte im Hals stecken. Keine Ohrfeige hatte er ihr verpassen wollen, sondern ihr das Gesicht zu Brei schlagen. Die Gewalt ergriff von ihm Besitz. Das war nicht mehr der Fuhrmann, der Meta und Grete sanft die Ohren gekrault hatte, das war der Räuberhauptmann Dolf Mohr, der sich das nahm, was er wollte, ohne nach dem Preis zu fragen.

Zu lange hing die Faust zwischen ihnen in der Luft, während seine Augen wie ein Messer auf sie einstachen, dann entkrampften sich die Finger und Dolfs Arme fielen schlaff an seine Seiten.

»Ich weiß nicht, was ich glauben soll. Ich lasse es gut sein. Ich habe mein Glück gefunden, da brauche ich keine Rache. Vielleicht wolltest du mich warnen, vielleicht nicht. Weiß ich nicht. Ist auch egal. Zum zweiten Mal begebe ich mich wegen dir in Gefahr und wieder laufen die Dinge nicht so, wie sie sollten. Ich kann keine Frau schlagen, selbst wenn sie es verdient hätte. Verdammt.« Dolfs Hand fuhr durch sein ungewaschenes Haar. »Ich wollte den Verrat aus dir rausprügeln, als ich aus dem Gefängnis entkommen bin. Alle Welt ist nur hinter mir her. Ich dachte, es täte gut, dich zu bestrafen, aber es ist dumm. Ein zweiter Abschied.«

»Und du hast seit dem letzten Mal nichts dazugelernt!«, stellte Hanne fast nüchtern fest und trat von Dolf zurück. Obwohl er besänftigt schien, war ihr Abstand lieber. Sie musste für sich sorgen und gesund bleiben. »Dann geh. Dieses Mal aber endgültig, wenn du meinst, dass das dein Weg ist.«

Er zog eine Grimasse, die verriet, dass ihm der Verlauf dieser Begegnung nicht gerade behagte, denn ihm war bewusst geworden, dass er hier keine befriedigende Rache finden würde. Eine späte und risikobehaftete Erkenntnis.

Erneut hob er die Hand, dieses Mal eher abwehrend, und sah ihr noch mal in die Augen. Irgendetwas glitzerte in ihnen, was ihr wie Bedauern vorkam. »Ich werde nicht von ihr lassen. Sie ist meine Königin.«

Aus der Stube der Kinder ertönte ein Wimmern, das schnell schriller und fordernder wurde.

Dolfs Hand fiel wie eine erschossene Taube an seine Seite.

»Ich muss zu meiner Tochter. Sie hat Hunger. Und du, verschwinde endlich, wenn du nichts Aufrichtiges mehr zu diesem Leben beizutragen hast. Alwine soll nicht miterleben müssen, wie dich die Gendarmen auf dem Hof stellen. Bleib wenigstens in ihrer Erinnerung ein Vater und kein Räuberhauptmann.« Hanne trat noch einen Schritt zurück. »Geh feiern, solange Mönkebüscher es dir gestattet. Ist ja bald Karneval, das müsste dir liegen.« Sie drehte sich um und ließ ihn stehen.

Dieses Mal war nicht sie die Verlassene. Sie hatte Besseres zu tun, als einem Ehebrecher nachzutrauern, der sie für eine

Verräterin gehalten hatte. Zum Glück war ein letzter Funken Vernunft in ihm und er hatte diese Begegnung nicht in Gewalt umgemünzt. Für den Antritt ihrer Reise wäre eine körperliche Verletzung schlimm gewesen. Die seelische würde sie in solch tiefen Abgründen wie die des Meeres versenken, über das sie bald segeln würde.

Dolf würde gehen, das wusste sie. Was er aus dieser Situation machen würde, war nicht länger ihre Angelegenheit. Mit einem tiefen Atemzug streckte sie ihrer Tochter die Hände entgegen und hob sie auf ihre Arme.

Verrat

Tage später stand Hanne vor Diedrichs und Elsabenas Pforte, die Diedrich allerdings nur einen Spaltbreit öffnete und seinen Kopf zu ihr hinauslehnte, als ängstigte er sich vor dem Draußen – oder vor ihr. »Es ist gerade nicht empfehlenswert, deine Schwester zu besuchen. Sie steckt seit Tagen in einer Stimmung ... Geh besser wieder«, wisperte er.

»Ich kann nicht, Schwager. Ich muss Angelegenheiten zu Ende bringen und darum endlich mit ihr Frieden schließen.«

»Das klingt beinahe nach einem Abschied.« Durch die Neugierde wurden sowohl Diedrichs Augen als auch der Türspalt größer. »Was hast du vor?«

»Die beschützen, die ich liebe.«

»Ich hoffe, dafür ist es nicht zu spät ...«, murmelte er.

Hinter ihm im Hausflur näherten sich Schritte. Entschuldigend und fast flehentlich sah er Hanne an.

»Wer ist an der Tür, Diedrich, dass du so lange für Durchzug sorgen musst, bis uns das Feuerholz für den Besuch ausgeht?« Elsabena tauchte in seinem Rücken auf und zog die Tür weiter auf. Ihre Miene war wie immer angespannt, als ob sie mit einem Angriff rechnete. Sie fror in dieser Spannung ein. Einzig ihre Lippen vermochten es, noch schmaler zu werden. »Du«, fauchte sie, fletschte beinahe die Zähne. »Scher dich fort, Räuberhure! In meinem Heim will ich dich nicht sehen! Dich nicht, diesen gesetzlosen Lumpenhund nicht und auch nicht die Brut, die ihr in die Welt gesetzt habt! Mit solchem Pack habe ich nichts zu schaffen!«

Sie zerrte an Diedrichs Kittel, um ihn von der Schwelle zu bekommen, aber er blieb standhaft, was Elsabena erst recht in Rage brachte.

»Mach Platz, du Esel! Du holst uns noch die Gendarmen ins Haus! Diedrich, ich warne dich! Geh mir aus dem Weg! Ich will nichts mehr mit diesen Mohrs zu tun haben!«, kreischte sie in der gewohnten Gewissheit, dass ihr Mann vor dieser Urgewalt einknicken würde.

Dieses Mal jedoch blieb er ruhig, hielt sich zwischen ihnen. Bedächtig griff er nach der Hand, die an seinem Hemd rüttelte, und löste sie aus dem Stoff.

»Sie ist deine Schwester, jetzt beruhige dich!«

Verblüfft hielt Elsabena ob der Gegenwehr inne und selbst Hanne staunte. Normalerweise zog Diedrich sich sofort zurück, wenn sie ihn nur schräg anschaute.

»Ich weiß, was sie getan hat. Ich weiß, was Dolf getan hat. Ich weiß, was du getan hast – und auch, warum. Nach all der Zeit, Elsa, bin ich dir immer noch nicht gut genug?«

Elsabenas Hand wurde kraftlos und entglitt Diedrichs Griff. Im Halbdunkel der Diele schienen ihre Augen vor Überraschung zu funkeln. Sie trat einen Schritt zurück. »Was ... was hast du gesagt?«

»Du hast schon richtig gehört. All die Jahre hast du mich spüren lassen, dass ich nicht der bin, den du wolltest. Glaubst du, mir wäre es nicht aufgefallen, dass ich für dich nur die schnellste Lösung war, deinen Ruf zu retten, eine ehrbare Frau und keine sitzen gelassene Hure zu sein? Vor ein paar Abenden hast du ihm das gezeigt.« Bei dieser Enthüllung und der neuen Kraft in Diedrich klappte Hannes Kinnlade herunter. Elsabena taumelte einen Schritt ins Haus zurück und schlug die Hand vor den Mund. »Ich bin nicht Dolf. Das hast du mir in jedem Atemzug begreiflich gemacht. Aber ich bin der Mann, der dich liebt und dich niemals im Stich lassen wird, selbst bei deinen größten Dummheiten nicht. Genau das tue ich gerade. Ich beschütze dich vor dir selbst, damit du morgen in den Spiegel blicken kannst. Ich kann mir selbst nicht erklären, warum ich so für dich empfinde, obwohl meine Gefühle auf Einseitigkeit beruhen. Die Wege der Liebe sind unergründlich. Dolf hat sich damals in sie verliebt! Vielleicht hat er sie gebraucht und das Schicksal hat sie verbunden. Was weiß ich? Ich bin Handwerker und kein Philosoph! Sie ist deine Schwester und als der Sommerberg sie brauchte, hat sie mehr für ihn gegeben, als du ahnst. Alle wissen, wem sie ihr Überleben zu verdanken haben. Also höre jetzt auf, dich weiter lächerlich zu machen!« Diedrich atmete tief durch, offensichtlich erschöpft von diesem Ausbruch an Durchsetzungskraft.

Hanne lächelte ihn an, nickte ihm zu. Er erwiderte die Geste.

Elsabenas Blicke irrlichterten zwischen ihnen hin und her.

Beschwichtigend hob Hanne die Hand. »Lass mich dir eine Sache sagen. Ich habe ihn dir nicht in böser Absicht genommen. Es ist einfach passiert. Er hat mich vor Thalberg gerettet. Wir wollten dich nicht verletzen, das meine ich ernst.«

Elsabenas Brust hob und senkte sich schnell und ihre Hände krampften sich zu Fäusten, pumpten all den Schmerz durch ihren Körper, der sich über die Jahre angestaut hatte. Dann sah sie auf. Ihre Augen suchten die ihrer Schwester und Tränen sammelten sich darin, ließen einen Moment lang Zweifel, vielleicht sogar Vergebung aufleuchten. Aber blitzschnell zog der finstere Nebel der Unversöhnlichkeit vor dieses Licht und die Tränen wurden eisig wie der Wind, der den Hauch von vergangenem Schnee in sich trug.

»Ich war bei Mönkebüscher«, sagte sie, kehrte ihr den Rücken zu und verschwand im Dunkeln des Flurs.

Diedrichs Blick schoss hilflos hinter ihr her.

Ohne groß nachzudenken, drehte Hanne sich um und rannte los, ahnungslos, wohin.

Karneval

Schon aus der Ferne waberten der fröhliche Klangteppich aus Musik, Gelächter und Stimmen in den grauen Himmel. Aus dem Osten tobte ein schneidender Wind heran, der die bunten Wimpel am Eingang des Wirtshauses wehen ließ, zwischen denen letzte Flocken tanzten. Die Wärme des Pferdekörpers unter ihm, die selbst das Leder des Sattels durchdrang, half ihm, sich gegen das Wetter zu stemmen und das Unterfangen nicht abzublasen. Seit Stunden wartete Mönkebüscher im Schatten der Baumlinie, rieb sich die Hände und umschlang den eigenen Oberkörper, um sich durch die eigene Umarmung aufzuwärmen. Mit Wehmut dachte er an sein Zuhause, wo sich seit Monaten alles um die süße Prinzessin drehte, die seit ihrer Geburt alle Aufmerksamkeit und Liebe seiner Frau in Anspruch nahm. Und wo blieb er? In der Kälte vor einem Gasthaus, ausgesetzt wie der einsame Wolf im Winter, der auf den Schinken auf dem Dachboden lauert. Konnte er es Auguste verübeln? Wann war er das letzte Mal nicht lediglich zum Schlafen zu Hause gewesen? Erneut rieb sich Mönkebüscher die Hände und hauchte seinen Atem hinein. Bald würden sich all diese Strapazen für ihn auszahlen. Seine Ausdauer würde belohnt werden und er würde seine Dortmunder Rivalen ausstechen. Als kluger Mann sorgte er vor und sicherte sich die Dienste von Spitzeln. Dieser Vorschulte war nicht so ergiebig gewesen, wie er es sich gewünscht hatte, aber immerhin ein paar Hinweise hatte er ihm geliefert, etwa der Einbruch bei Märtmanns. Mit der Unterstützung, die ihm vor ein paar Tagen in die Amtsstube geflattert war, hatte er jedoch nicht gerechnet. Mönkebüscher spürte, dass er dem Ziel so nah war wie damals in der Enge der Gefängniszelle. Dieses Mal würde er den Mann nicht entkommen lassen. Den Vorsprung, dem ihm diese rabenhafte Frau geschenkt hatte, würde er nutzen, um seine Position zu sichern. Kein Warten mehr nach diesem Abend, keine nicht enden wollenden Patrouillen, keine Dienste, die ihn an die Grenzen des Machbaren führten. Wie schnell sich das Blatt wenden konnte. Noch vor ein paar Tagen hatte er sich eine Beule am Aktenschrank zugezogen, die ihn pochend an die Verzweiflung erinnerte, aber jetzt saß er hier auf Luises warmem Rücken und hatte gleich die Chance, alles geradezubiegen.

Beim leisen Knacken eines Astes zuckte Mönkebüscher zusammen, fuhr herum und sah in das breite Bulldoggengesicht des Dortmunder Gendarmen, den Carl Thalberg angeheuert hatte. Nicht nur dessen Gesicht, sondern auch seine Erregung wies den Mann als Bluthund aus.

»Rührt sich etwas?« Der Bluthund hob die breite Nase und schnupperte in die Luft.

Mönkebüscher schnaubte. Was bildete der Kerl sich ein? *Er* hatte den Tipp erhalten, was spielte sich dieser Idiot also so auf? Er sollte lediglich helfen, das Kommando führte Mönkebüscher allein.

»Der Hinweis kam aus dem direkten Umfeld des Räuberhauptmannes. Ich bin sicher, dass er dort ist und Karneval feiert«, entgegnete er plump.

Der Bluthund zuckte mit den Schultern. »Niemand hat den Mann kommen sehen, aber wenn Sie meinen, Herr Mönkebüscher, warten wir eben noch ein paar Stunden in der Kälte. Macht ja nichts. Dafür werde ich schließlich fürstlich entlohnt werden. Für die satte Belohnung von Herrn Thalberg friere ich mir gerne den Arsch ab.«

Mönkebüscher verzog sein Gesicht. Ordinär, vorlaut, ungewaschen. Was für ein Betragen für einen Staatsdiener! Seinen Untergebenen hätte Mönkebüscher für eine solche Ausdrucksweise den Kopf höchstpersönlich gewaschen. Bei dem Dortmunder hingegen musste er gute Miene zu allem machen. Sie standen unter dem Sonderbefehl des Landrates, angestoßen durch Thalberg, und konnten tun oder lassen, was sie wollten. Das nutzten die Männer weidlich aus.

»Er wird kommen – oder er ist schon hier. Heute bringen wir ihn zur Strecke«, knurrte er.

»Mir soll's recht sein. Die Belohnung kann ich gut und schnell gebrauchen.« Der Bluthund grinste und verschwand wieder in den Schatten.

»Sei dir nicht so sicher, dass du sie einsacken wirst«, murmelte Mönkebüscher zu sich selbst. Sein Blick wanderte zurück zur Gaststätte. Er kniff die Lider zusammen. Gerade kam eine größere Gruppe in bunten Kostümen an und stieg die Stufen hinauf. Wie Planeten kreisten alle um eine stabil gebaute Dame in einem auffallenden grünen Kleid, die sich trotz der Kälte hektisch Luft mit einem Fächer zufächelte. Ihr Lachen drang zu ihm hinüber. Für eine Frau klang es sehr tief. Dazu passten die Gerüchte, dass dieser Kerl sich Frauenkleider zusammengestohlen hatte, um den Gendarmen, um ihm zu entkommen.

»Mach dich nur zum Hanswurst, Räuber. Jetzt hab ich dich!« Mönkebüscher überprüfte seine Dienstwaffe, rückte die Uniform zurecht. Kurz überlegte er, den Dortmundern ein Zeichen zu geben. Doch warum sollte er sie freiwillig in sein Spiel bitten? Auf Thalbergs Wunsch hatte er sie mit auf Patrouille genommen – aber gleiche Chancen für alle. Auch er konnte die Belohnung mehr als gut gebrauchen. Eine Familie zu haben, vor allem mit der Frau, die er geheiratet hatte, war eine kostspielige Angelegenheit für einen einfachen Staatsbeamten. Außerdem war es *sein* Spiel. *Sein* Revier. Hier hatte *er* das Sagen, hier erntete *er* die Anerkennung. Mönkebüscher winkte seinen Polizeidienern zu. Er stieg ab und übergab einem von ihnen Luises Zügel. Herlinghaus kam an seine Seite, sein Atem dampfte stoßartig zwischen die vereinzelten Schneeflocken und in seinen Augen konnte der Offizier das aufblitzen sehen, was ihm schon vor vielen Monaten aufgefallen war: purer Blutdurst. Mönkebüscher durfte die Situation nicht aus den Händen gleiten. Zu viele Figuren standen auf dem Brett dieses Katz-und-Maus-Spiels und lechzten nach dem Sieg, koste es, was es wolle. Alle wollten Mönkebüscher den Rang ablaufen, ihn demütigen und dessen berauben, was er sich redlich verdient hatte. Das würde er nicht weiter tolerieren. Er bedeutete seinen Männern, hinter ihm zurückzubleiben. Vorsichtig schlich er näher, soweit ihm die Bäume Deckung boten.

Sie rannte. Wie so oft in den letzten Jahren, die ihr ganzes Leben auf den Kopf gestellt und durchgerüttelt hatten, bis all ihre Träume aus ihr herausgepurzelt waren. Ihr Herz klopfte bis zum Hals, folgte ihren trommelnden Schritten. Hanne musste sich eingestehen – auch wenn sich jeder Muskelstrang ihres Körpers dagegen sträubte –, dass sie immer wieder für ihn rennen würde, ihn warnen würde, solange sie am Leben war. Dolf hatte sie verletzt, zurückgestoßen, ihre Zuneigung zerschlagen mit der Kraft eines Räuberhauptmannes. Wenn dieses Gefühl der Verpflichtung aufleuchtete wie eine Sturmlaterne, fragte sie sich manchmal, womit er ihre Treue verdient hatte. Aber er hatte sie gerettet, mit dieser einen Tat, noch vor ihrer Ehe. Hatte ihr gezeigt, dass es sich lohnte, stark zu sein. Sogar gegen jemanden wie Thalberg. Nicht der sanfte Kuss eines schneidigen Prinzen hatte Hanne wachgerüttelt, sondern der kratzige Weckruf eines Räubers, der ihr mit seinem Mut beigestanden hatte, obwohl er damit die Wut eines mächtigen Mannes auf sich gezogen hatte. Diese Schuld hatte sie nie beglichen. In all den Jahren nicht. Sie war entschlossen, das jetzt zu tun, indem sie ihn warnte, obwohl er sie bis ins Mark getroffen hatte. Mehrfach. Tief. Immer wieder. Trotzdem musste sie zu ihm. Ihre gemeinsame Geschichte war noch nicht zu Ende.

»Der König vom Sommerberg hält Hof!«

Mit großer Geste geleitete ihn der kostümierte Trupp in den Tanzsaal. Jemand hatte bunte Fähnchen aufgehängt, sodass sich Dolf wie beim Schützenfest fühlte. Alles war bereit für eine fröhliche Feier: Bier, Schnaps, ein paar Stullen, Uniformen – zumindest etwas in der Art –, Erbsensuppe, Fähnchen und schmetternde Musik, die den Saal erzittern ließ. Eigentlich fehlten lediglich der Adler und die Donnerbussen und er wäre ganz der König von damals. Heute war er sogar mehr als damals, als ihm die Ehre, einen Holzvogel von der Stange zu schießen, ausgereicht hatte.

Sobald er von der Straße und in der Gaststätte war, hatte er sich in eine dunkle Ecke verdrückt und den Weiberkram ausgezogen, der ihm zwar Schutz vor den Blicken der Gendarmen bot, eines Königs jedoch nicht würdig war. Er behauptete von sich, Humor zu haben, aber den ganzen Abend in einem Korsett zu verbringen, war selbst für Karneval zu viel des Guten. Stolz strich er über den Frack, den er nach dem Kutschenraub hatte anfertigen lassen und der in Heinrichs Haus versteckt gewesen war. Teurer Stoff, sanft schimmernd und weich, verziert mit goldenen Knöpfen wie ein General, kam der Uniform des preußischen Königs nahe, die dieser bei seinem Besuch der Hermannshütte getragen hatte. Damals, in einer anderen Zeit, einem anderen Leben.

Für seinen großen Auftritt und Neuanfang war Dolf keine Investition zu kostspielig, schließlich musste er als König des Sommerbergs seinem Ruf gerecht werden. Obwohl er in seinem Hinterkopf damit zu kämpfen hatte, dass ihm die Krone etwas schief auf dem Haupt saß, nachdem man ihn verhaftet hatte. Aber er trug sie noch. Leider steckte das letzte Geld vom Kutschenüberfall, das er hatte retten können, in diesem Prunküberwurf. Wohin die Reserve aus der Höhle verschwunden war, konnte er nur mutmaßen, hatte sich allerdings vorgenommen, seine Kumpane diesbezüglich gründlich zu befragen. Von Friedrich Schöne und Heinrich war er bei der Flucht aus dem Gefängnis getrennt worden und hatte sie und Grübchen, über dessen Schicksal er nichts in Erfahrung hatte bringen können, seither nicht mehr gesehen. Das hatten sie vereinbart, um erst einmal Ruhe einkehren zu lassen, unauffällig zu bleiben. Heinrich hatte er nach seinem Besuch bei Hanne zusammengekauert in der leeren Räuberhöhle gefunden, so überrascht wie er selbst. Wenn Dolf morgen keinen allzu heftigen Kater haben würde, musste er sich etwas einfallen lassen, wie er zu neuem Geld kommen konnte. Welchen der fetten Grundherren oder Kaufleute er mit einem Besuch beehren würde.

Dolf schnaubte. Vor ein paar Stunden war ihm der Gedanke, irgendwo mit Fasana neu anzufangen, wo ihn niemand kannte, wie der einzige Ausweg vorgekommen. Dann war der Wind umgeschlagen. Wieso sollte er gehen? Wegen den paar Gendarmen? Diese Wichte würden ihn niemals fangen – und wenn, fand er schon eine Möglichkeit, seinen Kopf aus der Schlinge zu ziehen. Hier hatte er einen Namen. Hier, unter seinesgleichen, war er sicher. Woanders wäre er ein Niemand, nicht mehr der gute Geist, kein Räuberhauptmann. Hier kannte er sich aus. Irgendwann würde Gras über das alles wachsen und man würde ihn zum Bürgermeister wählen. Er lachte bei der Vorstellung und rieb sich die Hände. Die letzten Jahre hatten gezeigt, wie unzufrieden die Leute geworden waren, die inzwischen für ihre Rechte mit Gewehren auf die Straße rannten. Das konnte er für sich ausnutzen.

»Herr Mohr?« Durch die johlende Menge schoben sich zwei Männer auf ihn zu. Sie trugen ähnlich feine Anzüge wie er, wenn auch dezenter.

Dolfs Gedanken stockten und er trat einen Schritt vor ihnen zurück. Waren das die Dortmunder Polizeihunde, von denen er gehört hatte? Aus seinem Gesicht wich die Farbe und er schaute sich nach allen Seiten um, wo der beste Fluchtweg für ihn sein könnte. Heinrich, da hinten stand er, erwiderte seinen Blick und entdeckte die beiden Männer. Ohne großes Zögern drückte sich Heinrich durch die Menschen in seine Richtung. Egal, wer die Männer waren, Heinrich hatte schon immer einen sechsten Sinn und würde ihn hier rausbringen. Wie stets stand ihm sein Freund zur Seite.

»Sie müssen Herr Mohr sein. Der berühmte, ähm, nun ja …«, stotterte einer der beiden und streckte ihm die Hand entgegen.

»Sprechen Sie es ruhig aus: Räuber, besser noch Räuberhauptmann! Das macht mir in diesem Kreis verlauster Eisenkocher und Kohlehauer nichts aus.« Bei den letzten Worten hob er seine Stimme, sodass andere aufmerksam wurden. Er brauchte ihre Augen als Zeugen für alles, was kommen mochte.

»Ich wusste nicht, wie ich Sie nennen darf. Ich versichere Ihnen aber, dass wir nur mit den allerbesten Absichten zu Ihnen kommen. Trotz der Situation, in der Sie sich derzeit befinden.«

»Das sagt der hier allseits bekannte Gendarm Mönkebüscher auch gerne. Sind Sie Kollegen von ihm, meine Herren?«

Der feine Zwirn schnürte ihm die Kehle zu und es wurde unerträglich warm unter dem edlen Wolltuch und all dem Flitter. War das Angst? Nein, bestimmt nicht.

Einer der Männer lachte und zwirbelte seinen Schnauzbart. »Gott bewahre! Wir hatten selbst bereits genügend Probleme mit den Grünröcken. Von den Bestrebungen der Arbeiter und Intellektuellen haben Sie gehört? Wir treten für ein geeintes Deutschland ein. Eine Nation, mit gerechten Bedingungen für alle Klassen.«

Dolf hatte von den Kämpfen mitbekommen, die auf der Straße ausgefochten worden waren. Natürlich, es war Hannes Bestreben gewesen, ihn als Kämpfer für deren Ziele darzustellen. Auf dem Sommerberg war es jedoch immer unruhig und kurz vor dem Ausbruch roher Gewalt. Die Aufstände in anderen Gegenden waren darum nie wirklich durchgedrungen, außer in Form von berittenen Truppen, die beim Streik der Eisenbahner für bessere Löhne oder den Brotkrawallen eine Eskalation vermeiden sollten. Was aus all dem geworden war, hatte Dolf mit wenig bis gar keinem Interesse verfolgt. Hannes Plan war im Keim erstickt worden und hatte ihm die Inhaftierung eingebracht. Damit wollte er nichts mehr zu tun haben. Sollten die Politiker sich damit herumschlagen. Ohnehin hatte er gedacht, dass das alles schon lange vorbei war. Tagten sie nicht schon in Frankfurt und redeten sich die Köpfe heiß, wie es in diesen Landen weitergehen sollte?

»Was nützt mir das, meine Herren? Was bringt das meinen Leuten? Doch nur weitere Scherereien«, wiegelte Dolf ab.

»Wir … hatten gehofft, dass ein Mann von ihrem Kaliber, der die untätigen Staatsmänner, Großindustriellen und Adligen derart offen angegriffen hat, vielleicht eine gelungene Galionsfigur sein könnte. Ein Repräsentant des einfachen Volkes, der Arbeiter. Ein Kämpfer für die soziale und politische Gerechtigkeit. Wir würden Sie gerne auf diesem

Weg begleiten.« Wie bestellt schallte ein Tusch durch den Saal. Der Karnevalsball wurde eröffnet. Dolf seufzte, wandte sich von diesem Bild ab und musterte die beiden Herren, die ihn breit anlachten. Er, der arme Schlucker vom Sommerberg, der Fuhrmann, gefangen in Sorgen des Alltags, war ein berühmter und gefürchteter Mann geworden. Jemand, der handelte, sich nichts mehr bieten ließ, der aus dem Gefängnis entkam und einfach weitermachte. Er hatte Macht, und das erkannte nicht nur der Schnösel Thalberg, der ihn jagen ließ, sondern auch diese anderen Politiker, die ihn hofierten. Dolf Mohr würde aufsteigen, noch mächtiger werden, ohne sich unter Misthaufen vor den Staatsdienern verstecken zu müssen. Er war ein König.

Dolf streckte seine Hand aus, wollte in den Handel einschlagen, einen neuen Weg gehen, der ihn nicht vom Sommerberg fortbrachte, sondern ihn vollends zu seinem Zuhause machte.

An der Tür des Festsaals brandeten Rufe auf. Eine Frau schrie schrill auf. Was war da los? Dolf zog die Hand zurück und reckte sich auf die Zehenspitzen, um etwas über die Schultern der Feiernden erkennen zu können. Der Tumult wurde lauter. Er sah Heinrich, der alle überragte, in den Saal hechten, wild gestikulierend.

»Ich muss … mein Freund …« Dolf ließ die Herren stehen, versuchte, sich durch die Menge zu kämpfen.

»Herr Mohr, Sie sind verhaftet!«

Dolf drehte sich um und die beiden Männer zogen Schlagstöcke unter den Fräcken hervor.

Also doch: die Dortmunder Bluthunde!

Die vermeintlichen Arbeiterführer teilten sich auf und versuchten, ihm von zwei Seiten die Fluchtwege abzuschneiden. Die Musik endete in einem kreischenden Crescendo. Lärmender Wirrwarr und ein dumpfes Poltern an der Tür.

Wie aus dem Nichts tauchte Heinrich zwischen den Leuten auf und seine starken Hände umfassten Dolfs Oberarm, rissen ihn zurück, weg von der Tür und den Bluthunden, die brüllten und die ihnen in den Weg tretenden Menschen grob zur Seite stießen, um sich eine Schneise zu ihm zu bahnen. Die Sommerberger halfen ihm, wie er ihnen geholfen hatte! Rührung, dass er ihnen vertrauen konnte, flutete seinen Körper und trübte seinen Blick. Hannes Gesicht schwebte über diesen Schleiern, auch wenn sie sicher nicht hier war.

»Nicht dahin! Du musst weg! Sie kommen!«, brüllte Heinrich ihm entgegen.

Dolfs Geist erstarrte. Er versuchte, Heinrichs Ohr zu erreichen, und rief: »Sie sind schon da!«

Gegen das Getöse kam man nun unmöglich mehr an, denn ein erster Schuss schallerte durch den Raum. Putz regnete von der Decke, Kreischen und Rauchschwaden waberten umher.

Heinrich schob ihn zum Fenster. »Wach aus deinem Traum auf und hau endlich ab! Die Gendarmerie umstellt das Gasthaus. Sie wollen dich endgültig zur Strecke bringen! Raus!« Heinrich riss eine fröhliche Fratze aus Holz, die das Fenster schmückte, herunter und öffnete die Flügel. Willenlos ließ es sich Dolf gefallen, dass der Koloss ihn wie ein federleichtes Kind auf das Fensterbrett wuchtete.

Erneut krachte es, weitere Schreie.

Dolf drehte sich ein letztes Mal um. Entgegen ihrer eigenen Angst hatten sich die Sommerberger wie eine Wand vor die Türen des Saales geschoben, um ihn abzuschirmen. Schatten von Schlagstöcken tanzten über ihren Köpfen. Trotzdem beschützten sie ihn, hielten stand. Dies hier war seine Heimat, sein Volk, seine Regentschaft!

»Heinrich, dich suchen sie auch! Komm!«, bat er seinen Freund.

Dieser schüttelte den Kopf. »Die Zeit reicht nicht für zwei. Kümmere dich um dich selbst, ich komm klar.« Er lächelte ihm zu, dann schubste er ihn aus dem Fenster. Wie immer ohne große Worte.

Im nächsten Moment klatschten Dolfs Stiefel in den Matsch unter dem Fenster und er rannte los, ohne zurückzublicken. Heinrich hatte ihm den notwendigen Anschwung gegeben, jetzt war er auf sich gestellt. Er konnte nur hoffen, dass der ganz große Bahnhof ihm galt und sein Freund in dem Chaos untertauchen konnte. Dolf musste ein neues Versteck finden. Rund um das Gasthaus herum hörte er Geschrei. Harte Sohlen malträtierten die Erde. Die Gendarmen schwirrten überall und er meinte, Mönkebüschers Stimme Befehle blaffen zu hören.

Dolf wusste, dass er nur diese eine Chance haben würde. Kein Versteckspiel, keine Mitteilungen, keine Maskerade. Obwohl ... Er sah an sich herunter. Im dämmerigen Abendlicht schimmerten der feine Uniformrock, seine Messingknöpfe und Stickereien. Ein König auf der Flucht. Konnte man ihn für einen General halten? Nein, das würde er nicht riskieren.

Unschlüssig schlug er ein paar Haken. Wohin sollte er fliehen? Sein Kopf weigerte sich, ihm den besten Ausweg zu zeigen, und Heinrich war nicht mehr da, um ihm die richtige Richtung vorzugeben.

»Halt, Mohr! Stehen bleiben!«, rief ihm eine raue Stimme nach, die eben noch von Politik gesprochen hatte. Die Bluthunde waren aus dem Saal entkommen, hatten zu ihm aufgeholt und klebten ihm nun an den Fersen!

»Das ist er! Los, halte ihn auf! Wir brauchen das Kopfgeld und die Beförderung!«, mischte sich die zweite Stimme dazu, die nichts mehr von Revolution zu halten schien.

Endlich eine Eingebung, klare Sicht! Da hinten war eine Hecke! Dolf preschte los. Dort konnte er abtauchen. Die Schatten der Häuser und die des Waldes, die Einsamkeit der

Hügel waren nah, lediglich ein kurzer Weg über die Straße. Das konnte er schaffen! Sein Puls wummerte in seinen Ohren, sodass er den Befehl nur undeutlich hörte, aber die Laute waren dermaßen harsch, dass sie ihn dennoch erreichten.

»Halt oder ich schieße!«

Mönkebüscher oder dieser Herlinghaus? Es machte keinen Unterschied. Einfach weiter, weg von hier! Die ersten Zweige der Hecke schlugen gegen Dolfs Brust. Weit unten erspähte er eine Lücke. Um durch das Geäst zu schlüpfen, bückte er sich tief herunter.

Just in dem Moment donnerte etwas durch die Luft. Wie die Fangzähne eines blutrünstigen Hundes bohrte sich etwas gnadenlos in seinen Rücken und schoss ihm wie ein Blitz grell durchs Fleisch. Vom Scheitel bis zur Sohle wurde er vom Schmerz erschüttert, der wie flüssiges Eisen durch seinen Magen bis in die Füße hinabrauschte und dort zu einer zähen Masse erkaltete, die ihn langsamer werden ließ. Weiter, immer weiter! Sie würden ihn nicht kriegen! Bis zum Wald würde er es allerdings nicht schaffen, ohne nachzusehen, was ihm die Eingeweide zerschnitt. Dies hier war sein Königreich, seine Untertanen würden ihn verstecken.

Dolf presste die Hand auf seinen Rücken. Etwas Feuchtes heftete sich an seine Finger. Ihm wurde übel und schwindelig.

Es war vorbei. Das Räuber-und-Gendarm-Spiel, das Kinder auf den Hörder Straßen nachstellten, war endlich beendet und Dolf Mohr würde für seine Taten ins Gefängnis zurückkehren. Stolz würde Mönkebüscher Herrn Thalberg den Erfolg persönlich melden.

Neben ihm stand der fassungslose Herlinghaus, der langsam seine Waffe sinken ließ. In Mönkebüschers Händen rauchte die Mündung seines Gewehrs. Wie hatte dieser Grünschnabel es wagen können, auf den Räuber anzulegen? Das war *seine* Aufgabe und er hatte den Mut aufgebracht und sie erfüllt. Auf den letzten Metern dieser langwierigen Jagd sollte ihm niemand mehr in die Quere kommen – nicht die Dortmunder, die ohne seine Erlaubnis in den Saal eingedrungen waren, und auch nicht dieser Ehrgeizling Herlinghaus, der ihm hatte seinen Spitzel ausspannen wollen. Gut, dass Mönkebüscher besser gezahlt hatte als er.

Mönkebüscher trabte los und stolperte beinahe über zwei Menschen, die auf dem Boden kauerten. Die Frau presste sich die Hände auf die Ohren, Tränen liefen in Strömen über ihr Gesicht und sie wippte vor und zurück. Ein Mann in Uniform stützte sie und strich über ihren Rücken.

»Ich bin zu spät!«

Mönkebüscher erkannte die Ehefrau des Räubers. Wann war sie hierhergekommen?

»Schon gut, Frau Mohr. War nur ein Schuss ins Bein. Wir wollten ihn aufhalten und nicht umbringen«, redete der alte Pötichen auf sie ein, was Mönkebüscher wütend machte. Ein Gendarm tätschelte an diesem Räuberweib herum, als sei er Teil ihrer Bande und kein treuer Staatsdiener.

»Pötichen, bringen Sie die Frau hier weg! Sie steht unter Arrest«, schnauzte er.

Rot geäderte Augen hoben sich ihm entgegen. Dieser nichtsnutzige Säufer!

»Pötichen, auf, helfen Sie suchen!«, kommandierte er. Dem ihm unterstellten Mann blieb nichts anderes übrig, als zu gehorchen, und er kämpfte sich leicht taumelnd auf die Füße. Ganz konnte er jedoch nicht aus seiner rührseligen Haut.

»Frau Mohr? Bitte erheben Sie sich. Ihrem Mann wird nichts Gravierendes geschehen sein. Ich habe auf sein Bein gezielt und ich bin ein sicherer Schütze. Ich wollte ihn lediglich an der Flucht hindern«, erklärte Mönkebüscher, um die Situation aufzulösen.

Hanne, deren jugendliches Aussehen ihn bei jeder Begegnung beeindruckt hatte, stemmte sich nach oben und baute sich mit funkelnden Augen vor ihm auf. Ihr Zeigefinger stach wie ein Bajonett in seine Brust. »Ich habe gesehen, wo sich die Kleidung meines Mannes rot gefärbt hat. Es war nicht die Hose, denn er hat sich gebückt! In dem Moment, in dem Sie feuern mussten! Denken Sie scharf nach, Mönkebüscher, was einem Mann blüht, der den guten Geist des ärmsten Flohlochs erschießt. Auf offener Straße. Bravo! Eine Heldentat! Alles Glück Ihnen. Das werden Sie in Ihrem Revier brauchen, auch wenn man Ihnen einen Orden an die Brust pinnen wird. Der mag zwar von oben kommen, der Zorn, der Sie erwartet, allerdings vom gewaltigen Bodensatz von unten.« Sie sah ihn warnend an. »Ich werde meinen Mann suchen gehen. Und Sie werden mich nicht aufhalten.« Hanne ging hocherhobenen Hauptes davon.

Mönkebüscher blieb allein zurück. Er musste mehrmals schlucken und kräftig blinzeln, um wieder ins Jetzt zu finden. Der rote Schleier hob sich und sein Kopf begann zu rattern wie eine rostige Maschine. Er hatte nicht schießen wollen, aber er hatte Mohr ja irgendwie aufhalten müssen. Ihm war, als würden sich die Brandeisen aller Blicke bis in sein Herz brennen.

Nach wenigen Metern auf der ungepflasterten Straße breitete sich wie eine dumpfe Schneedecke Gewissheit aus, was mit ihm geschah. Es fühlte sich an, als ob seine Eingeweide von in Säure getauchten Messern zerschnitten wurden, sodass er kaum vorwärtskam. Bald würde das letzte Tröpfchen seiner Kraft in den Matsch gesickert sein und er einfach zusammenbrechen. Er konnte es nicht begreifen: Sie hatten tatsächlich auf ihn geschossen! Aus dem vergnüglichen Spiel um Gendarmenruhm und Räuberehre war bitterer Ernst geworden.

Wo war er jetzt noch sicher? Gab es ein letztes Versteck für ihn? Oder würde er immer weiter über den Sommerberg wanken, bis er die letzte Nebelwand durchquert haben würde? In seinem Nacken konnte er den Gevatter Tod in Gestalt von Mönkebüscher atmen hören. Er war nahe, bereit, Seele und Körper mit einem Streich der Sense zu trennen. Aber Dolf wollte nicht auf der Straße verenden wie ein elender Köter, mit Dreck und Blut beschmiert, im letzten Schmerz zusammengekrümmt – vor aller Augen zur Schau gestellt! Vielleicht käme sogar einer dieser Zeitungsmenschen, um ihn zu zeichnen. Den toten Räuberhauptmann. Jeder würde erfahren, wie das Ende eines Verbrechers aussehen musste, der seine gerechte Strafe bekommen hatte.

Ein würdevolles Ende, mehr wollte er nicht, mehr konnte er wahrscheinlich auch gar nicht erwarten, so wie sein Leib unter dem Schmerz ächzte.

Bei seinen mühsamen Schritten musste er an den beschwerlichen Weg des jungen Auswanderers denken und an die Anzeige der Reederei. Stand es ihm noch zu, sich ein neues Leben in einem fernen Land zu wünschen, dort, wo niemand seine Geschichte kannte? Was war wichtiger: lebendig zu sein oder den Kitzel eines Ehrentitels in sich brennen zu fühlen? Zu spät für solche Überlegungen.

Hände schoben sich unter seine Achseln und richteten ihn auf, stützten ihn beim Gehen. Statt in Matsch einzusinken, trafen seine Sohlen auf Stein. Er wurde ein paar Stufen hinaufgeschleppt, wo sich ein Bett in sein Blickfeld schob. Die Decken waren zurückgeschlagen, bereit, ihn weich zu empfangen.

Dolf blieb stehen. »Nein, nein. Ich will nicht liegen, da findet er mich umso schneller. Der Sensenmann sucht in den Betten zuerst nach den Toten! Ein Stuhl. Ich muss aufrecht bleiben. Und Fa… Hanne. Bitte, sucht meine Frau. Macht schnell. Ich habe sie gesehen. Auf der Straße. Das war sie, nicht wahr? Sie ist gekommen! Ihr kennt doch Hanne? Die, die sich um alle sorgt. Das ist meine Hanne …«

Wie von ihm gewünscht, brachte man einen Stuhl und half ihm, sich zu setzen. Hinter den grauen Schlieren vor seinen Augen konnte er Schatten davontrampeln sehen und ein kühler Wind, der ihm ins Haus gefolgt war, zerzauste sein Haar. Unter ihm war die feste Sitzfläche eines Stuhls und gab ihm Halt, auch wenn ihm etwas den Rücken und den Bauch herunterlief, das seine Hosen mit feuchter Wärme tränkte.

Das Blut war keine Überraschung. Dass es so viel war, erschlug ihn jedoch. Der rote See seines Versagens. Dolf seufzte und schloss die Lider. Plötzlich war er wieder ein Kind. Vielleicht floh er in die Vergangenheit, weil die Gegenwart nichts mehr für ihn bereithielt? Aber war es dort besser?

Das Haus seiner Eltern schälte sich aus den Nebelschleiern seiner Erinnerung. Eine dunkle Kammer tat sich vor ihm auf, verschluckte ihn und spuckte ihn vor einer großen Gestalt aus. Er spürte, wie harte Hände ihn zu Boden drückten. Der Schmerz, der sich durch seinen Körper kämpfte, erschwerte seine Schritte. Es waren die Klauen seines Vaters, der ihn vor sich hertrieb. Immer weiter Richtung Tür. Dahinter hörte er Gemurmel. Der Pfarrer war bei ihr. Er wurde weiter gedrängt, obwohl sich alles in ihm sträubte, in das dahinterliegende Zimmer zu gehen. Er konnte jedoch nicht gegen die Hände aufbegehren. Sein rasendes Herz nahm ihm die Luft. Sein Körper war der einer Stoffpuppe ohne eigenen Willen. Die Tür öffnete sich und sofort drängte sich ein gewohnter Geruch heraus, der ihn würgen ließ. Er kannte ihn von Schlachttagen auf ihrem Hof: eine Mischung aus Metall, Angst, Tod, Blut. Das Gesicht seines Bruders schob sich vor ihn in den Durchgang. Es leuchtete bleich im Licht einiger Kerzen. Dennoch sah Dolf, dass Philipps Augen gerötet waren und ihm Rotz aus der Nase lief, den er linkisch mit dem Ärmel fortwischte. Tränen sickerten mit ihm in den Stoff. Philipp hatte es hinter sich gebracht.

Ein Räuspern erklang in Dolfs Rücken und ließ ihn zusammenzucken. Sein Vater war ungeduldig, wollte es schnell hinter sich bringen. Philipps Blick ruckte hoch.

»Geh zu deiner Schwester, Philipp«, knurrte die Stimme.

Mit gesenktem Kopf schlich sich sein älterer Bruder davon.

Aus der Dämmerung der Stube schob sich Dolfs Tante in den Kerzenschein und versperrte den Eingang. »Johann, willst du … soll der Kleine wirklich …?«, fragte sie unsicher und leise über Dolfs Scheitel hinweg.

Dolf ächzte, als sich die Klauen in seine Schultern gruben und bis auf seinen Knochen drangen. Sein Vater hasste es, wenn ein Weib ihn darüber belehren wollte, was er zu tun und zu lassen hatte. Dolf sah, wie ihre Hände zitterten, und spürte, wie es sich in ihm fortsetzte. Die Angst, vor allem aber die Wut grub sich tief in seine Seele.

»Den Tod können wir nicht aus unserem Leben sperren. Er ist stets um uns herum und stiehlt uns wie ein Dieb alles, was wir brauchen. Das müssen meine Söhne lernen!«

»Er ist so jung. Das ist zu viel für solch ein Seelchen.«

»Er soll sich ordentlich von seiner Mutter verabschieden. Das gehört sich so«, versuchte sein Vater, sie zu verscheuchen.

Dolf wurde nach vorne geschoben, seine Tante wich einen Schritt zur Seite, gab allerdings nicht vollends auf. »Sie hat gesagt, es muss nicht …«, protestierte sie.

»Geh beiseite.« In der Stimme seines Vaters schwang eine Drohung.

Seine Tante kapitulierte und gab den Weg frei. Ihr Mund klappte zwar noch einmal auf, sie brachte jedoch keinen Einwand mehr über ihre Lippen.

»Ich will nicht.« Woher er den Mut genommen hatte, den eigenen Wunsch auszusprechen, wusste Dolf selbst nicht. Die Worte hingen im weiten Gang zwischen ihm und seinem Vater. Er wollte nicht in diesen dunklen Raum gehen! Nicht in Richtung Tod. Die Türschwelle drückte sich sogar durch seine Holzpantinen.

Ein grober Stoß nach vorne setzte sich über seinen Willen hinweg, und schon hatte er sie überschritten. Der Geruch wurde beißender und Dolf versuchte, die Luft anzuhalten, um sich nicht übergeben zu müssen. Seine Tante eilte ihm voraus zum Bett und beugte sich in dessen Schatten. Sie flüsterte etwas, und Dolf meinte, ein gehauchtes »Nein!« vernommen zu haben. Ungeachtet dessen winkte sie ihn heran. Niemand wagte es, sich seinem Vater zu widersetzen. Dolf wollte nicht. Er war seit Tagen nicht dort drin gewesen, die Erwachsenen hatten ihn ausgesperrt und gesagt, das alles sei nichts für ihn. Plötzlich aber verlangten sie, dass er noch näher heranging! Warum musste er das ertragen? Die Krallen meldeten sich zurück, zwangen ihn zum Bett.

»Mein kleiner Dolf!«, hörte er eine hilflose Stimme aus den Laken. Fast hätte er sie nicht erkannt, so brüchig und gequält, weit entfernt vom Leben, und doch würde sie ihn immer und überall erreichen. »Du bist hier … Ich wollte nicht, dass du mich so siehst, aber zumindest können wir uns verabschieden, mein kleiner Räuber! Ich habe nicht viel Zeit, und du musst schnellstens wieder raus, das ist nichts für ein Kind.« Eine Hand, fast wie die eines Skeletts, streckte sich ihm entgegen.

Sein Kopf hämmerte: »Nicht näher, nicht näher!« Seine Beine begannen zu schlottern, denn er glaubte, der Tod selbst strecke seine Finger nach ihm aus. Ihm wurde kalt und Tränen sammelten sich, als er sich zwang, die Knochenhand zu ergreifen und sich in den Schatten Richtung Bett ziehen zu lassen.

Nicht nur seine Ohren, auch die Augen sagten ihm, dass die Gestalt vor ihm nicht mehr seine Mutter war, sondern irgendein Geist, der ihn zu sich holte. Selbst wenn dieser Geist ein Lächeln aufsetzte, trieb er ihm einen grausamen Schauer über den Rücken. Es war eine lächelnde Fremde mit gespannt dürren, brüchigen Lippen über viel zu großen Zähnen. Wie Pferdezähne, wie ein Nachtmahr. Ein graues, verhärmtes Gesicht, aus dem Nase und Wangenknochen spitz herausragten. Trübe Augen, riesig groß. Eine Knochenfratze, ein Totenschädel, eingewickelt in hauchdünnes Papier. Dolf blickte sich hilfesuchend um. Wo war seine Mutter, die er vor ein paar Wochen lachen gehört und mit der er draußen die Hühner gejagt hatte?

»Mein Dolf ...«, hörte er den Geist locken.

»Wer bist du? Wo ist Mutter?« Dolfs Gedanken purzelten durcheinander, wollten sich nicht ordnen.

Das Gesicht wurde noch blasser, als ein Meer aus Traurigkeit in die Frau strömte. »Die Krankheit hat das aus mir gemacht. Ich bin es. Hab keine Angst, am Ende wird alles gut und wir sind in Gottes Hand.«

Dolf glaubte ihren Worten nicht. Er glaubte nicht, dass alles gut war und je wieder werden würde. Er glaubte nicht, dass dieses Wesen wirklich die Mutter sein konnte, die auf dem Feld anpackte, das Vieh versorgte, Hühner köpfte, kochte, wusch und ihm spielerisch in die Wangen kniff, wenn er sie ärgerte. Die ihn ins Bett brachte und die Decke dicht um ihn stopfte, damit er nicht fror. Die stets versuchte, ihren Kindern etwas zu essen auf den Tisch zu stellen und selbst auf ihre Portion verzichtete, damit sie satt wurden. Es war ihr nicht immer gelungen. Vater hatte nie genug nach Hause gebracht, lieber das knappe Geld zum Wirt getragen, dachte er bitter und schaute verstohlen um sich, wo sich sein Vater hingestellt hatte.

»Ich muss dir Lebewohl sagen, bevor ich zu schwach werde. Kümmere dich gut um deine kleine Schwester. Hör auf deinen Vater und auf Philipp. Gib dabei auch auf Philipp acht, ja? Du weißt, was er für Flausen im Kopf haben kann. Er will erwachsen sein, ist es aber noch nicht. Und das Wichtigste: Pass gut auf dich selbst auf! Du willst stark sein, auffallen, dich behaupten. Und dabei gehst du zu weit. Du bist groß und gut genug, das musst du niemandem beweisen.« Der Geist krächzte und hustete, und darin erkannte Dolf endlich den Hauch der Stimme seiner Mutter.

Jetzt verstand er, was geschah, und begann, fürchterlich zu weinen. »Geh nicht!« Stürmisch warf er sich gegen ihre Brust, fühlte das Zittern, das durch ihren dürren Körper lief, der diese Welt schon beinahe verlassen hatte.

»Das kann ich nicht entscheiden, Dolf.«

»Dann soll Vater es dir erlauben!«

»Aber das kann doch nur Gott, kleiner Räuber! Mein Leben endet in seinen Armen, und er wird mich aus diesem Jammertal führen. Ich bin froh, wenn die Schmerzen ein Ende haben.« Durch den Schleier seiner Tränen sah er, wie sich ihr Kopf zu dem Mann in seinem Rücken neigte, der stumm dagestanden hatte. Ihr Mund wurde zu einer harten Linie. »Gott tröstet mich in der nächsten Welt und dich wird er ebenfalls trösten, Dolf. Ich weiß, dass du deinen Weg finden wirst, deine Aufgabe. Jemanden, der dich wie ich beschützen wird.«

Wieder hustete sie, schärfer. Sie stöhnte auf und er hörte das Rasseln in ihrer Lunge. »Ich kann nicht …« Niemand erlöste sie beide, sie waren aneinandergelehnt inmitten des Sturms, der sie zu zerreißen drohte. Ein weiteres Röcheln drang aus ihrer Kehle und es blubberte unter Dolfs Ohr, das sich an sie presste, als könne er sie dadurch in dieser Welt festhalten. Sie schnappte nach Luft. »Es tut weh!«

Dolf sah auf. Ihre Blicke schrien ihn an und er löste sich von ihr, als etwas ihren Körper erfasste und durchschüttelte. Sie wand sich, ihr Mund weit aufgerissen. Das Rasseln wurde lauter. Verzweifelt rang sie nach Atem, der nicht kam und die Augen aus ihren Höhlen quellen ließ. Ihre Hand fuchtelte herum, suchte nach Halt und fand nur die Finger ihres Sohnes. Sie zermalmte sie, immer und immer wieder drang ihre schwindende Kraft in Dolf. Er heulte vor Schmerz und ihre Schreie mischten sich zu einer grässlichen Melodie, die beinahe seinen Kopf zum Platzen brachten.

Erlösung brachten erst die resoluten Arme seiner Tante, die ihn aus der Schraubzwinge befreiten und aus dem Zimmer trugen. Alles verschwamm im Rot der Qualen seiner Mutter.

Er wusste nicht mehr, wie lange er mit seinen Geschwistern auf der Bank neben der Haustür gesessen hatte, als der Morgen dämmerte. Sein Körper und seine Seele waren in der Nachtluft ausgekühlt und stumpf. Da half selbst die Wärme nicht mehr, die schüchtern von seiner Schwester aufstieg, die sich auf seinem Schoß zusammengerollt hatte. Ihr war der Anblick erspart geblieben, den er im Zimmer der Mutter erlebt hatte und der ihn sein Leben lang verfolgen würde. Sein Hals schnürte sich zu, als er daran zurückdachte. An ihr schmerzverzerrtes Gesicht. An das markerschütternde Schreien. Mit einem Blick gen Wolken, die hauchdünn und blassrosa wie ein Versprechen über ihm hingen, blinzelte er die Tränen fort. Vielleicht, wenn er Gott noch einmal bat … Der Himmel war so klar, da würden seine Worte die Ohren Gottes bestimmt erreichen. Der hatte immerhin seinen Sohn vom Tod zurückgeholt. Da konnte er doch dasselbe für die Mutter eines verzweifelten Jungen tun! Seine Hände fanden sich vor seiner Brust, verließen die Wärme der Schwester und wandten sich der Ewigkeit zu, er fand allerdings nicht die richtigen Worte. Er betete dafür, dass Gott die Schreie der Mutter in seinem

Herzen auslöschen möge, wie auch das Winden auf dem Bett. Ihr Gesicht tauchte zwischen den Wolken auf, rosig und blühend wie im Sommer letzten Jahres, als alles noch gut gewesen war. Erste Hoffnung keimte in ihm.

»Hör auf damit, du Spinnewipp.« Die Stimme seines älteren Bruders riss ihn aus den Wolken. »Das macht sie auch nicht wieder lebendig!«, raunzte der ihn an, wischte sich zum tausendsten Mal die Nase am Ärmel seines Kittels ab.

»Du bist der Spinnewipp!«, gab Dolf zurück und fing sich dafür einen Knuff in den Oberarm ein.

»Ich würde dich gehörig durchlassen, wenn nicht dieser Tag wäre«, knurrte Philipp, stand auf und verschwand in der Scheune.

Dolf wusste, dass er sich dort ins Heu werfen, sich ganz eingraben würde, damit ihn niemand beim Flennen sehen konnte. Philipp konnte es sich mit seinen zwölf Jahren nicht mehr erlauben, Kind zu sein. Vater brauchte starke Hände, die auf dem Hof halfen. Bald warteten die Pflichten eines Erwachsenen auch auf ihn. Dann würde er nicht nur die Hühner füttern, sondern richtig mitanpacken müssen. Wie würde Vater jetzt wohl werden? Die bevorstehende Zeit ohne seine ausgleichende Mutter ängstigte Dolf. Da war diese andere Frau, fast noch ein Mädchen, dessen Hand Vater umklammert hatte. An Mutters Sterbebett jedenfalls hatte Vater nicht geweint, als sie geschrien und sich gewunden hatte vor Schmerzen in ihrem schrumpfenden Bauch. Einen Arzt hatten sie sich nicht leisten können, seine Tante hatte aber immer wieder von »Auszehrung« gesprochen. Das hatte Dolf nicht verstanden, bis er vor einigen Stunden den Schatten ihrer selbst gesehen hatte.

»Deiner Mutter wird das Leben zu viel, Adolph. Sie verliert die Kraft weiterzumachen«, hatte seine Tante gesagt, vor Wochen schon. Nun war es tatsächlich so gekommen. Seine Mutter zerfiel vor seinen Augen zu Staub.

Ein Heulkrampf schüttelte ihn und ließ seine Schwester aufwachen.

»Wann kommt Mama wieder, Dolfi?«, plärrte ihre Stimme.

Dolf löste seine Hände aus dem Gebet. Sie mussten jetzt andere, nützlichere Dinge tun. Er strich seiner Schwester über den knochigen Rücken. Für sie musste er sorgen. Für alle, die nach ihr kommen würden. Für die, die er liebte. Dolf schwor sich, dass bei ihm niemand mehr an Auszehrung und den Gemeinheiten der Zeit würde sterben müssen. Selbst wenn er gegen Gott antreten musste! Das war das Erbe seiner Mutter.

Der kleine Junge stand auf und ging in die Küche, um Frühstück zu machen. Sein Vater war nirgends zu sehen.

Dolf schreckte aus den Bildern seiner Kindheit auf, als sich jemand an seinem Bauch zu schaffen machte und das Pochen bis zu seinem Kopf reichte. Er versuchte, die Hände abzuwehren, jaulte wie ein Hund.

»Ich bin Arzt. Halten Sie still«, raunzte der Mann ihn an.

»Bitte … meine Frau. Ich muss ihr etwas sagen«, keuchte er und begann zu weinen.

Was war er doch für ein Idiot. Sein eigenes Erbe hatte er verjubelt – und damit meinte er nicht einen Hof oder eine Kassette mit Geld. Seine Kinder hatte er im Stich gelassen, genau wie sein Vater ihn, der die Mutter einfach gegen eine andere Frau ersetzt hatte, als Dolf etwas älter als Alwine gewesen war. Genau wie Dolf Hanne ersetzt hatte.

»Spinnewipp«, krächzte er. Seine Finger tasteten nach seiner Hosentasche, die feucht und warm war von seinem Blut.

»Das würde ich mir auch sagen, wenn ich mir eine Kugel in den Rücken jagen lassen würde«, grummelte der Arzt. Sein Gesicht war bleich geworden, die Augenbrauen standen eng zusammen und er wischte sich Schweißperlen von der Stirn.

Dolf hatte das Gefühl, dass er sich von ihm entfernte, schwebte. Das Einzige, was ihn noch hielt, war das Klackern zwischen seinen Fingerkuppen, das ihn an seine Mutter erinnerte.

»Herr Mohr, das … sieht nicht gut aus.« Der Arzt hob seinen Blick und schüttelte den Kopf.

Das genügte Dolf, um zu wissen, was ihn erwartete. »Wo ist Hanne?« Seine Kraft schwand. Ihm wurde schwindelig und er begriff, dass seine letzten Gedanken ungesagt bleiben würden. Hier starb ein Räuberhauptmann, vielleicht sogar ein Held der armen Leute, aber kein Ehemann mehr, kein Vater. Das hatte er im Grunde nicht anders gewollt, oder nicht? In diesem Moment zweifelte er, was er war oder sein wollte.

Ungesagt.

Glitschig rutschten die Holzperlen in seiner Hand umher, machten ein Gebet unmöglich. Ihr Klackern wurde immer langsamer. Er fürchtete, dass es für alles zu spät war. Er hätte früher handeln sollen.

»Hanne kommt nicht.«

Dolfs Augen schlossen sich und er tat einen langen, tiefen Seufzer, versank in der Schwärze der Karnevalsnacht, im dunklen Treiben der letzten Geister des Winters. Ändern konnte er nichts mehr.

Mit einem Klappern kam der Rosenkranz auf den Dielen auf. Das kleine Kreuz daran zerbarst in zwei Teile. Danach blieb es still.

Auf der Straße wuselten die Gendarmen durcheinander. Ihre Befehle und Rufe hallten zwischen den Häusern, Laternenlichter tarnten sich als unruhige Glühwürmchen.

Hanne stand auf der Straße vor dem Gasthaus, aus dem die letzten schluchzenden oder kreischenden Gäste tröpfelten. Sie hielt Ausschau, ob sie in den Schatten Dolfs Gestalt ausmachen konnte. Er war spurlos verschwunden. Heinrich stand an ihrer Seite, das Gesicht verborgen unter dem Schatten seiner Hutkrempe. Seine Blicke huschten wie ein Hase über die Szenerie. Er legte ihr die Hand auf die Schulter. »Wird schon werden.«

Sie nickte. Heinrich dachte nur selten an sich. Selbst jetzt, da er auf dem Präsentierteller saß und jeden Moment verhaftet werden konnte, war er nicht gegangen und blieb bei ihr, nachdem er sie entdeckt hatte, obwohl Pötichen weiter um sie herum war. Aber der Gendarm machte keine Anstalten, einen von ihnen dingfest zu machen, und Mönkebüscher war auf der verzweifelten Suche nach seiner Beute. Auf seine eigene wortkarge Art spendete Heinrich Hanne Trost.

Aber was würde werden? Was würde jetzt geschehen? Hannes erste Sorge galt gerade ihm. Wenn die Gendarmen genug von der Suche nach Dolf hatten, würden sie nach seinen Komplizen fahnden. Sie würden nicht ruhen, ehe sie das räuberische Kleeblatt hinter Gitter gebracht hätten. Der ganze Sommerberg würde aus seinen Grundfesten gerissen und auf den Kopf gestellt werden.

Hanne lehnte sich gegen den Koloss, hörte und fühlte seinen Herzschlag kräftig und lebendig wummern. Fast gleichzeitig durchzuckte ein Ruck ihren Brustkorb und sie tastete erschrocken danach, vergewisserte sich, dass ihr eigenes Herz nicht stehen geblieben war. Es klopfte, wenn auch ungestüm, war aber für einen Stolperer aus dem Takt geraten.

Einige Gassen weiter brandete Geschrei auf, wovon die Gendarmen und die übrig gebliebenen Kostümierten angezogen wurden wie die Motten vom Licht.

Unerklärliche Tränen schossen Hanne in die Augen. Etwas musste geschehen sein, was sich ihres Einflusses entzog.

Aus einem Haus trat ein Mann. »Er hat ihn erschossen, er ist tot! Unser Räuberhauptmann ist tot!«, rief er von der obersten Stufe in die eintretende Stille auf dem Sommerberg.

Hanne sackte in sich zusammen und ihre Welt wurde dunkel.

Das letzte Zusammentreffen

Wie sie an diesem Karnevalsabend nach Hause gekommen war, daran erinnerte sich Hanne nicht mehr. Auch nicht daran, wie sie die letzten Tage verbracht hatte, in denen sich die Welt ohne Dolf und die Räuberei weitergedreht hatte. Alles war in einen dicken Nebel gehüllt, der sich nicht mehr verziehen wollte. Mehrfach waren Polizeidiener oder Mönkebüscher höchstselbst mit gewichtiger Miene ins Haus gekommen, hatten alles untersucht und durcheinandergeworfen, ein riesiges Chaos hinterlassen, als ob ihnen noch Beweise fehlten – selbst jetzt, wo der Räuberhauptmann tot war. Ihre Schwiegermutter war mit ihrem Witwenschleier und in ihrem schwarzen Sonntagskleid aufgetaucht, obwohl sie sich nur selten für Hanne interessiert hatte, und hatte zumindest Alwine mit zu sich genommen, bis alles geregelt sein würde.

Der Bestatter hatte mit hängenden Augenlidern vor ihr gesessen und ihr die Kosten aufgezählt. Hanne hatte schlucken müssen. Woher sollte sie das viele Geld nehmen? Ihre Reserven für ihre eigenen Pläne schrumpften. Sie hatte kaum etwas von der Beute bekommen, der Rest war mit Dolf ins Grab gewandert oder in der Tasche Grübchens oder dieser Fasana verschwunden. Der Bestatter bot ihr – wegen des Rufs ihres berühmten Mannes – an, dass sie ihm das Geld in Raten zahlen konnte. Sie wolle sich bei so einer Persönlichkeit wie einem Räuberhauptmann, den man mit Cartouche oder dem Schinderhannes vergleichen könne, gewiss nicht lumpen lassen, oder? Wie würde man sonst über die Witwe sprechen?

Hanne hatte mit den Schultern gezuckt. Diese Namen hatte sie noch nie gehört. Sicherlich waren sie leuchtende Beispiele ihrer Zunft gewesen. Ob sie sich Dolfs Witwe nennen wollte, konnte sie nicht sagen. Aber darüber hatte sie mit dieser Saatkrähe nicht reden wollen. Der Bestatter hatte zudem erzählt, Dolf habe in der Zeitung gestanden und sei mit eben jenen Vorbildern verglichen worden. Das verlange doch nach einer würdigen Bestattung samt üppigem Leichenschmaus. Man werde sich schon einig werden. Er hatte seinen steifen schwarzen Zylinder gelupft und war wie Gevatter Tod persönlich aus der Haustür gewackelt.

Nach dem Besuch der Gendarmen hatte Hanne selbst gesucht, ob Dolf etwas Brauchbares hinterlassen hatte, was über ein Blatt Papier hinausging. Der Erlös aus dem Verkauf der Pferde und der geheime Beutel unter den Dielen, der immer wieder hatte geschmälert werden müssen, reichte nicht für einen Neuanfang und eine Beerdigung zugleich. Die Suche blieb jedoch erfolglos. Und dafür hatte sie ihre letzten Kraftreserven geopfert.

Gerade schloss sie erschöpft eine der Kisten, die sie hinten im Stall entdeckt hatte, als sie Geräusche auf dem Hof hörte. Schon wieder die Gendarmen? Oder die gerupfte Saatkrähe, diesmal mit Vorschlägen für die Trauerkränze? Hanne trat an das Stalltor, wich aber sofort zurück. Mit diesem Besucher hatte sie nicht gerechnet. Ihr Herz setzte kurz aus und raste im Anschluss panisch los. Durch das Auf und Ab der Gefühle konnte sie keinen klaren Gedanken fassen, erkannte jedoch, dass der Mann sie erspäht hatte und im Laufschritt auf die Scheune zusteuerte. In seinem Gesicht flackerte ein boshaftes Lächeln. Hanne tauchte in die Schatten, eilte in die Sattelkammer. Hier fand sie nur die Geschirre der Pferde, nichts, was sie gebrauchen konnte.

Sie rannte zurück in den Stall, erinnerte sich, dass auf dem Heuboden eine Forke liegen musste, mit der sie den Tieren das Heu hinuntergeworfen hatten. Im Tor zeichnete sich ein Schatten ab und mit zitternden Knien kletterte Hanne die Leiter hinauf, duckte sich ins Heu und ihre Augen huschten suchend über den Boden. Die Forke war nirgends.

Unter dem Gewicht des Mannes knarzten die Sprossen.

Wäre sie bei klarerem Verstand gewesen, hätte sie sich nicht in diese Lage gebracht. Hanne fluchte leise, duckte sich tiefer ins Heu und schaufelte es vorsichtig über sich zusammen.

»Meine liebe Hanne, ich habe gesehen, dass du hier hinaufgeklettert bist. Komm schon, wir haben noch einiges zwischen uns zu klären.«

Hanne wagte es kaum zu atmen, als Carl Thalberg, etwas unsicher auf den Beinen und mit einem Gehstock in der Hand balancierend, die letzte Sprosse nahm und auf den Heuboden trat. Dieses Mal gab er sich weniger förmlich, redete sie vertraut mit Du an und trug keinen steifen Frack, aber einen Anzug aus feinster Wolle, der zwischen all dem Heu völlig deplatziert wirkte. Das Glitzern des Quecksilbers in seinen kalten Augen war selbst aus Hannes Entfernung deutlich zu erkennen. Thalberg hatte ihr den Mann und eine teure Freundin genommen, ihre Ehe mit in den Abgrund gerissen, sie sich zu Dingen hinreißen lassen, die sie nie erwartet hätte. Er war es gewesen, der Dolf zu Tode hatte hetzen lassen. War er immer noch nicht zufrieden? Fühlte er sich nicht befriedigt in seinem Rachefeldzug? Was in Gottes Namen wollte er?

Dünne Streifen des sterbenden Winters tanzten staubig in der Luft, als Thalberg in den Raum hineintrat. »Wie tragisch, dass alles auf diese Weise enden musste, obwohl es für uns beide im Paradies hätte beginnen können. Erinnerst du dich an die Zuckerstange? Deine Lippen waren so süß und rot. Ich sehnte mich danach, sie zu schmecken ... Doch du wolltest dieses Paradies nicht. Was hättest du nicht alles haben können! Jedenfalls nicht Tod, Not und Elend und auch als verarmte Witwe eines Fuhrmanns mit zu großen Ambitionen hättest du nicht enden müssen.«

Der Heustaub kroch Hanne in den Hals und kratzte in ihrer Kehle, sodass sie würgen musste. Dabei wurde sie umso steifer, wollte um keinen Preis von ihm entdeckt werden. In ihrem Herzen stieg eine übermächtige Angst auf, wie sie sie nach dem Tag auf dem Schützenfest und beim Überfall der Landstreicher nicht mehr gefühlt hatte. Dieses Mal war ihr Beschützer allerdings fort und würde nicht zu ihrer Rettung zurückkehren – nie wieder. Tränen verschleierten ihren Blick, zusätzlich zum Witwenschleier, und alles in ihr wurde kalt und starr. Ob sie Dolf noch geliebt hatte, konnte sie nicht einmal mehr sagen, sie hatte jedoch zumindest gewusst, dass er seine Familie zu schützen versuchen würde, wenn jemand sie bedrohte. Aber nun war er fort. Ihr war bewusst gewesen, dass dieser Moment kommen würde wie die Gewitterfront, die sich am Horizont auftürmte.

»Hanne, ich bin ein viel beschäftigter Mann, der seine wertvollen Stunden nicht auf einem Heuboden vertrödeln kann. Ich muss nach Frankfurt in den Bundestag, ein Land für alle aufbauen, diese Zeit prägen. Das kann ich keinen unterprivilegierten Kreaturen aus der Gosse überlassen. Ich habe Einfluss, könnte dich mitnehmen und dir etwas von der Welt zeigen. Anders als dieser Hallodri, der sich mit mir anlegen wollte und den Kürzeren gezogen hat. Das hat mich Unsummen gekostet. Also bitte. Stiehl mir nicht auch noch meine Zeit. Du weißt genau, was du mir schuldest.«

Thalberg wanderte umher und begann, mit seinem Gehstock im Heu herumzustochern. Hanne konnte genau erkennen, wie sich die Wut in seinen Augen an die Oberfläche fraß, das Quecksilber überschwemmte und alles darin zu Asche werden ließ. Dafür spielte in den tief eingegrabenen Falten um seinen Mund dieses schmale Lächeln der Überheblichkeit.

Thalberg kam näher.

Der Gehstock fuhr über ihr ins Heu, traf sie am Arm und sie japste auf, presste sich die Hände auf den Mund, aber es war zu spät. Mit der silbernen Spitze des Ebenholzstabes schob Thalberg das Heu zur Seite und bot ihr lächelnd seine Hand. »Da bist du ja. Jetzt können wir uns wie zivilisierte Menschen unterhalten.« Auffordernd und gewohnt herrisch winkten seine Finger sie heran.

Hagelkörner kullerten durch ihre Adern. Sie wich zurück, wollte nur weg von ihm.

Thalbergs Gesicht wurde ungeduldiger, seine Stirn hatte sich in Falten gelegt und seine Finger tanzten nervös in der Luft. Seine Geste ignorierend, stemmte Hanne sich ohne Hilfe auf die Füße und richtete sich vor ihm auf.

Bevor sie etwas sagen konnte, umfasste Thalberg grob ihr Kinn. »Wie konntest du es wagen! Du hast mich gedemütigt! Zum Gespött der Leute gemacht! Und nicht nur Ansehen hast du mich gekostet, sondern auch Geld! Dein Nichtsnutz von einem Ehemann hat endlich bekommen, was ihm zustand, und jetzt bist du an der Reihe. Ich kann tun und lassen, was ich will! Mir gehört dieser Ort und damit alle, die in ihm wohnen. Ja, auch du! Und dein Dolf, der es nicht verdient hatte, unter meiner Obhut zu leben!« Er keuchte und sein Gesicht lief rot an. »Da hatte ich damals also sogar recht mit meiner Drohung, dich zur diebischen Elster zu machen! Ich hatte deinen Charakter schon damals durchschaut! Dass du das derart dumm in die Tat umsetzen würdest … unglaublich. Ich bestrafe alle, die sich gegen mich stellen! Und sei dir gewiss: Jedes deiner Vergehen werde ich dir einzeln in die Haut schneiden und brennen, so tief, dass man die Narben noch auf deinem Totenbett sehen wird«, zischte er und riss sie in eine enge Umklammerung. Kein Werben mehr mit Süßigkeiten und einem Tanz.

Sein Gesicht schwebte über ihrem und wieder war sie das Kaninchen vor der Schlange, das zwar um die Gefahr wusste, aber zu verängstigt war, um sich zu bewegen. Thalberg schnappte zu und grub seine Giftzähne in ihr Fleisch. Satt tropfte das Gift in sie hinein und ließ ihre Seele zusammenschrumpeln. Seine Lippen pressten sich auf ihre und wie Eisenklammern schlossen sich seine Klauen um ihre Taille, krallten sich in ihr fest und pressten die Luft aus ihren Lungen. Sie konnte nicht atmen, ertrug steif vor Angst seine Berührung.

Was sich in den kalten Augen dieses Mannes spiegelte, hatte nichts mit Verlangen zu tun. Es war pure Herrschsucht. Machtspiele, die er am Ende nicht gegen verlauste Arbeiter verlieren wollte. Thalbergs Spinnenfinger glitten über ihren Hals, seine rauen Lippen folgten. Gierig schoben sich seine Hände in ihren Ausschnitt und sie hörte Stoff reißen. Trocken kratzten sie über ihre Haut, kneteten ihre Brust, einzig von einem Gefühl gelenkt: Macht.

Hanne schloss die Lider, als er sie rückwärts drängte, hinein in eine Wand aus trockenem Grün und Braun. Ihre Finger krallten sich ins Heu, suchten nach Hilfe, die nicht kommen würde. Oder? Unter den kratzigen Halmen ertastete sie etwas Hartes, Kühles. Was war das?

In ihr erwachte eine Schattengestalt, die sich aus dem Rauch eines knisternden Lagerfeuers formte. Der Schatten flatterte nicht mehr zerrissen in ihr umher, sondern ballte sich zusammen. Auf dem Weg zu ihrem Herzen wurde er kräftiger und baute sich auf. Sie fühlte etwas, was sie seit Monaten nicht mehr gefühlt hatte: sich selbst. Sie roch den aufsteigenden Rauch des Lagerfeuers. Lachend saß sie dort mit Heinrich, mit Dolf, den Magen gefüllt mit mehr Fleisch und Delikatessen, als eine einfache Frau sich in ihrem Leben hätte erträumen können. Wilhelmine quietschte fröhlich, Alwine ließ ihre Holzpferde springen und reichte sie an den kleinen Adolph weiter, der ausgelassen den Kopf nach hinten warf und wieherte. Sie sah eine weinende Hecke, die dankbaren Blicke Elisabeths, als ihre Familie endlich genug zu essen hatte. Küppers Erdmiete und den vollen Korb mit Kartoffeln. Die Witwe Trine, die ihr zuzwinkerte und mit einem Teil des ergaunerten Steuergeldes eine zweite Kuh und eine Flasche Likör gekauft hatte. Der Schatten trat an Hanne heran, legte ihr die Hand auf die Schulter. Der gute Geist. Aber er hatte keinerlei Ähnlichkeit mit Dolf. Vielmehr war die Erscheinung weiblich: eine Frau mit strahlenden Augen und braunen Haaren, die sich aus einem Dutt gelöst hatten. Einem breiten, offenen Lächeln. Starken Händen, die zupackten, und einem Herzen aus Gold, nicht aus Eisen. Eine Frau, die wusste, was sie tun, was sie sagen musste. Die nicht mehr angsterstarrt schwieg und untätig blieb. Hanne blickte in ihr eigenes Gesicht, das ihr verwegener, freier entgegenleuchtete. Vor ihr stand die Rebellin, der gute Geist für die Ärmsten. Sie lebte in ihr, und niemand konnte sie von ihren Plänen abbringen oder sie ins Heu zwingen, wenn sie nicht wollte. Das Feuer der Rebellin lieh ihr die Glut, um das Eis in Hannes Seele schmelzen zu lassen und sie zu befreien. Die dicke Eisschicht in ihrem Inneren sprang, zersplitterte und erweckte einen Vulkan aus seinem tiefen Schlummer.

In diesem Moment erkannte Hanne, was ihre Finger gefunden hatten, und die heiße Woge einer Kraft strömte in ihr Herz. Sie war nicht mehr hilflos. Schon lange nicht mehr.

Carl Thalberg war so hingerissen vom biegsamen Körper der Frau, dass er alles um sich herum vergaß. Endlich würde er das bekommen, was ihm dieser Köter Mohr vor der Nase weggeschnappt hatte. Thalberg ließ sich nichts wegnehmen, sonst wäre er nicht dort in der Gesellschaft, wo er täglich seinen Platz einnahm. Geld bezwang den penetrantesten Märtyrer und Rebellen. Diese eiserne Kugel am Bein, die bald ein paar Meter unter der Grasnarbe in die Vergessenheit modern würde, war fort und ihm gebührte seine Beute. Genüsslich strich er über Hannes weiche Haut in der Beuge ihres Halses und am Ansatz ihrer Brüste. Er liebte junges Fleisch, konnte es jedoch auf den Tod nicht ausstehen, wenn sich ihm ein Weiberrock widersetzte. Dann waren sie selbst schuld, wenn er etwas grober werden musste. Wieder wehrte sie sich mit keinem Zucken gegen seine Zuneigung, war wie ein Spielzeug in seinen Händen. Er könnte sie hiernach mitnehmen nach Frankfurt und seinen Spaß haben, wann immer er wollte. Politik war wichtig, ja, aber ohne große Reize, und Hanne schmeckte so exotisch wie sein heiß geliebter Ananaspunsch, prickelte auf seiner Zunge und in seinem Unterleib, als wäre er ein junger Kerl. Er sollte sie unbedingt in seiner Nähe halten. Sie war sein Jungbrunnen, frisch und natürlich. Anders als die Frauen seines Standes.

Mit einem dumpfen Knall zerbarst das Kristallglas mit Punsch, das er eben noch vor Augen gehabt hatte, und wich dem staubigen Holzboden, der sich rasend schnell näherte. Beim Aufprall quetschte sich die Luft aus seinen Lungen und in seiner Wange knirschte es stechend. Metallischer Geschmack stieg in seinen Rachen. Seine Hand fuhr in sein Gesicht und er tastete Blut, das ihm aus dem Mundwinkel tropfte und aus der Nase floss. Pochende Schmerzen breiteten sich in ihm aus. Ächzend wälzte er sich auf den Rücken und hielt sich den Kiefer. Thalberg begriff nicht, was geschehen war, dafür hatte sein Kopf zu sehr mit dem Aufprall zu kämpfen, der wie ein Glockenschlag zwischen seinen Ohren nachhallte.

»Du wagst es, Kosten aufzurechnen? Geld gegen ein Menschenleben?«, hörte er Hannes Stimme unter dem Läuten der Glocke. Sie hatte nichts Liebliches mehr an sich, war nicht die Gestalt eines jungen Mädchens.

»Du hast nicht nur einen Menschen auf der Soll-Seite deines Lebens vermerkt, du gleichgültiger Geizhals! Ein Anwalt und Geschäftsmann, wie er in seinen eigenen Büchern steht. Der Sommerberg hasst dich. Obwohl wir als Einzelne keine Macht haben, sind wir doch viele, Thalberg. Ich würde dir und auch deinem Schoßhund Mönkebüscher raten, dass ihr die Wege hier oben meidet. Dolf mögt ihr erschossen haben, aber den Geist des Räubers habt ihr damit nicht besiegt. Ihr habt nur die eine Hand abgeschlagen, die andere kann noch zur Waffe greifen. Wusstest du nicht, dass ich es war?« Thalberg sah zu ihr auf. Allein diese kleine Bewegung verursachte ihm Übelkeit. Da stand sie, ragte über ihm auf, den Lauf eines Gewehrs auf ihn gerichtet. »Auf meinen Wunsch hin haben wir uns deinen Keller einmal genauer angesehen. Ein Wort von mir genügt, um dir die Bande auf den Hals zu hetzen. Wenn du nicht deine dreckigen Finger von mir und den anderen Sommerbergern lässt, werden wir uns nicht mehr mit Kartoffeln, Fleisch oder deinem Ananasgesöff zufriedengeben. Dann wirst du die geballte Wut der Menschen zu spüren bekommen, die sich hinter dem Damm der Armut staut. In deiner Eisenhütte. Ein Umbruch liegt in der Luft. Du wirst verlieren – nein, du hast bereits verloren. Ich bin kein Kind mehr, ich bin eine Rebellin! Der gute Geist des Sommerbergs!« Ohne sich weiter um ihn zu kümmern, senkte sie die Waffe, ging zur Leiter und stieg auf die oberste Sprosse. »Du solltest ohne großes Aufheben nach Frankfurt fahren, bevor ich die Räuber zusammentrommle!«

Carl Thalberg hatte sich getäuscht, Hanne brauchte keinen Beschützer mehr. Entrüstet zog er sein besticktes Taschentuch aus der Hosentasche und presste es sich gegen Mund und Nase. Die roten Flecken, die sich darauf ausbreiteten, zeichneten Muster seiner Niederlage. In seinem Herzen pochte tatsächlich Angst. Angst, auf dem Nachhauseweg erschlagen oder erschossen zu werden. Nicht einmal diese zierliche Frau nahm ihn ernst. Entzog sich ihm, verweigerte ihm seinen Willen.

Das würde sie büßen!

Aber nicht heute. Irgendwann. Das Pochen der Angst dröhnte zu laut in seinen Ohren.

Abschied

Knarzend schwang das gusseiserne Friedhoftörchen in seinen Angeln, schien sie gleichzeitig hereinzubitten und verscheuchen zu wollen. Hanne atmete tief ein, spürte das leise Kitzeln des Frühlings an ihrem Gaumen und roch das vom Schneeguss feuchte Gras. Sie blieb stehen, war unschlüssig, was sie sich hier eigentlich erhoffte. Absolution? Trost? Ein letzter Gruß zum Abschied? Hatte sie nicht längst mit allem abgeschlossen? Sie war sich nicht mehr sicher. So wie das Tor vom Wind hin und her getrieben wurde, pendelte sie in ihren Gefühlen.

»Was willst du hier?«, murmelte sie sich zu. Mut machte ihr die eigene Stimme nicht, sie war nicht bestimmt genug.

Nein, sie würde sich nicht durch dieses Tor zwängen, sie musste diesen Ort nicht sehen, um sich vor Augen zu führen, wie endgültig Dinge sein konnten. Mit einem Seufzen zwang sie sich zur Entspannung. Ihr Entschluss stand fest. Es musste ein Ende haben.

Sie drehte sich um und erschrak. Aus dem Schatten eines Hauses beobachtete sie eine hochgewachsene Gestalt und brach in Tränen aus, als sie erkannte, wer es war. Ob es nun schicklich für eine Witwe war oder nicht – es war ihr gleich. Sie stürmte ihm entgegen und warf sich erleichtert in seine Arme.

»Da bist du! Ich war in Sorge, dass sie dich erwischt haben könnten! Ist alles gut?«, fragte sie ihn erleichtert.

Heinrich tätschelte ihren Rücken. »Ich habe mich nur lieber bedeckt gehalten. Nach all dem weiß ich nicht mehr, wie ich eine ehrliche und wohlmeinende Seele erkennen soll.«

Hanne zuckte zusammen. Glaubte auch er, dass sie ihn verraten hatte? Verdächtigte er wie Dolf die am stärksten, die ihm am nächsten standen? Wusste er, dass ihre Schwester Dolfs Tod mitverschuldet hatte?

Aber der Koloss blieb sanft und seine Berührung drang beruhigend durch die schwarze Witwenschale wie Frühlingsregen, der das Leben zurückbrachte. »Warum wolltest du wieder gehen?«, brummte Heinrich und schob sie etwas aus der Umarmung.

Hanne sah zu ihm auf. »Ich fühle mich so schuldig, Heinrich! Das schnürt mir Herz und Seele ab. Auf dem Friedhof ersticke ich gewiss daran.« Das war keine Lüge.

»Na komm. Wenn es stimmt, was ich von deinen Plänen gehört habe, ist das vielleicht deine letzte Gelegenheit.« Heinrich bot ihr seinen Arm wie ein englischer Kavalier. Sie hakte sich bei ihm unter und sofort strömte Heinrichs Ruhe und Kraft wieder in sie hinein. Heinrich kannte kein Arg. Vielleicht war seine Seele die einzige, die keine schwarzen Flecken aufwies. Wem sonst hätte sie so blind vertrauen können?

»Du machst wirklich ernst, Hanne? Meinst du nicht, dass du bei uns besser aufgehoben bist? Der Sommerberg braucht dich, wie du auch ihn brauchst.«

Sie wusste nicht, was sie darauf entgegnen sollte, und betrachtete die Steine der Mauer, die den Kirchhof einfriedete. Heinrich öffnete das Tor für sie, das unter seinen starken Händen weniger laut zu knarzen schien. An seiner Seite war es leichter. Es führte sie auf die Wiese, auf der sich die Grabsteine aneinanderreihten. Weiter hinten, an der Stelle, wo ein frischer brauner Hügel aus dem Grün stach, warteten mehrere Gestalten. Eine weiße Fläche leuchtete zu ihren Füßen.

Hannes Schritte stockten, doch Heinrich trieb sie wie ein Segelschiff voran. Er war der Wind, den sie gebraucht hatte und der sie in diese Szene trug.

Beim Näherkommen erkannte sie die Männer, die sich ihr und Dolf angeschlossen hatten, Trine, ihre Nachbarn – im Kreis gesunder und gut genährter Kinder – und andere Bewohner des Sommerbergs, die sich um eine auf dem Boden ausgebreitete Tischdecke versammelt hatten. Alle lächelten ihr zu, als sie an Heinrichs Hand in ihre Mitte trat, als wäre sie die Königin bei einer Gartenfeier in einem ihrer Schlossparks.

Aus der letzten Reihe schob sich ein polierter Helm durch die Menge nach vorne. Hanne erstarrte und ihr Herz raste. Beinahe erwartete sie, dass sich dieser Mönkebüscher hierhergewagt hatte, so dreist, wie er sich bei jeder Begegnung gegeben hatte. Aber er war es nicht. Unter dem Helm leuchtete das faltige, rote Gesicht von Gendarm Pötichen. Sein Gang war überraschend fest, als er vor sie trat und salutierend an seinen Helm tippte. »Was geschehen ist, Frau Mohr, tut mir unendlich leid. Die … anderen haben sich derart aufwiegeln lassen, als wären sie eine ausgehungerte Meute Bluthunde! Nur noch die Belohnung hatten sie im Sinn. Furchtbar, wie sich Staatsdiener manipulieren lassen können von einem … nun ja. Ihr Mann hat … ich meine, ich weiß um die Zustände in so manchem Haus auf dem Sommerberg. Die Ungerechtigkeit und die Not bleiben mir nicht verborgen. Nicht umsonst blicke ich lieber auf den Grund eines Glases als auf das Leben, das uns alle umgibt. Ein Gendarm wird auf seinem Weg ebenfalls mit schlimmen Dingen konfrontiert. Ich möchte Ihnen versichern, ich war nicht beteiligt. Ich habe oft genug im Wald etwas gesichtet, es aber nie gemeldet. Ich habe vieles gesehen, selbst die rote Zuckerstange im Gras, damals beim Schützenfest. Der Dolf hat meine Aufgabe übernommen, ich Feigling wäre wohl nicht eingeschritten. Hatte Angst vor der Macht des Geldes. Ich bin ja auch ein Kind der Katen, musste mich hochkämpfen und komme nur an die Aufgaben, die von oben mit Argusaugen bewacht werden. Alles andere wird neidisch unter Verschluss gehalten. Bitte, nehmen Sie meine Beileidsbekundung an, Frau Mohr. Ihr Mann mag nicht immer ehrenhaft gehandelt haben, hat aber das Richtige getan.« Der alte Gendarm zog sich den Helm vom Kopf und schaute betreten zu Boden. Ohne diese Amtszierde wirkte er plötzlich wie ein alter Hahn kurz vor dem Kochtopf, seiner letzten schmückenden Federn beraubt.

Hanne zögerte. Die Blicke aller Anwesenden waren auf sie gerichtet. Ihre nächste Geste würde über das Schicksal Pötichens entscheiden, so wie sie über Mönkebüscher entschieden hatte. Der hätte sie niemals um Verzeihung gebeten. Pötichen hingegen war nie durch Arroganz oder unnötige Grausamkeit aufgefallen, hatte oft ausgelassen mit ihnen gefeiert und gezecht, wenn seine Vorgesetzten nicht hingeschaut hatten, und hatte auch selbst so manches Auge zugedrückt. Trotz allem blieb er ein Diener des Staates, dessen verlängerter Arm, und damit einer ihrer Feinde. Er stand hier, bat um Verzeihung, da er Recht und Unrecht unterscheiden konnte. Nur Hanne konnte ihn begnadigen, ihm Akzeptanz und Sicherheit auf dämmrigen Straßen schenken. Anders als bei Mönkebüscher war sie bereit dazu. Was nützte es, diesen Mann zu bestrafen, der mit seinen bösen Geistern mit jedem Glas rang? Ein letztes Mal würde sie die Räuberhauptfrau, die Anführerin, der gute Geist sein. Dolf hätte Pötichen verziehen.

Hanne streckte ihre rechte Hand aus und reichte sie dem Staatsdiener. Ihr Ehering, den sie noch trug, blitzte kurz im letzten kalten Sonnenlicht des Tages auf.

»Ich danke Ihnen, Herr Pötichen. Ich weiß, dass Sie bei dieser Hetzjagd nicht an vorderster Front gestanden haben.«

Dankbar schoben sich die zusammengepressten Lippen des Gendarmen in ein scheues Lächeln.

Die Witwe Rodmann hieb ihm auf die Schulter. »Komm, Pöttchen. Es ist genug der Reue. Das hier soll schließlich keine Trauerfeier sein.« Sie grinste. »Wir wollen gemeinsam anstoßen. Auf dich, Hanne, denn alle hier wissen, wer der gute Geist war, der uns armen Kirchenmäusen so vieles gegeben hat.« Als Pötichen irritiert blinzelte, lachte Trine auf. »Ja, genau, du Schnapsdrossel! Gerade hast du der Räuberhauptfrau höchstpersönlich die Hand geschüttelt.«

»Wenn das der Mönkebüscher wüsste – oder der Thalberg!« Pötichen wischte sich über die blass gewordene Stirn. Dann verzog sich sein Mund zu einem Grinsen. »Aber sie müssen es ja nicht erfahren.«

Jemand aus der Runde drückte ihm ein edles Kristallglas in die Hand und lächelnd prostete Pötichen Hanne zu.

»Was ist hier eigentlich los?«, stammelte sie.

»Heinrich ist nicht eben der verschwiegenste Kerl. Er hat uns erzählt, was du vorhast.«

»Das meinte ich nicht.« Hanne schmunzelte mit blitzenden Augen, welche das Mädchen in ihr, die tatkräftige junge Frau, und nicht die Witwe in den Vordergrund rückten. »Dass Heinrich eine größere Klatschtante ist als unser Schmied, weiß der ganze Sommerberg!« Alle lachten und einige streckten sich, um Heinrich auf die Schultern zu schlagen. »Ich wollte eigentlich wissen, woher die Gläser und ihr Inhalt stammen!«

»Wir haben uns gedacht, dass uns ein gewisser Herr Thalberg jede Menge schuldet und es ein guter Anfang wäre, wenn er den Leichenschmaus und die Abschiedsfeier aus seiner prall gefüllten Börse bezahlt. Wie es der Zufall wollte, findet just heute Abend ein Fest auf Haus Ruhr statt. Oder sollte ich sagen: hätte stattfinden sollen? Denn ein großer Teil der

Leckereien und des Champagners stehen auf edelstem Leinen jetzt hier zu Dolfs und deinen Ehren. Du bleibst für immer unser guter Geist, Hanne, auch wenn du uns in Richtung Neue Welt verlassen wirst. Wir alle verstehen deinen Wunsch nach einem Neuanfang, aber wir werden dich schrecklich vermissen. Vielleicht überdenkst du deine Entscheidung nach ein oder zwei Gläsern von diesem edlen Gesöff?« Die Witwe machte große Augen und klimperte Hanne zu. »Und der Mönkebüscher, dieser lausige Köter, erhält schon noch seine gerechte Strafe. Wenn nicht vom Staat, dann vom Sommerberg. Dafür sorgen wir.«

»Ich höre besser einfach weg. Aber recht habt ihr«, ließ sich Pötichen vernehmen.

In Hannes Augen spiegelte sich ihre herzzerreißende Trauer, die ihr die Kehle zuschnürte. Zaghaft erwiderte sie das Lächeln der Runde. »Soll der Thalberg unsere Zeche zahlen. Aber verärgert den Geier nicht zu sehr. Ich bin bald nicht mehr hier, um eure Hälse zu retten«, lachte sie und die Gäste des Leichenschmauses prosteten ihr mit Kristallgläsern zwischen dreckigen Fingernägeln zu. Die gewohnte Stimmung des Sommerbergs.

Bald waren sie in Erinnerungen und Gespräche vertieft und ließen sich dabei die Leckerbissen von der Tafel des Hauses Ruhr auf den edlen Tischdecken schmecken, die um den Grabhügel herum ausgelegt worden waren. Einige der guten Gläser gingen zu Bruch, mehr geschah jedoch nicht. Niemand störte sie. Fröhliches Lärmen klang über die tristen Gräber und den Reif des jungen Jahres, der sich langsam auf der Erde ausbreitete und die Füße zu Eisklumpen werden ließ. In Hannes Herz brannte allerdings ein Feuer, das sie mit sich nehmen würde, wohin sie auch gehen mochte. Dolf hätte das gefallen, davon war sie überzeugt.

»Jetzt fehlt nur noch ein Tanzboden!« Heinrich trat an ihre Seite und ließ den Blick über das Fest auf dem Friedhof schweifen. »Ein denkwürdiger Abschied von einem wichtigen Mann. Und einer noch wichtigeren Frau.«

Mindestens der halbe Sommerberg hatte sich mittlerweile um den Grabhügel des Räuberhauptmanns versammelt und brachte vergnügliches Geschwätz dorthin, wo sonst ernste Stille herrschte.

»Ganz nach seinem Geschmack«, bestätigte Hanne tonlos.

Heinrich schielte zu ihr herüber. »Bist also noch nicht gut auf ihn zu sprechen. Wir haben nie über das alles geredet, ich kann es dir aber nicht verübeln. Gehst du deshalb?«

Sie schüttelte den Kopf. »Ich kann nicht bleiben. Es wird mir alles zu eng. Alwine und Wilhelmine sollen unbelastet vom Ruf ihres Vaters aufwachsen und ich will für die Leute nicht nur die Witwe des Räuberhauptmanns sein. Aus dem langen Schatten treten, den er hinterlässt – ob er es nun verdient oder nicht. Verstehst du? Ich will ich sein.«

Heinrich antwortete nicht, musterte sie stattdessen eindringlich. Dann streckte er seine langen Finger aus und umfasste vorsichtig ihre Hand, als würde er einem eben geschlüpften Vogel Wärme spenden wollen. »Ich könnte mit dir gehen. Dich beschützen. Du wärst nicht allein«, murmelte er schließlich mit rauer Stimme.

Ihre Fingerkuppen strichen sanft über seine Haut, doch sie schüttelte erneut den Kopf. »Vielleicht will ich allein sein. Das könnte mir guttun. Außerdem habe ich inzwischen gelernt, auf mich selbst achtzugeben.« Sie lächelte und ihre Augen wanderten den langen Weg hinauf zu seinen. Obwohl sie Enttäuschung darin schwimmen sah, nickte er. Heinrich wandte sich ab, und noch bevor seine Hand sie ganz losgelassen hatte, bereute es Hanne fast, ihn abgewiesen zu haben. Heinrich war ein guter Mann, ein treuer Freund. Trotzdem war ihr klar, dass sie das Alleinsein freudig begrüßte. Sie nahm einen letzten Schluck vom Champagner, der ihre Kehle hinabkribbelte, und hob ein letztes Mal ihr Glas über dem Ort, an dem Dolf sie freigegeben hatte. Morgen würde sie sich mit ihren Töchtern auf den Weg nach England machen und einen neuen Anfang wagen. Hanne lächelte. Es fiel ihr leicht.

Epilog – Die Braubrüder

Die Hafenkneipe war brechend voll. Überall saßen Gestalten mit erwartungsvoll gerötetem Gesicht, stärkten sich vor der Abreise mit Köstlichkeiten der vertrauten Heimat. Die beiden Brüder, zwei massige Kerle mit dunklem Haar, tauschten einen Blick und schoben sich durch die Menge in den verrauchten Gastraum, drängten sich bis zum Ausschank und bestellten zwei Bier.

»Grässliches Zeug«, beschied der Ältere von beiden nach dem ersten Schluck und wischte sich den Schaum aus dem Schnurrbart.

Sein Bruder nickte und sah, dass es ihm ein Mann neben ihm gleichtat. »Ganz anders als das süffige Bier Dortmunds«, wandte er sich an den Fremden.

»Ich habe gleich gehört, dass wir aus derselben Gegend stammen müssen. Das Dortmunder Bier ist in der Tat etwas Besonderes«, prostete der ihm mit dem Krug in der Hand zu.

Jetzt lehnte sich auch der ältere Bruder zu ihnen rüber und begutachtete den Mann. Er trug einen feinen Anzug und die dunklen Haare lagen ordentlich frisiert unter einem flachen Zylinder. Der Bart war sorgfältig gestutzt und mit Pomade gezwirbelt worden. In der Weste glänzte die Kette einer goldenen Uhr. Ein reicher Kaufmann auf Handelsreise vielleicht. Wer weiß, womöglich konnte man bereits vor Ablegen des Schiffs ein einträgliches Geschäft für die Zukunft ihres Gewerbes abschließen.

Der jüngere Bruder hob sein Glas. »Auf Dortmund und sein Bier.« Der Fremde und sein Bruder erwiderten und tranken in großen Schlucken. »Treibt es Sie ebenfalls aus den deutschen Landen in das Land der letzten Abenteuer?«, fragte der Dortmunder, nachdem er den Krug auf dem schmierigen Tresen abgestellt hatte.

Der Mann schmunzelte. »Abenteuer hatte ich in meinem Leben zu genüge. Ich suche ein beständiges Leben für mich und meine Frau. Einen ruhigen Neuanfang, wenn Sie so wollen.«

»Wir im Grunde auch, aber ich bin überzeugt, dass unsere Unternehmung das Zeug dazu hat, ein Abenteuer zu werden.«

Ihr Gegenüber zog die buschigen Brauen in die Höhe, helle Augen leuchteten klar im Dämmerlicht der Schenke. »Ich mag Abenteurer, fühle mich ihnen immer verbunden.«

Die beiden Brüder lächelten sich an und begannen einträchtig, dem Fremden ihren Plan zu erläutern, deutsches Bier nach Amerika zu bringen, da es dort nichts Vergleichbares gäbe. Der Mann nickte wohlwollend und versprach, ihr Kunde zu werden, sollte es sie in die gleiche Ecke der Neuen Welt verschlagen oder ihr Geschäft sich tatsächlich landesweit ausbreiten. Weitere Angebote kamen ihm nicht über die Lippen, was die Dortmunder Brüder beinahe erwartet hatten.

»Wir können Mitarbeiter gebrauchen, die unsere Sprache sprechen und etwas von Bier verstehen«, bot der ältere Bruder dem Fremden an, mit vom Bier geröteten Wangen. »Oder Investoren«, fügte er mit einem Zwinkern hinzu.

Der Fremde lachte dröhnend. »Ich mag zwar einen feinen Anzug tragen, doch wie oft trügt der Schein, ist nur ein Kostüm, das über die Seele gezogen wurde. Ich bin ein einfacher Bauer, war ein Fuhrmann, der Sorge hatte, seine Familie zu ernähren, und der letztlich daran gescheitert ist. Geld habe ich keines in der Tasche.« Seine raue Stimme war erfüllt von Bedauern.

Beschämt zog sich der ältere Bruder zurück. »Ich wollte Sie nicht an einen Verlust erinnern, es tut mir leid. Sie erwähnten eben lediglich eine Frau, da dachte ich, ein junges, unverbrauchtes Paar sucht in der Neuen Welt …«

Im Mundwinkel des Mannes spielte ein leichtes Lächeln. »Im Leben gibt es immer einen Weg, manchmal sogar mehrere. Ich lasse mich von meinen Füßen tragen. Ich habe viel verloren, aber auch viel gewonnen, was ich niemals für möglich gehalten hätte. Ich armer Hund.« Er zog die goldene Taschenuhr aus seiner Weste und warf einen flüchtigen Blick auf das Ziffernblatt. »Unser Schiff läuft bald aus. Die *Rugia*. Entschuldigen Sie mich. Meine Frau wird mich schon am Pier erwarten.« Ohne einen weiteren Gruß stellte der Fremde sein leeres Glas auf den Tresen und verschwand in der Menge.

Verblüfft sahen sich die Brüder an.

»Seltsamer Kauz, findest du nicht?«

Der Jüngere nickte. »Und ob. Wir sollten uns langsam allerdings auch sputen. Die *Rugia* wartet nicht auf uns und vielleicht lernen wir ihn an Bord, auf beengtem Raum, besser kennen. Und seine Frau. Auf See wird er gewiss gesprächiger werden. Wir Deutschen – und vor allem Dortmunder – müssen doch in der Fremde zusammenhalten!«

Vor der Kulisse der mächtigen Takelage des Auswandererschiffes in Bremerhaven sammelten sich am Pier die Menschen, die dem zerrissenen Land den Rücken kehren und in einer neuen Heimat ein besseres Leben finden wollten. Nach Tagen des Wartens auf das Ablegen des Schiffes in Richtung Nordamerika, was bislang durch einen Sturm verhindert worden war, eilten die meisten von ihnen erleichtert und sogar gerne in die unpersönliche Welt des Zwischendecks. Eine diffuse Welt, beengend, stinkend, dreckig und provisorisch, aber gleichzeitig so voller Hoffnung auf einen Neubeginn und ein Abenteuer. Diejenigen, die sich eine Kabine leisten konnten, hielten dezent Abstand von der Masse der einfachen Glückssucher. Tränen flossen am Pier kaum, denn voneinander verabschiedet hatte man sich schon in der alten Heimat, oftmals Wochenreisen entfernt.

Die beiden Braubrüder zwängten sich durch die unzähligen Leiber, um über die Rampe auf das Schiff zu gelangen. Der eine knuffte den anderen in die Seite und deutete über eine Menschentraube hinweg nach vorne. Nicht weit entfernt bahnte sich der Fremde seinen Weg zur *Rugia*, an seinem Arm eine Frau mit unglaublichen Locken, elegant gekleidet und mit einer Taille zum Niederknien. Sie wandte sich halb um und warf einen letzten Blick über die Schulter. Dunkle Augen schimmerten auf wie Glut, die den Betrachter anzog und nie wieder aus seinem Bann zu entlassen schien.

Fast gleichzeitig schluckten die Brüder bei dieser Erscheinung.

Die Frau schob sich mit einer schmalen Hand die wilden Locken zurecht, fuhr sich über die stark geschminkte Wange. Sie wirkte wie eine Theaterschauspielerin in einem Kostüm, offenbarte jedoch gleichzeitig eine durch die Schichten der Schminke anmutende Gewöhnlichkeit, die beinahe obszön wirkte. Alles an ihr schrie regelrecht: »Ich bin keine feine Dame!«

Einvernehmlich beschlossen die beiden Brüder, sich diesem seltsamen Paar nicht weiter zu nähern, selbst wenn sie vor Reichtum strotzen würden. Unter der Oberfläche ihrer Bürgerlichkeit wanden sich zwei Raubtiere, bereit zum Angriff, eine neue Welt zu erobern. Den Dortmunder Braubrüdern lief ein Schauer über den Rücken und sie fragten sich, wer diese Leute wohl in ihrer alten Heimat gewesen sein mochten und was sie jetzt mit ihrer Wildheit zu tun gedachten.

Die realen Hintergründe der Figuren

Viele Informationen lassen sich aus dem einzigen, mittlerweile nur antiquarisch erhältlichen Buch über Dolf Mohr »Räuberhauptmann Dolf Mohr vom Höchsten-Sommerberg« von Katja Müller und Helmut Lierhaus ziehen (herausgegeben von der »Geschichtswerkstatt Dortmund e.V.«, Dortmund, 1984). Weiteres habe ich durch eigene Recherchen ergänzt.

*

Heldin und Held

Dolf Mohr: Mit vollem Namen Friedrich Heinrich Adolph Mohr, geb. am 02.10.1814 in Dortmund-Wellinghofen, auf der Flucht erschossen am 04.03.1851 von Gendarm Franz Mönkebüscher. Zuvor lieferte er sich ein wahres Katz-und-Maus-Spiel mit den Ordnungshütern. Dolfs Mutter starb 1823 mit 47 Jahren an Auszehrung, Dolf war neun Jahre alt. Er hatte zwei leibliche Geschwister: den älteren Philipp und die jüngere Christina. Nach dem Tod der Mutter heiratete sein Vater eine jüngere Frau und eine Stiefschwester kam hinzu. Nach dem Militärdienst kehrte Dolf in die Gegend um Hörde zurück, arbeitete als Fuhr- und Bergmann und gründete mit Johanna Clara Sophia Wilhelmina Bernhardine Evers eine Familie mit fünf Kindern, darunter Alwine und Adolph (der später auf einem Auswandererschiff nach Amerika zu finden ist; sein Tod ist Fiktion). In den Wirren zur Zeit der 1848er Revolution und Hungerkatastrophen bestahl Dolf als eine Art »Robin Hood« reiche Bauern und Gutsbesitzer, darunter auch Carl Overweg, und verteilte die Beute unten den armen Bewohnern seiner Gegend. Dadurch erwarb er sich den Ruf als Sozialrebell und Räuber. Noch heute gibt es im Dortmunder Süden bei glücklichen Fügungen das Sprichwort: »Das hat der Räuber getan!« Dolfs Haus ist noch an der Höchstener Straße zu finden.

Der Wortlaut seines Steckbriefs:

Steckbrief

Im Auftrage des Königl. Ober-Staats-Anwalts Grasshof zu Hamm bringe ich hierdurch zur öffentlichen Kenntniß, daß Demjenigen, welchem es gelingt, den im Juli d. J. aus dem hiesigen Gefängnisse entsprungenen und seitdem steckbrieflich verfolgten Fuhrmann Adolph Mohr zur Haft zu bringen, eine Belohnung von 10 Thalern zugesichert ist.

Zugleich nehme ich bei dem Umstande, daß der Mohr ein für die öffentliche Sicherheit sehr gefährliches Subject, nach zuverlässigen Nachrichten sich noch bis auf diesen Augenblick in der hiesigen Gegend versteckt halten und den seitherigen Nachforschungen der Polizeibehörden nur durch Unterstützung bis heran unbekannt gebliebener Spießgesellen sich entzogen haben soll, Veranlassung darauf aufmerksam zu machen, daß nach den Bestimmungen des Strafrechts:

§ 160 a., Derjenige, welcher Personen, zu deren Anzeigung die Unterthanen des Staats von der Obrigkeit öffentlich besonders aufgefordert werden, wissentlich verheimlicht, oder ihre Flucht befördert, Gefängnißstrafe von 14 Tagen bis 3 Monat verwirkt hat, und

§ 160 b., Derjenige, welcher gefänglich eingezogene Personen der Obrigkeit mit List entzieht, oder ihnen zur Flucht beförderlich ist, mit vierwöchentlichem bis sechsmonatlichem Gefängnisse bestraft werden soll.

Das Signalement des Mohr lasse ich nachstehend folgen.

Dortmund, den 4. November 1850. Der stellvertr. Staats-Anwalt Melchior.

Personenbeschreibung.

Derselbe ist Fuhrmann, auf'm Sommerberge wohnhaft, katholischer Confession, 35 Jahre alt, 5 Fuß 7 Zoll groß, hat schwarze Haare, runde Stirn, blonde Augenbrauen, graue Augen, eine breite und dicke Nase, einen gewöhnlichen Mund, gesunde Zähne, einen schwarzen Bart, gewöhnliches Kinn, ein volles Gesicht, gesunde Gesichtsfarbe, ist gesetzter Statur und hat als besonderes Kennzeichen in der linken Hand eine Schnittwunde.

Johanna Mohr: Über Hanne ist nicht so viel bekannt wie über ihren Dolf – was Raum für Interpretation ließ. Mit vollem Namen hieß sie Johanna Clara Sophia Wilhelmina Bernhardine Evers, geb. am 14.02.1808, und stammte aus Schwerte. Sie heiratete Dolf am 04.02.1835 und unterstützte ihn tatkräftig bei den Beutezügen, so die Erzählungen einer Nachfahrin. Sie war sogar, so die Familiengerüchte weiter, die treibende Kraft in der Räuberbande. In jedem Fall eine starke, engagierte Frau und Mutter.

*

Die Antagonisten

Elsabena Mühr: Elisabeth Elsabine Evers, genannt Elsabena. Hannes Schwester. Sie heiratete den Sohn eines Zimmermanns, Diedrich Heinrich Wilhelm Mühr, der in der Nähe des Hofs der Mohrs lebte.

Carl Thalberg: Carl Thalberg basiert auf der realen Person Carl Overwegs, ist aber weitaus unsympathischer und »böser« angelegt als sein historisches Vorbild. Carl Overweg war ein umtriebiger Geschäftsmann und Politiker aus Unna, 1805 geboren. Seit 1842 war Overweg Besitzer des Hauses Ruhr, einem alten Rittergut an der Ruhr in der Nähe von Schwerte, in dem heute eine Akademie untergebracht ist. 1848 war Overweg Abgeordneter in der Frankfurter Nationalversammlung. Zudem bekleidete er den Posten des Präsidenten der Handelskammer Iserlohn, war Aufsichtsratsvorsitzender mehrerer Unternehmen. Overweg starb 1876 mit 71 Jahren. Als einflussreicher Investor der Piepenstock'schen Hermannshütte, aus der später das Hochofenwerk Phönix-West auf dem Gelände der Alten Hörder Burg erwuchs (heute liegt dort, nach der Demontage des Werks, der Hörder Phönixsee mit Flaniermeile und Entertainment), beeinflusste er die Politik und befeuerte die Hetzjagd auf die Räuber. Der Überfall Mohrs auf sein Gut und der Diebstahl des Ananaspunsches sind belegt … auch die Schlachtung von Vieh auf Overwegs Weiden an der Ruhr. Alles Weitere, die Motive Thalbergs gegenüber Hanne und ihrer Freundin Margarethe, sind allerdings Fiktion.

Franz Mönkebüscher: Gendarm aus Hörde. Mönkebüscher war Familienvater und hatte drei Kinder mit seiner Frau Auguste Christine Wilhelmine Henriette Stahlbaum, darunter zwei Töchter, die ich finden konnte (1847: Auguste Johanna Wilhelmine Anna – leider kurz nach der Geburt verstorben; 1850: Elisabeth Pauline). Für die Erschießung des Räubers erhielt er wahrscheinlich sogar einen Orden, konnte sich aber im eigenen Revier nicht mehr blicken lassen, da ihm die Sommerberger vorwarfen, ihren Helden böswillig getötet zu haben. Mönkebüscher bestritt, den Räuber absichtlich erschossen zu haben, er habe ihn nur ins Bein treffen wollen, da habe er sich unter einer Hecke hindurchgebückt. Nach der Tat bedrohten, verfolgten und verhöhnten die Einwohner seines Reviers den Gendarmen derart, dass er letztlich seine Versetzung beantragte. Auf dem Totenbett soll er den Schuss auf Mohr bereut haben.

Johann Heinrich Herlinghaus: geb. 1815. »Ein Mann von kräftigem Körperbau«. Ein gewissenhafter Schutzmann/Polizeidiener, dessen Dienst-Journal erhalten geblieben ist. Er genoss bei der Obrigkeit großes Vertrauen, da man ihm die Auswahl und Beschaffung der sogenannten Seitengewehre überließ und er sich angeblich Respekt beim Diebesgesindel zu verschaffen wusste.

*

Das Kleeblatt oder die geschworenen Brüder

Neben den in der Geschichte erwähnten Räubern gab es weitere Männer, die die Bande unterstützten, im Roman habe ich mich jedoch auf das »Kleeblatt« beschränkt.

Heinrich Herzog: Tagelöhner. Heinrich wurde 1850 wegen Straßenraubs zu 15 Jahren Zuchthaus verurteilt. Seine Größe wird in seinem Steckbrief mit rund zwei Metern angegeben, damit überragte er die anderen Räuber. Dolf Mohr etwa war, laut Steckbrief, um die 1,75 m groß.

Wilhelm Vorschulte: Tagelöhner, der wirklich wegen dieses markanten Zeichens im Gesicht »Grübchen« genannt wurde. Vorschulte brach 1845 aus einem Arrestlokal aus. Er war 24 Jahre alt. In seinem Steckbrief wird er als dunkelblond beschrieben, soll eine gestreifte Weste und eine blaue Tuchkappe mit Schirm getragen haben. Er wurde 1850 wegen wiederholtem gewaltsamen Diebstahl angeklagt.

Friedrich Schöne: Bergmann. Sein Haus in Benninghofen sollte im Mai 1851 zwangsversteigert werden, dazu gibt es einen Bericht.

Heinrich Diedrich Brünninghaus: 1822 geboren, Arbeitssoldat, mehrfacher Deserteur (beim dritten Mal erhielt er in der Festung Minden als Strafe fünf Jahre Zuchthaus). Brünninghaus tarnte sich als »Gichtbrüchiger« und schlich sich in fremde Häuser ein.

*

Weitere Personen

Die Geliebte: Dolf Mohr soll seine Frau betrogen haben. Vermutlich hieß seine Freundin Ellie Herzog – eine Verwandte von Heinrich? Da dies aber unbestätigte Gerüchte sind, habe ich mich für eine dramatischere Figur entschieden und die fiktive Fasana/Madame Famosa bringt das Interesse der damaligen Zeit für Wahrsagerei und auch eine wildere Komponente ins Spiel.

Samuel Dobbs: Dobbs war in der Tat der leitende Ingenieur der Hermannshütte und brachte das fortschrittliche englische Verfahren eines Puddelwerkes (Härtung des Eisens) nach Deutschland. Er begleitete wohl 1823 Eberhard Hoesch nach England, damit dieser als »Industriespion«, getarnt als Kunde, die dortige Technologie erkunden und in Deutschland nachbauen konnte.

*

Einige historische Ereignisse, erwähnte Überfälle und Taten der Räuber und Gendarmen

Die Ereignisse wurden etwas gerafft, mit weniger Zeitsprüngen dargestellt. Viele Taten sind in Zeitungsmeldungen, zusammengefasst im Buch über Dolf Mohr, überliefert.

Erste Inbetriebnahme der Hörder Hermannshütte: 1841
Besuch des preußischen Königs: 27.08.1842
Kartoffelraub bei Kettenschmied Heinrich Küpper: 1845
Kartoffelraub bei Overbeck in Holzen: 1845
Schlimmes Hungerjahr: 1846
Kauf des Vogelbauers bei Bäckers (Mönkebüscher): 1846
Einbruch auf Haus Ruhr (unter anderem Diebstahl von fünf Flaschen Ananaspunsch): 1846
Brotkrawalle: 1847
Einbruch bei Steuereintreiber Uflacker: 1847 (Der »Kuhhandel« mit der Witwe stammt aus einer Erzählung über Mohrs Taten)
Diebstahl und Rückgabe des Saatguts von Bauer Wilmsmann: 1847
Streik in den Dortmunder Eisenbahnwerkstätten: 1848, Kavallerie wird nach Hörde geschickt
Kutschendiebstahl: 1849
Überfall auf Bauer Märtmann (Messerstiche): 1850
Flucht aus dem Gefängnis: 1850
Tödlicher Schuss von Mönkebüscher auf Mohr: 04.03.1851

Danke, Robin Hood des Ruhrpotts

Zuerst einmal möchte ich mich herzlich bei allen bedanken, die mich in meinem Traum unterstützen, Geschichten erzählen zu dürfen: mein Mann Mirko, meine Tochter Marie, meine Eltern und (Schreib-)Freundinnen wie Lisa Keil und Nina Mazur. Gerade meine Familie freut sich mit mir und nimmt es in Kauf, wenn es in den anderen Welten »mal wieder etwas länger dauert«. Ich danke auch Bettina Lausen, die sich meine Idee angehört und mich darin bestätigt hat weiterzumachen, dem Team des Gmeiner-Verlages für die gute Betreuung und die Gelegenheit, meine Geschichte in ihrem Haus zu veröffentlichen, und zu guter Letzt meinen Protagonisten, die mich über Jahre begleitet und sich beim Schreiben recht wenig gegen ihre Schicksale gesperrt haben – dass Dolf sein Ende nicht unbedingt geliebt hat, ist nach der Lektüre des Romans sicherlich klar, aber er hat mitgezogen und mich angestachelt, diese Geschichte zu erzählen.

Beim Schreiben des Romans musste ich oft an mein Pferd Flikka denken, die mich zur Darstellung der Pferde-Szenen in diesem Buch inspiriert hat, wenn wir gemeinsam durch die Wälder des Sauerlandes geritten sind. Jedes Mal ein Ruhepol und eine Bereicherung für die kreative Arbeit. Leider erlebt Flikka die Veröffentlichung dieser Zusammenarbeit nicht mehr (sicherlich wäre ihr ein Sack Möhren auch lieber gewesen …), aber dabei ist sie durch Dolfs Kaltblüter in gewisser Weise dennoch.

Auf die fast unbekannten Räuberpfade im Dortmunder Süden hat mich neben einem »Nachtwächter« eine Nachfahrin des Räuberehepaares geführt und ich danke Minerva Winter (Besitzerin von »Hagazussas Hain« in Berghofen) für den Gedanken, Hanne und nicht Dolf in den Mittelpunkt der Erzählung zu stellen, denn sie beschrieb sie mir derart lebendig als willensstarke Frau, eine Löwenmutter für ihre Kinder, dass sie sich als Hauptperson förmlich aufdrängte.

An dieser Stelle bin ich bei der Tatsache, dass es sich hier ausdrücklich um einen historischen Roman handelt und nicht um ein Sachbuch über Dolf Mohr. Ich habe im Sinne der Handlung und Dramatik Entscheidungen getroffen, die so nicht in knappen Geschichtsbüchern stehen, bin mir ihrer aber durch meine Recherchen bewusst. So hatten die Mohrs zum Beispiel mehr Kinder als dargestellt. Carl Thalberg, ein aktiver, aber fiktiver Geschäftsmann und Politiker, musste mit einem »persönlicheren« Antrieb ausgestattet werden, Jagd auf den Räuber zu machen – dass sich sein reales Vorbild Carl Overweg von der Bande bedroht fühlte und sich in die Jagd einmischte, entspricht aber den Tatsachen. Der Räuber und Deserteur Brünninghaus wurde nicht erschössen. Die meisten der Überfälle haben so stattgefunden, Dolfs tolldreiste Coups, seine Verkleidungen, seine Flucht aus dem Gefängnis, seine Geliebte (wenn auch nicht Fasana) gab es wirklich. Auch das »Kleeblatt« der Räuber und die scheinbar wachsende Gier nach dem Abenteuer und vielleicht auch persönlicher Bereicherung lässt sich aus dem vorhandenen Material ziehen. Franz Mönkebüscher war der verantwortliche Gendarm und hatte nach dem Schuss auf Dolf nichts mehr in Hörde und Umgebung zu lachen, ließ sich trotz eines dafür erhaltenen Ordens versetzen und soll auf dem Totenbett noch bereut haben, den Räuber erschossen zu haben. Auf einem der Auswandererschiffe gen Amerika lässt sich sogar jemand mit dem

Namen Mohr nachweisen: Adolph Mohr – diesen Nachfahren gab es also wirklich, aber vielleicht ist auch ein unbekannter Sohn dieses Namens als Kleinkind gestorben, wie es damals leider so oft geschehen ist. Das Räuberleben der Mohrs bot schon tragische Entwicklungen in der Realität, aber manchmal braucht es ein Quäntchen mehr Dramatik als nur Daten, um Geschichte, ihren Kern, lebendig werden zu lassen: der Kampf im eigenen Kopf zwischen Ruhmsucht und Altruismus, der hauchdünne Grad zwischen Wohltäter und Räuber. Und die Geschichte hat uns viel zu bieten, was lesenswert ist. Etwa eine starke Frau, die lange in den Erzählungen im Schatten ihres Mannes gestanden, aber so viel Gutes bewirkt hat.

Anja Grevener, im November 2024